UN PAPILLON DANS LA TEMPÊTE

Walter Lucius est écrivain, scénariste, producteur et réalisateur. Il a dirigé plusieurs troupes de théâtre nationales en Hollande et a réalisé de nombreux documentaires sur des thèmes d'actualité, notamment l'insertion des migrants dans la société néerlandaise. *Un papillon dans la tempête* est sa première incursion dans la fiction, couronnée dès sa sortie par le prestigieux Schaduwprijs (prix du meilleur roman policier aux Pays-Bas).

WALTER LUCIUS

Un papillon dans la tempête

La trilogie Hartland

Tome 1

TRADUIT DU NÉERLANDAIS PAR YVONNE PÉTREQUIN
ET BRIGITTE ZWERVER-BERRET

ÉDITIONS DU MASQUE

Titre original :

DE VLINDER EN DE STORM
Publié par Luitingh-Sijthoff, Amsterdam.

ISBN : 978-2-253-08612-3 – 1re publication LGF

'All along the watchtower,
Princess kept the view
While all the women came and went,
Barefoot servants, too
Outside in the distance
A wildcat did growl
Two riders were approaching,
And the wind began to howl.'

Bob DYLAN

« Tout au long de la tour de guet,
La princesse scrutait le paysage
Tandis que toutes les femmes allaient et venaient,
Ainsi que les serviteurs aux pieds nus,
Dehors, au loin,
Un chat sauvage grogna,
Deux cavaliers approchaient,
Le vent se mit à hurler. »

Pour Nicole,
mon plus beau nom pour l'amour.

PREMIÈRE PARTIE

Danseur

Il était déjà tombé deux fois en filant entre les arbres à toute allure. Il faisait nuit. Il avait perdu ses babouches et continuait à courir pieds nus. Les branches cassées lui entaillaient les pieds, mais c'est tout juste s'il en ressentait la douleur. Ses orteils butaient contre les racines des arbres, mais cela ne l'arrêtait pas non plus. Jamais il n'avait couru aussi vite.

À peine son sprint commencé, il eut l'impression de se détacher lentement du sol. Il flottait en l'air, tandis que les branches frappaient son visage et cinglaient son corps. Dans sa course folle, il ne sentit pas la douleur lorsqu'une boucle d'oreille s'accrocha à une branche et fut arrachée de son lobe. L'euphorie de son évasion le rendait insensible à la souffrance, lui donnait de la force, lui donnait de la vitesse.

Il était entièrement focalisé sur sa course, de manière presque animale. Chaque respiration, chaque battement de cœur, chaque mouvement orchestrait sa fuite. La direction de sa course n'avait aucune importance. Courir, c'était tout ce qui importait. Aussi longtemps, aussi vite et aussi loin que possible.

Il avait déjà essayé de s'évader, mais on l'avait rattrapé. Les coups avaient laissé des plaies qui l'avaient empêché de dormir pendant des semaines. Pourtant, il retentait sa chance. L'homme aux cheveux noirs avait posé un baiser sur sa joue brûlante, l'avait poussé dans le dos en hurlant un ordre dans une langue incompréhensible.

Il avait entendu des coups de feu et avait commencé à courir. Tant qu'il courait, il serait en sécurité. Il courait vers la lumière qui apparaissait derrière les arbres. Il n'entendait que sa propre respiration et les battements de son cœur. La lumière s'approcha rapidement. Il voulait l'accueillir à bras ouverts, comme une délivrance.

La lumière le faucha avec un coup sourd.

1

Délicatement, Farah Hafez posa son collier avec le pendentif argenté à côté de ses trois bagues en or et de son bracelet en cuir noir. Nue devant son miroir, elle regardait ses yeux bleu ciel et touchait avec ses doigts les nombreuses petites cicatrices sur ses bras, ses seins et son ventre. Un jour, elle les avait gravées elle-même dans son corps couleur caramel, comprenant vaguement que l'amour ne peut jamais exister sans douleur.

Il fallait s'activer maintenant : remonter et rassembler en un chignon serré ses cheveux noirs qui tombaient en longues mèches bouclées sur ses épaules. Puis revêtir le pantalon ample en satin noir et l'attacher à la taille. Enfiler sa veste aux larges manches et la fermer ensuite avec l'écharpe en satin rouge, de telle façon que les deux extrémités retombent sur sa hanche gauche.

Farah Hafez s'examina à nouveau, cette fois dans sa tenue de combat. Bien qu'il n'y eût qu'une très fine couche de tissu entre elle et le monde extérieur, elle s'était entourée d'une carapace imaginaire. Une cotte de mailles invisible, mais impénétrable. Elle inspira profondément, ferma les yeux et essaya de faire abstraction des cris de joie sortant de l'antique salle du Théâtre Royal Carré et qui pénétraient par vagues irrégulières jusque dans sa loge.

Elle fléchit légèrement les genoux et commença les exercices d'échauffement que son père lui avait enseignés autrefois. Très vite, elle n'entendit plus que sa propre respiration. Elle avait à nouveau cinq ans et se retrouvait dans le jardin entouré d'un mur, derrière sa maison natale, sous le vieux pommier à Wazir Akbar Khan, le quartier riche de Kaboul. Elle se tenait à côté de son père, vêtu de sa chemise blanche immaculée et de son pantalon en lin fait main. Il comptait à haute voix dans une langue incompréhensible qu'il avait apprise tout jeune de sa nurse indonésienne :

« Satu, dua, tiga… ».

À présent, à Amsterdam, dans la loge d'un bâtiment de cirque en pierre, vieux de plusieurs siècles et construit sur des pilotis en bois, Farah murmurait ces mêmes paroles. Elle répétait les mêmes mots après chaque expiration : *satu*, *dua*, *tiga*.

À ce moment-là, la porte s'ouvrit en grand : elle vit la silhouette de son entraîneur. La voix grave du chauffeur de salle qui annonçait le combat résonnait dans sa loge. Elle traversa les couloirs étroits en direction de la grande salle captant des bribes de l'annonce :

« Farah Hafez ! L'ange vengeur au physique et à la force d'une tigresse orientale. »

Orientale ? Elle était aux Pays-Bas depuis l'âge de dix ans ! Son cœur était resté incontestablement afghan, mais elle se considérait comme néerlandaise en tout point.

Clignant des yeux sous la forte lumière blanche du spot de poursuite, elle s'avança et monta les escaliers vers le tatami surélevé. De l'autre côté, son adversaire, une Russe aux cheveux blancs, avait l'air d'un charognard : glaciale et sans pitié. En vain, Farah chercha chez elle un signe de respect. Un court instant, Farah se sentit déstabilisée. Elle participait à ce gala, car elle adorait ce sport de combat. Outre le journalisme, son plus grand centre d'intérêt dans la vie était le pencak silat. Ce noble art martial venu de l'archipel indien. Son père le lui avait enseigné et, rien que pour cette raison, elle continuerait toujours à le pratiquer. C'était une alliance à vie. Mais aussi un art de vivre. Une évolution perpétuelle, mentale et spirituelle, véhiculant une intention positive et des valeurs humaines.

Elle ferma les yeux et retourna une dernière fois vers le silence dans lequel elle s'était préparée. Son père était revenu près d'elle. Revenu de la mort. Il parlait avec la voix calme d'un esprit qui n'a plus à se soucier de quoi que ce soit :

« Te rappelles-tu ce que tu as fait lorsque tu as eu peur pour la première fois ? Il faut ressentir la peur pour pouvoir la traverser. »

Elle se mit en position de combat, à quelques centimètres de son adversaire. Sa main droite ouverte, dirigée en avant comme dans une frappe figée contre un mur imaginaire. La Russe, en face d'elle, adopta la même posture. Farah sentit la charge électrique lorsque les paumes de leurs mains faillirent se toucher. Elle savait que contre cette femme, la force seule ne suffirait pas. Elle devait être agile et rapide.

Lorsque l'arbitre donna le signal du début, elle réagit une fraction de seconde trop tard. La Russe saisit son bras gauche et la poussa en arrière de toutes ses forces. Immédiatement, Farah sentit l'angoisse la paralyser. Tout d'un coup, elle avait deux adversaires : son attaquante et elle-même. Elle devrait être comme le bambou qui fléchit pour ensuite frapper très fort en retour. Et non pas une corde tendue qui, dès le premier mouvement venu, montre des signes de faiblesse. Elle devait cibler son objectif. Respirer. Réfléchir.

Du coin de l'œil gauche, Farah vit arriver un coup de poing. Elle l'esquiva et immobilisa son adversaire avec une clé de bras. Se tirant et se traînant mutuellement, elles tournaient sur le tapis. Tout à coup, la Russe attrapa la tête de Farah et commença à tirer ses longs cheveux. Tandis que des larmes de douleur jaillissaient de ses yeux, elle donna des coups dans le dos de la Russe avec son tibia droit et effectua un mouvement de ciseaux envoyant son adversaire à terre sur le dos, puis elle immobilisa la main tendue de la femme contre sa poitrine. La Russe se retrouva sous elle, prisonnière d'une clé de bras.

Soudain, elle sentit une vive douleur dans son mollet gauche. Son adversaire venait d'y planter ses dents. Une douleur fulgurante traversa le corps de Farah, mais au lieu de desserrer son étreinte elle tira encore plus fort sur le bras, resserrant ainsi sa prise.

Un long moment, elles restèrent allongées là : la Russe immobilisée et Farah au-dessus d'elle, déterminée, mais hurlant de douleur, jusqu'à ce que l'arbitre frappe du plat de la main sur leurs corps tendus à l'extrême.

« *Berhenti, berhenti!* Arrêtez, arrêtez ! »

Elle lâcha prise, se leva, titubant et se frottant le mollet, et s'aperçut alors qu'elle avait des traces de sang sur la paume de la main. Elle fixa les yeux plissés de la Russe et sentit brusquement une force incontrôlable prendre possession d'elle. C'était l'un des moments qu'elle craignait le plus. Quelque chose ou quelqu'un s'emparait d'elle et la poussait à faire des gestes qu'elle ne maîtrisait pas.

Sans s'en rendre compte, Farah envoya une droite directe sur le menton de son adversaire. Elle cogna le côté gauche de la cage thoracique de la Russe, lança un coup de pied droit puis, pour finir, portant tout son poids en arrière, la fit tournoyer au-dessus du tapis. La Russe tomba comme une poupée de chiffon.

Au loin, elle entendait crier son nom. Elle se retourna. Derrière elle, son entraîneur avait sauté sur le tatami. On lisait la panique dans son regard. Elle se retourna, vit l'arbitre et le soigneur penchés sur le corps allongé et immobile de la Russe.

Dans la salle, il régnait un silence de mort.

2

Les gouttes de pluie qui s'abattaient sur le pare-brise prenaient des reflets fluorescents dans l'intense lumière bleue du gyrophare de l'ambulance. Malgré la vitesse hallucinante des essuie-glaces, la visibilité sur le chemin forestier mal éclairé restait mauvaise, mais Danielle Bernson avait une confiance aveugle dans les capacités de son chauffeur, qui gardait un contact constant avec le bureau central, car l'endroit où devait se trouver la victime n'était pas clairement défini. Il s'agissait d'un enfant. L'informateur n'avait pas précisé sa position exacte.

Dans le rétroviseur extérieur, Danielle aperçut le gyrophare d'une voiture de police se rapprocher rapidement. Regardant la route à nouveau, elle poussa un cri. Face à eux, à cinquante mètres à peine, gisait une pauvre petite victime immobile, allongée sur le bitume. Freinant par à-coups, le chauffeur arrêta l'ambulance du MMT[1] juste à côté du corps en barrant la route. Munie de sa mallette bleue et de son ballon d'oxygène, Danielle sauta de la voiture, sous la pluie.

C'était une fillette. Elle était allongée, le ventre contre l'asphalte mouillé. Sa tête avait heurté le sol

1. *Mobiel Medisch Team* : équivalent du SAMU. (*Toutes les notes sont des traductrices.*)

sur le côté, son bras droit désarticulé décrivait un angle contre nature. Le bras gauche était immobile le long de son corps et sa jambe droite avait une position bizarre, comme si elle était désolidarisée de ce corps.

Danielle s'agenouilla, saisit avec précaution la tête et la nuque de la fillette et, avec l'aide du chauffeur accouru en toute hâte, la retourna doucement. Elle immobilisa sa nuque avec un collier cervical. Sa peau foncée et ses cheveux noir ébène faisaient penser à une enfant d'origine orientale. De fins traits de khôl entouraient ses yeux et le rouge à lèvres écarlate avait coulé en laissant d'épaisses traces autour de sa bouche. La fillette était vêtue d'un habit violet brodé, comme si elle venait d'une fête traditionnelle. Elle portait de nombreux bijoux : aux oreilles, autour du cou, aux poignets et même autour des chevilles. Des bijoux assortis de petits grelots en cuivre qui, au moindre geste, tintaient sourdement.

L'enfant avait les yeux fermés. Le seul signe de vie était sa respiration haletante. Danielle écarta les cheveux, collés par du sang séché, afin de dégager la plaie située sur la tête et commença à lui donner de l'oxygène.

Derrière eux, du côté droit de la route, une voiture de police manœuvra habilement avant de venir se poster à une certaine distance en travers du chemin, le gyrophare tournoyant. Entre-temps, Danielle entendit les freins hurlants d'un véhicule qui s'arrêtait derrière l'ambulance. Puis l'ouverture et la fermeture d'une portière, suivies de pas précipités. Quelques secondes plus tard, un homme d'âge mûr, de type marocain, s'agenouilla en face d'elle.

Agacée, elle s'écria :
« Pas si près ! J'ai besoin d'espace. »
En levant la tête, elle lut l'horreur sur son visage.
« Marouan Diba, police judiciaire, annonça-t-il sans la regarder. Y a-t-il des témoins ?
— Personne. Elle était toute seule. »
Un deuxième policier avait ouvert un parapluie qu'il tenait au-dessus de Danielle tout en éclairant la scène avec une lampe torche.
Les lèvres de la fillette commençaient à bleuir. Danielle attrapa son stéthoscope et écouta alternativement des deux côtés de la cage thoracique. À droite, elle entendit une légère respiration, mais rien du côté gauche.
« Pneumothorax compressif. »
Elle savait que cet enfant grièvement blessé était sur le point de mourir. Plusieurs côtes semblaient s'être cassées à la suite du choc de l'accident et la pression trop élevée dans la cage thoracique empêchait le cœur de faire circuler le sang correctement. De sa mallette, elle sortit sa plus grosse aiguille à perfusion, l'introduisit dans le deuxième espace intercostal de la fillette, glissa une canule par-dessus et retira doucement l'aiguille, avant d'entendre le sifflement de la pression qui s'échappait du poumon. On aurait dit qu'un ballon se dégonflait.
Le policier jura, mais apparemment c'était sa façon d'exprimer son soulagement. Danielle l'ignora.
« Sa tête a dû cogner violemment d'abord le pare-brise, puis le bitume, dit-elle. Dans le meilleur des cas, elle souffre d'un traumatisme crânien important.
— Et dans le pire des cas ? demanda le policier.

— De quelques hémorragies internes», répondit-elle en vérifiant la respiration de la fillette.

Puis elle donna l'ordre à son assistante de préparer le système de perfusion. Elle regarda la position bizarre de la cuisse gauche. Un morceau d'os dépassait, venait-elle de s'apercevoir. La jambe enflait à vue d'œil.

Avec précaution, elle tâta le bassin de la fillette et eut peur lorsqu'elle sentit qu'il bougeait.

«Elle a probablement aussi une fracture du bassin. Ce qui veut dire qu'elle est en train de se vider de son sang de l'intérieur.»

Elle sortit une paire de ciseaux de sa trousse et découpa les habits de la fillette autour de ses hanches afin de mieux évaluer la fracture. Très vite, elle s'aperçut qu'elle ne portait pas de sous-vêtements.

Et que c'était un garçon.

Le policier le vit aussi et recommença à jurer. Il se leva et s'éloigna. L'assistante donna une ceinture de maintien à Danielle. Ensemble, elles la glissèrent autour du bassin de l'enfant.

«Aiguille intra-osseuse!» s'écria-t-elle, survoltée.

Pour introduire l'aiguille intra-osseuse, Danielle était obligée de forer dans le tibia droit du jeune blessé. Heureusement, il réagit en émettant un gémissement, signe que son cerveau fonctionnait encore. Mais Danielle savait qu'elle devait agir vite. Elle mit l'aiguille en place et entoura la plaie à la jambe avec de la gaze stérile. Puis avec l'aide du chauffeur et de l'assistante, elle glissa le garçon sur le plan dur jaune. Elle posa deux cales de part et d'autre de la tête pour l'immobiliser.

« À trois », cria-t-elle, et elle commença à compter.

Les policiers les aidèrent à monter la planche avec la victime dans l'ambulance. Danielle sauta à bord du véhicule, les portières claquèrent et tandis qu'ils s'éloignaient, elle entendit le chauffeur prendre contact avec l'hôpital et transmettre l'heure probable de leur arrivée. Alors que l'ambulance quittait le Bois d'Amsterdam à toute allure, Danielle se rendit compte qu'elle ne pourrait prendre ses distances avec le garçonnet qu'au moment où elle aurait réussi à le sauver.

3

De retour dans sa loge, tout devint clair pour Farah. Elle avait l'impression de se réveiller d'un mauvais rêve. Du regard, elle avait interrogé son entraîneur et il lui avait parlé calmement.

« Ce n'est pas ta faute, Farah. J'ai vu ce qui s'est passé. Ce n'est pas ta faute. »

Elle se rendit compte de ce qui avait dû arriver. Elle avait trop encaissé. C'est vrai qu'elle avait pu se défendre contre les forces physiques de la Russe, mais elle avait été impuissante face à une force beaucoup plus intense et dangereuse : c'était la haine de son adversaire qui avait transpercé sa défense émotionnelle et avait déclenché chez elle une colère irrépressible.

Elle savait à quel point il était important de contenir sa fougue, même dans les situations les plus difficiles. La maîtrise de soi lui avait déjà sauvé la vie plusieurs fois. Mais précisément ce soir, elle avait perdu son sang-froid. Cela n'avait duré que quelques secondes, mais pendant ces secondes-là elle avait peut-être blessé une femme de façon irréversible.

Pendant les combats, elle se laissait rarement emporter par sa colère. En revanche, cela lui arrivait beaucoup plus souvent dans les affaires de cœur, où elle avait déjà fait bon nombre de victimes, mais celles-là continuaient – avec ou sans cœur brisé – à vivre normalement. Ce qui, pour l'instant, n'était pas encore garanti pour la femme qui s'était trouvée, ce soir, en face d'elle sur le tapis.

Elle entendit la porte s'ouvrir. Tandis que le tumulte du couloir entrait dans sa loge avec la force d'un ouragan et que son entraîneur chuchotait quelques mots à un arbitre, Farah essaya de faire le calme dans sa tête.

La porte se referma et son entraîneur s'approcha d'elle d'un pas lourd. Il s'arrêta derrière elle, attendant qu'elle soit prête à recevoir le verdict. Elle pouvait entendre sa respiration. Des larmes coulant lentement le long de ses joues.

« Papa, où es-tu ? »

Lorsqu'elle eut réussi à contrôler sa respiration, elle se leva, se retourna et vit de la résignation dans le regard de son entraîneur. Ses mots furent rassurants :

« Ce n'est pas trop grave. »

À peine un quart d'heure plus tard, Farah manœuvrait avec dextérité sa Porsche Carrera noire pour entrer dans le parking souterrain du centre hospitalier, le Waterland Medisch Centrum. Elle se gara près des escaliers puis monta en courant jusqu'à l'entrée du service des urgences.

La réceptionniste la regarda avec des yeux fatigués dans lesquels toute forme d'empathie avait disparu. Farah expliqua qu'elle venait pour la femme qui avait dû être amenée peu avant avec deux côtes cassées et un traumatisme crânien.

« Et vous êtes ?

— Celle qui lui a fait ça », répondit Farah.

La femme la regarda d'un air déconcerté. Au même moment, plusieurs médecins et infirmières surgirent dans le hall. Ils passèrent devant l'accueil en courant et se regroupèrent près d'une ambulance qui venait d'arriver, sirène hurlante. Farah les vit pousser un brancard portant une fillette orientale grièvement blessée. Les pans de tissu coloré qui l'enveloppaient étaient ceux d'un habit traditionnel découpé en morceaux. Elle était couverte de bijoux et de petits grelots qui tintaient à chaque mouvement du brancard. Au milieu de ce chaos apparent de médecins et d'infirmières qui s'apostrophaient, Farah ne faisait attention qu'aux yeux de la petite fille dans lesquels elle lisait une peur panique. Elle vit ses lèvres bleuies bouger lentement, sans faire de bruit, essayant de former un mot.

Personne ne semblait le remarquer ou l'entendre. Et même si quelqu'un l'avait entendu, personne n'aurait pu le comprendre, car il était dit dans une langue que personne, ici, ne parlait. Mais Farah avait utilisé ce même mot, ce soir, dans sa loge. Elle ne l'avait pas prononcé, mais pensé.

« Padar. » Père.

Se faufilant entre les urgentistes, elle se pencha sur la fillette. Elle lui répondit en dari :

« Ne t'inquiète pas, ma chérie. Il va bientôt venir. »

Un médecin aux cheveux blonds vêtu d'une blouse orange d'ambulancier releva la tête, l'air étonné.

« Vous êtes de sa famille ?

— Non, mais elle réclamait son père.

— Ce n'est pas une fille, c'est un garçon. »

Un garçon, dans ces habits, avec des bijoux et du maquillage… En un éclair, Farah comprit ce dont il pouvait s'agir. Jamais elle n'aurait pu imaginer qu'une tradition issue de son pays natal et vieille de plusieurs siècles aurait pu refaire surface dans un pays occidental. Mais la preuve était là, devant elle, en sang, étendue sur un brancard.

« Y a-t-il un interprète ? demanda Farah.

— On s'en occupe, répondit la femme blonde en lui barrant le passage d'un geste du bras tandis que le garçon était introduit dans la salle de soins.

— Je peux faire l'interprète ! » cria Farah en regardant la manière dont la victime était relevée, plan dur y compris, puis déposée sur la table d'examen.

En même temps, elle était témoin de discussions agitées. Elle comprit que le médecin refusait de laisser le blessé aux mains de l'équipe de traumatologie. Soudain, la doctoresse fit signe à Farah.

« Demandez-lui qui est son père », dit-elle en découpant les vêtements du garçonnet.

Pendant ce temps, deux infirmières enlevaient tous les bijoux et les rangeaient dans un sac en plastique transparent qu'elles accrochèrent sous le brancard.

Farah s'avança vers le garçon. Elle estimait son âge à sept ou huit ans, tout au plus. Ses gémissements étouffés lui faisaient mal au cœur et résonnaient fort dans sa mémoire. À voix basse, elle lui parla en dari et essaya de lui expliquer qu'il était en sécurité maintenant, qu'il devait tenir le coup et qu'il était courageux comme un lion. Qu'elle resterait près de lui. Doucement, elle lui tendit la main et le garçon attrapa ses doigts.

« Comment tu t'appelles ? »

Il la regarda d'un air hagard, comme si elle venait d'une autre planète.

« *Namet chist?* Quel est ton nom ? »

Elle approcha son oreille tout près de sa bouche, mais à cause des nombreux ordres criés autour d'elle, elle n'arrivait pas à entendre ses chuchotements, et encore moins à les comprendre.

La doctoresse blonde qui avait amené le garçon informa quelqu'un par téléphone qu'un patient d' « urgence niveau 1 » allait arriver. Au même moment, un infirmier entra en courant et cria :

« Le traumatologue est en route.

— C'est moi qui vais l'opérer », annonça le médecin, imperturbable, en introduisant un cathéter dans la cage thoracique du garçon.

Farah faillit tomber dans les pommes. Elle se pencha à nouveau sur le petit et lui chuchota :

« *Ma Farah astom, to ki hasti?* Moi, je suis Farah, et toi ? »

Les larmes coulaient le long de ses joues et Farah sentit un énorme besoin de pleurer avec lui, mais elle sut se maîtriser et ne put faire mieux que de lui glisser :

« Je suis près de toi. Je ne partirai pas.

— Vous en savez un peu plus ? demanda le médecin.

— Pas encore. Au fait, vous l'avez trouvé où ?

— Dans le Bois d'Amsterdam. Renversé. Le coupable a pris la fuite. »

Farah perçut une grosse colère dans la réponse brève de la doctoresse, qui s'adressa ensuite aux infirmières :

« Écoutez bien. Nous avons une fracture du bassin en livre ouvert et une fracture du fémur. Vraisemblablement des hémorragies internes abdominales et probablement aussi crâniennes. Le garçon part d'abord au bloc opératoire. Les fractures doivent être stabilisées sinon il se videra de son sang. Ensuite, il passera au scanner. C'est clair ? »

Le garçon fut conduit hors de la salle d'urgence. Farah l'accompagna en lui tenant la main. Le médecin s'approcha d'elle alors que les portes de l'ascenseur s'ouvraient.

« Comment vous appelez-vous ? demanda-t-elle lorsqu'elles furent dans l'ascenseur.

— Farah.

— Écoutez, Farah, vous ne pouvez pas entrer au bloc opératoire.

— Je n'en avais pas l'intention.

— Mais pourriez-vous laisser votre nom et votre numéro de téléphone ?

— Ne vous inquiétez pas, je garderai contact, dit Farah. Qui dois-je demander si je veux vous avoir ?

— Danielle. Danielle Bernson. »

Le garçon poussa des gémissements. Farah lui caressait les cheveux d'une main, tout en gardant la main du petit dans l'autre.

« Tu vas bientôt dormir, susurra-t-elle. Et alors, tu n'auras plus mal. Et quand tu te réveilleras, je serai là. »

Il la regarda avec une sorte de morne résignation.

Les portes de l'ascenseur s'ouvrirent. Ils traversèrent un couloir vide et s'arrêtèrent devant la porte de la salle d'opération numéro 12.

« On est arrivé », dit Danielle.

Farah s'approcha du garçon.

« Le médecin va s'occuper de toi maintenant. Je t'attends ici. D'accord ? »

Elle vit passer un vent de désespoir dans ses yeux. Farah lui donna un baiser sur la joue et lui lâcha la main lentement.

« Merci, Farah », dit Danielle en poussant le blessé à l'intérieur de la salle d'opération.

Farah l'entendit à peine. Le garçon disparut derrière les portes, qui se refermèrent d'un coup sec : elle ne perçut plus que les battements de son propre cœur qui s'emballait. Elle fit plusieurs allers-retours dans le couloir vide. Puis elle prit une décision.

4

Sur l'A9, Farah prit la sortie du Bois d'Amsterdam en écrasant le frein. Tandis que, concentrée, elle négociait des virages sur une route de moins en moins bien éclairée, elle se rendit compte qu'elle était en train de faire ce qu'elle avait décidé, depuis fort longtemps, de s'interdire : céder à la première impulsion et agir en conséquence.

Qu'est-ce qui l'avait poussée à venir là ? Étaient-ce les yeux du garçon ? Sa peur ? Ou s'agissait-il de la détresse, qui, à travers un seul mot murmuré, avait fait écho à son propre passé ?

Elle ralentit, puis rangea la voiture sur le côté en laissant tourner le moteur. Son rythme cardiaque était beaucoup trop élevé. Elle ferma les yeux et essaya de calmer sa respiration.

« *Padar*. »

Le mot père, Farah l'avait prononcé mentalement de très nombreuses fois, dans un silence seyant aux morts. Ce soir, en murmurant ce mot, l'enfant avait rompu brutalement ce silence installé depuis des années.

Elle se doutait que ce soir, dans ce bois, il s'était passé quelque chose qui aurait sur sa vie une importance bien plus grande qu'elle ne pouvait l'imaginer pour l'instant. Cette pensée l'angoissa, mais cette fois-ci, elle était fermement résolue à se fier à son intuition. La décision de retracer l'histoire du garçon fit redescendre lentement son rythme cardiaque.

Elle vit un gyrophare s'approcher derrière elle, traçant des lignes bleues à travers les arbres. Peu après, elle aperçut le métal rouge brillant d'un camion de pompiers qui la dépassa à toute allure, sirène hurlante. Aussitôt, elle le suivit en appuyant sur l'accélérateur. Au moment où il bifurqua à gauche, prenant un chemin forestier, elle freina. Dans le bois, cent mètres plus loin, des jets de flammes montaient dans le ciel. Un accident dans un endroit aussi isolé ? Peu vraisemblable. Elle décida de ne pas y aller, mais de continuer sur la route goudronnée. Quelques minutes plus tard, elle comprit qu'elle avait eu raison. À genoux sur l'asphalte, éclairés par des projecteurs, deux agents de la police scientifique étaient à l'œuvre.

Farah descendit de voiture et s'arrêta devant le ruban de sécurité rouge et blanc tendu à travers la chaussée. Pour la première fois, elle se rendit compte qu'elle n'était pas du tout habillée pour la circonstance. Elle portait un pantalon noir, remonté nonchalamment jusqu'au-dessus des mollets et, en dessous, des bottines à talons bloc, en cuir ajouré, en prévision du gala de clôture du soir même. Elle avait laissé sa veste Versace d'occasion, noir brillant, sur la banquette arrière. Vêtue de son top ajusté argenté et les cheveux en bataille, elle ressemblait à un mannequin hébété, abandonné en plein shooting par son équipe.

Quelque peu mal à l'aise, elle regarda un des policiers marquer les traces de freinage à environ trente mètres de là, de son côté de la route. Elles bifurquaient sur la droite, finissant dans le bas-côté. Quelques mètres plus loin, toujours sur la voie de droite, quelqu'un avait tracé, à la craie blanche, les contours d'un petit corps dans une position bizarre. C'était l'endroit où le gamin avait été retrouvé.

Les traces de freinage pouvaient être celles de la voiture qui l'avait renversé. Farah s'aperçut qu'il y avait plusieurs mètres entre l'endroit où le garçon s'était retrouvé à terre et celui où les traces de pneus filaient dans le bas-côté. Cela voulait dire que le gamin avait été percuté si violemment par la voiture qu'il avait été projeté sur plusieurs mètres. L'autre possibilité était que le véhicule avait justement voulu l'éviter et que celle-ci ne l'avait pas touché : le chauffeur aurait écrasé le frein et tourné le volant avant de s'immobiliser contre un arbre. Dans ce cas, la victime ne se serait pas trouvée debout sur la route, mais gisant déjà sur le bitume.

Farah remarqua que, sur la voie de gauche, à hauteur du dessin à la craie, un deuxième agent de la police scientifique inspectait d'autres traces de freinage. Elle se faufila sous le ruban de sécurité et s'avança vers lui. Il était encore jeune et toute son attention était dirigée sur l'asphalte mouillé, si bien qu'il ne se rendit compte de la présence de la jeune femme que tardivement. Surpris, il leva la tête.

« Excusez-moi de vous déranger. J'habite tout près, dit Farah le plus aimablement possible. J'aimerais bien savoir ce qui s'est passé. »

Le jeune agent l'observa un instant, puis pointa son doigt derrière elle :

« Elle est à vous ?

— La Carrera ? demanda Farah en se retournant. Oui, c'est la mienne.

— Moteur trois litres deux contre la banquette arrière, deux cent trente chevaux, châssis turbo abaissé et amortisseurs à gaz. Une voiture qu'on n'a pas seulement envie de conduire, mais dont on voudrait bien être le propriétaire, dit l'agent en lançant un regard admiratif de connaisseur. Et j'ose parier que vous passez en moins de six secondes de zéro à cent.

— Je n'ai encore jamais essayé, répondit Farah. Elle est de 1987, j'y fais très attention. »

Elle pensait avoir passé le premier test avec succès et décida de continuer sur sa lancée. En désignant les débris de verre d'un phare cassé jonchant le sol, elle demanda :

« Cette voiture-là, elle roulait à combien ?

— À vue d'œil : près de quatre-vingts. Freinage brutal. Ça se voit à ces traces épaisses. »

Il montra l'extrême limite des traces de freinage où l'empreinte de pneu se voyait le mieux.

« Le garçon était allongé là, dit Farah en pointant le dessin à la craie. A-t-il pu être happé par cette voiture ? »

Elle avait posé la question sans réfléchir et l'homme en face d'elle prit aussitôt ses distances.

« Le garçon ?

— Je suis journaliste, confessa Farah immédiatement. Je voudrais savoir qui a fait ça.

— Avez-vous une pièce d'identité ? »

Soudain, la voix du jeune agent s'était tendue. Elle voyait bien qu'il n'avait pas encore beaucoup d'expérience et essayait de l'impressionner en exerçant le peu d'autorité qu'il avait dans ses bagages. Du coin de l'œil, Farah vit l'autre policier s'approcher d'eux. Elle tenta sa chance à nouveau :

« Vous faites votre travail et moi le mien. Pensez-vous que les traces, de l'autre côté de la route, proviennent de la même voiture ? »

L'autre agent, qui avait sans doute la direction des opérations, n'était plus qu'à quelques mètres d'eux.

« Je veux dire, ajouta Farah rapidement, y a-t-il plusieurs véhicules impliqués dans cet accident ?

— Madame, vous êtes ici sur le lieu d'un délit. Vous devez rester derrière le ruban de sécurité. »

Farah vit la tête renfrognée du second agent scientifique et comprit qu'elle avait épuisé tout son crédit.

« Je comprends, monsieur l'agent. Excusez-moi. »

D'un coup, l'émotion la submergea et elle se retourna rapidement. Tandis qu'elle s'éloignait, elle entendit les deux hommes discuter.

« Madame ? » cria l'agent en chef.

Elle se retourna et le vit s'avancer vers elle.

« Si j'ai bien compris, vous êtes de la presse.

— Euh, c'est ça, dit Farah. J'étais là, quand il est entré aux urgences. Laisser un enfant pour mort, ici… c'est incroyable ! »

Un instant, ils restèrent muets l'un en face de l'autre.

« Je suis désolé, mais nous ne pouvons pas donner de renseignements à la presse, lui confia l'agent en souriant. Mais vous avez raison.

— Que voulez-vous dire ?

— Il y a plusieurs voitures impliquées. »

Il fallut un petit moment à Farah pour comprendre ce qu'il venait de dire.

« Merci, dit-elle d'une voix enrouée.
— De quoi ?
— De votre… aide.
— Madame, nous n'avons aidé personne. Personne n'est venu ici nous demander de l'aide. » Il se retourna en demandant : « Kevin, ces cinq dernières minutes, est-ce que tu as vu quelqu'un qui voulait des renseignements ? »

Le plus jeune agent secoua la tête en souriant.

Farah monta dans sa Carrera, fit demi-tour et retourna à l'endroit où elle avait vu le camion de pompiers prendre le chemin forestier. Pendant ce temps, elle récapitulait mentalement ce qu'elle venait de voir et d'apprendre. Des traces de freinage, sur les deux voies de circulation, en direction opposée. Deux voitures. Pratiquement au même moment ou à très peu d'intervalle, au même endroit. Le garçon étant le dénominateur commun. Trois morceaux d'un puzzle morbide, gardant pour l'instant tout son mystère.

Elle arriva près du chemin forestier et regarda vers le lieu où les dernières flammes demeuraient encore visibles. Elle ne se demanda pas si le feu pouvait avoir un rapport avec l'accident. Pour l'heure, elle suivit son instinct, qui la poussait à aller voir.

5

Elle eut l'impression d'entrer dans un enfer entouré d'arbres. Ce n'était ni le feu ni le chaos qui l'attiraient. C'était surtout son subconscient, qui l'incitait à croire que les événements survenus ici pouvaient avoir un lien avec l'accident du garçonnet, quelques mètres plus loin.

Elle roula en direction d'un agent lui faisant signe de s'arrêter, agita alors sa carte de presse en espérant qu'il la prenne pour quelqu'un de la police judiciaire et accéléra sans attendre sa réaction. Puis elle s'immobilisa juste derrière un camion de pompiers, ouvrit rapidement sa portière et s'approcha discrètement de la clairière où des pompiers casqués projetaient des quantités de mousse sur la carcasse fumante d'un break américain. Des cris fusèrent : elle comprit trop tard qu'elle se trouvait à l'intérieur du périmètre d'un canon à eau qui arrosait les arbres alentour. Avant d'avoir eu le temps de s'esquiver, elle fut soufflée par la force d'un jet d'eau de mille deux cents litres.

Assommée et trempée, elle tentait de se relever quand une main inconnue l'aida à se mettre debout. Chancelante, elle regarda droit dans les yeux brun clair d'un jeune homme dont le collier de barbe minimaliste à la mode accentuait les traits carrés de son séduisant visage.

« Perdue ? cria-t-il par-dessus le vacarme.

— Plutôt indésirable, je crois », dit Farah en tirant sur son petit haut mouillé qui lui collait à la peau.

Elle tirait tant qu'elle pouvait, mais le tissu trempé reprenait inexorablement sa place, moulant ses seins privés de soutien-gorge. Elle aurait été nue, cela aurait été pareil.

« Joshua Calvino. Inspecteur. Que fait une femme comme vous dans cette forêt ? »

Il le dit d'un ton si malicieux qu'elle sourit malgré les circonstances.

« Eh bien, Joshua, j'étais aux urgences du WMC lorsqu'on a amené un petit garçon grièvement blessé par une voiture tout près d'ici. Et je voulais savoir ce qui s'était passé exactement.

— L'accident s'est produit plus loin. Pas ici.

— Mmmh, je sais. J'y suis déjà allée.

— Qu'est-ce que vous faites ici, alors ?

— Il est question de deux voitures. Et il se pourrait qu'on ait incendié l'une d'entre elles ici. »

Il l'observa à nouveau attentivement. Elle remarqua qu'il s'efforçait de ne pas regarder ses seins.

« J'imagine que vous ne vous promenez pas en pleine nuit dans la forêt pour votre plaisir. Quel est votre métier ?

— Je suis journaliste », répondit Farah en lui montrant sa carte de presse.

Entre-temps, ils étaient arrivés à hauteur de la clairière où se trouvait l'épave calcinée couverte de mousse à incendie. Au-dessus du terrain boueux s'élevait un nuage de fumée grasse. C'est au milieu du chaos provoqué par le va-et-vient des soldats du feu tirant des dizaines de mètres de tuyaux que l'attention de Farah fut attirée par un homme d'âge mûr, gesticulant et fulminant contre le commandant des pompiers.

« Mon collègue, dit Joshua, lançant un regard désapprobateur sur la scène. Il s'énerve parce que avec leur matériel d'incendie et leurs bottes de sept lieues, les gars ont probablement effacé toutes les traces. Du coup, ils ont détruit toute preuve éventuelle.

— Qu'est-il arrivé à cette voiture ? demanda-t-elle prudemment.

— Aspergée d'essence et ensuite… pfft. »

Joshua fit mine d'allumer une allumette et de la jeter.

Farah vit l'autre inspecteur s'approcher d'eux d'un pas décidé. Il était clair qu'il appréciait beaucoup moins sa présence que son jeune collègue.

« Ces gars-là c'est déjà la plaie, dit-il en désignant les pompiers. Alors la dernière chose dont on ait besoin ici, ce sont des amateurs de catastrophes, ajouta-t-il en fixant les seins de Farah, qui le détesta aussitôt.

— Elle était aux urgences lorsqu'ils ont amené le garçon accidenté, expliqua Joshua. Elle pense qu'il y a un lien entre cet incendie et… »

Il ne put terminer sa phrase à cause de la confusion régnant tout à coup parmi les pompiers autour du break. Farah se dépêcha de suivre l'agent jusqu'à l'épave. Là, elle découvrit une scène qu'elle aurait préféré ne pas voir : deux corps calcinés couverts de mousse blanche recroquevillés dans le coffre.

Saisie par la vue et la puanteur des cadavres carbonisés, Farah se détourna rapidement et vida le contenu de son estomac secoué de spasmes contre l'arbre le plus proche. Même l'odeur de ses propres vomissures lui sembla délicieuse à côté de celle de chair humaine brûlée qui emplissait ses narines. Elle se releva, un mouchoir sur la bouche.

Joshua Calvino mit sa main sur son épaule et dit :

« Pour l'instant, je crois que vous en avez assez vu. »

Il avait adopté le ton qui convenait à ce genre de situation. Celui de quelqu'un faisant preuve d'autorité et de compréhension. Quelqu'un qu'elle avait envie d'écouter.

« Tenez, dit-il en lui tendant une bouteille d'eau qu'elle vida à grandes gorgées.

— Merci.

— Je dois continuer. Et vous, vous devez partir. Ça va aller ? »

Sa façon sensuelle de sourire en découvrant ses dents blanches éclatantes semblait déplacée étant donné les circonstances. Mais apparemment, Joshua Calvino avait le pouvoir de se défaire sans difficulté du poids d'un tel spectacle d'horreur. Farah s'attendait presque à voir surgir un orchestre : Joshua se mettant à chanter et les pompiers, en arrière-plan, effectuant une chorégraphie endiablée comme dans les films de Bollywood. Elle le suivit du regard lorsqu'il rejoignit l'autre inspecteur, qui téléphonait frénétiquement.

Un peu plus tard, reprenant la route goudronnée, sa tête tournait, mais elle ressentait surtout une immense tristesse. Elle choisit donc le chemin le plus court, contournant l'étang d'Amstelveen pour rejoindre la grande maison au toit de chaume. La demeure du metteur en scène de télévision et réalisateur de documentaires David Van Rhijn, l'homme avec qui, depuis six mois, elle avait réussi à entretenir une relation semblant résister à tous ses caprices.

Plus tôt dans la soirée, David était rentré d'Inde, où il avait réalisé un documentaire sur l'histoire du réseau ferroviaire national transportant quotidiennement quelque dix-huit millions de passagers. Elle ne savait pas où David en était avec le décalage horaire : elle espérait le trouver encore debout. Elle voulut d'abord l'appeler, mais se ravisa. S'il dormait déjà, elle ne voulait pas le réveiller. Elle ferait mieux alors de se blottir en douceur contre lui, d'oublier les événements passés et de s'endormir.

Elle pensait à tout ce qu'elle avait vécu ce soir. Le combat au Théâtre Carré, son issue, l'hôpital où avait été amené le petit garçon, le peu d'aide qu'elle avait pu apporter, le médecin se sentant si impliqué.

Elle se rappela soudain qu'initialement elle était allée à l'hôpital à cause des blessures de son adversaire. En arrivant chez son ami, elle fut persuadée que le hasard était une suite d'événements magistralement orchestrée. En tout cas, elle avait très envie d'y croire.

6

La maison de David respirait la protection et l'harmonie. En montant dans le noir le large escalier en bois, Farah se remémorait la première fois qu'elle s'y était aventurée, six mois plus tôt, avec l'impression d'être Alice au pays des merveilles. Cet endroit était le point d'ancrage d'un globe-trotter qui rapportait systématiquement de ses voyages dragons asiatiques, dieux de tonnerre africains, squelettes mexicains, bouddhas, icônes russes et images de joueurs de base-ball américains légendaires.

Lorsqu'ils s'étaient rencontrés, David portait le deuil de l'amour de sa vie, foudroyée par un cancer du pancréas. Farah avait été touchée par la sincérité avec laquelle il avait parlé de cette perte et des remords qu'il avait eus quand, malgré ce vide soudain, il avait découvert un nouvel élan de vie – elle. En racontant son histoire, il n'avait pas essayé d'endosser le rôle de victime ni de susciter sa compassion pour l'entraîner ensuite, comme lot de consolation, dans son lit vide. Il lui avait simplement expliqué sa vie. Farah avait senti chez lui une douleur sans ostentation, un chagrin dont il n'avait pas honte. Un deuil sans arrière-pensées.

La clé de la passion inattendue de Farah pour cet homme râblé à l'épaisse chevelure sombre et bouclée et à l'énergie démesurée furent ses yeux mélancoliques. Ils lui redonnèrent ce sentiment de sécurité qu'elle n'avait plus ressenti depuis ses années d'enfance à Kaboul. Deux jours après leur première rencontre, elle s'était trouvée devant la porte de cette maison isolée avec vue sur l'étang d'Amstelveen.

Mais elle n'était pas encore prête à s'y installer définitivement. David lui avait dit que, pour sa part, elle pouvait chambouler « tout son foutoir dans la maison » afin de se sentir chez elle. Tant qu'il était présent, c'était son domaine et elle s'y plaisait. Par contre, dès qu'il partait pour un de ses voyages lointains, la maison lui paraissait soudain terriblement vide.

Quand il était absent, Farah regrettait aussi les délicieuses odeurs de cuisine, car David, dans toute sa robustesse, était également un fin cuisinier. Par amour pour Farah, il s'était plongé dans la cuisine afghane dès leur première rencontre. Le premier soir où elle était venue dîner chez lui, il lui avait fait la surprise de lui servir son mets favori, le *kabuli palaw*, du riz épicé au poulet. Mais, pour l'instant, elle préférait garder son appartement donnant sur la place Nieuwmarkt, dans le centre d'Amsterdam.

Elle avait, à présent, un immense besoin d'être près de lui. De toucher son corps massif. De sentir son haleine fleurant le whisky pur malt. Ses grandes mains sur son corps. Son étreinte masculine. Arrivée au premier étage, elle pénétra le plus silencieusement possible dans la chambre où l'on entendait un doux ronflement régulier. La lampe de chevet restée allumée se reflétait dans la bouteille de Campbeltown posée sur la table de nuit entre un *New York Times* ouvert et un *Independent* défait.

Elle retira ses bagues, enleva son bracelet et son collier, se déshabilla en faisant le moins de bruit possible, entra dans la salle de bains et ouvrit la douche en position massage. Petit à petit, elle sentit son corps se détendre sous le large jet chaud et le lâcher-prise atténua son chagrin. Elle aurait pu rester ainsi une éternité : les bras croisés devant sa poitrine, le dos légèrement courbé.

En se retournant, elle vit David à l'entrée de la salle de bains, les cheveux en bataille, nu et en équilibre précaire entre sommeil et éveil, s'appuyant contre le chambranle de la porte, sa main gauche grattant nonchalamment ses testicules.

« J'ai vu une émission genre *Nouvelle Star* sur une chaîne indienne, annonça-t-il entre deux bâillements. Ça s'appelait *Bathroom Singer* et les candidats n'osaient chanter que dans leur salle de bains. Vraiment incroyable. Dans le studio, ils ont monté des salles de bains complètes, l'émission a un succès fou. »

En noctambule et avec une érection croissante, il avança dans sa direction en demandant sur un ton mielleux et avec un accent indien exagéré :

« Bienvenue dans notre émission, mademoiselle Hafez. Qu'allez-vous nous chanter ce soir ? »

Ce n'est qu'en s'approchant qu'il s'aperçut qu'elle pleurait.

« Verses-tu des larmes de bonheur parce que tu as gagné ce soir ou es-tu tout simplement heureuse de me revoir ? » demanda-t-il avec un sourire incertain.

Il la serra fort dans ses bras. Farah se blottit contre son corps chaud et velu, et éclata en sanglots.

Il la sortit de la douche, la porta jusqu'à la chambre et couvrit son visage mouillé de tendres baisers de consolation. Puis il la regarda longuement, d'un air sérieux. Et attendit.

« Je préfère ne pas parler pour l'instant », chuchota-t-elle.

Elle le poussa doucement et, alors qu'il roulait sur le dos en soupirant, se pencha sur lui, laissant tomber des gouttes d'eau de ses cheveux mouillés sur son torse poilu puis l'embrassa longuement avec fougue.

Le fait d'être ainsi penchée au-dessus de lui l'excita. Les grandes mains de David saisirent les hanches de Farah comme s'il voulait l'arrimer à son corps.

« Plus fort », supplia-t-elle, lorsqu'il la pénétra de plus en plus profondément.

Elle eut l'impression d'être soulevée par la puissance d'une vague de plusieurs mètres de haut et resta suspendue en apesanteur au-dessus du lit pendant plusieurs secondes, poussant des cris de délivrance. Peu après, David jouit en elle par secousses.

Lorsqu'elle retomba à nouveau sur lui en douceur, elle sentit son corps se détendre et sa morosité se dissiper.

Elle ne savait pas combien de temps elle était restée allongée à côté de David. Elle était moite. Les chiffres digitaux du réveil matin indiquaient quatre heures cinq. Doucement, elle se libéra de son étreinte et, sans faire de bruit, elle sortit sur le balcon en passant entre les rideaux qui ondulaient devant la grande fenêtre ouverte.

Perdue dans ses pensées, elle regarda par-dessus l'étang d'Amstelveen. Toute sa vie, elle avait été fascinée par les choses qui lui étaient incompréhensibles. Cela lui était arrivé pour la première fois à l'âge de cinq ans, quand, depuis sa chambre, elle avait vu son père faire de lents mouvements mystérieux avec les bras et les jambes, sous le pommier. Comme s'il effectuait une danse inconnue sur des accords inaudibles. La pensée qu'il était devenu fou avait effleuré son esprit d'enfant. En même temps, elle avait été si intriguée par son calme, sa force et sa maîtrise qu'elle avait continué à le regarder, la bouche grande ouverte.

Chaque matin, elle l'avait observé depuis sa chambre et, très vite, elle avait remarqué que ses mouvements s'enchaînaient toujours de la même façon. Elle avait commencé à l'imiter. Jour après jour. Jusqu'à ce que, un matin, elle eût assez de courage pour se placer la première sous le pommier, en attendant que son père sorte de la maison. Lorsqu'il était arrivé, elle avait entamé le premier mouvement, avec grâce, comme elle l'avait vu faire. Et à la fin, il était toujours là, immobile. Elle l'avait regardé, prête à recevoir une punition. Mais, au lieu de la punir, il avait joint les mains en silence et s'était incliné devant elle. Elle n'oublierait jamais cet instant magique. Ce fut le début de leur alliance spirituelle, dépassant largement sa mort terrestre, quatre ans plus tard.

Le vent avait tourné : les bruits de l'A9 venaient déchirer l'illusion d'harmonie naturelle. Farah retourna dans la chambre et contempla David, profondément endormi. Elle sourit. Même pendant son sommeil paradoxal, il serait encore capable de faire l'amour avec force et vigueur. Mais dans sa tête résonnait la promesse qu'elle avait faite un peu plus tôt dans la soirée : *« Buru khauw sho. Waqte ke bedar shodi mar peshet mebashom. »* Tu vas bientôt dormir. Et quand tu te réveilleras, je serai là.

Dans le dressing, elle trouva un jean qu'elle assortit d'un chemisier sobre en soie blanche. En enfilant une paire de baskets, elle chercha son portable et téléphona au WMC. L'opération était toujours en cours. Personne ne s'était encore manifesté pour prendre des nouvelles du garçon.

Elle retourna près du lit, se pencha vers David, posa un baiser sur son front en sueur et quitta la chambre sur la pointe des pieds.

7

Vers quatre heures du matin, roulant du Bois d'Amsterdam en direction du bureau de police, l'inspecteur Marouan Diba était au bout du rouleau. Il sentait la fumée et suait à grosses gouttes. Voilà pourquoi il ne supportait pas que son collègue Joshua Calvino, bien plus jeune que lui, arbore en permanence un air frais et dispos comme si leur service de garde démarrait à peine.

« Je te l'avais dit, non : trop de glucides, trop de saloperies et des viandes trop grasses », remarqua Calvino d'un ton moqueur lorsque les intestins de Marouan commencèrent à se manifester bruyamment.

Il donna du poids à ses paroles en ouvrant la fenêtre ostensiblement.

Marouan savait que son collègue, tiré à quatre épingles, avait raison. Cette nuit, il s'était arrêté trois fois dans une cafétéria pour engloutir des quantités de pain et de viande de mouton arrosée de différentes sauces. Calvino l'avait accompagné une seule fois et avait récupéré une poignée de feuilles de salade au fond d'un Tupperware.

« Mais console-toi, ricana Calvino en consultant son téléphone portable d'un air satisfait. Aujourd'hui, on aura encore une très belle journée, peu de nuages, une température maximale de trente-deux degrés Celsius et une vitesse de vent moyenne de trois sur l'échelle de Beaufort, ce qui veut dire…

— Qu'il n'y a aucune raison d'en dire davantage», l'interrompit Marouan en appuyant encore plus fort sur l'accélérateur et en coupant les virages afin d'atteindre les toilettes au plus vite.

Puis Calvino testa les limites de Marouan en entonnant sa chanson fétiche : *« It's a new dawn, it's a new day, it's a new life… »*

«Toi, le demi-Rital, dit Marouan en élevant la voix, je te déclare incurable. Tu souffres d'une forme chronique de cancer du positivisme.

— Et c'est toi qui dis ça? répliqua Calvino en riant. L'homme dont le nom commence par un D, le D de Dépression!»

Les chamailleries incessantes entre les deux hommes servaient surtout à rendre leur collaboration vivable. Calvino était dans une position qui rendait Marouan malade de jalousie. Dans les années 1980, c'est Marouan qui, avec ses jeunes camarades immigrés, avait dû supporter et combattre les préjugés au sein de la police afin de créer des opportunités pour les générations futures.

Grâce à ces combats précurseurs, les jeunes gens de la nouvelle génération dotés d'une formation récente – dont Calvino faisait partie – pouvaient grimper dans la hiérarchie plus facilement. Pour Calvino, le poste d'inspecteur servait de simple tremplin vers une carrière prometteuse, alors que pour Marouan, cette fonction avait semblé, à l'époque, un but à peine atteignable. L'idée qu'il ne profiterait jamais de son travail de pionnier lui était toujours assez insupportable. Mais dans la vie de Marouan, il y avait bien d'autres choses insupportables avec lesquelles il avait finalement aussi appris à vivre.

Une canicule au mois d'août. Elle durait depuis trois jours et avait déclenché un nombre record d'appels au cours de leur garde commencée la veille à dix heures du soir et se terminant officiellement le lendemain matin à six heures. D'accord, il ne s'agissait pas de meurtres en série ni de braquages de banque ou d'attaques terroristes, mais les querelles de voisinage, les échauffourées et les disputes conjugales se succédaient à un tel rythme que Marouan avait l'impression que toute la population néerlandaise était sur le point de péter les plombs.

Quand ils reçurent, autour de minuit et demi, l'appel concernant le garçonnet renversé dans le Bois d'Amsterdam, le monde entier sembla un instant avoir retenu sa respiration. L'idée que l'on pouvait abandonner un enfant, laissé pour mort, sur une route forestière déserte, transforma Marouan en un coureur automobile assoiffé de vengeance, faisant appel à tous les chevaux de son véhicule. Il faillit emboutir frontalement l'ambulance garée en travers de la chaussée. Il pensait souvent que, dans sa vie, il avait presque tout vu, y compris le pire, que rien ne pouvait plus l'étonner. Cependant, certaines situations continuaient à l'émouvoir, et celle-ci en était une.

En voyant la jeune victime gisante sur l'asphalte mouillé et le médecin aux cheveux blonds lui faire sur place une intubation du poumon, Marouan fut plus que bouleversé, tout en sachant très bien que ses jurons n'aideraient personne. Il comprit aussi l'agacement du médecin, qui demandait plus d'espace, car il surveillait de trop près ses faits et gestes, et qu'à ce moment-là il manquait à tous ses devoirs. Mais ce qu'il ne comprenait pas, c'était la façon dont Calvino avait réussi à voler la vedette, simplement en ouvrant son parapluie et en éclairant les gestes du médecin avec sa lampe torche magique. Où ce gars-là trouvait-il la présence d'esprit de déployer autant d'initiatives avec si peu de moyens ?

Ce fut une soirée pleine de rebondissements. D'abord, la fillette orientale grièvement blessée se révéla être un garçon. Puis une sorte d'explosion étouffée se fit entendre non loin de là. Marouan pensa d'abord qu'il s'agissait peut-être d'un accident sur l'A9 proche. Mais quelques minutes plus tard, alors que l'ambulance avec le jeune blessé venait de disparaître, il reçut un appel signalant une voiture en feu quelque trois kilomètres plus loin.

Il donna l'ordre aux deux agents présents de délimiter l'endroit où la victime avait été renversée en attendant la police scientifique. Ensuite, il se dirigea le plus vite possible vers la clairière : Calvino et lui furent les premiers témoins d'un incendie spectaculaire qui venait d'un break américain.

À cause de la chaleur excessive, ils ne pouvaient que regarder, impuissants, comment les arbres proches des immenses flammes s'embrasaient les uns après les autres, se transformant en torches. Les pompiers arrivèrent avec leur gros matériel. Et ce que Marouan craignait se produisit : en quelques secondes, les hommes casqués dans leurs uniformes fluorescents transformèrent la scène de crime en une pataugeoire de mousse blanche, détruisant par la même occasion toute trace de pas possibles et autres preuves éventuelles. En poussant des hauts cris, il passa tous les pompiers en revue à la recherche de leur supérieur. Sa colère atteignit le seuil d'alerte rouge lorsque le commandant, enfin localisé, essaya de se débarrasser de lui en disant qu'ils ne faisaient que leur travail. Ce à quoi Marouan répondit qu'ils l'empêchaient ainsi de faire le sien.

Pendant ce temps, Calvino baratinait une beauté orientale trempée jusqu'aux os qui semblait être tombée du ciel. Et comme, à cette heure absurde de la nuit, tout se révélait être légèrement différent des apparences, cette miss tee-shirt mouillé aux seins magnifiques se métamorphosa en une journaliste essayant de faire un lien entre le garçon accidenté et le break en feu. Elle ne baissa le ton qu'au moment où l'incendie fut éteint et où furent découverts deux corps calcinés au milieu de la mousse dans le coffre de la voiture.

Mais Marouan partageait ses impressions : son intuition lui soufflait que ces deux affaires étaient liées. Les deux endroits étaient trop rapprochés et le break avait été incendié à peine vingt minutes après l'alerte de l'accident.

Après sa lugubre découverte, il contacta immédiatement le bureau central. La simple annonce d'un break en feu se transforma du coup en une notification de double meurtre. Sans doute un règlement de comptes. Ensuite, il réveilla le commissaire Tomasoa. Quelques mots lui suffirent : le lendemain, en concertation avec l'officier de justice, il déciderait si l'affaire du break incendié devait être traitée à un niveau supérieur, celui du TGO[1]. Cela voudrait dire qu'une équipe complète de la police scientifique serait affectée à l'affaire. Marouan partit du principe que cela ne l'obligerait pas à se priver de ses prochaines vacances : la visite annuelle de trois semaines à sa famille dans son pays natal. Sa femme était déjà en train de faire les bagages. L'avion décollait le surlendemain.

Ils étaient tout près du bureau. Le visage crispé, Marouan essayait de contrôler les remous de ses intestins. Alors que le volant semblait glisser tout seul sous ses mains, il pensa à la journaliste. Elle avait disparu aussi vite qu'elle était venue.

Farah Hafez. Elle travaillait pour l'*AND*, l'*Algemeen Nederlands Dagblad*. Marouan connaissait ce journal et estimait que c'était une feuille de chou pour étudiants et intellectuels de gauche. Lui, il lisait le *Nederlander*, considéré par certains comme un canard à potins, mais que Marouan estimait être un journal de qualité. Cette Hafez, vêtue d'un tee-shirt sec, se jetterait certainement sur l'affaire en expliquant tout à sa propre manière provocante et anti-autoritaire. C'est ainsi qu'ils procédaient à l'*AND*. Le tout, sans doute, sous le regard amusé de Calvino, son collègue végétarien.

Il chargea Calvino d'appeler la police scientifique. Leurs conclusions sur l'accident devaient se trouver le plus rapidement possible sur son bureau. Ce serait bien si l'affaire pouvait être bouclée avec brio avant

1. *Team Grootschalig Onderzoek* : Unité de recherches et d'investigations.

son départ en vacances, Calvino aurait alors du mal à la faire foirer.

Quand quelques minutes plus tard il abandonna avec soulagement son combat contre ses intestins en les vidant dans les toilettes des visiteurs, il dut reconnaître que l'accident du petit garçon l'avait touché plus qu'il ne l'aurait pensé. Mâchant une barre caramélisée, il s'avança vers Calvino, qui était en train de téléphoner au service scientifique.

« Voici mon plan, cher collègue, dit-il en se donnant de l'importance lorsque Calvino eut terminé sa conversation téléphonique. Nous allons à l'hôpital voir si on peut interroger le garçon. Ensuite, direction le centre d'appels. Je veux savoir qui a signalé l'accident.

— Incorrigible, ricana Calvino en jetant un regard compatissant sur la barre caramélisée tout en attrapant les clés de voiture que Marouan lui lança. Vraiment incorrigible ! »

8

« Un, deux, trois, quatre… Continuez à compter, continuez », commanda Danielle tandis que le garçonnet était transféré avec le plus de précautions possible du brancard sur la table d'opération à l'aide d'un plan dur. Ce n'est qu'à dix que le blessé eut la position requise pour passer aux rayons X. Danielle entendit l'anesthésiste expliquer calmement au gamin ce qui allait lui arriver :

« I'm going to put you to sleep. Everything will be okay. »

On aurait dit des phrases tirées d'un conte de fées.

Mais la plupart des contes ont une fin heureuse, alors que Danielle pressentait que la vie de ce garçon aurait probablement un cours bien différent. Peut-être même qu'il ne se réveillerait jamais. Soudain, elle fut gagnée par une empathie tout à fait contre-productive dans ce genre de circonstances. Mais elle n'arrivait pas à lutter contre ce sentiment qui s'emparait d'elle en douceur, puis l'envahit irrévocablement. Très vite, elle s'aperçut que ses mains tremblaient et que son rythme cardiaque s'accélérait.

Elle se pencha vers l'enfant qui s'endormait sous l'effet de l'anesthésie et lui lança un regard aussi rassurant que possible. Mais elle savait qu'à ce moment-là ce n'était pas tant lui qu'elle essayait de rassurer, mais surtout elle-même. L'angoisse était revenue. La même angoisse qu'elle avait ressentie, six mois plus tôt, en s'enfuyant dans la nuit africaine quand des soldats, munis de machettes et d'armes automatiques, avaient envahi le campement. En s'échappant, elle avait survécu à un massacre démentiel. Mais sa fuite signifiait aussi qu'elle avait abandonné à leur sort les enfants recueillis sous les tentes médicales.

Depuis lors, elle s'était promis de ne plus jamais fuir. Maintenant non plus, elle ne se déroberait pas à sa responsabilité vis-à-vis de ce garçon.

Assistée par une aide de bloc opératoire, Danielle badigeonna le ventre, le bassin et les cuisses de la victime de teinture d'iode. Elle était en train de marquer les endroits où il fallait forer les broches lorsque Nick Radder, le traumatologue prévenu peu avant, entra en salle d'opération. Radder, la petite soixantaine, était un homme avec qui il faisait bon prendre un verre quand il était libre, mais qui, dès qu'il revêtait sa blouse vert olive de chirurgien, se transformait en un gueulard de première au caractère machiavélique.

« Que présente-t-il ? demanda-t-il sèchement.

— Fracture du bassin en livre ouvert qui sera stabilisée par un fixateur externe, répondit Danielle en effectuant une première incision.

— Toi ? Bernson ? dit Radder, ébahi.

— Exact, c'est moi qui opère. »

Elle resta concentrée sur ses gestes.

« Pas question ! asséna Radder sur le ton de quelqu'un qui refuse une glace à un gamin pleurnichard. Je n'ai pas quitté mon lit pour rien !

— Ce n'est pas mon problème», rétorqua Danielle froidement.

Depuis qu'il était arrivé, elle ne l'avait pas encore regardé, mais elle supposait qu'il faisait d'énormes efforts pour ne pas lui arracher le scalpel des mains.

«Je veux le dossier complet de ce garçon, ordonna Radder. Et pourquoi n'est-il pas passé au scanner avant ?

— Si on ne stabilise pas rapidement cette fracture du bassin, il va mourir d'une hémorragie. Difficile d'être plus claire.»

Elle fit une deuxième incision qu'elle bloqua avec une pince. Imperturbable, toute l'équipe continuait à faire son devoir : contribuer au bon déroulement de l'opération avec application.

«Puis-je savoir de quelle manière il a été déplacé ? demanda Radder d'un ton hargneux.

— Avec beaucoup de précautions», répondit-elle en jetant un rapide coup d'œil sur Radder.

Il avait l'air de transpirer légèrement. Elle entendit la sonnerie du téléphone du bloc opératoire.

«Donc sans que la tête, la nuque et le dos aient été examinés ?

— Exact, d'où cette extrême prudence, répondit Danielle.

— En somme, pendant que tu fixes son bassin, il est tout simplement en train de mourir d'une hémorragie interne.»

La voix de Radder était chargée de mépris. Au loin, Danielle entendit l'aide du bloc opératoire répondre au téléphone :

«C'est le Dr Bernson qui opère.

— Dehors, Bernson ! C'est moi qui prends le relais », ordonna Radder, sur le point de repousser Danielle.

Elle sentit son calme, à peine retrouvé, s'envoler.

« C'est le MMT. Il y a un nouveau cas. Que dois-je dire ? cria l'assistante, le téléphone toujours à la main.

— Perceuse, commanda Danielle.

— Merde ! » fulmina Radder.

Danielle observa l'équipe. Elle la considérait comme son équipe. Elle lut dans leurs yeux qu'elle avait leur soutien. Cela la réconforta. Avant de raccrocher, l'assistante confirma au téléphone que le Dr Bernson n'était vraiment pas disponible. On lui présenta la perceuse qu'elle dirigea sur le premier repère tracé sur le bassin.

« Deux centimètres plus haut, Bernson. Tu es trop bas, siffla Radder comme un serpent venimeux.

— Accompagne le Dr Radder vers la sortie de la salle d'op », dit Danielle le plus calmement possible à son assistante.

Tout son corps était tendu. Elle essaya de se concentrer sur l'endroit où elle allait percer, mais n'arrivait pas bien à évaluer la profondeur. Sa paupière droite tremblait. Les bruits du tensiomètre, de l'appareil anesthésique, des ventilateurs du Cell Saver, du moniteur ECG : tout se confondait avec le balayage rythmique des essuie-glaces de l'ambulance, la cadence de la sirène et le martèlement de la pluie sur le pare-brise, mêlée à la résonance persistante des cris apeurés des enfants sous la tente médicale en Afrique.

« La pression artérielle baisse toujours, avertit l'anesthésiste. Grosses difficultés à combler la perte sanguine. »

Le bruit du métal forant dans l'os était extrêmement aigu. Danielle s'attaqua au trou suivant.

« Son rythme cardiaque est en chute libre », cria l'anesthésiste.

Danielle savait que le corps d'un enfant contenait beaucoup moins de sang que celui d'un adulte, en revanche il se vidait aussi vite. Dans son dos, elle entendit Radder hurler de colère :

« Bernson, s'il ne s'en sort pas, tu auras la mort d'un enfant sur la conscience ! »

Une fois de plus.

9

Depuis le cinquième étage du Waterland Medisch Centrum, Farah avait vue sur la ville qui s'éveillait. De là-haut, à travers la vitre, Amsterdam ressemblait à un décor de rêve, sorti de son enfance.

Petite fille, son plus grand plaisir était de plonger dans un univers de contes de fées où tout le monde vivait heureux et avait beaucoup d'enfants. Inlassablement, elle voulait entendre l'histoire d'amour de Laylâ et Majnûn qui, après toutes sortes de péripéties, ne se retrouvèrent que dans la mort. Sa mère lui racontait de sa voix douce :

« C'est seulement là que leur chagrin cessa. Pour l'éternité. Car celui qui endure des souffrances dans la vie et les supporte avec patience sera joyeux et bienheureux au paradis. »

Mais pour Farah, il n'était pas question d'attendre un au-delà paradisiaque. Malgré tout ce qu'elle avait vécu dans son enfance, elle avait décidé que son passage sur terre serait pour elle le seul et unique. Elle avait approché la mort d'assez près pour savoir qu'elle marquait la fin définitive de toute vie.

Pour Farah, ce qui importait, c'était la vie avant la mort. Et de cette vie, elle voulait en profiter au maximum. Cette conviction avait aussi engendré une énorme contradiction. La plupart du temps, elle avait un désir ardent de vivre le plus intensément possible, en suivant surtout son instinct et ses pulsions primaires. Mais quand elle leur obéissait, la peur de s'y perdre complètement, roulant telle une balle sans volonté dans une vie de débauche, apparaissait aussitôt.

Chaque fois que cette angoisse la saisissait, elle se jetait avec le même fanatisme dans une existence bien ordonnée, où elle chérissait la discipline comme une vache sacrée. Son appartement désordonné était alors nettoyé de fond en comble et réaménagé en un lieu agréable et douillet. Elle retournait quotidiennement à la salle de sport, mangeait des fruits et des légumes, s'entraînait et méditait, se couchait à une heure raisonnable, se levait tôt, et rendait ses articles au journal dans les délais. Jusqu'à ce que cette vie l'étouffe aussi. Alors, sombrant dans le désespoir, elle basculait dans l'autre extrême.

Pourtant, pendant tous ces épisodes tumultueux, un élément fort la maintenait en équilibre : sa curiosité. Dès son enfance, elle avait été intriguée par tout ce qui l'entourait. Son désir intense de comprendre le monde qui l'entourait devint son occupation première. Consigner ses pensées sur ce qu'elle voyait, entendait ou vivait, lui donnait le sentiment rassurant que, malgré toutes ses vicissitudes et mésaventures, elle pouvait garder le contrôle sur les événements et sur elle-même.

De la même manière, elle avait réussi plus tard à trouver un subtil équilibre dans son travail de journaliste. Elle avait appris à contrôler avec des mots cette énergie quasi indomptable qui était la sienne. De la même façon, elle essayait désormais d'apprivoiser et de comprendre les forces qui s'agitaient autour d'elle : en les couchant sur le papier.

Perdue dans ses pensées et promenant son regard sur la ville d'Amsterdam où les lumières s'allumaient progressivement, elle se raccrocha à l'idée que tant que l'opération n'était pas terminée, il restait de l'espoir pour le petit garçon.

Dans le couloir vide, elle entendit des pas derrière elle. Le son était différent du bruit couinant des semelles en caoutchouc des chaussures des infirmières et des médecins qui passaient de temps en temps. Elle se retourna et se trouva nez à nez avec les deux inspecteurs qu'elle avait déjà rencontrés quelques heures plus tôt, près de la voiture incendiée dans la forêt. Le plus jeune d'entre eux, celui avec le minuscule collier de barbe, la gratifia d'un beau sourire en la reconnaissant. Son collègue plus âgé sembla surtout stupéfait de la trouver à cet endroit.

« Farah, ça va un peu mieux ? demanda le plus jeune policier en lui tendant la main.

— Compte tenu des circonstances, oui. Merci. »

Comme un début et une fin vont ensemble, les deux hommes semblaient également faire la paire : l'inspecteur le plus âgé symbolisant sans doute la fin et son collègue Joshua, le début. Et, ainsi que cela se passe depuis la nuit des temps, dans ce cas aussi la force négative essayait de dominer la force positive. Le plus âgé, avec sa tête de déterré, se planta devant elle. Il tendit la main et, sur un ton formel, déclina son identité : Marouan Diba.

Farah lui donnait la cinquantaine bien tassée. Il avait dû être bel homme, mais le gris parsemant anarchiquement ses cheveux noirs, son surpoids, son air épuisé, trahissaient sa résignation face à la mort et le vieillissaient de plusieurs années. Son sourire blafard reflétait des parcelles de souffrance, des particules à peine perceptibles pour un non-initié. Mais Farah les identifia.

Elle reconnut la douleur de quelqu'un qui devait se contenter de son sort. Souvent, elle se remémorait la fillette qu'elle était avant de s'enfuir d'Afghanistan à l'âge de dix ans. Cette innocence, cet idéalisme, elle ne les avait jamais revus en se regardant dans la glace. Elle voyait surtout l'ombre traversant ses pupilles. C'est tout cela qu'elle retrouvait chez Marouan Diba. Elle le perçut dans sa façon de lui parler, sur un ton de reproche.

« Pourquoi, cette nuit, vous n'avez pas dit qui vous étiez et ce que vous faisiez là ?

— Vous ne me l'avez pas demandé, répondit-elle, sur la réserve.

— Pouvez-vous me dire pour quelle raison vous vous intéressez à ce garçon ?

— Intéressez n'est pas le mot juste, inspecteur. Je me suis trouvée mêlée à l'affaire. Il a été amené aux urgences au moment où j'y étais.

— Et, si vous me permettez, pourquoi étiez-vous là ?

— Je venais prendre des nouvelles de la femme que j'avais envoyée au tapis, peu avant. »

Diba la fixa en fronçant les sourcils.

« Je participais à un gala de combats au Théâtre Carré, expliqua-t-elle. La partie a pris une autre tournure que prévu. J'ai blessé mon adversaire à tel point qu'il a fallu la transporter à l'hôpital.

— Donc, vous êtes allée aux urgences parce que vous aviez terrassé un adversaire, et juste à ce moment-là ils ont amené le garçon ?

— C'est ça.

— Pouvez-vous m'expliquer pourquoi vous vous êtes précipitée dans le Bois d'Amsterdam peu après l'admission du petit aux urgences ? »

Farah sentit la colère la gagner. Diba, lui, se sentit déstabilisé.

« Savez-vous que le petit a été retrouvé avec des vêtements de fille, maquillé et couvert de bijoux ? demanda-t-elle le plus calmement possible.

— On est au courant.

— Savez-vous aussi ce que ça peut vouloir dire ? »

Machinalement, elle avança d'un pas. Diba se taisait. Ils étaient si proches l'un de l'autre que leurs nez se touchaient presque.

« *Bacha Bazi*, monsieur Diba, ça vous dit quelque chose ?

— Pardon ?

— Traduit littéralement : jouer avec des garçons. Et là, je parle de garçons à partir de cinq ans. Des garçons qui sont vendus par leurs parents extrêmement pauvres, pour quelques centaines de dollars, à un seigneur de guerre. Des garçons déguisés en danseuses exotiques, mais surtout utilisés comme compagnons de lit par des hommes d'un certain âge à la langue pendante.

— Peu importe le nom, madame Hafez, les pratiques dont vous parlez ont lieu dans un monde totalement différent du nôtre, répondit Diba avec raideur.

— Je suis désolée, mais le monde dont on parle est manifestement arrivé jusqu'à nous », rétorqua Farah, un peu plus sèchement que voulu.

Voyant son regard réprobateur, elle ajouta :

« Comme vous et moi. On s'est exilés ici. »

À ce moment-là, la doctoresse blonde entra dans le hall. Elle avait le regard hagard d'un marathonien ayant franchi la ligne d'arrivée in extremis. La fatigue d'une opération de plusieurs heures la vieillissait de quelques années.

Farah l'interrogea du regard et sentit s'envoler le peu d'espoir restant. Bien sûr, cela n'avait été qu'une illusion. Les fins heureuses n'existent que dans les contes de fées. Et les contes de fées ne pouvaient exister que dans l'ombre de la mort.

10

Joshua Calvino fixait du regard les morceaux de tissu ensanglantés ainsi que les quelques bijoux et bracelets de cheville, rassemblés dans le sac en plastique transparent posé sur ses genoux. Assis dans la Corolla, à côté de son collègue Diba, il se dirigeait vers le centre d'appels sans prêter attention à ce qui l'entourait. Diba conduisait.

Il ne quittait pas le sac des yeux et se répétait, inlassablement, le jour et l'heure écrits à la main sur l'autocollant : vendredi, minuit trente.

Pendant ce temps, Diba ne cessait de parler. Mais Joshua n'avait vraiment pas envie d'écouter les clichés qu'il débitait. Il saisit vaguement les mots « rendez-vous » et « média », et supposa qu'il était question de Farah. Sans doute Diba reprenait-il son sempiternel refrain contre les journalistes qui, selon lui, ne s'intéressaient qu'à une chose : leur petite personne. Depuis qu'il connaissait Diba, Joshua était rapidement parvenu à la conclusion que ses idées sur les gens et le monde s'étaient tellement fossilisées dans sa cervelle réactionnaire qu'aucun argument contraire ne pouvait les en déloger.

Joshua se taisait et lisait :

« Vendredi, minuit trente. »

C'était l'heure à laquelle le garçon avait été enregistré en salle de réanimation. Joshua le visualisa à nouveau : allongé sur l'asphalte mouillé, habillé en fille. C'est comme fermer les yeux après avoir regardé une lumière vive. L'image reste longtemps gravée sur la rétine. De la même façon, Joshua gardait celle du garçon devant les yeux, peu importe l'endroit où il regardait. Il revoyait aussi le visage du médecin, Danielle Bernson, qui l'avait trouvé et opéré.

Bernson venait de leur annoncer qu'ils avaient stabilisé le bassin de la victime avec des broches reliées entre elles par des barres métalliques. Qu'ils avaient également mis des broches dans la jambe gauche. Qu'ils l'avaient opéré de la rate et qu'ils avaient placé un drain dans les poumons. Qu'ils avaient diagnostiqué un traumatisme crânien sévère ainsi que deux côtes cassées et que toutes les blessures externes avaient été soignées. En conclusion, après de nombreuses heures d'opération, le garçon était dans un état stable, mais pas hors de danger.

À présent, il devait passer au moins cinq jours en isolement complet dans l'unité de soins intensifs. Seuls les infirmières et le médecin avaient le droit de l'approcher. Cela impliquait aussi qu'il ne pourrait pas être entendu de sitôt, ce sur quoi Diba, avec peu de tact, avait insisté « dans l'intérêt de l'enquête ».

Vendredi, minuit trente.

État stable, mais pas hors de danger.

S'il s'en sortait, quel serait l'avenir de ce garçon déraciné, probablement maltraité, entré clandestinement et qui, pour finir, avait été laissé pour mort en pays inconnu ? Comment réagiraient ceux qui en avaient fait le commerce et l'avaient abandonné sur la route quand ils apprendraient qu'il avait survécu ? Tout laissait à penser qu'il valait mieux ne pas ébruiter l'affaire. À ce stade, la mise en place d'une surveillance n'était pas envisageable, car ils ne pouvaient pas prouver que le garçon disposait d'informations vitales. Il ne deviendrait le maillon d'une chaîne qu'au moment où ils pourraient établir un lien entre l'accident et la découverte des deux cadavres dans le break américain. Et cette chaîne était placée sous le signe du règlement de comptes. Cela ne faisait aucun doute.

Peu après, en descendant de voiture près du bureau de police où se trouvait le centre d'appels, Joshua sentit que la journée serait encore plus chaude que prévu. Heureusement, à l'intérieur, la climatisation fonctionnait. Sinon, la chaleur des ordinateurs ajoutée à la fournaise estivale aurait transformé le service entier en biotope subtropical.

L'agent qui avait reçu l'appel s'appelait Evelien. Joshua avait devant lui une beauté hollandaise respirant la santé : yeux bleus, peau claire légèrement rosée, lèvres rouges et pulpeuses. Evelien avait des anglaises blond cendré qui retombaient naturellement sur les épaulettes de sa chemise de police immaculée. Elle appréciait les amabilités, mais détestait les blagues douteuses. Aussi, dans ce contexte, l'expression *nobody fucks with Evelien* devait être prise au pied de la lettre : beaucoup d'hommes de la brigade la convoitaient secrètement en raison de ses magnifiques courbes à la Rubens. Mais elle vivait depuis une éternité un mariage totalement monogame et était une mère attentionnée pour ses cinq enfants.

Quand elle recevait des appels de gens paniqués, elle était la maîtrise même. Elle se montrait ferme quand il s'agissait d'envoyer des agents sur les lieux d'un accident. C'est avec cette même fermeté que, cette nuit, elle avait expédié Marouan et Joshua au Bois d'Amsterdam.

À présent, ils se trouvaient tous les trois dans une petite pièce avec du matériel audiovisuel. Joshua prit une gorgée de sa boisson à l'aloe vera tandis que Diba faisait des efforts désespérés pour remuer, avec une tige en plastique, l'infâme café noir dans un gobelet en carton, tout en se débarrassant de miettes de biscuit tombées sur ses genoux.

« La femme était manifestement paniquée. Elle a dit qu'elle était dans le Bois d'Amsterdam, elle ne savait pas où, quelque part où il y avait de l'eau, donc j'ai pensé que c'était l'étang d'Amstelveen. Elle avait vu un enfant sur la route. Elle n'avait pas l'air d'avoir bu et a raccroché d'un coup. »

Evelien rapportait les faits avec le pragmatisme de quelqu'un qui, au fil du temps, s'était habitué à recevoir tous les genres d'appels.

« OK, dit Joshua, fais-nous écouter. »

Evelien appuya sur la touche play et ils entendirent aussitôt une femme qui semblait complètement hystérique et non simplement troublée.

« Je ne l'ai pas touchée. Elle était déjà là ! »

Sur l'enregistrement, on entendait maintenant aussi la voix imperturbable d'Evelien.

« Calmez-vous, madame, dites-nous où vous êtes. »

La femme semblait ne pas entendre Evelien. Elle commença à pleurer.

« Elle est allongée là. Elle doit être morte.

— Pouvez-vous me dire où vous êtes ?

— Dans… dans… le Bois d'Amsterdam. Sur… une route. Je ne sais pas comment ça s'appelle ici ! Il y a de l'eau.

— Pouvez-vous me dire ce que vous voyez ?

— Elle est là, allongée. Elle saigne de la tête. J'ose pas m'approcher. Oh, mon Dieu ! Je l'ai pas touchée ! Je l'ai pas touchée !

— Madame, essayez de garder votre calme. J'envoie une ambulance. Restez en ligne. »

La femme ne répondit pas. Elle continuait à pleurer, poussait des cris et n'arrêtait pas de s'exclamer : « Oh, mon Dieu, oh, mon Dieu. »

Joshua entendit la pluie tomber dans la forêt, un son métallique. Puis, à nouveau la voix d'Evelien, calme mais insistante :

« Madame, vous êtes toujours là ? »

On perçut un grésillement et un bruit qui ressemblait à un coup de tonnerre. Puis, à nouveau, la voix d'Evelien :

« Madame ? »

Pas de réaction. Juste un grésillement, comme si le téléphone de la dame était tombé.

« Madame, vous êtes toujours là ? »

Puis un clic. La communication avait été coupée. Ils se regardèrent.

« Encore une fois », dit Marouan sèchement entre deux bouchées.

Joshua, se demandant si le coup de tonnerre entendu pouvait être un coup de feu, regarda son collègue d'un air gêné.

11

« Ce sont des garçons avec qui on peut jouer, chuchota Farah. Vous comprenez ? »

En compagnie de Danielle Bernson, Farah regardait par la fenêtre de la salle des soins intensifs comment le petit était branché à un enchevêtrement de tuyaux et d'appareils.

« Ce sont des garçons pauvres. Pauvre au sens littéral du terme. C'est pour ça qu'ils sont à vendre. Contre de l'argent, que leurs parents miséreux acceptent volontiers pour se débarrasser d'eux. Ils sont graciles et on les pare d'habits de femme. On les maquille. On leur apprend à sourire de manière aguicheuse. On leur donne des bijoux argentés avec des grelots qui tintent quand ils dansent. Car ils doivent danser. Ils doivent impressionner les hôtes. Les hôtes d'autres hommes puissants, généralement des seigneurs de guerre, de riches hommes d'affaires ou de pouvoir. Ils peuvent prendre du bon temps avec ces enfants. D'abord en les regardant. Puis en les effleurant quand ils dansent devant eux en tournoyant. Cela nourrit l'excitation. L'idée de glisser sa main le long de la jambe d'un jeune garçon en mouvement, en pensant que l'on pourra caresser cette même jambe un peu plus tard dans son lit. En sachant que ce garçon acceptera tout, car il est leur jouet pour la nuit. C'est une tradition séculaire en

Afghanistan qui est maintenant importée aux Pays-Bas par quelques salauds anonymes.

— Maintenant je comprends pourquoi ces inspecteurs m'ont demandé de ne pas ébruiter l'affaire, dit Danielle.

— Probablement aussi pour sa sécurité, suggéra Farah, qui ne pouvait détacher son regard du garçon. Ceux qui l'ont abandonné là pensent sans doute qu'il est mort. S'ils apprennent qu'il est encore en vie et qu'il se trouve dans cet hôpital, ils voudront le tuer. Dès qu'il pourra parler, il représentera pour eux une menace directe.

— Mais savez-vous ce que je n'arrive toujours pas à comprendre ? Pourquoi l'ont-ils laissé là ? Au milieu de la route ? Dans une robe et avec tous ces bijoux ? Pourquoi ne s'en sont-ils pas débarrassés ailleurs ?

— Sans doute un imprévu. »

En disant cela, Farah comprit d'un coup l'intérêt de cette supposition :

« Il s'est passé quelque chose qui a dû tout chambouler. »

Pour quelle raison ? Cela, en revanche restait une énigme. Mais Farah aimait les énigmes. Plus difficile était l'énigme, plus grand était le défi à relever. Elle décida de retourner à l'endroit de l'accident et dans les alentours directs. La police scientifique avait certainement terminé son travail depuis longtemps et rouvert la route à la circulation.

D'habitude, elle ne s'occupait pas de ce genre d'investigations. C'était plutôt un travail de policier. Mais elle ne cherchait pas les coupables. Elle voulait surtout faire la lumière sur le lien de cause à effet en suivant les traces du garçon, afin d'établir la chronologie des événements de la nuit.

Elle se rendait compte de l'importance du rôle que Danielle avait joué jusqu'à maintenant dans cette affaire. Elle avait sauvé la vie de la victime. Farah trouva là une motivation supplémentaire pour se plonger dans cette histoire. Le médecin sauve la vie, le journaliste révèle la cause et la police trouve les coupables. Une trinité très efficace.

La raison pour laquelle cet enfant avait un si grand impact sur elle, Farah, était claire : cela se rapportait à son propre passé refoulé, le pays et la culture avec lesquels elle pensait avoir coupé les ponts. Mais elle ne comprenait pas quel lien émotionnel pouvait exister entre Danielle Bernson et ce garçon inconnu. Quelle avait été sa motivation en refusant de passer la main à quelqu'un d'autre en salle de réanimation ? Pourquoi ne s'était-elle pas précipitée avec son équipe médicale mobile vers une nouvelle urgence en laissant l'opération du petit au traumatologue qui avait été appelé ? Farah se décida à poser la question le plus calmement possible :

« Je sais que vous n'étiez pas du tout obligée de faire cette opération. Vous étiez affectée au MMT. Pourquoi avez-vous opéré quand même ? »

Danielle sourit, mais c'était un sourire défensif et son visage fatigué se crispa.

« Excusez-moi, mais je préfère ne pas en parler.

— Pourtant vous lui avez sauvé la vie, essaya Farah. Cela ne vous touche pas ?

— Bien sûr que si, dit Danielle. Mais on ne sait pas encore s'il va s'en sortir. Les prochains jours nous le diront. Et même s'il s'en sort, que va-t-il devenir ?

Doit-on faire comme s'il était mort ? Quel avenir peut-il avoir ? A-t-il de la famille quelque part ?

— Pour l'instant, sa famille c'est nous », dit Farah.

Danielle la regarda. Elle sembla sincèrement surprise.

Du coin de l'œil, Farah vit l'infirmière des soins intensifs lever ses deux pouces en l'air avec un sourire rassurant en direction de Danielle, qui se détendit visiblement.

« Une de nos plus fiables collaboratrices en réa, dit-elle. Le garçon est entre de bonnes mains.

— Cette nuit, je suis allée à l'endroit où il a été renversé, dit Farah. La police scientifique relevait les traces de freinage. Plusieurs voitures sont impliquées. Tout près de l'endroit où vous avez trouvé la victime, quelqu'un a mis le feu à un break américain. Les pompiers ont trouvé deux cadavres. »

Danielle pencha la tête et, des deux mains, elle chercha un appui contre la fenêtre.

« Je n'ai pas besoin de savoir tout ça, dit-elle d'une voix éteinte. Ce qui m'intéresse, c'est le garçon.

— Je comprends, dit Farah, c'est votre métier, mais…

— Non, dit Danielle, devenue toute blanche, vous ne comprenez pas. Il s'agit de bien plus que de mon seul métier. Il s'agit de… »

Elle s'interrompit.

C'est ainsi que cela se passe, se dit Farah. Elle est tellement occupée à sauver la vie des autres qu'elle ne voit même pas l'ampleur de son propre chagrin. Et le chagrin de Danielle devait être immense, remontant sans doute à bien plus loin que la nuit précédente.

« Avez-vous des enfants ? demanda Farah.

— Non, répondit Danielle résolument. Je ne veux pas d'enfant. La plupart des gens semblent surtout prédestinés à se persécuter les uns les autres. Je ne veux pas mettre au monde un enfant susceptible de devenir plus tard une victime ou même un coupable. »

Toi, tu as vécu des événements dont tu ne veux pas parler, se dit Farah. Tu as été à des endroits où tu as vu des choses que tu préfères oublier. Comme moi.

Elles restèrent silencieuses quelque temps et juste au moment où Farah pensait que Danielle allait partir, elle lui posa la main sur le bras.

« Il serait en effet idiot que je ne vous dise rien de ce que j'ai vu lorsque je l'ai trouvé. Dites-moi ce que vous voulez savoir.

— Dans quelle position l'avez-vous trouvé ?

— Il était allongé sur la partie droite de la route, mais il était surtout blessé du côté gauche. Il n'a pu être touché que par une voiture venant de la gauche. Le pare-chocs a heurté la jambe gauche. Le choc a dû le projeter sur le capot. Puis le côté gauche de la tête a cogné le pare-brise. Ensuite, il a roulé avant de retomber sur l'autre voie, dans la position dans laquelle je l'ai trouvé. »

Farah sentit le doute resurgir dans les yeux de Danielle.

« Je vous le raconte seulement parce que…

— Je comprends, dit Farah. Et maintenant, il faut aller vous coucher. Vous avez fait votre travail pour cette nuit.

— Et vous ?

— Je n'ai même pas commencé », dit Farah en souriant.

Elle se retourna et se dirigea vers l'ascenseur. Lorsque la porte se referma, elle se trouvait déjà, en pensée, au milieu de la forêt, cherchant des traces du garçon qui s'était enfui entre les arbres en courant. Elle savait vers quoi il avait couru. À présent, il fallait qu'elle essaie de trouver d'où il s'était enfui.

12

Plus tôt dans la matinée, Diba avait écouté plusieurs fois l'enregistrement de l'appel téléphonique. Il était, lui aussi, parvenu à la conclusion que l'on n'entendait pas un coup de feu mais un coup de tonnerre. Entre-temps, grâce au numéro affiché, Joshua avait réussi à retrouver l'identité probable de la femme : le numéro du téléphone portable était au nom d'Angela Faber. Il rejoignit Diba aussitôt.

« Cher collègue ! Si je te dis *The Game of Love,* tu me réponds quoi ?

— Que je ne suis pas intéressé par ta mauvaise musique », asséna Diba.

Joshua rétorqua que cela lui avait peut-être échappé mais que, pour la troisième saison successive, Dennis Faber, le célèbre présentateur de télévision, testait la solidité des relations de toutes sortes de couples devant un public de plusieurs millions de personnes. *The Game of Love* était l'émission phare de la chaîne commerciale Iris TV. Et Angela Faber, qui avait appelé la nuit précédente, était l'épouse de Dennis Faber.

« Le fait qu'Angela Faber ait signalé l'accident ne veut pas dire qu'elle soit suspecte, pensa Joshua à voix haute.

— Non, grommela Diba, mais ce qui n'arrange pas ses affaires, c'est qu'elle a continué sa route en laissant le garçon tout seul. Et je ne cherche même pas à savoir ce qu'elle faisait dans le Bois d'Amsterdam en pleine nuit.

— À mon avis : rien, dit Joshua.

— C'est ce que tu penses ? Rien ?

— Oui, c'est ce que je pense.

— Et voilà, monsieur a déjà tout pigé.

— Je n'ai pas tout pigé, mais quelque chose me dit qu'on ne doit pas tirer de conclusions hâtives.

— Et c'est quoi, ce quelque chose, monsieur l'analyste doué ? Nous, les humbles vers de terre, pourrions-nous avoir l'honneur de partager votre infinie sagesse ?

— Je pense qu'Angela Faber se trouvait là par hasard, qu'elle a vu ce gamin par terre puis…

— Puis quoi ?

— Qu'est-ce que j'en sais, moi. Il y a quelque chose qui cloche. Ça semble trop facile de se focaliser uniquement sur cette femme, si tu veux mon avis.

— Mais je ne veux pas ton avis, Calvino. Merde, c'est toi qui as commencé. C'est quoi ce boulot ? C'est ça ce qu'on vous apprend à l'école de police ? À raconter n'importe quoi ? Réveille-toi, Cal ! On est dans un monde réel ! Putain, ton métier c'est inspecteur, pas rêvasseur !

— Oui, et dans ce monde réel, toi, tu as déjà dépassé la maison des Faber, gros ronchon », dit Joshua.

Il regretta aussitôt d'avoir pensé à haute voix.

Après avoir fait demi-tour, ils entrèrent par un magnifique portail en ferronnerie sur un terrain où se dressait une villa au toit de chaume de style campagnard.

« L'école d'Amsterdam, dit Joshua, admiratif.

— Je m'en fous de l'endroit où tu as été à l'école, grogna Diba.

— La maison, dit Joshua. Le style. L'école d'Amsterdam.

— Tu t'es trompé de métier, Cal, tu aurais dû faire professeur en connologie », asséna Diba en freinant un peu trop fort, faisant jaillir le gravier autour d'eux.

Joshua descendit de la Corrola et se dirigea vers l'abri soutenu par des poutres en chêne. Une voiture y était garée : une superbe Citroën DS marron foncé. Joshua en fit le tour. Ce genre d'automobiles n'était plus fabriqué depuis trente-cinq ans. C'étaient des pièces de collection, modèle de luxe avec boîte à vitesse semi-automatique et suspension hydropneumatique. Cinq mètres de long. Au démarrage, elle se soulevait littéralement. La voiture avait acquis une renommée internationale après avoir été promue au rang de véhicule présidentiel par le général de Gaulle. Un magnifique exemplaire comme celui-ci devait coûter une petite fortune. Il appartenait sans doute au maître de maison.

Joshua nota le numéro de la plaque d'immatriculation. En se tournant vers la villa, il vit Diba scruter l'intérieur à travers l'une des larges fenêtres, soutenues par deux bras sculptés. Ils donnaient l'impression de pousser la fenêtre.

« Hansel et Gretel ont grandi, murmura Diba. Ils ont des boulots grassement payés et roulent dans des Citroën hors de prix, mais habitent toujours dans des maisons bizarres de contes de fées. Regarde-moi ces fenêtres. Qui invente des trucs pareils ? »

Joshua s'arrêta devant l'imposante demeure et contempla le haut de la façade disparaissant sous un toit de chaume à la manière d'une coiffure de page médiéval.

Diba agita frénétiquement l'antique cloche. Joshua remarqua que cette maison était entièrement conçue avec des matériaux naturels : des briques, du fer, du bois et de la paille. En revanche, chez la femme qui ouvrit la porte, rien n'était naturel. Un jour, elle avait dû être jeune et belle grâce à ses imperfections. Mais celles-ci avaient toutes été effacées au bistouri. Le résultat était une peau artificiellement tendue tel un plaquage marron foncé intemporel sur le visage et sur le corps.

Les traits acerbes autour de sa bouche et les rides sur ses mains manucurées indiquaient à Joshua qu'Angela Faber devait avoir largement dépassé la quarantaine. Elle avait des cheveux mi-longs blond platine et portait un jean délavé, des baskets Palladium ainsi qu'un tee-shirt rose échancré avec des paillettes argentées, offrant une large vue sur ses seins gonflés comme des ballons. C'est tragique, se disait Joshua, une femme qui, contre toutes les lois de la nature, veut continuer à ressembler à une jeunette.

« Madame Faber ? »

Il accompagna sa question d'un sourire qui se voulait rassurant.

« Oui, répondit-elle en hésitant.

— Mon nom est Joshua Calvino et voici mon collègue Marouan Diba. Police. Nous enquêtons sur l'incident de la nuit dernière dans le Bois d'Amsterdam. Est-il exact que c'est vous qui l'avez signalé ? »

Il vit qu'elle avait peur. Elle répondit en mode télégramme :

« Moi ? Signaler ? Quoi ? »

Diba regarda Joshua d'un air entendu. Puis, se tournant vers Angela Faber, il demanda s'ils pouvaient entrer. Cela faciliterait la discussion. Joshua eut l'impression qu'elle sentait quelques effluves de l'odeur corporelle de Diba, car elle recula légèrement.

« Je n'ai pas le temps, dit-elle, angoissée. Je dois partir.

— Est-ce votre voiture, madame ? demanda Joshua en pointant la Citroën garée sous l'abri.

— Euh, oui… Non. »

Elle triturait le bout de ses doigts fébrilement.

« Non ? Ce n'est pas votre voiture ?

— C'est ça.

— Puis-je vous demander ce que vous faisiez cette nuit aux alentours de minuit, une heure ?

— J'étais à la maison.

— Seule ? »

Angela Faber passa la main dans ses cheveux blond platine et Joshua aperçut un bleu du côté droit de son front.

« Avec mon mari, ajouta-t-elle sur un ton qui se voulait neutre.

— Donc ce n'est pas vous qui avez donné l'alerte ? demanda Diba qui, semblant se rendre compte de son odeur fétide, recula instinctivement.

— Je ne sais pas ce que vous… Je ne sais rien.

— Madame, ce numéro de téléphone est à votre nom. »

Tandis que Joshua lisait le numéro, Angela Faber le regarda comme si on lui annonçait une sentence de mort. Mais elle persista à nier.

« Mon téléphone a été volé il y a quelques jours, dit-elle, donnant l'impression qu'un souffleur venait de lui glisser cette réponse.

— Heureusement pour vous, par un voleur délicat alors, répliqua Joshua avec un sourire avenant.

— Que voulez-vous dire ?

— Il vole un portable, mais l'utilise pour faire un signalement, de façon que quelqu'un puisse être secouru.

— Ah, l'accident, dit Angela Faber.

— Comment savez-vous qu'il s'agit d'un accident ?

— C'est pas ce que vous avez dit ?

— J'ai dit qu'il s'agissait d'un incident, non pas d'un accident.

— Ah, c'est ce que j'ai cru. »

Son regard dévia par-dessus l'épaule de Joshua. En se retournant, il aperçut la voiture d'une société privée de gardiennage pénétrer sur le terrain. Joshua se dirigea à nouveau vers Angela Faber et fit une dernière tentative :

« On aimerait discuter avec vous. Il est important pour nous de savoir ce que vous avez vu.

— Je suis désolée, mais je n'ai rien vu et je n'ai appelé personne. J'étais chez moi.

— Avec votre mari, si je comprends bien, dit Marouan, agacé. Pourra-t-il le confirmer ?

— Il le fera certainement. »

Angela Faber commença à refermer la porte doucement.

« Et où peut-on le trouver, votre mari ?

— Dans les studios de la Westergasfabriek», répondit Angela Faber avant de leur fermer définitivement la porte au nez.

Deux gros durs, sans doute sans cœur tendre, descendirent de la voiture de surveillance et, bombant le torse, ils s'avancèrent vers Marouan et Calvino d'un pas décidé.

«Messieurs, dit l'un d'eux sur le ton d'un acteur de série policière, savez-vous que vous êtes sur une propriété privée?»

Ce n'était pas tant une question qu'une constatation adressée à bon entendeur.

«On voudrait voir vos petits papiers», ajouta l'autre malabar, essayant de crâner autant que son collègue.

Joshua sentit que son collègue Diba pouvait exploser à tout moment. Il réussit à capter son attention et lui fit comprendre par un simple signe de la tête qu'il valait mieux rester tranquille. En attendant, il chercha une pièce d'identité.

«Dommage, les gars. Vous avez tout faux, ricana Joshua en sortant sa carte de police sous les yeux ébahis du duo de surveillants.

— Tout à fait, renchérit Diba triomphalement. Vous venez de vous rendre coupables d'entrave à une enquête de police.»

Il regarda Joshua d'un air condescendant et dit:

«Collègue, qu'est-ce qu'on va faire de ces gars? On les embarque pour un interrogatoire?

— C'est une option, dit Joshua, ne quittant pas des yeux les agents de surveillance. Mais ça va faire très moche sur vos CV. Qu'est-ce qu'on vous a signalé?»

Les deux hommes se regardèrent.

« Allez, on n'a pas que ça à faire.

— Deux étrangers rôdant autour de la maison.

— Étrangers ? demanda Joshua en tapant sur sa pièce d'identité. Savez-vous ce qui est marqué là ? Il y a bien marqué Néerlandais ou je me trompe ?

— Non, vous ne vous trompez pas, dit malabar numéro un, penaud.

— Je voudrais le numéro de la personne qui a donné l'alerte, dit Joshua. Ensuite, vous pourrez disposer. »

Les gars de la surveillance contactèrent le centre d'appels, donnèrent le numéro à Joshua et repartirent quelques minutes plus tard, soulagés. Diba décida sur place de contacter la direction du TGO. Il voulait obtenir le plus rapidement possible l'autorisation d'arrêter Angela Faber, hors flagrant délit : le numéro du portable avec lequel elle venait de téléphoner à la société de surveillance était le même que celui du téléphone utilisé pour le signalement de la nuit précédente.

13

En entrant dans le Bois d'Amsterdam, Farah comprit le sens littéral de l'expression « c'est le jour et la nuit ». La nuit précédente, après avoir tourné dans le bois comme une folle, elle était partie précipitamment après la découverte des deux corps dans la voiture. À présent, elle y circulait lentement avec l'impression d'être un hibou nocturne aveuglé par le soleil matinal.

Cette sensation changea lorsqu'elle vit un camion sortir d'un chemin forestier. Elle retint sa respiration en apercevant l'épave du break arrimée sur la remorque passer devant elle, tel un vaisseau fantôme calciné. Sans doute le même chemin forestier où s'était engagé le camion de pompiers la nuit précédente.

De cet endroit, elle avait mis quelques minutes pour arriver à la portion de route interdite à la circulation par la police scientifique. À quelle vitesse avait-elle roulé ? Soixante ? Soixante-dix peut-être ? Tout en surveillant le compteur, elle remarqua qu'un peu plus loin la route décrivait un grand virage. La nuit précédente, en apercevant les projecteurs de l'équipe technique et scientifique à travers les arbres, elle avait pensé à des travaux en plein milieu de la forêt. Mais après avoir tourné, elle avait compris son erreur. À présent, elle prenait ce même virage en regardant attentivement si elle reconnaissait le lieu.

En découvrant un morceau de ruban de sécurité rouge et blanc autour d'un tronc, elle freina aussitôt. Les hommes de la police scientifique l'avaient déjà bien aidée cette nuit en lui donnant quelques renseignements confidentiels. Et maintenant, ils l'aidaient à nouveau grâce aux traces négligemment laissées derrière eux.

Farah gara sa voiture sur le bas-côté. Après avoir coupé le moteur, elle entendit des oiseaux. Au loin, un pivert martelait un arbre. Le vrombissement constant des voitures sur l'A9 résonnait comme une mer lointaine. Cette forêt ressemblait peu au sinistre endroit où, quelques heures plus tôt, un enfant s'était vidé de son sang. Mais rapidement, elle découvrit sur la route les restes des contours dessinés à la craie sur l'asphalte, preuve que la tragédie avait bien eu lieu.

Elle pensa à ce que Danielle lui avait raconté. Le garçon avait été fauché par la gauche, sa tête avait heurté violemment le pare-brise, puis il avait roulé sur le capot avant de retomber sur l'asphalte. La voiture responsable avait dû arriver du côté opposé, circulant sur la voie de gauche.

Elle scruta les alentours en se disant que le garçon avait dû se trouver au même endroit la nuit précédente. D'où venait-il ? Farah décida de pénétrer plus profondément dans le bois.

Le terrain montait légèrement et les arbres, parfois alternés de buissons, étaient plus serrés. En haut de la butte, elle aperçut les contours d'une maison. Elle s'en approcha avec prudence. C'était une vieille villa, à moitié dissimulée sous le lierre et les glycines violettes. Le plâtre devenu gris, recouvert de mousse par endroits, s'effritait. Les volets des hautes et grandes fenêtres étaient fermés. À l'avant de la maison, au-dessus du bow-window, se trouvait un balcon donnant sur l'allée. La barrière en bois était vermoulue et dépourvue de peinture. Au fronton de la maison était inscrite l'année de sa construction : 1912.

Farah fut traversée de frissons comme si les rayons du soleil, tombant indirectement sur les murs et les volets clos, ne projetaient pas de chaleur, mais du froid. C'était étonnant : les bruits de la circulation lointaine et les chants des oiseaux entendus peu auparavant semblaient s'estomper et se dissoudre dans un vide de silence. Mais ce n'était pas un vrai silence, car il sonnait comme un cri muet, un hurlement sans bruit, tel celui du tableau d'Edvard Munch, où un personnage paniqué ouvre la bouche de façon effrayante, poussant un cri primal inaudible mais si intense qu'il résonne dans chaque fibre de votre peau.

Farah savait qu'elle était beaucoup plus sensitive que la moyenne des gens. Elle enregistrait des sensations qui passaient inaperçues chez d'autres. Elle était persuadée que l'inconscient influait sur les perceptions visuelles et auditives. Ce que l'on percevait était ce que l'on voulait bien voir et entendre. Elle se demanda tout à coup si le garçon avait réellement parlé lorsqu'ils l'avaient amené aux urgences. Ou bien avait-elle entendu sa propre voix en le voyant sans défense sur ce brancard ? Le cri n'avait-il pas été son propre cri ? Et le froid qu'elle ressentait ici, son froid intérieur ?

Elle observa à nouveau l'imposante villa défraîchie. Elle aurait voulu un pied-de-biche pour fracturer les volets, forcer les portes afin d'accéder aux pièces poussiéreuses dans lesquelles elle soupçonnait la présence de fantômes impatients de raconter leur version de l'histoire. Quand le garçon serait en mesure de s'exprimer, il parlerait de cette maison. Elle en était sûre.

Elle se tenait sur l'herbe devant la villa. L'allée se composait de gravier recouvert de mousse. Le monde semblait retenir sa respiration. Le silence fut rompu par un avion volant à basse altitude vers la piste d'atterrissage de l'aéroport de Schiphol.

Farah décida de redescendre tranquillement la butte pour rejoindre la route, mais trébucha sur une souche. Dans sa chute, une branche basse griffa son visage. En se relevant, elle aperçut un objet rouge foncé sur le sol moussu. C'était un petit bout de cuivre brillant en forme de demi-lune. Le rouge était du sang séché. En le ramassant, sa main tremblait : c'était une boucle d'oreille.

Elle regarda autour d'elle, vit les contours sombres de la villa et le talus menant à la route où était garée sa Carrera. Elle saisit la boucle d'oreille avec un mouchoir et la tint fermement dans la main. Sur le bas-côté, elle composa le numéro de Joshua Calvino.

14

Devant l'imposante villa des Faber, Joshua tentait de dissuader Diba d'appeler immédiatement l'officier de justice pour lui demander un mandat d'arrêt contre Angela Faber. Diba était persuadé qu'elle devait être considérée comme principal suspect dans ce qu'il appelait une tentative d'homicide. Selon lui, aucun être pensant, aucun organisme vivant, ni même la plus infime particule, ne pouvaient encore douter de sa culpabilité.

Angela Faber était la réponse.

Et Diba était le requin qui, sentant l'odeur du sang, s'apprêtait à fondre sur sa proie comme un forcené. Dans sa fureur, il ne voyait plus qu'une chose : au cours de la nuit précédente, une femme avait renversé un enfant avant de s'enfuir.

« Et en plus, en nous voyant marcher dans sa propriété, cette bonne femme est assez stupide pour appeler les gars de la surveillance avec son téléphone portable, soi-disant volé ! »

Diba commençait à haleter de façon hystérique. Joshua sauta alors sur l'occasion.

« Elle n'est probablement pas la seule à être impliquée dans cette affaire.

— Qu'est-ce que tu veux dire ?

— Exactement ce que je viens de dire : pas la seule. Dans le sens de : il y a aussi quelqu'un d'autre.

— Tu radotes. Des faits, Cal, je veux des faits ! Pas des suppositions ! »

Comme d'habitude, Diba accompagna ses paroles de gestes théâtraux.

« Penses-tu qu'Angela Faber est allée faire un tour avec cette grosse bagnole cette nuit ? demanda Joshua en montrant la DS garée sous l'abri.

— Certainement pas.

— OK. Au moins, on est d'accord là-dessus. Donc, c'est une autre voiture qui est impliquée dans l'accident. Et celle-là a probablement été abîmée, soit lors de la collision, soit – et écoute bien, je dis soit – lors de la manœuvre d'évitement. D'accord ou pas d'accord ?

— Dis donc, Cal, je ne suis pas débile et c'est pas un quiz !

— D'accord ou pas d'accord ?

— Merde. D'accord.

— Et est-ce que tu vois ici une deuxième voiture endommagée ? Moi, j'en vois pas. Ou est-ce que je suis devenu tout d'un coup complètement aveugle ?

— Affirmatif en ce qui concerne le dernier point. Mais par contre, je ne vois pas non plus de deuxième voiture, c'est vrai.

— Donc elle doit être ailleurs.

— Ailleurs, répéta Diba avec cynisme. Bon travail, Sherlock. Je suis impressionné. Seulement, je ne vois pas où cela nous mène.

— À la question de savoir pourquoi Dennis Faber serait assez généreux pour fournir un alibi à sa femme alors que je peux te garantir qu'il ment comme un arracheur de dents ! »

Diba le regarda d'un air hébété.

« Je parie que Dennis Faber n'a pas pris sa propre DS ce matin, parce qu'il a voulu faire réparer la voiture accidentée de sa femme au plus vite. Et pour le prouver, j'aurai besoin de quelques minutes, dit Joshua.

— Et après ?

— Juste quelques minutes, répéta Joshua. C'est tout. Et si je ne réussis pas, il sera toujours temps pour toi de réclamer un mandat d'arrêt contre Angela Faber.

— Je te donne cinq minutes », soupira Diba en regardant sa montre et se dirigeant ostensiblement vers un buisson de rhododendrons.

Joshua téléphona au bureau où il chargea l'un de ses collègues de faire « une vérif de plaque ». Le numéro de la Citroën garée sous l'abri était bien au nom de Dennis Faber et, au cours de l'année écoulée, celui-ci avait été verbalisé deux fois pour excès de vitesse. Joshua rechercha le nom du concessionnaire qui lui avait vendu la voiture, puis appela l'entreprise pour leur demander s'ils avaient d'autres voitures au nom de M. ou Mme Faber. Après avoir reçu la confirmation qu'une Citroën Picasso au nom d'Angela Faber avait été achetée neuf mois plus tôt et que cette voiture avait, en effet, été amenée dans leur atelier de réparation le matin même par son mari, Joshua mit le moteur en route et somma Diba de monter dans la voiture, malgré les protestations de ce dernier.

Un quart d'heure plus tard, les deux inspecteurs, brandissant leurs cartes de police, entrèrent dans l'atelier du concessionnaire Citroën d'Amsterdam-Sud et foncèrent directement sur une

Citroën Picasso rouge vif placée sur le pont, l'avant droit cabossé et un phare cassé.

« Voilà le travail, dit Diba avec un sourire en coin. Il faut toujours garder ses yeux ouverts, Cal. Suivre son instinct. Être prêt à sauter sur toute occasion qui se présente. »

Joshua savait bien qu'il s'agissait encore de l'un des traits de caractère étonnants de son collègue. Tout le long de la route, jusqu'au concessionnaire, Diba avait boudé comme un enfant contrarié, mais maintenant que le succès semblait se profiler, il revendiquait toute la responsabilité de l'action. Il y avait belle lurette que Joshua n'avait plus envie de lui signaler tous ses défauts, non seulement parce que cela lui aurait pris la journée, mais aussi parce qu'il se doutait bien que Diba ne tiendrait plus longtemps dans ce métier. L'homme portait un lourd et obscur fardeau sur les épaules. Joshua lui donnait au mieux six mois avant de quitter la police prématurément pour raisons médicales, ou alors de tomber raide mort quelque part sans la moindre balle dans les parages.

Diba parlait au téléphone avec les hommes de la police scientifique :

« Tout de suite. Non, maintenant ! J'ai dit tout de suite ! »

Au fil des années, Diba semblait craindre de plus en plus que les gens ne le prennent pas au sérieux et il devenait contre-productif en surenchérissant ses propres ordres.

En l'écoutant crier, Joshua quitta l'atelier, appela lui-même le service scientifique et leur expliqua calmement ce qui se passait : oui, son collègue Diba aboyait, mais ne mordait pas, et ils s'apprêtaient à effectuer une double arrestation dans l'affaire du garçonnet accidenté. Il était urgent de confirmer que les dégâts causés à la Picasso rouge correspondaient à ceux constatés cette nuit, par leurs hommes, dans le Bois d'Amsterdam.

« Tu t'es trompé de métier, Calvino, ricana l'agent de la police scientifique à l'autre bout du fil. Tu aurais dû devenir diplomate. Je suis sûr que tu aurais même réussi à débloquer les tractations de paix au Moyen-Orient !

— Merci du compliment, soupira Joshua. Quand est-ce que vous pouvez venir ?

— On est déjà en route. »

Diba entra dans le hall d'exposition d'un air satisfait et annonça :

« Tout est arrangé. Je les ai réveillés, les mecs là-bas. Je parie qu'on aura bouclé l'affaire dès ce soir. Dans ce cas, le mec ici présent partira demain, direction le Maroc. »

Il entraîna Joshua vers les modèles de voitures de fonction. De grosses cylindrées rutilantes, que ni l'un ni l'autre ne pourraient se payer au cours de leur vie.

« Qu'est-ce que tu vas y chercher ? demanda Joshua.

— Où ?

— Dans ton pays natal.

— Ce que j'y cherche ? Merde alors, mon pays natal, tu sais ce que ça veut dire, Italien de mes deux ? Trois putains de belles semaines sans toi. C'est ça que je cherche. Tiens, regarde. »

Ils étaient devant une Citroën C6 Exclusive noire. Joshua eut le tournis en découvrant le prix.

Un jeune vendeur s'avança vers eux en se frottant les mains. Bon sang, ils n'avaient pas le temps pour ce genre de bêtises. Joshua se dirigea vers l'atelier pour accueillir les hommes du service scientifique et lut par-dessus leur épaule tandis qu'ils comparaient leurs rapports et les photos de la nuit précédente avec les dégâts de la Picasso.

Ensemble, ils vérifièrent les similitudes entre les débris de verre trouvés près de l'arbre dans le Bois d'Amsterdam et ceux du phare cassé de la voiture. Au même moment, Joshua sentit son téléphone portable vibrer dans la poche intérieure de son blouson.

« Je dérange ? »

Jusqu'à maintenant, Joshua l'avait associée aux cris des pompiers casqués déambulant entre des arbres calcinés en pleine nuit et au silence stérile d'un hôpital tôt le matin. À présent, il entendait des oiseaux dans une forêt estivale. Mais le ton de sa voix était sombre.

« Voulez-vous que je rappelle plus tard ?

— Non, ça va. Je vous écoute.

— Je suis à l'endroit de l'accident. Et j'ai trouvé quelque chose. Quelque chose qui doit vous manquer, probablement.

— Et qu'est-ce qui me manque, selon vous ?

— Une boucle d'oreille. »

Il avait étudié minutieusement le contenu du sac en plastique avec les affaires du garçon. Des morceaux de tissu ensanglantés, deux bracelets de cheville avec des grelots. Pas de chaussures ou de sandalettes. Deux bracelets, également avec des grelots. Plusieurs bagues. Un collier de perles. Et une boucle d'oreille.

« Pouvez-vous me la décrire ? demanda-t-il.

— Une demi-lune en cuivre avec une sorte de pierre précieuse.

— Où l'avez-vous trouvée ?

— Quelque part entre la maison et la route.

— Quelle maison ?

— Il y a une villa ici. Très grande et très vieille. Elle a l'air très fermée aussi, mais d'après moi le garçon y était la nuit dernière.

— Vous devriez devenir inspecteur, Farah Hafez », dit Joshua.

Il se demanda comment elle avait réussi son coup. Sans doute était-elle allée sur le lieu de l'accident et, comme par miracle, elle avait la preuve que le petit avait déambulé dans la forêt.

« Comment avez-vous trouvé cette boucle d'oreille ?

« Ben… je suis presque tombée dessus.

— Vous ne l'avez pas touchée ?

— Je l'ai ramassée avec un mouchoir et l'ai enfermée dedans. Il y a du sang dessus. »

Elle se tut un instant, puis elle dit :

« C'est à lui, pas vrai ? »

Joshua hésita.

« Ça en a l'air, en effet.

— Il était dans la villa. J'en suis sûre.

— Écoutez-moi. Je peux venir vous voir dans l'après-midi. Je regarderai la boucle d'oreille et on en reparlera. D'accord ?

— OK. Pouvez-vous laisser votre collègue en dehors de tout ça ? »

Volontiers, pensa Joshua, mais il répondit :

« Ça sera difficile. On forme une équipe, Diba et moi. Je suis obligé de lui en parler, que ça vous plaise ou non.

— Je comprends.
— Pouvez-vous ne pas le crier sur les toits ?
— Ce n'est qu'un petit bijou. »

Il entendit à sa voix qu'elle souriait.

« Je veux dire, vous n'allez pas en parler dans votre journal ?

— C'est ce que vous craignez ?

— Je ne crains rien, mais il est beaucoup trop tôt pour tirer des conclusions. »

Sur tous les plans, ajouta-t-il en pensée.

Il y eut un court silence.

« Vous savez où se trouve la rédaction ? Et le bâtiment de l'*AND* au bord de l'IJ ?

— J'ai votre numéro, répondit-il. Je vous appelle dès qu'on arrive. »

Au moment où la communication fut coupée, le plus âgé des inspecteurs scientifiques lui fit signe. La première conclusion des recherches était que la Picasso correspondait bien à la voiture ayant laissé des débris de verre, des traces de pneus et une empreinte de pare-chocs sur l'arbre dans le Bois d'Amsterdam. Deuxième conclusion : pas de traces de sang. La possibilité que la Picasso ait heurté le garçon était quasiment nulle.

D'un air distrait, Joshua acquiesça en pensant à Farah. C'était inquiétant de savoir qu'une journaliste pouvait d'ores et déjà le devancer dans une enquête à peine commencée.

15

Dans *Le Casse*, le premier long métrage que Marouan Diba avait vu dans sa vie, Jean-Paul Belmondo, après avoir volé des diamants à un bandit grec, est pourchassé par un chef de la police égyptien joué par Omar Sharif.

Diba n'était encore qu'un gamin, mais il avait tout de suite su qu'il exigerait trois choses de la vie : devenir riche, aussi intrépide que Belmondo et exercer le métier d'inspecteur de police.

Au fil des années, il s'était rendu compte avec amertume que les deux premiers souhaits se conjuguaient très mal avec le dernier. Les inspecteurs n'étaient pas des héros, mais des représentants de la loi au revenu très modeste. Comme il ne pouvait se résoudre à accepter la condition misérable de son métier, la médiocrité de sa vie quotidienne et l'appartement standard correspondant, il s'entêtait à vouloir devenir riche et à obtenir le statut particulier d'un Belmondo numéro deux. Une ambition qui restait aussi inaccessible que de posséder cette Citroën, dont il avait enfin réussi à régler le siège.

Les châssis des vitres de la C6 Exclusive, s'ouvrant et se fermant sans bruit, étaient chromés, expliqua le vendeur en arborant un large sourire. Selon lui, de nombreuses autres nouveautés donnaient à cette voiture son élégance unique et son allure dynamique.

Des caractéristiques que Marouan aurait préféré pouvoir s'attribuer à lui-même.

Monsieur désirait-il peut-être tester aussi le magnifique système hi-fi, composé de six haut-parleurs avec subwoofer ? De son siège passager, le vendeur glissa adroitement un CD dans la fente sur le tableau de bord. Mon Dieu, se disait Marouan en s'enfonçant dans le cuir beige, quel argument ridicule pour vendre une voiture de luxe.

Les vitres latérales en verre feuilleté disparurent dans les rainures de la carrosserie : aucun bruit extérieur n'entrait dans le véhicule. Aux premiers accords doucereux d'un combo jazzy sans prétention, il se sentit tout à coup dans un merveilleux cocon. Seul. Il remontait le temps, se revoyait au volant d'un luxueux cabriolet de location, bien des années plus tôt, roulant en compagnie de son frère et de quelques amis dans la nuit chaude de Marrakech, que seules les étoiles éclairaient. Son frère criant aux passants qu'ils avaient été enlevés par un *Khalîqa*, une créature étrange venue d'ailleurs. Il prononçait le *q* avec un fort accent arabe en exagérant le son guttural, comme s'il voulait souligner son mépris envers son frère européanisé. Marouan Diba, un étranger dans son propre pays.

Chaque fois qu'il revenait dans sa ville natale, sa famille et ses amis l'accueillaient avec plus de respect, mais aussi plus de distance ; pourtant il se sentait tout aussi marocain que lors de son départ vers les Pays-Bas pour rejoindre son père. Marouan, jeune illettré de sept ans, avait vu apparaître sous ses pieds les vastes paysages de polders hollandais. Excité, il avait scruté les parcelles de terre bien délimitées avec leur large palette de nuances de vert. Euphorique, il s'était précipité dans les bras de son père, qui l'attendait dans le hall d'entrée de Schiphol. Il avait l'impression d'être chez lui dans un pays étranger.

Afin de comprendre tout et tout le monde au plus vite, il s'était empressé de réciter à haute voix des mots et des phrases en néerlandais, de la même manière qu'il avait appris par cœur les textes du Coran au Maroc. Très rapidement, il parla le néerlandais sans accent et put citer une quantité phénoménale de synonymes, d'expressions et même des poèmes. Pour la langue, ça allait ! Les Néerlandais, en revanche, il ne les comprenait pas toujours. Même de moins en moins, semblait-il, au fur et à mesure qu'il vieillissait.

Et moins il les comprenait, plus sa haine se ravivait. De la haine envers l'indifférence et l'arrogance des autres, ceux qui, dans cette vie, avaient amassé des richesses et se comportaient en conséquence. De la haine contre les gens qui croyaient pouvoir dissimuler leurs bévues parce qu'ils avaient réussi financièrement. Des gens comme les Faber.

Dans la poche intérieure de sa veste, son téléphone portable se manifesta, ce qui le ramena à la cruelle réalité.

« Diva », dit l'homme à l'autre bout de la ligne d'un air moqueur.

Il parlait anglais avec un fort accent slave.

« Quelle superbe musique festive ! C'est parce que tu es content de m'entendre ?

— Pas vraiment, grommela Marouan en éteignant immédiatement le lecteur CD. Qu'est-ce que tu me veux ? »

Il entendit un petit rire hautain.

« Tu sembles touché, Diva. Touché comme une âme sensible, ou non, plutôt comme une salope gâtée. T'en as l'étoffe.

— Pourquoi tu m'appelles ?

— Le garçon. Dans le Bois d'Amsterdam. »

Marouan suffoqua.

« Qu'est-ce que tu sais de cette histoire ?

— Tout et rien, dit la voix à l'autre bout du fil. Comment va-t-il ?

— Ça te regarde pas.

— Je te le demande pourtant gentiment, pas vrai ? Comment va-t-il ? »

Marouan respira profondément plusieurs fois. Il fallait qu'il réponde quelque chose.

« Hors de danger.

— Ah, très bien ! Tu sais ce qu'on raconte à propos du prophète, mon ami. Qu'il est porteur de bonnes nouvelles. Et toi, tu risques de marcher sur ses pas si tu continues comme ça. Où est-il ?

— Qui ? Le Prophète ? À Médine.

— Très drôle.

— Écoute, je m'occupe de l'affaire.

— C'est bien pour ça que je t'appelle, *treplo*. Je te demande où il est. »

Marouan entendit taper contre le pare-brise et regarda droit dans les yeux enjoués du vendeur, qui relevait les sourcils en guise d'interrogation tout en levant le pouce.

« Je n'ai pas besoin de savoir ce que tu as à voir avec ça, dit Marouan en intimant au vendeur de s'éloigner, mais je veux que tu laisses ce garçon tranquille.

— Attention à ce que tu dis, Diva. Je te demande – fais bien attention – pour la dernière fois : où est-il ? »

Marouan ravala des remontées acides. Son cœur battait la chamade.

« À l'hôpital. Au WMC.

— Où au WMC ?

— Aux soins intensifs. »

À présent, le vendeur était penché par-dessus le capot et gesticulait tel un parfait acteur de mime pour savoir ce qui se passait.

« Et maintenant, je vais te dire autre chose », dit l'homme au téléphone.

Marouan resta silencieux. Il aurait voulu démarrer la C6, accélérer et, à plus de deux cents kilomètres-heure, pulvériser son interlocuteur.

« Tu vas me balayer tout ce bazar sous le tapis, ajouta-t-il avec son accent slave traînant.

— Quel bazar ?

— Tout ce qui s'est passé cette nuit.

— Quoi ? Tout ? Tu sais combien de policiers ils vont mettre rien que sur l'affaire du break ? Merde, il y a deux cadavres !

— Écoute-moi bien, l'ami. Je parle du gamin. Ça, tu n'en parles pas, compris ? »

Marouan pensa à la journaliste.

« Pourquoi ?

— Parce que c'est moi qui le dis.

— Je ne peux pas faire de miracles.

— Non, je ne te vois pas marcher sur l'eau ou multiplier les pains. Mais ça, tu peux le faire. Pourquoi ? Parce que je sais que tu fais toujours le maximum pour moi. Compris ? »

Marouan entendit un clic et la communication fut coupée.

Il descendit de la C6 et poussa le vendeur ébahi de côté lorsqu'il vit Calvino sortir de l'atelier.

« Et alors ?

— Ça colle, dit Cal, satisfait. On prend notre vieux tacot ou on y va avec la C6 ? »

Marouan l'ignora. Il sortit d'un pas énervé et démarra la Corolla. Laissant à peine le temps à Calvino de monter, il partit en trombe en faisant crisser les pneus et prit la direction de la Westergasfabriek, où se trouvaient les studios Iris.

16

Farah était tellement plongée dans ses pensées qu'elle faillit manquer la sortie Amsterdam-Nord. Dix minutes plus tard, elle gara la Carrera sur une plateforme en béton sur le quai au bord de l'IJ, juste devant le bâtiment futuriste avec ses façades de verre et ses charpentes métalliques, où s'était installé depuis peu le quotidien *Algemeen Nederlands Dagblad*.

Elle se dépêcha de traverser le pont, prit l'ascenseur de verre jusqu'au dernier étage et se dirigea droit vers le bureau de son patron.

Edward Vallent avait le dos tourné. Sur fond de ciel matinal sans nuages, sa silhouette imposante ressemblait à celle d'un géant. Dans la pièce flottait une odeur de café. Il se retourna en l'entendant entrer. Il portait un pantalon beige en velours à grosses côtes, un sweat-shirt anthracite et n'était pas rasé. Edward était le genre d'homme qui ne semblait jamais se soucier de son apparence, tout bonnement parce qu'il trouvait inutile que quiconque le juge sur ce point.

Ses yeux bleu acier avertirent Farah qu'il y avait un gros problème.

« Tu as lu ça ? »

Il alla vers son bureau et brandit la première page du quotidien *De Nederlander*. L'article en bas à droite affichait un titre alléchant : « Farah H., journaliste au *AND*, brutalise son adversaire lors d'un gala de combats. » Rédigé par Cathy Marant, il était accompagné d'une photo de la Russe étendue au sol, l'air moribond.

Farah arracha le journal des mains d'Edward et le lança directement dans la poubelle.

« Voilà sa place, dit-elle, en colère.

— Trop tard, Hafez. Les lecteurs crédules du *Nederlander* ont déjà avalé cette mauvaise fable avec empressement. Je ne peux pas rester les bras ballants. »

Farah était trop abasourdie pour réagir.

« À quoi penses-tu ? finit-elle par demander.

— Marant repart en guerre. Une rectification de sa part serait la moindre des choses. Et si elle n'accepte pas, je dépose plainte pour diffamation. Mais d'abord, je veux que tu me dises ce qui s'est passé exactement.

— Pour être franche…

— Volontiers, si possible.

— Je me souviens de tout, jusqu'au moment où l'arbitre nous a séparées. Avant, elle m'avait griffé le bras, arraché les cheveux, mordue au mollet… Tu sais, quand tu te bats, ta concentration est si grande que la notion de douleur est tout à fait différente.

— Crois-tu qu'on pourra rendre crédible ta riposte lors du combat d'hier soir et prouver qu'elle n'était pas celle d'une femme ayant perdu son self-control, se fourvoyant dans une – il ressortit le journal de la poubelle et lut – "vengeance sans merci" ? Doit-on se contenter de croire ce que les huit cent mille abonnés du *Nederlander* vont prendre pour argent comptant ? demanda Edward avec impatience.

— Je ne sais pas, Ed. Vraiment pas.

— Cet après-midi, je laisserai des experts éplucher les images, si tu es d'accord. Et s'ils confirment mes soupçons, je, non, nous mettrons le paquet, OK ? »

Farah le regarda avec reconnaissance.

« Oui, patron. Et pourrait-on parler maintenant de quelque chose de plus important ?

— Encore plus important ? Eh bien. Tu as exactement une minute », dit Edward en cherchant ostensiblement toutes sortes de documents sur son bureau.

Farah sortit son mouchoir et le posa, déplié, sur le bureau. Edward jeta un coup d'œil furtif sur la boucle d'oreille ensanglantée en forme de demi-lune.

« Il t'en manque une.

— Elle est dans un sac plastique du service des urgences, dans les mains de la police, avec les autres bijoux et habits pleins de sang.

— Et pourquoi tu as encore celle-ci ?

— Je l'ai trouvée il y a une demi-heure dans le Bois d'Amsterdam. Près de l'endroit où un petit garçon d'à peine sept ou huit ans a été laissé pour mort après un accident avec délit de fuite. Personne ne sait d'où il vient ni qui il est. Mais pour moi, une chose est très claire. »

Entre-temps, Edward avait rassemblé tous ses dossiers et s'apprêtait à quitter la pièce. D'un large geste, il lui fit signe de le précéder.

« Le gamin a été utilisé pour Bacha Bazi, Ed », lança-t-elle.

Edward se figea sur place. Farah y vit un encouragement.

« J'étais aux urgences quand ils l'ont amené. Il était maquillé, portait un habit traditionnel et des bijoux. Il donnait l'impression de sortir tout droit d'une fête de Bacha Bazi.

— Bacha Bazi ? répéta Edward, comme s'il venait de débarquer sur une autre planète.

— C'est une grande fête où le, euh, propriétaire du garçon l'oblige à danser jusque tard dans la soirée, avant de le prêter pour une nuit au plus offrant, précisa-t-elle.

— Je sais, grommela Edward distraitement. Mais cela fait plus de vingt ans que je n'ai plus entendu ce terme. Depuis que Raylan Chapelle écrivait sur ce sujet. »

Raylan Chapelle.

Avant de faire ses études de journalisme, Farah décortiquait déjà chaque phrase, chaque mot, même chaque virgule de ses articles. L'œuvre de Raylan Chapelle était légendaire. De même qu'Einstein était le père de la théorie de la relativité, Chapelle était considéré comme l'inventeur incontesté du démasquage journalistique. Dans les années 1960 et 1970, il avait démontré que le gouvernement américain mentait de façon constante et systématique à la population au sujet de la guerre du Vietnam. Chapelle, d'origine américaine, avait habité pendant des années à Kaboul où, en 1978, il avait commenté le coup d'État sanglant à l'origine de la chute du gouvernement de Daoud : les communistes avaient assailli le palais présidentiel avec des avions et des blindés, et assassiné Daoud ainsi que tout son état-major. L'une de ces personnes était le père de Farah.

Six mois plus tard, Chapelle avait trouvé la mort au Cambodge. Les circonstances de son décès ne furent jamais élucidées. De mauvaises langues racontaient que c'était un coup de la CIA, en représailles de ses articles sur le Vietnam.

Pendant toute sa vie d'adulte, Farah n'avait pas eu de raison particulière de repenser à Raylan Chapelle. Mais maintenant qu'Edward avait prononcé son nom, il se tenait à nouveau devant elle. Elle aurait pu le dessiner : la manière dont il s'était penché et avait caressé le bras de sa mère à elle, dans le jardin aux papillons du palais présidentiel à Kaboul, près de trente ans auparavant…

« Farah ? »

Elle sursauta.

« Je t'ai demandé quelque chose.

— Excuse-moi, je… »

Elle ne termina pas sa phrase. Sa bouche était archisèche et il fallait qu'elle s'assoie. Edward balança ses affaires sur son bureau et lui servit un verre d'eau qu'elle vida d'un trait. Il s'appuya contre son bureau, face à elle. D'un coup, il semblait avoir tout son temps.

« Dois-je me faire du souci, ou est-ce que tu vas m'annoncer une bonne nouvelle ? dit-il en souriant. Et si c'est le cas : David est-il déjà au courant ? »

Elle secoua la tête.

« Ce n'est rien, murmura-t-elle. Je n'ai pas déjeuné ce matin.

— J'irais quand même voir un médecin avec ce genre de symptômes. À moins que tu ne penses qu'il soit normal de devenir toute blanche et d'avoir un malaise. Mais tu n'es pas venue ici pour avoir l'avis de ton patron, dont tu n'as que faire. Qu'est-ce que tu veux me dire avec l'histoire de ce gamin ? »

Elle mit ses souvenirs de Raylan Chapelle de côté.

« À mon avis, il y a chaque année des milliers de jeunes Afghans qui sont introduits illégalement en Europe, dit-elle.

— Ce n'est pas nouveau.

— Peut-être pas. Mais ils sont rarement aussi jeunes que ce garçon et certainement pas travestis de la sorte.

— Et toi, tu penses qu'il serait l'exception qui confirme la règle.

— C'est ce que je crois. Et il y a autre chose : si c'est le cas et si le gamin a été utilisé pour Bacha Bazi, que fait-il ici ? Je veux dire, ici aux Pays-Bas ?

— Se pourrait-il que le marché pour ce genre de garçons soit devenu international ? suggéra Edward. Un réseau mondial de danseurs esclaves sexuels ? Je veux dire : toute cette guerre a déjà eu pour résultat qu'une diaspora d'Afghans s'est déversée sur l'Ouest. Les traditions peuvent se transporter dans les bagages !

— Je voudrais en savoir plus, dit Farah d'un ton décidé. Je crois que ce garçon n'est que la partie émergée de l'iceberg. Cette nuit, à quelques kilomètres de l'endroit où il a été renversé, une voiture a été incendiée, un break. Ils ont trouvé deux corps calcinés dans le coffre. La police soupçonne un règlement de comptes, ils vont y affecter une équipe entière. Ils ne le feraient pas s'ils ne pensaient pas à une grosse affaire. C'est une très sale histoire, Ed. Et si on arrivait à démontrer qu'il existe un réseau de trafic international qui pourvoit des hommes afghans aux Pays-Bas, et peut-être aussi dans d'autres pays, en esclaves sexuels mineurs, on mettrait au jour un scandale mondial. »

Edward la regarda longuement.

« Qu'as-tu à y gagner ?

— Qu'est-ce que tu veux dire ?

— Tu ne t'es jamais occupée de trafic d'enfants ni de criminalité internationale. Alors, pourquoi cela t'intéresse-t-il maintenant ?

— Parce que c'est un gros truc. Parce que ça me touche. Je veux dire, parce que ce gamin me touche. »

Elle se tut. Edward fit de même et attendit.

« C'est le garçon lui-même, dit-elle, le cœur gros. Quelque chose qu'il a en lui. Ce n'est peut-être pas le meilleur motif pour commencer une enquête comme celle-là, mais je me rappelle une personne qui affirmait que, pour être un bon journaliste critique, la fascination personnelle était toujours le premier point de départ. »

Edward se leva.

« Tu en as déjà parlé à quelqu'un ?

— Aux deux inspecteurs qui ont été mis sur l'affaire. Je les ai vus cette nuit sur le lieu de l'accident. Je les ai revus ce matin quand j'étais à l'hôpital pour avoir les résultats de l'opération. Ils veulent ébruiter l'affaire le moins possible.

— Logique. Leur enquête démarre à peine.

— Ils viennent ici cet après-midi. À cause de la boucle d'oreille. »

Edward faisait les cent pas devant la grande fenêtre, jetant des ombres menaçantes dans la pièce.

« Trafic d'enfants international, abus sexuel de mineurs, deux meurtres… Et toi, tu penses qu'il s'agit de la partie émergée de l'iceberg ?

— En effet, c'est l'impression que j'ai.

— Alors il faudra définir notre position, Hafez. »

Farah adorait quand Ed l'appelait par son nom de famille. Cela voulait dire qu'il estimait qu'un projet avait un certain potentiel. Qu'il voulait lui donner forme : une tête, des bras et des jambes, tout le tintouin.

« La question est : mène-t-on notre propre enquête en parallèle avec celle de la police ou est-ce qu'on essaie de coordonner certaines choses avec elle ? » se demanda-t-il en frottant son menton mal rasé.

Il s'arrêta devant elle.

« Une question probablement inutile, car, en quelque sorte, tu as déjà commencé tes propres investigations. »

Il regarda la boucle d'oreille.

« À mon avis, tu t'es fourrée dans un guêpier, Hafez. Donne-moi un peu de temps pour discuter de l'affaire avec la direction et un juriste. »

Il reprit ses dossiers sous le bras et se dirigea vers la porte à grands pas.

« Et maintenant, tu dégages de mon bureau ! »

Farah replia le mouchoir soigneusement autour de la boucle d'oreille et sortit dans le couloir en passant devant Ed en souriant.

« Appelle-moi dès qu'ils seront là cet après-midi pour t'écrouer ! » cria-t-il de loin.

Elle le salua de la main et partit à la cantinc pour acheter une salade et une boutcillc d'cau minérale qu'elle avala en un rien de temps sur le toit-terrasse.

Appuyée contre la rambarde, Farah regarda le lac d'IJ et sentit à nouveau, tout près d'elle, la présence de Raylan Chapelle. Apparemment, le garçon accidenté était en train d'alerter les esprits. Des esprits qui erraient sans repos dans le royaume des morts depuis des années et qui, à présent, profitaient de l'occasion pour réapparaître. Elle avait peur de ces fantômes. Mais depuis cette nuit, elle savait qu'elle ne pouvait plus leur échapper et qu'elle devait les affronter.

17

Savoir que même les personnes jouissant d'un certain prestige commettaient parfois de grosses bourdes et que l'on s'adressait alors précisément à lui, Marouan Diba, en tant que personne la plus qualifiée pour dévoiler les mensonges abjects de leur existence, le remplissait de fierté quand il était dans ses bons jours. Mais à présent, alors qu'il était en route pour arrêter une icône nationale d'un jeu télévisé, il ne pouvait penser qu'au mépris sardonique du salaud slave. Sa voix au téléphone avait déclenché quelque chose chez Marouan. *Khalîqa*.

Putain de merde, qui avait dû supporter pendant des années toutes sortes d'humiliations de la part de ses supérieurs ? Qui avait satisfait aux exigences les plus invraisemblables de ces connards en uniforme ? Qui éliminerait, un jour, à la façon de Belmondo tous ces enfoirés de lécheurs de bottes et de faiseurs de coups bas ?

« D-I-B-A-A-A ! »

Surpris par le cri déchirant poussé par Calvino, Marouan vit s'approcher à une vitesse hallucinante les barrières fermées du complexe de studios de télévision. Pendant un millième de seconde, il eut envie d'accélérer davantage, mais il se rendit compte qu'alors ils seraient probablement décapités. La voiture s'immobilisa, plaquettes de frein fumantes.

Calvino sauta hors du véhicule et fourra sa carte de police sous le nez de l'homme dans la guérite en lui ordonnant de lever immédiatement les barrières. Quand celles-ci s'ouvrirent enfin, après quelques échanges verbaux musclés – auxquels Marouan contribua en lançant depuis la voiture : « Police, putain de merde, police » –, Calvino fit signe à Marouan de continuer seul, car lui-même allait devoir donner des explications à la petite armée de vigiles accourant de partout.

Dès que Marouan eut garé la Corolla devant l'entrée principale du complexe, là aussi un gardien sortit en courant. Bon sang, pensa Marouan, on dirait des rats sortant de leur trou. Mais celui-ci semblait avoir été informé par ses collègues près des barrières. Calvino avait bien travaillé. Le vigile le guiderait jusqu'au studio numéro sept, lieu du tournage de *The Game of Love*.

Dans une sorte de rêve enfiévré, Marouan suivait les pancartes : Studio 7. Son cœur battait à tout rompre, son corps libérait des litres de sueur et un mal de tête insupportable cognait contre ses tempes. Il grimpa un escalier, prit des virages à angle droit et suivit une large bande jaune le conduisant, pour finir, à une porte qui semblait verrouillée.

« Désolé, dit le gardien qui, pendant tout ce temps, n'avait pas cessé de parler dans son talkie-walkie, vous allez devoir attendre. J'ai ordre de ne pas les déranger pendant l'enregistrement.

— C'est ce qu'on va voir ! » asséna Marouan.

Et à sa surprise, la solide porte du studio céda sous son assaut. D'un coup, il se retrouva dans la pénombre, où il distinguait des silhouettes derrière de grandes caméras mobiles. Au fond, il vit le public dans les tribunes et un décor de plusieurs mètres de haut en forme de cœur, devant lequel se tenait un homme bronzé aux UV, vêtu d'un costume brillant, les bras ouverts comme la statue du Christ à Rio.

« Cher public, soyez le bienvenu pour la troisième saison de *The Game of Love*. Aujourd'hui, nous… »

Des caméras changeaient sans cesse de position, glissant en souplesse et sans bruit. Et Calvino, où était-il passé ? Soudain, un homme surgit de l'obscurité. Ce n'était pas son collègue, mais une espèce de Shrek avec, sur sa tête chauve, un gros casque muni d'une seule oreillette et d'un petit micro. D'un geste brusque, il stoppa Marouan comme si ce dernier était un homme-orchestre.

Marouan montra sa carte de police à Shrek et prononça la formule magique :

« Police. Pour Dennis Faber. »

L'homme à la grosse tête chauve, avec ses oreilles en forme de patates, appliqua sa main sur la poitrine en sueur de Marouan, parla à voix basse dans le micro, écouta attentivement une voix inaudible, et répondit :

« Impossible. Pas d'autorisation du metteur en scène.

— Pas nécessaire », dit Marouan.

Il poussa l'homme de côté et, en un temps record, laissa tout derrière lui : les caméras, les grosses têtes chauves, les vigiles et un public médusé. Sur la scène inondée de lumière lui donnant l'impression d'atterrir directement sous les tropiques, Marouan chercha dans ses cordes vocales les registres les plus bas et se posta devant le présentateur incrédule.

« Dennis Faber ? »

Un sourire nerveux apparut sur le visage bronzé, maquillé à outrance.

« Marouan Diba, police judiciaire. Je vous arrête pour suspicion de complicité dans une tentative d'homicide. »

En se dirigeant vers la porte de sortie, devant les caméras, avec un Dennis Faber interloqué, le bras coincé dans le dos, Marouan aperçut Calvino qui l'observait. Au bord de la scène, Calvino applaudissait au ralenti sans dire un mot, avec un regard de marbre.

18

Après le déjeuner, Farah avait aussitôt réclamé et parcouru quelques dossiers sur le trafic d'enfants, à la recherche de points communs avec un éventuel commerce international de garçons utilisés pour Bacha Bazi. À plusieurs reprises, elle avait été écœurée par ce qu'elle lisait. L'esclavage avait été officiellement aboli dans le monde depuis longtemps, mais au XXIe siècle, il fleurissait dans toute son illégale cruauté comme jamais auparavant. Des fillettes du Nigeria, des garçons du bloc de l'Est, des bébés venant de Chine – tous étaient à vendre.

Dès qu'un ouragan avait sévi, que des plaques tectoniques s'étaient superposées ou qu'une guerre civile avait éclaté dans une des parties pauvres de la planète, le trafic de personnes y devenait un commerce florissant. Des parents désespérés, pensant que leur enfant aurait une vie meilleure à des milliers de kilomètres, allaient jusqu'à vendre leur dernier bout de terrain ou même leur maison afin de pouvoir payer les passeurs qui promettaient de transporter leur gamin.

Et les trafiquants étaient rusés. Si le montant à payer pour le voyage était trop important pour les parents, ils les autorisaient à s'en acquitter en plusieurs paiements. Et si, au final, l'argent se révélait trop difficile à trouver, les enfants étaient utilisés à d'autres fins, la plupart du temps dans un circuit criminel : prostitution ou drogue.

Des pères et mères déjà totalement démunis tombaient ainsi, pour le restant de leur vie, dans une pauvreté encore plus grande, ignorant qu'à l'autre bout du monde leurs enfants étaient transformés en voleurs et en prostitués.

Au cours des dernières années, Farah s'était surtout occupée d'événements locaux. Elle s'était notamment fait un nom grâce à plusieurs reportages sur les intrigues obscures entourant l'immense projet de construction du roi de l'immobilier Armin Lazonder : le projet New Golden Age. Sa dernière série en trois épisodes au sujet de la politique d'asile menée aux Pays-Bas avait également été très appréciée. En revanche, mettre en place et conduire une investigation criminelle à grande échelle était tout à fait nouveau pour elle. Mais elle n'avait encore jamais senti un besoin aussi fort de se plonger dans une affaire, justement parce qu'elle subodorait que le résultat risquait de dépasser son imagination. Elle voyait déjà les gros titres : « Le garçon perdu d'Afghanistan. »

Elle savait aussi que son souhait d'approfondir ce sujet ne serait pas en adéquation avec le délai qui lui serait imparti. Ces derniers temps, à cause de la baisse du nombre d'abonnés, le journal devait réduire ses dépenses par tous les moyens et les revenus publicitaires étaient plus nécessaires que jamais. Désormais, les projets d'investigation au long cours ne recevaient que rarement le feu vert. Car dès que l'on mettait des journalistes sur un tel projet, ils n'étaient plus disponibles pour écrire des articles dans l'édition quotidienne.

Elle fut arrachée à ses pensées par la vibration de son portable professionnel. En entendant la voix de Cathy Marant, elle regretta aussitôt d'avoir répondu.

« Ma chère Hafez, tu as été une vilaine fille, dit Marant sur un ton mielleux. Frapper d'autres femmes au point qu'elles se retrouvent à l'hôpital ! N'as-tu pas réussi à te maîtriser, une fois de plus ? »

Farah la connaissait de l'époque où Cathy écrivait des articles ambigus dans la rubrique people de l'*AND*. Mais c'était il y a longtemps. À présent, Cathy Marant, avec son physique de gardienne de camp blonde tout droit sortie d'un film porno nazi, se pavanait quotidiennement avec ses lèvres siliconées et son décolleté éhonté derrière le pupitre de l'émission d'actualités à succès, le *Headlines Show*, sur la chaîne commerciale Iris TV. Elles n'avaient plus trop de contact, mais Cathy avait toujours le même talent douteux pour pousser Farah à bout en une fraction de seconde.

« De quoi parles-tu ?

— Tu as blessé cette femme grièvement.

— Deux côtes cassées et un traumatisme crânien léger.

— C'est ce qu'on appelle des "blessures graves". Et c'est toi qui en es responsable. Qu'est-ce que tu en dis ?

— À toi ? Rien du tout ! » rétorqua Farah en raccrochant.

Elle s'imaginait bien la situation : toute la rédaction du *Headlines Show* espérait un scoop juteux sur la journaliste de l'*AND*, reine dans l'art de casser les gens. Ils ne se contenteraient pas d'un « sans commentaires ».

« La communication a été coupée, remarqua Marant lorsque Farah décrocha le téléphone de la rédaction pour la deuxième fois dix secondes plus tard.

— Exact, répondit Farah sèchement. Et c'est ce que je vais faire à nouveau. »

Au troisième coup de fil de Marant, son ton devint hostile :

« Je trouve ça plutôt lâche de ta part. Une journaliste prétentieuse qui ne se gêne pas pour critiquer le comportement des autres et qui joue la politique de l'autruche quand elle commet une faute elle-même.

— Je te comprends, dit Farah, toi aussi, tu fais ton boulot. »

Et elle raccrocha encore.

Peu après, la sonnerie de son portable retentit : la terreur de Marant ne connaissait pas de limites.

« Tu me manques », dit une voix masculine après qu'elle eut décroché.

Farah se souvenait des bras qui l'avaient portée dans la chambre la nuit précédente.

« Où es-tu partie ce matin, si tôt ?

— À l'hôpital. C'est une longue histoire, David. »

Sa voix tremblait légèrement.

« Ça va ?

— Moi oui. Excuse-moi. Je t'expliquerai ce soir.

— Ce soir, je serai à l'hôtel de l'Europe pour un dîner. C'est pour ça que je t'appelle. Désolé, il n'y aura pas de *kabuli palaw* au bord de l'étang d'Amstelveen ce soir.

— Qu'est-ce que tu dois faire à l'Europe ?

— Un dîner d'investisseurs. Et j'aimerais que tu m'accompagnes. Tu auras juste à sourire, pour que je n'aie pas à me fatiguer avec des boniments et que j'empoche quand même une bonne centaine de milliers d'euros pour le projet Verne. »

Au cours des dernières semaines, Farah avait beaucoup réfléchi à ce projet. Il était censé devenir l'œuvre maîtresse de David. Inspiré du *Tour du monde en quatre-vingts jours*, il traverserait tous les continents de différentes manières, en mettant en image les changements considérables qui s'étaient opérés dans le monde depuis la parution du livre de Jules Verne. Le voyage durerait probablement plus d'un an.

Plusieurs mois auparavant, David avait déjà sondé Farah pour savoir si elle voulait l'accompagner comme reporter. Elle en avait touché un mot à Edward, mais il s'y était farouchement opposé. Non pour lui refuser ce plaisir, mais à cause de son indisponibilité pour le journal pendant un an et demi, et parce qu'il n'était pas certain que ses récits de voyage plaisent aux lecteurs. La direction était du même avis. Mais comme on lui laissait le choix de prendre un congé sabbatique, David l'avait intégrée dans son budget prévisionnel en tant que chercheuse, chargée de repérer les lieux de tournage.

Tout cela lui semblait trop beau pour être vrai. Enfant, elle avait donné libre cours à son imagination en écrivant sur le vaste monde au-delà des murs de son jardin. À présent, plus de trente ans après, on lui donnait l'occasion d'effectuer un vrai voyage autour du monde et de coucher par écrit toutes ses impressions en qualité de journaliste néerlandaise.

Sa seule inquiétude : elle serait jour et nuit en compagnie de David, ignorant les conséquences éventuelles sur leur relation. Mais elle trouvait le défi de ce projet trop important et trop beau pour jouer à la poule mouillée.

« Je dois y être à quelle heure ?

— Je viendrai te chercher à huit heures, d'accord ?

— Parfait. »

Après avoir raccroché, elle se sentit perdue dans un no man's land indéfini entre deux réalités. La merveilleuse promesse du projet de David se heurtait à la souffrance contenue dans les dossiers empilés sur son bureau. Elle se leva et alla aux toilettes.

Elle passa ses poignets sous l'eau froide en se regardant dans la glace au-dessus du lavabo : deux Farah, deux mondes. Si on lui demandait maintenant auquel de ces deux mondes elle appartenait, elle choisirait celui posé sur son bureau.

19

Ce fut l'idée de Diba d'interroger Angela et Dennis Faber séparément afin de les déstabiliser.

« Cal, toi, tu sais t'y prendre avec les femmes », avait-il dit. Joshua se retrouva donc nez à nez avec l'épouse du célèbre présentateur de télévision. Elle avait l'air encore plus paumée que le matin : craintive et absente en même temps. Ses yeux étaient larmoyants, mais les apparences pouvaient être trompeuses. Joshua savait qu'Angela Faber n'était pas aussi niaise que son physique de blonde siliconée voulait bien le faire croire.

Il lui parlait lentement sur un ton calme, comme s'il s'agissait d'une discussion banale à laquelle elle participait de son plein gré. Mais il transmettait un tout autre message avec ses yeux : vous et moi savons de quoi il est réellement question et je vous donne l'occasion de lâcher le morceau. Il comprit qu'elle avait reçu le message cinq sur cinq.

« Savez-vous ce qui arrive quand un enfant est renversé ? »

Il n'attendit pas sa réponse.

« Il y a alors des tas d'alarmes qui se déclenchent, au sens propre comme au figuré. Le MMT, le MICU[1], la police et même la police judiciaire

1. *Mobiele intensive care unit :* équivalent du SMUR.

accourent. Code d'alerte rouge, croyez-moi. Et tout le monde se demande : mais que fait un enfant dans le Bois d'Amsterdam ? En pleine nuit. Sous la pluie. Personne n'a la réponse. »

Il se tut un instant pour laisser décanter son introduction.

« Madame Faber, voulez-vous boire quelque chose ?

— De l'eau, s'il vous plaît. »

Après avoir versé de l'eau minérale dans un verre, il se rassit. Penché en avant, les coudes sur la table et joignant les extrémités de ses doigts, il la fixa.

« C'était un garçon.

— Un garçon ? »

Les yeux d'Angela Faber, gonflés à force d'avoir pleuré, s'agrandirent.

« Cela vous étonne ? demanda Calvino sèchement.

— Je pensais… »

La voix d'Angela s'étrangla.

« C'était un garçon, habillé et maquillé en fille, continua Calvino. Tragique : un si jeune enfant. Si le médecin ne l'avait pas intubé, il serait mort sur place. Dans ce cas, le chauffard responsable aurait eu un meurtre sur la conscience. »

Dans le silence qui suivit, Angela Faber fixa son verre d'eau, le regard vide, puis se mit à pleurer.

« Il a traversé ? » demanda Joshua doucement.

Elle fit non de la tête.

« Il était déjà allongé par terre », gémit-elle, avant d'éclater en sanglots.

Calvino poussa une boîte de mouchoirs dans sa direction. Petit à petit, elle finit par cracher le morceau. Angela avait participé à sa soirée bihebdomadaire entre amies : des femmes cultivées s'éclatant lors de sorties improvisées dans des bars huppés en buvant des cocktails très originaux. Se sentant « un peu oppressée » toute la soirée, elle avait décidé de rentrer plus tôt. En arrivant chez elle, elle en avait compris la raison : les dieux du malheur l'y avaient incitée pour qu'elle trouve son mari dans une position contre nature, nu, sur le tapis à bouclettes dans la chambre d'amis. Contre nature, car il était sur le dos d'un autre homme, qu'Angela Faber avait reconnu tout de suite, bien qu'il fût nu également, comme étant le réalisateur des décors de *The Game of Love*. Gagnée par une panique aveugle, elle était remontée dans sa Picasso et avait aussitôt repris la route au hasard, en direction du Bois d'Amsterdam.

Arrivée à ce stade de son récit, Angela Faber déclara, bien à propos, qu'elle aurait voulu se pulvériser en même temps que la voiture. Elle ajouta un détail qui fit tendre l'oreille à Joshua. Dans la forêt, elle avait été éblouie par les phares d'un véhicule démarrant sur l'autre voie. Peu après avoir été dépassée par cette voiture, elle avait vu la fillette, euh non, le garçon, sur la route. Elle avait eu la présence d'esprit de freiner et de donner un coup de volant avant de s'immobiliser contre un arbre. Ce n'est qu'après avoir appelé les urgences qu'elle avait compris quelles pouvaient en être les conséquences : le monde entier penserait que c'était elle qui avait renversé l'enfant.

Joshua tenta de maîtriser son dégoût. Il avait du mal à retenir son envie de se pencher par-dessus la table pour empoigner et secouer violemment cette bourgeoise glamour égocentrique.

« Vous avez abandonné un enfant accidenté au milieu de la route avec le risque qu'une autre voiture l'écrase. En êtes-vous consciente ? »

Oui, Angela Faber s'en rendait compte maintenant. Après coup. Elle le regrettait infiniment, dit-elle en versant beaucoup de larmes. Et avec beaucoup d'hypocrisie.

20

« Je n'ai absolument rien à dire », protesta Dennis Faber.

Marouan Diba entra dans la salle d'interrogatoire où attendait Dennis Faber et posa nonchalamment l'aveu signé par sa femme sur la table.

« Dans ce cas, monsieur Faber, en ce qui me concerne vous n'avez qu'à m'écouter. Vous n'êtes pas ici pour qu'on vous cuisine sur vos préférences sexuelles ou sur vos infidélités. »

Le visage couleur crêpe au sarrasin de Faber vira au rouge vif.

« Vous n'êtes pas non plus ici à cause de votre femme qui a trouvé nécessaire, après sa découverte, de jouer au kamikaze en traversant le Bois d'Amsterdam. Non, vous êtes ici, car après son retour à bord d'une Citroën Picasso passablement cabossée et sa réaction hystérique, vous avouant avoir probablement renversé quelqu'un, vous y avez vu une belle occasion de garder votre incartade confidentielle. Vous avez donc conclu un accord avec votre épouse.

— Je ne sais pas de quoi vous parlez. »

Marouan fit semblant de ne pas avoir entendu. Il se pencha en avant et dit en chuchotant :

« Vous avez dit à votre femme : Moi, je t'aide, si toi, tu m'aides. Tu te tais sur ce que tu as vu ce soir chez nous et moi, je me débrouille pour faire disparaître toute trace de l'accident. OK ? »

Il se redressa et toisa avec mépris le présentateur, de plus en plus nerveux.

« En concluant cet accord, vous avez essayé de dissimuler de probables indices d'un délit grave. Je ne dois pas me tromper de beaucoup, n'est-ce pas, monsieur Faber ? Car si je ne m'abuse, votre femme nous a sacrément menti avec, à la clé, de faux aveux signés. »

De la main droite, Marouan glissa la version d'Angela Faber vers son mari.

« Pour être tout à fait complet, je vous signale que l'histoire de votre femme correspond en tout point aux constatations de l'équipe de la police scientifique. Un détail non négligeable, vous en conviendrez. Si vous coopérez et si vous êtes assez intelligent pour faire en sorte que votre version concorde avec celle de votre épouse, nous pourrons liquider cette affaire rapidement et avec discrétion. Vous comprenez ? Réfléchissez-y quelques instants. »

Sans attendre la réponse de Faber, Marouan recula sa chaise, se leva et quitta la pièce, sachant qu'il avait joué un coup de bluff pour sauver la face. Ils étaient dans une impasse.

Angela n'était pas responsable de l'accident du garçon. De plus, Marouan savait que même s'il trouvait le conducteur de la deuxième voiture, cela n'expliquerait toujours pas pourquoi le gamin s'était trouvé à cet endroit, à ce moment-là.

Dans la poche intérieure de sa veste, le téléphone portable sonna à tout rompre. En découvrant le nom de son correspondant, ses jambes se mirent à trembler. Il eut des brûlures d'estomac en entendant résonner l'anglais détesté au fort accent slave.

« *Tchort poberi!* Que le diable t'emporte ! Tout ce qu'ils racontent sur les Marocains est donc vrai. Vous êtes des baiseurs de moutons avec des cervelles de moineau. As-tu la moindre explication pour la grosse connerie que tu viens de me faire ?

— De quoi tu parles ?

— De l'arrestation de Dennis Faber, c'est de ça que je te parle. Je t'ai demandé de ne pas ébruiter cette affaire et voilà que je découvre ta sale tronche de Marocain sur ma télé grand format.

— Je ne comprends pas…, hoqueta Marouan.

— Écoute-moi bien, Diva, il faut en finir avec tes conneries grotesques. Tu t'arranges pour effacer au plus vite les dégâts que tu as provoqués en arrêtant Faber. Et plus d'entourloupes. Ma patience est à bout. Tu fais juste ce qu'on te demande, comme un gentil père de famille. Et un gentil père de famille s'arrange pour qu'il n'arrive rien à ses enfants. Me suis-je bien fait comprendre ?

— Laisse mes enfants en dehors de ça ! Compris ? » hurla Marouan.

Il chercha de l'air. Ses jambes tremblaient tellement qu'il eut peur de tomber. Il appuya ses deux mains contre le mur et poussa de toutes ses forces, comme s'il voulait renverser l'immeuble.

21

« Ce sont des dégonflés ! Tous ! fulmina Edward en retournant vers son bureau. Aujourd'hui, il faut palabrer pendant des heures pour les convaincre. La seule chose qui les intéresse, ce sont les chiffres de vente et les revenus publicitaires. Ils n'ont rien d'autre à la bouche que : économies budgétaires.

— Alors c'est annulé ? demanda Farah.

— T'es folle ! souffla Edward. Bien sûr que non. Mais ce qui m'énerve, c'est qu'il faut à chaque fois remuer ciel et terre pour expliquer à cette bande de lâches qu'ils ont tort avec leurs conneries bureaucratiques d'anxieux. Bon sang, on est un journal, pas un sanatorium ! Pour l'instant, ils nous donnent trois mois. Ce n'est pas assez, mais une fois qu'on sera lancés et si l'affaire avance bien, on pourra peut-être obtenir plus.

— Mais c'est une nouvelle formidable ! »

Farah se leva d'un bond et se jeta au cou grassouillet d'Edward.

« Du calme, Hafez, dit-il. Il faut encore que tu acceptes les conditions.

— Et c'est quoi, les conditions ?

— Il faudra une autre personne sur le coup. Quelqu'un d'expérimenté.

— Donc, en haut lieu, ils n'ont pas encore assez confiance en moi. »

Elle eut du mal à cacher sa déception.

« L'idée vient de moi. Je trouve que tu as trop peu d'expérience dans ce genre d'affaires et je ne pourrai pas te surveiller sans arrêt. C'est ton initiative, mais ce sera notre projet commun. À toi, à moi et à celui qui nous épaulera.

— Et qui cela peut-il bien être ? »

Ed, tel un gros nounours, fit les cent pas avant de répondre. Lorsqu'il prononça enfin le nom de la deuxième personne, les portes du royaume des fantômes de Farah se rouvrirent.

« Je veux que ce soit Paul Chapelle. »

Edward avait formé Paul. En plus d'être son mentor, il était aussi son oncle. Au début, Paul avait été un élément prometteur, mais il ne restait plus grand-chose de l'espoir qu'Edward avait fondé en lui. La rumeur courait que son précédent job de correspondant à Moscou avait été un échec, entaché de beuveries et de bagarres suspectes. Mais Edward était du genre tenace : contre vents et marées, il continuait à croire en la carrière journalistique de son neveu. Il lui avait arrangé une mutation à Johannesburg. Mais là-bas, les choses ne semblaient pas s'être mieux passées. Cela avait été identique à Paris et à Londres, où Paul avait séjourné auparavant.

Peut-être qu'Ed voyait ce projet comme une dernière tentative de sauver son poulain et de lui donner une nouvelle chance à l'*AND*, pensa Farah. Mais pourquoi devrait-elle supporter la présence d'un correspondant peu fiable dont la carrière était déjà en chute libre et cela, de surcroît, dès sa première vraie mission importante ?

C'est Ed lui-même qui apporta la réponse

« Il s'agit ici d'un probable réseau international. Paul a une expérience internationale. Et pas toi. »

Elle était trop perturbée pour se lancer dans une discussion. De gros nuages sombres avaient envahi son esprit, l'empêchant d'opposer des arguments valables.

« Et s'il refuse ?

— Il ne refusera pas.

— Et toi, Ed, qu'est-ce que tu y gagnes ?

— Ce que j'y gagne ? Un excellent duo de journalistes, bien sûr !

— Comment peux-tu dire ça ? On n'a encore jamais travaillé ensemble !

— Alors il est grand temps de commencer. Écoute, Hafez, je te connais depuis combien de temps ? Depuis que tu as fait ton stage ici. Tu étais pleine d'ambition. Mais quels sont tes faits d'armes jusqu'à maintenant ? Quelques articles sur la politique d'asile, quelques portraits de sportifs émérites, beaucoup de nouvelles régionales, et puis ce papier sur cette amnistie générale imminente que tu n'as pas encore fini. Mais avec quoi tu t'es fait un nom ?

— En tout cas pas avec d'interminables nuits alcoolisées, comme ton neveu.

— Non, mais toi, tu envoies des gens à l'hôpital.

— Bon sang, Ed, quelle réflexion de merde !

— C'est vrai. Mais une journaliste avec autant de talent et de persévérance mérite mieux que ce que je viens d'énumérer. Et, pour être honnête, Paul mérite mieux aussi. Je ne dis pas ça parce qu'il fait partie de ma famille. Ce qui lui manque, c'est quelqu'un à qui se mesurer.

— Pourquoi faut-il que ça tombe précisément sur moi ?

— Parce que… Putain, Hafez, vous avez plus de points communs que tu ne penses. Crois-moi ! »

Farah avait le tournis.

« OK. Laisse-moi un peu de temps, Ed. Juste un peu de temps.

— Tu as jusqu'à demain », dit-il, impatient.

En partant, il se retourna :

« Et appelle-moi quand ces deux chasseurs de bandits seront arrivés. »

22

Joshua Calvino était sûr d'une chose : son collègue Diba était un « porteur ». Un porteur de haine, un porteur de fardeaux, le Porteur de la Fatalité. Diba continuait à trimballer tous les malheurs et mauvais coups du sort accumulés au cours de sa vie. Tel un clochard invétéré, il n'avait de cesse de les empiler dans son chariot de courses rouillé, tout en pensant devoir cacher la présence de cette lourde charge aux autres. Comme si personne n'était capable de voir clair dans son jeu fallacieux. Mais Joshua l'avait bien compris.

Alors qu'ils roulaient vers le poste de police, il s'était tu. Diba aussi. D'ailleurs, il n'y avait pas grand intérêt à parler. Leur vieux tas de ferraille regorgeait d'insultes proférées par la personne en état d'arrestation installée sur la banquette arrière. En voyant le sourire satanique de son collègue, Joshua en avait déduit que Diba se réjouissait des vociférations de Faber. Gare à toi, Diba, attends de voir les réactions de tes supérieurs quand ils apprendront cette arrestation, avait pensé Joshua.

Mais au cours de l'interrogatoire des Faber, Joshua avait eu pitié de Diba : il éprouvait la même sensation quand il voyait une vieille femme figée devant un passage clouté à un carrefour bondé, ou un homme dans un fauteuil roulant face à un ascenseur en panne. Il était incapable de ne pas les aider, tout simplement parce qu'il ne pouvait pas les abandonner à leur sort. Et bien que Diba fût en bonne voie de devenir une des créatures les plus détestables avec lesquelles il avait fait équipe jusqu'à maintenant, Joshua ne parvenait pas non plus à abandonner son collègue à son triste sort.

Ce sentiment s'amplifia lorsqu'il entra dans la cantine après l'interrogatoire d'Angela et jeta un coup d'œil sur l'écran télé devant lequel s'étaient regroupés quelques collègues hilares. On y voyait, présentée dans un clip avec de nombreux ralentis et effets sonores dignes d'une bande-annonce, l'arrestation par « l'inspecteur Marouan D. » d'un Dennis Faber interloqué, venant juste de prononcer les premiers mots de son programme. Le clip provenait de YouTube. L'exploit de Diba était devenu une vraie manne pour des millions de gens. L'état-major obtenait ainsi l'ultime motif pour envoyer l'un de leurs plus anciens inspecteurs en permission immédiate d'une durée indéterminée.

Joshua se maudissait, lui et son besoin de protéger son collègue de cette évolution apocalyptique, mais il se rendait compte aussi que cela faisait partie de ses propres bagages. Une partie de ce qu'il transportait dans son propre chariot : son faible pour les grands perdants.

Dans le hall, il tomba nez à nez avec une meute de journalistes munis de flashs, de spots et de caméras en pleine action, entourant la vedette de télévision ainsi que son épouse, relâchés peu auparavant. Dennis Faber racontait l'erreur colossale commise par la police à cause de la stupidité d'un inspecteur au double passeport : supposer en premier lieu que sa femme avait provoqué un accident pour se rendre compte ensuite que c'était elle qui avait alerté les secours. Il termina sa déclaration en exprimant l'espoir d'une prime d'aide au retour pour ce M. Marouan D. Et il ajouta qu'au Maroc ils étaient peut-être impatients de pouvoir engager des inspecteurs de son calibre pour surveiller le harem du roi.

Joshua ressentit une immense envie de forcer Faber à ravaler ses paroles en employant les grands moyens, mais il sut se maîtriser. Il continua son chemin et, dans le couloir donnant sur les salles d'interrogatoire, il retrouva Diba dans une position proche du stretching. Il supposa que son collègue essayait de disparaître dans le mur.

Diba se retourna avec le regard désespéré d'un pilote kamikaze.

« Le chef veut nous parler, dit Joshua.

— Quand ? demanda Diba d'un ton monocorde.

— Maintenant. »

Mais il arrêta Diba lorsqu'il voulut se diriger vers le hall central.

« Attends. C'est pas une bonne idée.

— Pourquoi ?

— Tout le monde va demander ton autographe.

— Ma tête, tu veux dire ! »

On laissera ça au chef, pensa Joshua, mais il dit :

« Laisse-moi faire.

— Pourquoi ?

— Toute cette histoire d'arrestation, c'était mon idée.

— Oui, mais c'est moi qui ai tout foutu en l'air. »

C'est peut-être bien ça l'histoire de ta vie, pensa Joshua. Dans un élan inattendu, et à sa propre surprise, il posa une main amicale sur l'épaule de Diba.

23

En sortant du bâtiment de l'*AND*, Farah marcha en direction de deux géants de couleur rouille, qui, depuis peu, montaient la garde sur les berges nord de l'IJ en tenant devant leurs poitrines des boucliers en forme de papillon. Deux guerriers immobiles en acier. Ils avaient été déposés là, en guise de protestation symbolique, par les opposants au projet New Golden Age sur lequel Farah venait d'écrire plusieurs articles. Une initiative mégalomane du magnat d'affaires Armin Lazonder selon qui il fallait redorer l'image de la ville d'Amsterdam dans le monde.

Ici, sur le terrain de l'ancienne zone industrielle d'Amsterdam-Nord, devaient sortir de terre non seulement trois immenses tours de bureaux, mais également un port de plaisance, un multiplexe cinématographique doublé d'un théâtre, des restaurants, des hôtels, une galerie marchande de luxe et un grand musée d'art ancien et moderne. Le tout avec l'intention de redonner à la capitale la prestance qu'elle avait connue au Siècle d'or.

Farah s'approcha de la foule agglutinée près du Fort : un gigantesque chantier naval datant du début du siècle dernier, qui était maintenant occupé par un groupe de squatteurs bénéficiant du soutien de la population locale.

Les géants d'acier ouvraient sur un spectacle quasi médiéval. Des tentes improvisées, de vieilles roulottes, des camions de pompiers rafistolés et des camions militaires formaient un cercle. L'endroit grouillait de routards, de punks, de métalleux, de gothiques et de férus de néofolk, mais aussi de Japonais et d'Américains que les cars touristiques déversaient par vagues, et qui déambulaient, bouche bée, devant les stands. Dans un anglais approximatif, on y vendait, outre une quantité considérable de fruits et légumes bios, du pain tibétain, des huiles essentielles, vêtements en chanvre, moulins à prières, livres et guitares d'occasion, bijoux et boules de cristal, tee-shirts, jeans, et une grande variété d'étoffes aux motifs orientaux.

Cette animation bigarrée lui rappelait le marché journalier dans le parc du vieux Kaboul de son enfance, où des marchands de tous horizons, des touristes et des hippies se côtoyaient sans difficulté apparente. Elle se rendait au Fort presque tous les jours, le plus souvent à l'heure de midi pour goûter l'ambiance, observer les gens et acheter ses fruits et légumes quotidiens.

Elle s'arrêta devant un stand où une gothique avait rassemblé des bijoux fragiles, des livres de haïkus et des anges en origami.

Parmi toutes les babioles, elle remarqua un papillon fabriqué avec différents tissus, du papier et de la ficelle. Les ailes avaient presque la taille de la paume de sa main et, au milieu, elles étaient resserrées par de la ficelle pelucheuse formant un corps dont s'échappaient deux antennes tortueuses. Chaque aile se composait de plusieurs couches de tissus orientaux en lin.

« Un papillon porte-bonheur, dit la fille en anglais, arborant un sourire énigmatique. Ça marche uniquement chez les gens réceptifs.

— Réceptifs à quoi ? demanda Farah.

— Au bonheur, dit la fille, pince-sans-rire.

— Et alors, comment ça marche ?

— Comme toujours avec le bonheur. Il ne faut pas vouloir s'y accrocher à tout prix, mais savoir en profiter puis le relâcher.

— Il est beau. »

Farah n'était pas friande de discours new age.

« C'est toi qui l'as fait, ce papillon ?

— Non, il est très ancien.

— Il date de quand ?

— Aucune idée.

— C'est combien ? »

La fille annonça son prix. Farah n'essaya pas de négocier. En lui remettant le papillon, la fille retint la main de Farah pendant quelques secondes.

« Prends-en bien soin. D'accord ? »

Farah laissa sa liste de courses en plan et chercha un endroit calme au bord de l'eau, où elle observa avec attention le papillon.

Tout doucement, elle souffla sur les ailes et sentit un léger coup de vent en intensifier l'effet. Le papillon semblait danser juste au-dessus de ses mains. Elle entendit le battement d'autres ailes autour d'elle, et redevint une fillette de sept ans entourée de papillons dans le jardin intérieur d'un vieux bâtiment gouvernemental à Kaboul.

Elle regardait sa mère, un peu plus loin, discuter avec un homme qui lui touchait le bras. C'est alors que Farah découvrit, à côté d'elle, un garçon blond aux yeux malicieux.

« Les tiens aussi sont bleus », remarqua-t-il comme s'il était le premier sur terre à s'en apercevoir.

Une multitude de gens lui avaient déjà dit qu'avec de tels yeux elle devait certainement descendre du seul et unique général grec ayant envahi le pays quelques milliers d'années auparavant. Elle en était très fière. Et voilà qu'arrivait ce petit morveux inconnu lui disant, sans sourciller : les tiens aussi sont bleus. C'était surtout ce « aussi » qui lui déplut. Elle le détesta immédiatement.

Les papillons continuaient à voleter autour d'elle. Le garçon resta silencieux et la toisa d'un air narquois.

« Ils vont pas vers toi, dit Farah. Parce que tu leur as fait peur. »

Le garçon sembla touché.

« Je t'ai fait peur aussi ? »

Il avait l'air sincère.

« Non, répondit-elle. Tu ne me fais pas peur parce que je sais faire ça. »

Lentement et avec une grande assurance, elle exécuta quelques mouvements de Silat que son père lui avait appris. Il la contemplait encore d'un air médusé bien après la fin de sa prestation.

« C'est pas du combat, c'est de la danse ! » s'exclama le garçon, offusqué.

Farah tenta de garder son calme.

« Chaque mouvement a un sens. »

Il frappa son poing contre la paume de sa main, comme il l'avait vue faire.

« Se frapper les mains. C'est quoi ça ? Se faire mal à soi-même ?

— Non, c'est bloquer son adversaire. Attaque-moi. »

Il la regarda, désarçonné.

« Pardon ?

— Attaque-moi. T'as peur ?

Elle vit qu'il se fâchait.

« Je ne me bats pas contre les filles, dit-il sèchement.

— Pourquoi pas ?

— Vous êtes le sexe faible. »

Elle lui donna une tape contre la joue.

« Attaque-moi. Tout de suite ! »

Il sembla sur le point d'exploser, serra les poings et envoya un coup en sa direction. Elle contrecarra sa première frappe avec le bras gauche. Cela lui fit un peu mal, car il frappait fort. Elle bloqua aussi son deuxième coup et enchaîna avec une clé de bras. Il essaya de se libérer, mais n'y parvint pas.

« Je vais te lâcher », dit-elle.

Face à elle, il ravala sa frustration. Mais au lieu de se mettre en colère, il demanda :

« Comment tu fais ?

— En faisant le même enchaînement que je t'ai montré tout à l'heure », répondit-elle avec fierté.

Et elle répéta les mêmes gestes.

« Avec ça, j'ai paré ton attaque et avec ce mouvement, j'ai fait une clé. C'est pas de la danse, c'est un combat. Tu me crois maintenant ?

— Je te crois, dit-il. Allez, je t'attaque à nouveau.

— Vas-y. »

Il donna un nouveau coup, mais cette fois-ci au ralenti, car il voulait voir la façon dont elle le bloquait. Ils restèrent immobiles. Soudain, elle prit conscience de leur proximité. Elle ne s'était encore jamais tenue aussi près d'un garçon. Elle sentit le corps, les muscles tendus et la respiration du garçon dans son oreille.

Elle aurait bien voulu rester ainsi encore un moment.

« Farah ? »

Sa mère s'était absentée un instant avec l'inconnu et, à présent, tous deux se tenaient dans une des ouvertures de la colonnade. L'homme glissa sa main le long du bras de sa mère.

Paul lâcha Farah, se retourna et se dirigea vers l'homme qui, au même moment, approcha de sa bouche la main de sa mère pour y déposer un baiser.

L'inconnu mit son bras autour des épaules du garçon. Lorsqu'ils furent partis, Farah remarqua que sa mère avait changé. Elle semblait plus douce, plus épanouie. Ses yeux étaient plus beaux, son rire plus clair que d'habitude. Elle eut envie de rattraper le garçon pour lui dire qu'elle aimerait bien lui apprendre plus de mouvements. Mais ce serait idiot. Elle regarda sa mère.

« Maman, c'était qui cet homme ?

— Un journaliste, un ami de papa, dit sa mère sur le même ton qu'elle employait pour lui raconter des histoires avant qu'elle s'endorme.

— Et le garçon ?

— C'est Paul. Son fils. »

Le lourd signal d'un bateau de croisière accostant sur le quai de l'autre côté de l'IJ la sortit de son rêve.

Le papillon niché au creux de sa main. Comme s'il n'était jamais parti.

24

Marouan Diba ne s'était pas trompé. Ce n'était pas la main de Dieu qui l'avait touché, mais celle d'un Italien taré. La main de Calvino l'avait un peu calmé, mais il savait aussi que c'était la résignation d'une personne n'ayant d'autre issue que de monter à l'échafaud où le bourreau l'attend.

Marouan ne pouvait pas lire ce qui se cachait dans le regard du bourreau. Lorsqu'ils pénétrèrent dans le bureau du commissaire Tomasoa, celui-ci affichait, comme d'habitude, un air impassible. Avec son crâne rasé et sa large mâchoire indonésienne, Marouan lui trouvait des ressemblances avec l'acteur des années 1960 Yul Brynner. Brynner dans le rôle du roi du Siam et Brynner en héros du Far West, vêtu de noir, à la tête de quelques cow-boys à cheval assoiffés de vengeance dans *Les Sept Mercenaires*. Brynner avait toujours un rôle de gagnant ou de héros. Brynner ne transpirait jamais et n'avait pas besoin de beaucoup de texte, tout comme le commissaire. J'aurais pu trouver pire, pensa Marouan. Être mis en indisponibilité par Tomasoa était presque un honneur.

« Hier, j'étais au Théâtre Carré », commença Tomasoa calmement.

Dans sa bouche, même une sentence pouvait prendre la forme d'un haïku.

« Au gala de pencak silat. »

Une introduction surprenante, pensa Marouan, qui eut l'impression d'être pris à contre-pied. Il jaugea Tomasoa avec le regard d'un joueur de poker.

« Vous en avez déjà entendu parler, inspecteur ?

— Du Théâtre Carré ? Oui, bien sûr, répondit Marouan du tac au tac. Avant, on y voyait des chevaux de cirque. »

En découvrant une expression de lassitude sur le visage de Tomasoa, il ajouta rapidement :

« Le pencak silat est un sport de combat. Oriental, je crois.

— C'est plus qu'un sport de combat, corrigea Tomasoa. Le pencak silat est un art de vivre. Développé par un groupe de moines sur l'île de Sumatra. Ils ont étudié en détail les techniques de survie des tigres, des singes et même des guêpes. Ensuite, ils ont mélangé ces techniques à leur propre spiritualité séculaire. Ainsi est né un art de défense où non seulement le corps mais aussi l'esprit du combattant occupent une place essentielle. »

Tomasoa observa tour à tour Calvino et Marouan, qui continuaient à regarder droit devant eux.

« Ce qui me ramène au gala d'hier soir, poursuivit-il après avoir bu une gorgée de thé. La finale féminine. »

Il se leva et arpenta la pièce d'un pas mesuré, donnant du poids à ses paroles en agitant ses grosses mains d'Indonésien.

« D'un côté une femme élégante, genre grue cendrée, dit Tomasoa comme s'il livrait un commentaire du combat en direct. Et de l'autre, une machine de guerre impitoyable, genre vautour. À l'affût d'une proie, sentant l'odeur du sang. L'arbitre donne le signal du début de la partie. Le vautour commence à cracher de la haine, saute sur son adversaire, l'agrippe à la gorge, la traîne sur le tapis en lui tirant les cheveux, plante ses ongles dans sa chair. Et au moment où son adversaire l'immobilise en faisant une clé de jambe, le vautour mord le mollet avec ses dents empoisonnées. Une colère aveugle. Et quel résultat ? »

Marouan se raidit en attendant la leçon de morale qui ne tarderait pas à sortir du chapeau de Tomasoa.

« Une défaite, messieurs. Car notre vautour n'était pas un gagnant ni un maître. Il était l'esclave de ses propres pulsions. C'est pour ça que c'est lui qui a été envoyé au tapis. Terrassé sans pitié, aurais-je envie de dire. »

Rien que le souvenir le fit sourire.

« C'est la loi de la nature. Simple, efficace et vieille de plusieurs siècles. *Tenaga dalam*, la force intérieure. À la base du *Kanuragan*, de la self-défense magique. »

Le bourreau a d'abord massé ma nuque et maintenant il va enfin sortir sa hache, pensa Marouan.

« Ce que j'attends de mes inspecteurs, continua Tomasoa, c'est de rester maître de la situation, toujours et en toutes circonstances, et de ne pas devenir esclave de leurs pulsions. »

Il fixa Marouan du regard.

« Est-ce trop demander, inspecteur Diba ?

— Non, chef », répondit Marouan en essayant de se contenir.

Ses poils se dressèrent et des picotements envahirent sa nuque. Un vent glacial précéda le coup de la hache.

« Alors, j'ai dû avoir une hallucination, dit Tomasoa, bourru. Car, tout à l'heure, il m'a semblé vous apercevoir à la télé. Déguisé en vautour affamé plantant vos griffes dans une personnalité néerlandaise bien connue. »

Calvino toussota. La hache ralentit sa course.

« Chef, en quelque sorte, c'est moi qui en suis la cause.

— Inspecteur, je parle de l'extraordinaire prestation de votre collègue à la télévision et non de la cause.

— Je sais, continua Calvino avec aplomb. Mais lors de l'entretien avec Mme Faber, l'inspecteur Diba et moi avons eu très vite l'impression qu'elle et son mari essayaient de camoufler l'accident de cette nuit. Et quand nous en avons eu la preuve, il nous a semblé, ainsi qu'à l'officier de justice, tout à fait logique d'interroger aussi M. Faber.

— Ce qui m'intéresse, c'est la manière », répondit Tomasoa.

La hache réaccéléra. Marouan remarqua que son patron avait du mal à maîtriser une irritation croissante. Quelle mouche a piqué Calvino pour qu'il interrompe le patron sans arrêt ? pensa Marouan, sidéré par tant de loyauté.

« Bien sûr, continua Tomasoa en haussant le ton. On peut aller à un match de foot et profiter du match en tant que supporter. Mais si on entre sur le terrain en courant jusqu'au rond central pour y baisser son pantalon et y entonner l'hymne de son équipe, c'est autre chose. Une métaphore un peu bancale, j'en conviens. Je viens de l'inventer, mais j'espère que vous comprenez ce que je veux dire.

— Vous avez raison, chef, dit Marouan, hésitant. Je prends toute la responsabilité de cette action foireuse sur moi.

— Diba, je ferai appel à votre responsabilité un peu plus tard, dit Tomasoa. Mais pas avant d'avoir éclairci certains aspects de cette affaire. Premièrement : que savons-nous de l'accident de ce garçon ? »

Calvino continuait à occuper le devant de la scène et Marouan en comprit la raison : il voulait lui tirer les marrons du feu. Ce putain d'Italien finirait un jour ou l'autre par titiller ses glandes lacrymales.

« Chef, à mon avis, plusieurs voitures sont impliquées, dit Calvino. Nous avons pu constater que l'une d'elles est celle de Mme Faber. Mais elle n'a pas touché le gamin. De l'autre voiture, nous savons seulement qu'elle était "éblouissante". Un terme que nous devons prendre, dans ce cas, au sens propre, car elle arrivait face à Angela Faber, tous phares allumés.

— Bien, dit Tomasoa. Autant dire une aiguille dans une botte de foin. Deuxièmement : qu'en est-il de ce break incendié ?

— On y travaille, répondit Calvino. Les recherches sur la plaque d'immatriculation se révèlent extrêmement difficiles et l'identification des deux cadavres est pratiquement impossible. Le feu a fait son œuvre.

— Une avancée significative semble donc peu probable. Voyons alors le troisième point : la relation entre les deux. Yin et Yang. Le garçon et le break. Des liens ?

— Non, répondit Marouan trop catégoriquement.

— Pas encore, corrigea Calvino.

— Bien, reprit Tomasoa. Pour l'instant, je déduis de ces données sommaires qu'un rapport entre le break et l'accident du garçon n'est pas exclu. Si ce lien existe, le noyau de l'affaire se trouve dans le service des soins intensifs. Quand est-ce que le petit sera en état d'être entendu ?

— Probablement pas avant une semaine. En supposant qu'il s'en sorte, dit Marouan.

— Alors, c'est pour moi le moment de faire appel à vos responsabilités, inspecteur Diba. Vous et votre partenaire débordant de loyauté serez chargés de résoudre cette affaire au plus vite et dans les règles de l'art. Je pourrais donner des tonnes de conférences de presse. Je pourrais trouver toutes sortes de circonstances atténuantes qui limiteraient quelque peu la risée nationale dont vous êtes l'objet après vos débuts télévisés. Je pourrais essayer de contenir l'agacement prévisible de vos collègues, et même leur colère. Mais, en fin de compte, il n'y a que vous qui pouvez redresser la situation d'un seul coup : en amenant ici le vrai coupable. Et de préférence le plus vite possible ! »

En un éclair, Marouan comprit que le bourreau appliquait une tout autre technique. Il ne frappait pas lui-même, mais passait la hache à sa femme : elle le frapperait de façon hystérique lorsqu'il lui expliquerait que, cette année, leurs vacances étaient reportées à une date ultérieure.

Comme si Tomasoa lisait dans ses pensées, il demanda à Marouan :

« Je serais très curieux de savoir jusqu'où va votre sentiment de responsabilité, inspecteur Diba. Je le demande, bien sûr, en raison de l'imminent retour annuel dans votre pays natal si cher à votre cœur.

— Mon sens du devoir va si loin que je me consacrerai entièrement à ce dossier dans les semaines à venir, chef. »

Marouan avait l'impression de sauter d'un avion en chute libre, sans parachute.

« Alors l'affaire est entendue, messieurs, dit Tomasoa avec désinvolture. Y a-t-il d'autres choses que je devrais savoir ? Certains aspects qui pourraient compliquer l'affaire ? »

Marouan vit que Calvino se mordillait les lèvres. Merde, ce pseudo-Italien en savait plus qu'il ne voulait le dire.

« Rien que nous ne puissions résoudre, chef », répondit Calvino.

Et, en moins de deux, ils se retrouvèrent dans le couloir.

« Merci, dit Marouan sans grand enthousiasme. Mais ce n'était pas la peine.

— Pas la peine de quoi ?

— De venir à ma rescousse.

— C'est ce que fait un partenaire, répliqua Calvino.

— Que sais-tu que je ne sais pas encore ? demanda Marouan.

— Que nous allons rendre une petite visite à une grue cendrée qui a terrassé son adversaire sans pitié.

— Arrête tes blagues. Qu'est-ce qu'on va faire ?

— Je suis très sérieux. On va aller la voir. Et elle va nous donner une boucle d'oreille ensanglantée.

— Du sang ? Mais de qui ?

— Du garçon accidenté. »

25

L'homme ayant pris place en face de Farah était le même que celui qu'elle avait vu, la nuit précédente, se mettre en colère contre toutes les personnes présentes près du break en feu. Le même homme qui, ce matin à l'hôpital, avait essayé de l'impressionner en se comportant comme un ours mal léché. Le même homme aussi qu'elle avait vu apparaître sur une vidéo de YouTube arrêtant sans ménagement un présentateur de télévision comme s'il était un grand criminel.

Le même homme, mais différent.

On aurait dit que l'inspecteur Diba s'était brisé quelque part en route, puis avait été recollé à la hâte, s'efforçant à présent de faire comme si de rien n'était. Elle l'observa attentivement, à la recherche de fêlures. Elle les trouva dans ses yeux. Tandis que son langage corporel tentait de dégager une maîtrise parfaite, ses yeux criaient grâce silencieusement.

« J'ai cru comprendre que vous aviez quelque chose pour nous », dit l'inspecteur Diba.

Farah trouvait que sa voix aussi avait changé. Presque mécanique. Comme si elle était téléguidée.

Elle avait espéré être dispensée de se retrouver face à cet homme.

Edward semblait quant à lui très à l'aise. Un peu trop même. L'homme qui s'était chargé de définir la stratégie à adopter, l'homme qui se laissait rarement impressionner par d'autres, semblait, à présent, tombé sous le charme masculin de Calvino.

Farah fut désarmée de voir Ed si ébranlé par la virilité naturelle du jeune inspecteur. Leur manière de se parler à voix basse avec ce sourire de mâle confiant, près de la paroi de verre : on aurait dit qu'ils s'appréciaient depuis des années. Farah connaissait bien ce comportement. Elle en était souvent témoin à l'école de sport, pendant les pauses entre deux matchs. Des rencontres nonchalantes, bon enfant, mais très masculines. Des petites tapes sur l'épaule, des sourires en coin. Un comportement de séduction contrôlée. Farah se demanda si l'attirance d'Edward pour Joshua était réciproque.

Cinq minutes s'étaient écoulées. Les négociations débutèrent.

« Il pourrait s'agir d'un malentendu, inspecteur Diba », commença Edward, assis derrière son bureau.

Visiblement agacé, Diba se tourna vers le patron de Farah alors que Calvino, imperturbable, continuait à scruter l'IJ derrière ses lunettes Gucci.

« J'imagine qu'ici personne n'est au banc des accusés, dit Edward.

— Est-ce que je l'ai insinué ? demanda Diba poliment.

— C'est le ton qui fait la musique, dit Ed, arborant un large sourire.

— Je ne suis pas ici pour faire de la musique ni pour trouver des amis, répondit Diba. Je veux récupérer une pièce à conviction.

— C'est justement là que le bât blesse, rétorqua Edward, enjoué. Vous dites vouloir reprendre un objet. Mais l'avez-vous eu un jour en votre possession ?

— Je ne suis pas non plus venu ici pour jouer sur les mots, monsieur Vallent. L'objet que vous semblez détenir appartient aux services de police et constitue un élément indispensable à notre enquête.

— Désormais, il fait partie aussi d'un projet journalistique que l'un de mes collaborateurs a entrepris.

— En traînant dans une zone qui, à ce moment-là, n'avait pas encore été explorée. S'il s'avère que cela a entravé le travail en cours de la police, alors… »

Diba ne put terminer sa phrase. Retrouvant la parole, Calvino interrompit son collègue :

« Nous vous sommes très reconnaissants de bien vouloir nous remettre la pièce à conviction manquante et de nous préciser l'endroit exact où vous l'avez trouvé. »

Farah le regarda d'un air amusé.

« Et nous espérons, madame Hafez, ajouta Diba comme s'il avait répété cette passe d'armes avec Calvino, que vous laisserez maintenant vos propres ambitions d'inspectrice de police de côté et que vous arrêterez de marcher sur nos plates-bandes avec vos belles jambes. »

Calvino se raidit.

« Malentendu numéro deux, intervint Edward. Et cela n'a aucun rapport avec les jambes de Hafez, mais surtout avec le fait notable que, dans cette affaire, vu les intérêts communs, personne n'a besoin de marcher sur les plates-bandes de quiconque. Les investigations personnelles de Hafez lui ont permis de trouver un indice important. Étant donné qu'elle est disposée à partager cette information avec vous, il me semble tout à fait justifié qu'en contrepartie vous lui cédiez des renseignements issus de votre propre enquête.

— Pardon ? »

Marouan afficha la tête de quelqu'un qui venait d'être insulté.

« Nous avons chacun nos intérêts, précisa Edward. La question est : sommes-nous capables de les faire concorder ?

— Vous voulez dire : on n'a rien pour rien, répliqua Calvino.

— Si vous voulez résumer la situation ainsi, c'est oui.

— Vous nous remettez une boucle d'oreille, dit Calvino. Et, selon vous, que devrions-nous vous donner en retour ?

— Pour commencer, un crédit confiance beaucoup plus important que celui que votre collègue veut bien nous octroyer, dit Eward en arborant son sourire le plus séduisant.

— Personnellement, ce crédit ne me poserait aucun problème », dit Calvino en jetant un coup d'œil à Farah par-dessus ses lunettes de soleil.

Son regard fit comprendre clairement qu'il était aussi homosexuel que le pape était protestant.

« Mais, en tant qu'inspecteur, j'ai immédiatement de gros doutes quand on parle de crédits. En principe, nous ne collaborons jamais avec la presse lors d'une enquête. Avec votre expérience, vous devriez bien le savoir, monsieur Vallent ! »

Le sourire d'Edward se crispa. Il changea de position comme si une punaise lui avait piqué les fesses.

Farah aussi releva le cynisme dans la réflexion de Calvino. La discussion prenait une mauvaise tournure.

« Grâce à cette expérience, rétorqua Edward, quelque peu hésitant, je sais aussi que les principes, malgré leur apparente solidité initiale, peuvent changer dès qu'il y a d'autres intérêts en jeu.

— Les intérêts sont clairs, monsieur Vallent, dit Diba avec l'assurance exagérée d'un homme politique en période électorale. Mais nos principes sont inébranlables. »

Farah lui jeta un regard de mépris. Elle pensa qu'il risquait des problèmes cardiaques s'il continuait sur cette lancée. Mais, visiblement, Diba n'avait que faire de ses suppositions.

« Je comprends très bien qu'en tant que journaliste vous vouliez attirer l'attention sur le cas de ce garçon, tempêta-t-il. Mais est-ce que vous êtes consciente des conséquences éventuelles ? Serez-vous prête à porter la responsabilité de la sécurité de ce garçon si vous publiez son histoire, sous un gros titre à sensation, en première page de votre journal, rien que pour votre gloire personnelle ?

— Je trouve vos propos de bas étage aussi injurieux que votre façon de regarder mes seins sans arrêt, dit-elle avec froideur. Sans parler de vos réflexions au sujet de mes jambes. »

Du coin de l'œil, elle vit se dessiner un sourire sur les lèvres de Calvino.

« Ce que moi, je veux faire remonter, continua-t-elle, c'est le nom de la personne qui est responsable de l'état dans lequel ce gamin a été trouvé et qui se rend coupable de ce genre de trafic d'enfants. C'est absurde de croire que mes intérêts seraient différents des vôtres ! »

Pas de pitié pour un homme qui avait la grossièreté pour religion ! Tout inspecteur qu'il était.

« Et d'ailleurs, d'où sortez-vous le droit de juger ainsi les autres, alors que vous vous êtes ridiculisé cet après-midi dans les studios Iris avec votre action à la Rambo ? »

Farah était satisfaite de cette dernière pique.

L'inspecteur Diba se décomposa et blêmit. Joshua Calvino se posta derrière le fauteuil de son collègue comme s'il voulait littéralement protéger ses arrières. Peut-être aussi pour le retenir au cas où il voudrait sauter à la gorge de Farah lors d'un prochain accès de colère.

« Comme vous l'avez dit très justement tout à l'heure, monsieur Vallent, ici, personne n'est au banc des accusés, dit Calvino pour apaiser la situation. Je propose qu'on mette fin à notre conversation et que vous nous donniez la boucle d'oreille.

— Avez-vous des raisons de croire que le garçon a été utilisé ici, aux Pays-Bas, comme esclave sexuel, monsieur Calvino ? demanda Edward calmement.

— C'est une hypothèse très intéressante, monsieur Vallent. D'où la sortez-vous ?

— De la façon dont l'enfant était vêtu et pomponné.

— En effet, il était habillé de façon peu commune. Mais si des vêtements et des bijoux étaient des preuves suffisantes de prostitution, nos prisons seraient vite surpeuplées, ne pensez-vous pas ?

— Qu'est-ce que vous insinuez ? » demanda Farah.

Calvino fit glisser ses lunettes Gucci sur son crâne et se tourna vers elle en souriant.

« Les Anglais ont une belle expression pour expliquer ça, madame Hafez : *Don't judge a book by its cover*[1]. »

— Messieurs… »

Edward s'était levé et balançait devant les yeux de Calvino un sachet en plastique scellé contenant la boucle d'oreille, tel le pendule d'un hypnotiseur d'un autre temps.

« Le plaisir était pour moi. Je comprends que nous n'avancerons pas d'un iota et qu'on peut oublier de songer à une possible collaboration dans cette affaire.

— C'est la première fois et probablement la seule que je suis de votre avis. »

Le son de la voix de Diba sembla s'étouffer comme de la lave qui se solidifie. Tendu, il se leva de son fauteuil en cuir.

« J'espère que vous comprendrez que l'histoire autour de cet enfant garde pour nous une valeur informative. Donc, que cela vous plaise ou non : nous avons la ferme intention de ne pas la lâcher, dit Edward en tendant la main à Diba.

— Nous sommes dans un pays où règne la liberté de la presse, répondit Diba, serrant d'une main moite celle d'Edward.

— Dieu soit loué, répliqua Edward, car si c'était vous qui teniez les rênes, je serais au chômage. »

1. « Ne jugez pas un livre à sa couverture. »

26

Edward imputait l'entière responsabilité de l'échec des négociations aux visiteurs.

« Bon sang, nous avons eu affaire à un vulgaire bagarreur de rue et à un diplomate mielleux. Impossible de se faire entendre. Tu auras du fil à retordre, Hafez. Il y aura du boulot ! Tu y vois plus clair en ce qui concerne Paul ?

— Non », grommela-t-elle.

Edward se prenait pour Freud ou pour Jung, ou les deux en même temps.

« As-tu quelque chose à me dire ? Allez, Hafez, crache le morceau !

— Arrête, Ed, cette nuit, j'ai vu deux cadavres calcinés, j'ai accompagné un gamin gravement blessé du service des urgences vers le bloc opératoire, j'ai à peine dormi, alors tu veux quoi ?

— Que tu rentres chez toi.

— C'est exactement ce que je compte faire. Salut, Ed, on parlera plus tard. »

En traversant le couloir, elle reçut un appel de Danielle.

« Excusez-moi de vous déranger, mais pourriez-vous venir ici ? À l'hôpital, je veux dire. »

Le cœur de Farah fit un bond.

« La vie du garçon est en danger ?

— Non, mais on va le sortir du coma. Quelqu'un devra lui expliquer ce qui lui est arrivé et où il est. Seriez-vous d'accord pour le faire ? »

Elle n'hésita pas une seconde. Vingt minutes plus tard, elle sortait de l'ascenseur à l'étage du service des soins intensifs où Danielle l'attendait déjà. Elle dirigea Farah à travers le sas, vers la chambre du petit.

« Je vais vous expliquer comment on va procéder », dit Danielle en entrant dans la chambre.

Farah resta immobile. Elle vit un petit garçon endormi dans un grand lit inondé d'une lumière artificielle. Son corps était entortillé dans une multitude de tuyaux reliés à des appareils et à des moniteurs superposés. Elle remarqua les tubes dans son nez et sa bouche, et prit conscience de sa fragilité.

« Nous le maintenons dans un coma artificiel à cause de la douleur. »

Danielle parlait à voix basse.

« Mais maintenant on est obligé de le réveiller parce que la neurologue veut faire des tests pour vérifier si ses fonctions cérébrales sont intactes. Il ne comprendra pas ce qui lui arrive et il ne pourra pas parler à cause de la canule dans sa gorge. Il y a de grandes chances qu'il panique. C'est là que vous pourrez l'aider.

— Mais comment ? demanda Farah.

— En lui expliquant calmement ce qui est arrivé et la raison pour laquelle il est branché à ces appareils. Et dites-lui pourquoi il ne peut pas parler.

— OK, dit Farah. C'est pour quand ?

— Dès que la neurologue sera là. »

Danielle échangea quelques mots avec l'infirmière en chef du service des soins intensifs et la présenta à Farah.

« Voici Mariska, c'est elle qui s'occupe du garçon.

— C'est sympa de vouloir nous aider, dit Mariska en lui tendant la main.

— Je le fais volontiers, dit Farah. Pourriez-vous me dire à quoi ça sert ? »

Elle désigna une structure composée de plusieurs tuyaux qui disparaissait dans la carotide de la victime.

« Par là, on fait passer les médicaments trop lourds à supporter pour ses vaisseaux sanguins si on les administrait par voie normale, expliqua Mariska. On lui donne du propofol, un anesthésique, et du fentanyl contre la douleur. »

À cet instant, la neurologue entra dans la chambre. Elle était grande, portait des lunettes et serra la main de Farah de façon distante et professionnelle.

« On commence ? demanda-t-elle.

— On va bientôt arrêter l'administration du propofol, dit Mariska à Farah en attachant les mains du garçon. Ensuite, il se réveillera très vite. La première chose qu'il voudra faire, c'est arracher cette canule de sa bouche. Quand vous lui aurez tout expliqué, je libérerai ses mains. Ce n'est qu'une mesure préventive. »

Farah devint nerveuse. Elle essuya les paumes de ses mains sur son pantalon en respirant profondément plusieurs fois.

« J'arrête le propofol », dit Mariska à la neurologue.

Elles se trouvaient toutes les quatre autour du lit, attendant qu'il ouvre les yeux. Mais rien ne se passait. Aucun réflexe. Le garçon restait endormi.

La voix détachée de la neurologue fit l'effet d'une douche froide.

« Ce n'est pas inhabituel, mais s'il ne réagit pas d'ici une heure, il faudra faire un scanner et un électro-encéphalogramme. » Elle consulta sa montre. « Prévenez-moi s'il se réveille plus tôt. »

Puis elle partit.

La poitrine du petit se soulevait à un rythme de métronome. Farah entendait le bruit sinistre de la pompe à oxygène. Elle chercha sa main, qui était froide.

« Qu'est-ce qui ne va pas ? demanda-t-elle.

— Il est blessé à la tête, dit Danielle. Lors de l'accident, elle a heurté le pare-brise. La blessure a probablement enflé. Et l'hématome peut provoquer une contusion cérébrale. C'est pour ça qu'il réagit moins vite.

— Va-t-il s'en sortir ?

— À ce stade, c'est difficile à dire. »

Danielle adoptait une attitude professionnelle, mais Farah décela une certaine émotion derrière ses paroles.

« J'ai réfléchi à ce que vous m'avez dit ce matin », commença Danielle. Elle tourna la tête en direction du garçon. « Ces dernières années, j'ai toujours travaillé dans des pays en guerre. Quand ils amènent des enfants dont les membres ont été arrachés, des pères et mères blessés par balles, des soldats avec des blessures mortelles, je ne réfléchis pas à savoir qui se bat contre qui ni pourquoi, ni à tout le malheur qui en découle. Je travaille. C'est tout. Je commence à couper, j'ouvre une poitrine, j'ampute une jambe. J'essaie de sauver une vie, parce que c'est mon boulot. »

Elle caressa le front du petit. Farah resta silencieuse.

« Le monde est à peine au courant de ces guerres, dit Danielle. Et quand on se trouve là au milieu, on n'y pense pas non plus. Mais maintenant que je travaille ici depuis quelques mois, j'y réfléchis de plus en plus. »

Elle lança un regard perçant à Farah.

« Ce matin, vous m'avez dit : Je n'ai même pas encore commencé. De quoi parliez-vous ?

— De mes investigations sur ce qui s'est passé, répondit Farah. L'affaire est extrêmement complexe.

— Je veux que le plus de gens possible sachent ce qui arrive à ces enfants. Vous pouvez jouer un rôle-clé, dit Danielle. C'est maintenant que cette histoire est dans l'actualité, qu'elle attire l'attention. Encore plus depuis l'arrestation de ce couple médiatique. Demain, un autre événement pourrait se produire, et faire retomber l'intérêt pour celui-ci. »

La nuit précédente, Farah avait vu à l'œuvre un médecin combatif. La manière énergique dont Danielle avait pris l'initiative forçait le respect. La femme qui se tenait à présent devant elle était guidée par des motifs personnels qu'elle voulait régler avec opportunisme. Farah secoua la tête.

« J'ai peur que le résultat soit contre-productif si j'écris un article maintenant, dit-elle. Je devrais utiliser très souvent le mot "probablement" et je déteste ce mot. Je dois être sûre de mon affaire. Il faut des preuves irréfutables démontrant que ce gamin a été introduit dans le pays clandestinement et qu'il s'agit réellement d'un rituel Bacha Bazi. Tant que je n'ai pas ces preuves, je n'écrirai rien. Je suis désolée. Il faudra attendre. »

Toutes les deux observèrent le garçon qui ne réagissait toujours pas.

« Combien de temps ? »

La voix de Danielle trahissait de la déception.

« Plus longtemps que vous ne voudriez, j'imagine. »

Elle caressa la joue de l'enfant.

« J'espère que ce n'était pas la raison principale pour laquelle vous m'avez fait venir. »

Par admiration pour le travail que Danielle avait effectué la nuit précédente, Farah ne voulut pas la blesser, mais elle ne voulait pas non plus l'épargner.

« Le problème c'est que je n'aime pas avoir le sentiment d'être manipulée.

— Ça a l'air d'une accusation, dit Danielle, réservée. Je croyais qu'on était solidaires.

— On l'est. Je vais mener mon enquête. Mais cela peut prendre des mois. Le garçon est probablement juste la partie visible de l'iceberg.

— Je comprends. »

À présent, le ton de Danielle était franchement hostile.

« Vous êtes intéressée par cet enfant seulement parce qu'il constitue un sujet journalistique. Rien de plus.

— Mais rien de moins non plus, dit Farah, blessée.

— J'aurais dû le savoir. Une fois de plus, ma perpétuelle naïveté me joue des tours. Excusez-moi de vous avoir dérangée pour rien.

— Pas pour rien. Je veux vous aider autant que possible, mais pas avec ce genre de publicité.

— Ce genre de publicité ? » répéta Danielle, cynique.

Au même moment, un léger tressaillement parcourut le corps de la victime. Ses paupières tremblèrent et s'ouvrirent lentement. Danielle appela immédiatement Mariska.

L'enfant semblait fixer le néant. Farah se pencha pour se trouver dans son champ de vision. Leurs regards se croisèrent et, brusquement, tout revint : la reconnaissance, la peur, la solitude.

« *Shokr zenda mandi*, dit-elle. Dieu soit loué, tu t'en es sorti. Tu me reconnais ? »

Elle sentit un léger mouvement de la main.

« Tout s'est bien passé. Ils vont te guérir. »

Elle le regardait avec tant d'intensité qu'elle entendit à peine la neurologue entrer dans la chambre.

Tout à coup, les yeux du garçon se révulsèrent et il essaya de bouger ses membres dans tous les sens.

« Ses pieds ! cria Danielle à Mariska lorsque le petit commença à vouloir donner des coups. Attachez ses pieds ! »

Farah vit l'enfant lancer des regards affolés autour de lui et tenta de rétablir le contact.

« *Ma inja hastom, peshet astom.* Je suis là, je suis près de toi. Regarde-moi.

— Rythme cardiaque ! cria Danielle, et Mariska réagit en lançant un chiffre.

— Calme-toi. Tu as été renversé par une voiture. Tu as des blessures graves. C'est pour ça que tu as des tuyaux partout. Dans ta bouche aussi, c'est pour ça que tu ne peux pas parler. Mais c'est pour te guérir. Tu comprends ? Tu m'entends ? »

Le garçonnet continuait à lancer des regards paniqués et à bouger ses membres. Farah sentit les larmes lui monter aux yeux, car elle n'arrivait pas à l'atteindre.

« Si tu m'entends, si tu me comprends, hoche la tête. Ou pince ma main. *Khaesh mikonam.* S'il te plaît… »

Elle entoura la petite main de ses doigts et sentit qu'il la serrait, en la fixant du regard.

« Vous pouvez tout lui raconter, depuis le début, dit Danielle.

— Tu es en sécurité ici. Je suis près de toi », dit Farah.

Le garçon continuait à la fixer.

« Tu étais dans une forêt. Une voiture est arrivée. Elle t'a renversé. Tu as beaucoup de blessures, aux jambes et au ventre. Tu as été opéré. Et pour réparer tout ce qui a été cassé, les médecins ont fabriqué de beaux petits chefs-d'œuvre dans ton corps. Avec des objets en métal qu'ils enlèveront dans quelque temps. Et alors, tu pourras marcher à nouveau. Tu comprends ? »

Le garçon hocha la tête. Son regard était moins angoissé.

« Tous les tuyaux que tu as dans ton corps et dans ta bouche servent à te guérir. C'est pour ça qu'il faut les laisser encore un peu. Quand on te détachera les mains, il ne faudra pas les enlever. Tu le promets ? »

Il la regarda d'un air intensément triste et hocha la tête à nouveau. Elle essuya les larmes qui coulaient le long des joues du petit.

« *Basyar shoja' asti.* Tu es très courageux, susurra Farah en l'embrassant. Vous pouvez lui libérer les mains, dit-elle à Mariska. Et les pieds aussi. »

Mariska s'exécuta en silence. Toutes se tenaient prêtes à réagir au cas où il manifesterait quand même l'envie de vouloir saisir les tuyaux, mais il resta calme.

« Tu as de beaux yeux », dit Farah.

Elle sourit, mais des larmes coulaient aussi le long de ses propres joues. Elle entendit la voix de Danielle.

« Comment dit-on : bonjour ?

— *Salam* », répondit Farah.

L'enfant les interrogea du regard.

« C'est elle qui t'a trouvé, expliqua Farah. Elle t'a amené ici, puis elle t'a opéré. Elle t'a sauvé la vie. Elle s'appelle Danielle. Et moi c'est Farah. Je ne peux pas rester tout le temps avec toi, parce que je ne m'y connais pas trop dans tous ces appareils. »

Elle se tourna et demanda à Mariska de venir à côté d'elle.

« Voici Mariska. Elle est là pour toi. Tout le temps. »

Mariska rassura l'enfant en souriant. Elle demanda à Farah de lui expliquer qu'il n'avait pas besoin de souffrir et que s'il avait mal, il devait appuyer sur le bouton.

En lui précisant cela, Farah sentit la pression de la main du garçon se relâcher. Ses yeux se fermèrent doucement, puis se rouvrirent.

Danielle posa la main sur le bras de Farah.

« Il est temps de faire les tests. »

27

Du pont Bleu, Marouan regardait sur l'Amstel en direction du pont Maigre, dont les montants en bois étaient entourés de petites lumières. Cinq cygnes blancs s'éclipsèrent avec grâce devant un bateau-mouche glissant silencieusement sur l'eau sombre.

De cet endroit, il contemplait les silhouettes élancées des maisons bordant le canal ainsi que celles du vieux Théâtre Carré. Après le coucher du soleil, cette partie d'Amsterdam retrouvait le décor de la vieille ville portuaire qu'elle avait été jadis. Grâce aux lumières et aux vieux réverbères, on avait alors l'impression d'entrer dans le Siècle d'or.

Dix-neuf ans plus tôt, au cours d'une belle soirée de printemps, il s'était trouvé au même endroit, au milieu du pont. En compagnie d'Aisha, sa jeune épouse. Il avait souhaité qu'Amsterdam devienne son nouveau port d'attache et avait voulu lui montrer le cœur de la ville. Espérant ainsi toucher le cœur d'Aisha.

Il lui avait montré le pont de bois avec les lumières.

« C'est là que la reine passe une fois par an quand on commémore la fin de la guerre, avait-il murmuré comme s'il lui racontait un conte de fées. Alors, un grand orchestre joue pour elle sur un ponton flottant devant le Théâtre Carré. Et les gens peuvent s'en approcher en barques pour écouter la musique. »

Elle était restée silencieuse et l'avait regardé comme si un orchestre venait d'entamer un concert rien que pour elle.

Lorsqu'elle s'était blottie contre lui, il avait su que ce qu'ils ressentaient devait être de l'amour. Et cet amour ferait des miracles : il renverserait des barrières, construirait des ponts, abolirait les frontières.

Marouan venait ici depuis dix-neuf ans. Le pont était un lieu d'ancrage où il se battait contre la fugacité de l'existence.

Tandis que le bateau-mouche passait sous lui, il se remémora l'entrevue, l'après-midi même, avec la journaliste et son chef. C'était la première confrontation depuis l'entretien avec Tomasoa et il était décidé à montrer à Cal qu'il méritait sa loyauté. Mais il avait tout gâché, se laissant provoquer par une femme avec des seins qu'un homme ne pouvait s'empêcher de regarder. C'était sans doute la fatigue, se disait-il. Mais il n'était pas dupe. Il avait cherché l'ultime consolation en sachant qu'il pouvait la trouver là : à l'endroit où ses yeux avaient été attirés.

Cal lui avait tapé sur l'épaule.

« Rentre chez toi, prends une douche, discutes-en avec ta femme. Et dors ! »

Quand il était arrivé chez lui, Aisha était déjà en train de faire les valises. La maison était rangée et sentait le désinfectant. Après avoir pris sa douche, il était entré dans la cuisine, en caleçon, pour tout lui raconter. Mais il n'y avait pas eu besoin de paroles. Sans le savoir, elle connaissait l'histoire. Depuis des années, elle s'était créé sa propre histoire. Sans qu'il veuille la connaître. Le même mariage. Deux histoires qui, malgré leurs contenus contrastés, avaient un point commun : une résignation mutuelle. La certitude qu'il ne pouvait y avoir d'autre solution que de se retrouver face à face dans une cuisine sentant le désinfectant.

Marouan avait observé sa femme assise en face de lui. Elle avait le regard fuyant de quelqu'un qui a l'habitude, quotidiennement, de faire abstraction de ses sentiments, de ses pensées et même de sa personnalité. Penser au futur voulait dire, pour elle, penser au lendemain rempli des mêmes rituels formant une suite répétitive de sacrifices personnels.

Il le savait et elle aussi. Le lendemain, tard dans la soirée, lorsque, fatiguée du vol, elle embrasserait sa famille, tous les mots et toutes les émotions, tout ce qu'elle avait accumulé au cours de l'année exploserait. Un raz de marée de trois semaines, une litanie. Une longue complainte aigre-douce.

Après son court monologue à la table de la cuisine – je suis désolé, ça a mal tourné au boulot, ne crois pas ce que disent les gens, c'est passé à la télé, tu pars avec les enfants, moi je viendrai après –, il s'était dirigé vers son lit en chancelant. Puis il avait trouvé un bref sommeil d'une profondeur abyssale. L'odeur du dîner l'avait réveillé. Un instant, il avait cru que tout ce qui s'était passé pendant les dernières vingt-quatre heures n'avait pas eu lieu. Mais il avait compris sa méprise en voyant les visages de Jamila et Chahid assis à la table de la cuisine, et demandé :

« Maman vous l'a déjà dit ? »

Ils avaient acquiescé. Marouan savait qu'eux aussi avaient vu les images à la télévision et qu'ils avaient honte, et découvraient également l'embarras de leur père. Alors, personne n'avait eu envie de parler. Ils avaient dîné en silence. Puis il leur avait annoncé qu'il repartait travailler.

Il avait garé la Corolla sous le magasin du Bijenkorf. Il avait traversé la place pavée devant l'église Oude Kerk et l'avait observée à une distance respectable. Sa façon de se tenir : debout, vêtue de sa lingerie rouge. Derrière la porte d'entrée vitrée. Il l'avait découverte plusieurs semaines auparavant : elle ressemblait à l'Aisha de jadis. Elle l'avait reconnu, avait souri et lui avait fait signe. Il avait continué son chemin.

À présent, il s'était arrêté, au milieu du pont Bleu. Dix-neuf ans plus tôt, à ce même endroit, il s'était promis de protéger à tout jamais sa jeune épouse discrète et de lui donner tout ce qui était en son pouvoir : son argent, du bonheur et l'égalité. Il avait fait de son mieux. Il lui avait donné deux enfants. Lui avait acheté une autre maison dans un meilleur quartier. Lui avait laissé choisir l'intérieur. Il avait payé les meubles qu'elle désirait. Payé des vacances annuelles au Maroc. Réglé toutes ses factures mensuelles de téléphone. Mis de l'argent de côté pour les études futures de Jamila et de Chahid. Le tout avec un seul but : préserver le bonheur de sa femme dans cette vie.

Il continua son chemin, traversa le pont Bleu et rejoignit la place Rembrandt. En entrant dans le casino Golden Game, il acheta des fiches et se dirigea aussitôt vers la grande table ronde, recouverte d'un tapis de feutre vert, autour de laquelle il découvrit des visages connus et où il retrouva ses jeux préférés : le 8-Game, le poker indien et le nullot fermé.

Dix-neuf ans. Tant de choses perdues : il semblait qu'il n'y avait plus rien à perdre.

28

Dans le parking souterrain du Waterland Medisch Centrum, Farah mit une chanson de U2 à fond dans sa voiture. *Love's a bully, pushing and shoving in the belly of a woman*[1]. Elle fonça sur le périphérique ouest et emprunta le tunnel Zeeburger, en direction du centre. Elle pila près du Nieuwmarkt puis, roulant au pas, se fraya un chemin à travers la foule. Touristes et habitants du quartier affluaient en masse vers la fête de l'été.

Elle trouva une place où se garer et s'attarda longtemps, immobile, dans sa voiture : sa rencontre avec Danielle Bernson ne cessait d'occuper son esprit. Le regard que Danielle lui avait lancé lorsqu'elles s'étaient quittées lui donnait l'impression de toucher le fond, après la série d'expériences et de confrontations vécues en moins de vingt-quatre heures.

Des noms avaient resurgi d'un passé lointain. Cet après-midi, l'esprit d'un mort s'était tenu à côté d'elle, silencieusement. Elle pensa à la main froide du garçon en soins intensifs. Aux yeux de Paul Chapelle dans le jardin aux papillons.

De retour dans son appartement, elle fut frappée par l'alignement parfait des coussins sur le grand

1. « L'amour est un tyran qui va et vient dans le ventre d'une femme. »

divan marron, la disposition symétrique des trois petits troncs d'arbres blancs qu'elle utilisait comme tables d'appoint et l'agencement équilibré des photos sur le tableau en liège. Cela la rendit nerveuse. Elle se prépara une tisane anisée et introduisit un CD d'Anoushka Shankar dans le lecteur. Du vaisselier années 1950 de sa cuisine, elle sortit un bol en émail dans lequel elle mélangea deux cuillères à soupe de miel avec trois de yaourt. Elle apporta le mélange à la salle de bains, ouvrit en grand le robinet d'eau chaude, se déshabilla, alluma quelques bâtons d'encens et alla chercher son *Vogue USA* dans le salon avant de verser plusieurs gouttes d'huile d'amande douce dans l'eau.

En mouvements circulaires, elle se frotta le visage avec une crème de gommage aux roses sauvages, le rinça à l'eau puis appliqua avec soin le mélange yaourt-miel sur ses joues, son menton et son front. Des gestes qu'elle avait vu faire par sa mère jadis. Après tant d'années, elle continuait, dans la mesure du possible, de répéter ce petit rituel deux fois par semaine, comme pour lui rendre hommage. Allongée dans le bain, son thé à portée de main, elle feuilleta son magazine tandis que les accords plaintifs du sitar de Shankar se diffusaient dans l'appartement.

Un quart d'heure plus tard, elle retira le masque de son visage avec un gant de toilette, se doucha, se sécha, puis se frictionna le corps avec de la lotion.

Elle enfila un soutien-gorge en dentelle rouge cardinal assorti au slip et se regarda dans le miroir avec satisfaction. Pensant à l'entrée remarquée qu'elle ferait dans le restaurant de l'hôtel de l'Europe, elle sortit un petit haut noir en dentelle à manches longues et une jupe fourreau rouge à hauteur du genou. En dessous, elle porterait de très fins collants noirs et des talons aiguilles. Elle relèverait ses longs cheveux noirs en une coiffure rebelle.

En posant l'ensemble des habits sur son lit, elle remarqua les rires et la musique venant de la place Nieuwmarkt. Rien qu'à entendre, sentir et goûter les joies de la fête estivale, elle se rendit compte brusquement qu'après les récents événements elle n'avait pas la moindre envie de passer sa soirée à soutirer de l'argent à des investisseurs potentiels. Elle laissa un message sur la boîte vocale de David, l'informant qu'elle ne viendrait pas, et dix minutes plus tard elle se baladait sur le Nieuwmarkt.

De la musique sortait de diverses tentes, un mélange irrésistible de salsa, de jazz et de musique folklorique. Il y avait aussi une « grande roue culinaire », d'allure ancienne, équipée de vieux sièges baquets en cuir rouge, qui tournait si lentement qu'en un seul tour on avait largement le temps de manger son plat de paella.

Savourant l'effervescence, elle s'arrêta devant le Zweef, un manège avec des baquets en bois datant de la deuxième moitié du siècle dernier. Il revenait chaque année. Depuis trois ans qu'elle habitait sur cette place, elle faisait tous les jours quelques tours de manège lors de cette semaine festive du mois d'août. Dans peu de temps, quand elle se sentirait mieux, elle se nicherait à nouveau dans un de ces baquets et s'envolerait quelques instants loin de tout ce qui était négatif.

Elle entra dans un antique chapiteau à miroirs aux vitraux colorés. À l'intérieur régnait une chaleur digne des forêts tropicales. Habitants de quartier ravis et étrangers ébahis s'étaient agglutinés pour écouter un duo de femmes, cheveux blond platine et tailleurs années 1960, qui revisitaient avec humour de vieilles rengaines du pays. Des chansons pathétiques parlant de filles d'un genre douteux ou issues d'un milieu pauvre, parfois un mélange des deux, et qui trouvent une mort tragique et prématurée. Farah connaissait à peine les refrains, mais après une troisième bière et en voyant Joshua Calvino au milieu de la cohue en liesse, elle les entonna joyeusement.

Elle se fraya un chemin parmi la foule en sueur, jusqu'à Joshua. Avec un étonnement feint, elle tenta de crier plus fort que le vacarme :

« Vous ici ?

— J'habite tout près.

— C'est pas vrai !

— Si ! Et vous ? »

Elle l'entraîna hors du chapiteau et lui montra l'étage au-dessus du café Del Mondo.

« À malin, malin et demi, dit Joshua en riant. Envie de boire un autre verre ? »

Ils commandèrent des bouteilles de bière mexicaine et des tapas espagnoles dans un gros camion Mercedes sur lequel était inscrit en caractères rouges : CANTINA.

« Vous n'avez pas idée de ce que vous avez refusé cet après-midi, monsieur l'inspecteur, dit-elle d'un ton moqueur lorsqu'ils furent assis.

— Bien sûr que si. »

Il pressa la moitié d'un citron dans sa bière.

« On ne rencontre pas tous les jours quelqu'un qui vous retrouve des boucles d'oreilles perdues !

— Je ne crois pas que ce soit moi le problème, dit-elle entre deux gorgées. Je pense qu'il faudrait plutôt vous adresser à votre cher collègue. Savez-vous à quoi il me fait penser ?

— Eh bien ?

— À *Fat Man.*

— Fat Man ?

— La bombe atomique lâchée sur Nagasaki. »

Joshua secoua la tête en riant.

« C'est mon partenaire, dit-il simplement.

— Ah oui ? dit-elle avec insolence tout en avalant une olive farcie. Votre partenaire. Vous voulez dire que vous êtes ensemble ? Quel dommage ! »

Il la regarda de la même manière que lorsqu'il l'avait aidée à se relever dans la forêt. Elle se souvenait de sa main solide et son rythme cardiaque s'accéléra.

« Maintenant je sais ce que vous pensez de mon collègue, ricana-t-il, mais je ne sais pas encore quelle image vous avez de moi.

— Ce n'est pas nécessaire parce que vous êtes juste en face de moi.

— OK, dit Joshua. Alors il y a deux solutions. Soit je me sauve en quatrième vitesse, vous essayez de m'imaginer et me le racontez plus tard, soit je reste ici et vous me le dites tout de suite. »

De l'autre côté de la place, quelqu'un actionna une cloche frénétiquement.

« Le Zweef ! » s'exclama Farah.

Elle attrapa la main de Joshua.

« Venez ! »

En courant, elle l'entraîna à travers la foule vers la longue queue déjà formée devant le manège. Joshua se laissa guider. Elle apostropha l'homme qui avait sonné la cloche : il lui fit signe de contourner le manège, puis ouvrit un portillon leur permettant d'entrer sans être vus et de prendre place sur les derniers sièges libres.

Ils étaient dos à dos : une étreinte inversée. Joshua appuya sa tête sur l'épaule de Farah et en approchant sa bouche de son oreille, il lui glissa :

« Je dois vous avouer quelque chose : je ne supporte pas d'être dans le sens contraire de la marche. »

Ils éclatèrent de rire.

Les câbles en acier grincèrent lorsque le manège se mit en route lentement. Les personnes restées au sol leur faisaient de grands signes, comme s'ils partaient pour un lointain voyage. La vitesse augmentait à chaque tour. Farah le remarqua à la façon dont les gens et les lumières sur la place semblaient se mélanger et à ses cheveux qui tourbillonnaient de plus en plus fort. Elle avait les larmes aux yeux à cause du vent, et de plus en plus de mal à respirer. Les bruits devinrent saccadés, le vacarme joyeux des badauds se changea en cris stridents tranchant l'air.

Les lumières s'éteignirent. Farah se laissa emporter dans l'œil indéfinissable d'un cyclone formé de lumières intermittentes et de sons déchirants. Puis de la fumée s'échappa par bouffées, tel un vieil esprit sortant d'une bouteille magique. Le brouillard artificiel se répandait entre les balançoires en folie, ce qui donnait l'impression qu'ils étaient propulsés dans des écharpes de nuages. À cause de la vitesse, les sièges s'inclinèrent tellement que la place, les gens et les bâtiments alentour semblaient perdre leur verticalité.

Des ombres informes surgirent des limbes du ciel noir de manière effrayante, cinglant le visage de Farah à coups de vent glacial. L'angoisse l'étreignit. Elle écarquilla les yeux et voulut crier. Mais aucun son ne sortit de sa bouche grande ouverte.

Elle vit quelqu'un se détacher de la foule et s'avancer vers le Zweef comme s'il n'y avait pas d'attraction terrestre : c'était le garçon vêtu de son magnifique habit. À chaque tour, il se rapprochait du manège. En gesticulant, elle lui ordonna de ne plus bouger pour ne pas être écrasé par la force des sièges tournoyant à toute vitesse. Mais il avançait toujours.

Elle se mit à hurler, mais le garçon n'y prêta aucune attention. Tandis qu'elle fonçait sur lui, il leva le bras droit et en tapant du pied droit fit tinter les grelots. Farah poussa un cri de détresse au moment où elle le heurta de plein fouet.

29

Farah se demandait comment elle avait réussi à échapper à cet enfer tourbillonnant. Tout ce qu'elle savait, c'était qu'à présent elle se trouvait sur la place dans les bras de Joshua. Elle sentit ses mains lui caresser le dos. Elle tremblait et pleurait tel un enfant se réveillant d'un cauchemar. Pourtant, elle était sûre que ce qu'elle venait de vivre était bien réel.

« Tout va bien, dit Joshua. C'est fini. »

Avec tendresse, il saisit son visage entre ses mains et l'obligea à le regarder.

Elle savait ce qu'elle devait faire pour retrouver son calme. D'abord, il fallait accepter que Joshua garde son bras autour d'elle tandis qu'ils quittaient la place et traversaient la rue. Puis qu'il la conduise en haut de l'étroite échelle en bois pour l'accompagner à l'étage. Et enfin, ne pas s'opposer à ce qu'il entreprendrait par la suite.

Doucement, il la posa sur son lit. Elle entendit le bruit de la douche. Il lui ôta ses bottes. Elle l'entendit murmurer :

« Fais-moi confiance. »

Elle le laissa lui enlever son pantalon et l'aider à se relever. Il leva les bras de Farah pour lui retirer son pull. Il la porta jusqu'à la douche où il la déposa, avec ses sous-vêtements, sous le jet d'eau chaude, tout en la soutenant. Silencieuse, elle se laissa faire.

La seule chose qu'elle faisait elle-même c'était respirer. Inspirer. Expirer. Inspirer. Expirer.

Sous la douche, elle recommença à pleurer, impuissante face à ce déluge de larmes, et elle s'en voulait. Elle saisit Joshua : en glissant sa bouche ouverte le long de son visage, elle finit par trouver ses lèvres. Une douce excitation remplaça l'amère tristesse.

Soudain, elle s'observa comme si elle était sortie de son corps et se regardait à distance : à moitié dénudée, sous la douche, dans sa propre maison, blottie contre un inspecteur de police inconnu qui embrassait divinement bien. Songeant à la manière dont David l'avait portée dans sa chambre la nuit précédente, elle fut immédiatement de retour dans son corps. Elle se détacha brusquement.

« Excuse-moi. Ce n'est pas… ce que je voulais. Ça va mieux. »

Il eut l'air d'avoir reçu une claque dans la figure.

« Je suis désolé, dit-il, et elle le crut aussitôt. Je suis désolé.

— Moi aussi, dit-elle. Il faut que tu partes maintenant, Joshua.

— Et toi ?

— Il faut que tu partes, Joshua. Vraiment. »

Sans le vouloir, elle sourit en le voyant quitter la salle de bains à reculons de manière cérémonieuse. On aurait dit qu'il sortait d'une audience auprès de la reine.

« Joshua ?

— Oui ?

— Tout va bien.

— OK. Je m'en vais. »

Elle resta figée dans la même posture, dans sa lingerie en dentelle trempée, jusqu'à ce qu'elle entende la porte de son appartement se refermer. Alors, elle s'activa à nouveau. Elle s'entoura d'une grande serviette de bain, chercha son portable et composa le numéro du WMC. En attendant qu'on lui réponde, elle se posta devant la fenêtre ouverte et sentit de légers effluves de bière rance et de viande grillée.

Elle se retourna immédiatement lorsqu'elle aperçut Joshua qui la regardait depuis la place. Debout au milieu de son séjour, elle fut mise en communication avec le service des soins intensifs et apprit ce qu'elle avait déjà redouté lors de sa crise de panique sur la place.

30

À tâtons, Danielle cherchait son téléphone portable : une sonnerie d'oiseaux gazouillant venait de chasser son rêve. Un rêve dans lequel elle courait dans de hautes herbes alors que, derrière elle, des cris d'enfants étaient couverts par le vacarme de grenades qui explosaient.

Lorsqu'elle réussit enfin à extirper son mobile de sous une pile de vêtements, elle eut l'impression que la nuée de volatiles, prise d'une panique aveugle, s'enfuyait en tous sens pour s'écraser contre les murs de son vaste appartement de location, fraîchement repeint, dans le quartier d'Amsterdam-Nord.

D'une voix enrouée, elle murmura :

« Allô ? »

En réponse, elle entendit la voix stressée de Mariska, l'infirmière en chef des soins intensifs, à qui elle avait demandé de l'appeler immédiatement s'il y avait un problème.

« La tension artérielle du garçon a chuté brutalement. »

Alors, instinctivement, Danielle ordonna :

« Ajoutez du sérum physiologique ! »

Puis elle s'assit dans son lit et alluma sa lampe de chevet.

« Quelle est sa gazométrie artérielle ?

— Écoute, Danielle. Tu sais très bien que je sors déjà des clous en t'appelant.

— Emmène-le au scan ! cria Danielle en attrapant son jean.

— Tu ne peux plus t'en occuper. Maintenant c'est au chirurgien en traumato de s'en charger. Tu le sais bien !

— J'arrive ! »

Bien sûr, Mariska avait raison : selon le protocole, elle n'avait plus voix au chapitre. Mais elle avait décidé d'être disponible pour le garçon s'il y avait le moindre problème. En dévalant l'escalier, elle imaginait toutes sortes de causes possibles au changement de son état de santé. Que n'avait-elle pas décelé ? Et qu'aurait-elle dû voir ? Quelques minutes plus tard, elle fonçait à cent cinquante kilomètres-heure sur le périphérique en direction du WMC.

À cette heure-ci, la route était presque déserte. Quelques kilomètres plus loin, elle entendit à nouveau les cris d'oiseaux fuser de son sac. Elle dévia sur la droite, prit la bande d'arrêt d'urgence et freina. Laissant le moteur tourner, elle fouilla dans son sac posé sur le siège passager pour chercher son portable. Lorsqu'elle l'eut enfin trouvé, la sonnerie s'était arrêtée.

Derrière elle, elle entendit des coups de klaxon, sourds et menaçants, d'un camion qui se déportait également sur la droite. Avait-elle mis ses feux de détresse ? Merde, il ne manquait plus que ça. Rapidement, elle appuya sur « appels manqués », puis accéléra en démarrant juste avant l'arrivée du camion.

Elle conduisait de la main gauche. De la droite, elle maintenait son mobile contre son oreille. Elle fut mise en relation avec Mariska, qui lui annonça que le chirurgien de service avait immédiatement envoyé le garçon au scanner, craignant une rupture de la rate.

Danielle cria sa frustration. Voilà ce qui lui avait échappé : les dommages à la rate étaient plus importants qu'elle ne l'avait supposé initialement et cela n'avait pu être décelé qu'après le rétablissement de sa tension au cours de la journée. En retrouvant sa pression normale, la rate s'était déchirée.

« Qui est le chirurgien ?

— Radder », répondit Mariska.

Aussitôt, des larmes d'impuissance montèrent aux yeux de Danielle. Il fallait que ça tombe sur Radder ! Radder était un boucher. Il ferait une incision de quinze centimètres sous l'arc costal gauche avant d'effectuer une ablation totale de la rate. Le désespoir l'assaillit.

« Appelle-moi dès qu'ils sont sûrs que c'est la rate. Il n'est pas question que Radder fasse une splénectomie ! En aucun cas !

— Je vais voir ce que je peux faire », dit Mariska.

Mais le ton de sa voix n'avait rien de rassurant. Danielle savait que personne n'avait envie d'une confrontation avec Radder. Mais tant qu'elle était sur la route et incapable de le joindre, elle n'avait d'autre solution que d'agir sur Mariska.

« Si c'est la rate, le garçon doit être conduit en angiologie, ordonna-t-elle. Pas en salle d'opération. Il faudra appeler un radiologue interventionniste. La rate doit être embolisée, mais pas retirée !

— Tu sais que je n'ai pas mon mot à dire et toi non plus, dit Mariska sur un ton de reproche. C'est Radder qui dirige. »

Danielle savait que Mariska avait raison. Elle ne pouvait compter que sur elle-même.

« Passe-moi la salle d'op.

— OK », dit Mariska, soulagée.

Sans s'en rendre compte, Danielle avait déjà dépassé deux sorties d'autoroute. Ses tempes battaient et elle était trempée de sueur. Elle venait d'entrouvrir la fenêtre quand elle entendit la voix de Gaby, l'assistante en salle d'opération, qui l'avait aidée lors de l'opération du garçon.

« Gaby, c'est Danielle. As-tu reçu un appel d'urgence ?

— En effet. Un saignement de la rate.

— Il s'agit du garçon ! s'écria Danielle. Celui qu'on a opéré cette nuit. Radder veut certainement faire une splénectomie. Mais je veux qu'on demande d'abord l'avis du radiologue interventionniste.

— J'informerai Radder de ton appel et de ta demande.

— Ma demande expresse ! corrigea Danielle.

— Malheureusement, je ne peux pas faire plus pour l'instant.

— Je comprends. Pourrais-tu lui demander de me rappeler tout de suite ? Je suis déjà en route. »

Elle ne sentait plus son corps. Elle tenait le volant fermement des deux mains, qui étaient comme anesthésiées. Elle n'avait aucune idée de la force avec laquelle elle appuyait sur l'accélérateur ; sa jambe était engourdie. Même à cent cinquante kilomètres-heure, le vent semblait à peine lui caresser le visage.

Les contours du WMC apparurent au loin. Elle était ballottée entre un sentiment d'invincibilité et l'angoisse. Sans ralentir, elle quitta le périphérique, traversa deux carrefours alors que les feux clignotaient à l'orange. Radder ne la rappellerait pas, elle en était de plus en plus convaincue. Il suivrait ses instincts de boucher tout-puissant, aveugle aux alternatives et sourd aux conseils les plus avisés.

Elle fonça dans le parking souterrain, mais dans son excitation, elle ne trouva pas assez vite sa carte pour ouvrir les barrières. Elle hurla son nom dans l'interphone en précisant qu'elle venait pour une urgence. Elle courut vers l'ascenseur de service dans le hall central. Arrivée dans les vestiaires, elle revêtit une blouse de salle d'opération, chaussa des sabots et attrapa au passage un bonnet et un masque.

« Ah, voilà une étrangère qui a perdu sa route », marmonna Radder sans lever la tête en entendant Danielle entrer en courant dans la salle d'opération.

Elle vit la mine déconfite de Gaby, à côté de Radder.

« S'il te plaît, ne pratique pas de splénectomie, implora Danielle. Si tu en fais une, les risques de pneumonie ou d'infection seront beaucoup trop grands. Son corps ne supportera pas une deuxième opération en deux jours à peine ! Et si jamais il s'en sort, il gardera toute sa vie un risque d'infection. Peut-être pourrait-on emboliser la rate ?

— L'embolisation semble être à la mode ces temps-ci, grommela Radder. Mais ici on a affaire à un tissu lymphoïde en grande partie déchiré, presque impossible à suturer.

— Presque, l'interrompit Danielle. Mais envisage aussi les autres solutions !

— On n'a plus le temps, asséna Radder. Je dois éviter que le patient meure sous mes yeux d'une hémorragie. Désolé, Bernson. »

Il semblait ravi. Le ton autoritaire et suffisant avec lequel il réclama le scalpel, que Gaby lui remit, était insupportable pour Danielle. Elle avait envie de hurler, mais se maîtrisa.

Elle se posta face à lui, de l'autre côté de la table d'opération, et tenta de garder son calme en disant :

« Tu sais aussi bien que moi que les risques courus quand on vit sans rate sont peu connus. Et ce gamin a encore toute la vie devant lui.

— Pas pour longtemps si je n'interviens pas très vite », s'impatienta Radder.

Danielle ne put faire autrement que de regarder, impuissante, la façon dont Radder pratiqua une incision, mettant la rate à nu.

Gaby aspira le sang tandis que Radder évaluait les dégâts.

« Ce n'est pas très réjouissant de savoir que la fissure n'a été décelée qu'après coup. »

Radder parlait comme un juge qui prononce la peine de mort.

« J'ai pensé qu'il s'agissait d'un hématome sous-capsulaire.

— Tu n'as tout simplement pas tenu compte de la baisse de tension, corrigea-t-il, acerbe. C'est la conséquence d'avoir voulu opérer ce garçon de ta propre initiative et en dépit de mes conseils. Voilà le résultat ! »

Dans ses paroles transperçait un tel triomphe non déguisé que Danielle en eut la nausée.

« Je voudrais arranger les choses », s'entendit-elle dire.

Les mots lui étaient venus spontanément, mais son brusque changement d'attitude eut un effet immédiat : Radder la regarda et elle vit sa froideur disparaître un court instant. Cela n'avait duré qu'une fraction de seconde, mais elle l'avait remarqué.

Il palpa la rate.

« On pourra peut-être en préserver une partie. »

Elle était folle de joie. Sans doute n'avait-il pas eu l'impression que son autorité était remise en question et se sentait-il confirmé dans son apparente supériorité.

« Regarde, Bernson. » Il lui faisait signe de se pencher sur l'ouverture d'incision. « Il faudra retirer ce morceau. » Il montra la zone la plus endommagée de la rate. « La déchirure que tu vois au milieu est irréparable. Mais on peut essayer de conserver les parties gauche et droite. »

Danielle garda le silence et approuva de la tête en faisant profil bas. Il était important qu'elle continue à tenir son rôle d'élève appliquée. Pour l'instant, dans l'intérêt du garçon, il fallait qu'elle laisse la parole au maître.

« Si les deux parties sont saines, on pourra les assembler et entourer l'ensemble d'un beau petit filet. Qu'en dis-tu, Bernson ?

— C'est une excellente idée.

— C'est aussi ce que je pense. Ensuite, il n'y a plus qu'à espérer qu'elles se soudent », dit Radder, avec une suffisance dont il semblait avoir l'exclusivité.

Il préleva sans tarder la région endommagée de la rate.

À peine une demi-heure plus tard, les deux morceaux restants avaient été rassemblés dans un filet à mailles résorbables.

« Puisque tu es là, tu n'as qu'à le recoudre », grommela Radder.

Peu après, en ramenant le lit du garçon vers le service des soins intensifs à travers le couloir désert, Danielle eut l'impression de planer. Arrivée dans le service, elle aida Mariska à rebrancher les appareils.

« Quelqu'un l'attend dans la salle d'attente, dit Mariska. La femme qui était là hier matin. »

Danielle s'angoissa à nouveau. La manière dont Farah lui avait fait comprendre, en début de soirée, qu'il ne fallait pas compter sur elle pour attirer l'attention des médias sur l'histoire du garçon l'avait déstabilisée. Farah aussi se sentait concernée par cette affaire. Elle aussi voulait aider ce gamin et pourtant, elle refusait d'utiliser sa profession pour relater les abus endurés par une victime de trafic d'enfants.

« Prends tes distances, Danielle, dit Mariska. Il ne faut pas que ça devienne une obsession. Ce n'est pas bon pour toi ni pour lui. »

Elle regarda l'enfant et se rendit compte que Mariska avait raison : à cause de sa trop forte implication, elle n'avait pas fait le bon diagnostic lors de la première opération. Un médecin moins investi émotionnellement n'aurait certainement pas fait ce genre d'erreur.

Peut-être s'était-elle lourdement trompée en voulant instrumentaliser ce garçon. À peine six mois auparavant, elle avait abandonné à leur sort des enfants paniqués pour sauver sa propre vie. Ne l'utilisait-elle pas à présent pour prouver qu'elle n'était pas lâche ? N'était-il pas un moyen de se donner bonne conscience ?

« C'est toi qui l'as appelée ? demanda-t-elle à Mariska.

— Qui ?

— La journaliste.

— Elle est journaliste ?

— Oui, elle écrit pour l'*AND*.

— Non. Mais bon sang, pourquoi j'aurais appelé le journal ?

— Aucune idée. Tu n'as qu'à le lui demander. »

Danielle sortit de la chambre. Elle passa ses mains sur ses tempes en ébullition. En découvrant la silhouette de Farah Hafez dans la salle d'attente, elle fut parcourue d'un frisson.

31

Pour la deuxième fois en moins de vingt-quatre heures, Farah contemplait Amsterdam, de nuit, depuis le cinquième étage du WMC. Elle pensait au garçon comme si c'était son fils. Un enfant qu'elle n'avait pas réclamé, mais qui s'imposait à elle si fortement qu'elle ne pouvait plus s'en séparer.

Elle pensait aussi à Danielle qui voulait tout déballer sur la place publique. Danielle était médecin, elle avait prononcé le serment d'Hippocrate. Maintenant, elle désirait aller plus loin et montrer qu'il ne s'agissait pas seulement de sauver ce garçon, mais d'empêcher que d'autres ne subissent le même sort. Pour cela, il fallait s'attaquer à la cause, on ne pouvait plus laisser des enfants pour morts, où que ce soit.

À propos du gamin, Farah considérait que son objectif ne différait pas beaucoup de celui de Danielle. Sauf que leur façon d'y parvenir était diamétralement opposée. Danielle avait choisi le chemin le plus court, son implication émotionnelle l'y poussait. Or avec ce genre de précipitation, on pouvait s'enliser et engendrer un désastre. On ne savait jamais quelles forces on pouvait déclencher en cherchant à attirer les médias sans y être préparé. Mais Farah n'avait pas son mot à dire sur la vie ou les choix de Danielle.

Elle entendit des pas feutrés derrière elle. Dans la vitre, elle vit le reflet d'une femme en blouse chirurgicale. Farah se retourna.

« Bonsoir, Danielle. Que lui est-il arrivé ?

— Sa rate était déchirée : elle a été retirée partiellement. Il est dans un état stable. Pour l'instant. »

Farah sentit que sa voix était distante et que Danielle l'observait attentivement.

« Comment avez-vous su ce qui se passait ?

— Je ne le savais pas. J'ai téléphoné parce que… »

Farah hésita. Elle décida de laisser de côté toute l'histoire du manège. Depuis leur dernière rencontre, le fossé entre elle et Danielle s'était trop creusé pour qu'elle lui raconte la délicate vérité.

« C'est l'une des infirmières qui vous a contactée ? demanda-t-elle, suspicieuse.

— Non.

— Qui alors ?

— C'est moi qui ai téléphoné. Je viens de vous le dire.

— Pourquoi ?

— C'est un interrogatoire ?

— Je veux savoir pourquoi vous avez appelé. C'est tout.

— Je voulais savoir comment il allait.

— En pleine nuit ? »

Danielle serra les lèvres, plissa les yeux et sa voix se fit aiguë :

« Alors, juste au moment où il va mal, vous vous dites : tiens, et si j'appelais ?

— Je n'entrerai pas dans votre jeu, répondit Farah calmement.

— Je veux seulement savoir qui vous a raconté ce qui s'était passé.

— OK. Mais alors, je veux d'abord vous poser une autre question. Et je veux que vous y répondiez sérieusement. Y a-t-il eu un problème lors de la première opération que vous avez effectuée ? »

Danielle blêmit.

« Qu'est-ce que vous en savez ?

— J'ai simplement un gros doute et je voudrais savoir s'il est fondé. »

Un voile gris glissa à nouveau sur le visage de Danielle.

« Qu'essayez-vous de me faire croire ? Je suis sûre que vous avez parlé à quelqu'un. Pourquoi tant de mystères ? »

Farah ne reconnaissait plus la doctoresse calme et déterminée qui avait sauvé la vie du garçon. La femme qui se tenait à présent devant elle n'était que méfiance.

« C'est simple. Je l'ai vu devant moi. Deux fois. La première fois, c'était la nuit dernière, quand je suis allée dans la forêt pour retrouver l'endroit où il avait été renversé. Environ une demi-heure après que vous l'aviez amené en salle d'opération. Soudain, je l'ai vu devant moi. Dans ses habits de danseur. Avec tous ses bijoux. Comme en vrai. »

L'incrédulité se lisait sur le visage de Danielle. En dépit du bon sens, Farah décida de continuer son récit.

« Cette nuit, c'était pareil. Mais encore plus réaliste. J'ai eu l'impression que c'était moi qui le renversais. »

La perplexité dans les yeux de Danielle fit place à l'angoisse.

« C'est peut-être bête, mais je crois que le garçon essaie de communiquer, dit Farah, hésitante. Je ne sais pas ce qui se passe et je n'ai pas d'explication. Ça doit faire drôle d'entendre ça de la bouche d'une journaliste.»

Elle avait le sentiment de s'être mise à nu et espérait que Danielle la prendrait au sérieux malgré tout. Elle ne pouvait être plus honnête.

«Drôle n'est pas le mot juste, dit Danielle d'une voix tremblante. Vous pouvez dire : bizarre. Savez-vous ce que je n'arrive pas à comprendre? Vous n'êtes pas de la famille, pourtant vous apparaissez ici chaque fois. Vous êtes journaliste, mais vous ne voulez pas écrire sur lui. Pourquoi êtes-vous ici? Qu'est-ce que vous cherchez?

— La première fois, c'était le hasard. Mais maintenant, je pense qu'il tente de faire passer quelque chose, à moi ou à nous. Peut-être veut-il nous dire qu'il faut qu'on fasse moins attention à nous et plus à lui. Je ne sais pas.»

Danielle la fixa du regard.

«Qui êtes-vous? Pourquoi venez-vous me déranger avec ce genre de sottises?

— J'espérais que…»

Mais Farah ne put terminer sa phrase.

«Épargnez-moi la suite de vos élucubrations vaseuses. Rentrez chez vous. Ici, vous ne pouvez rien faire pour lui. Je ne veux même plus que vous fassiez quoi que ce soit pour lui. C'est clair?»

Farah comprit qu'il était inutile d'entamer une discussion.

«Peu importe ce que vous pensez, j'espère qu'il se rétablira, dit-elle doucement. Vous avez été formidable. Vous lui avez sauvé la vie. Mais ce que vous

vous apprêtez à faire, Danielle, c'est dangereux. Car cela pourrait se retourner contre vous. »

En s'éloignant dans le couloir, elle sentit le regard de la doctoresse blonde lui brûler le dos.

32

Dans le parking souterrain, Danielle pointa sa clé de contact dans tous les sens, mais n'entendit nulle part le cliquetis des serrures de sa voiture. Elle était restée encore une heure auprès du garçon dans le service des soins intensifs. Pendant tout ce temps, l'avertissement de Farah avait résonné dans sa tête : il était dangereux d'attirer les médias. L'histoire du garçon pourrait se retourner contre elle.

De plus en plus, elle avait la conviction qu'il ne s'agissait pas d'un avertissement, mais d'une menace déguisée. Elle n'avait plus aucune confiance en Farah. Tout compte fait, ce n'était certainement pas un hasard qu'elle surgisse juste au moment où le garçon arrivait aux urgences. Elle devrait en parler aux inspecteurs chargés de l'affaire.

Nerveusement, elle tournait en rond dans le parking lorsque, tout à coup, elle entendit s'ouvrir les serrures d'une voiture. Elle sursauta, comme d'habitude, à tout bout de champ, au moindre bruit : le claquement d'une porte, la sonnerie d'un téléphone, les serrures d'une voiture. De sa voiture !

Avant d'y monter, elle regarda instinctivement autour d'elle. Elle avait cette manie depuis son retour d'Afrique : une idée fixe lui imposant de scanner les environs avant d'entrer quelque part, que ce soit un ascenseur, un café ou une voiture. Elle ne voyait personne dans le parking. Pourtant, elle avait l'impression d'une présence. Ce sentiment était alimenté par la peur gravée dans son corps : une peur proliférant tel un virus.

Sur le périphérique en direction d'Amsterdam-Nord, elle fixait la route en récitant son mantra « dynamisant » quotidien. Des paroles qui devaient la préserver d'une crise de panique.

« Je suis médecin. On a besoin de moi. Je ne suis pas lâche ! »

Quelques mois plus tôt, elle avait couru pour sauver sa vie, à travers de hautes herbes. Mais, à présent, elle continuait à fuir, sans cesse, hors d'haleine, regardant toujours derrière elle comme si la mort était à ses trousses. Les enfants du camp continuaient à crier son nom, et pas seulement dans ses rêves. Même quand elle était éveillée, elle entendait leurs hurlements.

Elle ne cessait de se dire :

« Je suis ici. Je suis en sécurité. Je suis courageuse. »

Dans l'avion qui la ramenait aux Pays-Bas, elle s'était rappelé un poème parlant d'un jardinier, qui, le matin, en arrachant des mauvaises herbes, voit déambuler la Mort. Paniqué, il décide de fuir vers une autre ville, s'imaginant pouvoir ainsi échapper à la Grande Faucheuse. Mais la Mort, étonnée, se demande simplement ce que l'homme fait encore si tôt dans ce jardin alors qu'elle doit aller le cueillir, le soir, à un tout autre endroit.

Lors de son vol de nuit vers les Pays-Bas, Danielle s'était demandé si on ne lui jouait pas non plus un sale tour. Elle avait fui la Mort, mais peut-être celle-ci l'attendait-elle calmement, à plusieurs milliers de kilomètres, dans le hall d'arrivée de Schiphol.

Cette pensée avait été le premier symptôme de la névrose obsessionnelle qui l'avait poursuivie par la suite. Ce fut aussi le moment où elle avait vraiment eu peur pour la première fois de sa vie. Et, depuis des mois, cette angoisse resurgissait à tout moment, sans crier gare.

Elle dut faire trois fois le tour de son quartier avant de trouver une place pour se garer. Avant de descendre, elle regarda à nouveau autour d'elle. Elle se força à ne pas courir jusqu'à sa porte d'entrée. Dans ce secteur désert, elle entendit une voiture s'approcher lentement alors qu'elle extirpait les clés de son sac. Tremblante, elle entra rapidement chez elle avant que le véhicule ne la dépasse.

Dans le couloir, elle s'adossa au mur de longues minutes pour reprendre ses esprits. Il fallait qu'elle réagisse. Aucun mantra dynamisant n'y changerait rien. Elle devait agir, faire quelque chose qui lui permettrait de vaincre ses crises d'angoisse. Elle monta l'escalier, entra dans le séjour, alluma toutes les lampes et se versa un whisky. Elle décida de se remettre à courir dès le lendemain matin. Même en Afrique, elle avait fait de la course à pied. Elle était sportive et le jogging lui faisait du bien. Elle était contente d'avoir pris cette décision spontanément. C'était un début.

Après trois grandes gorgées de whisky, elle tremblait déjà nettement moins. Elle se laissa tomber sur sa banquette au milieu des coussins en cuir et zappa sur plusieurs chaînes inintéressantes jusqu'à ce qu'elle découvre Cathy Marant, vêtue d'un chemisier brillant décolleté, assise derrière le pupitre de présentation du *Headlines Show*. Elle comprit que c'était une rediffusion d'une émission passée plus tôt dans la soirée. Avec des allures d'hyène, Cathy Marant parlait d'un incident qui, selon différentes sources, avait fait un blessé grave lors d'un gala de combats dans le Théâtre Carré.

À sa grande surprise, Danielle vit ensuite cette même femme, qui, un peu plus tôt à l'hôpital, avait essayé de lui faire croire qu'elle avait des contacts paranormaux avec un garçon gravement blessé, envoyer sur le tapis sans aucune pitié une femme sans défense. Puis, fixant la caméra, Cathy Marant déclara que la victime de Farah Hafez se portait bien compte tenu des circonstances, mais que l'on ne pouvait pas laisser impuni le fait qu'une journaliste préconisant que tous les sans-papiers vivant aux Pays-Bas devraient pouvoir bénéficier d'une régularisation dans le cadre d'une loi d'« amnistie générale » puisse brutaliser des gens en public et se comporter insolemment vis-à-vis de ses collègues.

« Dans ce cas, il ne peut être question d'amnistie, décréta Marant. Et encore moins d'amnistie générale, madame Hafez ! Où en serait l'éthique de notre État de droit si on tolérait une chose pareille ? »

Danielle allait de surprise en surprise : dans le sujet suivant, elle vit l'inspecteur qui l'avait apostrophée sévèrement à l'hôpital la veille au matin arrêter et amener le présentateur, Dennis Faber, comme un vulgaire bandit, pendant l'enregistrement d'une émission de télévision. Marant précisa la raison de son arrestation : la police suspectait Faber et son épouse d'être les responsables directs ou indirects de l'accident d'un mineur dans le Bois d'Amsterdam, plus tôt dans la nuit.

Marant criait au scandale à propos de la maladresse brutale de cette action policière. Ce qui, selon elle, aggravait encore la situation, c'était que l'inspecteur en question semblait ivre. Des témoins avaient déclaré qu'il dégageait une odeur suspecte. Heureusement, la police, découvrant son erreur monumentale, avait libéré le présentateur en vogue ainsi que son épouse : Mme Faber avait seulement vu le garçon allongé sur la route et prévenu immédiatement les secours.

Danielle vit Dennis Faber et sa femme descendre l'escalier du bureau de police, blanchis d'une prétendue culpabilité : deux personnalités néerlandaises blessées et choquées, accablées d'attirer autant l'intérêt des médias.

Soudain, tout s'éclaircit dans la tête de Danielle. Ses pensées s'ordonnèrent et son projet prit forme : le couple Faber serait la clé pour rendre publique l'histoire du garçon et Cathy Marant y jouerait le rôle principal.

Elle sentit monter une combativité qu'elle croyait avoir perdue depuis des mois, après son retour d'Afrique. Grâce à ce plan, elle se débarrasserait définitivement de toutes ses idées fixes.

« Je suis ici. Je suis courageuse. Je suis en sécurité. »

33

David était un homme qui pensait au futur, allait de l'avant et continuait à croire aux engagements. Farah aurait voulu être ainsi, mais les serments restaient pour elle des bulles de savon destinées à éclater. Le mensonge et la mort rôdaient sans cesse.

Elle s'approchait de la sortie qu'elle devait emprunter pour aller chez David, qui lui avait laissé un message : il l'attendait à la maison.

« Peu importe l'heure, ma chérie », avait-il précisé.

Il avait parlé d'une « percée inattendue » qu'il voulait fêter avec elle. En dépassant la bretelle, elle essaya de se convaincre qu'à ce moment-là elle n'avait aucune influence sur son destin.

L'ancienne cabine de capitaine diffusait une lumière chaleureuse et accueillante. Farah monta à bord de la péniche en empruntant la passerelle en bois. Elle entendit les sons étouffés d'un combo de jazz et, après avoir frappé, un bruit de pas sur les marches d'un escalier. Sans paraitre surpris, Joshua Calvino apparut dans l'embrasure de la porte.

« Je suis désolée, dit-elle. De t'avoir pris au dépourvu. »

En sachant qu'elle s'adressait surtout à elle-même.

« Tu sais, normalement je ne suis pas...

— Je ne crois pas à la normalité», l'interrompit-il avant de la précéder en descendant l'escalier vers la partie habitable, en contrebas, équipée d'un plancher de bois rutilant.

À plusieurs endroits du bateau, des tableaux de nuages ornaient les murs.

«Je suis un vrai amateur de nuages, dit Joshua en lui tendant un verre de vin rouge. Mais je préfère ne pas avoir la tête dedans. Santé!»

Leurs verres s'entrechoquèrent. Elle but une gorgée, reposa son verre, lui ôta le sien des mains, puis attira Joshua à elle et l'embrassa longuement avec passion. Bien qu'elle eût envie de lui arracher ses vêtements, elle se retint et déboutonna délicatement sa chemise puis son pantalon en gardant une extrême lenteur dans ses gestes pour refréner son propre embrasement. Elle avait pris l'initiative et tenait à procéder dans les règles de l'art.

D'un mouvement rapide, elle enleva son pull et dégrafa son soutien-gorge. Dans l'espace restreint entre leurs deux corps, il réussit à saisir ses seins et à titiller ses mamelons. Alors qu'elle le poussait doucement vers le bas, il effleura d'abord sa poitrine avec sa langue, puis descendit le long de son ventre pour se retrouver la tête entre ses jambes. Elle sentit sa langue la pénétrer.

Sur un trente-trois tours, John Coltrane jouait *A Love Supreme* et Joshua était à genoux, comme s'il était en adoration devant une madone à moitié nue. Farah se laissa adorer. Elle avait l'impression qu'il la libérait d'une pénombre cauchemardesque qui l'encerclait jusqu'alors. Prise de vertige, elle s'accrocha à ses cheveux lorsque Joshua la fit jouir avec sa langue.

Puis elle sentit le goût de son propre corps en l'embrassant longuement et intensément. Alors, elle le prit par la main, le dirigea vers le lit où elle s'allongea sur le dos, le tira sur elle et lui ordonna de la baiser aussi fort que possible.

Des larmes lui montèrent aux yeux alors que, prenant appui des deux mains sur le matelas, il jouit en elle en poussant un cri qui semblait venir du plus profond de son être.

Elle ne voulait pas le lâcher : elle serait bien restée toute la nuit sous le corps de Joshua, traversé par les dernières secousses. Il s'étendit près d'elle, ses yeux fixant le plafond. Farah, allongée sur le côté, le caressa. Mais sur ses lèvres se dessina un sourire plein de doute. Car, au même moment, le garçon se faufilait quelque part au fin fond de son inconscient. Elle savait que, tôt ou tard, il réapparaîtrait. Non pas tranquillement, comme Raylan Chapelle venu à côté d'elle au cours de l'après-midi, mais de manière inattendue et brutale. Comme il avait surgi devant elle sur le manège. De façon telle qu'elle ne pourrait éviter une collision frontale.

« Joshua ?

— Oui ?

— J'ai peur. »

Il se redressa et se tourna vers elle.

« Il n'y a pas de raison. Je suis près de toi. »

Depuis une éternité, l'aiguille de la platine tournait dans le dernier sillon du disque. Elle s'assit avec un léger vertige. Joshua posa sa main sur son épaule.

« Que se passe-t-il ?

— Dès que j'ai vu ce garçon, il s'est passé quelque chose de magique. Je l'ai regardé et j'ai eu l'impression – désolée si ça paraît idiot – qu'il était une partie de moi-même, une partie oubliée. Comme si j'étais à nouveau très jeune et que je découvrais en lui le frère que je n'ai jamais eu, mais dont je rêvais.»

Joshua se tenait à côté d'elle. Elle revit l'image de la clairière dans la forêt où il l'avait aidée à se relever. Il s'agenouilla devant elle.

«Te souviens-tu de l'apparence de cette partie oubliée?» demanda-t-il doucement.

Elle se remémora l'après-midi écoulé et sentit ses yeux la brûler. Elle l'observa longuement. Après avoir été confrontée aux esprits et aux échos inattendus surgis du passé, elle était peut-être allée vers lui pour vider son cœur auprès de quelqu'un qui s'intéresserait à son récit.

«Je ne sais pas, dit-elle. Je ne sais pas lesquels des souvenirs de ma vie à Kaboul sont vrais ou imaginaires.

— Quel âge avais-tu quand tu es venue aux Pays-Bas?

— Je devais avoir neuf ans. Mais j'ai donné une autre date de naissance.

— Pourquoi?»

Elle déglutit plusieurs fois avant de répondre.

«Parce que j'avais peur. Mon père était Aadel Gailani. Pendant trois ans, il a été ministre de l'Intérieur dans le gouvernement du président Daoud. Quand les communistes ont assailli le palais présidentiel avec des avions et des blindés, en avril 1978, lui et le président ainsi que des milliers d'autres ont été assassinés.»

Elle parlait lentement, comme si elle devait se convaincre elle-même que cela s'était réellement passé ainsi.

« Ma mère était avocate. Elle s'appelait Helai. Helai Durani. Pendant le coup d'État, ils l'ont enlevée aussi, mais ont fini par la relâcher. Elle avait été torturée. Quelques mois après l'invasion russe, on a fui ensemble. C'était fin 1979. L'hiver le plus froid que j'aie jamais connu.

— Qu'est-il arrivé à ta mère ?

— Elle n'a pas survécu à notre fuite. Elle… Je veux pas en parler maintenant, Joshua. »

Il la caressa.

« Donc, en arrivant aux Pays-Bas, tu étais toute seule ?

— En fin de compte, oui. D'abord, on était un petit groupe. Une famille avec deux enfants. Je ne les connaissais pas, mais j'étais soi-disant leur troisième enfant. Ils sont restés en Allemagne. Moi, j'ai continué jusqu'aux Pays-Bas.

— Et puis ? Où as-tu été accueillie ?

— Dans un camp de réfugiés de la Drenthe. Là-bas, je suis tombée malade. Très malade. Une double pneumonie. Je suis restée deux mois à l'hôpital, où j'ai été sauvée de justesse. Un jour, j'ai reçu la visite d'un homme d'âge mûr et de sa femme. Il était médecin et l'ami d'un des praticiens qui travaillaient à l'hôpital. Ce couple n'avait jamais eu d'enfants. Quand j'ai été rétablie, j'ai pu habiter chez eux. C'était comme si, pendant les mois passés à l'hôpital, j'avais été en quarantaine pour me familiariser petit à petit avec la vie et la langue d'ici.

» À partir du moment où je me suis sentie mieux, j'ai commencé à lire. Des livres d'aventures : *Les Secrets de la forêt sauvage*, *Le Messager du chevalier noir*, *Sans famille*, *Les Frères Cœur-de-lion*. »

Farah lui montra la photo qu'elle gardait toujours sur elle dans son portefeuille : une fillette à la peau mate et aux yeux étonnamment bleus. Des cheveux épais, brun foncé, tombant en longues tresses sur les épaules. Robuste. Respirant le courage. Au dos de la photo : Farah, douze ans.

« J'étais une enfant peureuse.

— On ne dirait pas.

— Je le cachais à tout le monde. À moi-même aussi. »

Elle se leva et avança nue sur le plancher en bois vers la porte entrouverte.

« Peu importait le lieu où je me trouvais, dit-elle doucement. Parfois, cela m'arrivait à l'école. En plein jour. Parfois, en dînant le soir à la maison. Et très souvent la nuit, au lit. J'avais l'impression qu'on m'arrachait de la réalité pour me propulser dans une salle de cinéma où l'on me forçait à regarder des choses horribles. Alors je paniquais. Quoi que je fasse, le film continuait et j'étais obligée de regarder. Seulement, je savais que ce n'était pas une fiction. Tout s'était réellement passé. »

Son récit l'avait fatiguée, mais elle ne pouvait plus s'arrêter.

« Entre le moment où ils ont assassiné mon père, enlevé ma mère, et celui où je suis arrivée aux Pays-Bas, j'ai vécu tellement de choses inimaginables que je ne trouvais pas les mots pour en parler. La seule chose était d'essayer de les oublier. »

Joshua, le visage triste, la dévisagea longuement.

« Et quels souvenirs voulais-tu garder ?

— Mon père qui me montrait les mouvements de sport de combat dans le jardin exotique. Ma mère, vêtue d'un habit magnifique, qui, lors d'un pique-nique, lisait un poème de Djalal al-Din Rumi : "Sains de cœur, nous traversons le monde en nous instruisant. Et tombons sous le charme de tout ce qui nous entoure." »

Farah s'arrêta un instant. Elle chercha sa bouche, elle chercha sa langue. Elle chercha chez Joshua tout ce qui pourrait l'apaiser.

34

Jusque tard dans la nuit, Marouan était resté rivé à la table de poker, dévoré par l'obsession de gagner et écœuré par ses pertes. Lorsqu'il sortit enfin en titubant, il était le détenteur ordinaire d'une dette extraordinaire. Avec peine, il se retint de jeter ses chaussures sur Rembrandt van Rijn qui, depuis son socle de marbre, lui lançait un regard plein de compassion.

Il traversa le pont Bleu avec un seul désir : fondre. Disparaître. Pour toujours. Il ralentit et fixa l'Amstel. L'être humain se compose essentiellement d'eau. Il pourrait sauter dans l'Amstel. Escorté par quelques cygnes, il glisserait vers un oubli permanent. Les poissons et les crabes commenceraient par grignoter les parties les plus tendres de son visage. Sa peau se flétrirait et deviendrait si molle qu'elle finirait par se détacher. Et quand les gaz de décomposition se libéreraient enfin, son corps bouffi se poserait quelque part au fond du canal de la mer du Nord. Les navires de croisière, les bateaux de plaisance et les péniches navigueraient au-dessus de lui tandis que les anguilles se faufileraient dans ses cavités.

Au lieu de sauter, il retourna vers la place pavée devant l'église Oude Kerk. Il se persuada que le temps s'était arrêté. Que, plus tôt dans la soirée, il n'avait pas quitté cet endroit et n'avait pas perdu au jeu, mais qu'il était resté là. À distance, il regardait une réplique plus jeune d'Aisha : toujours debout derrière la grande fenêtre, en slip et soutien-gorge, elle attirait les passants masculins avec force sourires, œillades et petits gestes de la main.

Les candidats étaient nombreux. Tous, ils la voulaient. Comme à l'époque, les hommes du village avaient voulu Aisha. Mais c'est lui qui l'avait eue. Lui, Marouan Diba. En lui promettant que leurs enfants grandiraient dans un nouveau monde, il avait réussi à conquérir la fille la plus convoitée.

C'était l'hiver, lorsqu'ils avaient franchi ensemble la sortie du hall d'arrivée de Schiphol. Il pensait qu'elle serait impressionnée, comme lui l'avait été en atterrissant pour la première fois à l'aéroport d'Amsterdam. Mais elle était restée silencieuse. D'abord, il avait interprété sa réserve comme de la surprise. Et non comme une acceptation de son sort, ce qu'il n'avait compris que plus tard.

Il n'avait pas mesuré à quel point elle s'était habituée à vivre comme on le lui imposait. Aisha ne vivait pas comme elle voulait, mais en fonction de ce que les autres attendaient d'elle. Son père, sa famille, Allah. Dans tout le tableau, elle n'apparaissait nulle part. À l'image de ce mariage avec un policier : cela n'avait pas été son idée, mais celle de ses parents.

Lors de leur nuit de noces, Aisha, pour la première fois, avait abandonné sa timidité et satisfait à toutes ses exigences. Aveuglé par son désir sexuel, il avait pris son obéissance pour de la passion.

Si Aisha avait accepté de son propre chef, l'histoire aurait pu se dérouler différemment. Mais sa soumission était issue de sa peur de s'éloigner du chemin tracé pour elle par sa famille. Aisha s'était mariée par peur et non par amour. Pour Marouan, elle avait mis au monde deux enfants et les avait élevés, mue par cette même peur. Trop tard, il s'était rendu compte que la rébellion de Chahid et Jamila ne découlait pas de leur puberté, mais du besoin de se libérer de cette angoisse.

Puis, il avait commencé à frapper. Sa femme et ses enfants. Il les avait frappés tous les trois, comme il avait vu faire son propre père, et ne s'était arrêté que le jour où Chahid l'avait frappé en retour. Désormais, il était trop tard pour les remords ou pour demander des explications. La date limite des regrets et des réponses était largement dépassée.

Il retourna au parking chercher sa Corolla et parcourut la ville sans but précis. Lorsqu'il emprunta le périphérique plusieurs heures plus tard, le soleil levant tapait sur le pare-brise.

Aisha et Chahid étaient déjà levés lorsqu'il gara sa voiture devant la maison. Il réveilla Jamila, puis, sans dire un mot, il prit les valises dans le couloir et les entassa dans le coffre. Il aurait probablement un gros supplément à payer pour les bagages. Le trajet jusqu'à Schiphol se fit en silence. Les yeux fermés, Jamila écoutait de la musique sur son iPhone et Chahid regardait dehors d'un air maussade. Aisha, assise à côté de Marouan, fixait la route.

Au comptoir d'enregistrement, il paya comptant le supplément pour l'excédent de bagages. Il donna les billets à Chahid et les accompagna jusqu'à la douane. À chaque pas, il avait l'impression d'être traversé par une douleur fulgurante. Il promit de les appeler tous les jours.

Puis ils disparurent dans le grand hall. Sans se retourner.

35

Lorsque Farah se réveilla, Joshua n'était plus à ses côtés. Tandis que l'eau du canal clapotait contre le bateau, elle pensait à la façon dont il l'avait tenue dans ses bras. Les légers mouvements de leurs corps. Il avait caressé ses cicatrices, il les avait embrassées sans demander d'explications. Lentement, sous le murmure de ses mots rassurants, elle avait fermé les yeux. Le timbre de sa voix douce l'apaisa.

« Dors. Je suis là. »

Elle enfila son tee-shirt et passa devant le baromètre digital de Joshua, sur lequel clignotaient sans cesse des symboles météorologiques verts et des chiffres rouges. Cela lui rappela les moniteurs du service des soins intensifs du WMC où se trouvait le garçon. La nuit précédente, elle leur avait laissé son numéro de portable, mais l'écran n'affichait aucun message.

Elle trouva Joshua, à genoux, sur le pont arrière. Plusieurs cygnes s'étaient rassemblés autour de lui en demi-cercle tel un groupe de disciples. Tout en les nourrissant, il s'adressait à eux sur le ton de la confidence : les cygnes semblaient l'écouter réellement. Mais la magie fut brutalement rompue lorsque l'un d'entre eux aperçut Farah. Joshua se retourna. Son sourire trahissait qu'il avait décelé sa présence depuis longtemps. Il lui fit signe de s'approcher.

« Ils ne sont pas dangereux ? demanda-t-elle, hésitante.

— Non. Tant que tu ne leur sors pas un de tes tours de pencak silat !

— Menteur, railla-t-elle. Tu n'y connais rien en pencak silat. »

Il l'attira doucement à lui. Elle n'opposa pas de résistance et le laissa glisser une main sous son tee-shirt vers ses seins tandis que les doigts de l'autre jouaient avec la ficelle de son string entre ses fesses. Elle ferma les yeux pour l'embrasser passionnément quand, soudain, elle eut l'impression qu'on les observait.

Un homme, installé sur le pont de l'autre côté du canal, braquait son téléobjectif dans leur direction. Il semblait sortir tout droit d'une publicité Marlboro et n'eut pas l'air gêné en voyant que Farah l'avait repéré. Rapidement, il reprit quelques photos, puis s'éloigna à grands pas lorsque Farah fit mine de le poursuivre.

Mais Joshua la retint.

« Chaque étranger ou presque pense que le centre-ville est un musée de plein air et que nous en sommes les figurants, dit-il calmement. J'ai l'habitude.

— Mais, ce que nous étions en train de faire… il l'a sur sa photo !

— Et, rentré chez lui, il va la montrer à ses copains. Comme ça il pourra témoigner du degré de liberté dans notre Sodome et Gomorrhe néerlandais. Il faut leur laisser leurs illusions, aux touristes ! Ou voudrais-tu que je l'arrête ?

— Il n'avait pas du tout l'air d'un touriste », dit Farah, méfiante.

Joshua haussa les épaules.

« Probablement un Américain. Descendu aux aurores d'un navire de croisière, il parcourt le vieux centre. Tu n'as même pas idée du nombre de fois où j'ai déjà été photographié ici, sur ce pont arrière, par des Chinois, des Arabes, des Américains, et j'en passe. Sans le savoir, je dois être mondialement connu. »

Dans l'étroite cabine de douche, Farah essaya de se débarrasser de son malaise tandis que Joshua fredonnait un concerto pour violon de Vivaldi dans la cuisine. Un quart d'heure plus tard, en remontant sur le pont supérieur, elle eut une énorme surprise : sur une grande table pliante était disposé un assortiment coloré de bols japonais remplis de potage, bouillie de céréales, salade de concombre, confiture, gingembre et une soupe miso au paksoi cuite à l'étouffée avec du citron. C'était presque trop beau. Trop léger. Trop insouciant. Le vibreur de son téléphone et l'apparition sur l'écran du nom d'Edward la ramenèrent à la réalité. En s'éloignant vers le pont arrière, elle fit signe à Joshua qu'elle serait de retour très vite.

« Hafez ? Je veux que tu sois là cet après-midi pour la conférence de presse, ordonna Edward.

— Bonjour à toi aussi, Ed. Cet après-midi je suis à La Haye. La Chambre des représentants doit traiter la question de la régularisation des sans-papiers.

— Hafez, parfois j'ai l'impression que le bon Dieu t'a mise sur terre exprès pour m'emmerder. D'ailleurs, est-il exact que tu n'as plus donné signe de vie après avoir envoyé la Russe à l'hôpital ?

— Qui t'en a parlé ?

— C'est Marant, hier soir, lors du *Headlines Show*.

— C'était déjà à la télé?

— Bien sûr. Dès que Marant tient un scoop, elle l'exploite par le biais du *Nederlander* et du *Headlines Show*. Avec elle, c'est deux pour le prix d'un!

— Après le combat, je suis allée à l'hôpital pour prendre des nouvelles de la Russe. C'est à ce moment-là que le garçon est arrivé aux urgences.

— Bon à savoir. Car l'enfant doit rester en dehors de tout ça. Sinon les affaires risquent de s'emmêler. Et il faudrait éviter que Marant ait vent de notre enquête. Si je déplace le rendez-vous avec la presse à cinq heures tu pourras être là?

— Est-ce vraiment obligé, Ed? Ça ne peut pas attendre?

— J'ai l'impression que Marant couve quelque chose. Pour cette femme, tous les moyens sont bons pour nous traîner dans la boue. Je voudrais étouffer cette histoire dans l'œuf. D'autant plus que nous allons enquêter. D'ailleurs, c'est quoi ce bruit de fond? Tu es sur l'eau?

— Oui, euh… Ed, il faut que je retourne prendre mon petit déjeuner.

— Hafez, tu ne prends jamais de petit déjeuner!

— Occupe-toi de tes affaires. À plus.

— Attends, encore une chose : Paul. Ton temps de réflexion se termine cet après-midi. Si tu n'as pas pris de décision d'ici là, c'est moi qui trancherai. Tu m'appelles?»

Tout sembla s'arrêter. Elle comprit qu'elle ne pouvait pas repousser sa décision éternellement. Il avait fallu du temps, mais son passé avait dû prendre de l'élan avant de faire le grand saut pour la rattraper. Paul serait celui qui réveillerait les morts.

Elle voulait lui dire qu'elle ne se sentait pas encore prête, qu'elle ne le serait jamais.

« Je te tiendrai au courant, vieux ronchon. »

En raccrochant, elle se sentit aussitôt envahie par une espèce de mélancolie bien connue. La légèreté du matin s'était envolée.

« Mauvaises nouvelles ? demanda Joshua, inquiet.

— Mon chef. »

Elle se força à sourire.

« Il veut donner une conférence de presse à la suite de mon combat d'avant-hier soir au Théâtre Carré et la manière dont le *Nederlander* m'a présentée. Selon lui, ils préparent une campagne de diffamation.

— Qui ça, "ils" ?

— *De Nederlander* et Iris TV. En réalité, je crois qu'il ne s'agit pas de moi en particulier, mais d'une sorte de vendetta contre l'*AND* en général.

— Je ne comprends pas. Quel rapport entre un gala de combats et une vendetta contre le journal pour lequel tu travailles ? »

Farah prit une gorgée de thé.

« Armin Lazonder est le propriétaire d'Iris TV.

— Lazonder ? Le magnat de l'immobilier ?

— Exactement. Il y a deux ans, il s'était mis en tête d'acquérir l'*AND*. Il voulait un journal sérieux dans son groupe. L'un des plus farouches opposants à cette transaction était mon chef, Edward Vallent. Il a mené une campagne acharnée aussi bien au sein de la rédaction que dans les médias.

» Coûte que coûte, il voulait éviter que "son journal", l'*AND*, l'un des rares journaux indépendants et de qualité, ne tombe entre les mains de ce qu'il considère comme l'un des magnats immobiliers les plus véreux de l'histoire du pays. De temps en temps, Ed aime bien faire dans le drame authentique. Mais c'est quand même grâce aussi à son intervention que la direction de l'*AND* n'a pas capitulé. La vente a été annulée.

» Finalement, Lazonder a acheté le *Nederlander*. Depuis, il essaie de débaucher les meilleurs de chez nous et le *Nederlander* ne nous rate pas à chaque erreur ou faux pas que nous faisons. Mais attaquer quelqu'un personnellement, ils n'ont encore jamais été aussi loin. C'est ce qu'ils font maintenant pour la première fois, après ce qui s'est passé au Théâtre Carré. Ils veulent faire croire à leurs lecteurs qu'il s'agissait de maltraitance. En m'accusant, ils essaient de mettre en doute la crédibilité de tous les journalistes qui travaillent à l'*AND*.

— Et ça marche ? Les gens gobent ce genre d'absurdités ?

— Nombreux sont ceux qui mangent dans la main de Marant. Elle peut leur faire croire tout et n'importe quoi. »

Elle contempla le petit déjeuner. Les coupelles et les bols semblaient appartenir à un autre monde. Soudain, le bateau aussi semblait sortir d'un autre univers où elle n'avait pas sa place. Elle pensa à David et à ce qu'il dirait.

Silencieux, ils se faisaient face. Ni l'un ni l'autre ne touchèrent aux plats. Joshua l'interrogea du regard et elle se sentit triste.

« Tu as du café ? » demanda-t-elle, hésitante.

36

La voix de l'assistante de rédaction avec qui Danielle fut mise en communication avait la même intonation neutre et hautaine que toutes les autres personnes d'Iris TV qu'elle avait eues au téléphone jusqu'alors. Elle eut du mal à garder son calme, car, à chaque fois, elle devait expliquer la raison de son appel : l'affaire autour de Dennis et Angela Faber.

« Vous êtes de la police ?

— Non, je suis médecin.

— Mais alors, qu'est-ce qui vous intéresse dans cette histoire ?

— Tout.

— Pouvez-vous être plus explicite ?

— Je détiens des informations importantes.

— Quel genre d'informations ?

— Confidentielles. Je n'en parlerai qu'avec le responsable en chef.

— Un instant. »

Une musique de variétés retentit : l'horreur auditive habituelle.

« Jessica.

— Jessica qui ?

— Jessica Zomer, du *Headlines Show*. Qui est à l'appareil ?

— Danielle Bernson. Je suis traumatologue au WMC et je…

— Excusez-moi, madame, mais cela concerne-t-il un sujet de l'émission d'aujourd'hui ?

— Non, euh, oui. Je…

— Madame, pourriez-vous être plus claire ? »

Danielle explosa.

« Écoutez-moi bien, Jessica, vous allez me passer votre rédacteur en chef immédiatement !

— Un instant. »

Tendue comme une corde de violon, Danielle était passablement nerveuse. Elle se rendait bien compte que ses agissements étaient contraires à la morale, mais elle ne voyait pas d'autre solution.

« Alexandra Mons, rédactrice en chef du *Headlines Show*. En quoi puis-je vous être utile ? »

C'était la voix ferme d'une femme qui a l'habitude de faire dix choses en même temps. Elle devait probablement avoir un téléphone à chaque oreille, deux ordinateurs portables sur les genoux tout en surveillant huit écrans dans la salle de régie.

« Danielle Bernson à l'appareil. Je vous appelle au sujet de l'accident du garçon non identifié du Bois d'Amsterdam et de l'arrestation de Dennis Faber. Je suis le médecin qui a trouvé la victime. »

Elle laissa s'installer un moment de silence. À l'autre bout du fil, elle entendit taper frénétiquement sur un clavier, lancer l'ordre de zoomer et transmettre un changement d'horaire. Le tout fut conclu par un rapide : « Oui ? » adressé à Danielle.

« Mme Faber a été arrêtée, soupçonnée d'avoir renversé cet enfant.

— Mme Faber a été relaxée, réagit Alexandra Mons sèchement.

— C'est exact. Mais ce qui a échappé aux gens, c'est que son appel m'a permis de sauver la vie du gamin. »

Le son des touches du clavier cessa. Quelques murmures en bruit de fond. Alexandra, masquant le téléphone d'une main, dit à quelqu'un : « Attendez un instant. » Puis, avec un intérêt croissant, elle demanda à Danielle :

« Continuez, madame Bernson.

— Certaines réputations ont été salies à cause d'une erreur policière. Je pense que cela mérite une rectification.

— Que proposez-vous ?

— Je ne suis pas spécialiste en communication. Je suis médecin. Je peux autoriser le couple Faber à accéder au service de soins intensifs. Éventuellement en présence de caméras. On peut imaginer un court reportage insistant sur le comportement civique courageux de Mme Faber et démontrant que, grâce à elle, la vie d'un garçon a pu être sauvée. Il n'a pas de famille. »

Un court silence se fit de l'autre côté de la ligne avant qu'Alexandra Mons ne pose la question inévitable :

« Quel est votre intérêt là-dedans, madame Bernson ?

— Que la vérité éclate ! Avez-vous déjà entendu parler de Bacha Bazi ?

— Non. Cela a-t-il un rapport avec le garçon ?

— Il a probablement été abusé par des hommes d'âge mûr pratiquant un vieux rituel afghan. Ce garçon est victime d'un réseau de trafic d'enfants. Vous me demandez quel est mon intérêt ? Mon intérêt est de dénoncer cette pratique.

— Vous pensez donc qu'une intervention aurait un double avantage : Angela et Dennis Faber seraient réhabilités et vous, vous pourriez révéler ce trafic. C'est votre proposition ?

— Exactement.

— Bien, madame Bernson. L'affaire est claire en ce qui me concerne. Dans un quart d'heure, j'ai une réunion avec la rédaction pour discuter du contenu de l'émission de ce soir. Je mettrai votre suggestion sur la table. Dès que j'en saurai plus, je vous appelle. En fin de matinée. D'accord ? »

Danielle réfléchit rapidement.

« D'autres chaînes ont également montré leur intérêt. Si vous êtes intéressée, je vous conseille de faire vite », renchérit Danielle.

À peine un quart d'heure plus tard, on la rappela.

« Docteur Bernson, ici Cathy Marant. J'aimerais en savoir un peu plus et vous faire une contre-proposition. »

37

Joshua Calvino suivit la Carrera de Farah dans la forêt et s'arrêta derrière elle sur le bas-côté droit, à l'endroit où elle avait garé sa voiture la veille. Il se reprochait de ne pas y être retourné plus tôt. Mais les récents événements, l'arrestation du couple Faber et les remous provoqués, les heures supplémentaires ainsi que le travail administratif pour gérer tous les procès-verbaux avaient retardé cette partie de l'enquête.

Il n'avait pas fermé l'œil de la nuit. Non pas parce qu'il n'y arrivait pas, mais parce qu'il ne le voulait pas. Il désirait profiter de chaque seconde pour contempler Farah. Observer son corps qui changeait sans cesse de position. Écouter sa respiration irrégulière qui, parfois, s'accélérait. Comme si son sommeil était fractionné en plusieurs petits trots, courus à des rythmes différents. Il l'avait sentie se calmer en se rapprochant d'elle et en l'entourant de ses bras. Allongé à ses côtés, il s'était rendu compte qu'il ne devait pas se faire d'illusions : Farah Hafez était de passage.

Elle descendit de voiture et lui aussi. Une lumière matinale glissait entre les arbres. Aucune circulation. Il traversa la route, juste derrière elle. Silencieux, mais l'esprit en ébullition, plein de décisions à prendre rapidement. La plus importante, il la prit par pur instinct de conservation : il ne voulait pas s'aventurer dans une relation dont il sortirait perdant. Il ne se laisserait pas gagner par des sentiments pour cette femme le précédant de quelques pas dans la forêt. Il se protégerait et préserverait son autonomie. Davantage encore que les années précédentes.

Elle se retourna.

« Hier, je t'ai appelé d'ici. Tu te rappelles ? »

Bien sûr qu'il s'en souvenait.

Soudain, il eut l'impression de se diriger vers une issue inéluctable : un point où tout serait effacé de sa mémoire, de leur première rencontre jusqu'à ce moment précis où il retomberait dans ses vieux travers habituels.

Hier soir, la voyant s'approcher de lui sous le chapiteau à miroirs, il s'était étonné de son propre comportement, de sa franchise et de sa légèreté.

C'était un de ces moments mystérieux pour lequel Einstein aurait certainement su établir une théorie. Le temps, la gravitation et l'énergie l'avaient ensorcelé. Toutes les particules positives en lui s'étaient parfaitement emboîtées : il s'était senti des ailes.

Son besoin inné de vouloir tout contrôler laissait peu de marge à ce genre de fantaisie. La plupart du temps, dans sa vie quotidienne, il excluait les surprises : il croyait aux causes et aux suites logiques ne laissant aucune place à un scénario plein d'imprévus. Les fortes émotions déstabilisantes n'étaient pas les bienvenues. Grâce à sa maîtrise, il restait en éveil. C'était la raison pour laquelle il excellait dans son métier : il savait analyser. Tout avait une raison, rien n'était le fruit du hasard. Ce que le commun des mortels tenait pour une coïncidence n'était en somme rien de plus qu'un concours de circonstances exceptionnelles, certes inhabituel, mais pas inexplicable pour autant.

Ainsi, l'accident du garçon la nuit précédente n'avait pas eu lieu à cet endroit par hasard. Il y avait des explications. Des explications logiques et irréfutables. Et il les trouverait, même si, pour l'instant, il ne les avait pas encore découvertes. À peine vingt-quatre heures plus tôt, à cet endroit, un break avait été incendié avec deux cadavres dans le coffre. Puis une femme était apparue : il avait su immédiatement qu'elle mettrait sa vie sens dessus dessous. C'était ce dernier élément qui l'angoissait à présent. Il ne trouvait aucune logique à ce qui s'était passé entre eux depuis leur première rencontre.

Elle s'arrêta.

« C'était ici.

— Tu en es sûre ?

— Absolument sûre. »

Il sortit un mouchoir et le fixa à hauteur des yeux à une branche pour marquer l'endroit où elle avait trouvé la boucle d'oreille.

Il crut apercevoir des traces de branches cassées. Le sang sur la boucle d'oreille laissait penser que quelqu'un avait pu l'arracher de l'oreille du garçon. Ou alors c'était à cause d'une branche. Oui, cela s'était passé ainsi : le garçon avait couru, la boucle s'était accrochée à une branche et avait été arraché du lobe. Ici, les gars de la police scientifique trouveraient certainement des traces de sang.

Soudain, il prit conscience de l'imprudence de leur expédition matinale. En piétinant le sol, Farah et lui étaient non seulement en train de souiller, scientifiquement parlant, l'endroit où le garçon était probablement passé, mais bientôt il serait également obligé d'expliquer de quelle manière il était entré en possession de la boucle d'oreille. En trouvant ce bijou, Farah était devenue un témoin officiel dans cette affaire et, de plus, elle était journaliste. Il voulait éviter à tout prix qu'elle soit impliquée dans cette histoire, mais pour l'instant il ne savait pas encore comment procéder.

« D'ici on peut voir la villa. »

Elle lui montra la direction. Entre les feuilles, il aperçut les contours d'une vieille bâtisse aux volets clos.

« Tu te rappelles le chemin que tu as pris pour y aller ? »

Elle acquiesça. En haut de la colline, à une cinquantaine de mètres de la villa, elle s'arrêta à nouveau. Elle frissonna.

« Qu'est-ce qui se passe ?

— Tu ne le sens pas ? »

Il la regarda d'un air étonné.

« Vas-y, dit-elle, moi, j'y suis déjà allée. Je préfère ne pas y retourner. »

Il continua seul, scrutant prudemment les alentours. Sur ses gardes. À l'avant de la villa se trouvait un patio avec des carreaux jaunes et noirs. Voyait-il juste ? Il s'agenouilla. Des traînées de sang séché. Il recula avec précaution pour ne pas marquer le patio de ses pas. Les traces se prolongeaient sur la partie gravillonnée où elles en rejoignaient une autre venant du côté latéral de la maison. À l'endroit où les deux trainées se mélangeaient, le gravier avait été remué. Joshua comprit que c'était là qu'une voiture s'était garée et que deux corps avaient été hissés dans le coffre.

Il revit l'image du break en feu en quadrichromie, regarda Farah qui l'observait à distance et acquiesça dans sa direction. Elle avait parlé de l'atmosphère glaciale que dégageait la bâtisse. Peut-être disposait-elle d'un sixième sens pour des phénomènes que d'autres ne pouvaient percevoir. Avec un don pareil, conjugué à sa faculté d'analyse, ils feraient l'équipe de recherche parfaite. Il abandonna aussitôt cette idée et rebroussa chemin.

« On a traîné quelqu'un à l'extérieur de la maison, dit-il. Une personne blessée. Il y a eu une deuxième victime non loin de là. Elles ont été chargées dans une voiture.

— Le break ?

— Plusieurs traces de pneus se chevauchent. L'une d'elles peut provenir du break.

— Est-ce qu'il peut y avoir un lien avec le garçon ?

— Ça en a l'air, dit Joshua en balayant les environs du regard. Il faut que je mette les choses en route.

— Quelles choses ?

— La police scientifique doit tout passer au peigne fin. Il faut aussi qu'on arrive à entrer. À mon avis, ça doit grouiller d'indices ici.

— As-tu encore besoin de moi ? »

Oh oui. Et pas seulement maintenant, mais pour toujours, eut-il envie de dire.

Mais il ne réussit qu'à répondre :

« Non, pas pour l'instant.

— Alors je vais partir, dit-elle en lui lançant un regard éteint. J'ai encore pas mal de route à faire. »

Il aurait voulu pouvoir agir, lui dire qu'il n'avait pas du tout envie qu'elle parte. Ou bien qu'il partait avec elle, laissant cette maudite villa en plan. Mais elle le devança :

« Tout ça est beaucoup plus énorme qu'on ne le croit, non ? »

Il ne savait pas si elle parlait de ce qui s'était passé entre eux ou de l'affaire.

« Tu pourrais bien avoir raison. En tout cas, dans mon procès-verbal, je serai obligé de mentionner que c'est toi qui as trouvé la boucle d'oreille.

— Bien sûr, répondit-elle d'un ton détaché, en lui faisant comprendre qu'elle n'en avait jamais douté.

— Ça veut dire aussi que la police va t'interroger officiellement. Sur le pourquoi de ta présence ici et sur ce que tu y as fait, ajouta-t-il, gêné.

— Putain, Joshua, mais pourquoi ?

— C'est la procédure habituelle, répondit-il, mal à l'aise.

— Donc c'est ça votre manière de dire "merci de votre aide". »

Il sentit tous les muscles de son corps se tendre. Pourquoi n'avait-il rien dit à Tomasoa hier ? Un réflexe. Et une grosse erreur. Il avait passé sous silence qu'une journaliste s'était mêlée à l'affaire et que c'était précisément elle qui avait découvert un indice important. Tomasoa l'engueulerait rétroactivement. Diba avait joué le jeu, mais au moment décisif, il pourrait parler et le coincer.

Joshua se sentit menacé et il en connaissait la raison. D'habitude, il gérait les situations et savait ce qu'il entreprenait. Mais depuis qu'il avait tendu la main, au sens propre comme au figuré, à une journaliste trempée en pleine nuit, il n'était plus le même. Pas plus tard qu'hier, lors du rendez-vous avec le chef de Farah, il avait joué au flic glacial avec ses lunettes Gucci. Une forme de comédie outrancière à laquelle il se livrait adolescent, mais qui n'était certainement pas digne d'un inspecteur adulte ! Cette nuit, sous couvert d'empathie, il avait mis Farah sous la douche. Mais en fin de compte, ses états d'âme ne l'intéressaient pas le moins du monde. Il ne désirait qu'une chose : elle, et rien qu'elle.

38

La Carrera était lancée à cent trente kilomètres-heure sur l'A4, direction La Haye. Farah avait mis le pilote automatique. Elle pensait à Joshua Calvino et se demandait s'il avait une petite amie. Elle ne lui avait pas posé la question. En définitive, elle ne savait pas grand-chose de lui ni de ses sentiments pour elle. C'était peut-être un mélange de pitié et de lubricité, pourtant elle n'avait pas décelé de pitié, mais plutôt une compassion respectueuse. Et en ce qui concernait le sexe, elle-même en avait pris l'initiative. Ce qu'elle pouvait lui reprocher tout au plus, c'était sa façon particulièrement pertinente d'y avoir répondu.

Elle était troublée de constater que le propriétaire d'une péniche magnifiquement transformée en habitation était non seulement un amant talentueux, mais aussi un homme capable de l'écouter comme s'il était son âme sœur. Cela ne lui était encore jamais arrivé et renforçait les souvenirs de sa première rencontre avec Paul, trente ans auparavant : elle n'était encore qu'une enfant, mais elle se rappelait avec précision l'intensité de son émoi.

Paul avait été le premier garçon à lui inspirer des fantasmes érotiques. Après leur rencontre à Kaboul, ses pensées et ses émotions avaient fusionné dans une immense décharge électrique. Son corps de jeune fille s'était enflammé et chaque mouvement l'avait fait souffrir. Trois jours et trois nuits, la fièvre l'avait obligée à garder le lit. Le médecin avait pensé qu'il s'agissait d'un virus. Sa mère, assise près d'elle, lui avait tamponné le front et les poignets avec des linges humides. Farah se rappelait son regard désespéré et les mots qu'elle avait chuchotés : *To kho ne bachem, ami tu kho ne.* Pas toi aussi, ma chérie, pas toi aussi. Sans savoir ce que ces mots voulaient dire, Farah y avait décelé une immense tristesse. Il lui avait fallu une semaine complète pour se rétablir et pouvoir retrouver son père sous le pommier au petit matin. Elle avait décidé de ne pas révéler la vraie raison de sa « maladie » à ses parents, mais d'une manière ou d'une autre, il lui avait semblé que sa mère l'avait devinée. C'était dans son regard : un regard de compréhension.

La sonnerie de son portable la fit sursauter : David. Prise d'une envie de confesser les événements de la nuit précédente, elle décrocha aussitôt.

« Où étais-tu, hier soir ? »

Sa voix était rauque.

« Je suis désolée. Vraiment, dit-elle, penaude.

— Tu as raté quelque chose, ma chérie ! L'affaire est pliée. On a le feu vert pour le projet Verne ! »

Dieu soit loué, pensa-t-elle. Pas de questions embarrassantes, pas de reproches ni de discours d'apitoiement.

« Super, mon chéri ! » réagit-elle, un peu forcée.

Elle essaya de paraître plus enthousiaste :

« Félicitations !

— Que se passe-t-il ?

— Qu'est-ce que tu veux dire ?

— Tu n'es pas comme d'habitude. »

Il l'avait percée à jour. David avait mis la balle au centre, elle n'avait plus qu'à marquer le but. Dis-le-lui. Dis-le !

« J'ai peu dormi. »

Ce qui n'était pas un mensonge.

« Pourquoi ? Tu as mauvaise conscience ? »

Sa voix était toujours enjouée.

« J'ai passé presque la moitié de la nuit à l'hôpital. Le garçon souffre d'un dysfonctionnement de la rate.

— Du lourd, alors. Et maintenant ? Tu es sur la route ?

— Oui, je vais à La Haye. Pour l'histoire de l'amnistie générale.

— Sois prudente en voiture. Ce soir, je veux t'avoir près de moi, saine et sauve, pour fêter ça. Je veux partir dans trois mois. Il faudra trancher, prendre des décisions. Maintenant, tu peux donner ton préavis pour ton appartement l'esprit tranquille. On part ! »

Elle ne l'avait encore jamais entendu aussi joyeux. Mon amour, pensa-t-elle, il faut que je t'annonce quelque chose : cette nuit, j'ai baisé avec un autre homme et c'était fabuleux.

« Ed m'a demandé d'assister à une conférence de presse. Je ne sais pas combien de temps ça va durer.

— Aucun souci, ma chérie, dit-il, toujours aussi content. On est béni des dieux. La seule chose qui compte, désormais, c'est de prendre les bonnes décisions, toi et moi. Tiens-moi au courant de l'endroit où tu es. Et, Farah…

— Oui ?

— Tu m'as tellement manqué. Je suis un vrai Farah-addict. Et je veux l'être pour le restant de ma vie. »

Il rit aux éclats.

« Moi aussi, je t'aime », dit-elle machinalement.

Elle raccrocha. Soudain, elle eut envie d'accélérer à fond, de dépasser tout et tout le monde à toute vitesse, plus vite que le son, plus vite que la lumière, pour arriver quelque part où il n'y aurait pas de souvenirs, pas de tentations divines et surtout pas de trahisons.

DEUXIÈME PARTIE

Fantôme

Tout semblait tourner autour de lui, alors que lui ne bougeait pas. Mais ce n'était peut-être qu'une impression.

Un long moment, il avait fait nuit noire dans un silence absolu. Il avait eu la sensation de reposer dans la paume d'une main géante qui le berçait doucement, dans un endroit où personne ne pouvait l'atteindre. Quelque part entre ciel et terre. Mais il n'était pas encore mort.

Dans ces ténèbres, des bruits lui parvenaient par bribes à travers une fissure invisible. D'abord lointains et déformés comme une station radio à peine audible : le brouhaha d'un marché, des cris, le claquement d'habits lavés dans une rivière, le moteur d'un vieux camion diesel embourbé. Mais les sons s'amplifièrent progressivement. Il entendit des gens parler une langue étrangère : des voix d'hommes donnant des ordres bourrus alternés de voix de femmes qui parlaient d'un ton décidé ou interrogateur.

Puis il découvrit des visages, comme si ses yeux s'habituaient petit à petit à l'obscurité. Au début, les têtes n'étaient que de vagues taches avec des yeux éteints. Un instant, il crut se voir lui-même : il regardait ses propres yeux. Mais ils appartenaient au visage d'une femme nue fixant ses nombreuses petites cicatrices dans un miroir.

Si je reconnais mes yeux dans un visage, cela veut dire que je peux encore voir, se dit-il. Si je pense, c'est que j'ai encore la faculté de réfléchir.

Puis des étoiles dissimulées derrière les nuages firent leur apparition. Il les apercevait à travers la fenêtre de la voiture qui roulait sous la pluie. Il vit son image reflétée sur la vitre embuée. Cette fois, ses yeux se trouvaient dans le visage d'une fille qui lui ressemblait comme deux gouttes d'eau. D'épais traits de khôl noir entouraient ses yeux et un rouge à lèvres gras dessinait sa bouche. Il toucha sa bouche et la fillette l'imita. Elle tira sur sa boucle d'oreille en demi-lune et il sentit une douleur.

Des babouches pailletées lui enserraient les orteils. À chacun de ses pas hésitants dans la maison inconnue, une main étreignait son bras et l'obligeait à longer le couloir, passer des portes et traverser des pièces où, hormis le bruit de leurs pas, un silence absolu régnait.

L'homme qui sortit de l'ombre avait les yeux de son père. Son pistolet brillait, tout comme son costume noir. Il entendit des bruits sourds et son accompagnateur tomba comme une masse à côté de lui. Les bruits sourds étaient ceux de son propre cœur. L'homme en noir l'empoigna et l'emmena en courant hors de la maison. Ses battements de cœur et sa respiration haletante alternaient avec les détonations, les bris de verre, les cris, lorsque, enfin, avec un bruit métallique étouffé, une lumière blanche le heurta.

Il flottait dans la lumière. Il avait des sensations bizarres dans son corps et ne pouvait pas bouger. Une femme blonde se pencha sur lui. Il avait froid. La douleur le fatiguait. Ses yeux se fermaient. La femme nue, qu'il avait vue devant le miroir, sortit de l'ombre. Elle avait les yeux bleus. Elle ne parlait pas une autre langue comme tous les autres, mais elle parlait la même langue que lui. Elle disait que son père viendrait le chercher et qu'il devait attendre un peu. « Aram bash bachem. U alan miyaya. » *Ne t'inquiète pas, mon petit. Il va venir bientôt.*

Elle voulait savoir son nom, mais il était trop épuisé pour trouver des mots. Les paroles qu'elle prononça atténuèrent sa douleur.

Peut-être était-il mort quand même. Et elle était son ange, son bel ange de la mort.

« Ma peshet mebasham », *dit-elle. Je reste près de toi.*

1

Le centre de Johannesburg regorgeait de minibus klaxonnant à tout-va. De petits groupes d'enfants en uniforme d'écolier couraient sur les trottoirs bordant les hautes tours où habitaient les immigrants venus de toute l'Afrique et qui affluaient vers Egoli, le lieu de l'or, le nom zoulou de Johannesburg.

Malgré cette animation, les surveillants de rues et les travaux qui devaient rendre cette partie de la ville accueillante, on y voyait principalement des visages noirs. Pour un Blanc, c'était toujours risqué de se promener ici, dans le Mugger's Paradise, le paradis de la pègre. Paul Chapelle le savait, mais pendant les trois années où il avait travaillé à Johannesburg en tant que journaliste free-lance, il ne s'en était jamais soucié.

La plupart de ses articles paraissaient dans *The Citizen*, l'un des rares journaux sud-africains qui ne succombaient pas à la tentation de balancer en première page des crimes sordides, à grand renfort d'hémoglobinc. Pour Paul, ces violences sans fin et hors contexte n'avaient aucun sens. Il voulait écrire sur la criminalité en donnant un éclairage sur ses causes. Et le *Citizen* lui offrait cette possibilité.

Il s'était établi dans le township d'Alexandra, parmi un demi-million d'habitants noirs, pour relater leur misère quotidienne, qui contrastait fortement avec la vie dans le quartier voisin de Sandton, le riche centre d'affaires à majorité blanche de Johannesburg. Mandela avait déclaré un jour que l'Afrique du Sud était une nation arc-en-ciel, mais Paul remarquait surtout le contraste noir et blanc entre les bidonvilles et les grands immeubles de verre et de métal. L'ANC, le Congrès national africain, avait certes amélioré les conditions de vie de beaucoup de Noirs pauvres, mais les Sud-Africains issus des classes moyennes avaient également vu les leurs progresser. En fin de compte, au pays arc-en-ciel de Mandela, le gouffre entre les riches et les pauvres était resté sensiblement le même. À Sandton, on voyait bon nombre de Noirs aisés parmi les Blancs fortunés, mais parvenir à cette mixité et trouver des lieux où elle serait possible restait pour la majorité des Noirs pauvres un rêve irréalisable, une planète inaccessible.

C'était justement cela qui engendrait une frustration contenue et une haine grandissante, non seulement envers les Blancs prospères, mais aussi contre les ténors de l'ANC, que l'on soupçonnait d'enrichissement personnel. Il ne restait plus qu'à attendre l'arrivée d'un leader populiste démagogue, capable de mobiliser cette armée de Noirs frustrés, pour pousser la démocratie sud-africaine vacillante dans le précipice.

La menace était permanente, mais malgré tous les problèmes et toutes les contradictions, Paul aimait Johannesburg avec son cœur battant d'embouteillages, de klaxons incessants, de cris et d'activité fiévreuse. La ville était comme un bol mixeur où espoir et haine, rêves d'avenir et dure réalité, mensonges et vérités se mélangeaient chaque jour avec de plus en plus d'impudence.

Au loin, le propriétaire du kiosque à journaux brandissait l'édition internationale du *Algemeen Nederlands Dagblad*, qui paraissait chaque vendredi.

« *Same as usual, mister Chapelle?*

— *Same shit as usual*[1] » répondit-il en souriant.

Peu après, l'*AND*, le *Guardian* et le *New Yorker* coincés sous le bras, il entra dans le Stella's Coffeebar, où il versa son double expresso dans son macchiato avant de feuilleter l'*AND*. Il suivait fidèlement la voie tracée par son oncle Edward Vallent pour l'*AND* et il devait reconnaître que tout se passait bien. Edward avait réussi à réunir plusieurs chiots énergiques et dynamiques dans son chenil journalistique.

Mais aujourd'hui, il n'arrivait pas à se concentrer. Son regard parcourait les gros titres ainsi que les photos en noir et blanc à la une, mais son cerveau n'enregistrait pas leur contenu. Ses pensées s'envolaient sans cesse vers l'espace vide qui s'était créé depuis quelques mois dans sa vie. Il ne parvenait ni à le combler ni à arrêter ses ruminations, à l'image d'une langue qui passe et repasse sur une dent creuse.

Six mois auparavant, Paul vivait à Johannesburg exactement comme il avait vécu à Istanbul, Athènes, Paris et Amsterdam : l'observation des lieux lui procurait partout matière à écrire.

Ayant hérité des gènes de son père, Paul éprouvait une méfiance farouche envers les autorités, les

---

1. « Comme d'habitude, monsieur Chapelle? — La même merde que d'habitude. »

appareils d'État et les multinationales. Dès qu'une occasion se présentait pour en faire un article, il y plantait aussitôt ses dents avec la force d'un requin blanc.

Il était aussi tenace dans ses recherches que volage en amour. Il y avait toujours des femmes dans sa vie, mais jamais très longtemps. En général, Paul était déjà parti avant qu'elles ne percent à jour son manque de besoin d'intimité. Ou avant qu'il ne s'attache trop et qu'elles le fassent souffrir en le quittant.

Ce mode de vie lui convenait parfaitement jusqu'à ce soir de mai, d'une sécheresse extrême, où il était tombé sur Suzanne. Littéralement. Paul avait pris l'habitude de courir une dizaine de kilomètres trois fois par semaine. À ces occasions, il passait régulièrement par Alexandra, suivi, le plus souvent, par une horde d'enfants chahutant joyeusement. Ce soir-là, égaré dans un quartier inconnu, il s'était arrêté à un carrefour. Il l'aperçut alors à travers un nuage de poussière provoqué par sa propre meute de poursuivants. La situation était hilarante. Il lui sourit. Contrariée, elle continua son chemin. Paul accéléra et arriva à sa hauteur. Il devait parler fort pour couvrir les cris des enfants.

« *Where you're from?*

— *None of your business*[1].

— Ça se trouve où ?

— Où se trouve quoi ?

— L'endroit qui s'appelle : ça ne vous regarde pas. »

Elle s'arrêta brusquement.

1. « D'où êtes-vous ? — Ça ne vous regarde pas. »

« Vous vous moquez de moi ?

— Non, ça m'intéresse, c'est tout. Et je me suis perdu », répondit-il en afrikaans.

Elle le regarda, interloquée.

« Et pour être honnête, ce n'est pas tous les jours que je rencontre une joggeuse sud-africaine dans un township », ajouta-t-il, charmeur.

Elle eut un sourire narquois.

« Il faudra vous y habituer !

— Puis-je vous accompagner ?

— Si vous arrivez à me suivre ! » dit-elle en repartant en courant.

Plus tard dans la soirée, alors qu'ils savouraient de nombreuses bières fraîches à une terrasse, elle lui parla de son expérience dans l'association Be Aware, à Alexandra. Elle y travaillait depuis six mois. Elle s'occupait d'enfants qui, à cause de mauvaises conditions d'hygiène, présentaient un risque accru de contracter la tuberculose. Suzanne devint sa partenaire de course, sa confidente, sa camarade de beuverie et, peu après – merci au bon Dieu d'avoir créé les joggeuses –, également son ardente maîtresse.

Durant cette même période, Paul enquêtait sur le ministre de la Défense sud-africain, Jacob Nkoane, qui, semblait-il, avait acheté des armes pour plusieurs milliards de dollars. Les livraisons, venant d'Ukraine, transitaient par l'Égypte avant d'arriver à Johannesburg. Au moins deux avions immatriculés en Ukraine avaient livré chacun trente tonnes d'armes en empruntant cette voie. Puis il y avait eu toutes sortes d'autres transactions pas très nettes. Une partie de l'argent provenant du ministère de Nkoane avait probablement disparu dans ses propres poches. On avait retrouvé les traces de mouvements de fonds lucratifs de son compte en banque vers des comptes étrangers.

Les sources dont disposait Paul étaient tellement fiables que le *Citizen* osa publier un premier article à la une du journal. Un porte-parole du gouvernement parla alors de diffamation, mais aucune plainte ne fut déposée. En réaction à l'article, Nkoane expliqua dans une interview télévisée que, si problèmes il y avait, ceux-ci seraient sud-africains et résolus par des Sud-Africains et non par des étrangers.

Encouragé par les réactions et démentis virulents, Paul se sentit grandir dans le rôle du petit David – le journaliste intrépide – affrontant le géant Goliath – le système politique apparemment inviolable de l'ANC.

Les investigations sur ces escroqueries l'accaparaient entièrement. Enfin, il entrerait dans l'Histoire en marchant sur les traces de son père Raylan. Il menait une vie de célibataire, courait d'un rendez-vous secret à l'autre tandis que Suzanne, après sa journée de travail dans les bidonvilles, aspirait à être en sa compagnie, mais ne le trouvait que rarement à la maison. Peu après, Suzanne apprit que son poste au sein de l'association Be Aware était supprimé avec effet immédiat : l'ANC ne subventionnait pas une organisation qui acceptait que leur médecin côtoie un journaliste s'en prenant à l'État. C'était à prendre ou à laisser.

Paul était furieux. Ce jour-là , il tapa du poing sur la table de réunion du *Citizen* lorsque le rédacteur en chef annonça qu'ils devaient présenter davantage de nouvelles positives en vue des prochaines élections nationales. Des informations qui devaient faire preuve d'une certaine «envie de transformation». En d'autres termes : tout prochain article de Paul concernant des pratiques frauduleuses ne serait pas publié.

«Je ne me laisse museler par personne, tempêta Paul le soir même à Suzanne. Par personne!

— M'as-tu bien entendue, Paul? J'ai dû quitter mon emploi, dit Suzanne.

— Oui, c'est moche pour toi. Mais évidemment, tu n'avais pas d'autre solution.

— Bien sûr qu'il y avait une autre solution! cria-t-elle avec véhémence. Ça t'est complètement égal ce que cela implique pour moi? Je suis obligée de lâcher mes enfants parce que toi, tu tiens absolument à ta croisade!»

Il détestait le chantage et avait horreur de sa variante la plus insidieuse : le chantage émotionnel.

«Excuse-moi, je ne savais pas qu'il s'agissait de toi. Ou de "tes enfants". Bon sang, tu n'es pas Mère Teresa!»

Les yeux de Suzanne crachaient du feu.

«Non, il n'est pas question de moi. Mais de toi! De ta vie avec les fantômes que tu pourchasses. Tu essaies d'en comprendre chaque détail, leur façon de penser, de manger, de dormir, de travailler. Tu te réveilles et tu penses à eux. La nuit, ils remplissent tes rêves. Tu ne peux plus penser à rien d'autre. Jusqu'à ce que tu trouves le moyen de les crucifier. Tout ça pourquoi? Parce que tu veux améliorer le monde? Ou bien parce que tu veux montrer que tu es un aussi bon journaliste que ton père?»

Il l'avait laissée terminer. De l'extérieur, il paraissait calme, mais à l'intérieur il bouillait de colère. Elle ne savait rien, ni de lui ni de ce qui se passait dans le monde.

« Et tu préfères ne pas continuer à vivre avec un fantôme. C'est ça ?

— Et toi, Paul, que veux-tu ? »

Sa réaction en disait long. Elle ne voulait pas prendre la décision elle-même. Il devait décider à sa place.

« J'aimerais que tu comprennes qui je suis, dit-il aussi calmement que possible. C'est très simple. Sans mon travail, je ne suis rien. Une nullité sans but. Et sans but, je ne vis pas.

— Et sans moi ? » demanda-t-elle, les larmes aux yeux.

Les relations sont semblables à l'opium : d'abord la merveilleuse ivresse des sens, puis la gueule de bois et l'inévitable solitude.

« Sans toi, je survivrai. »

Pendant une semaine, elle n'avait pas donné signe de vie. Il l'avait appelée. S'était excusé. Mais le répondeur était resté muet. Une fois, en pleine nuit, ne pouvant pas dormir et sachant qu'elle était chez elle, il s'était posté devant sa porte pour la traiter de tous les noms. Mais le répondeur s'était obstiné à rester muet.

Puis ce fut lui qu'on appela, pour lui annoncer la mort de Suzanne lors du cambriolage avec violences de son appartement. À Hillbrow, le quartier du centre de Johannesburg où elle habitait, les anciens hôtels et immeubles de la classe moyenne étaient occupés par les gens venus de la campagne et des pays limitrophes de l'Afrique du Sud. Il n'y avait pas de surveillants de rue. Elle n'avait ni chien ni pistolet à la maison, et encore moins une chambre blindée. Elle avait été agressée en plein sommeil, violée et frappée à mort. Un des nombreux meurtres non résolus à Johannesburg.

Rongé par un inutile sentiment de culpabilité, Paul fut trop perturbé pour lancer la moindre investigation sur les circonstances de l'agression. La capture des assassins ne résoudrait pas le problème. Son seul recours fut de se jeter corps et âme dans des combats illégaux pour ensuite dépenser son argent dans la boisson. Son enquête sur Nkoane, le ministre corrompu, resta en suspens.

Jusqu'au soir où un inconnu l'appela d'une voix douce et distinguée, trahissant sa probable appartenance à une couche sociale supérieure, pour lui annoncer être en mesure de lui fournir des informations susceptibles de contribuer à une avancée significative. Des renseignements qui relieraient Nkoane à la mafia russe de manière incontestable.

Le Stella's Coffeebar s'était rempli. Le macchiato de Paul avait refroidi et les titres des journaux dansaient toujours devant ses yeux. Depuis le décès de Suzanne, il s'était déjà rendu de nombreuses fois tout seul dans ce lieu, comme il en avait l'habitude avant de la connaître. Mais il ne pouvait s'empêcher de relever la tête dès qu'il entendait la porte s'ouvrir. Il se maudissait, lui et sa foutue imagination lui faisait croire que cela pouvait être elle. Il se lèverait pour enlacer son corps souple et musclé. Ensuite, ils se jetteraient sur son lit, où ils feraient l'amour en hurlant de plaisir, transpirant, se mordillant, s'agrippant sans se lâcher. Puis, dans le noir, les yeux ouverts, ils écouteraient les bruits de la ville.

Il consulta sa montre, s'aperçut qu'il allait arriver en retard à son rendez-vous avec l'informateur inconnu, paya l'addition et sortit en toute hâte pour héler un des minibus qui passait. Il lui faudrait encore beaucoup de temps pour combler cet immense vide. Suzanne était toujours dans sa tête, dans son sang, partout dans son corps, et cela faisait mal.

2

Parée de grosses lunettes de soleil et d'un fichu à fleurs, Angela Faber descendit la première de la voiture qui s'était arrêtée devant l'entrée du personnel du WMC. En la voyant apparaître accoutrée de la sorte, Danielle eut immédiatement de gros doutes sur le plan qu'elle avait mis au point avec Cathy Marant. Mais il était trop tard, elle ne pouvait plus reculer.

Angela Faber était suivie par Dennis Faber, portant lui aussi des lunettes de soleil, et gesticulant telle une marionnette accrochée à un élastique susceptible de le ramener dans la voiture à tout moment. Sans son éternel sourire médiatique, Danielle le reconnut à peine. Il semblait désorienté et s'agrippait à sa femme, qui jetait des regards désemparés par-dessus ses immenses lunettes. Pour le couple Faber, ce n'était pas courant d'être déposé incognito devant l'entrée du personnel d'un hôpital.

La troisième personne, un inconnu, dont la tête virile dépassait du toit ouvrant, était muni d'un appareil photo et d'une valise remplie d'objectifs. Il était le seul de la troupe à comprendre qu'il fallait pénétrer dans le bâtiment.

« Et vous êtes qui ? demanda-t-il avec un cynisme décapant.

— Danielle Bernson. Médecin, répondit-elle sèchement.

— Super. »

Elle ne savait pas s'il parlait d'elle ou si c'était un tic de langage. Il lui tendit la main, qu'elle serra fermement.

« Eric Sanders, photographe.

— Attendez un instant, Eric. »

Danielle se dirigea vers Angela Faber qui tournait en rond, puis se présenta aussi à elle.

« Ah, vous êtes le Dr Bernson. Celle qui lui a sauvé la vie ! »

On aurait dit qu'elle complimentait Danielle sur la marque de son mascara, la couleur de ses cheveux ou le modèle de sa blouse blanche.

« Docteur Bernson ? »

Elle se retourna et vit les yeux gris-vert de Cathy Marant. Maquillage discret, mais parfait. Des bottes ajustées rouges à lacets sous un jean Pepe, une veste gris clair, un sac à main visiblement hors de prix et un regard perçant indiquant : ici, c'est moi qui dirige.

« Vous pouvez m'appeler Danielle. »

C'était une tentative de briser la glace tout de suite. Des femmes comme Marant agissaient vite, mais maintenaient une certaine distance. Pour le moment, Danielle devait la garder de son côté.

« Eh bien, Danielle, je suis contente que vous nous donniez l'occasion de rendre publique cette fabuleuse histoire et de rectifier certains malentendus. »

Sa poignée de main vint sceller l'alliance qu'elles avaient conclue au téléphone.

Dans la matinée, elle avait compris très vite que le plan proposé par Marant était beaucoup plus pragmatique que le sien. Danielle aurait voulu un reportage où Angela et Dennis Faber auraient été des figurants : elle-même aurait joué le rôle principal en parlant des abus d'enfants. Mais Cathy, en vieux routier, avait immédiatement émis des réserves. Elle ne voulait pas d'une équipe de tournage dans un service de soins intensifs : trop réaliste, trop exigu, trop de remue-ménage. Elle proposa aussitôt une variante grandiloquente : un mélange de nouvelles journalistiques et de scoop télévisé. En effet, elle ne présentait pas seulement le *Headlines Show*, mais tenait aussi sa propre chronique, très populaire, intitulée *Headlines*, dans le quotidien *De Nederlander*.

Marant lui expliqua succinctement son plan en deux phases. La phase numéro un consistait à réhabiliter les Faber dans le journal. Sous un titre du genre « Une ex-star de feuilleton sauve la vie d'un enfant perdu », elle pouvait offrir à son public un récit à fendre le cœur, assorti de photos d'Angela et Dennis Faber au chevet du garçon. La chronique relaterait la façon dont Angela l'avait découvert, étendu sur la route en pleine nuit, et avait eu la présence d'esprit de l'éviter avant d'alerter sur-le-champ, en appelant la centrale des urgences, le médecin qui avait opéré le gamin avec succès. Ensuite viendrait l'épisode avec l'inspecteur complètement maboul qui les avait traînés, Angela et ce pauvre Dennis, au commissariat pour les interroger, car ils étaient suspectés d'avoir renversé le garçonnet. Un article tragique et bouleversant avec une fin heureuse : un gamin sauvé et le récit exclusif des Faber constituant la preuve de l'incompétence de la police. Le tout dans la prochaine édition du *Nederlander*.

Puis la phase numéro deux : l'histoire de la victime grièvement blessée, trouvée sur un chemin forestier au milieu de la nuit, racontée par le médecin lui ayant sauvé la vie, car le garçon, toujours en soins intensifs, n'était pas en état de parler. C'était aussi l'histoire d'un réseau de trafic d'enfants, de jeunes danseurs afghans abusés, et le mystère de ses origines. Qui était-il ? L'événement serait présenté en exclusivité dans le *Headlines Show*. Danielle devait signer un contrat dans lequel elle garantissait cette exclusivité en gardant le secret vis-à-vis de tous les autres médias.

Danielle avait immédiatement donné son accord. Par manque d'expérience, elle avait d'abord misé sur Farah Hafez. Mais celle-ci, pour d'obscures raisons connues d'elle seule, avait décliné l'offre.

Fort heureusement, Cathy Marant partageait le même avis : il s'agissait d'un événement tragique intéressant un large public. Tout compte fait, le refus de Farah avait été un cadeau du ciel.

Danielle se tenait donc près de l'entrée du personnel du WMC, mais elle ne se sentait pas très à l'aise. Elle attribua son embarras à sa propre nervosité et à son manque d'expérience pour ce genre d'actions médiatiques. Elle n'avait prévenu personne de sa hiérarchie de ses intentions. Aucun des dirigeants n'avait été mis au courant. Elle savait très bien qu'elle n'aurait jamais eu d'autorisation préalable. Alors elle espérait l'obtenir, avec quelques grincements de dents, après l'immense publicité positive qu'engendrerait cette opération pour le WMC.

« On peut agir vite et efficacement ? demanda Cathy en jetant un œil à l'écran de son téléphone. J'ai un autre rendez-vous. Tout a été mis au point, chacun sait ce qu'il doit faire. »

Pas moi, pensa Danielle, et elle dit :

« Suivez-moi. »

Elle dirigea les quatre personnes à travers le couloir vers l'ascenseur de service. D'un geste théâtral, Angela Faber appuya un mouchoir sur sa bouche et son nez :

« Ah, cette odeur ! Ça sent tellement la maladie ! »

La réaction de son mari fut infaillible :

« Que veux-tu, ma chérie, on est dans un hôpital !

— Oui, d'accord, pleurnicha-t-elle, mais pourquoi faut-il qu'il y ait une telle odeur ? »

Ils étaient entassés dans l'ascenseur de service. Angela Faber sentait le parfum Joy et Dennis Faber l'alcool.

Tandis que les portes de l'ascenseur s'ouvraient, Danielle prétendit que la direction l'avait autorisée à arrêter l'opération si jamais il y avait le moindre dérapage.

Cathy Marant ne sembla pas impressionnée.

« On sera partis dans un quart d'heure, Danielle. »

En entrant dans la chambre et en voyant l'enfant sur le lit, Angela Faber se jeta sur lui comme dans un opéra et se mit à geindre et à gémir. Pendant ce temps, Eric commença à mitrailler. Il intima à Dennis Faber de se poster de l'autre côté du lit et de saisir la main de sa femme en se penchant au-dessus du garçon. C'était le mélodrame le plus obscène que Danielle ait vu dans sa vie. Savoir qu'elle en était l'instigatrice l'emplit de dégoût.

3

Elle n'avait pas tenu compte des travaux entre Amsterdam et La Haye, qui provoquaient des embouteillages sur l'A4. Malgré son envie d'enfoncer l'accélérateur, elle ne pouvait guère dépasser les cinquante kilomètres-heure. Elle arriverait donc en retard chez l'homme qu'elle connaissait depuis son enfance à Kaboul. Ils n'avaient pas de liens de parenté. Pourtant, elle l'appelait *kaka*, oncle, et souvent elle y ajoutait *jan*, ce qui voulait dire « cher », mais aussi « âme ».

Kaka jan, de son vrai nom Parwaiz Ahmad, habitait aux Pays-Bas depuis plus de dix ans. Aujourd'hui, la Chambre des représentants déciderait si les réfugiés et demandeurs d'asile, empêtrés depuis des années dans diverses procédures aux Pays-Bas, obtiendraient un permis de séjour permanent. Si c'était le cas, Parwaiz aurait enfin le statut de nouveau Néerlandais. Récemment, elle avait écrit sur lui un grand article qui connaîtrait peut-être bientôt une suite heureuse.

Dans les années 1970, Parwaiz avait été directeur du Musée national de Kaboul. Petite fille, Farah y avait passé des heures au milieu des trésors artistiques, en compagnie de sa mère, passionnée d'art. Dès qu'il en avait l'occasion, Parwaiz, toujours distingué et galant, les honorait de sa présence. Elle se souvenait qu'il avait toujours une anecdote à raconter au sujet d'une statuette en ivoire, d'un vieux tableau ou d'un vase antique.

Lorsque les Russes envahirent l'Afghanistan pendant l'hiver 1979, Parwaiz, une personnalité à l'époque, fut l'instigateur d'une marche de protestation en direction du palais présidentiel. En tête du cortège, on déplia une banderole de sept mètres de long à l'effigie de Malalai, l'héroïne mythique de la résistance afghane. D'après la légende, Malalai était une porteuse d'eau pour les soldats de l'Armée de libération afghane, qui partit en guerre contre les troupes coloniales britanniques le 27 juillet 1880. Avec leur artillerie lourde, les Britanniques semblaient sur le point de pulvériser la totalité des troupes afghanes. En voyant tomber le porte-drapeau, Malalai prit la bannière, l'agita en criant du haut d'une colline et conduisit ainsi les soldats afghans désemparés vers une victoire inespérée.

Afficher l'effigie de Malalai lors de la marche de protestation : le message était clair. Pour le souligner, Parwaiz s'adressa aux manifestants en ces termes : « L'Afghanistan souverain est et restera pour toujours aux mains des Afghans. » Parwaiz fut arrêté par le Khad, les services secrets afghans, et jeté en prison, où il fut longuement interrogé. Tout le monde savait que le mot interrogatoire était un doux euphémisme signifiant tortures.

Parwaiz resta emprisonné pendant plusieurs jours, mais n'en parla jamais. De sources sûres, Farah apprit qu'un archéologue russe s'était personnellement occupé de le faire libérer. Grâce à cette intervention, Parwaiz réussit non seulement à garder son poste de directeur, mais on lui proposa également de former une équipe russo-afghane chargée d'analyser les innombrables bijoux et autres objets d'art provenant des tombes de Tillia Tepe au Musée national de Kaboul.

Durant dix années, Parwaiz géra les trésors culturels d'Afghanistan détenus par le musée, en véhiculant implicitement le message que les Afghans devaient être fiers de leur patrimoine national historique et culturel. Mais cette mission n'était pas du goût de tout le monde. Ceux qui continuaient à s'opposer à la domination russe voyaient en lui un traître de premier ordre. À leurs yeux, Parwaiz était une autruche naïve cachant sa tête dans de l'art poussiéreux pour ne pas voir comment les Russes, pendant dix ans d'oppression, avaient fait deux millions de victimes afghanes, détruit en grande partie l'économie du pays et pillé les musées d'autres villes, comme Hadda et Jalalabad.

Tout devait changer après le départ des Russes en 1989. Triomphants, les combattants moudjahidines entrèrent dans Kaboul, mais au lieu de former un nouveau gouvernement dans la fraternité, car ils avaient chassé les Russes, ces maîtres de guerre, assoiffés de pouvoir, se battirent entre eux.

Cette guerre fratricide fut livrée avec des grenades, des mortiers et des blindés, avec Kaboul comme arène centrale des combats. En l'espace de quelques mois, la ville historique fut détruite. En secret, Parwaiz fit transférer un grand nombre d'objets d'art du musée dans un coffre au palais présidentiel. Le musée fut touché par un missile et prit feu. Le toit s'effondra, détruisant une salle remplie de fresques. Le musée fut pillé et Parwaiz accusé officiellement par les moudjahidines d'intelligence avec l'ex-ennemi russe. Dans le chaos d'une anarchie galopante, il parvint à s'échapper. Il fuit le pays avec sa femme et arriva finalement aux Pays-Bas.

Cependant, les autorités néerlandaises considéraient que chaque réfugié ayant travaillé pour le gouvernement afghan sous l'occupation russe était un criminel de guerre potentiel. Comme Parwaiz, en tant que directeur du musée, avait figuré sur la liste des employés du gouvernement afghan durant ces années-là, les Pays-Bas lui refusèrent un permis de séjour permanent.

Oncle Parwaiz un criminel de guerre? C'était comme dire que Gandhi faisait de la propagande pour la bombe atomique.

Le paisible Parwaiz décida de défier le sort et de rester aux Pays-Bas, espérant obtenir justice. Il avait enterré ses deux fils dans son pays natal. L'un avait été tué par une mitraillette russe et l'autre par un bazooka de fabrication américaine. Sa femme mourut aux Pays-Bas d'un arrêt cardiaque. En deuil, Parwaiz assista, par images télévisées interposées, à la destruction massive par les talibans des statues des bouddhas de Bamiyan, hautes de plusieurs dizaines de mètres.

Malgré tout, il gardait l'espoir d'un avenir meilleur, aussi bien pour lui aux Pays-Bas que pour les habitants de son pays natal. Il était actif à l'intérieur de la communauté afghane, donnait régulièrement des conférences dans les écoles sur l'histoire culturelle de l'Afghanistan et participait même à l'élaboration d'une grande exposition sur l'art afghan, ancien et moderne.

C'est lors de l'ouverture de cette exposition que Farah le croisa. Parwaiz fut tout aussi surpris qu'elle. Les larmes aux yeux, il avait embrassé Farah et l'avait appelée *dokhtar jan*, ma chère fille. Farah était aux anges.

Kaka Parwaiz était le seul à savoir qui elle était réellement. Mais avec lui, son secret était bien gardé. Il était aussi le seul à savoir que Farah avait dû lâcher la main de sa mère sur un col enneigé à la frontière turco-irakienne. Parwaiz était l'unique maillon vivant entre son passé et elle.

Elle gara sa Carrera devant la porte. En levant la tête, elle aperçut sa fine silhouette sur le balcon. Un instant, elle eut l'impression que Parwaiz, les bras grands ouverts, allait plonger sur elle.

4

Revenant de Schiphol, Marouan prit la sortie vers le bureau, où l'attendrait certainement une nouvelle série d'humiliations, à la suite de son intervention de la veille au studio de télévision. Il les accepterait toutes.

La chaleur matinale envahit la voiture. Marouan mit la ventilation à fond et se remémora la toute première fois qu'il était entré dans un bureau de police néerlandais : un jeune passionné de dix-huit ans. Jouant les Belmondo, mais les genoux flageolants, il avait affronté le regard méfiant du policier à l'accueil.

« Que viens-tu faire, mon gars ? Te dénoncer ?

— Je suis marocain. Et vous cherchez des Marocains. Regardez. »

Il avait sorti une annonce découpée dans un journal et l'avait posée sur le comptoir. L'officier de garde avait chaussé ses lunettes et s'était penché sur l'avis de recrutement. Cinq minutes plus tard, Marouan s'était retrouvé sur le trottoir avec une pile de formulaires à remplir à la main et les paroles du policier gravées dans sa mémoire : « En attendant que vous retourniez tous dans votre pays d'origine, il nous en faut quelques-uns qui parlent et comprennent votre charabia. Donc, si tu te sens capable de mettre un costume, de porter une casquette sur ta tête ridicule et de travailler d'arrache-pied, alors oui, tu pourras prétendre à un emploi de gardien de la paix. Hélas. »

Plus l'entourage de Marouan avait essayé de le convaincre qu'il faisait fausse route, plus il était persuadé d'avoir choisi la bonne voie. Pendant ses années à l'école de police, il avait souvent travaillé tard la nuit, dans sa petite chambre. En espérant qu'un jour son père serait ouvertement fier de lui. Son uniforme lui allait bien. Il était un jeune agent ambitieux et soigné qui patrouillait dans des quartiers où ses compatriotes marocains le regardaient avec beaucoup de méfiance. Hélas !

Ses collègues autochtones aussi l'avaient à l'œil.

Comme toujours, Marouan refréna l'envie de traverser avec sa voiture le mur du parking souterrain pour arriver directement dans l'ascenseur de service. Un jour, il le ferait : un ultime éloge à Belmondo. Il sortirait de l'épave fumante avec un gros cigare, un large sourire, et recevrait les applaudissements de ses collègues. En même temps, il remettrait sa démission. Ce grand jour lui tardait !

Près de la machine à café, dans le hall, il y avait plus de monde que sur le périphérique d'Amsterdam. Plus de quatre-vingt-dix pour cent des hommes en bleu étaient accros au café. Quand Marouan commença à faire la queue, son mug à la main, le premier plaisantin se présenta. Il lui mit sous le nez une photo de Dennis Faber devant le décor de *The Game of Love*, sur laquelle, à l'aide de Photoshop, son visage avait été remplacé par celui de Marouan.

« Les médias vont t'embaucher, Diba, ricana le plaisantin. Un contrat de plusieurs millions se profile à l'horizon, mon gars. Et la célébrité ! Ma belle-mère voudrait un autographe. »

Sourires collectifs. Un des policiers colla un agrandissement du même montage photo sur le mur, déclenchant une grande hilarité.

Le téléphone de Marouan vibra dans la poche intérieure de sa veste. C'était Calvino. Probablement occupé à se dorer au soleil sur le pont de sa péniche ou à récupérer des algues dans l'étang d'Amstelveen pour composer sa salade.

« Cal. Où es-tu ?

— Dans le bois. La journaliste m'a montré l'endroit où elle a trouvé la boucle d'oreille. Et j'ai découvert plusieurs choses, Diba. »

Pendant ce temps, Marouan se dirigea vers la photo, l'arracha du mur et s'éloigna de la machine à café, à la recherche d'un endroit plus calme. Il était contrarié.

« T'es allé faire un tour dans le bois avec miss Afghanistan ?

— Arrête tes blagues à deux balles, tu veux ?

— Je l'entends à ta voix : elle t'a déjà bien embobiné !

— Ferme-la, Diba. Je fais mon travail, c'est tout.

— Ton travail ? Si tu avais vraiment voulu faire ton boulot correctement, tu m'aurais appelé. Tu m'entends, collègue ? J'aurais dû être là !

— Tu étais occupé à dire au revoir à ta famille.

— T'aurais pu attendre. T'aurais pu venir ici et on y serait allés ensemble ! Qu'est-ce que t'as trouvé ?

— Une vieille villa. Fermée. Mais il y a une longue traînée qui part de l'entrée et une autre devant la maison. Et des traces de sang. J'ai demandé à Tomasoa de prévenir les gars de la police technique et scientifique. Il faudra passer la forêt au peigne fin. »

Marouan commença à transpirer. Pas de colère, mais de peur. Il était coincé entre deux feux qui s'intensifiaient. Les problèmes entourant l'affaire du garçon se révélaient beaucoup plus importants qu'il ne l'avait pensé.

« Merde, Cal, tempêta-t-il. Tu as tout manigancé derrière mon dos. Tu oublies qu'on est partenaires, qu'on fait les choses ensemble !

— Ah oui, et que penses-tu de cette arrestation d'hier ? dit Calvino. Une belle coopération ! Réfléchis un peu, Diba. Tu es à ma place, tu vois ces traces venant de deux directions différentes. Elles s'arrêtent brutalement à l'endroit où il y avait une voiture. Alors, toi aussi, tu vois écrit en gros caractères fluorescents : break. Ou non ? Il ne s'agit plus d'un accident de la route, mais d'une double liquidation, si tu veux mon avis. Et le garçon en a probablement été témoin. »

Marouan se cramponna au chambranle d'une porte. Tomasoa s'avançait vers lui à grands pas.

« Je vais te laisser, Cal. »

Tomasoa fixa Marouan avec son regard à la Yul Brynner.

« Beau travail », dit-il avec gravité.

Pas une once de cynisme, pas de regard ironique. Il avait l'air sincère.

« Calvino m'a mis au courant. Je ferai un court débrief dans la salle de réunion. Et vous, vous aurez les hommes que vous avez demandés. »

Marouan resta bouche bée. S'il avait fait du bon boulot, il voulait bien savoir de quoi il s'agissait !

Quels hommes avait-il réclamés ? Pour quoi faire ? Mais Tomasoa était déjà reparti, apostrophant au passage le chef de la police technique et scientifique, Dick Park. Marouan imagina des théories de complot. Qu'avait tramé Calvino dans son dos ?

Partout où il regardait, il voyait sa propre tête. Chaque fois sur les mêmes photos glamour dans le décor de *The Game of Love*. Le costume de Dennis Faber lui allait bien, c'était indéniable. De plus, il s'était drôlement affiné. Mais sa tête était trop grosse. Un travail d'amateur. Et anonyme, comme d'habitude. La majorité silencieuse y avait adhéré en riant sous cape. L'image était fixée sur le panneau d'affichage dans le couloir, sur les portes des bureaux et même sur l'écran de son PC : démoralisant.

En avalant son café, Marouan lut le Post-it jaune écrit de la main de Cal. Tous les procès-verbaux avaient déjà été enregistrés dans l'ordinateur. Une chose était claire : Calvino se mettait en quatre. En vain, Marouan se torturait l'esprit pour en connaître les raisons.

5

« Ça fait du bien de vous revoir, *kaka jan* », dit Farah doucement en le regardant dans les yeux et en tenant son visage tanné entre les mains.

Il la regarda avec gravité.

« La vie t'a encore joué des tours, *bachem* ? »

Impossible d'y échapper : Parwaiz lisait en elle comme dans un livre ouvert.

« Plus que ça, cher oncle. Tout est parti en fumée.

— Bien, dit-il avec un sourire énigmatique. Alors elle te réserve encore beaucoup de surprises ! »

Il la dirigea à travers son appartement deux-pièces rempli de livres d'art, de gouaches à moitié terminées et de dessins au fusain. L'ameublement du séjour était sommaire : un fauteuil, une table et un immense tapis Boukhara tissé main de laine rouge vif entremêlée de soie, et dont les grands motifs octogonaux étaient censés chasser le mauvais œil. Un ancien établi faisait fonction de table. Il venait d'une usine en ruine de la région des Ardennes belges et Farah l'avait rapporté en camionnette. Avait-il servi à un forgeron ou à un boucher ? Cela n'était pas clair, mais peu importait : sur le plan de travail abîmé, la bataille avait dû faire rage. Il reposait sur de lourds pieds métalliques et comportait deux grands tiroirs dans lesquels Parwaiz rangeait ses croquis et papiers à dessin.

Un pan de mur entier était consacré à ce que Parwaiz appelait « l'œuvre de sa vie en devenir ». Tout ce qu'il trouvait dans les journaux et magazines lui évoquant l'Afghanistan, il le découpait, le collait, le transformait, et l'accrochait, avant de dessiner par-dessus avec impétuosité. Ainsi s'était créé, petit à petit, une fresque historique remontant à l'invasion d'Alexandre le Grand et couvrant plusieurs siècles jusqu'à l'arrivée de la flotte aérienne américaine. Le visiteur était pris d'assaut par des éclats de statues de Bouddha explosées.

Peu importait l'événement survenu dans son pays natal : Parwaiz trouvait toujours une place sur son décor mural panoramique.

Ils buvaient du thé avec les dattes que Farah avait achetées dans un petit magasin turc au coin de la rue. Délicatement, elle sortit le paquet cadeau préparé pour Parwaiz.

« Une journée spéciale exige un cadeau spécial », dit-elle avec un sourire incertain.

Elle vit ses belles mains fines caresser le papier cadeau.

« Faites attention en l'ouvrant, *kaka jan*, c'est fragile », dit-elle en attendant fébrilement.

Il enleva le scotch, ouvrit le paquet et contempla le papillon en papier comme s'il s'agissait du diamant le plus cher au monde.

« Oh, un papillon porte-bonheur. »

Il laissa glisser ses doigts sur les ailes et le corps de l'insecte. Il sourit en découvrant les deux énormes antennes sur la tête.

« Je le mets dans le même tiroir de mon cœur où tu te trouves aussi, *dokhtar jan*. »

Il lui envoya quelques baisers.

« Est-ce que vous êtes stressé pour la journée d'aujourd'hui ? demanda-t-elle pour ne pas se laisser gagner par l'émotion.

— Aujourd'hui est une journée particulière. Les journées particulières sont excellentes pour stimuler les nerfs, dit-il en souriant. Mais je voudrais qu'on parle de toi, *bachem*. Tu as peu dormi et tu as été éprouvée, remarqua-t-il en l'observant. Ta gaieté forcée m'inquiète. »

Elle fixa le sol, son verre de thé immobile dans les mains. Puis elle leva les yeux vers lui.

« *Kaka jan*, que savez-vous de Bacha Bazi ?

— Très peu de chose. »

À supposer qu'il fût étonné par cette question, il n'en laissa rien paraître.

« Ce sont des traditions millénaires, issues des campagnes. Il y était très difficile d'avoir des contacts avec les femmes à cause des mœurs islamiques très strictes. Avant le mariage, hommes et femmes vivaient totalement séparés. Mais les hommes devaient bien trouver une solution pour assouvir leurs besoins sexuels. On rencontre le même phénomène dans les communautés religieuses et dans les prisons : partout où les hommes doivent vivre sans femmes. Dans ces lieux, d'autres hommes prennent la place de la femme, souvent sous la contrainte. Et plus l'homme est jeune et a une allure féminine, plus il devient attirant pour les autres. »

Il prit une gorgée et mâcha une datte.

« Des garçons imberbes, grommela-t-il. Des garçons aux visages de fillettes. J'ai assisté une fois à ce genre de fête, Farah. Je ne le savais pas à l'avance.

On m'avait invité. Puis elle est arrivée. Je dis "elle", car il en avait l'apparence. Un garçon maquillé sans goût et paré de bijoux par d'autres hommes. Je suis parti. C'était écœurant. Puis-je savoir pourquoi tu me demandes ça ?

— Un garçon correspondant à cette description a été trouvé hier, de nuit, dans le Bois d'Amsterdam. »

Cette fois, Parwaiz ne put cacher son étonnement. Il la regarda, incrédule.

« Impossible, chuchota-t-il. Impossible. »

Pour Farah, les paroles qu'il ajouta resteraient pour toujours annonciatrices de tout ce qui l'attendait encore :

« On vit dans un monde où le malheur du passé se répète toujours. »

6

Tomasoa commença son débriefing en brandissant le montage photo de Dennis Faber.

« Bien essayé, les gars, mais on ne va pas céder l'inspecteur Diba au monde de la télévision de sitôt. Ce matin, pendant que vous dormiez encore, son collègue Calvino et lui ont fait un excellent travail de recherche dans l'affaire du garçon accidenté. »

Aussitôt, un brouhaha gagna la pièce. Marouan n'en croyait pas ses oreilles. Ou bien il était l'objet d'une stupide blague collective à laquelle participait même Tomasoa, ou bien les hommes avaient mis une mystérieuse substance dans son café, lui donnant des hallucinations. Ce matin, après une nuit blanche passée à perdre au jeu et à errer dans la ville, il avait déposé sa femme et ses enfants à l'aéroport. Alors de quel excellent travail de recherche parlait-on ?

« Dans cette affaire, il y a de solides indices laissant penser qu'il ne s'agit pas que d'un accident. Dans les environs proches de l'endroit où le garçon a été renversé, on a trouvé des traces rendant crédible le scénario d'un double meurtre. Près d'une vieille villa abandonnée, située à quelques centaines de mètres du lieu de l'accident, des traînées et du sang ont été relevés. Après une concertation approfondie entre le procureur et le juge d'instruction, le feu vert a été donné pour effectuer des recherches minutieuses dans la villa et ses alentours. Le but est de sécuriser les empreintes pour reconstituer le cours des événements et établir si le garçon a assisté à la scène. »

Entre-temps, le brouhaha avait fait place à un silence impressionnant. Tomasoa prit le temps de gratifier ses hommes de l'un de ses habituels regards impénétrables.

« Ce qui rend l'affaire encore plus complexe, c'est que la villa en question semble appartenir au groupe Dorado. Comme vous le savez peut-être, ce conglomérat qui brasse des milliards comporte trois filières : immobilier, chantiers navals et médias. Le pivot de cette entreprise n'est autre qu'Armin Lazonder, également propriétaire du *Nederlander* et d'Iris TV. Il est aussi derrière le projet New Golden Age. »

En prononçant le nom d'Iris TV, Tomasoa eut un regard appuyé en direction de Marouan. Personne ne broncha.

« Le fait qu'une partie de notre enquête se portera sur les biens de Lazonder ne manquera pas de faire grand bruit dans les médias, poursuivit Tomasoa. Je vous demande donc instamment d'éviter tout contact avec la presse. Notre service de presse fournira les renseignements nécessaires et s'occupera de la communication. »

L'homme qui, près de la machine à café, avait présenté la photo truquée à Marouan leva la main.

« Donc pour l'instant plus d'arrestations à la télé, chef ? »

Les policiers ricanèrent. Tomasoa leva la main. Un geste à peine perceptible, mais suffisamment éloquent pour faire cesser les rires.

« Soyons clairs : Dennis Faber a été arrêté parce qu'il était suspecté de complicité de dissimulation de preuves dans une affaire de délit de fuite. L'officier de justice disposait d'arguments suffisants pour autoriser son arrestation. L'intervention des inspecteurs Calvino et Diba était donc entièrement justifiée. »

Tomasoa laissa s'installer un moment de silence tactique pendant lequel la confusion de Marouan ne cessa d'augmenter. Il fixa son chef et fit de gros efforts pour essayer de suivre son discours de façon impassible.

« Hier, j'ai parlé aux deux inspecteurs, continua Tomasoa. Ils ont admis s'être trompés dans leur choix du lieu de l'arrestation. »

Il montra à nouveau la photo de Marouan en présentateur de *The Game of Love*.

« Alors, si quelqu'un a quelque chose à ajouter ou s'il a confectionné un autre petit chef-d'œuvre à sa table de cuisine, qu'il se lève immédiatement et nous en fasse profiter. Sinon, dit-il en balayant l'assistance d'un regard souverain, je considère que l'incident autour de Dennis Faber est clos. »

Moïse avait dû afficher la même expression lorsqu'il avait écarté les eaux de la mer Rouge, pensa Marouan.

« Retour à l'actualité du jour, poursuivit Tomasoa. Comme je vous l'ai dit, il y aura deux sortes d'enquêtes. La police scientifique passera au peigne fin la villa et ses alentours, et un ratissage méthodique doit être effectué jusqu'au lieu de l'accident. Le but est de définir si le garçon sortait vraiment de la maison avant de traverser la route. C'est l'inspecteur Diba qui dirigera l'opération. Il a demandé des volontaires : je vais les désigner maintenant de manière très démocratique. »

Marouan garda le regard braqué au sol. Parmi les noms énumérés, quelques-uns appartenaient à des hommes qui, par le passé, l'avaient contrecarré pour diverses raisons. Hélas !

« Vu la nature de cette opération, je compte sur tout le monde pour donner le maximum aujourd'hui, dit Tomasoa quand il eut terminé. Y a-t-il d'autres questions ? Des remarques ? »

L'un des hommes leva la main.

« Serait-il possible que ce qui s'est passé près de la villa et l'accident avec ce garçon ait un lien avec l'affaire du break incendié sur laquelle travaille l'équipe du TGO en ce moment ?

— Pour l'instant, cette hypothèse est trop prématurée. Nous ne pourrons l'envisager qu'au moment où nous aurons les résultats de nos propres investigations. Mais à ce stade de l'enquête, rien n'est à exclure. »

Les hommes montrèrent une légère agitation. Ils se rendaient compte que quelque chose de plus important et de plus nébuleux se cachait peut-être derrière ce qui ressemblait, a priori, à un banal accident de la circulation. Les personnes désignées pour ratisser la forêt se regroupèrent. Marouan savait que le débriefing de Tomasoa changerait peu leur attitude envers lui, mais ces hommes étaient suffisamment professionnels pour savoir qu'il fallait se mettre au travail en passant outre aux inimitiés.

Tomasoa fit signe à Marouan de s'approcher.

« Maîtrisez-les. S'il y a des problèmes, je veux l'entendre de votre bouche, c'est compris ?

— Compris, chef. »

Marouan se l'entendit affirmer, mais pour lui, une seule chose était claire : sa vie était un énorme chaos qui ne faisait que s'amplifier.

7

Malgré un temps radieux, un gros nuage noir s'était glissé dans l'appartement de Parwaiz. Farah regrettait d'avoir abordé l'histoire du garçon victime de Bacha Bazi. Elle s'était promis d'oublier ses propres soucis et d'être entièrement disponible pour lui. Ce devait être son jour de gloire. Mais son désarroi était trop grand et Parwaiz était un homme sensible à qui elle ne pouvait guère cacher ses émotions, en dépit de son bon vouloir. Dès son arrivée, il avait remarqué qu'elle était tourmentée. Elle savait que le nuage ne s'éloignerait pas d'un coup de baguette magique.

« Comment es-tu entrée en contact avec ce garçon, *bachem* ? »

Elle sursauta. Un instant, elle crut qu'il parlait de Joshua. Parwaiz disposait certes de plusieurs dons, mais elle n'avait encore jamais décelé chez lui d'aptitudes télépathiques.

« J'étais à l'hôpital quand ils l'ont amené, *kaka jan*.

— Qu'est-ce que tu faisais là ? Tu es malade ? demanda-t-il, inquiet.

— Non, je… »

Elle savait qu'il ne lisait pas les journaux néerlandais et ne regardait pas la télévision, alors elle occulta l'histoire du gala de combats.

« J'étais aux urgences pour quelqu'un d'autre quand le gamin est arrivé. Il était grièvement blessé. Renversé par une voiture. J'ai essayé de faire l'interprète pour les médecins.

— A-t-il pu te dire quelque chose ?

— Il était trop mal en point. Ils l'ont opéré. L'opération s'est bien passée. Mais cette nuit, ça a failli mal tourner. Aucun membre de sa famille ne s'est manifesté. Je suppose qu'il est la victime d'un trafic d'enfants.

— Obligatoirement, dit Parwaiz. Pour Bacha Bazi personne n'est volontaire. C'est une forme de prostitution forcée.

— Je suis désolée d'avoir abordé ce sujet, *kaka jan*, dit Farah.

— C'est très bien de dire ce que tu as sur le cœur, *dokhtar jan* », dit-il en souriant.

Il se pencha vers elle et chuchota :

« Donc, raconte-moi tout. »

Alors Farah ne put retenir ses larmes. Elle lui assura être tellement désolée. Elle aurait voulu que la journée soit pour lui un jour de fête, mais elle était en train de tout gâcher. Parwaiz sécha ses larmes comme l'aurait fait un oncle attentionné en lui intimant de lui raconter toute l'histoire.

Elle entama son récit en bafouillant : la façon bouleversante dont le garçon était entré dans sa vie et le conflit avec Danielle. Il écouta attentivement la version chaste de sa rencontre avec Joshua Calvino, l'apparition du fantôme de Raylan Chapelle et l'histoire du retour de Paul, plus de trente ans après leur première rencontre dans le jardin aux papillons à Kaboul.

« Certaines personnes prétendent que l'avenir nous réserve toutes sortes de mystères, dit-il en caressant le papillon porte-bonheur. Mais tant qu'on ne connaît pas les secrets du passé, on ne peut pas vraiment se projeter dans l'avenir.

— Mais je ne sais pas quoi décider, *kaka jan*. Qu'est-ce que je dois faire ?

— En ton for intérieur, tu sais déjà quelle sera ta décision, *bachem*. Suis ton cœur.

— Même si cela me fait peur ?

— Surtout si cela te fait peur. Je ne pourrai plus beaucoup t'aider, mon enfant. Je suis un vieil homme usé. Il ne me reste plus beaucoup de temps.

— Vous n'avez pas le droit de dire ça, *kaka jan*, dit-elle en lui adressant un sourire à travers ses larmes. En tant que nouveau Néerlandais, vous aurez droit a une nouvelle vie. Et je suis sûre qu'elle sera longue.

— Tu es gentille, mais tu sais, Farah, mon ancienne vie m'est trop chère. Je pense et rêve uniquement en dari. Malgré ma grande joie de devenir aussi néerlandais, dans mon cœur je resterai toujours afghan.

— Je comprends, *kaka jan*. »

Un sourire sérieux se dessina sur ses lèvres.

« *Dokhtarem*, tu as toujours été franche avec moi. Tu m'as toujours fait confiance. Chacune de tes visites a été un cadeau pour moi, ton soutien m'a permis de traverser des périodes difficiles. Comme à l'instant, tu m'as toujours raconté sincèrement ce qui t'arrivait. Je ne peux pas en dire autant. Je ne t'ai jamais parlé de certaines choses que j'ai vécues, comme mon emprisonnement à Kaboul, car je ne me sens toujours pas capable d'évoquer les atrocités que des hommes peuvent faire subir à d'autres.

Même pas à toi. Mais maintenant, il est temps que je sois franc et te fasse partager un secret que je garde depuis bien trop longtemps. »

Il se tut, chercha ses mots. Farah sentit son cœur battre la chamade.

« J'ai promis à quelqu'un que toi et moi aimions beaucoup de garder ce secret tant que je le jugerais nécessaire, poursuivit-il. Je ne devais t'en faire part qu'au moment où je considérerais que le temps était venu. Et c'est maintenant. »

Parwaiz se leva difficilement, se dirigea vers la table, ouvrit avec peine le tiroir du haut et en sortit un paquet de l'épaisseur d'un poing entouré d'un papier buvard et fermé par une cordelette pelucheuse.

Farah pensa à son père et à sa mère. L'un d'eux lui aurait-il laissé quelque chose ?

Le dos tourné et la tête penchée, Parwaiz, absorbé dans ses pensées, regardait le paquet qu'il tenait dans les mains. Puis il se retourna lentement.

« Je voudrais te demander, *dokhtarem*, de ne pas juger trop vite ce que tu vas découvrir là-dedans. Dans leur quête des valeurs réelles au cours de leur vie, les êtres humains empruntent parfois des chemins qu'on préférerait ne pas les voir prendre…

— Vous parlez par énigmes, *kaka jan*.

— Mais tu aimes les énigmes, n'est-ce pas, Farah *jan* ? dit-il avec un doux sourire en s'avançant vers elle. Tu vois, certaines personnes renient leurs idéaux politiques pour protéger l'art, comme moi…

— Un acte justifié », dit Farah en guise d'encouragement.

Il se tenait à présent près d'elle. Elle voulut tendre la main pour saisir le paquet, mais se retint.

« J'aimerais que tu sois aussi indulgente envers ta mère, Helai, après avoir consulté ceci. »

Elle fut submergée par une vague de tristesse au moment où Parwaiz prononça le nom de sa mère. Elle ne pouvait plus parler.

« Dans sa quête de vérité, Helai a connu plus de doutes qu'elle ne l'aurait voulu.

— Peu importe ce qu'elle a fait ou ce qu'elle a ressenti, jamais je ne pourrais la condamner, *kaka jan*. Est-ce douloureux, ce que je vais découvrir ?

— En quelque sorte, son histoire présente quelques similitudes avec ce que tu viens de me raconter sur toi », dit-il en hésitant.

Soudain, une pensée lui traversa l'esprit. Une réflexion presque inconcevable sortit sans réfléchir :

« *Kaka jan !* Vous n'êtes pas en train de me dire que vous et maman… »

Choqué, Parwaiz secoua la tête.

« Non, ta mère s'est confiée à moi avant de fuir avec toi, dit-il d'un ton ferme. En dehors de ça, je ne joue aucun rôle dans l'histoire. Elle m'a donné ceci. Elle a dit : comme tu es capable de protéger des bombes des objets d'art vulnérables, tu sauras aussi prendre soin de ça. Elle m'a raconté ce que tu liras là-dedans. Mais je ne t'en dévoilerai pas le contenu. À toi de le découvrir ! J'espère que tu comprendras mieux le pourquoi de certaines choses dans ta vie. »

Il lui remit le paquet. Il lui brûlait les mains : dès qu'elle retirerait le papier buvard, elle oublierait tout ce qui l'entourait et se plongerait dans son contenu, sans doute très poignant. Elle dut se maîtriser. Ce devait être la journée de Parwaiz et elle ferait tout pour qu'il en soit ainsi. Elle lui adressa un sourire reconnaissant.

« Je voudrais que vous gardiez le paquet encore un peu, *kaka jan*. On ne doit pas se mettre en retard. Quand on sera de retour, je l'emporterai à la maison. Maintenant il est temps de partir. »

Parwaiz reposa le paquet dans le tiroir et se dirigea vers les portes du balcon pour les fermer. En voyant sa silhouette frêle à contre-jour, elle eut l'impression de devoir lui dire au revoir.

« *Kaka jan!* dit-elle avec un voile de panique dans la voix.

— Qu'y a-t-il ? »

Soucieux, il s'avança vers elle et posa ses mains sur ses épaules.

« Je… vous aime beaucoup, dit-elle, toute triste.

— Je sais, *bachem*. Moi aussi, je t'aime. »

8

Marouan se remémora qu'un jour il avait été une étoile montante. Malgré, ou peut-être même grâce à, l'hostilité de ses collègues. Il était marocain et ne se laisserait pas faire. Les autres s'en apercevraient très vite, aussi bien à l'intérieur qu'à l'extérieur de la brigade. Il avait été affecté à Amsterdam-Est, car il connaissait les jeunes beurs qui traînaient par là. Il les attrapait et réussissait à les faire parler, car ils le respectaient et n'osaient pas se débiner devant lui. Quand ils élevaient la voix, ils pouvaient compter sur une baffe. Alors ils bougonnaient, le nez en sang ou les lèvres enflées.

« Allez porter plainte pour violences », leur disait-il alors, sachant qu'ils ne le feraient jamais.

Porter plainte équivalait à appeler au secours son papa ou sa maman : l'humiliation ultime. Alors, ils se mettaient à table, tous, les uns après les autres.

Par respect.

À présent, le respect était devenu une exception. C'était aussi rare que la tape sur l'épaule que Calvino lui avait donnée la veille, juste avant que Tomasoa leur passe un savon.

Marouan avait été déstabilisé par ce geste. Il montait à l'échafaud et on lui donnait une tape amicale. Calvino l'avait-il fait avec une sorte de compassion déplacée? Marouan peinait à le croire. Son étonnement n'avait cessé de grandir depuis que ce cinglé d'Italien avait affirmé, lors de l'entretien avec Tomasoa, que c'était lui et non Marouan qui était à l'origine de l'arrestation de Dennis Faber.

Calvino était aussi rusé qu'un renard. Mieux que quiconque, il savait que si Marouan continuait à accumuler les bévues, il en subirait les conséquences. Les gens l'associeraient forcément aux impairs commis et diraient : « C'était pas toi, le gars qui travaillait avec ce gaffeur de Marocain dans l'affaire non résolue du gamin accidenté ? » Impossible pour Calvino, qui ne voulait connaître que le succès, de risquer une chose pareille. Il avait certainement concocté un plan pour éviter cela.

Mais quel était-il? Il fallait réfléchir. Analyser. Qu'avait fait Calvino? Qu'avait-il dit? Qu'avait-il passé sous silence?

Il revit Joshua se mordre les lèvres lorsque Tomasoa, à la fin de son monologue, avait demandé s'il y avait d'autres choses à savoir. Marouan se rappela la réponse plus que futée de son collègue :

« Rien que nous ne puissions résoudre, chef. »

Magnifique, la façon d'associer affirmation et négation dans une même phrase. Personne ne pourrait coincer Calvino. Mais il avait caché à Tomasoa qu'à peine une heure plus tard ils auraient en leur possession une boucle d'oreille portant des traces d'ADN. Marouan avait demandé à Calvino pourquoi il n'en avait pas parlé.

« Ça nous ferait pas une bonne pub si le chef découvrait que c'est une journaliste qui l'a trouvée.

— Mais putain, comment tu comptes t'y prendre alors ? avait insisté Marouan. Tu vas passer sous silence la manière dont on a eu cette boucle ?

— J'inventerai quelque chose », avait-il affirmé.

La réponse la plus stupide qu'on pouvait imaginer. Un inspecteur n'invente rien, il s'en tient aux faits. Ces faits, il les rapporte avec précision, exactement comme ils se présentent. Si un inspecteur commence à les transformer ou à les dissimuler, il commet un délit de faux en écriture. Dans ce cas, il remplit ses procès-verbaux de façon fantaisiste. Et Calvino s'apprêtait à prendre cette direction.

Son collègue aurait-il également suggéré au chef que c'était Marouan qui avait trouvé la boucle d'oreille ? Était-ce cela le « bon travail » dont Tomasoa avait parlé ? Marouan avait beau tourner l'affaire dans tous les sens, cela lui semblait le scénario le plus plausible.

Si les choses s'étaient passées ainsi, et Marouan en était convaincu, cela voulait dire que Calvino était un sale traître. Il s'en était toujours douté. Il fallait se méfier des Ritals. Même s'ils avaient pour moitié du sang néerlandais, il restait toujours suffisamment de cellules contaminées par des gènes mafieux.

Tout semblait indiquer que Calvino, sous couvert de leur partenariat, ne se préoccupait que de ses propres intérêts. Sinon, comment expliquer qu'au lieu de se rendre d'abord au bureau il soit allé directement dans la forêt avec cette Farah Hafez, sans en informer son binôme ?

Merde, il s'était presque fait piéger. Calvino avait conclu un accord avec Hafez. Donc il avait intérêt à garder Marouan à distance. Entre-temps, Joshua continuait à faire croire qu'ils opéraient toujours comme partenaires en signalant à Tomasoa, l'air de rien, que son collègue avait réclamé un ratissage méthodique. Comme si Marouan s'était trouvé sur place ! De cette manière, ce salaud de Cal pensait certainement faire d'une pierre deux coups : faire le beau devant son partenaire tout en l'entubant dans son dos.

Marouan ricana. Bien sûr, Calvino ne savait pas que lui aussi jouait double jeu. Il fallait se montrer encore plus rusé. Joshua ne devait pas se douter qu'il l'avait percé à jour. De plus, il devait guetter une occasion de le surprendre en flagrant délit avec Hafez pour pouvoir utiliser cela plus tard comme carte maîtresse. Tomasoa avait été clair : dans cette affaire, ils devaient avancer masqués en évitant les médias comme la peste. Il n'aimerait donc pas apprendre que Calvino fréquentait une journaliste. Et que leurs relations ne se cantonnaient pas forcément au lieu du délit.

Marouan se rendit compte qu'une fois de plus il se retrouvait seul. Comme s'il n'avait déjà pas assez de problèmes à résoudre !

Les recherches approfondies d'aujourd'hui mettaient clairement en danger sa mission secrète. Marouan appuya sur les touches de son téléphone prépayé. En avant-goût de la conversation, son cœur se mit à battre à tout rompre.

La voix à l'autre bout du fil avait le même son nasal et lugubre que d'habitude.

« Diva, je te donne une minute. »

L'accent slave, l'anglais approximatif ainsi que l'exécrable suffisance du personnage déclenchèrent chez Marouan un excès de sueur, aux mains et au front.

« Ce n'est pas le moment de plaisanter, s'entendit-il répondre.

— Je ne plaisante pas, dit son interlocuteur. De toute façon, les Arabes ne comprennent pas l'humour, Diva. Il te reste exactement cinquante secondes.

— Ils vont passer la forêt au peigne fin.

— Je leur souhaite bien du plaisir. Quarante-cinq secondes.

— Ils vont fouiller la villa de fond en comble. »

À part une sorte de respiration glaciale, ce fut le silence.

« Comment sont-ils tombés sur cette villa ?

— Il me reste combien de secondes ? demanda Marouan avec bravoure.

— Putain, ne me cherche pas, enculeur de moutons ! Crache le morceau. »

Marouan déglutit et ne put s'empêcher de préciser :

« Un enfant a été renversé en pleine nuit. Il n'est pas tombé du ciel. Sinon, ils auraient trouvé un parachute ou des ailes d'ange.

— Tu aurais dû faire comique, Diva. Donc ils ne savent pas d'où sort cet enfant. Et alors ?

— Alors ils cherchent des indices, répondit Marouan. Ils ont fait appel à des experts pour trouver des traces d'ADN. On peut se demander où cela les mènera ! »

Il essaya de surmonter son angoisse en bluffant, mais visiblement sans grand succès.

« Ce que tu vas faire maintenant, c'est retarder tout ça. Re-tar-der.

— Jamais entendu parler de hiérarchie dans le système policier ? Quand mon chef prend une décision en concertation avec un juge d'instruction, crois-tu qu'ils laisseront tomber parce qu'un inspecteur leur demande d'instaurer un emploi du temps allégé pour cause de canicule ?

— Tiens-les éloignés de la villa.

— Impossible ! Bon sang, comment veux-tu que je me débrouille pour faire traîner l'affaire quand je suis constamment pris de court par de nouvelles emmerdes ? Putain, je peux pas travailler comme ça. J'ai sans arrêt un temps de retard parce que je ne sais pas de quoi il s'agit. S'il y a quelque chose à cacher, je dois savoir quoi !

— Écoute-moi bien, *ty parchivaïa skotina*, espèce de brute épaisse. C'est ton boulot d'être mes yeux et mes oreilles. Je te paie pour ça, nom de Dieu. Je te dis de freiner les investigations et toi, tu la ramènes ? Tu oses me dire que tu ne peux pas travailler comme ça ? Tu n'es qu'une couille molle ! »

Marouan ne savait plus où il en était.

« Je te parle, connard !

— Non…, marmonna-t-il.

— Non ? Non, quoi ?

— Non, c'est pas ce que je veux dire.

— Mais qu'est-ce que tu veux dire alors ?

— Laisse tomber.

— C'est à moi d'en décider. Fais ce que je te demande : fais traîner. Et tu as déjà largement dépassé le temps imparti. »

La communication fut alors coupée. Marouan balança son portable. Jurant et criant, il prit trop large un virage serré : la voiture se retrouva sur le bas-côté moussu.

Pendant plusieurs minutes, il continua à fulminer, tapant des poings sur le volant, se blessant les phalanges. Il descendit de voiture comme une furie, allant et venant en vociférant, puis se mit à frapper de toutes ses forces le toit de la Corolla.

Jusqu'à ce qu'il ne sente plus la douleur.

9

Tout à ses souvenirs de Suzanne, Paul se pressait vers Ponte City, le gratte-ciel circulaire délabré près de Highlands Hill. Construite dans les années 1970 pour abriter des appartements de luxe destinés aux Blancs, la tour s'était dégradée de l'intérieur petit à petit. Au cinquantième étage, il devait rencontrer l'informateur censé lui en apprendre davantage sur une personne dont le nom était apparu lors de ses investigations : Valentin Lavrov, un oligarque russe.

Après l'éclatement de l'Union soviétique, Lavrov, grâce à une organisation sans faille, était devenu un acteur important sur le marché des entreprises gazières et minières, qui brassait des milliards de dollars de bénéfices par le biais d'un réseau impénétrable de systèmes bancaires internationaux. L'entreprise AtlasNet de Lavrov reposait sur un réseau mondial de contacts extrêmement influents, s'étendant jusqu'aux plus hautes sphères du monde des affaires et de la politique.

Lors d'une récente visite officielle de trois jours en Afrique du Sud, le président russe Potanin avait annoncé que la coopération entre les deux pays allait s'intensifier. Il semblait surtout être question d'un échange de combustibles nucléaires et de technologie pour les futurs projets d'énergie atomique. Entretemps, en coulisse, des discussions soutenues avaient eu lieu entre les fonctionnaires du gouvernement, sous la direction de Nkoane, et une délégation d'AtlasNet conduite par Valentin Lavrov. Les tractations concernaient le droit de développer l'extraction d'uranium sur le sol sud-africain. Des droits qu'AtlasNet devait acheter au gouvernement sud-africain.

Paul savait que des montants colossaux seraient en jeu au moment de la vente de concessions minières à des entreprises étrangères. Lors de cette transaction, de nombreux dollars tomberaient sans doute dans l'escarcelle de Nkoane. Paul attendait donc beaucoup de son rendez-vous. Apparemment, des informations avaient filtré de l'intérieur qui lui permettraient de prouver certaines choses.

Mais arriverait-il à temps ? Paul détestait être en retard et maudit le temps qu'il avait perdu dans le Stella's Coffeebar. L'homme qui aurait pu l'aider en le renseignant sur Nkoane était probablement déjà parti.

Se trouvant enfin près de la tour désaffectée, il remarqua l'énorme tas de décombres, haut de plusieurs mètres, composé de vieux meubles, d'appareils ménagers et autres rebuts déversés dans l'immense cour intérieure. En levant la tête, il sentit une odeur de pourriture et entendit les bruits de la ville qui, dans cette caisse de résonance, semblaient se mélanger à des cris. Cela venait d'en haut. Paul vit qu'à certains niveaux supérieurs de l'édifice des fenêtres et des pans de murs entiers avaient disparu. Son bon sens lui disait qu'il valait mieux faire demi-tour tout de suite. Mais comme il était d'avis qu'un journaliste ne devait pas toujours écouter son bon sens, il entra dans le seul ascenseur encore en état de marche, qui le conduisit péniblement au cinquantième étage, dans un bruit assourdissant.

En haut, le vacarme de la ville s'était estompé et transformé en un grondement sourd et constant. Paul avait l'impression d'entendre le flux de son propre sang résonner dans un silence menaçant. À travers les trous béants des murs détruits, il distingua une grande partie de l'étage plongé dans l'obscurité, mais ne perçut aucun mouvement. Soudain, près de lui, un bruit étouffé se fit entendre. Paul s'arrêta et tendit l'oreille : le bruit provenait de l'arrière d'un gros pilier à une dizaine de mètres devant lui.

Il le contourna prudemment et découvrit un homme basané, attaché solidement, qui tentait désespérément de se libérer. Il était méconnaissable, son visage réduit à l'état de bouillie sanglante. Ses yeux écarquillés d'effroi, il était conscient, mais un gros scotch noir collé sur sa bouche l'empêchait de parler.

Paul s'avançait pour le délivrer lorsqu'il entendit, derrière lui, des ordres vociférés en russe. Aussitôt, il fut frappé à coups de poing et de pied à des endroits qu'il n'aurait jamais imaginés aussi sensibles. Combien de temps un être humain pouvait-il supporter un tel traitement sans perdre connaissance ? C'était interminable. Ses agresseurs savaient exactement jusqu'où ils pouvaient aller : le mettre en pièces lentement et lui fracturer les os, tout en le maintenant conscient du début à la fin. Derrière le pilier apparut un homme trapu et chauve avec une barbiche de mousquetaire. Il portait une chemise blanche à manches courtes. Des tatouages d'araignées rejoignaient des étoiles gravées sur ses avant-bras. Son crâne luisait de sueur et de grandes lunettes de soleil à effet miroir reposaient sur son nez crochu. Un sexagénaire aux allures de condor et à la musculature de gladiateur.

Debout face à Paul, il prit un inhalateur, inspira profondément, puis retint sa respiration plusieurs secondes. Paul découvrit alors, dans les lunettes réfléchissantes, les deux gorilles tortionnaires qui venaient de le rouer de coups. Le condor souffla lentement et désigna de la tête le malheureux attaché au pilier :

« Chapelle, tu connais cet homme ? »

Son accent anglais traînant trahissait son goût prononcé pour la vodka artisanale. Stupéfait que l'homme connaisse son nom, Paul secoua la tête.

« Pourtant, tu avais rendez-vous avec lui, chuchota le condor en se penchant vers Paul. Et tu n'as pas l'air d'un mec qui fixe des rendez-vous surprise. »

Il se mit à fredonner un air classique, se dirigea vers l'homme ligoté, se planta devant lui jambes écartées, et tourna sa tête chauve vers Paul.

« Bien sûr, tu n'y connais rien en musique classique. J'imagine que tu préfères le jazz. Comme ton père. Tu ne sais pas ce que tu rates, Chapelle. Mozart, nom de Dieu ! *Don Giovanni !* »

Il lança quelques grossières envolées lyriques tout en gesticulant. Instinctivement, l'individu basané s'agita.

« Pentimento, pentimento ! Repens-toi, repens-toi ! Le remords vient toujours après. Mais il vient souvent trop tard. Regarde. »

Le condor sortit une clé USB qu'il fit aussitôt disparaître dans la poche de sa veste.

« Ce salaud comptait te donner ça. Et tu sais pourquoi ? Parce qu'il a oublié l'accord qu'on avait conclu. On ne prend pas d'engagements pour ensuite les oublier, car si on les oublie on ne peut pas les tenir. »

Il ricana.

« Un engagement, c'est une loi. Si on ne le tient pas, on enfreint la loi. C'est aussi simple que ça ! N'importe quel idiot le comprendrait. Mais ce *balbes*, il l'a oublié ! »

Le condor claqua des doigts. L'un des gorilles immobilisa Paul d'une poigne de fer, l'autre détacha leur victime et la traîna jusqu'au bord du mur extérieur effondré.

« Mon Dieu, pourquoi ? » implora Paul, devinant la suite.

Du sang coula de sa bouche.

« Toute violation de la loi est punie, Chapelle. »

Le condor donna un ordre en russe et l'homme fut poussé par-dessus bord comme un vieux sac de patates. Plusieurs secondes plus tard, Paul entendit le bruit sourd du corps atterrissant une centaine de mètres plus bas, sur le tas de gravats.

Le condor s'approcha du visage de Paul, qui essayait de maîtriser sa respiration. D'un geste presque tendre, il lui passa la main droite sur le front, puis sur la joue, jusqu'à son cou trempé de sueur. Paul tressaillit lorsque, le souffle court, le condor lui chuchota à l'oreille d'un ton menaçant :

« C'est fascinant de voir comment les fils suivent les traces de leurs pères. Comme si c'était une loi de la nature. »

Il saisit à nouveau son inhalateur, inspira avidement l'oxygène, puis serra de toutes ses forces la tête de Paul entre ses mains comme s'il voulait l'écraser.

« J'aime les arrangements clairs, Chapelle. Ton père le savait bien. Quand je perçois des rumeurs, je sais qu'il y a de la trahison dans l'air. Alors je ne te le répéterai pas : plus question d'écrire sur des affaires qui ne te regardent pas ! »

Son corps immobilisé par l'arrière avec la force d'une tenaille pneumatique et sa tête coincée entre les mains du condor, Paul était incapable de bouger. Soudain, l'étau se desserra. Il sentit alors une douleur fulgurante traverser le bas de son dos. Un poing de fer semblait se frayer un chemin à travers sa colonne vertébrale. Il s'écroula comme une poupée de chiffon et chercha désespérément à reprendre sa respiration. Puis il ressentit une douleur intense dans le haut du dos. Il eut le souffle coupé et, autour de lui, tout commença à tourner à une allure folle.

Quelqu'un le releva. Une nouvelle série de coups s'abattit sur lui avec la force d'un train de marchandises lancé à pleine vitesse. Il entendit un craquement lugubre lorsqu'une semelle de chaussure le percuta en pleine figure.

Puis ce fut le noir libérateur.

10

De loin déjà, Farah et Parwaiz aperçurent des corps célestes en toile et en papier flotter au-dessus du centre-ville de La Haye. De petits cerfs-volants de combat aux courtes queues, rouge vif, jaune canari et vert, tournaient autour des astres à toute vitesse. Farah se souvint que son petit voisin en fabriquait avec du bambou et du papier buvard. Mais ici, c'étaient des exemplaires modernes : les toiles étaient en nylon spinnaker et les armatures en fibre de verre souple.

À présent, ils roulaient sur le Prinsessewal longeant le parc derrière le palais Noordeinde. Farah observait Parwaiz discrètement. Son visage marqué par l'âge était devenu celui d'un jeune garçon émerveillé. La bouche grande ouverte et les yeux pétillants, il scrutait les objets multicolores voler dans le ciel. Farah était touchée par sa vulnérabilité. Malgré tous les malheurs endurés, Parwaiz était toujours capable de s'émouvoir. La plupart des gens appelleraient cela de la naïveté. Mais sincérité était le mot qui venait à l'esprit de Farah.

Lentement, elle dirigea sa Carrera à travers la circulation sur le Lange Vijverberg, de façon que Parwaiz ait une vue imprenable sur les bâtiments parlementaires.

« Merveilleux, merveilleux ! s'exclama-t-il. Ces magnifiques édifices abritent la démocratie depuis des siècles ! »

Démocratie de merde, pensa Farah, qui sentit la colère monter en pensant à la façon dont le gouvernement néerlandais traitait les réfugiés comme Parwaiz depuis des années. D'abord, ils étaient stigmatisés comme de possibles criminels de guerre, puis on leur refusait toute chance d'un procès équitable. Selon la législation en vigueur, on était considéré comme innocent jusqu'à preuve du contraire. Mais les services d'immigration et de naturalisation utilisaient d'autres règles. Quand, après enquête, une personne était jugée coupable sans avoir été entendue, c'était à elle de prouver son innocence ! Le droit à l'envers. Incompréhensible !

Envahie par la colère, Farah entra à toute vitesse dans le parking souterrain. Parwaiz poussa un cri d'effroi et s'agrippa au bras de Farah.

« Excusez-moi, *kaka jan* », dit-elle.

Elle se gara et l'aida à descendre de voiture. Ils prirent l'ascenseur, avant de se retrouver, sous le soleil d'août, au pied de la statue de Guillaume d'Orange, où sa colère se dissipa.

Pendant de longues minutes, ils contemplèrent la place entourée d'arbres, occupée par de fervents pilotes de cerfs-volants, des manifestants et des touristes médusés. Il régnait une ambiance survoltée, presque festive.

Parwaiz, malgré son corps fragile, se dirigea d'un pas décidé vers l'un des pilotes. L'homme portait un harnais de cuir d'où s'élevaient plusieurs filins.

« Regarde ! » cria Parwaiz, ravi.

Farah suivit son index pointant le ciel. Elle découvrit une grande banderole au-dessus de la place : la réplique d'une image vieille de plusieurs siècles montrant une jeune femme brandissant le drapeau afghan.

« Malalai ! »

Parwaiz avait prononcé son nom comme s'il rencontrait un ami perdu de vue depuis des années.

Farah connaissait le tableau de Malalai depuis l'époque où, petite fille, elle avait visité le musée national. Elle se souvint de la prédiction que Parwaiz lui avait soufflée à ce moment-là :

« Dar ayenda to mesle u mashhur khadad shodi. Un jour, tu seras aussi connue qu'elle. »

Songeant au passé en voyant la banderole glisser dans le ciel, Farah se surprit à retrouver les sensations de la petite fille timide qu'elle était alors. Elles se renforcèrent lorsque Parwaiz l'entoura de ses bras d'un geste paternel.

« Merci pour tout ça, *dokhtarem*, murmura-t-il.

— Non, non, il ne faut pas me remercier, mon cher oncle. *Tashakor az shoma !* Merci à vous ! balbutia-t-elle.

— Tu te rends compte, dit-il lorsqu'ils se remirent en route, que dans les années 1960 et 1970, on appelait Kaboul le Paris de l'Orient ? Il y flottait un vent de promesse. Personne ne pourrait le croire maintenant, et pourtant c'était vrai. »

Il se retourna.

« Les organisateurs des festivités de cet après-midi doivent le savoir. »

Ils arrivèrent devant l'entrée du parlement. Farah regarda les hommes et les femmes autour d'eux. La plupart étaient jeunes et d'origine afghane : des fils et des filles nés de père afghan ayant travaillé au service de l'État pendant l'oppression russe de leur pays. Comme Parwaiz. Des pères qui avaient demandé l'asile aux Pays-Bas, pour eux et pour leur famille, et qui s'étaient perdus dans toutes sortes de procédures judiciaires. Comme Parwaiz.

Elle se demandait ce que devait ressentir un enfant dont le père était considéré comme criminel de guerre. Elle espérait que les jeunes adultes présents seraient toujours aussi fiers de leur père qu'elle l'était du sien. Dans ses souvenirs, elle le chérissait comme son grand héros.

Elle fut tirée de ses réflexions lorsqu'un caméraman blond se trouva soudain devant elle. L'œil gauche fermé, il regardait de l'autre dans le viseur pour la filmer avec Parwaiz. Derrière lui se tenait un preneur de son, costaud, le crâne chauve comme une boule de billard. Il enregistrait les bruits environnants à l'aide d'un microphone, entouré d'un sac en plastique gris accroché au bout d'une longue perche. Farah sourit à la caméra, puis regarda un Parwaiz surpris. Elle était curieuse de voir leur apparence en cette journée de fête. Peut-être passeraient-ils aux informations du soir !

Après sa prise de vue, le caméraman pivota sur lui-même comme un danseur, fléchit légèrement les genoux, puis s'éloigna dans la foule de façon que la caméra posée sur son épaule reste à l'horizontale.

L'équipe de télévision s'éloigna dans la même direction que la plupart des spectateurs, comme attirés par un aimant. Au même moment, une excitation grandissante traversa la foule à la manière d'un coup de vent. À l'entrée du bâtiment parlementaire, des gens se pressaient autour d'un quadragénaire aux yeux bleu de glace et à la large mâchoire. Dans son costume rayé bleu marine taillé sur mesure, il semblait sortir tout droit d'un reportage de mode. Farah reconnut aussitôt le politicien Vincent Coronel, le chef d'opposition le plus médiatique de la Chambre des représentants. Leader du Parti démocratique néerlandais, il était farouchement opposé à l'amnistie générale. Plusieurs équipes de télévision et quelques photographes s'étaient rassemblés autour de lui. Flanqué de deux imposants gardes du corps, Coronel prononça un discours grandiloquent devant les micros tendus. Un grand nombre de personnes présentes essayaient de couvrir ses propos en criant et en scandant des slogans, mais Coronel resta imperturbable et souligna ses paroles par des gestes énergiques. On avait beau dire, mais Coronel n'était pas un lâche. Il n'avait pas choisi une petite salle de presse pour faire ses déclarations. Comme il le disait lui-même, il se trouvait « au cœur de la démocratie sur la place où Guillaume d'Orange, le Père de la patrie, assistait impuissant à la manière dont notre patrimoine national était jeté en pâture par des multiculturalistes ! ».

Farah estima que l'attitude de Coronel ne témoignait pas tant de courage, mais plutôt d'une infinie arrogance et d'un vif désir de provocation. Elle espérait que les gens autour d'elle sauraient garder leur calme. Il suffisait d'un seul détraqué pour donner une nouvelle occasion à Coronel de dénoncer « le peu de respect que la plupart des populations d'immigrés affichaient vis-à-vis de nos normes et de nos valeurs nationales ».

Elle constata que Parwaiz se sentait de moins en moins à l'aise au milieu de cet attroupement et décida de retourner vers la quiétude de la place. Juste avant de traverser, Parwaiz la saisit par le bras. Elle en comprit immédiatement la raison : une Bentley argentée s'approchait. La voiture ne roulait pas vite, mais son allure lui rappelait la façon dont les tanks russes traversaient les rues de Kaboul lorsqu'elle était petite : il ne fallait pas s'attendre qu'ils s'arrêtent.

« Attention, *bachem* ! »

La Bentley, glissant devant eux, était conduite par un chauffeur en costume gris. À son passage, la main paternelle protectrice de Parwaiz se contracta violemment. Horrifié, il fixa l'homme inconnu assis sur la banquette arrière. Il saisit sa poitrine des deux mains, comme s'il voulait arracher sa chemise, et poussa un cri presque animal qui pétrifia Farah. Alors que ses jambes se dérobaient, il blêmit et eut des haut-le-cœur.

Haletant, Parwaiz demanda de l'aide. Il semblait en proie à une peur panique et tandis que Farah tentait de le retenir dans sa chute, elle le sentit aussi fragile qu'une sculpture de verre se brisant de l'intérieur. Elle réussit à le déposer en douceur sur le trottoir où il se tordit de douleur et vomit.

Elle l'installa sur le côté pour éviter qu'il ne s'étouffe. Sa peau bronzée devint grisâtre. Il pouvait à peine parler. Farah essuya son visage et posa l'autre main sur sa nuque. Elle se redressa en criant de toutes ses forces pour réclamer une ambulance.

À cause de l'effervescence, peu de gens avaient remarqué l'incident. L'orchestre sur la place continuait à jouer joyeusement et les cerfs-volants à danser dans le ciel.

Parwaiz avait de plus en plus de mal à respirer. Il essaya d'attirer Farah à lui. Elle se pencha et approcha son oreille de sa bouche. Il susurrait des sons incompréhensibles.

« Ne dis rien, *kaka jan*. Ne dis rien. »

Mais il l'attira à nouveau et chuchota dans un souffle :

« Mi… ka… lov… »

Presque sans émotion, comme un constat. Comme si ces trois syllabes pouvaient tout expliquer.

« Mikalov ? *Kaka jan*, que voulez-vous dire ? »

Il la regarda sans réagir.

Dans ses yeux, toute vie avait disparu.

11

Dans les dernières lueurs du soleil couchant, Paul vit apparaître une main ensanglantée par-dessus le bord du cinquantième étage. Suivie de la deuxième. Puis il regarda droit dans les yeux de l'homme au visage réduit en bouillie.

Ses cris alertèrent l'infirmière de nuit, qui se précipita dans la chambre où Paul était relié par des tuyaux à des appareils bruyants. Lorsqu'il ouvrit les yeux, il faisait jour : à côté de son lit, un jeune Noir en chemise blanche le regardait comme s'il venait de raconter une mauvaise blague. L'homme se présenta comme Elvin Dingane, inspecteur aux affaires criminelles. Il voulait savoir ce que Paul cherchait dans la tour délabrée de Ponte City.

Paul n'était pas sûr de pouvoir faire confiance à Dingane, qui donnait pourtant l'impression d'être un inspecteur honnête et consciencieux. Un policier habitué à foncer droit au but. Un homme sûr de lui dégageant une certaine empathie – une qualité rare chez des hommes exerçant le métier ingrat d'inspecteur.

« Thaba Zhulongu, ce nom vous dit quelque chose ? demanda Dingane.

— Qui ?

— Thaba Zhulongu, un haut fonctionnaire du ministère de la Défense. »

D'un dossier en cuir marron, Elvin Dingane sortit un cliché sur lequel un Noir distingué souriait au photographe.

« C'est lui, Zhulongu ? demanda Paul.

— Quand il était encore en forme, répondit Dingane. Il laisse une jeune femme et trois enfants derrière lui. Nous avons trouvé ses restes entre les gravats du rez-de-chaussée à Ponte City. »

Paul sentit à nouveau la panique le gagner et ses maux de tête s'intensifièrent.

« L'unité des Scorpions ne vous considère pas comme suspect, monsieur Chapelle, dit calmement Dingane. Pour nous, il est clair que vous êtes tombé dans un guet-apens : estimez-vous heureux d'être encore en vie ! »

Les Scorpions étaient connus comme étant les combattants les plus efficaces de toute l'Afrique du Sud dans la lutte contre la grande criminalité. Paul sonda Dingane une nouvelle fois et décida de jouer cartes sur table.

« S'il s'agit du même homme, dit Paul en regardant la photo, alors il était déjà en piteux état lorsque je l'ai vu attaché au pilier. »

Paul respirait avec difficulté.

« Il avait été torturé. Puis ils l'ont balancé dans le vide pour me montrer le sort réservé aux traîtres.

— C'était bien Zhulongu, déclara Dingane. Nous avons pu l'identifier grâce à sa dentition. À la suite de ce meurtre, nous avons reçu l'ordre de mener une enquête approfondie sur le fonctionnement du ministère de Jacob Nkoane.

— De mieux en mieux, putain, réagit Paul en grimaçant.

— La plupart des membres du gouvernement de l'ANC sont fiables, monsieur Chapelle, et exigent que la corruption soit mise à nu et combattue au plus haut niveau. La moins bonne nouvelle, c'est que nous ne pouvons pas vous offrir de protection. Le traitement que vous avez subi à Ponte City était un avertissement. Si vous continuez vos investigations, nous vous retrouverons après votre prochain article quelque part dans une impasse, sous un pont ou dans une décharge. Et je peux vous assurer qu'il y aura moins de vie en vous que maintenant.

— En gros, vous me demandez d'arrêter mes recherches.

— Je vous demande de les laisser entre nos mains.

— Je vais y réfléchir », dit Paul d'un ton bourru.

Il s'enfonça dans son oreiller et ferma les yeux.

12

Marcher côte à côte, scruter comme avec des œillères les quelques mètres carrés devant soi demande une concentration optimale. Lentement et à pas mesurés, les policiers avançaient sur une même ligne à travers le bois, depuis la villa sur la colline jusqu'à la route. Une marche silencieuse d'hommes attentifs, séparés d'à peine un mètre, la tête penchée et le regard fouillant le sol à la recherche de la moindre différence de couleur, d'une trace de pas ou d'un objet insolite. À l'affût de tout indice prouvant qu'un garçonnet habillé en fille, à l'orientale, avait couru ici pour sauver sa peau.

Joshua Calvino, à la droite de Marouan Diba, avait du mal à rester concentré. En moins de vingt-quatre heures, son collègue acariâtre, néanmoins fiable, s'était transformé en un homme hargneux, imprévisible et inquiétant. Diba n'était plus que l'ombre de lui-même.

Dès l'instant où ils avaient commencé à travailler ensemble, Joshua avait su qu'il lui faudrait avoir la peau dure. Il devrait supporter les sautes d'humeur de Diba et s'habituer à la menace constante que représentait sa colère réprimée. Joshua était donc averti. Mais en tant qu'aspirant inspecteur, il s'était promis d'apprendre beaucoup de son célèbre collègue et de sa longue expérience.

La réputation de Diba n'était plus à faire. Au début de sa carrière, il s'était illustré en arrêtant de façon musclée un grand nombre de jeunes Marocains à Amsterdam. Pourtant, de plus en plus respecté par eux, il était devenu leur homme de confiance. Dès les premiers signes de conflit, la hiérarchie envoyait Diba sur les lieux. Neuf fois sur dix, il réussissait à étouffer dans l'œuf une énième altercation entre immigrés et population autochtone.

Quelques années plus tard, il connut même une renommée nationale. Avec brio, il mit une équipe de recherche sur la piste de onze cartons placés dans les soutes d'un avion-cargo en provenance des Caraïbes. La valeur marchande des six cents kilos de cocaïne cachés s'élevait, grosso modo, à quarante millions d'euros. C'est ainsi que Diba put se targuer d'être à l'origine de l'une des plus grosses saisies de drogue jamais effectuées à l'aéroport de Schiphol. Joshua fut fier d'avoir une telle légende comme mentor pendant quelques années. Il était prêt à accepter, sans broncher, tous les inconvénients annexes : de plus en plus souvent, Diba commençait son service en dégageant une forte odeur d'alcool, il suait abondamment et avait le comportement et les habitudes alimentaires d'un porc. Joshua persistait à croire que derrière les attitudes rebelles et parfois répugnantes de son héros se cachaient de bonnes intentions.

Toutefois, même Joshua ne pouvait nier que les jours fastes de Marouan appartenaient désormais au passé. Il semblait à présent empêtré dans une toile d'idées noires. Joshua le lisait dans ses yeux, l'entendait à sa voix, il en voyait même les signes dans sa façon de marcher. Diba portait une lourde charge sur ses épaules.

Les spéculations concernant le contenu de ce fardeau allaient bon train. Alcoolisme, mariage raté, troubles maniaco-dépressifs ou burn-out en étaient quelques-unes. Mais personne n'en parlait directement à Diba, Joshua non plus. Au sein de la police, ce genre de problèmes était tabou.

Face à la déliquescence de son collègue, Joshua se sentait moralement obligé de le protéger le plus longtemps possible. C'était l'une des raisons pour lesquelles il désirait résoudre rapidement cette affaire concernant le garçon accidenté. Plus tôt Diba pourrait suivre sa famille à Marrakech, mieux ce serait.

Les policiers arrivèrent au niveau de la marque laissée par Joshua à l'endroit où Farah avait trouvé la boucle d'oreille. Ils continuèrent en silence. On n'entendait que le frôlement des buissons sur leurs pantalons et le craquement des branchages sous leurs pieds. Derrière eux, retentissaient de temps en temps les cris des inspecteurs de la police scientifique délimitant leur périmètre de sécurité autour de la villa.

Soudain, à l'extrémité gauche de la chaîne, un policier leva la main. Un lambeau de tissu bleu brodé de fils d'or était accroché à une branche. L'agent noua un ruban autour de l'arbre pour marquer l'emplacement.

Joshua entendait la lourde respiration de Diba, mais refréna l'envie de le regarder. Il scrutait plutôt le sol devant lui, tout en jetant un œil en douce sur la partie de Diba. C'est ainsi qu'il aperçut à sa droite un objet rougeâtre, à demi caché sous la mousse. Il pensa que Diba le verrait aussi, car l'objet se trouvait juste devant lui. Mais son collègue continuait à avancer, tel un somnambule. Lorsque Joshua donna le signal d'arrêt lui-même, il lui sembla voir un voile de désespoir traverser le regard de Diba. Ou était-ce de la colère ?

Joshua quitta le rang et, passant devant Diba, se dirigea vers l'objet qui ressemblait à une babouche. Il marqua l'endroit avec un morceau de ruban. En réintégrant sa place, il osa à peine se poser la question fatidique : Diba n'avait-il vraiment rien vu ?

Le ratissage terminé, il était possible de reconstituer, grâce aux endroits signalés d'un ruban, le chemin le plus probable parcouru par le garçon et d'examiner plus en détail les indices repérés. Restait à savoir si dans sa fuite le gamin avait été poursuivi par d'autres personnes. Il était important de trouver des traces de pas, mais malheureusement, le sol était très sec. La petite averse de l'avant-veille n'avait pas suffi à ramollir la terre : les empreintes étaient donc difficiles à relever.

Joshua refit le trajet en compagnie d'un inspecteur de la police scientifique qui prenait des photos et marquait les endroits à examiner plus tard. Il ne pensait qu'à une chose : qu'arrivait-il à Diba ?

Des hommes vêtus de blanc travaillaient encore dans la véranda et autour de la villa. Debout derrière le ruban de sécurité, Diba les regardait d'un air morne. On ne pouvait guère s'imaginer plus grand contraste entre cet homme et celui qui s'en était pris violemment aux pompiers près du break en feu.

L'un des hommes en blanc héla ses collègues : il avait trouvé quelque chose près d'un chêne, à une quinzaine de mètres de la villa. Joshua crut reconnaître une douille et entendre Diba pousser un juron.

« Qu'est-ce qu'il y a ? lui demanda-t-il froidement.

— Comment dit-on déjà ? Beaucoup de bruit pour pas grand-chose ? rétorqua Diba sans le regarder.

— Je n'entends aucun bruit.

— Garde tes blagues pour toi, Cal. Combien d'hommes travaillent ici ? Et à quoi des adultes comme nous passons notre temps ? À marcher presque main dans la main à travers une forêt. Et pourquoi ? Parce que tu t'es baladé ici aux aurores avec ta petite pute et que tu n'oses l'avouer à personne !

— Qu'est-ce que tu racontes ?

— T'as dit quoi à Tomasoa, ce matin ? demanda Marouan en colère. Que t'étais ici avec moi ? »

Joshua se retourna, le visage cramoisi.

« Et toi, tu veux me faire croire que tu n'as rien vu tout à l'heure ?

— Je vais te dire ce que je vois maintenant, tempêta Diba. Ici, sous mon nez, je vois un hypocrite qui ne s'occupe que de sa petite bite italienne. »

Joshua aurait voulu l'étriper, mais se maîtrisa.

« Hé, c'est à toi que je parle, gros con ! »

La voix de Diba partait dans les aigus. Il soufflait comme un bœuf.

À cet instant, le juge d'instruction arriva sur les lieux. Il donna l'autorisation à Dick Park, chef de la police technique et scientifique, d'entrer dans la villa avec un passe-partout. Joshua se remémora les paroles de Farah : « Tout ça est beaucoup plus énorme qu'on ne le croit. » Il se retourna et vit Diba se sauver dans le bois. Il décida de le suivre.

Diba s'était renfermé, comme entouré d'une carapace invisible. Joshua essaya de l'arrêter.

« Écoute, Diba. Je n'ai rien dit à Tomasoa hier parce que je n'étais pas sûr que Farah ait vraiment quelque chose pour nous. Et puis je me suis fait du souci aussi parce qu'elle est journaliste. Mais on s'est mis d'accord pour qu'elle vienne au bureau signer une déclaration. Tu peux l'interroger si tu veux. Et pour être clair : je consigne tout dans mon procès-verbal, sauf le fait que j'ai vu mon collègue passer à côté d'un élément de preuve alors qu'il était sous son nez.

— Putain, Cal ! hurla Diba comme un lion en cage. Ta gueule et laisse-moi tranquille ! »

Alors que Diba s'éloignait, Joshua resta immobile, regardant autour de lui de peur que quelqu'un ne les ait vus ou entendus. Mais ils étaient seuls et, espéra-t-il, suffisamment loin des autres. Diba se mettait souvent en colère, mais Joshua ne l'avait encore jamais vu aussi agressif. Comme un animal traqué : imprévisible et dangereux. Tandis que l'affaire prenait une tournure de plus en plus sinistre aux yeux de Joshua, le rôle joué par Marouan Diba devenait de plus en plus énigmatique.

13

Plus de cinq heures avaient passé depuis que l'ambulancier avait éloigné Farah, d'une main douce mais ferme, du corps inanimé de Parwaiz. Un agent de police l'avait interrogée. Il voulait connaître son nom, son lien avec le défunt et les circonstances du décès. Farah ne mentionna pas la Bentley argentée. Comment lier les deux événements ? Il semblait impossible qu'un inconnu d'une quarantaine d'années, assis sur la banquette arrière d'une voiture, puisse être responsable de l'attaque cardiaque d'un vieil Afghan ! Pourtant, dans sa tête résonnaient sans cesse les dernières paroles de Parwaiz : « Mi… ka… lov. » À nouveau, elle sentit la forte pression de sa main sur son bras.

Elle fut arrachée à ses pensées au moment où les deux feux rouges de la voiture devant elle s'approchaient dangereusement. Elle se trouvait soudain bloquée dans un embouteillage. Les mains tremblantes, la gorge sèche et les veines de ses tempes prêtes à éclater.

Ces dernières heures, elle ne s'était pas autorisée à ressentir la peine provoquée par la mort de Parwaiz. Le caméraman blond et son preneur de son lui avaient proposé de l'accompagner à l'hôpital en suivant l'ambulance.

À l'hôpital, on la conduisit à la morgue, une pièce carrelée et froide. Parwaiz semblait en cire.

Elle expliqua à l'employée qu'il était musulman et on lui donna le numéro de téléphone d'une entreprise de pompes funèbres spécialisée. À l'autre bout du fil, une femme avenante lui assura que le corps de Parwaiz serait enlevé le soir même pour être lavé rituellement.

Puis elle était retournée à l'appartement de Parwaiz. Un jour, il lui avait donné une clé en cas de « circonstances imprévisibles ». C'était la première fois qu'elle l'utilisait. Elle ouvrit la porte en espérant le voir, comme d'habitude, assis dans son Chesterfield. Étonné, il se lèverait et lorsqu'elle l'embrasserait, elle saurait que toutes les péripéties de l'après-midi n'étaient qu'un horrible cauchemar.

Mais le fauteuil était vide et un silence sinistre régnait dans l'appartement.

Elle se dirigea vers la table et ouvrit lentement le tiroir du haut. Le papillon en papier trônait sur le paquet que Parwaiz lui avait donné. Elle prit le papillon et leva ses mains à hauteur de son visage, comme la veille au bord de l'IJ.

Elle observa ses ailes en papier et sentit le chagrin d'alors se mélanger à celui d'aujourd'hui. Petit à petit, il gagna l'ensemble de son être. Chaque geste, chaque mouvement était pesant.

Elle arpenta l'appartement pendant un long moment, comme anesthésiée. Puis elle fit une chose qu'elle n'avait pas faite depuis longtemps : elle s'agenouilla au milieu du tapis Boukhara, se pencha en direction de l'est et commença à prier.

« Allah, peut-être doutez-Vous de moi, parce que moi, je doute parfois de Vous, mais s'il Vous plaît, accueillez Parwaiz *jan* dans Votre paradis. »

Puis elle se mit derrière la table de travail, saisit un crayon et dressa au dos d'un dessin la liste des priorités à régler. Elle chercha et trouva dans un tiroir les papiers d'assurance, appela la société immobilière pour arrêter le loyer, releva les compteurs d'eau et de gaz, et transmit les données aux instances concernées en demandant la résiliation des contrats.

Elle rangea le contenu des deux grands tiroirs dans des cartons pour les emporter tout de suite avec elle. Plus tard, elle récupérerait le vieux Chesterfield, la table de travail et le tapis : les souvenirs les plus tangibles de Parwaiz *jan*. Le reste du maigre mobilier, les rideaux et les lampes, elle les donnerait à l'Armée du Salut.

Elle avait fermé l'appartement et était montée dans sa voiture. Sous les nuages noirs venus de l'ouest régnait une chaleur étouffante. À présent, prisonnière d'un embouteillage monstre, il ne lui était plus possible d'occulter ce qui s'était passé. Son corps se mit à trembler et elle eut l'impression qu'on lui enserrait la gorge.

Les premières gouttes de pluie commencèrent à tomber lourdement. Elle ouvrit la portière, puis courut entre les voitures immobilisées jusqu'à la bande d'arrêt d'urgence, se pencha sur la glissière de sécurité et vomit. Elle avait perdu la notion du temps quand, derrière elle, des coups de klaxon se firent entendre. En se retournant, elle découvrit que la Carrera était la seule voiture encore à l'arrêt sur la voie du milieu. Plusieurs automobilistes, essayant de contourner sa voiture, lui adressèrent des gestes peu équivoques. Le bruit de la pluie se mêlait aux klaxons et aux vociférations des conducteurs.

Farah respira profondément. Elle leva les bras, fit signe aux voitures de s'arrêter et s'engagea sur la voie. Dans l'éclairage des phares des véhicules freinant au dernier moment, Farah monta dans sa Carrera. Le moteur démarra immédiatement et elle accéléra. Des nuages noirs s'amoncelaient devant elle, déversant des pluies torrentielles.

14

Il était près de cinq heures de l'après-midi quand Marouan frappa à la porte de son chef et dut attendre un peu trop longtemps à son goût avant d'entendre crier « entrez ».

En pénétrant dans le bureau, il eut l'impression d'interrompre une réunion secrète. Joshua Calvino, Dick Park, chef du service technique et scientifique, et Tomasoa le regardèrent comme s'ils venaient d'avoir une grande discussion à son sujet, mais qu'ils ne s'étaient pas encore mis d'accord : allaient-ils l'enduire de goudron et de plumes pour le conduire tout de suite dans une charrette à travers la ville ou attendraient-ils la fin de l'entretien ?

« Prenez une chaise, Diba, dit Tomasoa. En passant par le juge d'instruction, j'ai donné l'ordre au labo d'analyses criminalistiques de traiter en priorité tout le matériel récolté par les hommes de Dick. À ma surprise, nous pouvons déjà rayer quelques points. »

Comme sur un carton de loto, pensa Diba, sarcastique.

Tomasoa voulut d'abord connaître les résultats du ratissage de la forêt. Marouan vit le regard perçant de Calvino, qui lui envoya un signe de la tête : vas-y, à toi de raconter !

Marouan se demanda ce qu'il faisait là. Depuis que son commanditaire à l'accent slave l'avait insulté au téléphone dans la matinée, il avait le même pressentiment que trente ans auparavant, quand il avait pris le bus de Tanger à Marrakech pour ramener son plus jeune frère à la maison. Une voix intérieure lui avait crié de ne surtout pas y aller. Il avait ignoré l'avertissement. Aujourd'hui, il avait reçu une nouvelle mise en garde, cachée dans le ton sur lequel son commanditaire secret lui avait ordonné de faire traîner l'enquête, alors que Marouan savait très bien que cela lui serait impossible. Il aurait bien voulu actionner le frein à main, mais il n'y en avait pas. Et s'il y en avait eu un, il n'aurait certainement pas fonctionné. Comme celui du bus à l'époque.

Ce matin, il avait réagi par réflexe en faisant comme s'il n'avait rien vu. Une impulsion qui avait pris des allures de haute trahison au moment où Calvino avait donné le signal et s'était dirigé vers le rouge indéterminé de la babouche. Après leur altercation dans la forêt, Marouan avait essayé d'éviter son collègue toute la journée. Honteux de son comportement mesquin, il avait l'impression qu'à présent Calvino devait nourrir quelques vagues doutes sur son double jeu.

Un toussotement de Calvino l'arracha à ses pensées. Les trois hommes le regardaient avec impatience.

« On a trouvé trois objets, bredouilla-t-il. Une boucle d'oreille avec des traces de sang. Un lambeau de l'habit du garçon. Et une babouche. »

Tomasoa observa les photos prises sur place par un inspecteur de la police scientifique.

Marouan fixa Calvino avec insistance. À toi maintenant, raconte-leur, gros con !

Calvino détourna les yeux.

Park brisa le silence.

« Le labo a confirmé que le sang trouvé sur la boucle d'oreille est bien celui du gamin. Ils ont aussi trouvé un ADN inconnu.

— D'autres particularités ? demanda Tomasoa.

— En ce qui concerne la boucle, marmonna Calvino, ce n'est pas… euh… nous qui l'avons trouvée, chef.

— Qui alors ? »

Tomasoa le regarda comme s'il savait déjà que la réponse ne lui plairait pas. Le chef a le don de voir dans la tête des autres, pensa Marouan.

« C'est une journaliste, répondit Calvino tel un enfant de chœur ayant sali sa soutane. C'est bizarre, mais il s'agit de la même personne que vous avez vue combattre avant-hier soir au Théâtre Carré.

— La femme grue cendrée ?

— Oui, c'est elle. »

Bingo, pensa Marouan. Même sans carton de loto !

« En quoi est-elle concernée par cette affaire ? demanda Tomasoa d'un ton glacial.

— C'est une longue histoire, chef. Elle était aux urgences pour prendre des nouvelles de son adversaire lorsqu'on a amené le garçon blessé. Elle est afghane. Elle a joué le rôle d'interprète. Puis elle s'est rendue sur le lieu de l'accident et a trouvé la boucle d'oreille dans la forêt.

— Donc elle y était avant vous ? demanda Tomasoa, visiblement irrité.

— Exact. Elle nous a, pardon, elle m'a téléphoné pour signaler sa trouvaille et nous sommes allés chez elle tout de suite.

— Nous? Calvino? Est-ce un pluriel de majesté ou… ?

— Mon collègue Diba et moi.

— OK. Et quand est-ce que cette visite a eu lieu?

— Hier après-midi.

— Et comment connaissiez-vous l'endroit exact où elle a trouvé ce bijou?»

Un court silence s'installa. Calvino scruta Marouan et cette fois-ci ce fut Marouan qui détourna les yeux.

«Ce matin, je l'ai accompagnée à l'endroit qu'elle avait indiqué», répondit Calvino, penaud.

Tomasoa les observait à tour de rôle.

«Ce matin? Je croyais que vous y étiez ensemble. Je veux dire, vous deux.

— J'y étais, chef, se surprit Marouan à mentir. Ensuite, je suis venu ici.»

Il ignora le regard étonné de Calvino.

Tomasoa posa les photos de côté et chercha fébrilement un document parmi tous ses papiers.

«Si j'ai bien compris, dit-il en fouillant, nous pouvons déduire grâce aux vêtements, bijoux et maquillage du garçon, qu'il était utilisé pour des pratiques de…

— Bacha Bazi, dit Calvino.

— Comme danseur afghan, compléta Marouan.

— Autrement dit, ajouta Tomasoa en parcourant le document qu'il venait de retrouver, un jouet sexuel, un garçon putain.»

Personne ne réagit. Ils étaient habitués aux termes les plus grossiers, mais sortant de la bouche de Tomasoa, cela résonnait comme un juron dans une église.

« Est-ce pour cette raison que la journaliste s'y intéresse tant ?

— Sans doute, dit Marouan.

— Mais je veux l'entendre de sa bouche, dit Tomasoa. Quand sera-t-elle interrogée ?

— Le plus vite possible, chef.

— Demain, et pas plus tard, décréta Tomasoa en regardant à nouveau sa feuille. Bacha Bazi. Un phénomène nouveau. Cela nous ramène à la question de savoir ce qui a bien pu se passer dans et autour de cette villa.

— Les différentes traces de pneus dont on a relevé les empreintes indiquent que la maison a pu être utilisée comme point de rencontre, annonça Park en se redressant sur sa chaise. À ce stade, nous n'avons pas encore de preuves formelles pour dire qu'il s'agit de prostitution enfantine, mais nous pouvons affirmer que les choses ont mal tourné quand les différents protagonistes se sont rencontrés. Il y a eu des tirs, aussi bien à l'intérieur qu'à l'extérieur du pavillon. Des douilles, du sang et des traces de traînées ont été trouvés aux deux endroits. Le médecin légiste a comparé les douilles avec la balle retrouvée dans le sternum de l'un des hommes découverts dans le coffre du break incendié. Résultat : positif. Deux balles ont traversé le corps de la deuxième victime et les impacts ont pu être comparés à la douille : là aussi le résultat est positif.

— Pouvons-nous en déduire que les deux hommes retrouvés dans la voiture calcinée étaient tous deux victimes de cette fusillade ? demanda Tomasoa.

— Ce scénario est plus que probable », admit Park.

Tomasoa se redressa – pose Yul Brynner – et observa Marouan, qui se sentit redevenir le passager impuissant du bus poursuivant son chemin tranquillement tandis qu'un camion rempli de déchets venait de la droite en zigzaguant.

« J'essaie de reconstituer les événements. »

Le regard de Tomasoa se porta sur Calvino.

« Plusieurs participants, venus en voiture, se rencontrent près de la villa. Le garçon se trouve probablement parmi eux. Puis quelque chose tourne mal. Nous ne savons pas quoi. Il y a des tirs. Une partie de la fusillade a lieu à l'intérieur. C'est là, d'après ce que nous pouvons supposer, que tombe au moins une victime. Dehors, il y a également un échange de tirs. Là aussi, on déplore un mort. Et au milieu de ce chaos, le garçon réussit à s'enfuir. »

Pour finir, Tomasoa se tourna vers Park.

« Une victime est traînée dehors. L'autre, abattue à l'extérieur, est aussi traînée sur le sol. Les deux hommes sont jetés dans le coffre d'un break retrouvé calciné peu après, quelques kilomètres plus loin. Que savons-nous de cette voiture ? »

Park sortit un document qu'il remit à Tomasoa.

« Le numéro de la plaque d'immatriculation nous apprend qu'il s'agit d'un véhicule de fabrication russe, livré par le constructeur à un importateur d'Odessa qui plaçait ses voitures en leasing dans une entreprise avec une boîte postale bidon.

— Cette voie ne nous mène donc nulle part », conclut Tomasoa.

Marouan eut la bouche sèche en repensant aux secondes qui précédèrent le moment où le camion avait percuté le bus. Il avait pris son petit frère dans ses bras et l'avait serré contre lui.

Impatient, Tomasoa se dandinait sur sa chaise.

« Là, j'arrive à un point où j'avance dans le noir à tâtons. Et je peux vous assurer que ce n'est pas mon activité favorite. Donc, messieurs, éclairez-moi ! »

Il tambourinait fébrilement sur son bureau, comme pour annoncer un dangereux numéro de cirque.

« Pourquoi si près ? Pourquoi ne pas foutre le feu à ce break à un endroit où on ne peut pas faire de rapprochement avec la villa ?

— C'était probablement un acte improvisé à la hâte, dit Calvino avant de marquer une pause pour voir si Tomasoa l'autorisait à poursuivre.

— Continuez, dit Tomasoa avec un geste d'encouragement.

— Imaginons qu'il s'agisse d'un seul homme », suggéra Calvino.

Marouan sursauta. Depuis ce matin, il avait ce même sentiment.

« Un seul homme ? demanda Tomasoa.

— Cela expliquerait beaucoup de choses. »

Calvino regarda Park.

« Si j'ai bien compris, ils ont trouvé plus de deux traînées de sang.

— Exact, confirma Park.

— Mettons que notre homme ait également été blessé pendant la fusillade. S'il était seul… On est en présence d'un pro. Il sait que l'identification de ses victimes peut nous mener jusqu'à lui. Alors il utilise le break pour les rendre méconnaissables. Loin de la villa, car il ne veut pas attirer l'attention sur le lieu initial du délit. Mais il ne peut pas trop s'éloigner parce qu'il est seul et doit y retourner : sa propre voiture y est garée. »

Marouan était interloqué par la perspicacité de l'analyse de Calvino. D'un coup, il comprit pourquoi il voyait une menace en lui depuis si longtemps. Calvino disposait des qualités nécessaires pour se hisser au-dessus du lot des inspecteurs lambda qui, eux, remplissaient leurs journées en s'échinant à faire de leur mieux. Il maîtrisait le métier comme un grand joueur d'échecs domine son jeu. Il prévoyait ses coups, analysait toutes les parades possibles avant de prendre des décisions.

Marouan devait admettre que Calvino l'avait dépassé depuis belle lurette, discrètement et sans esbroufe. Il n'avait rien vu venir. Maintenant, il ne lui restait qu'à écouter passivement la suite de l'hypothèse brillante exposée par Calvino.

« Notre homme emmène les deux morts dans le break jusqu'à la clairière, quelques kilomètres plus loin. Il dévisse les plaques d'immatriculation, enlève les bagues, montres et éventuels autres objets personnels des victimes, verse de l'essence sur la voiture et lance une allumette. Pouf ! »

Marouan fut pris de vertige. Plus de trente ans après, il ressentait encore les mêmes impressions que lorsque le bus s'était renversé quand le camion l'avait percuté. Il entendait le bruit assourdissant du métal éventré, le bris de verre et les hurlements des passagers projetés à travers le bus tournant sur lui-même. Ceux de son petit frère aussi.

« Tout va bien, Diba ? demanda Tomasoa en l'observant attentivement.

— Tout roule, chef, mentit-il.

— Puis, continua Calvino, notre homme doit retourner à la villa. Et à mon avis, il ne peut pas se permettre de prendre un taxi.

— C'est donc pour ça qu'il ne s'est pas trop éloigné», marmonna Tomasoa.

Calvino acquiesça avec ferveur.

«Exactement. C'est aussi la raison pour laquelle nous avons trouvé un nombre de traces relativement important. Il fait nuit quand il retourne à la villa. Il y a du monde sur la route à cause de l'accident du garçon. Blessé lui-même, il n'a ni la possibilité, ni le temps, ni l'énergie d'effacer les traces correctement.»

Marouan aurait pu leur dire qui contacter pour vérifier l'hypothèse de Calvino. Quelque chose le poussait à livrer le nom qu'il avait en tête. Celui d'un homme s'habillant de préférence dans des costumes cintrés Armani, portant une drôle de queue-de-cheval comme s'il sortait d'un monastère de kung-fu et parlant anglais avec un fort accent slave. Mais Marouan savait aussi que dès qu'il dévoilerait l'identité de cet homme, il serait lui-même la principale victime de sa franchise. Prononcer ce nom provoquerait les mêmes dégâts que l'accident du bus.

Tomasoa avait écouté Calvino attentivement et semblait impressionné. Un jour, il prendrait la place du chef, Marouan en était convaincu. Mais Tomasoa n'avait pas l'air de se sentir menacé. Seuls les grands maîtres se respectent, en retrouvant chez l'autre un talent et des qualités semblables aux leurs, pensa Marouan, qui remarqua que Tomasoa l'observait à nouveau.

«Pourrait-il y avoir un lien entre l'accident du garçon et la fusillade, Diba?» demanda Tomasoa.

Marouan fut stupéfait de la rapidité de sa propre réponse :

« S'ils avaient voulu renverser le gamin délibérément, ils n'auraient jamais freiné. Et même s'ils avaient freiné, ils ne l'auraient certainement pas laissé sur place.

— Quoi qu'il en soit, dit Tomasoa, en peu de temps ce pauvre gosse est passé de victime de la route à témoin principal d'un règlement de comptes criminel. L'accident ne peut donc plus être considéré comme une affaire indépendante.

— Qu'est-ce que cela signifie pour nous, chef ? demanda Marouan qui, au fond de lui, connaissait déjà la réponse tant redoutée.

— Qu'elle doit être reliée au double meurtre examiné par le TGO, précisa Tomasoa. Et que vous serez probablement associés à l'équipe. »

Bingo, pensa Marouan. Il savait ce que cela impliquerait. Il serait enfermé dans le carcan d'une équipe fortement hiérarchisée, où il aurait tout juste le droit de servir aux experts du café avec un nuage de lait. Il n'aurait aucun mot à dire. Chaque geste, mouvement ou action qui s'écarterait du protocole serait immédiatement remarqué. Marouan serait pieds et poings liés et ne serait plus d'aucune utilité pour son commanditaire secret.

Il épongea la sueur de son front et prit conscience que dans sa vie peu de choses avaient changé depuis qu'il s'était extirpé de la carcasse du bus de Marrakech, seul survivant de l'accident.

15

Une canette de café glacé, deux wraps au houmous, un sachet de baby-carottes et deux canettes de Golden Power constituaient les achats de Farah après un rapide passage dans la première station-service venue. Cette réserve énergétique entre les mains, elle attendait son tour à la caisse lorsque son regard tomba sur une photo en noir et blanc à la une du *Nederlander*. Elle vit un homme qui lui rappelait vaguement quelqu'un et une femme avec un gros bouquet de fleurs. Ils se tenaient de part et d'autre d'un lit d'hôpital et regardaient l'objectif avec des yeux tristes et un sourire résigné.

Le cœur de Farah fit un bond quand elle reconnut le garçon dans le lit.

Il avait le même regard que lorsqu'il était entré aux urgences : celui de quelqu'un qui semblait enfermé dans un cauchemar.

Elle attrapa le journal, paya et traversa rapidement le parking. À peine une minute plus tard, elle était dans sa Carrera, le quotidien déplié sur le volant.

Alors qu'elle avalait une bouchée de son premier wrap au houmous, ses yeux parcouraient le récit larmoyant d'Angela Faber, publié à côté de la photo, sous le titre : « Ma journée au poste de police. » Elle racontait avoir trouvé, étendu sur la route en pleine nuit, un garçon oriental déguisé en fille grièvement blessé, et lui avoir sauvé la vie en appelant immédiatement les secours. Elle parlait d'une « bourde monumentale » des inspecteurs qui l'avaient arrêtée comme suspect principal de l'accident.

Mais ce n'était pas tout.

Sous le titre « La rançon de ma célébrité », Dennis Faber, le mari d'Angela, « présentateur et figure de proue d'Iris TV », expliquait la façon dont il avait été « arrêté et traité comme un grand criminel » lors des enregistrements de *The Game of Love*, sous l'œil des caméras de télévision. « Une expérience traumatisante », surtout qu'on l'avait accusé de complicité alors qu'il n'était même pas présent sur le lieu du drame. Faber ne mâchait pas ses mots en parlant de l'attitude des inspecteurs. « On se demande vraiment où va notre pays quand on voit deux étrangers au service de la police bafouer notre système de droit en toute impunité avec leur comportement primitif. »

Le couple « lourdement éprouvé » annonçait par ailleurs qu'il comptait « bien évidemment » porter plainte contre la police pour séquestration.

Toutefois, Angela Faber, « très affectée », soulignait que la victime principale de toute cette affaire était le garçon lui-même. « C'est la raison pour laquelle nous avons mis de côté notre propre souffrance afin d'être présents pour lui aujourd'hui. » Dennis Faber ajoutait avec « beaucoup de compassion » qu'ils ne pouvaient guère faire plus pour ce « pauvre gamin » que « prier et espérer qu'il s'en remettrait ».

Bien sûr, le caractère hypocrite de toute cette histoire déplaisait fortement à Farah, mais elle se demandait surtout pourquoi c'était justement Cathy Marant qui s'occupait de cette affaire.

Marant connaissait-elle l'implication de Farah et essayait-elle maintenant, par ce biais, de la discréditer ? Elle trouva la réponse à cette question en ouvrant la page people pour lire la suite de l'article. Découvrant le nom et la photo de Danielle, toutes les pièces du puzzle se mirent en place. Sans doute l'article avait-il vu le jour à son initiative. L'idée d'exploiter à grande échelle le récit des Faber pour en tirer un profit personnel était brillante. Le jour où elle ne voudrait plus être médecin, elle pourrait toujours trouver un emploi dans le secteur des relations publiques.

Selon Danielle, « le garçon gravement blessé avait été pris en charge et soigné avec beaucoup d'humanité et de professionnalisme au service des soins intensifs du Waterland Medisch Centrum ». Il ne manquait plus qu'elle mentionne les horaires de visite ! Comment pouvait-elle être aussi stupide ? De plus, elle indiquait que le gamin était « la victime d'une impitoyable bande de trafiquants d'enfants qui l'avaient laissé pour mort dans la forêt ».

En affirmant cela, ne s'était-elle pas rendu compte qu'elle déroulait un tapis rouge à ces mêmes types « impitoyables », leur donnant ainsi l'occasion de faire taire le gamin définitivement ? Mais Farah eut le plus gros choc à la fin de l'article en lisant que Danielle présenterait le soir même, dans le *Headlines Show*, sa propre version « à glacer le sang » de la découverte du garçon.

La colère de Farah devant ce comportement égocentrique relégua son chagrin pour Parwaiz au second plan. Elle se remémora les paroles de Danielle : « C'est maintenant que cette histoire est dans l'actualité, qu'elle attire l'attention. Et encore plus depuis l'arrestation de ce couple médiatique. Demain, un autre événement pourrait se produire, faisant retomber l'intérêt pour celui-ci. »

Elle avait eu raison de ne pas accepter la proposition de Danielle. Elle lui avait expliqué pourquoi elle ne pouvait ni ne voulait l'aider de cette manière. N'avait-elle pas été assez claire en disant qu'il était imprudent d'attirer si vite l'attention du public sur cette affaire ?

Quoi qu'il en soit, Farah avait refusé et avait eu l'impression d'être manipulée. À présent, ce refus se retournait contre elle.

Elle comprit aussi que l'apparition de Danielle dans le *Headlines Show* augmenterait l'intérêt des médias pour cette affaire, ce qui nuirait à ses propres investigations. Son patron, Edward, voulait qu'elle avance « masquée ». Serait-il capable d'annuler l'enquête ?

Épuisée, les yeux dans le vide, elle mâcha quelques carottes sans en sentir le goût et s'appuya contre le volant tandis que le journal, sous le poids de ses coudes, se déchirait lentement. Elle chercha une explication satisfaisante à ce concours apparemment insensé d'étranges circonstances.

Elle se rappela le regard du petit lorsqu'il s'était réveillé, la main crispée de Parwaiz autour de son bras et ses yeux qui s'éteignaient. Les deux visages se superposaient. Le visage du garçon luttant pour sa vie et le visage de Parwaiz dont la vie s'échappait.

Soudain, Farah comprit que c'était elle le maillon reliant deux événements qui semblaient indépendants l'un de l'autre.

Elle consulta sa montre. Elle avait perdu toute notion de temps. Il était quatre heures passées. En se dépêchant, elle arriverait juste à l'heure pour la conférence de presse. Ensuite, elle essaierait de convaincre Edward de l'importance de continuer l'enquête coûte que coûte. Même si cela impliquait une inévitable collaboration avec Paul.

16

D'une main, Danielle ouvrit le mitigeur thermostatique et de l'autre, elle tâta l'eau pour définir la température idéale de son bain.

Ce matin, les événements ne s'étaient pas passés comme elle l'avait espéré. Elle avait demandé à Mariska si Angela Faber pouvait rendre visite au garçon.

« Une minute seulement. »

L'hésitation de Mariska fit place à un franc refus lorsqu'elle vit entrer toutes les autres personnes dans le service.

« Je vais avoir de grosses emmerdes. C'est vraiment inadmissible ! » cria Mariska tandis que Danielle accompagnait rapidement ses illustres visiteurs vers le lit de la victime.

« Tu vas trop loin, Danielle. Fais sortir ces gens immédiatement, sinon j'appelle la sécurité. »

En voyant le garçon, Angela Faber se figea et ne put articuler autre chose qu'un pathétique :

« Oh mon Dieu, oh mon Dieu, qu'est-ce qu'ils t'ont fait ? »

Dennis Faber ne réussit pas à se maîtriser.

« Ils lui ont sauvé la vie, c'est ça qu'ils ont fait ! fulmina-t-il. Et laisse Dieu en dehors de ça, il n'a rien à voir là-dedans ! »

Dans le hall, Mariska téléphonait ostensiblement à la sécurité. L'incursion rapide dans la chambre se serait soldée par un échec si Cathy Marant n'avait pas aussitôt donné l'ordre aux Faber de se poster des deux côtés du lit et de montrer de la compassion en regardant la caméra avec un sourire triste, comme des acteurs expérimentés. Très vite, Marant plaça un bouquet de fleurs entre les mains d'Angela et ordonna à Eric, le photographe, de s'installer de telle sorte que le gamin se trouve entre Angela et Dennis. Le garçon aurait dû être le personnage principal de sa propre tragédie ! Avec ce reportage photo, il était relégué au rang de figurant silencieux d'un drame au rabais, joué par deux personnalités pensant faire ainsi taire leur mauvaise conscience et camoufler l'effondrement de leur mariage. Heureusement, l'intervention fut rapide. Aussitôt la pose obligatoire terminée, Dennis Faber se précipita hors de la chambre sans un regard pour le garçonnet. Cathy Marant prit par le bras une Angela Faber pleurant à chaudes larmes et la dirigea vers le couloir.

« À vous, Danielle. »

Eric la positionna devant les appareils médicaux.

« Il faut partir maintenant », lui ordonna-t-elle, mais il continuait à photographier frénétiquement.

En sortant de la chambre avec lui, elle vit le regard fâché, mais surtout déçu, de Mariska.

« Je peux tout t'expliquer, Maris ! »

Mais Mariska affichait sa mine des mauvais jours. À peine Danielle et Eric s'étaient-ils éclipsés dans l'ascenseur de droite que les portes de gauche s'ouvraient, laissant passer les hommes de la sécurité.

« Sur le fil ! » dit Eric tout sourire, en se collant contre Danielle.

Elle pensa au garçon. Elle avait le sentiment de l'avoir trahi.

Ce n'est qu'après avoir vu s'éloigner Marant et consorts qu'elle put respirer librement. Lorsqu'elle revint dans le service des soins intensifs, Mariska était toujours en discussion avec les hommes de la sécurité.

« Tout va bien, dit Danielle. Ils sont partis, c'est fini. »

Puis elle se dirigea vers la chambre du garçon. Elle se pencha sur lui et caressa ses fins cheveux noirs. Il la regarda comme s'il était ailleurs.

« Je suis désolée, dit-elle, mais j'étais obligée de le faire. Un jour, je t'expliquerai et j'espère qu'alors tu comprendras. »

Elle n'avait pas prévu de se sentir aussi coupable. À présent, elle doutait de la sincérité de ses intentions. Mais avec son action, elle allait pouvoir monter sur le podium ce soir pour raconter son histoire. Il ne pouvait pas parler, elle, si.

Elle serait sa porte-parole.

Elle avait l'impression qu'il s'était écoulé une éternité depuis son incursion dans la chambre du garçon. En sortant du parking de l'hôpital, elle était allée acheter le *Nederlander*. De retour chez elle, elle avait lu l'article de Marant le cœur battant, et avait constaté avec satisfaction que le résultat était exactement celui qu'elle avait imaginé. En quelque sorte, elle exécutait un numéro de cirque, se dit-elle en souriant. D'abord, elle mettait en lumière les Faber pour ensuite monter sur leurs épaules et attirer l'attention sur elle.

Le bain était presque prêt. Elle y ajouta quelques grosses gouttes d'huile énergisante au ginseng, en respira l'odeur de rose et se déshabilla.

Elle entendit piailler les oiseaux de son mobile caché sous ses vêtements, s'en empara, hésita en voyant que c'était Farah, mais décida finalement de décrocher.

Farah était énervée.

« J'ai lu l'article paru dans le *Nederlander*, Danielle. C'est à ça que vous pensiez en parlant d'"attention"?

— C'est exactement ce à quoi je pensais, répondit-elle fraîchement.

— Mais vous utilisez ce garçon ! Et qu'est-ce que vous obtenez en retour ?

— Ce que j'obtiens en retour, c'est que je peux expliquer à huit cent mille téléspectateurs que son histoire atroce est à l'image de celles de millions d'autres enfants dont on n'a jamais parlé.

— C'est ce que vous avez convenu avec Cathy Marant ?

— Pourquoi me demandez-vous ça ?

— Parce que Cathy Marant n'est pas du tout intéressée par ce genre de problématiques. Elle veut du sensationnel, des mariages ratés, des personnalités qui sombrent dans le caniveau ou des journalistes qui expédient des gens à l'hôpital. Elle ne s'intéresse aux poignantes histoires d'enfants que lorsqu'il s'agit d'un enfant de célébrité ou d'un enfant lui-même célèbre. Vous y avez pensé ? Vous faites une grosse erreur en lui faisant confiance !

— Qu'est-ce que je devrais faire alors ? Me fier à vous ? Vous n'allez pas m'aider. Marant, si.

— Avez-vous pensé à la sécurité du garçon ? Ou à la vôtre ? Pourquoi agissez-vous ainsi ? Que voulez-vous prouver ?

— Je n'ai nul besoin de me justifier devant vous. On aurait pu trouver un accord ensemble. Vous avez refusé. Tant pis pour vous.

— Danielle, vous ne mesurez pas les conséquences. N'y allez pas. Tout cela va se retourner contre vous.

— Vous savez, Farah, je commence à vous connaître. Vous êtes comme tout le monde. Vous ne pensez qu'à vous-même. N'ayez crainte, je ne mentionnerai pas votre nom ce soir. Je ne parlerai que du garçon. Enfin, il aura l'attention qu'il mérite. J'en suis garante. Au revoir. »

Elle raccrocha, s'entoura d'une serviette de bain et alla dans le séjour. Elle se rendit compte à quel point cette conversation l'avait stressée. Farah avait-elle raison en affirmant qu'elle mettait en danger la sécurité du gamin ? Elle pensa à sa fuite, au milieu de la nuit, courant à travers les hautes herbes. Elle entendit à nouveau les cris des enfants. Peu importait ce qu'elle faisait ou l'endroit où elle était, elle les entendrait partout. Ils étaient dans sa tête pour toujours.

17

Edward Vallent se prévalait volontiers d'un comportement empathique envers ses subordonnés, mais Farah n'en ressentit pas grand-chose lorsqu'elle tenta de le suivre pour prendre l'escalier roulant.

« Donc, si j'ai bien compris, ton oncle, qui n'était pas ton vrai oncle, est décédé brutalement cet après-midi. C'était pour toi une raison suffisante pour disparaître totalement du système radar et refaire surface tout d'un coup. Tu ne m'as même pas téléphoné !

— Bien sûr ! fulmina Farah. C'est la première chose qui me vient à l'esprit quand quelqu'un meurt dans mes bras : il faut que j'appelle Ed tout de suite !

— Ce n'est peut-être pas ton premier réflexe, mais ta deuxième ou troisième réaction, ce ne serait pas si mal. Putain, même si cela avait été ton dixième réflexe ! Mais au moins : donne-moi de tes nouvelles ! Tu déboules ici quelques minutes avant notre conférence de presse. On n'a rien pu préparer et au moment où je veux t'expliquer ce qu'on va faire, tu me casses les pieds avec une histoire à dormir debout : la mort de cet homme serait liée au gamin Bacha Bazi ! D'où sors-tu une chose pareille, Hafez ?

— Et puis merde, Ed, en le présentant ainsi, ça semble effectivement insensé. »

Edward s'arrêta net et se tourna vers Farah, furieux.

« C'est insensé ! »

Ils se firent face comme deux gladiateurs statufiés. Puis le colosse se remit en marche et Farah le suivit.

« Sans doute sommes-nous tous liés les uns aux autres d'une manière yi king, yin yang ou feng shui. Sans doute nos cellules forment-elles toutes un immense réseau cosmique de causes et d'effets, mais ce n'est pas un sujet dont une journaliste passionnée bourrée de talent devrait s'occuper ! Si tu veux prendre ce chemin, saute dans le premier avion en direction du plus haut sommet de l'Himalaya et éclate-toi dans un couvent bouddhiste avec tous les bols chantants tibétains que tu trouves. Mais ici, dans notre monde réel, nous travaillons toujours avec des faits et des convictions. Des faits et des convictions, Hafez ! Tu sais ce que ça veut dire ? »

Il voulut s'éloigner, mais Farah l'arrêta.

« Écoute-moi, Ed. Cet après-midi, un homme s'est éteint dans mes bras. Je l'aimais comme un père. Tu es un vrai salaud. Que tu n'aimes que ton boulot et que tu te soucies à peine des gens qui t'entourent ne te donne pas le droit de me parler de cette façon ! »

La fureur dans les yeux d'Edward disparut instantanément.

« OK, Hafez, on se calme. »

Il fit à nouveau mine de partir, mais Farah lui barra la route. Elle avait l'impression de se poster devant un Hummer qui démarre.

« Je te demande confiance et respect, exigea-t-elle. Sans cela, je ne peux pas m'occuper de cette affaire. Et j'en ai tellement envie, Ed. Ne serait-ce que pour te ridiculiser, toi et ton ignorance arrogante.

— J'adore quand tu me parles sur ce ton, Hafez, dit Edward avec un large sourire. Mais là, on doit descendre et tenir le même discours. Au moins pour la forme. On discutera plus tard. Viens. »

Elle se retourna et sentit la main d'Edward dans son dos : un geste vieillot que les hommes continuaient à faire, car ils considéraient les femmes comme des enfants qu'il faut pousser en avant.

En arrivant près de l'escalator, ils entendirent dans le hall central les murmures impatients des journalistes et des photographes.

« Mettons-nous au moins d'accord sur une chose, Hafez. Toi tu te tiens à carreau et c'est moi qui parle, décréta Edward.

— Fais comme tu veux, gros lourdaud. »

Lorsqu'ils descendirent l'escalier roulant, Edward se pencha vers Farah et lui murmura à l'oreille :

« C'est vraiment moche ce que tu as dû vivre aujourd'hui. Et mes excuses pour tout à l'heure. »

Elle fit semblant de ne pas l'avoir entendu et regarda droit devant elle.

« Merci, Ed », dit-elle en sortant de l'escalator, après avoir réussi à contenir ses larmes.

18

« Mesdames, messieurs, bonjour ! » s'écria Edward d'un ton enjoué, comme s'il s'apprêtait à payer sa tournée aux journalistes et photographes rassemblés autour de l'écran géant dans le hall central de l'*AND*. En même temps, il se maudissait d'avoir le don de mettre en colère les personnes auxquelles il tenait le plus. Il ne s'était rendu compte de son attachement pour Farah que lorsqu'elle s'était emportée contre lui. Peut-être était-ce la raison pour laquelle il cherchait sans cesse à la provoquer. Pour sentir que sous sa carapace de bourreau de travail, son cœur battait pour elle sans réserve.

Au cours de l'après-midi, il s'était inquiété, car Farah ne répondait pas à ses SMS. D'habitude, elle était aussi prompte à exécuter ses tâches quotidiennes qu'elle l'était à répondre aux appels. Plus tard dans la journée, un correspondant parlementaire à La Haye lui avait appris qu'une ambulance avait évacué quelqu'un à l'extérieur du bâtiment, juste avant le débat à la Chambre des députés. Bizarrement, il avait ressenti aussitôt un irrésistible besoin de laisser plusieurs messages sur la boîte vocale de Farah.

Edward ne supportait pas de se faire du souci sans raison précise et son inquiétude s'était amplifiée au fur et à mesure que ses SMS restaient sans réponse.

Au bout du compte, il n'avait même plus réussi à se concentrer sur son travail. Quand elle était enfin entrée dans son bureau en criant « désolée, désolée », il l'avait ensevelie sous une avalanche de reproches excessifs alors qu'il aurait voulu la serrer dans ses bras.

Pourquoi se sentait-il si concerné par le sort de Farah Hafez ?

Dix ans plus tôt, elle avait fait irruption dans son bureau pour la première fois : en retard et avec ce même empressement frôlant l'hystérie.

Quand il l'avait interrogée sur ses motivations concernant le journalisme, elle avait mentionné son grand modèle.

Raylan Chapelle.

Il avait été ému en écoutant Farah parler de sa fascination pour son beau-frère décédé.

Elle admirait surtout le courage et la perspicacité dont Raylan Chapelle avait fait preuve en écrivant sur la guerre au Vietnam et, plus tard, sur les préambules de la révolution de Saur en Afghanistan.

« Sans perspicacité et sans courage, on n'obtient rien », avait-elle ajouté. Alors Edward lui avait demandé ce qu'elle comptait obtenir avec son courage et sa perspicacité. La réponse de l'idéaliste aux cheveux sombres et aux yeux étonnamment bleus ne l'avait pas surpris.

« Je veux que les citoyens prennent conscience de leur pouvoir. C'est à nous, journalistes, de leur rappeler sans cesse que nos leaders et leurs administrations n'existent que parce qu'on les y autorise.

— Avez-vous déjà pensé à faire de la politique ? avait demandé Edward avec un sourire narquois.

— Je suis devenue journaliste pour surveiller d'un œil critique tout type d'autorité, donc les politiciens aussi ! »

Il l'avait engagée et assistée de son mieux. Farah avait appris à associer intuition et réflexions analytiques. Pourtant, à l'instant, gagné par la colère, il lui avait reproché le contraire. Elle avait eu raison de lui réclamer respect et confiance. S'il était honnête, il devait reconnaître que lui, le patron, souffrait de ne pas avoir plus de prise sur Farah et sur sa façon de travailler.

Dans l'affaire du petit garçon, elle avait démontré toutes les qualités d'une journaliste d'investigation. Il devait non seulement lui accorder la confiance et le respect qu'elle lui demandait, mais aussi lui laisser la liberté de mener ses enquêtes comme elle l'entendait, sans lui imposer sa propre méthode. Edward avait déjà commis cette erreur avec Paul. Et finalement, il avait perdu son élève le plus talentueux.

La question n'était pas tant de savoir si Farah était prête pour traiter ce gros dossier, mais plutôt si Edward, en tant que chef, était capable de l'accepter. Il l'observa. Assise à côté de lui à la longue table près du grand écran, elle semblait tout à fait sereine. Aucune trace du stress qu'elle avait montré dix minutes plus tôt. Aucune trace du chagrin qu'il avait vu dans ses yeux quand elle lui avait parlé de la mort de son oncle.

Il posa la main sur son épaule et se tourna vers l'assemblée hétéroclite. Au milieu des journalistes de la presse écrite et des photographes, l'équipe d'Iris TV ne passait pas inaperçue.

« Je voudrais profiter de l'occasion pour vous présenter Farah Hafez, dit Edward sur un ton familier. Farah travaille pour nous depuis plus de dix ans et en dehors du journalisme, elle s'est aussi illustrée dans le noble art martial qu'est le pencak silat. Elle y a même été si performante qu'elle a été invitée cette année à participer au grand combat de gala au Théâtre Carré. »

Il prit une gorgée d'eau.

« Pourquoi donner une conférence de presse autour d'un gala de combats ? Pour répondre à cette question, je vous invite à regarder la façon dont ce combat a été présenté au *Headlines Show* », poursuivit-il avant d'appuyer sur la touche play de la télécommande.

Sur le grand écran apparut Cathy Marant dans son chemisier violet brillant.

« Le pencak silat est un sport de combat d'origine indonésienne, déclarait-elle avec emphase, faisant craindre le pire pour la suite. Toutefois, ce soir, continuait-elle, ce n'est pas un combattant indonésien qui a attiré l'attention, mais l'Afghane Farah H., journaliste au *Algemeen Nederlands Dagblad* dans la vie de tous les jours. Elle a infligé de telles blessures à son adversaire que celle-ci a dû être hospitalisée. »

Marant fit une petite pause en fixant la caméra.

« Regardez avec moi ce qui s'est passé. »

Les images du combat, prises de loin, étaient floues et saccadées. Elles produisaient un effet dramatique et Edward en comprenait la raison : elles avaient été trafiquées. Initialement, la scène avait été parfaitement tournée, sans soubresauts. Au montage, les images avaient été retouchées par ordinateur, donnant l'impression d'avoir été prises illégalement avec un téléphone portable depuis les tribunes. De plus, certaines séquences avaient été coupées pour occulter les gestes méchants de l'adversaire de Farah. Ce n'est que lorsque Farah distribua ses derniers coups que l'on bascula vers une deuxième caméra qui enregistrait le combat de près.

Et ce n'était pas tout. Plus tôt dans la journée, Edward avait déjà remarqué que le direct envoyé par Farah sur le menton de sa rivale était accompagné d'un bruit exagéré. Au moment où le poing gauche de Farah heurtait les côtes de son adversaire, on entendait un craquement. Et les mouvements de pied étaient accentués par un sifflement sinistre suivi d'un impact sourd. De plus, chaque pas ou frappe de Farah était montré au ralenti.

Quand la rivale de Farah s'écroula sur le tapis, Edward arrêta la vidéo.

« Comme vous l'avez sans doute constaté, dit-il, tendu, la majeure partie du combat a été filmée par une caméra ne donnant que des vues d'ensemble. Ce que vous allez voir maintenant, ce sont les images captées par la caméra qui a tourné les gros plans. Celles-ci, à l'inverse de celles que je viens de vous montrer, n'ont pas été maquillées ni assorties de bruitages. »

Il appuya à nouveau sur la touche play : on vit clairement la Russe attraper la tête de Farah et la tirer par les cheveux sur le tapis. Lorsque Farah réussit à l'immobiliser d'une clé de bras, son adversaire lui mordit le mollet au sang : Farah hurla de douleur.

Edward appuya sur la touche pause quand l'arbitre arrêta la partie.

« Ces images ont été visionnées par les membres de la Fédération internationale du pencak silat, dit-il avec professionnalisme. Après examen, ils ont décidé d'exclure l'adversaire de Farah Hafez pour au moins deux ans de toute compétition nationale ou internationale. »

Il prit une nouvelle gorgée d'eau, négligea le regard étonné de Farah et fit défiler les dernières frappes sans les bruitages et effets spéciaux. Revoir son adversaire tomber sur le tapis n'avait rien d'agréable, mais l'ensemble était nettement moins choquant et brutal que dans la version montrée par le *Headlines Show*.

« La Fédération a conclu à l'unanimité que Farah Hafez avait gagné ce combat à la loyale, poursuivit Edward en brandissant l'article vengeur du *Nederlander*. Mais Cathy Marant se présente subitement comme experte en sports de combat. Selon elle, il s'agit d'une "impitoyable action vengeresse de l'Afghane Farah H.". »

Il se redressa. Il était temps de se jeter corps et âme dans la bataille.

« Je me demande, dit-il en haussant la voix, pourquoi une journaliste, bien que d'origine afghane mais possédant un passeport néerlandais depuis son enfance, est appelée "l'Afghane". Pour quelle raison Farah Hafez est-elle devenue "Farah H."? C'est très simple : aux Pays-Bas, la coutume veut qu'on n'écrive que l'initiale des noms des grands criminels ! »

Il se sentit emporté par l'indignation qui gagnait les représentants de la presse rassemblés dans le hall.

Il fit une courte pause avant d'entamer son discours final.

« Nous sommes d'avis que lors de ses reportages sur ce combat, que ce soit dans le *Nederlander* ou dans le *Headlines Show*, Cathy Marant n'a pas seulement manipulé les faits, mais les a également transformés en fausses accusations pour salir l'une de nos journalistes et en faire une criminelle ! »

Furieux, Edward fixa la caméra de l'équipe d'Iris TV. Il se remémora le soir où, plusieurs années auparavant, lorsque Cathy Marant travaillait encore pour l'*AND*, il avait dû la reconduire, ivre morte, après une fête du personnel trop arrosée. Comme elle ne tenait plus sur ses jambes, il l'avait portée jusque chez elle et l'avait déposée sur son lit. Avant de pouvoir l'en empêcher, elle avait brutalement ouvert la fermeture Éclair de son pantalon en haletant à son oreille : « Je veux t'avoir en moi, maintenant ! »

Mais dès qu'il avait réussi à se défaire d'elle, il avait été spectateur d'une transformation instantanée : la nymphe voluptueuse s'était changée en furie, crachant sa haine.

« C'est donc vrai ce qu'ils racontent : que tu es homo ! »

Edward termina ses dernières phrases en tempêtant :

« Mme Marant se demande ce que deviendront les normes de notre État de droit si on tolère le comportement de "l'Afghane Farah H.". Moi, je me demande ce que deviendront les normes du journalisme si on continue à tolérer les manipulations et les calomnies de Cathy Marant ! »

Le reporter de l'équipe d'Iris TV leva la main.

« Marc Combrée pour Iris TV, dit-il avec emphase. J'ai une question pour Mme Hafez. »

Edward jeta un rapide coup d'œil à Farah. Elle acquiesça.

« S'il est vrai, madame Hafez, que vous êtes cet ange pacifique décrit par votre chef, pourquoi n'avez-vous pas raconté votre version des faits quand Mme Marant vous l'a demandé ? Pourquoi ne vous êtes-vous même pas donné la peine de la contredire ? »

Edward se crispa. Il imagina Farah sauter par-dessus la table et, la jambe tendue, se jeter sur ce pauvre Marc.

« Je connais les méthodes de travail de Cathy Marant, répondit Farah d'une voix calme. Comme vous le savez, elle a été licenciée par notre journal parce qu'elle ne prenait pas la peine de vérifier ses sources et, en m'exprimant ainsi, je reste mesurée, croyez-moi. Elle tire ses conclusions avant d'avoir commencé son travail et ne s'intéresse pas à ce que les gens ont vraiment à dire : elle ne cherche qu'à utiliser leurs opinions pour confirmer ses propres idées. Je n'ai pas voulu entrer dans son jeu en répondant à ses questions. Je ne réponds qu'aux journalistes qui respectent l'éthique de notre métier. »

Edward n'en croyait pas ses oreilles. La même femme qui quelques heures plus tôt avait tenu dans ses bras un mourant était assise là, solide comme un roc.

« Que comptez-vous faire de vos accusations, monsieur Vallent ? demanda Combrée avec suffisance.

— Notre avocat demandera une rectification aussi bien pour l'article paru dans le *Nederlander* que pour le sujet traité dans le *Headlines Show*. Si elle n'est pas honorée, nous porterons plainte pour diffamation, déclara Edward avec un calme feint et en mettant le moins de triomphalisme possible dans sa voix. C'était tout, merci de votre attention. »

Il fit signe aux journalistes qu'il était inutile de crier d'autres questions à travers le brouhaha naissant et s'éloigna avec Farah en direction de l'escalier roulant. Ils montèrent en silence, sans se retourner.

« Marant est au courant qu'on enquête sur l'affaire du gamin ? demanda-t-il en arrivant en haut. En d'autres termes, sait-elle que tu y es mêlée ? »

Farah le regarda, étonnée. Edward afficha un grand sourire.

« Moi aussi, il m'arrive de lire le journal.

— Je ne sais pas ce que Danielle lui a raconté, dit Farah.

— Mais au fait, que sait Danielle ?

— Hier matin, après l'opération, on a échangé nos informations. Elle m'a donné des explications médicales et son point de vue sur les probables circonstances de l'accident du garçon. Moi, je lui ai parlé de mes soupçons de trafic d'enfants.

— C'est tout ?

— C'est tout.

— Alors pourquoi fait-elle tout ce foin ?

— Parce qu'elle veut attirer l'attention du public sur son histoire.

— Quelle histoire ?

— Danielle Bernson a travaillé pendant de nombreuses années dans des territoires africains en guerre et à mon avis, elle en est revenue traumatisée. L'autre nuit, dans le Bois d'Amsterdam, elle voit un garçon oriental grièvement blessé. Aussitôt, tous les malheurs du passé remontent à la surface. Elle utilise l'enfant comme une métaphore de toutes les souffrances enfantines dont elle a été témoin. Ces mots exacts étaient : "Je veux que le plus de gens possible sachent ce qui arrive à ces enfants."

— Et elle pense être à la bonne adresse chez Cathy Marant ? Elle pourrait tout aussi bien s'inscrire dans un cours "Comment se duper soi-même". Marant ne s'intéresse pas du tout aux souffrances des enfants du tiers-monde. Sauf quand il s'agit d'une collecte d'argent nationale à grand spectacle, avec une armée de célébrités à la clé. »

Ils arrivèrent dans le bureau d'Edward. Il ferma la porte, déglutit et s'efforça d'adopter un ton empathique:

« Et toi, comment tu te sens maintenant ?

— Tu me fais peur quand tu joues les sentimentaux, Ed, dit Farah, mais en voyant son sourire il comprit qu'elle le taquinait.

— C'était une simple question, dit-il, conciliant. Mais bon, si ça te gêne…

— Je suis solide, Ed, tu le sais. Il m'arrive beaucoup de choses, mais je gère.

— Je sais, affirma-t-il chaleureusement.

— Tu vas renoncer ? demanda-t-elle.

— Renoncer à quoi ?

— À l'enquête.

— Bon sang, pourquoi j'y renoncerais ?

— À cause de toute cette publicité indésirable, à cause de Cathy Marant.

— Pourquoi alors a-t-on donné cette conférence de presse ? On ne renonce à rien du tout, Hafez. J'ai réussi, avec beaucoup de mal, à obtenir l'accord et l'argent de nos supérieurs pour notre projet ! Et toi ? Qu'as-tu décidé ?

— Je prends un aller simple pour l'Himalaya et j'entre au couvent.

— Allez, un peu de sérieux, Hafez.

— Pour Paul, c'est d'accord, dit-elle, impassible. Je peux partir maintenant ?

— Si tu me tiens au courant de l'endroit où tu es et de ce que tu fais, répliqua Edward en riant.

— Tu voudrais me mettre un bracelet électronique ?

— Je n'oserais pas. Envoie-moi une carte postale avec quelques moines souriants. »

Elle quitta son bureau d'un pas traînant. Le regard dans le vide, Edward pensa à son plan. Un plan presque voué à l'échec, mais il voulait quand même tenter le coup. Il n'espérait qu'une chose : que Farah ne découvre jamais ses vraies motivations.

19

Farah eut la chance inouïe de trouver une place pour sa Carrera juste devant l'ancienne remise De Hallen à Amsterdam-Ouest. Autrefois, pendant de nombreuses années, tous les trams circulant dans la capitale trouvaient refuge pour la nuit dans ce bâtiment en brique. L'immense complexe abritait à présent une salle de cinéma et un musée de photographie. Plusieurs entreprises de graphisme et d'audiovisuel s'y étaient également installées.

Lors de la conférence de presse, Farah avait surtout pensé aux événements qui s'étaient déroulés l'après-midi à La Haye. Sans cesse, elle revoyait la Bentley passer devant elle, l'horreur dans les yeux de Parwaiz et, sur la banquette arrière, la silhouette de l'homme dont elle ne pouvait reconnaître le visage à cause des reflets du soleil sur les vitres de la voiture.

Soudain, elle se souvint d'un détail : occupée à aider Parwaiz, elle n'avait pas remarqué la caméra qui filmait autour d'eux. Après avoir quitté le bureau d'Edward, elle avait contacté Sander, le caméraman blond, pour lui demander si elle pouvait revoir les images. Elle était plus que la bienvenue, avait-il répondu.

Elle entra dans De Hallen et pensa à l'intuition qu'elle avait eue, la veille au matin, en retournant dans le Bois d'Amsterdam. Elle avait su qu'elle trouverait un indice. Maintenant aussi, elle était persuadée que quelque chose d'important l'attendait.

La lumière du jour pénétrait par les verrières en verre armé. Des platanes artificiels formaient une allée le long des anciens rails de tram. Au bout, Sander l'attendait. Il la dirigea à travers le hall voisin, longeant une œuvre d'art monumentale composée de bobines de film multicolores et de rouages tournant en permanence avec force crissements et grincements.

« Cela représente de vieilles bobines de film reliées entre elles, dit Sander, ironique. C'est une ode aux métiers du cinéma. Très démodé, bien sûr, car maintenant tout est numérisé. Mais c'est pour symboliser qu'il n'y a pas de temps mort dans ce qu'on fait. »

Farah pensa au mot « mort » et rit jaune.

« Il était de ta famille ? demanda Sander.

— Tout comme. En fait, il était comme un oncle.

— Ça ne te facilite pas les choses, j'imagine. »

Ils arrivèrent devant une grande porte orange sur laquelle était écrit en majuscules, à la main et à l'encre noire : LES GARÇONS.

« C'est Tom et moi », expliqua Sander en l'introduisant dans une petite salle.

Tom apparut derrière un bar en inox et s'avança vers Farah, les bras grands ouverts, tel le Titan Colossal chauve.

« Bonjour, mademoiselle ! »

Son ton compatissant la prit tellement au dépourvu qu'elle se laissa embrasser sur les deux joues sans réagir.

« Qu'est-ce que tu veux boire ? demanda-t-il.

— Ce que tu as de plus fort, se surprit-elle à lui répondre.

— Je peux te préparer un cocktail, déclara-t-il avec un large sourire.

— Tom est notre champion de caipirinha, dit Sander en riant.

— Alors une caipirinha pour la demoiselle », annonça-t-elle d'un ton un peu forcé.

En balayant la pièce du regard, son œil fut attiré par un pan de mur en métal qui semblait être en émail blanc et dans lequel étaient encastrés cinq hublots, de couleur et de diamètre différents. L'ensemble faisait penser à l'extérieur d'un sous-marin imaginaire.

« Je propose qu'on s'installe là-bas », dit Sander en la dirigeant de l'autre côté de la salle, où se trouvait une roulotte en bois blanc avec une grande fenêtre panoramique.

À l'intérieur, le sol et les trois parois étaient recouverts d'un épais tissu orange. Sur le bureau en acajou trônaient deux écrans plats et un clavier, avec de chaque côté de gros haut-parleurs noirs. Au mur, un tableau représentait un enfant gitan avec une larme scintillante au coin de l'œil.

« On se sent comme lui, dit Tom en apportant le plateau avec trois verres de caipirinha. On a besoin aussi d'un petit remontant après ce qui s'est passé cet après-midi, ajouta-t-il en lui tendant un verre. Content de te voir. »

Quelques larmes coulèrent spontanément le long des joues de Farah sans qu'elle se mette vraiment à pleurer.

« Vous pourriez m'accrocher à côté du tableau », dit-elle en souriant.

Elle prit une première gorgée et sentit aussitôt les bienfaits réconfortants du mélange de citron vert, cachaça, glace et sucre.

« Pour quelle émission étiez-vous là-bas ?

— On faisait un sujet pour le journal de vingt heures, dit Tom. Après ton départ à l'hôpital, on a continué à tourner. On a fait quelques plans d'ambiance et des interviews.

— Veux-tu qu'on reste avec toi pendant le visionnage ou préfères-tu être seule ? » demanda Sander en trouvant les premières images.

Farah aimait bien ces deux hommes. À en croire les photos dans le hall, ils avaient parcouru plus de la moitié de la planète, mais cela n'avait pas modifié l'attention qu'ils portaient aux autres. Bien sûr, elle voulait qu'ils restent.

« Restez, s'il vous plaît, répondit-elle. Mais c'est gentil de me l'avoir demandé. »

Sander appuya sur la touche play. Farah se vit en images marcher à côté de Parwaiz sur la place ensoleillée, à La Haye. Ce fut un choc. La dernière fois qu'elle l'avait vu, c'était cet après-midi, à la morgue. Des retrouvailles cruelles, comme s'il se moquait d'elle de façon macabre.

« Arrêtez », dit-elle en essuyant les larmes qui coulaient à nouveau le long de ses joues.

Elle reprit une gorgée de caipirinha, avala de travers et sentit la main de Tom lui tapoter doucement le dos.

« C'est fort, hein ? » dit-il en souriant.

Elle acquiesça et fit signe à Sander de lui montrer la suite.

À présent, elle y était mieux préparée. Lorsque l'image figée de Parwaiz se remit en route, elle remarqua qu'il ne se sentait déjà pas très bien à ce moment-là. Elle s'observa aussi elle-même. Rayonnante, elle regardait le grand portrait volant de Malalai. En apercevant la caméra, elle sourit. Le sourire naïf d'une femme gagnée par son propre bonheur et incapable de comprendre ce qui se passe réellement autour d'elle.

La caméra dévia, fit un léger bond et, avec des mouvements saccadés, balaya la foule rassemblée devant le bâtiment du Parlement.

« C'est du matériel brut, expliqua Sander.

— Les images avant montage », précisa Tom.

Farah découvrit des visages souriants et d'autres sérieux. Sander zooma sur une fille en train de manger une glace. On percevait nettement la musique jouée par l'orchestre sur la place quand, soudain, hors image, elle entendit Tom crier quelque chose à Sander. Aussitôt, la caméra vira de cent quatre-vingts degrés. Puis elle aperçut Parwaiz de dos, alors qu'il s'écroulait. Farah le réceptionnait avec douceur, comme si leurs gestes avaient été étudiés. La perche de Tom traversa l'image. Lorsque Farah se pencha sur Parwaiz, la caméra resta braquée sur eux. Soudain, elle se détourna à nouveau. Farah découvrit l'arrière de la Bentley s'éloignant lentement devant les badauds et touristes sur la place. Personne ne semblait avoir remarqué l'incident. Puis la caméra donna l'impression de tomber et l'image devint noire.

Elle vida son verre d'un trait.

« Peux-tu me remontrer la fin ? » demanda-t-elle d'une voix éteinte.

Sander rembobina les images jusqu'à la prise de vue de la fille mangeant sa glace, puis remit l'appareil en marche. Les images défilèrent à nouveau. Des hologrammes qui, sur demande, rejouent inlassablement les mêmes scènes. Étonnant de voir à quelle vitesse on s'y habituait ! Elle comprit la faculté des photographes et reporters de guerre à continuer d'enregistrer des images malgré les horreurs se déroulant sous l'œil de leurs objectifs. En regardant dans le viseur, on avait l'illusion d'être à distance.

À nouveau, elle vit Tom courir vers Parwaiz et elle-même. Farah savait ce qu'elle verrait lorsque la caméra bifurquerait. À ce moment-là, elle s'écria :

« Arrête ! »

Elle montra la Bentley qui s'éloignait.

« Peux-tu agrandir cette image ?

— C'est une image numérique, répondit Sander. On peut l'agrandir autant qu'on veut jusqu'à ce qu'il n'y ait plus que des petits carrés. »

Il tapa sur son clavier. Un cadre apparut autour de la Bentley.

« Qu'est-ce que tu cherches ? demanda Tom.

— Le numéro d'immatriculation, répondit Farah, nerveuse.

— Cool », dit Sander.

Il entoura la plaque minéralogique et l'agrandit jusqu'à couvrir la totalité de l'écran. Bien avant, les petits carrés avaient fait leur apparition, empêchant la lecture du numéro.

« Attends », dit Tom en s'éloignant.

Il revint très vite avec une lampe-loupe qu'il installa devant l'écran. Sander réduisit l'agrandissement jusqu'au format permettant de lire les chiffres et les lettres.

« Écris-les », dit Tom en regardant par la loupe pour dicter le numéro.

Farah le nota, puis il y eut un moment de silence. Elle fixa la série de chiffres et de lettres et répéta doucement les derniers mots de Parwaiz.

« Mi-ka-lov.

— Quoi ?

— C'est ce que mon oncle a murmuré juste avant de mourir.

— Laisse-moi deviner tes pensées, dit Tom en souriant. Tu penses que le type sur la banquette arrière de cette Bentley est un certain M. Mikalov. J'ai raison ou j'ai raison ? »

Elle sourit faiblement.

« Veux-tu une autre caipirinha avant qu'on se lance dans des recherches sur Google ? demanda Tom, combatif.

— Pas pour l'instant, dit-elle. Je peux passer un petit coup de fil à côté ?

— Vas-y. On a de quoi s'occuper », dit Sander qui avait tapé Mikalov sur son ordinateur portable.

Farah sortit de la roulotte. Lorsque Joshua décrocha, elle dit sans autre introduction :

« J'ai besoin de ton aide, Josh. »

Elle fut agacée par le silence qu'il laissa s'installer.

« Joshua ?

— De l'aide pour quoi faire ? »

Elle expliqua rapidement les événements de l'après-midi à La Haye.

« J'ai eu l'impression qu'il voyait un fantôme, conclut-elle.

— Et ce "fantôme" était assis à l'arrière d'une voiture avec chauffeur. Pourquoi tu n'en as pas parlé aux policiers ?

— Parce que ça me semblait tellement invraisemblable. Je n'arrivais pas à croire qu'il pouvait y avoir un lien.

— Et maintenant si ? »

Farah hésita.

« Je trouve toujours que c'est absurde, mais j'y pense de plus en plus. On n'a pas un arrêt cardiaque sans raison. Il doit bien y avoir une cause.

— Connais-tu l'expression "si les regards pouvaient tuer" ? demanda Joshua. C'est au sens figuré bien sûr, car un regard ne peut pas tuer. Un jour, une unité secrète de l'armée américaine a tenté l'expérience : des hommes ont essayé de fixer des chèvres jusqu'à ce qu'elles tombent raides mortes. Mais ça ne marche pas. Une personne assise sur la banquette arrière d'une voiture ne peut pas tuer quelqu'un du regard, tu comprends ? Donc même si tu trouves l'homme en question, que penses-tu y gagner ?

— Je ne sais pas. Mais je veux savoir qui il est. »

Joshua se tut. Farah entendit la respiration du policier entre les battements de son propre cœur.

« OK, donne-moi le numéro, dit-il, résigné. Mais si jamais tu en parles dans un de tes articles, je te préviens, cette conversation n'a jamais eu lieu.

— Ça s'appelle protéger ses sources, Joshua, dit-elle pour le rassurer, puis elle lui envoya aussitôt le numéro par SMS.

— Je te tiens au courant », dit-il sobrement en raccrochant.

Farah retourna vers la roulotte où Tom et Sander faisaient des recherches frénétiques sur Google.

« Tu t'imagines même pas le nombre d'occurrences qu'on a déjà trouvées, dit Tom en affichant un grand sourire. Voici le Dr Abraham Mikalov, champion des nichons, pardon, spécialiste du sein, dans l'Ohio. Mais il y a aussi Lauren Mikalov, rédactrice au *Rockland Jewish Reporter*.

— Et que penses-tu de ceci ? »

Sander tourna l'écran de telle façon qu'elle put voir un clip d'un chanteur qui entonnait avec fougue : *Doom, da da-di da-di, doom, da da-di da-di*, suivi de *Everybody's gonna love today, Gonna love today, gonna love today !*

« Mikalove ! cria Sander, enthousiaste.

— Il y a aussi des Mikalofs avec un *f*, dit Tom. Regarde : dix documents historiques et arbres généalogiques contenant Mikalof. »

La sonnerie du portable de Farah retentit. C'était Joshua. Bref et distant.

« La Bentley dont tu m'as donné le numéro appartient à l'entreprise Elitedrive. Ils louent des voitures avec chauffeur.

— Cela ne m'avance pas, dit Farah. Je veux savoir à qui Elitedrive a loué ce véhicule.

— Je comprends, mais je ne vais pas te le dire maintenant. Pas au téléphone.

— Pourquoi pas ?

— J'ai autre chose à t'annoncer. Tu peux venir à l'hôtel Double Tree, au bord de l'IJ ? Dans un quart d'heure ? »

Farah soupira.

« J'arrive. »

Tom et Sander étaient absorbés par leurs recherches sur le Net. Quand Farah leur signala qu'elle devait partir, ils semblèrent à peine l'entendre.

«Pas le temps pour un petit deuxième alors? demanda Tom en levant un verre.

— Pas maintenant, mais je sais où vous trouver, dit-elle en souriant.

— Tu es d'accord si on continue?

— Bien sûr», dit Farah. Elle s'avança vers lui et l'embrassa. «Merci pour tout.

— De rien, ma belle. Tiens bon et donne-nous de tes nouvelles.»

Elle vit qu'il était ému. Elle avait terrassé le Titan.

«Tu as une adresse mail?» demanda Sander, qui l'accompagnait vers la sortie en passant devant les bobines de film. «Au cas où on trouverait quelque chose d'important.»

Farah lui donna son adresse professionnelle et lui tendit la main, qu'il serra après une brève hésitation. Elle monta dans sa voiture et démarra. Elle le vit dans son rétroviseur : un grand sourire aux lèvres et les deux pouces en l'air. Elle freina, fit demi-tour, descendit et l'embrassa sur les deux joues. Puis elle repartit en trombe.

20

Joshua Calvino laissait errer son regard le long de la grande paroi de verre reflétant son image et séparant le salon de l'hôtel Double Tree du ciel menaçant au-dessus d'Amsterdam.

Il se trouvait chaque mercredi soir dans ce bâtiment de verre postmoderne, inondé d'une lumière artificielle féerique, où l'on pouvait prendre un brunch, déjeuner ou dîner parmi d'autres compagnons d'infortune branchés. La lumière était un excellent remède pour tromper une dépression latente.

Il chérissait ces rituels grâce auxquels il essayait de donner un sens à sa vie. La science de la météorologie. La certitude de boire chaque quart d'heure une gorgée d'eau minérale pour maintenir son taux hydrique à quatre-vingts pour cent. La certitude d'être capable de gérer ses émotions de façon positive tant qu'il garderait le sourire. La certitude de pouvoir résoudre les affaires les plus difficiles tant qu'il continuerait à envoyer des signaux incessants à son cortex cérébral.

Malgré le mal niché en chaque homme et en particulier dans les affaires qu'il devait résoudre, Joshua restait persuadé qu'il avait une âme. Et celle-ci désirait ardemment la présence de Farah Hafez et la résolution de son mystère.

Farah s'avança vers lui, s'assit et déclara sèchement :

« Je n'ai pas beaucoup de temps, Joshua.

— Je comprends. Ta journée a été rude, dit-il comme s'il pouvait sonder son âme en quelques secondes.

— Pourquoi tu m'as demandé de venir ici ? »

Un serveur s'approcha d'eux mais, agacée, elle lui fit signe de s'éloigner.

« Je voulais te prévenir.

— De quoi ? »

Il sortit la liste des voitures avec chauffeur qu'Elitedrive avait mises en location le jour de la mort de Parwaiz. La Bentley que Farah avait vue à La Haye avait été entourée au stylo. Il la regarda avec insistance.

« L'entreprise qui a loué la voiture s'appelle AtlasNet. Un conglomérat russe qui livre chaque année 3,8 milliards de mètres cubes de gaz naturel aux Pays-Bas. Depuis peu, ils ont une adresse commerciale au quatrième étage du bâtiment De Bazel, dans les anciens bureaux de la Société de commerce néerlandaise, ici à Amsterdam.

— Pourquoi aux Pays-Bas ?

— Pour plusieurs raisons. AtlasNet est intéressé par un gisement de gaz naturel épuisé situé dans la province de Hollande-Septentrionale. Il doit être transformé en l'un des plus gros entrepôts de gaz en Europe. Mais le commissaire de la reine fait obstruction au nom de toute la province. Bien sûr, une telle multinationale russe suscite une grande méfiance. Les gens pensent tout de suite à des affaires mafieuses et à de l'argent sale. Dans ce cas, avoir une adresse officielle dans un quartier prestigieux de notre capitale peut être utile.

— Tu as dit qu'il y avait plusieurs raisons, fit remarquer Farah, impatiente.

— Oui, en effet. Il y a aussi une raison fiscale. Le système néerlandais permet aux entreprises internationales de transférer leurs bénéfices vers les îles Caïmans, Saint-Martin ou d'autres paradis fiscaux en passant par des sociétés fiduciaires implantées à Amsterdam. AtlasNet veut sans doute en profiter aussi. »

Il lui glissa le document.

« Ce genre de sociétés n'aime pas qu'une journaliste mette son nez dans leur comptabilité, si tu vois ce que je veux dire.

— Hmm. Est-ce qu'on sait qui était dans cette voiture ?

— Probablement un grand ponte d'AtlasNet. »

Il vit son regard irrité.

« Tu sembles déçue.

— Joshua, après ce qui s'est passé aujourd'hui, tu me demandes de venir ici et tu me donnes un papier avec le nom d'un fournisseur russe de gaz naturel… Tu n'aurais pas pu me le dire au téléphone ?

— Si, j'aurais pu. Mais j'avais aussi envie de te voir. »

Le regard de Farah sembla s'adoucir ou, tout du moins, lui parut moins hostile.

« Tu veux boire quelque chose ? »

Il fit signe au serveur sans attendre sa réponse.

Elle commanda un thé à la menthe. Il reprit un vin blanc sec.

« Pourrais-tu venir au bureau demain ? demanda-t-il, hésitant.

— Demain, j'ai un enterrement à La Haye, répondit-elle froidement. Comme tu le sais, les musulmans doivent être inhumés moins de vingt-quatre heures après leur décès.

— Veux-tu me parler de ce qui s'est passé aujourd'hui ?

— Non, Joshua. Tu as lu le journal ? »

En voyant son regard interrogatif, elle comprit qu'il n'était pas au courant.

« Il y a un article sur le couple que vous avez arrêté hier, ton charmant collègue et toi. Ce matin, ils se sont rendus à l'hôpital et ont été pris en photo avec le garçon. Tout le monde connaît maintenant l'endroit où il est soigné. Dans moins d'une heure, Danielle Bernson va raconter en long et en large sa version des faits dans le *Headlines Show*.

— Excuse-moi, mais tu vas un peu vite là, dit-il, étonné.

— Peut-être que c'est toi qui vas trop lentement. Il faut que tu comprennes, Joshua, que je n'ai pas le temps de te raconter en détail ce qui m'est arrivé cet après-midi alors que la vie de ce gamin est peut-être en danger. Est-il possible d'organiser sa surveillance ?

— C'est possible, mais difficile s'il n'y a pas de menace concrète.

— Le garçon a failli se faire tuer par une voiture ! Ce n'est pas assez concret, ça ? »

Le brouhaha alentour s'arrêta un instant. Les gens lancèrent des regards inquisiteurs dans leur direction. Joshua les ignora. Il fixa Farah et dut admettre qu'elle avait raison, une fois de plus. Tomasoa avait déjà prévenu : le fait que le garçon était encore en vie alors qu'il avait certainement été témoin d'un règlement de comptes signifiait qu'il pouvait être en danger. Pourquoi tout allait-il si lentement ? Pourquoi Farah Hafez allait-elle si vite ? Elle avait trouvé la boucle d'oreille orientant les recherches jusqu'à la villa, ce qui avait accéléré l'enquête. À présent, dans ce salon, elle lui expliquait que le garçon avait besoin de protection. Joshua devait lui être reconnaissant, ce qu'il était, quelque part dans un recoin de son cerveau. Mais par-dessus tout, il était vexé, car elle le considérait sans doute davantage comme un fonctionnaire lambda que comme l'inspecteur dynamique qu'il aurait aimé être.

« Avez-vous trouvé de nouveaux indices aujourd'hui ? » demanda Farah, impatiente, tandis qu'elle soufflait sur son thé pour le refroidir.

Joshua soupira.

« Tu sais bien que je n'ai pas le droit de parler des affaires en cours.

— Allez, Joshua, je t'ai aidé alors tu peux me donner un coup de main aussi ! Tu connais les règles du jeu !

— Non, je ne les connais pas. Explique-moi ! »

Elle l'avait blessé et il ressentait le besoin de lui rendre la pareille.

« Quelle est l'ampleur de l'affaire ? demanda-t-elle.

— Énorme. La villa… est la propriété du groupe Dorado d'Armin Lazonder. Donc c'est énorme. Tellement énorme que l'enquête a été confiée au TGO.

— La même équipe qui enquête sur l'affaire du break ? »

Il acquiesça.

« Donc il y a un lien ?

— Je ne peux pas en dire plus, Farah, je crois que je viens déjà de te rendre un service.

— Oui ou non, Joshua ? »

Il prit une gorgée, reposa son verre lentement et la regarda, décidé à ne pas tomber dans le piège séduisant qu'elle lui tendait. Devant son mutisme, elle se leva. Le brouhaha s'interrompit à nouveau autour d'eux.

« Quand est-ce que je te revois ? demanda-t-il en feignant le détachement.

— Je ne sais pas.

— Ça dépend de quoi ?

— De beaucoup de choses. Trop pour les énumérer. Pourquoi tu ne me racontes pas ce que vous avez trouvé ?

— Je ne peux rien te dévoiler sur une affaire en cours.

— Alors on n'a plus grand-chose à se dire. »

Ses yeux étaient embués. Il ne savait pas si c'était dû aux événements de l'après-midi ou si c'était lui le coupable. Probablement un mélange des deux.

« Sans doute. »

Brusquement, elle se pencha vers lui et caressa son visage.

« Ne fais pas ça, dit-il. Ne fais pas ça. »

Il ne pouvait pas s'empêcher de songer au garçon. L'affaire avait quelque chose d'insaisissable. On croyait en avoir défini les contours, et voilà que des ombres se mettaient à bouger en arrière-plan, brouillant et déformant l'ensemble. Dès le début, il avait sous-estimé le cas du garçon. Même lorsque le lien avec les meurtres du break avait été établi et l'intérêt d'un possible témoignage de cet enfant reconnu, il ne s'était pas rendu compte qu'il fallait à tout prix lui assurer une protection.

Absorbé dans ses pensées, Joshua traversa un pont sans regarder. Il faillit se faire renverser par une cycliste en qui il crut reconnaître la doctoresse blonde du WMC.

21

À l'hôpital Helen Joseph, Paul observait dans un miroir à main son visage violet et boursouflé, partiellement couvert de pansements, quand l'inspecteur Elvin Dingane pénétra d'un pas leste dans sa chambre et lui servit un verre d'eau.

« Les porteurs d'eau ont un noble métier, zézaya Paul en prenant le verre que Dingane lui tendait. Ils abreuvent les pauvres malheureux qui hurlent dans le désert sans jamais être entendus.

— Vous êtes peut-être malheureux ou même pauvre, mais en tout cas, vous, on vous entend, déclara Dingane en souriant.

— Quelle blague. »

Paul posa le verre bruyamment sur la table de chevet.

« Mais dites-moi d'abord comment vous m'avez trouvé.

— Ponte City est sous la surveillance d'un groupe qui collabore avec la police locale, répondit Dingane. On les appelle les Stockbroke Boys. De nombreux Africains clandestins vivent dans cette tour.

— Comme partout, bougonna Paul.

— Ils doivent payer des loyers excessifs à des membres de gangs qui ont squatté plusieurs étages. C'est là que patrouillent les Stockbroke Boys. L'un d'entre eux a vu comment un type était balancé du cinquantième étage.

— Il faudra que je les remercie, dit Paul. S'ils n'étaient pas venus à mon secours, ils auraient pu me retrouver sur le corps de Zhulongu.

— Assassiner des journalistes étrangers est une mauvaise stratégie. Ça fait beaucoup trop de bruit : des politiciens s'y intéressent, des ministres tirent des sonnettes d'alarme et il y a toujours des collègues solidaires qui veulent décortiquer l'affaire. C'était un avertissement, Paul. Et je veux que nous parlions de l'homme qui vous a mis en garde à Ponte City.

— Ah ! El condor pasa ! ricana Paul.

— Nous avons vérifié votre description dans notre système et trouvé qu'elle correspondait au profil d'Arseni Vakourov.

— OK, et qui est-ce ?

— Vakourov est le bras droit de Valentin Lavrov.

— Lavrov, marmonna Paul entre ses dents. Alors c'était bien du lourd qu'avait Zhulongu. Mais il a dû commettre une erreur. Quelqu'un était au courant de notre rendez-vous.

— Sûrement, dit Dingane. Que savez-vous de Valentin Lavrov ?

— Qu'il est un important homme d'affaires russe, avec plus de vingt milliards d'euros sur son compte en banque. Il est venu en Afrique du Sud avec une pelle et un tas de dollars sales dans ses valises, et une folle envie d'extraire de l'uranium. C'est de cela qu'il parlemente en secret avec Nkoane.

— Et les informations que Zhulongu devait vous transmettre ?

— Cela concernait certainement l'accord que les deux hommes ont passé. Un arrangement sans doute lucratif, et pas seulement pour Lavrov. »

Le silence se fit.

« Valentin Lavrov ne nous intéresse pas, déclara finalement Dingane.

— Je comprends », dit Paul en suivant attentivement le va-et-vient de l'inspecteur dans la pièce.

Il avait l'impression que l'entretien n'était pas terminé.

« Avez-vous déjà entendu parler de Grigori Michaïlov ?

— Michaïlov est un personnage historique, répondit Paul. Il est détenteur de la Medalj Zolotaja Zvezda, la médaille de l'Étoile d'or. Ceux qui obtiennent cette récompense sont automatiquement proclamés Héros de l'Union soviétique. Lorsque je vivais à Kaboul, quand j'étais enfant, il y a eu la révolution de Saur : le soulèvement de plusieurs unités de l'armée communiste, organisé avec le soutien d'étudiants gauchistes dans les universités. La Russie voulait se servir de l'Afghanistan en tant qu'État tampon. L'Amérique avait déjà la Perse dans sa sphère d'influence et les Russes avaient peur que les Américains tentent le même coup avec l'Afghanistan, ce qui aurait enclavé la Russie. On prétend que Grigori Michaïlov était le petit génie se cachant derrière le coup d'État. Je le sais parce qu'à l'époque mon père a fait des recherches approfondies à ce sujet.

— Raylan Chapelle, le reporter américain au Vietnam.

— Vous avez bien fait vos devoirs, Dingane, ricana Paul. Mais qu'est-ce que ce Michaïlov a à voir avec Lavrov ?

— Grigori Michaïlov est le maillon qui relie Lavrov à Vakourov, expliqua Dingane. Autrefois, Vakourov a servi dans le quarantième bataillon russe, qui s'était fait un nom légendaire pendant la Seconde Guerre mondiale en chassant les Allemands de l'Union soviétique. Le bataillon a été ressuscité en mai 1979 dans le district militaire turkmène, à la frontière de l'Afghanistan. Le quarantième bataillon était placé sous le commandement du général Grigori Michaïlov et Vakourov était son second. À leur retour dans l'ancienne Union soviétique, Michaïlov a bien profité de son statut de star et, avec plusieurs compères issus du monde politique et de la mafia, il a entraîné la chute de Gorbatchev. Vakourov était toujours à proximité, au second plan, comme un genre de chef d'équipe.

» Quand Michaïlov est mort dans un attentat à la bombe au centre de Moscou, Vakourov s'est mis à la recherche d'un autre patron. Manifestement, son choix s'est porté sur Valentin Lavrov, un homme beaucoup plus jeune que lui. Si Vakourov s'est rendu en personne à Ponte City, cela signifie que Zhulongu devait certainement détenir des informations accablantes, non seulement sur Valentin Lavrov, mais aussi sur Jacob Nkoane. »

Paul regardait droit devant lui. Il se souvenait du moment où, avec ses lunettes de soleil à verre miroir, le condor s'était tenu devant lui au cinquantième étage de Ponte City. Et il entendait l'écho de ses paroles. Il les marmonna :

« “J’aime que les choses soient claires.”
— Pardon ?
— C’est ce qu’il a dit.
— Qui ?
— Vakourov. Il a dit : “J’aime que les choses soient claires.” Eh bien, la raclée qu’il m’a donnée était plus que claire. » Paul soupira. « Et en plus, il connaissait mon père.
— Qui ?
— Le condor. Donc ça devait bien être Vakourov. »
Elvin Dingane se tenait au pied du lit de Paul, les mains serrées autour du cadre chromé.
« Laissez-nous nous occuper de cette affaire. Quittez Johannesburg quelque temps. Ne restez pas en Afrique du Sud. Vous ne vous êtes pas seulement fait l’ennemi de Nkoane, mais aussi d’un Russe immensément riche qui dispose d’un tueur à gages renommé.
— D’abord, vous voulez que je cesse mon travail, et maintenant, vous voulez que je déguerpisse.
— C’est votre responsabilité, Paul.
— En effet ! Donc, occupez-vous de vos affaires. »
Dingane restait étonnamment calme.
« Ici, vous risquez votre vie, Paul. D’ailleurs, les principaux journaux n’ont plus très envie de publier vos articles pour l’instant. »
Il hésita, puis se dirigea à pas comptés vers la porte.
« Eh bien, bon rétablissement.
— Sans blague ? »
Dingane se figea, fixant Paul comme s’il venait d’être victime d’une injustice.

« Oui, je suis très sérieux. »

Puis il traversa la pièce à grandes enjambées. Paul l'interpella.

« Pas la peine de vouloir entrer en politique, dit-il quand le visage de Dingane s'encadra de nouveau dans la porte.

— Pourquoi ?

— Vous êtes trop honnête pour ça. »

Un sourire éclaira le visage de Dingane. Puis il disparut de nouveau derrière le mur écaillé de l'hôpital.

22

Danielle se tenait sur le ferry-boat qui la conduisait du nord de l'IJ jusqu'au centre. Elle contemplait l'énorme coupole en verre de la gare centrale, sur laquelle les lettres « Amsterdam », hautes de plusieurs mètres, grossissaient à vue d'œil.

Après sa conversation téléphonique avec Farah, Danielle avait laissé refroidir l'eau de son bain. Elle avait enfilé ses vêtements de sport et était partie courir. C'était la seule manière de s'éclaircir les idées. En courant, elle soupesait le pour et le contre. Dans quelle mesure la sécurité du garçon serait-elle en danger si elle rendait son histoire publique ? Sa prochaine apparition dans les médias cadrait-elle avec son principe voulant que, surtout en tant que médecin, il fallait se confronter aux problèmes et non pas se donner en spectacle, ni jouer les redresseurs de torts en montant sur les barricades ? Avait-elle la conscience tranquille en ce qui concernait le garçon ou bien l'utilisait-elle surtout pour compenser sa fuite d'Afrique ?

En arrivant devant sa porte d'entrée, son choix était fait.

La nuit tombait et un vent oppressant soufflait de l'IJ vers la vieille ville. Le ferry accosta. Pédalant à vive allure sur le quai, elle dépassa le nouvel hôtel Double Tree puis, en prenant le large pont, la tour des Pleureuses. Dans sa hâte, elle manqua de renverser un homme qui traversait sans crier gare. Dans un éclair, elle pensa reconnaître l'un des deux inspecteurs qui l'avaient attendue la veille au WMC.

Après l'hôtel Victoria, elle prit la rue Haarlemmer et se dirigea droit vers les anciens bâtiments d'usine de la Westergasfabriek, où étaient établis les studios d'Iris TV. Elle venait de franchir le pont suspendu quand une femme bondit devant sa bicyclette. Elle freina, jura et réalisa au bout de quelques secondes que c'était Farah qui, hors d'haleine, tenait le guidon de son vélo, les mains tremblantes.

« Je vous promets de vous aider si vous ne le faites pas, haleta Farah.

— Comment croyez-vous pouvoir m'aider, bon sang ? cria Danielle. Pensez-vous que je puisse revenir en arrière ? Que j'aie pris plaisir à voir ces deux toqués se pencher ce matin sur le garçon ? Avec leur prétendue compassion ! Pensez-vous que ça me plaise de m'afficher dans ce genre de programme ? Je ne peux pas revenir en arrière, Farah. Pas après ce matin. Si je le faisais, Faber et son épouse hystérique auraient obtenu ce qu'ils voulaient et je me retrouverais les mains vides ! »

Farah avait repris sa respiration.

« Vous vous trompez, Danielle.

— Peut-être. Mais au moins, j'aurai essayé !

— Mais est-ce que vous mesurez les conséquences ?

— Non, j'en suis incapable, comme vous d'ailleurs ! Alors, lâchez-moi, Farah. Je suis déjà en retard.

— Attendez. J'ai une proposition.

— Trop tard. Il faut que j'y aille.

— Un portrait de vous, avec vos motivations, vos expériences… L'injustice dont vous avez été témoin.

— Et c'est maintenant que vous me proposez ça ? Lâchez-moi ! »

Farah la laissa passer en secouant la tête.

« J'espère que tout ira bien, Danielle. Bonne chance. Sincèrement. »

À l'entrée du hall Zuivering, quelqu'un d'autre sauta sur Danielle. Cette fois, c'était une jeune femme extrêmement nerveuse.

« Madame Bernson ?

— Je suis très en retard, rétorqua Danielle, cadenassant sa bicyclette en haletant.

— Dieu soit loué ! » s'écria la jeune fille avec emphase.

Ses cheveux étaient aussi blancs que si on lui avait versé un grand pot de yaourt nature sur la tête.

« On ne savait pas où vous étiez passée. Je vous ai envoyé plusieurs textos. Je me suis trompée de numéro ou vous n'aimez pas les textos ? »

Danielle se rappela qu'après sa conversation avec Farah elle avait coupé le son de son téléphone. Quelle idiote !

La jeune fille lui tendit la main.

« Karlijn, souffla-t-elle, je suis votre hôtesse pour ce soir. Les autres invités sont déjà arrivés ! »

Ça non plus, Danielle n'y avait pas pensé : le *Headlines Show* réunissait toujours plusieurs personnes, la plupart du temps issues du monde politique, culturel ou du spectacle. Elle ne venait d'aucun de ces trois domaines et se demandait quelles surprises l'attendaient encore. Mais elle eut peu de temps pour s'en inquiéter, car sur ses bottines aux talons trop hauts, Karlijn, qui l'avait précédée dans le studio où une foule de caméramans, d'éclaireurs, de techniciens du son et autre personnel s'étaient regroupés pour la répétition générale, s'écria :

« Elle est là ! »

Tout le monde se tourna vers elle et Danielle, gênée, détourna le regard vers l'enchevêtrement de câbles gros comme le poing, les caméras qui auraient pu passer pour des mini-tanks et les lampes colossales suspendues à une armature en acier, juste au-dessus de sa tête.

« Danielle ! L'article est superbe, n'est-ce pas ? »

Comme sortie du chapeau d'un magicien, Cathy Marant surgit devant elle. Elle lui serra la main et débita quelques banalités sirupeuses.

« Je suis ravie que vous nous ayez offert cette chance. Et que vous soyez finalement arrivée. Et puis : bonne chance pour tout à l'heure. »

Et elle disparut à nouveau.

Abasourdie, Danielle se laissa entraîner par Karlijn dans une petite pièce où une maquilleuse fatiguée, armée d'une minuscule éponge, appliqua une mince couche de fond de teint ambré sur son visage tendu. Entre-temps, les images de la répétition défilaient sur un petit écran. Elle voyait surtout du chaos.

« C'est toujours comme ça ? demanda-t-elle.

— Nerveuse ? demanda la maquilleuse en mettant du gel dans les cheveux de Danielle. C'est inutile. Ce n'est pas si difficile : vous vous asseyez à la table et vous parlez. Comme si vous étiez dans un bar. »

À cette différence près, pensa Danielle, qu'un million de téléspectateurs seront suspendus à mes lèvres.

Elle aurait aimé pouvoir encore suivre le conseil de Farah, sauter sur sa bicyclette, filer à toute allure chez elle et s'enfoncer dans les coussins de son canapé, pour voir comment l'émission en direct se passerait sans elle.

« Je vérifierai votre maquillage juste avant l'enregistrement », déclara la maquilleuse après avoir peinturluré le visage de Danielle, qui semblait à présent revenir d'une croisière dans les Caraïbes.

Puis Karlijn l'entraîna vers le studio.

« Qui sont les autres invités ? » demanda Danielle, hésitante. Karlijn cita un nom ressemblant à « DJ Maestro » qui, selon elle, avait fait un « come-back géant ». Une autre invitée était un mannequin, ex-femme d'un footballeur qui, en privé, l'avait utilisée pour affiner sa technique et sa puissance de frappe.

Karlijn se tut lorsqu'elles butèrent sur un garde du corps portant une oreillette. Derrière lui apparut un homme séduisant, la quarantaine, vêtu d'un costume à rayures. Il lui semblait l'avoir déjà vu quelque part, mais elle ne se rappelait plus où. Il avait le même teint artificiellement hâlé qu'elle.

« Vous aussi, vous êtes invité ? demanda-t-elle, mal à l'aise.

— Oui, répondit-il d'un air contrit en lui tendant la main. Je m'appelle Vincent.

— Danielle. »

Dans le studio, toute trace de la confusion ayant régné pendant la répétition avait disparu. Le seul chaos persistant était dans la tête de Danielle. En gravissant les marches menant à la table de discussion, elle eut l'impression de monter à l'échafaud.

Un sifflement aigu dans les oreilles, elle s'assit sur la chaise indiquée par le régisseur de plateau tandis que, sans lui avoir demandé son avis, un technicien du son s'était mis à trifouiller son chemisier pour lui épingler un micro. Pendant ce temps, regardant nerveusement autour d'elle, Danielle, qui retenait sa respiration car l'homme avait mauvaise haleine, vit Vincent s'entretenir de manière confidentielle avec Cathy Marant, les yeux tournés dans sa direction.

Lorsque le régisseur de plateau annonça « une minute », elle se souvint de l'endroit où elle avait déjà vu Vincent : derrière le perchoir de la Chambre des représentants, où il fulminait contre la politique d'immigration du gouvernement.

Danielle se raidit, comme si elle était dans un avion prêt à décoller, moteurs vrombissants. Cette association n'était pas fortuite. Elle prit conscience seulement à ce moment-là qu'elle n'avait pas uniquement peur de l'avion : l'angoisse la gagnait aussi lorsqu'elle devait parler en public.

Elle balaya du revers de la main les premières gouttes de sueur perlant sur son front et son regard plongea dans les yeux bleus froids de Vincent Coronel. En son for intérieur, elle répéta son mantra : elle ne fuirait jamais plus devant rien.

23

Aussitôt après sa rencontre avec Joshua dans le salon de l'hôtel Double Tree, Farah s'était hâtée vers la Westergasfabriek. En faisant une nouvelle offre à Danielle, elle avait espéré pouvoir encore conjurer le sort que cette dernière était susceptible de jeter sur toute l'affaire. Elle lui avait proposé d'écrire un portrait d'elle, en l'axant principalement sur l'expérience qu'elle avait acquise dans les diverses zones de combat en Afrique et sur sa lutte contre le tort que l'on y faisait aux enfants. En se concentrant sur l'Afrique, l'attention apportée au garçon serait passée à l'arrière-plan. Mais c'était sans compter l'intransigeance glaciale de Danielle.

Abattue, Farah l'avait regardée s'éloigner, avant de se diriger vers le Grand Café Iris, où le *Headlines Show* allait être diffusé sur de grands écrans. Elle commanda de l'eau minérale et un sandwich au thon, et consulta ses messages. Son iPhone indiquait la réception d'un mail de Sander, le caméraman :

« Salut, Farah, nous avons poursuivi nos recherches sur Mi-ka-lov et j'ai peut-être trouvé quelque chose. Voir pièce jointe. Tu me diras si ça t'a servi. Ciao, Sander. »

Elle ouvrit la pièce jointe. C'était un article Wikipédia consacré à un certain Grigori Michaïlov, né le 23 octobre 1943 à Saratov, Russie, et tué en 1996 dans l'explosion de sa limousine, devant son loft moscovite.

À quoi ces informations peuvent-elles bien me servir ? pensa Farah, surprise. Elle allait refermer la pièce jointe lorsqu'elle comprit soudain. Michaïlov était un éminent vétéran de l'Afghanistan, décoré maintes fois pour ses « mérites » en tant que commandant en chef du Khad, le service de sécurité tant redouté, qui avait sévi en Afghanistan sous le régime communiste de 1979 à 1989.

Il était fort possible qu'à l'époque Parwaiz se soit retrouvé confronté violemment à Michaïlov à Kaboul. Mais même si c'était le cas, pourquoi Parwaiz avait-il murmuré son nom ? Qu'avait à voir le nom d'un Russe mort avec l'homme aperçu dans la Bentley à La Haye ?

Farah savait que les esprits du passé peuvent resurgir. Ils sont toujours là. Ils flottent, invisibles, autour de vous et, au moment où vous vous y attendez le moins, ils reprennent leur ancienne forme humaine et vous infligent une peur bleue. Mais il était absurde de penser que Parwaiz avait pu voir le fantôme de son tortionnaire de Kaboul, décédé depuis longtemps, sur la banquette arrière d'une limousine.

Il était grand temps de prévenir Edward de sa tentative infructueuse pour retenir Danielle et de lui parler du lien avec AtlasNet, que Joshua venait de lui expliquer.

Elle l'appela immédiatement.

« Comment te débrouilles-tu, Hafez ? demanda-t-il lorsqu'elle lui eut raconté ses découvertes.

— Qu'est-ce que tu veux dire ?

— Non seulement tu persuades un inspecteur d'être assez fou pour te confier des informations confidentielles, mais en plus, tu déboules avec AtlasNet. Et quand on dit AtlasNet, on dit Valentin Lavrov. Et quand on dit Valentin Lavrov, on dit… ?»

Les morceaux du puzzle se mirent soudain en place dans la tête de Farah.

« Armin Lazonder !

— C'est bien, Hafez. Et avant le gong. Dix points ! lança Edward en riant. Lavrov est le principal investisseur dans le projet New Golden Age de Lazonder. Je ne sais pas comment tu t'y prends, mais j'ai l'impression qu'on est tous les deux embarqués dans un grand huit ! Et je ne monte jamais dans ces trucs-là, ça me donne la nausée !

— Mais ce n'est pas tout », dit Farah.

Elle parla alors à Edward du mail de Sander. Edward siffla doucement entre ses dents.

« Michaïlov a été le dernier soldat soviétique à quitter l'Afghanistan. Tu le savais ? »

Edward était une encyclopédie ambulante.

« Sous les yeux de la presse mondiale, il s'est rendu à pied d'Afghanistan en Russie en passant par le pont de l'Amitié, qui enjambe le fleuve Amou-Daria. Michaïlov était un farouche opposant au retrait des troupes. Mais impossible pour lui de faire autrement : c'était un ordre du président Gorbatchev. Raylan Chapelle a également eu maille à partir avec lui après la révolution de Saur. Raylan disait avoir des preuves que la Russie était derrière le coup d'État et que Michaïlov se servait des officiers afghans et de leurs troupes comme de marionnettes.

— Mais Michaïlov est mort, dit Farah. Les Tchétchènes l'ont fait sauter avec sa voiture dans les années 1990.

— C'est vrai. Il est certain qu'il ne se balade plus en Bentley, reconnut Edward.

— Il doit pourtant y avoir une raison pour que Parwaiz prononce son nom avant de mourir. En partant du principe qu'il s'agissait bien de Michaïlov.

— C'est vraiment trop bizarre, dit Edward. Un petit garçon afghan est retrouvé grièvement blessé, nous n'avons pratiquement aucune autre information mais nous aboutissons déjà à des noms se trouvant à l'autre extrémité du spectre : un milliardaire russe aux relations internationales, un magnat de l'immobilier néerlandais aux ambitions mondiales et un commandant de l'armée russe qui, s'il n'était pas mort dans un attentat à la bombe, aurait certainement succombé sous le poids de ses décorations militaires. Mais quoi que cela puisse signifier, nous ne devons pas nous emballer, Hafez.

— Ce n'était pas mon intention, Ed.

— Bien. Où te trouves-tu ?

— Au Grand Café Iris, près du studio, j'attends de voir ce que le *Headlines Show* va bien pouvoir nous servir.

— Je ne sais pas ce que Marant prépare, mais la miss Bernson va en être pour ses frais, crois-moi.

— Toi aussi, tu vas regarder, non ?

— Sûr que je vais regarder.

— Je te rappelle après l'émission, d'accord ? »

Après avoir coupé la communication, Farah se sentit seule, fragilisée. Le présentateur du *Headlines*

Show apparut à l'image, mais elle ne voyait que les yeux de Parwaiz dont la vie s'échappait.

Ces yeux étaient gravés dans sa mémoire.

« Mi-ka-lov. »

Depuis le mail de Sander, elle n'entendait plus que ces trois syllabes.

24

Edward Vallent tournait comme un ours en cage dans le vaste salon avec cheminée, sous les larges poutres en bois soutenant la vieille ferme depuis des générations. Autrefois, c'était ici que l'on mettait les vaches, mais Raylan Chapelle, le beau-frère d'Edward, avait transformé les anciennes étables en maison. La demeure qu'il avait promise à sa femme Isobel, après avoir quitté Kaboul en 1978, à la suite de la révolution de Saur. La maison où ils vieilliraient, où ils verraient grandir leur fils Paul et où leurs deux mondes continueraient à se rejoindre : celui que peignait Isobel dans des couleurs mélancoliques rouge et or sur des toiles panoramiques et celui des guerres et des complots politiques que Raylan décrivait dans ses articles.

Par l'une des petites fenêtres, Edward observa le paysage de polders, où le soleil du soir, surgissant derrière les nuages moutonneux, traçait les contours d'Amsterdam avec un pinceau rouge sang. Il décida de sortir.

Se promenant sous les derniers rayons de lumière, enveloppé par le parfum des chèvrefeuilles en fleur et des coquelicots, un fardeau sembla lui tomber des épaules. Un peu plus tôt dans la soirée, il avait porté jusque dans son lit sa sœur Isobel, tombée de fatigue dans son atelier. Isobel travaillait trop dur.

Depuis le décès de Raylan, fin 1978, elle s'efforçait de recréer de façon imaginaire leur vie commune à Kaboul. Son atelier était devenu le lieu de rencontre permanent entre présent et passé, où les rêves de la jeune amoureuse d'alors convergeaient avec la solitude poignante d'une veuve à l'automne de sa vie.

Pour Isobel, retourner en peignant vers l'époque à laquelle Raylan vivait encore ne lui apportait pas seulement un réconfort indispensable, mais lui assurait également des revenus plus que confortables : ses toiles mélancoliques trouvaient toujours plus d'acquéreurs, partout dans le monde.

Quelle ironie amère, pensa Edward : pendant qu'Isobel se retirait de plus en plus dans son atelier, s'enfermant dans ses souvenirs romancés, son fils traversait le monde et menaçait de gâcher son avenir en se conduisant comme une pâle imitation de son père.

Edward avait observé avec regret le déclin de Paul. La proposition qu'il lui exposerait serait la dernière. Une bouée de sauvetage camouflée dans une promesse. Car Paul n'acceptait pas de bouée de sauvetage.

Il retourna à la ferme et choisit la chaîne de télévision sur laquelle passait le *Headlines Show*. Marant, dont la poitrine semblait à nouveau vouloir sortir de son chemisier, présentait ses invités. Edward entendit le nom d'un certain DJ Maestro et l'annonce d'un come-back après un accident de voiture à Ibiza. À côté de lui se trouvait l'ex-mannequin Vera Hilbrand qui, compte tenu de sa poitrine identique à celle de Marant, devait avoir le même chirurgien esthétique, mais avait un air beaucoup moins florissant, car elle avait été brutalisée des années durant par son mari. Lorsque le troisième invité apparut, Edward reconnut immédiatement le populiste de droite Vincent Coronel, chef du Parti démocratique des Pays-Bas. Marant et lui ne partageaient pas que des sympathies politiques et un grand nombre de spectateurs, et de lecteurs de journaux à sensation, se régalaient de les voir ensemble. Edward ne comprenait pas ce que Coronel venait faire dans l'émission de ce soir, sinon raconter qu'il était un farouche opposant à l'amnistie générale envisagée par la Chambre des représentants.

Enfin, Edward vit la femme dont il avait déjà beaucoup entendu parler et qui, selon Marant, « avait pu sauver la vie d'un garçonnet blessé, déguisé en fille, grâce à Angela Faber ». Dans sa bouche, l'histoire avait le même goût de rance qu'un cabinet de curiosités dans une fête foraine de village.

Mais l'aversion d'Edward prit des formes spectaculaires lorsqu'il entendit Marant prononcer son nom.

« La réaction d'Edward Vallent, rédacteur en chef de l'*Algemeen Nederlands Dagblad*, à notre émission d'hier soir ne s'est pas fait attendre. Nous avions parlé des méthodes de l'une de ses journalistes, qui a expédié une femme à l'hôpital.

» Regardons ce que M. Vallent avait à déclarer », dit Cathy Marant, puis Edward se vit à l'écran. Rouge comme une pivoine, il fixait l'objectif d'une caméra d'Iris TV.

« On peut se demander ce que deviendront les normes du journalisme si on continue à tolérer les manipulations et les calomnies de Cathy Marant ! » s'entendit-il rugir.

Dans la salle de montage, quelqu'un avait dû dérégler les couleurs, car il avait une mine affreuse : une grosse tête écarlate et un peu de salive s'écoulant du coin de sa bouche tordue de colère. Marant resurgit à l'image.

« Eh bien, on peut se demander pourquoi M. Vallent se met dans un état pareil. Le fait est que Farah Hafez a envoyé une femme à l'hôpital sans sourciller. Mais ce n'est pas tout. »

Edward chercha sa respiration. Derrière Marant apparut une photo extrêmement nette sur laquelle Farah semblait vouloir attaquer l'infirmier d'une ambulance.

« Hasard ou pas, déclara Marant en feignant l'étonnement, il s'agit ici de la même Farah Hafez, la journaliste dont nous savons maintenant qu'elle aime distribuer des coups qui font mouche. Cette photo a été prise cet après-midi par une personne assistant à une manifestation de clandestins afghans à La Haye. À en croire cette photo, Farah Hafez a vraiment une prédilection pour le secteur médical. Dans le cas présent, elle s'en prend à l'infirmier d'une ambulance qui fait tout simplement son travail, ce dont elle veut manifestement l'empêcher. J'aimerais dire à Mme Hafez : il est déjà bien suffisant que vous maltraitiez vos adversaires. Ne touchez pas à nos ambulanciers ! »

Edward jeta la télécommande contre le mur avec tant de force qu'elle se brisa. Il se précipita dehors et composa le numéro de Farah.

25

Chaque fois que Farah avait le cœur serré ou qu'elle se mettait en colère, elle revenait instinctivement à sa langue maternelle. Pour exprimer chagrin, fureur ou grande joie, elle parlait dari. Elle ne pouvait et ne voulait pas faire autrement. C'était dans sa nature.

Marant ressemblait en tout point à l'adversaire que Farah avait mise au tapis l'avant-veille au soir. Un charognard avisé qui, avide du sang de sa proie et de la primeur de ses scoops, était prêt aux coups les plus bas pour obtenir ce qu'il voulait.

Voyant la photo d'Edward s'afficher sur l'écran de son iPhone, elle sut immédiatement de quoi il retournait.

« Je croyais qu'on devait se parler après l'émission, dit-elle, résignée.

— Qu'est-ce que tu ne m'as pas dit à propos de cet après-midi, Hafez ?

— Je ne savais pas que des photos avaient été prises.

— Eh bien, tu viens de les voir, alors raconte-moi ce qui s'est passé.

— J'ai mis beaucoup de temps à réanimer mon oncle… et quand l'ambulance est venue le chercher, il était déjà mort. On m'a interdit d'aller avec lui… J'avais les nerfs à vif, c'est vrai. Mais je n'ai pas touché un cheveu de cet homme, Ed.

— Alors ça marche…, soupira Edward. Marant parvient même à me faire douter de toi. Quelle mouche l'a piquée ? »

À présent, ils voyaient Cathy Marant à l'écran, flanquée de Danielle.

« Nous commencerons par la fâcheuse histoire du petit garçon accidenté, qui a été trouvé gravement blessé par l'ex-actrice de feuilleton Angela Faber, déclara Marant d'un ton pathétique. Grâce à son intervention énergique, notre première invitée de ce soir a pu lui sauver la vie : je veux parler du médecin et traumatologue Danielle Bernson. »

Des applaudissements polis retentirent.

« Danielle, selon vous, comment ce garçon est-il arrivé aux Pays-Bas ?

— Je ne peux pas raconter tout ce que je sais, répondit Danielle, visiblement nerveuse. Car ces informations sont confidentielles. Mais de forts indices laissent supposer qu'il est victime d'un trafic d'enfants international.

— Vous dites qu'il y a des indices, poursuivit Marant. Lesquels, par exemple ? »

Danielle hésita.

« Les vêtements du garçon étaient peu communs, expliqua-t-elle finalement. Il portait des habits orientaux traditionnels, des bijoux, et était maquillé comme une jeune femme.

— Et que ressentez-vous quand vous voyez un tel enfant ? demanda Cathy avec un pathétisme étudié, tandis que la caméra zoomait sur Danielle, en sueur.

— Ça vous fend le cœur », répondit-elle d'une voix enrouée.

Cathy Marant fit une pause pendant que Danielle buvait une gorgée d'eau. Sa main tremblait.

« Revenons à l'aspect du garçon, reprit Marant, adoptant un ton compréhensif. Il semblerait que l'on ait affaire à une vieille tradition afghane venue jusqu'à nous.

— En effet. »

Danielle avait une voix plus assurée.

« On appelle ça Bacha Bazi. De jeunes garçons déguisés en filles doivent danser pour des hommes riches.

— Et qu'en fait-on après ? demanda Marant d'un ton suggestif.

— Ensuite, ils sont abusés sexuellement. »

Marant laissa retomber le silence pendant qu'à l'écran défilaient des images d'un public choqué. Puis on revint vers le plateau, où Marant, qui avait pris sa pose de journaliste, regardait la caméra.

« En Afghanistan, posséder des garçons danseurs est un symbole de prestige, expliqua Marant. Dans ce pays, de nombreux enfants de sept, huit ou neuf ans sont recrutés le plus simplement du monde sur le marché ou dans la rue. Quand ils atteignent l'âge de dix-huit ans ou ne sont plus considérés comme attrayants, ils courent d'énormes risques. Leur vie est en danger, car ils savent quels sont les hommes haut placés qui ont abusé d'eux, parfois dans le plus grand secret. On trouve régulièrement des garçons la gorge tranchée. Malgré une interdiction officielle, le rituel Bacha Bazi se propage à vive allure et a maintenant fait son apparition, en toute illégalité, dans notre pays. »

Marant se tourna alors vers Vincent Coronel. Farah vit la réaction abasourdie de Danielle.

« Monsieur Coronel, dit Marant avec suffisance, que pensez-vous de cette évolution ?

— Je suis choqué, comme tout le monde ici, répondit Coronel aussitôt. Et j'y vois en même temps le résultat de notre naïveté multiculturelle. Ce que je veux dire, c'est que si on tolère autant d'Afghans à l'intérieur de nos frontières, on les autorise en fait également à introduire dans notre pays leurs coutumes et traditions culturelles condamnables. »

Farah comprit soudain la tournure qu'allait prendre l'entretien : impuissante, Danielle verrait son histoire servir le discours de Vincent Coronel sur l'immigration massive aux Pays-Bas.

Farah jura. Évidemment en dari.

26

Marouan Diba longea les bandits manchots alignés dans le petit café qui servait à présent de résidence à une poignée de misérables rois de l'échec au jeu. Le bruit des bras descendant à des rythmes différents ressemblait à celui de fusils que l'on recharge.

Marouan entendait tinter des pièces, ce qui aviva sa répulsion pour la perte à venir tout en renforçant son désir de tenter le sort.

Il avait roulé jusqu'au centre, avait garé la Toyota, puis s'était assis chez Tante Roosje, sur la place Rembrandt, devant une machine à sous, pour y jeter des pièces d'un air presque ennuyé, un verre de bière à la main et une cigarette calée dans le coin droit de la bouche. Dans sa tête, les pensées tournoyaient autant que les fruits sur l'écran de sa machine – elles culbutaient les unes sur les autres sans aucune chance de converger triomphalement, sans qu'une inspiration magistrale, idée en or ou pensée lumineuse, lui vienne. Rien : pas d'écoulement de pièces, de cash-flow retentissant ou d'éjaculation argentée.

Il pensait sans cesse à son comportement pitoyable, plus tôt dans la journée : la façon dont il avait évité Calvino, dont il s'était réduit à la taille du Petit Poucet pendant l'entretien avec Tomasoa, Park et Calvino. Mais la pensée de l'homme à l'accent slave dominait tout. Bon sang, comment pourrait-il le convaincre que, dans la nouvelle équipe du TGO, il se trouvait pieds et poings liés ?

C'est alors qu'il la vit à la télévision. La voix couverte par le vacarme des machines et les tintements sporadiques de pièces. Il marcha en direction du poste et monta le son.

« Les vêtements du garçon étaient peu communs, l'entendit-il dire. Il portait des habits orientaux traditionnels, des bijoux, et était maquillé comme une jeune femme. »

Marouan se frotta rudement le visage des deux mains. C'était devenu une habitude au moment où des problèmes incommensurables se dressaient sur son chemin. *Kharâ, hadhâ ash-shai'muqawwad lil ghâya !* Merde, quel bordel ! Il le savait. Il était le pigeon, la brebis galeuse, le perdant-né. Cette affaire puait, et si quelqu'un avait dû empêcher Danielle Bernson de prendre la population néerlandaise à témoin, c'était bien lui.

Une *hamra* néerlandaise, une conne qui avait fait des études de médecine, se démenait comme une folle, dans des millions de salons, pour expliquer le sort d'un gamin innocent passé illégalement aux Pays-Bas.

Danielle Bernson était une *bint az zanqa*. Une pute ! Marouan était furieux devant sa propre impuissance. Il donna un coup de pied à la machine, la frappa à pleines mains, secoua le lourd appareil et fut même sur le point de lui asséner un coup de boule : tout était bon pour laisser libre cours à sa colère quitte à se blesser lui-même.

Mais il sut se contenir et planta là sa bière, la clientèle ébahie de Tante Roosje et la traîtrise à la télévision. Il sortit en prenant dans sa poche le téléphone prépayé et appela, en appuyant sur une touche de raccourci, le numéro de l'homme qu'il détestait le plus au monde.

27

Dès son arrivée au service de soins intensifs du Waterland Medisch Centrum, Joshua Calvino avait saisi la chance de parler en aparté à l'infirmière en chef Mariska.

« Après coup, je n'en suis pas fière, lui dit-elle avec franchise. Mais j'avais conclu avec Danielle un accord que je n'aurais jamais dû passer : je devais l'appeler dès qu'il y avait un problème avec le garçon.

— Qu'est-ce que ça a d'anormal ? voulut savoir Joshua.

— C'est en dehors du protocole. Dès qu'un patient nous est confié, nous en sommes responsables.

— Pourquoi avoir conclu cet accord avec elle, dans ce cas ?

— Je connais un peu le passé de Danielle. Et j'ai vu qu'elle était très touchée par ce garçon. Cette nuit, quand il y a eu des complications et qu'il a eu un déchirement de la rate, je l'ai immédiatement appelée. Elle s'est ensuite rendue de sa propre initiative au bloc opératoire et, contre toutes les règles, elle a su persuader le traumatologue de service de ne pas lui retirer l'organe.

— Il lui a fallu du culot, répondit Joshua, stupéfait.

— Dans notre métier, on ne voit pas souvent un tel engagement. Donc quand elle m'a appelée ce matin pour me demander de fermer les yeux quand elle viendrait voir le garçon avec Angela Faber… eh bien, j'ai pensé que ça devait être possible.

— Mais… ?

— Quand j'ai vu que Dennis Faber et ce photographe l'accompagnaient, et puis cette femme de la télévision, comment s'appelle-t-elle, déjà ?

— Marant, Cathy Marant.

— Oui, c'est elle. J'ai usé de mon autorité et lui ai dit que c'était impossible.

— Quelle a été sa réaction ?

— Danielle ne voulait pas écouter. Elle avait le regard de quelqu'un qui est décidé coûte que coûte à n'en faire qu'à sa tête. Quand j'ai vu ça, j'ai appelé la sécurité. Mais l'hôpital est grand et avant que les vigiles n'arrivent, le cirque était déjà terminé. C'était une attaque éclair. Brève, et violente.

— Mais assez longue pour faire l'objet d'un article dans le *Nederlander*, dit Joshua.

— J'ai tout de suite raconté à mon chef de service ce qui s'était passé, dit Mariska.

— Seulement à ce moment-là ? demanda Joshua, étonné.

— Vous savez, monsieur Calvino, je trouve triste que quelqu'un comme Danielle, qui travaille depuis peu ici et est si impliquée, se mette si vite dans de vilains draps. Donc oui, j'ai hésité à le révéler, surtout parce que je considérais ça comme un incident. Mais dès que j'ai lu l'article, j'ai réalisé combien j'avais été naïve.

— Je voudrais parler à votre chef de service, dit Joshua. Le garçon doit faire l'objet d'une surveillance. Dès ce soir si possible. »

Mariska lui donna le numéro du chef du service de réanimation. Joshua eut en ligne une femme énergique, qui lui expliqua qu'ils avaient déjà eu des hommes avec gilet pare-balles et armes automatiques à la porte d'une chambre de soins intensifs, et qu'elle y était donc habituée. Joshua raccrocha après avoir eu confirmation de son entière coopération. Tout de suite après cet entretien, il appela son chef, Tomasoa, pour lui parler des derniers développements.

Tomasoa était adepte des contacts directs et des actions rapides. Aussi efficacement qu'il avait fait accélérer les recherches scientifiques, il exposa les grandes lignes du plan. Normalement, dans le cas d'un témoin menacé, il fallait d'abord effectuer une estimation du danger. Cela signifiait que l'on évaluait la gravité du risque et la probabilité que ce risque devienne réalité. Mais après l'explication de Joshua, Tomasoa décida de contourner cette procédure en qualifiant la surveillance du garçon d'urgente. Cela permettrait, après une brève concertation avec le responsable de service, de poster un brigadier en uniforme le soir même devant sa porte. Au cas où la menace s'amplifierait, par exemple à la suite de l'émission de ce soir, Tomasoa n'hésiterait pas à envoyer un tireur, armé d'un Heckler & Koch, devant le service de soins intensifs.

Rassuré par cette approche rapide et efficace, Joshua partit à la recherche d'un téléviseur. Finalement, sur les explications de Mariska, il trouva un poste dans une salle commune, où il réussit à convaincre une poignée de patients déconcertés de l'importance qu'il y avait à passer d'une émission montrant des célébrités dansant sur la glace à la diffusion en direct du *Headlines Show*, où le politicien Vincent Coronel s'affairait à exposer les dangers d'une société multiculturelle.

Joshua fut vite convaincu qu'une fois de plus Farah Hafez avait eu raison : une enquête de police qui aurait tiré tout bénéfice du plus grand silence de la part des médias était ici, par le biais d'un écran, propulsée chez des millions de Néerlandais, prenant en plus une dimension politique lugubre par suite de l'intervention de Vincent Coronel.

Joshua vit qu'en répondant au politicien Danielle transpirait et peinait à trouver ses mots.

« Vous parlez de coutumes culturelles et de traditions condamnables infiltrées dans notre pays, mais je parle d'un enfant, monsieur Coronel. Un enfant, vous comprenez ? »

Elle avait l'air de pouvoir éclater en sanglots à tout moment.

« Madame Bernson, répliqua Coronel sur le ton de la bagatelle, vous avez certainement sauvé la vie de cet enfant, ce qui, tout en étant louable, engage votre responsabilité médicale, mais ne prenons pas les vessies pour des lanternes. Ce garçon n'est pas un cas unique. Il ne s'agit pas d'un simple incident.

— Que voulez-vous dire ?

— Il y en aura d'autres, madame Bernson. Vous le savez. Je le sais et les gens qui sont ici le savent aussi.

— Qu'est-ce qui vous fait dire ça ? » s'écria Danielle, dont la voix se cassa.

Si elle s'était montrée déterminée et énergique deux nuits auparavant, lorsque Joshua l'avait vue au milieu de la route en train de s'occuper du garçon, elle était à présent désespérée et émotive. Avec tous ses idéaux, Danielle se retrouvait maintenant à une place où il fallait enjôler le public avec des bons mots et de promptes reparties. En voulant être honnête, Danielle Bernson avait perdu sa lutte dans l'arène de la télévision avant même de l'avoir commencée.

28

Danielle se rendit compte que l'entretien prenait une direction diamétralement opposée à celle qu'elle avait imaginée et, en pensée, elle entendit Farah lui dire « ça va se retourner contre vous ! » Elle vit dans quel piège elle était tombée. Elle avait cru pouvoir raconter son histoire, mais à présent elle comprenait que cela n'avait été qu'un prétexte pour donner une estrade à Vincent Coronel et lui permettre d'exprimer ses critiques sur la politique d'asile.

Et Coronel en faisait bon usage.

« Nous ne pouvons plus accepter que toutes sortes de coutumes étrangères, et surtout d'abus, soient importés dans notre société néerlandaise, l'entendit-elle marteler. Nous ne pouvons plus tolérer que des criminels de guerre afghans soient autorisés à séjourner dans ce pays. Saviez-vous qu'en ce moment les Pays-Bas accueillent je ne sais combien de ministres, gouverneurs, généraux et agents du Khad ? Tous des sommités de l'ancien régime communiste qui a terrorisé l'Afghanistan pendant des années ! La découverte du petit danseur afghan montre que nous avons affaire à une armée complète de criminels qui, grâce à la convention de Genève et à la naïveté du gouvernement néerlandais, a pu s'établir ici ! »

Incapable de se retenir, Danielle bondit.

« Monsieur Coronel, savez-vous combien d'enfants néerlandais abusés sont soignés à l'hôpital chaque année ? Des enfants maltraités par des Néerlandais ! s'écria-t-elle vivement.

— Je ne comprends pas bien ce que votre question vient faire ici. »

La voix de Coronel était calme, mais il sembla brièvement déstabilisé. Danielle n'attendit pas sa réponse.

« Presque cent mille ! s'écria-t-elle. Cent mille ! Est-ce que quelqu'un a déjà demandé à ces enfants comment c'était d'être battus, brutalisés ou violés ? »

Elle regarda autour d'elle et, dans le studio soudain plongé dans un profond silence, vit les visages des auditeurs, attendant la suite. Sa peur de s'exprimer en public disparut instantanément.

« Ce soir, je devais vous parler d'un petit garçon d'une dizaine d'années, qui a été amené dans notre pays par une bande internationale de trafiquants. Mais ce garçon aurait tout aussi bien pu être néerlandais, ou africain. Un enfant reste un enfant. Les véritables criminels sont les membres du groupe qui l'ont conduit ici. Mais assoiffé de gains politiques, vous osez aller si loin que vous utilisez même le trafic et la maltraitance d'enfants pour classer les réfugiés et les demandeurs d'asile dans la catégorie des criminels. Tout semble tolérable tant que cela vous donne des voix. Mais laissez-moi vous dire ceci, monsieur Coronel : la maltraitance d'enfants n'a rien à voir avec la politique, ni avec l'immigration, et encore moins avec vos opinions politiques répugnantes ! »

Coronel se défendit faiblement. Évitant les yeux de Danielle, il regardait à tour de rôle Cathy Marant et l'ex-femme du footballeur.

« Dans sa naïveté, Mme Bernson ne réalise pas qu'elle a sauvé la vie d'un garçon qui s'est retrouvé à des dizaines de milliers de kilomètres de son pays d'origine, justement parce qu'un groupe de ses concitoyens vit ici, aux Pays-Bas. Ce sont des gens qui pensent pouvoir introduire ces abus à grande échelle dans notre pays.

— Cela n'a strictement rien à voir, répliqua Danielle, allant droit au but et se tournant même vers Marant. Madame Marant, ou dois-je dire madame la manipulatrice ? Vous devriez avoir honte. Vous m'avez attirée dans ce studio sous de faux prétextes !

— Madame Bernson, vous êtes venue ici de votre plein gré, rétorqua Marant, hautaine.

— C'est vrai, et c'est aussi de mon plein gré que je m'en vais, déclara Danielle qui, joignant le geste à la parole, se leva et partit.

— Nous faisons un break publicitaire et vous retrouvons dans quelques minutes », entendit-elle Cathy Marant dire d'une voix glaciale à la caméra.

29

Attendant nerveusement que la communication s'établisse, Marouan, le téléphone collé à l'oreille, longeait les terrasses bondées du Bar Rembrandt et du Café Royal De Kroon. Il traversa la voie des tramways sans regarder, ce qui lui valut un coup de frein sourd et la sonnerie stridente de la ligne 9 qui arrivait derrière lui. Marouan s'en aperçut à peine.

Passant devant un groupe de mariachis jouant leur musique de façon routinière, il se rendit soudain compte du nombre croissant de gens qui s'arrêtaient en riant et l'observaient comme si sa braguette était grande ouverte. C'est en se retournant qu'il en comprit la cause. Derrière lui marchait un sosie de Charlie Chaplin imitant à merveille sa démarche, son expression et ses gestes. Marouan le chassa de la main. Le Charlie maquillé de blanc, avec son corps élastique, lui répondit par un signe loufoque avant de se remettre à déambuler derrière lui, comme un démon imitateur, dès qu'il eut tourné le dos.

Avant même que son interlocuteur ne décroche, Marouan coupa la communication, se retourna brusquement et brandit sa carte d'inspecteur sous le nez de Charlie en hurlant « Police ! » Le mime fit mine d'avoir le cœur brisé. Croyant avoir affaire à un sketch, l'auditoire de plus en plus nombreux applaudit à tout rompre. Charlie larmoya, mit les genoux à terre et tendit ses poignets vers Marouan, lui signifiant de lui passer les menottes. Marouan ne put échapper à la situation qu'en fuyant la place pendant qu'à l'hilarité générale le comédien le suivait encore sur des dizaines de mètres comme un chat en quête de caresses.

Juste avant d'arriver au Stopera, Marouan appuya pour la deuxième fois sur la touche de raccourci de son téléphone prépayé. En entendant l'anglais teinté de slave de son interlocuteur, il confessa pitoyablement qu'un nouveau problème venait de surgir. Il parla de l'apparition à la télévision de la doctoresse blonde et un long silence se fit de l'autre côté de la ligne.

« Il me semble que nous nous étions mis d'accord pour que tu résolves ce genre de problèmes, dit finalement la voix hautaine avec son accent infâme. Pour que tes problèmes ne deviennent pas les miens. Donc : comment faire pour que ce problème redevienne le tien le plus vite possible, Diva ?

— Aucune idée, articula Marouan comme s'il avait des crampes d'estomac.

— Et c'est tout le problème, *koulak* : tu n'as jamais d'idées. »

Marouan savait qu'il n'avait d'autre choix que d'écouter une nouvelle offense sous la forme d'une pseudo-théorie philosophique, en espérant qu'elle lui soit indulgente.

« Tout commence avec la fascination, Diva. La fascination. Quelque chose te prend aux tripes. Une idée. Un ordre. Un but. Quelque chose qui t'indique le chemin à prendre et que tu peux développer. La fa-sci-na-tion. Elle te pousse à relever les défis que tu t'imposes. Mais que fais-tu ? Tu me déçois sans arrêt.

— Je regrette.

— Rentre chez toi, attends que je te rappelle. »

Clic. Fin de la communication.

Marouan ne savait pas quoi ressentir : du soulagement ou de l'angoisse. Cette dernière l'emporta tandis qu'il marchait vers sa voiture. Attendre à la maison que le téléphone sonne était un doux euphémisme pour désigner l'attente d'une catastrophe inéluctable.

Comme s'il était devenu le journal de la veille avec lequel des anges vengeurs dénués de scrupules se torcheraient le cul.

30

Farah arriva juste à temps à l'entrée du hall Zuivering pour voir Danielle sortir en coup de vent tandis qu'une jeune fille aux cheveux blancs comme du lait, vêtue d'un chemisier psychédélique, tentait de lui barrer la route. Danielle poussa violemment la fille sur le côté et avança sans se retourner vers sa bicyclette.

Lorsqu'elle découvrit Farah, elle lança aussitôt :

« Je suppose que vous avez tout vu ? Ne me dites pas que vous aviez raison. Je m'en fous !

— C'est tout le contraire ! Vous avez eu le courage de dire ce que vous aviez à dire. Vous les avez pris à leur propre piège. »

Danielle ne réagit pas. Elle se pencha en avant pour déverrouiller son cadenas et tandis qu'elle trifouillait avec sa clé sans rien dire, Farah l'entendit renifler. La fille aux cheveux blancs se tenait entre les deux, jurant en haletant qu'elle n'avait jamais vu une chose pareille. Danielle se redressa, le visage décomposé, et lui cria de ficher le camp. Farah entoura Danielle de ses bras pour la réconforter, l'attira vers elle et fit de nouveau signe à la fille de déguerpir.

« Je veux partir, hoqueta Danielle entre ses larmes. Loin de cette connasse. Quelle pute ! Je veux voir le petit garçon.

— Venez avec moi, dit Farah. Laissez votre vélo. Je vous raccompagne. »

Peu de temps après, Farah garait la Carrera dans le parking du WMC. En descendant, elle vit que Danielle scrutait les environs avec angoisse.

« Qu'y a-t-il ?

— Rien. »

Elles prirent l'ascenseur en silence, l'une en face de l'autre.

« Ça va ?

— Non. »

Dans le hall du service de réanimation, Mariska vint à leur rencontre, mais Danielle l'évita et disparut dans la chambre du garçon.

« Elle n'a pas le droit d'y aller, dit Mariska à Farah en secouant la tête.

— Elle est bouleversée », répondit Farah pour l'excuser.

Elle vit Mariska suivre Danielle et refermer doucement la porte. Peu après, les sanglots de Danielle résonnèrent. Derrière elle, Farah entendit des bruits de pas et des voix d'hommes se rapprocher, et lorsqu'elle se retourna, elle vit Joshua Calvino avancer paisiblement dans le hall avec un agent de police.

Joshua sembla peu étonné de la revoir. Il regarda vers la porte fermée de la chambre où les sanglots semblaient se calmer et demanda à Farah si elle savait qui se trouvait à l'intérieur.

Puis les deux femmes sortirent. Mariska avait passé un bras autour des épaules de Danielle, qui tentait de sécher ses yeux des deux mains.

« Je suis désolée, dit-elle, tandis que des larmes continuaient à couler sur ses joues. Je suis tellement désolée.

— Il vaut mieux rentrer chez vous, madame Bernson. Ici, tout est sous contrôle, dit Joshua aimablement.

— J'appelle un taxi ? demanda Mariska.

— Ce n'est pas la peine. Je vais raccompagner Mme Bernson moi-même. »

Joshua fit signe à l'agent, qui se présenta à Mariska, puis gagna avec elle la chambre du garçon.

« Merci », dit Danielle en passant devant Farah, avant de se diriger vers l'ascenseur avec Joshua.

Farah les regarda jusqu'à ce que les portes se referment et qu'elle se retrouve seule dans le hall.

Joshua lui avait à peine accordé un regard.

31

Alors que les lumières et les contours de la ville défilaient devant ses yeux, Danielle pensait à ce qui lui était arrivé, après qu'elle avait trouvé le garçonnet sur l'asphalte, à peine deux jours plus tôt. Jusque-là, elle avait pu vivre en pensant avoir laissé l'Afrique et ses atrocités derrière elle et entamé une nouvelle vie. Mais tout ce qui aurait dû être oublié, elle l'avait emporté avec elle, comme une ombre inerte qui la suivait et la tenait à nouveau entre ses griffes.

Elle voulait oublier. Oublier qu'elle ne pouvait pas fuir. Qu'elle s'était aveuglée devant ses propres torts. Que sa naïveté s'était retournée contre elle.

Elle regarda vers le ciel sans nuages et, malgré la coupole artificielle de lumière suspendue au-dessus de la ville, elle aperçut quelques étoiles. Des étoiles qui malgré leur disparition, des années-lumière plus tôt, pouvaient ici toujours passer pour vivantes. Danielle se sentait comme elles : vivante, mais intérieurement morte. Elle regarda l'homme silencieux assis au volant.

« Vous êtes croyant, inspecteur ? » demanda-t-elle.

Il la dévisagea avec étonnement.

« Je crois en plein de choses. Pourvu qu'elles existent et fonctionnent », répondit-il.

En voyant son regard ébahi, il tenta de s'expliquer :

« Je crois en la nature, le cosmos et le moteur de cette voiture.

— Je veux dire… croire dans un sens plus abstrait… à l'au-delà ? demanda-t-elle, hésitante.

— Je crois que je suis en mesure de vous ramener saine et sauve chez vous. Et je crois que vous avez raison. Je ne peux malheureusement pas être plus abstrait. »

Malgré ses idées noires, les commissures de ses lèvres se retroussèrent en un vague sourire.

« Vous êtes un charmeur, monsieur Calvino.

— Alors quand quelqu'un vous dit qu'il croit en l'honnêteté, vous le prenez pour un charmeur ? »

Je suis aussi toquée que ça, pensa-t-elle, se remettant sans répondre à contempler les étoiles.

« Vous ne pouvez pas abandonner, docteur, dit Calvino au bout d'un moment. Passez une bonne nuit et demain, tout aura l'air différent. »

Justement, songea-t-elle : peut-être que cela semblera différent, mais sous cette façade, tout restera exactement pareil. Les mêmes peurs, les mêmes démons, les mêmes fautes sans cesse répétées.

Ils arrivèrent dans sa rue et, sur ses indications, l'inspecteur s'arrêta à proximité de sa porte. Avant de descendre, elle le remercia.

« Pas seulement de m'avoir ramenée, mais aussi d'avoir mis en place la surveillance.

— Pas de quoi. »

Elle remarqua la façon dont il la regardait. Comme s'il attendait davantage d'elle, pensa-t-elle soudain. Descendant de voiture avec maladresse, elle avança un peu trop vite vers sa porte d'entrée tout en cherchant ses clés dans son sac. Pendant ce temps, elle entendait le moteur tourner au ralenti et quand, après de multiples efforts, elle trouva enfin ses clés, elle crut entendre Joshua descendre du véhicule. Elle était en sueur et en dépit de son angoisse, elle se retourna et le vit courbé, la tête penchée au-dessus du volant, regardant dans sa direction. Elle s'engouffra à l'intérieur et referma la porte. Son cœur battait la chamade.

Dans l'entrée, cherchant sa respiration, elle s'adossa à la porte. Je lui ai montré où j'habite, pensa-t-elle tout en réalisant l'absurdité de cette idée, car elle avait été raccompagnée par un inspecteur, un homme qui semblait calme et fiable et qui, de sa propre initiative, avait fait en sorte d'assurer la sécurité du garçon.

Elle l'entendit démarrer lentement et ce n'est que lorsque le bruit de la voiture eut disparu qu'elle osa regarder par la fenêtre. Il avait dû attendre qu'elle soit bien rentrée pour partir. Comment pouvait-elle prendre sa sollicitude professionnelle pour autre chose ?

Lorsqu'elle monta l'escalier menant au salon, ses jambes tremblaient. Elle se fit couler un bain et coupa la sonnerie de son téléphone. Après avoir fermé les rideaux, elle alluma quelques lampes et décida de se servir un whisky en écoutant son bain se remplir. Ce son familier, combiné au whisky, la calma très vite.

Même si elle avait voulu s'en souvenir après coup, elle n'aurait pu dire à quel moment ses paupières s'étaient fermées.

Avant même qu'elle s'en rende compte, une chaude vague d'amnésie l'emporta.

32

Fonçant à vive allure vers le WMC et prenant à toute vitesse la bretelle la menant sur le périphérique ouest, Farah essaya de ne plus penser à ses retrouvailles glaciales avec Joshua Calvino.

L'intensité de sa nuit avec Joshua lui avait rappelé son premier amour. À l'âge de quatorze ans, elle avait eu un penchant pour les marginaux, auxquels elle avait tendance à s'identifier. Elle avait été folle amoureuse d'un garçon : la plus grande gueule de la classe, s'affichant en toutes saisons avec des bottes en caoutchouc et des vêtements mi-délavés, mi-sales. Il cherchait toujours la bagarre, était couvert de bleus et regardait continuellement autour de lui, comme un animal affolé. Mais en présence de Farah, il se calmait et se changeait en un amant doux, à la patience infinie, et ses mains savaient embraser son corps.

Un jour, instinctivement, elle avait attrapé son couteau de poche, lui avait incisé l'intérieur du bras et lui avait demandé de faire la même chose sur elle. Tandis que leurs sangs se mêlaient, ils avaient fait l'amour. C'était la rencontre la plus exquise de douleur et d'amour, de sang et de ravissement, qu'elle avait expérimentée. Les cicatrices sur ses bras, ses cuisses et son ventre en étaient les souvenirs palpables.

Elle pensa à d'autres relations au cours desquelles elle avait toujours été le facteur déterminant, le capitaine à bord. À la différence que selon la tradition, les capitaines étaient toujours les derniers à quitter le navire, tandis qu'elle était toujours la première à le faire. Car parmi toutes ses conquêtes, Farah n'avait perçu qu'une infime trace des sentiments portés à son grand amour d'autrefois.

Dans dix minutes, elle entendrait crisser sous ses pneus le gravier de l'allée menant à la maison au toit de chaume de l'étang d'Amstelveen. Elle savait qu'elle verrait la silhouette de David dans l'encadrement de la porte. Il avait développé un sixième sens : sentant qu'elle approchait, il l'attendait toujours là, même si elle ne l'avait pas prévenu de son arrivée. David n'allait jamais à sa rencontre, il restait là, à l'attendre. Marcher sur les gravillons dans sa direction en valait alors tellement la peine ! Il lui tardait de se trouver près de lui. Il la prendrait dans ses bras comme si elle revenait d'un tour du monde.

Sa relation avec David durait depuis six mois, et elle s'aperçut que contrairement à son habitude, elle n'avait pas eu d'aventures avec d'autres hommes. Joshua était la première exception à la règle et serait aussi la dernière. Ce genre d'escapades n'avaient plus leur place dans sa vie. Elle espérait pouvoir l'expliquer à David. Elle imagina sa réaction : les yeux effarés, il arpenterait la pièce en lui en demandant la raison, si ça venait de lui, s'il avait commis une erreur.

Non, trésor, tu n'as rien fait, c'est ma faute, la mienne !

Elle le laisserait vociférer, l'approchant avec circonspection, puis le touchant enfin du bout des doigts, encaissant son rejet et tendant lentement la main vers lui. Et finalement, avec son honnêteté désarmante, David lui dirait qu'il n'existait pas de remède contre ses sentiments pour elle et qu'il ne fallait donc plus le blesser ainsi. C'est à ce moment-là qu'elle lui murmurerait sa promesse de fidélité, avant de lui annoncer qu'elle avait décidé de l'accompagner dans son grand voyage de Jules Verne. Au besoin, elle démissionnerait. Tout pour réparer son erreur. Pour que rien ne change.

David l'aimait d'une façon exceptionnelle, parce qu'il voyait en elle quelque chose qu'elle n'avait jamais voulu, ou plutôt jamais osé voir. Elle connaissait surtout son côté combatif. Enfant d'une famille d'accueil dans ce doux pays plat et pluvieux, elle s'était rapidement rendu compte qu'aucune autre fillette, aucun autre garçonnet, n'avait eu un père abattu par un peloton d'exécution, ni une mère ayant péri dans la neige des hautes montagnes. Elle était différente à tout point de vue. Son aspect, ses pensées et son passé. Il n'y avait personne avec qui elle se sente véritablement liée. À l'école comme au-dehors, chaque jour signifiait pour elle une longue lutte contre les railleries, les moqueries et les commérages des enfants de son âge, de leurs parents, et même des professeurs. Elle espérait pouvoir un jour accepter cette partie inconnue et douce d'elle-même. David l'y aiderait.

Lorsqu'elle s'engagea dans l'allée de graviers, elle vit à son étonnement que David ne l'attendait pas sur le seuil.

33

Devant les portes de l'hôpital Helen Joseph, le chaos régnait. Le personnel soignant bloquait les voies d'accès et les sorties de l'hôpital, pour manifester en faveur d'une augmentation de salaire promise par le gouvernement, mais jamais versée.

« *Amandla.* Le pouvoir ! » scandait la femme que Paul reconnut comme étant l'infirmière de nuit qui l'avait si aimablement soigné.

« *Awethu.* Au peuple ! » criaient les protestataires.

Des agents de police tentaient de casser les cadenas avec lesquels quelques manifestants s'étaient attachés aux portes, mais ils étaient assaillis par une horde d'infirmières hurlantes. En réponse, on actionna un canon à eau.

Paul grimpa par-dessus une grille et tenta en vain d'arrêter un minibus le long de la route en tendant le pouce. Un instant, il se demanda s'il se trompait de geste, mais en voyant les regards que lui lançaient les passagers, il comprit qu'aucun chauffeur ne voulait prendre dans son car empli de passagers noirs un Blanc qui, avec son visage gonflé violacé, un œil au beurre noir, un nez pansé et vingt-quatre points de suture partant de son sourcil gauche, devait avoir l'air d'un homme violent.

Un peu plus loin, voyant une femme descendre d'un taxi, il fit de grands gestes. Pendant que le chauffeur le jaugeait, il s'avança vers lui, s'efforça de sourire et essaya de briser la glace en disant qu'il n'était pas si méchant qu'il y paraissait, et qu'il habitait au numéro 15 de Park Street, au centre de la ville. L'un dans l'autre, une bonne course. Le chauffeur lui fit signe de monter et bientôt, ils dépassèrent à vive allure les lotissements entourés de murs sécurisés par des fils électriques dans lesquels couraient du neuf mille volts.

Paul observa la carte d'identité suspendue au rétroviseur, et constata que le conducteur se nommait Mosi Siluthu. Il remarqua aussi que, sur le bord de la route, des montagnes de déchets s'étaient accumulées. Interceptant le regard de Paul, Mosi devina qu'il n'était pas encore au courant des changements récents.

« C'est comme ça partout. Tout le monde réclame des augmentations de salaire. Les éboueurs exigent quinze pour cent. Ils ne feront rien avant de les avoir obtenus. »

Par suite de la grève, les rues de Johannesburg étaient jonchées de monceaux de verre cassé, de vieux journaux, d'énormes quantités de plastique, de piles vertigineuses de boîtes de conserve, d'aliments en décomposition et de rats qui couraient prestement sur les tas de déchets, creusaient des tunnels et, en quelques jours, menaçaient de devenir plus nombreux que les clandestins. Grâce à son service de nettoyage, Johannesburg était devenu le paradis des rats.

« Oui, monsieur, dit Mosi en regardant Paul dans le rétroviseur, l'ANC gouverne au nom du grand capital. Et voyez ce qui arrive : les ouvriers sont opprimés. Hier, c'étaient les éboueurs, aujourd'hui, le personnel soignant, demain, le bâtiment, dans deux jours, les fonctionnaires, et après, les ouvriers des usines. Avant de pouvoir dire ouf, tout le pays sera en grève. *Amandla!*

— *Awethu*, répondit Paul.

— Et les actions ne font que s'amplifier, dit Mosi. Plus encore depuis que Jacob Nkoane s'est porté candidat à la présidence.

— Quoi ? s'écria Paul, effaré.

— Ils vous ont mis à l'isolement, à l'hôpital, ou quoi ? demanda Mosi, avant de poursuivre sans attendre de réponse. L'ANC a fait de la lutte contre la pauvreté le thème central de sa campagne électorale ! Mais regardez autour de vous ! C'est une honte de devoir vivre ça !

— Depuis quand Nkoane est-il candidat ? demanda Paul, le souffle coupé.

— Depuis aujourd'hui », répondit Mosi avec gravité, tandis qu'il scrutait à nouveau la réaction de Paul dans le rétroviseur.

En entendant la nouvelle, Paul eut l'impression d'avoir reçu un coup de poing dans le ventre. Il imaginait la forte pression que l'ANC avait dû exercer sur le *Citizen* pour qu'il cesse ses investigations sur la fraude et à présent, cette même pression, encore décuplée, devait peser sur les Scorpions. Toutefois, Paul estimait que Dingane n'était pas homme à se laisser impressionner.

Mosi roula en silence jusqu'à Park Street. En arrivant, Paul lui donna un bon pourboire, avant de disparaître en marmonnant entre ses dents.

La pluie s'était mise à tomber. Partout, les gouttes tambourinaient dans des tonalités et à des rythmes différents sur les sacs en plastique, les cartons défoncés et autres déchets.

La tête débordant d'idées désordonnées et de visions de condors, de mains qui l'agrippaient et de visages contusionnés, Paul ouvrit la porte grinçante de son appartement. Il y régnait depuis six mois l'atmosphère lugubre qui entourait un homme désespérément seul. Paul avait espéré laisser le chaos derrière lui dès qu'il aurait refermé la porte, mais il fut saisi par le manque de perspective et la désolation, tels des démons ayant décidé de l'accompagner toute sa vie.

Il avançait vers la fenêtre, derrière laquelle la forte pluie métamorphosait les lumières de la ville en fines lignes verticales, lorsque son portable sonna. Paul pensa à Mosi et à ce qu'il avait murmuré avant que son taxi ne reparte entre les monceaux de déchets détrempés : « Ce n'est plus mon monde. » Puis il prit la communication.

34

Edward avait vue sur le potager plongé dans la pénombre, avec ses aubergines, ses courgettes et ses citrouilles presque arrivées à maturité. Entre les arbres fruitiers, un peu plus loin, il vit des moutons apeurés lorgner dans sa direction. Il se dirigea vers le jardin des plantes aromatiques où il cueillit un peu de menthe verte, laissa les feuilles fraîches se coller sur sa langue pour les mâcher ensuite lentement, les yeux fermés. Il faisait tout pour retarder le moment fatidique. Tout pour ne pas composer le numéro de Johannesburg.

Dans l'attente de l'instant irrévocable, il poursuivit sa route à travers le jardin. Il longea les pavots, l'alchémille et la millefeuille, en direction de deux chênes centenaires qui délimitaient le terrain de la ferme, tels des gardiens noueux. Il repensa aux années où il revenait ici chaque semaine pour rencontrer l'homme auquel son appel téléphonique était destiné. L'homme qui n'était alors qu'un gamin.

Dans le temps, Edward avait décelé une vive curiosité chez Paul, alors en pleine puberté, et il lui avait conseillé d'écrire un journal dans lequel il rassemblerait ce qui se présenterait sur son chemin : pensées, avis, phrases disparates relevées dans des journaux, fragments d'entretiens radiophoniques ou télévisés et photos découpées dans des quotidiens ou des magazines. Il incita Paul à établir des liens entre les différents éléments de sa collection et à chercher des explications, en espérant que cela le pousserait à se forger sa propre opinion. Lors du dix-septième anniversaire de son neveu, Edward avait convenu avec lui qu'ils se retrouveraient une fois par semaine pour des joutes oratoires sur des sujets choisis par Paul.

Chaque samedi après-midi, Edward s'était donc rendu à la ferme. L'hiver, ils s'installaient près de la cheminée et pendant qu'ils discutaient, Isobel préparait un ragoût: du bœuf avec de la mélasse et du pain d'épices, accompagné de purée de pommes de terre et de chou rouge, repas qu'elle nommait «nourriture réconfortante». En été, les deux protagonistes s'asseyaient la plupart du temps l'un en face de l'autre dans le jardin devant la maison et Isobel leur apportait du thé glacé et des gâteaux au citron confectionnés par ses soins. Edward jouait le rôle du conservateur tenace, qui abordait la politique à partir de l'intérêt personnel des gens, et débattait avec Paul, qui, avec la conviction naïve de la jeunesse, estimait que l'homme était sur cette terre pour réparer ce que les générations précédentes avaient détruit. À cette occasion, Edward se faisait traiter par son neveu de tous les noms d'oiseaux : il était un «idiot populiste», un «capitaliste dénué de scrupules» ou encore un «radoteur réactionnaire». Mais à chacune de ces joutes verbales, Edward avait senti leur intimité grandir et vu petit à petit se transformer le gamin introverti contenant difficilement son agressivité en un jeune homme volontaire qui s'exprimait de mieux en mieux. Edward et Isobel se rendaient compte que ces rencontres hebdomadaires étaient un exutoire idéal pour un jeune homme plein de colère contre une vie qui lui avait pris le plus grand de ses héros : son père.

Au cours de ces années importantes, Edward avait appris à Paul à ne pas se fier uniquement à son intuition personnelle, mais aussi à analyser les événements en prenant du recul. « Combine les deux et tu feras un excellent journaliste », répétait-il toujours à Paul.

À présent, debout entre deux chênes centenaires, il attendait d'entendre la voix de ce journaliste autrefois si prometteur, qui devait avoir oublié son conseil depuis bien longtemps.

Dans le silence qui s'installa une fois que Paul eut décroché son téléphone, Edward entendit la pluie tomber.

« Tu es dehors ?

— Je suis devant une fenêtre ouverte. »

Cette image effraya Edward. Il s'imagina Paul sauter, puis gisant sur le sol. Dans la rue, sous la pluie. Blessé, ensanglanté et inconscient. Il y avait sept ou huit étages sous la fenêtre ouverte.

« Ne t'inquiète pas, dit Paul qui, même à des milliers de kilomètres, semblait avoir perçu la peur d'Edward.

— Je devrais, Paul ?

— Peut-être. Si tu me voyais…, répondit-il avec un rire amer.

— Que s'est-il passé ?

— Rien d'important.

— Tout ce qui t'arrive a de l'importance pour moi, dit Edward, irrité, comme un père admonestant son fils entêté.

— Disons que maintenant, tout va bien, dit Paul. Comme ça, le sujet est clos. »

Paul se tut. Entendant la pluie sud-africaine tambouriner, Edward regarda instinctivement vers le haut.

« J'ai un boulot pour toi. Un de ceux sur lesquels tu pourrais bien te casser les dents.

— Intéressant. Continue.

— On a trouvé un jeune Afghan dans un bois, vêtu dans le style de Bacha Bazi. Toute l'affaire semble être liée à Armin Lazonder et à l'une de ses connexions russes, Valentin Lavrov. »

Le silence se fit de nouveau de l'autre côté de la ligne. Edward attendit une réaction, en vain.

« Je t'écoute, finit par dire Paul.

— Je veux que tu collabores avec Farah Hafez.

— Ce n'est pas une journaliste d'investigation expérimentée.

— C'est pour ça que je veux que tu l'aides. Je viens de lui parler et elle m'a donné un troisième nom, pour ce que ça vaut.

— Toutes les bonnes choses vont par trois, Ed, alors dis-moi.

— Grigori Michaïlov.

— Depuis quand l'*AND* s'occupe-t-il d'affaires classées ?

— Pourquoi ?

— Michaïlov est mort depuis des années.

— Je sais, mais d'après les dernières informations, son spectre fait encore des victimes. Une ancienne victime du Khad a cru l'apercevoir.

— On dirait le triangle des Bermudes. Lazonder, Lavrov et un Michaïlov mort vivant.

— Je t'avais bien dit que tu pourrais t'y casser les dents.

— Donc si j'accepte de participer à ton plan, je devrai travailler avec cette Hafez ?

— Crois-moi, Paul, c'est une excellente journaliste.

— Qu'est-ce qui le prouve ?

— Je sais repérer le talent quand je le vois, tu te souviens ?

— Je crois comprendre, dit Paul. En nous mettant ensemble, tu me permets de faire un come-back et en plus, tu lui donnes un coup de main, est-ce que je me trompe ? »

Cette fois-ci, c'est Edward qui garda le silence.

« Comment va maman ?

— Je l'ai mise au lit. Elle dort. »

À Johannesburg, la pluie avait cessé.

« Paul ?

— Je te rappelle. »

Une fois que Paul eut raccroché, Edward écouta distraitement la tonalité. Les moutons se mouvaient lentement dans le soleil du soir virant au rouge-violet. Au loin, au-dessus de la ville, il vit des nuages se former et entendit le vague grondement d'un orage approchant.

35

Il faisait sombre dans la salle de bains quand Danielle ouvrit les yeux, apeurée. L'eau avait tiédi. S'était-elle endormie ? Cela n'avait pas dû durer longtemps. Mais une chose était sûre : les lumières étaient allumées quand elle était entrée dans son bain.

Elle se redressa, sentit que la tête lui tournait, s'agrippa au rebord de la baignoire, chercha une serviette sans la trouver, sortit du bain et se dirigea vers l'interrupteur. Une main gantée se plaqua alors sur sa bouche avant qu'elle ne puisse crier. Un homme grand et fort la serra contre lui. Il dégageait une odeur de cuir, de menthe et d'after-shave au musc. Dans un anglais connoté de russe, il susurra sinistrement à son oreille :

« C'est dangereux de s'endormir dans son bain. Beaucoup de gens se noient comme ça. Mais c'est une mort paisible. On se noie sans même s'en rendre compte. C'est ce que tu veux ? »

La main s'écarta de sa bouche pour la laisser répondre. Elle fit non de la tête.

« Sage décision. Maintenant, tu dois me dire ce que tu sais, murmura l'homme d'une voix rauque. Tu dois m'expliquer ce que tu sais sur le garçon. Tu vas me dire ce que tu n'as pas raconté à la télévision. »

La main s'éloigna de nouveau de sa bouche, la laissant respirer. Elle chercha ses mots.

« Il est victime de Bacha Bazi. »

Presque aucun son ne sortait de sa gorge.

« Je sais. Mais comment est-il arrivé ici ? »

Danielle fut prise d'une panique aveugle.

« Je… je ne sais pas. »

Elle fut soulevée et lancée dans le bain, sa tête cognant contre le bord de la baignoire. Aussitôt, l'homme la poussa sous l'eau d'une main tandis que, de l'autre, il maintenait ses jambes battant dans tous les sens. Tentant de trouver de l'oxygène, elle but la tasse. Lorsque la main tira soudain sa tête hors de l'eau, elle eut un haut-le-cœur.

Il murmura à nouveau à son oreille :

« Je n'aurais pas besoin de faire ça si tu me racontais tout ce que tu sais. Donc je te le redemande. Comment ce garçon est-il arrivé ici ?

— Je… ne sais pas… », dit-elle entre ses larmes.

La main la repoussa immédiatement sous l'eau. Cette fois-ci, l'autre main gantée de cuir l'attrapa brutalement entre les jambes : elle ouvrit la bouche pour crier et avala de nouveau de l'eau. Elle commença à perdre connaissance.

C'est à ce moment-là que les mains l'agrippèrent, la sortirent du bain et la serrèrent contre le corps dur de l'homme. Elles passèrent dans ses cheveux mouillés et sur son dos, lui pincèrent les fesses, pendant qu'entre ses sanglots elle essayait de bredouiller quelques mots.

« Il ne parle pas. Le garçon… est anesthésié. »

Les mains remontèrent vers sa tête et la tinrent solidement. Elle sentit de nouveau l'odeur de menthe lorsque le visage de l'homme, telle une tache noire, vint se poster devant le sien.

« Écoute, dit-il. Ce que je viens de faire n'est encore rien. Rien en comparaison de ce que te feront les autres. Ils iront plus loin. Si loin que tu ne pourras plus jamais le raconter. Tu comprends ?

— Vous n'avez pas la bonne personne, réussit-elle à dire.

— Non, tu es celle qui lui a sauvé la vie. C'est pour ça que je sauve la tienne. »

Il la retourna.

« Pose tes mains contre le mur. »

Elle lui obéit.

« Ferme les yeux. »

Elle ferma les yeux.

« Commence à compter lentement jusqu'à soixante. »

Elle se mit à compter. Arrivée à cinq, il l'interrompit.

« Plus lentement… Si tu comptes lentement, tu resteras en vie. »

Elle recommença à compter. Un, deux… Lentement. Comme si elle était une étoile en train de s'éteindre. Arrivée à soixante, elle ne s'arrêta pas. Mourir, c'était compter indéfiniment.

36

Juste avant que Farah ait atteint la porte, celle-ci s'ouvrit et David avança vers elle à grands pas.

« Les mensonges, on peut ne pas vouloir en tenir compte, mais il faut réagir ! s'écria-t-il, agité, en la prenant solidement par les épaules comme s'il voulait la secouer. Je suis sûr que tu vas réussir à t'en sortir. Que nous allons nous en sortir ! Je veux que tu me racontes tout ! Tout, tu m'entends ?

— Dans un instant, David, dit-elle, stupéfaite. Dans un instant. »

Il passa un bras autour de ses épaules et l'entraîna à l'intérieur, où traînait, entre des livres de Jules Verne, une bouteille de whisky aux trois quarts vide et où l'odeur épicée du repas qu'il avait mijoté pour eux flottait encore.

« Tu aurais dû prévenir la doctoresse avant qu'elle ne raconte son histoire à Marant », dit-il, tendu.

Elle comprit alors d'où venait son énervement. David avait lui aussi regardé le *Headlines Show*.

« Mais je l'ai fait, trésor.

— Alors, elle ne t'a pas écoutée, ce n'est pas malin ! »

Farah n'avait pas prévu de se détester autant à cause d'un secret qu'elle voulait confesser au plus vite afin de continuer sa vie avec lui. Une vie dans laquelle elle se sentait plus à l'aise qu'elle ne l'avait imaginé jusqu'à présent.

« Tu veux bien t'asseoir, David, s'il te plaît ?

— Et toi ? Tu ne veux rien manger ? Qu'est-ce que je te sers ?

— Tu veux bien t'asseoir et m'écouter ? » le supplia-t-elle.

Il sursauta, prit son verre de whisky et se laissa tomber sur le cuir dur du canapé italien.

Cherchant les mots adéquats, elle laissa s'installer un long silence, au cours duquel David changea de position en fronçant impatiemment les sourcils.

« Tu sais comment j'ai vécu avant de te rencontrer. Tu le sais, non ? dit-elle mollement.

— J'en ai une idée, oui. Je n'ai pas besoin d'en savoir davantage. C'est terminé.

— Je ne veux plus de cette vie. Plus jamais.

— Bien. C'est tout ? »

Il fit mine de se lever.

« Non. Je ne t'ai pas encore tout dit. Je veux parler de cette nuit.

— Tu es restée tard à l'hôpital.

— Oui, mais après je suis allée chez quelqu'un. Un homme. Et j'y suis restée. Toute la nuit.

— Chez qui ? Je le connais ?

— Pourquoi veux-tu le savoir ? Ça serait moins grave ?

— Toute la nuit… Ça veut dire que vous avez baisé ?

— Je ne le ferai plus, David. Je…

— Non, dit David en se levant si brusquement qu'elle sursauta. Tu l'as déjà fait ! »

Il se mit à arpenter la pièce. Un comportement qu'elle connaissait, qu'il adoptait toujours quand il cherchait la solution à un problème. La tête souvent baissée, il cherchait une idée qui lui redonnerait le calme et le recul nécessaires.

« C'est parce que je suis trop souvent absent ? Que je t'ai laissé trop de liberté ? Je suis naïf ou quoi ? »

Remarquant que sa fureur gagnait du terrain, elle recula.

« Je ne sais vraiment pas, David, mais tu as raison – oui, il fallait lui donner raison pour le calmer – c'est fait. Et je ne veux plus que cela arrive. »

Il s'arrêta, braqua les yeux sur elle, fit d'amples gestes hachés et se mit à parler, se laissant à peine freiner par les mots qui sortaient de sa bouche comme des vagues pendant les grandes marées.

« OK, c'est arrivé et on espère que ça en restera là… c'est possible, mais qu'est-ce qui me dit que ça ne s'est produit qu'une fois, que tu n'as pas plus souvent… je veux dire : y a-t-il eu d'autres fois ?

— Tu dois me faire confiance.

— Confiance ? Je dois te faire confiance ? Après ce que tu viens de me raconter ? »

L'homme qui se tenait devant elle n'était pas le David qu'elle connaissait. C'était quelqu'un d'autre. Son jumeau malveillant.

« Quel putain de coup bas, Farah ! rugit-il. D'abord tu chiales en pleine nuit sous la douche, tu couches avec moi comme si ta vie en dépendait, puis tu disparais de nouveau. T'es où ? Qu'est-ce que tu fous ? Je viens de rentrer d'Inde, je signe un contrat en or, et au lieu de vouloir fêter ça avec moi tu débarques en m'annonçant que tu baises avec d'autres hommes et que tu songes à ne plus le faire… Hé, où tu vas ? »

Pendant sa tirade, elle s'était apprêtée à partir.

« Chez moi. Je reviendrai lorsque tu seras calmé.

— Je n'ai même pas le droit d'être en colère après ce que tu as fait ? Merde alors, tu t'attends peut-être que je te mette une fleur dans les cheveux et que je te pardonne comme si de rien n'était ?

— Pour l'instant, je n'attends rien du tout, David. Je m'en vais.

— Alors vas-y ! C'est courageux, très courageux. Mais bon, c'est comme ça que tu fonctionnes. Tu ne laisses personne avoir prise sur toi. Tu traces ton propre chemin en ne t'attachant à personne. Et surtout pas à ceux qui t'aiment. Tu fais croire que tu es là pour moi, mais tu n'es là pour personne en dehors de toi-même. Tu me fais croire que tu te sens chez toi ici, alors que tu es ailleurs. Penses-tu que je ne m'en aperçois pas ? Tu n'es pas vraiment ici et tu ne l'as jamais été, tu es toujours là-bas, mais personne n'a le droit de savoir où c'est.

— Non, ce n'est pas vrai, David. Je suis ici, je veux être ici. Je t'aime.

— Tu crois que ce sont ces foutaises que j'attends de toi maintenant ?

— Qu'attends-tu, alors ?

— Que tu t'en ailles. Vraiment. Parce que tu partiras de toute façon. Que tu le veuilles ou non.

— Je ne veux pas partir.

— Non, mais je ne vais pas me plier à tes exigences. Tu n'as aucun droit d'imposer tes conditions, c'est moi qui les pose, tu m'entends ! Donc soit tu restes ici et tu me laisses passer ma colère, soit tu fous le camp et je t'enverrai tes affaires.

— Je t'ai dit que je regrettais, que je t'aimais.

— Mais c'est justement ça le problème, tu ne regrettes absolument rien et pour ce qui est de m'aimer, qu'est-ce que ça vaut si tu couches avec d'autres hommes ? Qu'est-ce que ça veut dire "aimer", bordel ? Je vais te le dire : ça ne veut rien dire du tout ! »

À ces mots, Farah se dirigea vers le couloir, les yeux emplis de larmes, ouvrit la porte et marcha vers la Carrera, sur le gravier qui crissait de façon sinistre. En démarrant, elle le vit à la porte d'entrée. Une silhouette de marbre. Les contours d'une fin abrupte.

TROISIÈME PARTIE

Tempête

Que ressentait-on quand on était mort? Il se l'était demandé maintes fois. Son grand-père lui avait raconté que les portes du paradis s'ouvriraient devant lui. Il y vivrait éternellement, sans avoir mal ni faim. Le moment venu, il reconnaîtrait le paradis, car tout le monde y était vêtu de blanc et on y entendait toujours chanter. Mais il était troublé parce que ces derniers temps, il avait vu beaucoup de gens en blanc, toutefois personne ne chantait. Et il n'avait pas vu qu'une seule porte s'ouvrir, mais bien davantage. Et ces portes, on les lui faisait passer allongé. Son grand-père n'avait pas non plus raconté que le paradis se composait de toutes sortes de salles et de couloirs inondés de lumière crue.

Il pouvait raconter des histoires merveilleuses, mais il faisait parfois des comparaisons de poète. Et il n'aimait pas les poèmes.

Il aimait jouer. Surtout au jeu d'Oghab, le jeu de l'aigle. Bien sûr, l'aigle c'était lui, juché sur le rocher qu'il avait fabriqué avec du bois, des pneus et des pierres qui traînaient. Les autres garçons se cachaient et lorsqu'ils apparaissaient comme des pigeons, il se lançait à leur poursuite pour les rattraper, jusqu'à ce qu'il les ait tous avalés. Il espérait, où qu'il fût, au paradis ou ailleurs, pouvoir bientôt redevenir un aigle.

Mais par-dessus tout, il espérait que la femme revienne. La femme aux longs cheveux foncés, aux yeux bleus et à la voix douce. La femme qui parlait sa langue et lui avait tenu la main. Elle était un ange, mais vêtu de noir. Et cela aussi était troublant, car au paradis, personne ne portait de noir.

Un visage s'approcha de lui. C'était la femme blonde qu'il avait vue pour la première fois lorsqu'il avait été avalé par la lumière. Elle lui parlait. Mais il ne comprenait pas la langue du paradis. La seule chose qu'il comprenait était « salam », bonjour. Elle le répéta au moins trois fois avec un regard triste. Elle l'embrassa sur le front. C'était un baiser humide. Et le garçonnet se demanda s'ils étaient tous aussi tristes au paradis et s'ils donnaient tous des baisers aussi mouillés.

Puis soudain, tout le monde commença à parler en même temps, fort et vite, et il y eut de la fumée et une odeur d'incendie. Le paradis était en feu et en flammes, et tout le monde se dépêchait de partir. À côté de lui, des gens marchaient rapidement à travers la fumée et le regardaient d'un air soucieux, et, après avoir passé une porte transparente, on l'introduisit dans une cabine fraîche avec une lumière tamisée. Il entendit une explosion à proximité. Comme s'il était lancé telle une fusée dont les moteurs auraient été allumés. Il sentit la cabine trembler, un bruit de verre cassé et un grondement fort. Il sentit de nouveau l'odeur du feu.

Pendant tout ce temps-là, il était allongé dans son cocon de fer. Ligoté sur son lit. Impuissant. Mais bizarrement, il ne ressentait pas d'angoisse. La dernière fois qu'il avait eu peur, c'était quand il courait entre les arbres. Dès que la lumière blanche l'avait happé, sa peur avait disparu.

Par contre, il regrettait de ne pas avoir pu dire au revoir à l'ange aux yeux bleus et à la voix douce.

1

C'était censé être le Manhattan d'Amsterdam, le quartier des appartements luxueux bordant les Docks Est d'où Sasha Kovalev, depuis son toit-terrasse, observait le vieux centre de la ville tout en ingurgitant sa boisson protéinée.

Les muscles de Sasha étaient douloureusement meurtris après sa séance ratée au club de sport, plus tôt dans la soirée. Normalement, il faisait des séries dynamiques pendant trois quarts d'heure, avec pour seuls moments de répit les rapides changements entre elles. Mais depuis que, dans le bois, la balle avait égratigné son pectoral gauche, il conservait des séquelles douloureuses. Il parvenait à peine à effectuer les deux tiers de ses séries habituelles, car à chaque traction, développé couché ou pompe, l'éraflure le brûlait. De la façon dont, ce soir, Sasha s'était traîné d'appareil en appareil, il semblait, avec ses quarante-deux ans, plus mûr pour un club de seniors que pour la place éminente qu'il occupait quotidiennement dans son antre de musculation, avec sa taille d'un mètre quatre-vingt-douze et son tour de poitrine d'un mètre quarante-cinq.

Il n'y avait pas que le corps de Sasha qui était meurtri, sa tête aussi était douloureuse, la peau tendue jusqu'à la racine de ses cheveux. Il avait détaché ses longues mèches teintes en noir. À présent, porter ses cheveux en queue-de-cheval bien serrée, comme il en avait l'habitude, lui aurait fait trop mal.

Officiellement, depuis des années, Sasha était décorateur d'intérieur indépendant auprès d'AtlasNet. Dans le cadre de cette fonction, il avait pourvu toutes les succursales internationales de la société d'un décor avant-gardiste, en mettant l'accent sur l'art. Car le grand patron d'AtlasNet, Valentin Lavrov, était un passionné d'art.

Mais Lavrov était surtout un stratège commercial ingénieux qui possédait un instinct machiavélique pour le pouvoir. Afin d'étendre ce pouvoir, il se servait de différentes stratégies. Au cours de négociations, Lavrov aimait toujours être flanqué d'un assistant au silence intimidant. Et Sasha avait précisément le don d'afficher une présence menaçante, sans avoir besoin ni de mots ni de gestes. Il devint rapidement l'adjoint favori de Lavrov pendant ses réunions d'affaires, voyageant dans son jet privé de contrat en contrat. Ainsi, Sasha commençait à être passablement au courant de toutes les pratiques commerciales de son employeur.

Bien entendu, ces pratiques contenaient une part d'ombre : Lavrov était habitué à obtenir ce qu'il voulait. Ceux qui tentaient de l'en empêcher ou le contredisaient ouvertement pouvaient compter sur une réaction violente de sa part. Mais ce n'était que le début. Derrière leur dos, Sasha enquêtait sur leur passé, à la recherche de leurs points faibles, et dès qu'il en avait une idée précise, il utilisait ce moyen de pression pour les contraindre à faire les quatre volontés de Lavrov.

La plupart du temps, le chantage avait trait au sexe. C'est ainsi que Sasha avait mis au pied du mur Nicolas Anglade, le président français de la Direction générale de la concurrence de la Commission européenne. Anglade, qui menait une préenquête judiciaire sur les faits et gestes d'AtlasNet en Europe, était devenu en peu de temps l'un des ennemis jurés de Lavrov.

Mais Sasha se rendait aussi compte que sa connaissance des affaires louches dissimulées derrière la façade d'AtlasNet le rendait de plus en plus vulnérable. Le jour où Lavrov déciderait que son fidèle assistant et homme à tout faire en savait trop se rapprochait irrévocablement. Sasha ne serait pas le premier et c'est pourquoi il travaillait depuis quelque temps à une stratégie de sortie.

Il avança jusqu'au bord de son grand toit-terrasse. Il savait ce que l'on disait. Que l'audace précède la chute. Ce n'était pas tant l'audace qui lui avait joué des tours, mais plutôt son impulsivité. Il aimait à se voir comme un joueur d'échecs génial qui, contrairement aux autres, pouvait décider de l'issue de la partie avant même son tout premier coup et ne laissait jamais le cours du jeu dépendre de possibilités fortuites.

Mais cette fois-ci, il l'avait fait.

Quand, dans les bois, il avait vu pour la première fois le jeune Afghan, avec ses bijoux tintinnabulants, descendre du break. La vue du garçon l'avait frappé comme la foudre. Un enfant si désarmé, si pur encore et surtout si beau. Sasha avait su immédiatement que son plan de sortie serait incomplet s'il n'y impliquait pas le garçon. Dans cette optique, il avait passé les dernières quarante-huit heures à revoir toutes les pièces de son échiquier et avait décidé qu'il devait à présent forcer la fin de la partie par quelques coups rapides s'il voulait s'en tirer après sa manœuvre impulsive dans le bois. Il rentra et établit une connexion Skype avec Goa, en Inde.

L'homme qui apparut en face de lui sur l'écran parlait un anglais à légère consonance indienne, que Sasha trouvait très érotisant.

« Tu rends les choses très difficiles, *you know*, dit l'homme d'un ton indulgent.

— *Bikram, my dear*, répondit Sasha. Je suis tellement désolé, trésor.

— Ne m'appelle pas comme ça. C'est trop grave. Tu sais que tu t'es mis en danger. Viens ici le plus vite possible.

— Je ne peux pas l'abandonner ici. »

Sasha entendit Bikram pousser un soupir, un soupir de résignation. Il l'avait entendu pour la première fois au Salon de l'Art à Amsterdam. Devant Alcyonée, géant de bois de trois mètres de haut, le plus puissant de tous les géants de la mythologie grecque, ils se croisèrent et furent tous deux pris d'un fou rire devant l'énorme pénis circoncis du héros grec.

Ce rire entre deux hommes qui ne se connaissaient pas donna naissance à un amour insatiable, qui bascula progressivement vers une autre dimension, dans laquelle l'exclusivité mutuelle de leurs rapports l'emporta et où leurs idéaux prirent forme dans le projet magistral de commencer ensemble, quelque part, une vie totalement nouvelle.

À cette époque-là, en tant que courtier, Bikram avait établi une relation professionnelle de confiance avec le magnat immobilier Armin Lazonder, un aventurier, qui avait un jour débuté dans l'entreprise de son père John, fabricant et fournisseur de magnétophones de studio de la marque King Vox. Après la reprise de l'entreprise, le jeune Lazonder avait également mis sur pied son propre label musical, une société de production, ainsi qu'un laboratoire de logiciels. Tous sous le nom Dorado Media. Mais Lazonder avait vraiment pris de l'importance quand, après la chute du mur en Europe de l'Est, il avait racheté bon nombre de petites usines de métal privées. À l'époque, les petits actionnaires n'avaient aucune idée de la véritable valeur des entreprises. Mais Lazonder, si. Il les avait revendues à des tiers pour des sommes gigantesques. Avec l'argent gagné, il était entré sur le marché de l'immobilier néerlandais, avait acheté plusieurs grandes maisons à Amsterdam et commencé à œuvrer à la réalisation de son rêve, le projet New Golden Age.

Bikram avait d'abord échafaudé un plan d'investissement complexe en persuadant Lazonder qu'il valait mieux changer une partie de son propre capital en actions étrangères. Lazonder avait versé cent millions d'euros sur un compte qui serait géré par Bikram, avec la garantie d'une part de bénéfice de quelque quarante à cinquante pour cent en à peine six mois.

L'essentiel du plan consistait dans le fait que Bikram n'avait acheté aucune action étrangère, mais avait discrètement transféré les cent millions d'euros de Lazonder sur un compte étranger secret qu'il avait ouvert avec Sasha.

Pour convaincre Lazonder qu'il effectuait bien des achats lucratifs, Bikram lui transmettait régulièrement de fausses factures d'achat.

Il avait réalisé quelques autres tours de passe-passe inimitables avec l'argent de Lazonder et finalement, ce dernier serait confronté à la perte du double de la somme qu'il avait soi-disant envoyée à l'étranger. Cette découverte, il la ferait très prochainement, lorsque des enquêteurs fiscaux viendraient frapper à sa porte pour un appel de marge.

Pour des raisons de sécurité, Bikram avait déjà mis les voiles deux mois plus tôt, direction Goa, où il s'était établi sous une fausse identité. L'idée était que Sasha le rejoindrait plus tard, afin que, de prime abord, on ne puisse établir de lien entre leurs deux disparitions. De nouvelles pièces d'identité attendaient Sasha dans leur nouvelle villa luxueuse sur la plage de Goa.

Bikram soupira une seconde fois.

« Cet argent ne vaut rien si je ne peux pas le partager avec toi. J'ai organisé un vol sanitaire. L'avion peut t'attendre à l'aéroport de Schiphol demain soir. Mais seulement si tu es vraiment décidé à le prendre pour venir ici. »

Sasha renoua ses cheveux en queue-de-cheval et sourit.

2

Danielle avait continué à compter jusqu'à perdre connaissance. Elle revint à elle sur le sol de la salle de bains. Son corps était glacé, comme si elle était étendue sous une couverture de neige.

La salle de bains plongée dans la pénombre tournait autour d'elle, mais elle rampa jusqu'à la cuvette des toilettes pour y vomir. À genoux, elle essaya ensuite de redresser le buste en s'appuyant à deux mains sur la lunette. Les yeux fermés, elle respira profondément plusieurs fois. La nausée s'estompa, le tournis se calma lentement.

Elle se hissa aux canalisations des toilettes et tituba à l'aveuglette jusqu'au lavabo, dont elle ouvrit le robinet en grand.

La nausée la reprit un instant lorsqu'elle se pencha pour boire. Elle fit couler le jet d'eau sur la bosse qu'elle avait derrière la tête, puis referma le robinet et sentit le goût de sel laissé par ses larmes. Dans le miroir, elle vit la silhouette sombre d'une femme qui avait réchappé à la mort et n'arrivait pas encore à y croire.

Elle n'alluma pas la lumière, qui l'aurait frappée comme la foudre. Elle savait où trouver le paracétamol dans l'armoire à pharmacie. Elle fit sortir trois comprimés de la plaquette et les avala un par un. Puis elle enroula une grande serviette de toilette autour de sa poitrine et se dirigea lentement vers le salon, où elle s'affaissa sur le canapé.

Là, elle laissa monter la colère, une colère plus forte que la peur de mourir et plus vive que la douleur de l'humiliation. Elle était surtout furieuse de ce qu'elle avait provoqué en n'écoutant pas les avertissements de Farah Hafez. Jusqu'au bout, Farah avait essayé de l'arrêter. Elle lui avait même fait une nouvelle proposition : « Un portrait de vous, vos motivations, vos expériences, l'injustice dont vous avez été témoin. »

Elle réentendait sa propre réaction survoltée :

« Et c'est maintenant que vous me proposez ça ? Lâchez-moi ! »

Elle était surtout furieuse de son impatience, sa sempiternelle impatience destructrice.

3

Farah s'était pelotonnée sur son vieux pouf persan au milieu du salon. Elle avait décidé de passer la nuit à veiller sur ses souvenirs de Parwaiz. Ces dernières années, l'idée qu'un jour il ne serait plus là lui était venue de plus en plus souvent. Elle savait que quand cela arriverait, le dernier témoin de son enfance, le dernier maillon la reliant à sa famille et à son passé, disparaîtrait. Longtemps, cela avait été inconcevable, mais maintenant, l'inconcevable était devenu réalité.

Et spontanément, la mélodie d'une chanson sur les désirs intemporels lui vint. Elle la fredonna dans le salon désert, tandis que dehors, depuis la grande place, montait la rumeur des attractions de fête foraine que l'on démontait d'une main experte et rapide.

« Je ne sais à qui adresser mes rires. Je ne sais qui pleurer. »

Finalement, elle prit la liasse de lettres que Parwaiz lui avait remises. Le paquet était entouré de plusieurs bouts de carton sur lesquels était collé du velours rouge orné de motifs de feuilles or et violet, qui s'était çà et là détaché. Les cartons étaient reliés entre eux par deux rubans de soie jaunis. Pour mieux protéger le tout, Parwaiz l'avait enveloppé dans un solide papier d'emballage et attaché avec de la ficelle.

Farah déplia la lettre que Parwaiz y avait ajoutée.

Ma chère enfant, le passé se glisse derrière nous comme une ombre. Mais tu dois savoir que même dans la plus profonde obscurité, il y a toujours un petit point lumineux à découvrir, si minuscule qu'il n'est pratiquement pas décelable à l'œil nu. On ne peut le discerner que quand nos yeux se sont habitués aux ténèbres. Mais dès que tu le verras, sache que tu auras trouvé la force du pardon. Elle est dans ce petit point lumineux. Penses-y quand tu liras les lettres que ta mère avait en réalité voulu brûler par honte. Mais l'amour ne doit pas connaître la honte. Même quand on franchit des limites morales. Juste avant votre fuite, ta mère m'a donné ces lettres, à garder jusqu'à ce qu'elle soit en sécurité avec toi dans l'autre pays. Je les ai conservées après sa mort pendant toutes ces années, jusqu'au moment où il m'a semblé qu'il était temps de te les donner. Je ne peux te cacher l'histoire de cet amour, parce que c'est ta mère qui a fait parler son cœur.

Farah lut la date de la première lettre. Le 22 août 1977. Il y avait trente ans. La lettre n'était pas de sa mère, mais une réponse à ce qu'elle avait écrit. Le début était une citation du poète préféré de sa mère, le mystique persan du XIVe siècle Hafez, dont Farah avait pris le nom à son arrivée aux Pays-Bas.

« Ô ménestrel, apporte-moi le destin, qui me sourit.

Le visage de mon Aimé resplendit dans ma coupe.

Il t'est difficile de comprendre pourquoi j'étreins le vin.

Celui dont le cœur s'est éveillé à l'Amour vit éternellement. »

Ensuite, c'est le soupirant de sa mère qui prenait la parole, dans une écriture ferme sur du papier ligné.

Ma chérie, seul un grand poète peut laisser ainsi parler son cœur. Je ne peux que citer Hafez dans l'espoir de te révéler une lueur de mon bonheur. Le bonheur de t'avoir rencontrée et le bonheur de m'avoir permis de t'aimer.

Ne pouvant attendre davantage, Farah retourna la lettre et regarda en bas de la page le nom de l'auteur.

Raylan Chapell.

Farah fixa ce nom pendant une éternité.

Un instant, elle vit sa mère telle qu'elle avait veillé sur elle trois nuits durant, quand Farah était au lit, fiévreuse, après sa rencontre avec Paul.

Farah l'entendait à nouveau murmurer.

« Pas toi aussi, ma chérie. Pas toi aussi. »

Elle se leva et fit les cent pas dans son appartement. Par la fenêtre ouverte, elle observa comment quelques hommes démontaient le manège le Zweef. Le chapiteau à miroirs désuet, avec ses fenêtres à vitraux de couleur, était lui aussi défait panneau par panneau, et la roue aux nacelles rouges, couchée de côté, avait perdu son âme. Autour de la place, des groupes de Chinois se tenaient prêts à monter leurs propres scènes, tentes et baraques. Demain matin, la place serait remplie de dragons dansants, de Chinois festoyant et de touristes ébahis.

Soudain, un des Chinois tendit le bras vers le haut. Des cris étonnés retentirent et dans le ciel sans nuages de la nuit, Farah vit la traînée ardente d'une étoile filante qui s'éteignait lentement.

Au revoir, mon oncle, pensa-t-elle. Au revoir.

4

Quand Marouan pénétra dans le café-jazz Casablanca, sur le quai Zeedijk à Amsterdam, un groupe était en train de jouer. En un instant, il scanna la clientèle louche et avança droit sur Sasha Kovalev. L'œil vissé sur la saxophoniste blonde, qui attaquait un solo endiablé dans son smoking noir brillant, Kovalev posa son bras épais sur l'épaule de Marouan, comme s'il saluait un vieux copain.

« Que veux-tu boire, mon ami ? dit Kovalev dans son anglais à l'accent slave.

— Écoute, Kovalev, je ne suis pas venu ici pour papoter ou boire un coup. Allons droit au but, répondit Marouan, buté.

— Tu sais ce qui est drôle, poursuivit Kovalev, imperturbable. Tu viens habiter ici en tant qu'allochtone, comme ils vous appellent ici. Tu fais de ton mieux pour apporter ta pierre à l'édifice, faire tourner l'économie, et tu constates que de plus en plus de gens préféreraient te voir rentrer dans ton pays. Tu décides de pagayer à contre-courant. Tu apprends la langue, les usages et tu essaies de te conduire comme un vrai Néerlandais : hop, droit au but. Mais ne te méprends pas, Diva. Tu n'es pas un Néerlandais. Pas plus que moi. Et nous pouvons nous consoler en sachant que nous ne le deviendrons jamais. Tu n'as d'ailleurs toujours pas dit ce que tu voulais boire. »

Marouan resta silencieux. Quand le barman le regarda d'un air interrogateur, il commanda une eau plate avec une rondelle de citron.

« Tu aimes le jazz, Diva ? » Kovalev prenait plaisir à voir Diba tenter de contenir son agacement. « Je t'ai demandé si tu aimais le jazz. »

Marouan savait bien que, pour Kovalev, ses réponses étaient uniquement un motif à toujours plus de plaisanteries équivoques.

« Seulement en bonne compagnie. »

Kovalev éclata de rire. Le public applaudissait la saxophoniste qui, ayant terminé son solo, se pencha si bas que Marouan eut une vue panoramique sur ses seins ambrés. Kovalev siffla dans ses doigts et se retourna vers Marouan.

« Ne te méprends pas, mon ami. Un solo comme celui-là peut avoir l'air simple, mais c'est sacrément difficile. Sache-le ! Ici, les musiciens sont tous sélectionnés pour leur faculté à improviser.

— Et à se pencher le plus bas possible », ajouta Marouan, pince-sans-rire.

Kovalev attira Marouan vers lui et commença à susurrer presque affectueusement à son oreille.

« Tu vois, mon *dourak,* imbécile, toi et moi, nous sommes en fait les membres d'un même groupe de musiciens, tu comprends ? »

Sans réagir, Marouan avala une gorgée d'eau en suivant des yeux les mouvements de la saxophoniste.

« Nous sommes un groupe, Diva, mais écoute-moi, nom de Dieu : nous allons devoir improviser. Tu m'entends ?

— Je t'entends, dit Marouan.

— Bien. Car le solo est pour toi. Je suis la section des rythmes qui t'accompagne. Tu es sous les feux de la rampe. C'est ton grand moment. Le final approche. »

Marouan redressa le dos.

« Tu sais ce qu'on dit des Russes comme toi, Kovalev ? Que vous êtes des menteurs.

— C'est vrai, Diva ?

— Oui. Mais ce n'est pas entièrement juste. Vous ne mentez que devant certaines personnes : les autorités, les compagnons d'infortune et les Néerlandais. Maintenant, tu m'as bien expliqué que je ne suis pas un vrai Néerlandais, je ne suis certainement pas un compagnon d'infortune, et pour ce qui est de l'autorité, je n'en possède plus que les deux premières syllabes. Et même cette auto-là, elle est bonne pour la révision. Donc, raconte-moi comment se passe mon solo. »

Le rictus de Kovalev était à présent devenu si large qu'il semblait avoir avalé un portemanteau.

« Toi et moi, Diva, nous avons développé une relation. C'est ce dont on a besoin : *blat*, des bonnes relations, et on obtient automatiquement *krougovaya porouka*, un soutien mutuel.

— Je ne suis pas venu ici pour que tu me donnes un cours de langue, Kovalev.

— Demain, un *kryssa*, un rat se baladera ici, à Amsterdam, avec un Zastava M57 en poche. Et crois-moi, ce type a la gâchette si facile qu'il pisse même par salves. Je t'en fais cadeau. Tu peux l'arrêter.

— Et qu'est-ce que je fais de ce type ?

— L'enfermer. L'interroger. Titiller son cul de rat russe. Je ne sais pas ce qu'un inspecteur comme toi trafique avec la racaille sous les verrous. Faire ton malin devant tes chefs.

— En arrêtant un type tout simplement parce qu'il a un flingue en poche ? »

Kovalev fit clapoter les glaçons de son verre contre ses incisives. Marouan pouvait entendre les pensées de Kovalev crépiter au-dessus du bruit : j'ai ce con de Marocain dans ma poche. Je l'ai sorti du caniveau, lui et son addiction au jeu, et je l'ai retapé pour l'obliger à m'obéir et maintenant, ce baiseur de chèvres montre les dents ?

Marouan battit en retraite.

« C'est urgent ?

— Urgent ? Je parle de vitesse turbo, Diva.

— Qui est sa cible ?

— Le jeune danseur.

— Nom de Dieu !

— Il doit quitter l'hôpital au plus vite.

— Et tu crois que je peux y arriver ?

— Quand je te motive, tu es capable de tout, Diva. Trouver comme ça, du néant, six cents kilos de cocaïne dans le ventre d'un avion colombien, qu'est-ce que c'était ? L'inspecteur Diva a-t-il des relations exceptionnelles ? Bien sûr, il m'a moi ! Si tu peux convaincre tes supérieurs que le garçon court un danger imminent et que tu as obtenu ces renseignements du même informateur que l'affaire de la cocaïne, toutes les portes s'ouvriront devant toi, tu seras sous le feu des projecteurs et l'objet de toutes les attentions ! Pense aux résultats, Diva !

— Et où dois-je conduire le garçon ?

— Peu importe. Il doit quitter l'endroit où il est actuellement. Car même avec une surveillance, il n'y est plus en sécurité. Au besoin, ils feront tout sauter pour le faire taire. Déplace-le et en échange, tu auras un assassin avec des contacts en haut lieu. Des contacts qui peuvent démanteler toute une organisation si tu t'y prends bien. Mais nous devons le faire ensemble, Diva. Ce sera notre duo. Notre final. »

Marouan vida son verre d'une seule traite, le posa avec bruit sur le bar et regarda Kovalev comme il avait dû regarder son professeur de Coran après l'avoir gratifié d'un nez en sang.

« Kovalev, je sais depuis mon enfance que dans le monde il n'y a pas de hasard.

— Le Grand Créateur décide et dispose ! dit Kovalev en ricanant.

— Exactement. Le hasard n'existe pas et tout est lié. Et c'est pour ça que je pense que les deux cadavres anonymes dans le break et le gamin afghan accidenté ont tous quelque chose à voir avec toi. »

Kovalev toisa Marouan d'un regard glacé.

« Tu sais ce que ça signifie, Diva, quand tu acceptes que l'homme est un produit de Son Créateur ?

— Éclaire-moi, ô sage Bouddha.

— Ça signifie que la seule chose qu'il peut faire, c'est danser comme une marionnette désarticulée pour obéir à tous les caprices de Sa Volonté. C'est très simple, Diva. Tu ne dictes rien à Allah. C'est lui qui te dicte sa loi. Considère-moi comme un agent secret à Son Service. Dès que je ne te protégerai plus, tu apparaîtras sous ton vrai jour : un idiot dépendant au jeu qu'ils s'empresseront de renvoyer dans son Rif natal, où tu passeras le reste de ta vie sur des pierres brûlantes à te faire sucer la bite par des moutons. Que restera-t-il alors de ta famille ? Et comment crois-tu que je ferai rembourser à ta fille tout l'argent que j'aurai injecté dans ta misérable vie ? Donc, fais ce que tu as à faire, Diva, sans m'ennuyer avec tes conclusions puériles et tes questions infantiles. C'est la dernière chose que je te demanderai.

— Et après ?

— *Que será será,* arrivera ce qui arrivera, dit Kovalev avec un mauvais rire en déposant une liasse d'euros sur le bar et en tapant sur l'épaule de Marouan. Le futur ne nous appartient pas. »

Peu de temps après, manœuvrant sur le quai Zeedijk à proximité de fêtards titubants, Marouan était sûr d'une chose : Kovalev avait mauvais goût en tout. Même dans le choix de ses chansons. Cette pensée peu rassurante en tête et avec beaucoup de répugnance, il se dirigea vers la place derrière l'église Oude Kerk.

Un rideau était suspendu devant la fenêtre de la fille qui avait le visage et le corps de la jeune Aisha, et la vitre lui renvoya donc son triste sosie. Pour la première fois, il sursauta devant l'homme vieilli et empâté qu'il y vit.

La tête pleine de complots multiples et de pensées cauchemardesques, il erra dans les rues jusqu'à la place Nieuwmarkt, où des ouvriers démontaient une fête foraine et se disputaient avec des Chinois impatients qui voulaient y ériger de petits temples.

Il était cinq heures du matin lorsqu'il tambourina à la porte de la péniche de Joshua.

5

Elle s'était endormie d'épuisement sur le canapé. Quand elle s'éveilla en sursaut, la serviette dont elle s'était entourée gisait chiffonnée sur le sol. Elle avait toujours froid. Instinctivement, elle toucha la bosse située à l'arrière de sa tête. Elle se redressa lentement et demeura quelque temps assise dans la même position, jusqu'à ce que les coups résonnant dans son crâne se calment. Les événements étaient si irréels. Un instant, elle pensa qu'elle avait peut-être eu une crise de somnambulisme et que tout n'était qu'un rêve.

Elle se traîna jusqu'à la cuisine pour y boire un grand verre d'eau, accompagné une fois de plus de trois paracétamols. La tête ne lui tournait plus et elle n'avait plus envie de vomir, mais elle était morte de fatigue. Elle versa un demi-litre de lait écrémé dans un bol, y ajouta une demi-boîte de céréales, puis incorpora du miel, avant d'avaler bruyamment le mélange à grandes cuillérées. Après s'être douchée à l'eau froide, puis chaude, elle pénétra nue dans le salon. Elle hésitait à appeler l'inspecteur qui l'avait reconduite chez elle la veille au soir. Finalement, elle décida de ne pas le faire.

Soudain, elle aperçut un dossier noir inconnu sur la table. Il avait probablement été posé là au cours de la nuit. Son cœur s'emballa à nouveau. Elle prit le dossier et se dirigea vers le canapé. Elle l'ouvrit et, au-dessus d'une petite pile de documents, elle vit un billet de classe affaires au départ de Schiphol et à destination de l'aéroport Toussaint-Louverture, à Haïti. Le billet était à son nom.

Celui-ci était assorti d'une lettre de l'hôpital Saint-Michel de Port-au-Prince, l'invitant à les contacter dans les plus brefs délais. Aussitôt, elle attrapa le téléphone. Lorsqu'elle composa le numéro et annonça son nom, le ton de l'homme qui lui répondit se fit tout de suite chaleureux et convivial.

« Nous sommes ravis de vous entendre, docteur Bernson. Votre réputation vous a précédée.

— Ah oui ? répondit-elle, hésitante.

— Grâce à vous, nous avons reçu une somme considérable qui nous permettra, selon les critères actuels, de nous offrir deux médecins diplômés pendant cinq ans et de démarrer un grand projet sanitaire pour les enfants les plus défavorisés de la région. Puisque l'argent ne nous sera versé que lorsque vous aurez confirmé votre venue, nous avons, comme vous vous en doutez, guetté avec anxiété le moment où vous nous contacteriez.

— Eh bien voilà. »

Elle devait s'efforcer à ne pas se laisser submerger par le désarroi.

« Docteur, vous avez déjà acquis beaucoup d'expérience en Afrique, poursuivit l'homme, donc vous savez ce que signifie la misère. Ici, en Haïti, la plupart des habitants sont si pauvres qu'ils ne peuvent jamais aller voir un médecin. Notre association dépend entièrement de dons de particuliers. Et il ne nous est jamais arrivé de recevoir un don aussi généreux.

— Non, je veux bien le croire », dit Danielle après un silence inconfortable.

Elle avait l'impression de se transformer en quelqu'un d'autre, pouvant soudain envisager une nouvelle vie éventuelle. Loin de la réalité des menaces de mort qu'elle avait reçues cette nuit.

« Quand êtes-vous en mesure de venir ? » demanda l'homme à l'autre bout du fil.

Il s'efforçait de réprimer son impatience, tout comme elle tentait de rester maître de son trouble.

Elle regarda l'heure d'arrivée locale de son vol à l'aéroport Toussaint-Louverture. La tête lui tourna. Elle marchait déjà en pensée à Port-au-Prince alors qu'elle était toujours physiquement présente ici, brisée.

« Puis-je vous rappeler, s'il vous plaît ? »

Elle n'attendit pas la réponse, raccrocha et se demanda si elle serait de nouveau capable de changer de vie du jour au lendemain. Elle l'avait déjà fait. De l'Afrique aux Pays-Bas. La décision semblait désastreuse.

Elle sursauta au son des cris stridents d'oiseaux s'échappant de son téléphone portable. Elle eut le souffle coupé en reconnaissant la voix de l'homme qui l'avait attaquée cette nuit.

« Est-ce que tu as vu ce que je t'ai laissé ?

— J'ai vu.

— Ça va te sauver la vie, crois-moi. »

Elle avait l'impression qu'il parlait sérieusement. Pourtant, elle lui demanda pourquoi elle devait le croire.

« Tu n'y es pas obligée, répondit-il calmement. À toi de voir. »

Puis il raccrocha.

Elle se leva. La grande fenêtre contre laquelle elle appuya son corps était froide. Elle ne parvenait pas à réfléchir. Elle n'entendait que le chuintement dans ses oreilles. On aurait dit la mer dans le golfe de la Gonâve, la vaste baie de Port-au-Prince.

6

Ce matin-là, en bouclant sa ceinture de sécurité aussi serré que possible pour son vol vers Amsterdam, Paul Chapelle entendit le copilote annoncer que tous les passagers étaient priés de quitter le Boeing 747 en raison d'une panne mécanique qui venait d'être détectée.

Sa profonde claustrophobie reprit aussitôt le dessus. Tentant de sortir de l'avion le premier, devant les quelque cinq cents passagers, Paul bouscula des gens pressés de retirer leur bagage à main des casiers. Lorsqu'il parvint dans l'embrasure de la porte de l'appareil, pris de vertige et épuisé, il s'appuya contre le fuselage. Sa bouche était grande ouverte, mais il manquait d'oxygène. Ses yeux semblaient sortir de leurs orbites. Il avait l'impression d'étouffer. Une main lui poussa un sac en papier contre la bouche. Il le saisit machinalement et commença à souffler dedans.

Il regarda la femme qui lui avait apporté son aide. Il reconnut son visage, ses yeux bleu ciel, son nez droit et ses lèvres qui formaient le même sourire rassurant que quelque vingt minutes plus tôt, quand il avait enfin trouvé le numéro de son siège. Elle était assise à la place voisine, de l'autre côté du couloir.

« Vous feriez un bon rugbyman, dit-elle avec un clin d'œil, comme si elle voulait inscrire sa fuite en avant désespérée dans une perspective héroïque.

— N’y comptez pas, haleta-t-il, j’ai juste un peu trop regardé Bip Bip et Coyote. »

Il tenta de sourire.

« Vous pouvez vous estimer heureux que les hôtesses ne soient pas entraînées à tacler les passagers. Venez, avant qu’elles ne se ravisent et se lancent dans une charge. »

Sans attendre sa réponse, elle l’entraîna vers la salle d’attente où l’on conduisait les passagers. Posément, elle soutenait de sa main le bras de Paul. L’idée d’être amené quelque part tel un petit garçon désobéissant le fit sourire. Il la réexamina plus en détail, cet ange salvateur si résolu, aux cheveux blond foncé et au profil classique. Elle portait une veste noire légère, un chemisier immaculé et, sous un jean délavé, des talons hauts qui la faisaient paraître aussi grande que lui. Elle avançait à ses côtés d’un pas assuré, mais gracieux, sous la toiture blanche étincelante, le long des piliers noirs. En ce qui concernait Paul, ils auraient pu faire ainsi une visite complète de l’aéroport. Pourtant, il l’arrêta brusquement.

« Mon ordinateur portable, mon téléphone, tout est resté dans l’avion.

— Mes affaires aussi », dit-elle en se tournant vers lui.

De la façon dont ils se tenaient là, l’un devant l’autre, à une distance où ils auraient pu facilement s’embrasser, Paul eut tout à coup l’impression qu’ils voyageaient ensemble depuis pas mal de temps. Elle le regarda avec un mélange de malice et d’assurance.

« Je m’en charge. »

Et elle était déjà partie, ses talons cliquetant sur les carreaux miroitants. Paul la suivit un instant du regard, puis s'avança vers les longs canapés de la salle d'attente qui donnait sur le tarmac.

D'habitude, dans les aéroports, il se sentait toujours chez lui. C'était des lieux où fusionnaient des histoires de vies, où les gens portaient non seulement leurs bagages, mais aussi leur passé. Il s'était toujours amusé à imaginer des histoires sur les gens qu'il observait. Mais à présent, aucune d'entre elles ne l'intéressait, sauf la sienne.

Il sursauta quand elle fut de nouveau devant lui. Elle s'assit en lui tendant son bagage à main et un gobelet en plastique rempli d'eau.

« Il faut que vous compreniez… Normalement, je ne réagis pas comme ça, marmonna-t-il.

— Je m'en doutais », dit-elle.

Elle lui tendit la main.

« Sandrine. »

Il laissa tomber le gobelet.

« Désolé. Paul.

— Vous voulez bien arrêter ?

— Arrêter quoi ?

— De dire sans cesse que vous êtes désolé.

— D'accord. Désolé.

— Vous n'aviez pas l'air d'aller bien, tout à l'heure.

— C'est une longue histoire », répondit Paul.

Elle hocha la tête.

« C'est souvent le cas. »

7

Farah ne se réveillait jamais en douceur. La plupart du temps, elle sautait hors du lit à peine les yeux ouverts, enfilait sa tenue de jogging, courait trois quarts d'heure le long des canaux, bondissait sous une douche froide à son retour, jetait des pamplemousses et une banane dans le mixeur, s'habillait, buvait un expresso et sortait.

Mais cette nuit, elle n'avait pas fermé l'œil.

Elle avait rangé les lettres d'amour de Raylan Chapelle. Elles éclipsaient ses souvenirs de Parwaiz.

Aux premières lueurs matinales, elle alla dans la salle de bains et frotta tout son corps avec du sel de mer purifiant et des extraits de noix de coco. Elle ne dessinerait pas de ligne subtile sur sa paupière supérieure, ne mettrait pas de mascara noir ni même une fine couche de rouge à lèvres naturel. Les règles interdisaient toute forme de maquillage lors d'un enterrement.

Sachant combien Parwaiz aimait l'élégance féminine sobre, elle sortit de l'armoire une veste sans manches, d'un noir discret et couvrant amplement ses cuisses. En dessous, elle mettrait un chemisier de soie gris clair et un pantalon noir large. Une écharpe noire ajourée lui servirait de foulard.

Elle imagina le sourire de fierté que lui adresserait Parwaiz, comme toujours quand elle lui rendait visite.

Les sons du premier journal télévisé du matin résonnaient dans son appartement. On parlait abondamment de la pluie de météorites apparues cette nuit dans le ciel des Pays-Bas. Un correspondant étranger annonçait l'élection d'un nouveau président turc, le onzième dans l'histoire du pays. Puis vint la nouvelle du décès de Nicolas Anglade, le président français de la Direction générale de la concurrence de la Commission européenne. Anglade s'était donné la mort après la publication par un journal à sensation belge de documents et de photographies qui l'impliquaient dans des actes pédophiles.

Intriguée, Farah entra dans le salon. En mettant sa boucle d'oreille, elle entendit qu'Anglade dirigeait une préenquête sur des abus de pouvoir supposés d'AtlasNet. La société était soupçonnée de faire monter les prix en Europe de l'Est et de contrecarrer la concurrence de façon illicite. Si AtlasNet était jugée coupable, l'entreprise pouvait se voir infliger une amende allant jusqu'à dix pour cent de son chiffre d'affaires annuel. Avec la mort d'Anglade, l'enquête prendrait des mois de retard. Puis le présentateur météo indiqua sur la carte un front de tempêtes arrivant aux Pays-Bas par l'océan Atlantique.

Au loin, Farah entendit approcher le défilé de dragons. Elle voulait s'en aller avant que, sur la place, les toupies volantes et les pétards à sept coups ne partent bruyamment en fumée. Elle glissa une photo de Lavrov dans son sac à main avant de descendre. En ouvrant la porte d'entrée, une odeur de soupe aux raviolis, de pâtés chinois et de petits pains cuits à la vapeur vint lui chatouiller les narines. Elle traversait rapidement la place, vers l'endroit où la Saab anthracite d'Edward l'attendait en double file, lorsqu'elle heurta un garçon de plein fouet. Elle sursauta, car il était tout vêtu de noir et la dévisageait impassiblement. Il avait un visage blême fermé, barré d'une affreuse cicatrice sur la joue gauche. Un instant, elle eut envie de lui parler, mais elle se ravisa et poursuivit sans tarder son chemin. Certaines personnes portaient la mort dans le regard. Entrer en contact avec elles signifiait qu'elles pouvaient vous contaminer.

Edward démarra dès qu'elle fut montée. Farah tenta en vain d'oublier le regard froid du garçon.

8

À trois heures du matin, après un vol en provenance de Moscou, un airbus d'Air Moscou atterrit sur l'aéroport de Munich. Dimitri était à son bord. Il passa la douane sans problèmes avec son faux passeport. L'entreprise de location de voitures, de connivence, lui remit la clé d'un Touareg Volkswagen noir avec, comme promis, sous le siège du conducteur, un Zastava M57 chargé, muni d'un silencieux. Dimitri admirait l'efficacité de toute l'opération. Le réseau anonyme de son oncle Arseni était un système aux rouages parfaitement huilé. Dimitri se sentait particulièrement honoré que son oncle l'estime à présent assez au point pour travailler seul.

Il partit pour Amsterdam. Tout devait être parfait. On ne débutait qu'une fois. Il avait préparé l'opération dans les moindres détails et étudié la carte du centre de la capitale néerlandaise. Il connaissait les lieux les plus importants par cœur. Il portait des vêtements neufs. Un jean noir. Un tee-shirt gris. Un pardessus anthracite.

Avant de s'habiller, il s'était aspergé de l'eau de toilette Shogun d'Alain Delon. C'était un acte plus que symbolique : un rituel d'initiation. Maintenant, grâce à son oncle Arseni, il allait acquérir le même statut que l'acteur français. Il avait vu le film *Le Samouraï* plus d'une dizaine de fois. Dimitri en avait surtout retenu la solitude du tueur à gages, caché dans une pièce isolée où tout était si grisâtre et usé que l'on se serait cru dans un film en noir et blanc. Seul le jaune du canari sautillant dans sa cage, unique compagnon du samouraï, montrait que ce n'était pas le cas.

Le samouraï Delon sortait tous les jours une chemise immaculée d'un tiroir gris gondolé. Même cette action routinière était au service de la précision clinique avec laquelle il effectuait son travail. Cette précision était aussi la marque de fabrique de l'assassin que Dimitri deviendrait aujourd'hui.

Inconsciemment, il passa sa main droite sur la cicatrice horizontale barrant sa joue gauche, résultat d'une bagarre dans la boîte de nuit Poor People à Moscou. Dimitri était un habitué, mais plus important encore, il était le neveu d'Arseni Vakourov, un nom qui devait susciter respect et angoisse chez tout un chacun. Sauf chez les trois types qui, venus un soir étaler leur richesse nouvellement acquise, avaient manifesté le plus grand dédain pour un gars qui avait certes belle allure, mais était affublé d'un accent provincial dont ils s'étaient moqués. Il les avait rossés et mis hors de combat froidement, mais n'avait pu éviter que l'un d'entre eux lui ouvre la joue avec le goulot d'une bouteille cassée.

S'il continuait ainsi, lui avait dit l'oncle Arseni, son impulsivité lui serait fatale : « N'importe quel idiot peut liquider quelqu'un. Tu dois d'abord apprendre à éliminer tes plus bas instincts et toutes les pulsions qui les accompagnent. Il n'y a que comme ça que je saurai avec certitude que je peux compter sur toi. »

Dimitri avait donné son maximum pour que son oncle puisse compter sur lui. Il avait aidé, appris, s'était endurci et, à présent, son oncle lui accordait sa confiance en lui demandant de remplir son premier contrat à l'étranger. Sans escorte. Dimitri en solo. Maître de la situation.

Il fonçait sur l'autoroute allemande à une vitesse moyenne de cent soixante-dix kilomètres-heure. Il serait amplement à l'heure pour son rendez-vous matinal au centre d'Amsterdam.

Il laissa le Touareg dans un parking souterrain. Il longea le canal en direction de l'endroit d'où provenait un lugubre vacarme de tambours.

Dimitri réfléchit aux paroles de son oncle lorsqu'il lui avait téléphoné.

« C'est un contrat solo. Ton premier. Rends-moi fier de toi. »

Il avait été entraîné à tuer. Sa formation avait commencé le jour où il avait assisté à l'activité préférée de son oncle : tirer les vers du nez de gens qui avaient voulu rouler quelqu'un de l'organisation, avaient été déloyaux ou sur le point de voler. L'oncle Arseni lui avait parlé de la curieuse élasticité de la peau humaine et montré avec une précision clinique comment la découper en fins lambeaux. À cet effet, il utilisait la peau vive de ceux qu'il suspectait d'infidélité, de vol ou autres crimes contre l'organisation. Dimitri trouvait cela fascinant, mis à part les cris des victimes. Heureusement, la plupart du temps, son oncle leur collait du ruban adhésif sur la bouche quand il les pendait nus à un crochet de boucherie, avant de se concentrer sur une partie du corps qu'il travaillait soigneusement au scalpel.

Après ce traitement, Dimitri était autorisé à leur donner le coup de grâce.

L'étape suivante de sa formation avait été la chasse. Elle était organisée quelque part dans un environnement boisé, où on lâchait des hommes qui s'étaient attiré les foudres de l'organisation. Dimitri devait les poursuivre et les abattre de face, donc pas dans le dos, et le plus près possible. D'un seul coup de feu. C'était d'excellents exercices d'adresse. Très différents de l'entraînement au stand de tir. Mais la formation suprême consistait à éliminer des adversaires armés, prévenus de son arrivée, dans un environnement urbain.

Il avait parcouru toutes les étapes et maintenant il était là, dans la capitale des Pays-Bas. Il fallait honorer son contrat et repartir vite, avant que tout ne s'effondre.

Quelqu'un le bouscula : une Arabe chic aux yeux bleus, vêtue à la mode. Elle se retourna et poursuivit hâtivement son chemin.

La place grouillait maintenant de Chinois. On allumait des pétards. Au petit bonheur la chance, il s'engagea dans une ruelle et se retrouva un peu plus tard devant une maison ressemblant à une pagode. Il fixait les signes étranges tracés sur le mur couleur terre de Sienne quand il entendit derrière lui une voix grave lui parler dans un russe impeccable.

« Tu vas à un enterrement, mon garçon ? »

Dimitri se retourna rapidement et plongea son regard dans les yeux bleu acier d'un homme grand au corps gonflé par les stéroïdes qui, sous un costume italien gris clair, semblait sur le point d'exploser. Il avait le bras gauche en écharpe. Son crâne était rasé des deux côtés. Au sommet de sa tête, ses longues tresses noir de jais étaient attachées en queue-de-cheval, lui donnant un air de moine sibérien expert en karaté.

« J'ai été engagé par ton oncle pour t'extraire du marécage de l'ignorance. »

Dimitri sentit la grosse main de Queue-de-cheval le pousser contre l'omoplate, lui intimant de monter.

« Ta première cible est un garçonnet. Il est dans un hôpital et est certainement surveillé. Je n'ai aucune info. Il est petit, oriental, cheveux foncés. Quand tu en auras fini avec lui, tu resteras dans le secteur médical. »

Il lui montra une photo de sa deuxième cible. Dimitri vit une belle femme, la trentaine, dont les yeux bleu-gris dégageaient une certaine assurance. Ses cheveux blonds coupés court étaient coiffés à la mode, en bataille. Il imagina un corps ayant la même fermeté. Avec des seins en forme de pomme qui n'avaient pas besoin de soutien-gorge, un ventre plat et des cuisses lisses au milieu desquelles il devait faire bon séjourner. Immédiatement, il sentit ces fantasmes déclencher des montées de testostérone dans son corps.

« Un médecin qui a besoin d'un coup de main. »

Dimitri reconsidéra la photo. Il se demandait ce qu'un médecin néerlandais avait bien pu manigancer pour s'être attiré le mauvais œil.

« Pourquoi faut-il la tuer ? »

L'homme inspira profondément et soupira pour bien montrer qu'il venait de commettre une énorme bévue.

Dimitri s'impatienta.

« Et alors, il ne faut pas qu'elle meure ? Je dois la baiser à fond, peut-être ? »

Queue-de-cheval sourit avec compassion.

« Quel âge as-tu, mon garçon ?

— Dix-huit ans, répondit Dimitri en haussant les épaules. Je sais pourquoi je suis ici », ajouta-t-il de son ton le plus arrogant.

L'homme ricana.

« Tu es fasciné par la mort, mon garçon. Je le vois bien. Tu t'habilles même comme la mort. En plein jour ! »

Il entoura Dimitri de son bras, dans un geste qui pouvait paraître amical mais qui ne l'était pas vraiment. Pris en étau, il réalisa que l'homme pouvait l'écrabouiller sur place.

« Ton oncle t'envoie régler certaines choses. Mais tu les règles ici, sur mon terrain et à ma manière. D'abord, tu te charges du garçon : vite et de façon clinique, si tu vois ce que je veux dire. Ensuite, c'est le tour de la doctoresse. Quand tu l'auras attrapée, tu pourras faire tout ce que tu veux avec elle. Compris ? Mais d'abord le garçon. »

9

Même quand il n'était pas rasé et avait été arraché à son sommeil, Calvino avait l'air de quelqu'un à qui tout réussit. Après avoir tambouriné pendant de longues minutes à la porte de la péniche, Marouan vit apparaître le visage étonné de son collègue derrière le hublot.

« Le garçon va y passer » furent les premiers mots qu'il prononça lorsque Calvino ouvrit. « Et c'est pour demain » furent les seconds. Mais en les prononçant, il réalisa qu'il se trompait. Car « demain » signifiait aujourd'hui. Il était déjà cinq heures du matin.

Marouan traîna dans la cale avant de la péniche chichement éclairée, examinant les appareils météorologiques et les tableaux de nuages dans le bref laps de temps dont Calvino avait besoin pour se vêtir.

« Qui est ton informateur ? demanda Calvino en apparaissant sur le pont, une minute plus tard.

— Le même qui m'a indiqué la cocaïne à Schiphol, il y a des années. Je ne peux pas t'en dire plus, sauf que c'est pour aujourd'hui et qu'il s'agit d'une action solo d'un jeune Russe.

— J'ai mis en place une surveillance dès hier soir, déclara Calvino.

— Un agent devant la porte ?

— Exactement.

— Alors il faut réévaluer le danger aussi vite que possible.

— Attends, collègue. Tu veux dire par là qu'il faut que le KLPD, le corps national des services de police, intervienne? Que nous devons faire parader des tireurs d'élite avec des gilets pare-balles dans les couloirs du service de réanimation?

— Non! C'est justement ce que nous ne devons pas faire.»

Marouan regardait Calvino froidement. N'ayant pas dormi, il était allergique à toute forme de cynisme.

«Je veux attraper ce salaud vivant, tu comprends? Pour que nous puissions l'interroger. Si on lui loge une balle dans la tête, il ne pourra pas nous apprendre grand-chose sur le commanditaire. Et je veux qu'il parle. Avec ses déclarations, je pense que nous pourrons aussi très vite tirer au clair l'affaire du break incendié.»

Soudain, Calvino le considéra différemment. «Toi, tu en sais plus long que tu ne dis, hein?» dit-il avec un sourire en coin.

Une demi-heure plus tard, ils étaient assis dans l'arrière-cuisine. Tomasoa leur servit du café. Dans la demi-heure qui s'était écoulée entre le coup de fil de Calvino et leur réunion, il avait inopinément imaginé un nouveau statut pour Marouan et Calvino.

«Vous continuez à faire partie du TGO, mais vous devenez une unité au sein d'une unité. À partir de maintenant, vous êtes responsables de tout ce qui a directement trait au garçon. Et vous remettez votre rapport à moi seul. C'est clair?»

Marouan se sentait comme un phénix renaissant de ses cendres.

« Quel est votre plan, Diba ? demanda Tomasoa.

— Un piège, chef, répondit Marouan. Un traquenard, peu importe comment vous l'appelez. L'agent reste devant la porte. Et peut-être faudrait-il placer des vigiles supplémentaires aux entrées de l'hôpital. Il faut donner l'impression que le garçon bénéficie d'une surveillance standard de base. En réalité, une rangée d'hommes armés de l'équipe d'interpellation sera en place, prête à agir dès que nécessaire.

— L'agent sera un appât.

— Exactement.

— C'est un plan risqué, Diba, car imaginez que notre homme parvienne tout de même à supprimer le garçon.

— Nous ne courrons pas ce risque si nous le transférons en secret dans un autre lieu et que nous continuons à faire comme s'il était toujours là. Si notre homme parvient à pénétrer dans la chambre, il trouvera un lit vide. »

Pendant une éternité, Tomasoa fixa Marouan de son regard à la Yul Brynner. Six heures et demie avaient sonné.

Quand Marouan jeta de nouveau un coup d'œil à la pendule, dans le bureau du chef de service des soins intensifs du WMC, il vit qu'il était sept heures passées. C'était juste avant le début du service de jour. L'adrénaline giclait presque de ses oreilles.

« Je suis désolé, entendit-il Calvino chuchoter de sa voix mielleuse au chef de service, après avoir brièvement expliqué son plan, mais pour des raisons de sécurité, il est important que le garçon soit transporté au plus vite dans un autre hôpital. »

Un quart d'heure plus tard, le médecin de service prit contact avec divers hôpitaux et Marouan comprit rapidement qu'ils entamaient un parcours du combattant. Alors que les aiguilles de la pendule continuaient à avancer, il apparut de plus en plus clairement qu'aucun hôpital n'était prêt à accepter un patient qui, d'une part, n'avait pas besoin d'être déplacé d'un point de vue médical et, d'autre part, semblait être la cible de criminels.

Tandis que les internes assuraient leurs visites de routine et que les infirmières du service de jour étaient mises au courant de la présence de trois agents armés de l'équipe d'interpellation, en uniforme du service de réanimation, Marouan se rendit compte avec inquiétude que sans raison médicale valable, le garçon n'irait nulle part.

Son collègue Calvino s'était installé devant un mur d'écrans dans la salle de contrôle. De là, il entretenait le contact avec tous les vigiles de l'hôpital. Bien que dans le courant de la matinée aucun mouvement ou visiteur suspect n'ait été signalé, Marouan ne tenait plus en place. Sur les conseils de l'un des agents, il enfila une blouse blanche de médecin et se laissa convaincre par Mariska de l'accompagner dans ses visites avec deux infirmiers du service de réanimation.

Vers midi, le garçon eut de légères complications à la suite de son opération de la rate. Mariska expliqua que les organes des enfants en pleine croissance réagissaient différemment de ceux des adultes et que le garçonnet avait besoin d'être suivi par des pédiatres. C'était la clé pour ouvrir la porte au transport. Comme le WMC ne disposait pas de l'expertise nécessaire, il fallait absolument transférer le garçon dans un hôpital détenant un service de réanimation pédiatrique.

En une demi-heure, on avait trouvé une place à l'hôpital Maaspoort de Rotterdam. Marouan poussa un soupir de soulagement, mais demandant combien de temps cela prendrait pour organiser le transport, il se trouva face à un nouveau problème : impossible de transférer le garçonnet en ambulance. Compte tenu de son état, il devait faire l'objet d'un transport spécial. Il était trois heures de l'après-midi quand Mariska appela le central pour se charger de l'organisation et à trois heures cinq, Marouan sortit presque de ses gonds en apprenant que trois autres hôpitaux avaient effectué la même demande et que le tour du garçonnet ne viendrait qu'en début de soirée.

Il était temps que Tomasoa intervienne.

10

Le soleil découpait des bandeaux de lumière réguliers qui traversaient les fenêtres de la mosquée et jetaient de longues ombres sur le cercueil simple dans lequel le corps de Parwaiz, lavé rituellement et enroulé dans un linceul blanc, avait été placé.

Le mullah commença la prière.

« *Innaa lillahi Wa Innaa Ilayhi Raaji'un*. Nous appartenons à Allah et c'est vers Lui que nous retournerons. »

Farah regarda autour d'elle. Toutes les femmes de son entourage étaient vêtues de gris ou de noir. Elles avaient noué un foulard blanc ou gris et leurs visages ne portaient aucune trace de maquillage. Elles étaient regroupées d'un côté de l'allée, les hommes de l'autre. Farah était heureuse qu'Edward soit assis à la même hauteur qu'elle. Elle remarqua qu'il la tenait constamment à l'œil.

Après la dernière prière commune, des hommes portèrent le cercueil jusqu'au cimetière. Les femmes avançaient derrière eux, à une distance convenable, de façon à ne pas être directement confrontées au défunt. Selon le Coran, c'était le meilleur moyen de ne pas encourir de trop gros dégâts émotionnels. Farah se rappelait que pour cette raison, dans son enfance en Afghanistan, les femmes n'avaient pas le droit d'assister aux funérailles et ne pouvaient se rendre sur une sépulture que quelques jours après l'enterrement.

Le cortège s'arrêta devant la tombe vide pour réciter la dernière prière. Contrairement à ce qui était d'usage dans la mosquée, on pria debout, ce qui était autorisé pour que la terre néerlandaise ne souille pas les vêtements de deuil. Tous portèrent les mains juste en dessous du menton, en joignant le bout des doigts pour former une coupe, et dirent *Amin*. Ils passèrent ensuite les mains sur leurs visages et le cercueil descendit lentement dans la tombe.

Comme convenu, le mullah fit signe à Farah. Elle s'avança, nerveuse, inspira profondément et, à la surprise des personnes présentes, entonna un chant. Celui qui lui était venu à l'esprit cette nuit.

« *Namidanam baruy ki bekhandam. Namidanam baray ki begiryaam*… Je ne sais à qui adresser mes rires. Je ne sais qui pleurer… »

Lorsqu'elle entonna le premier refrain, elle entendit que derrière, des femmes chantaient avec elle. L'émotion l'envahit quand, ensuite, des voix d'hommes se joignirent à elles.

Autour de la tombe, quelques-unes des personnes présentes fermèrent les yeux pendant le chant, mais la plupart gardèrent les leurs bien ouverts, laissant couler leurs larmes librement. Elles ne pleuraient pas tant l'homme étendu en bas dans son cercueil, mais leurs propres souvenirs qui s'enroulaient et s'estompaient lentement comme de vieilles photos.

« *Za shahram rafta noor arzo ha. Za bamam morgh dil chonin parida.* La lumière des envies a quitté ma vie. L'oiseau de mon cœur s'est envolé de mon toit. »

En pensée, Farah marcha une dernière fois main dans la main avec Parwaiz le long des salles de marbre du Musée national. Lorsqu'elle rouvrit les yeux, elle vit, à quelques tombes de là, un homme la fixer avec un objectif. Elle reconnut aussitôt le photographe qui se trouvait sur le pont, près de la péniche de Joshua. Le touriste américain qui se révélait ne pas être un touriste.

Elle ne se laissa pas intimider, ferma les yeux puis continua à chanter.

Quand elle releva la tête, l'homme avait disparu et elle eut l'impression d'avoir rêvé.

Sur les indications du mullah, elle jeta une pelletée de terre brun foncé sur le cercueil. La terre tombait sur le couvercle en bois par salves courtes et sèches. À ce moment-là, Farah ne pouvait imaginer de son plus lugubre et elle espérait de toutes ses forces que sa vision nihiliste de l'au-delà était erronée. Elle souhaitait que Parwaiz se trouve avec sa femme et ses deux fils, et que l'Éternel lui ait demandé de gérer le céleste musée d'art des anges.

« Tu l'as vu ? » demanda Edward avec une sourde indignation quand elle le rejoignit.

Derrière eux, on entendait les sanglots des femmes.

« Qui ?

— Eric Sanders. Que vient-il chercher ici, ce paparazzi ? Pourquoi n'est-il pas à Saint-Tropez en train de photographier des célébrités à moitié nues sur leurs yachts ?

— Je pense qu'il était là pour moi, dit Farah.

— Pour toi ?

— Il m'a déjà repérée hier, soupira Farah. Avec Joshua Calvino.

— Et qu'est-ce que tu faisais hier avec l'inspecteur Calvino ?»

Farah sourit involontairement en pensant à la façon dont, avant-hier, Edward avait essayé d'impressionner Joshua lors de leur entretien à l'*AND*.

« Nous étions sur le pont de sa péniche.

— Et c'était pour le travail ? demanda Edward avec méfiance.

— Ça dépend comment on voit les choses.

— Putain ! Il ne manquait plus que ça. Hafez, le bourreau des cœurs, remet ça. David est au courant ?

— Oui, répondit-elle, penaude.

— Cœur brisé, ego blessé, toute la panoplie ? questionna Edward.

— Et un poing serré, répondit Farah. Je suis partie.

— Je suis prêt à parier que Marant est derrière tout ça.

— Pourquoi ?

— J'ai bien peur qu'elle n'ait lancé une contre-offensive. Je n'ai pas d'autre explication pour l'instant. »

Ils se mêlèrent au reste des personnes présentes. On distribuait des sucreries. De l'halva, une substance à la consistance de bouillie composée de farine grillée enroulée dans du pain.

« C'est dans l'espoir que l'âme du défunt ne soit pas amère mais douce quand elle montera au ciel », expliqua Farah à Edward qui le mangea en grimaçant.

Des hommes et des femmes se dirigeaient vers eux pour la remercier d'avoir chanté. Farah sortit la photo de Lavrov de son sac et la montra à quelques hommes.

« Vous connaissez cet homme ? »

Ils ne réagirent pas, lui tournèrent le dos. L'atmosphère changea. Ici et là, on discutait à voix basse par petits groupes. Soudain, un homme s'avança vers Farah.

« Comment oses-tu ? » cria-t-il, en colère. Il lui arracha la photo des mains, cracha dessus puis la déchira. « C'était le diable ! »

Tentant d'apaiser les choses, le jeune mullah prit l'homme à part.

Farah était abasourdie.

« Mullah, dit-elle avec respect lorsqu'il revint auprès d'elle, je ne sais pas ce que j'ai fait de mal. »

Le mullah la regarda d'un air réprobateur.

« Pourquoi viens-tu ici avec la photo d'un homme qui a failli tuer certains de mes fidèles en les torturant ?

— Je suis désolée, dit Farah sincèrement. Je n'aurais pas dû. Mais il doit y avoir méprise. L'homme que j'ai montré est le jeune président d'une grosse entreprise russe. L'homme qui les a torturés est mort depuis longtemps.

— Pourtant, je vais te demander de partir, dit le mullah durement.

— Est-ce la façon dont vous remerciez quelqu'un pour une chanson d'adieu au bord d'une tombe ? intervint Edward d'un ton bourru. Je pensais que votre Dieu était un Dieu de pardon, mais j'ai dû me tromper.

— Je suis désolé que mon ton ne vous plaise pas, répondit le mullah.

— Laisse, dit Farah. C'est ma faute. Je n'aurais pas dû le faire. Merci pour le service religieux, mullah. »

Elle tendit le bras à Edward et ils retournèrent ensemble au parking. Si elle se retournait maintenant, elle verrait des hommes qui portaient dans leur cœur plein de haine un passé qu'ils n'avaient toujours pas digéré.

11

Pendant leur première heure de vol vers Amsterdam, Paul s'était senti trop tendu pour converser de façon normale avec Sandrine. Pour cela, tout un arsenal de qualités lui faisait temporairement défaut – la spontanéité, l'énergie, l'ouverture d'esprit et la légèreté, pour n'en citer que quelques-unes. Des qualités dont Sandrine ne semblait pas manquer.

Pleine d'entrain, elle parla de sa fonction d'adjointe au conseil municipal d'Amsterdam et de sa visite à la première femme maire de Johannesburg, Ashley McLeod. Elle fit les éloges de la lutte de McLeod contre le sida, la corruption ainsi que la violence envers les femmes et les enfants. Paul connaissait la dure réalité de Johannesburg. Il écouta avec amusement les histoires enthousiastes de Sandrine sur la capitale, tout en s'étonnant de la sensualité de son visage et de la rapidité avec laquelle son regard assuré pouvait devenir mélancolique.

Très vite, il se sentit de nouveau fatigué. Sandrine voulait savoir ce qui était arrivé à son visage, mais il éluda la question et prit son ordinateur portable, dans une tentative de chasser l'angoisse qui l'avait envahi depuis la rixe de Ponte City. La panique revint dès qu'il ferma les yeux. L'écriture s'était révélée un moyen efficace pour refouler pendant un instant les névroses, les revers de fortune et même la douleur physique.

« C'est joli, entendit-il soudain dire Sandrine.
— Quoi ?
— L'écran de veille de votre ordinateur. »
C'était un tableau pittoresque. Au premier plan d'un marché, dans une ruelle fourmillante de monde, deux marchands déroulaient un tapis rouge vif. De part et d'autre, de longs pans d'étoffes de divers tons pastel étaient suspendus, et on voyait avancer, parmi les passants et les marchands qui s'agitaient, un homme basané en jean accompagné d'une femme blonde en caftan bleu, un petit garçon se tenant entre eux.
« Cet endroit existe ? demanda Sandrine.
— C'est le bazar Char Chatta à Kaboul. »
Il montra le garçonnet.
« Et ça, c'est moi.
— C'est vrai ? Fantastique ! Qui est-ce qui l'a peint ?
— Ma mère, dit Paul en passant le doigt sur la femme aux cheveux blond doré. Elle est allée d'Amsterdam à Kaboul avec un bus plein de hippies à la fin des années 1960.
— Et lui, alors, c'est votre père. Il ressemble à James Dean avec les cheveux plus longs. »
Paul sourit. Il aimait que les gens parlent de son père de cette manière.
« Il était journaliste de guerre.
— C'est une combinaison insolite, un journaliste de guerre avec une hippie.
— Les contraires s'attirent, je suppose. Ma mère déambulait un jour dans ce bazar, alors qu'à proximité des agents antiémeute dispersaient une manifestation d'étudiants. Elle s'est heurtée à un homme

qui lui a offert sa protection. C'était Raylan, mon père.

— Une histoire romantique.

— Ils étaient très heureux ensemble.

— Étaient ?

— Il y a presque trente ans que mon père est mort. »

Il fit un geste de la main, interrompant la conversation. Il voulait bien tout raconter, mais son manque d'assurance le gênait. Mécontent de lui, il fixa le vide.

12

Alors qu'en à peine dix secondes Edward lançait sa Saab 900 anthracite à cent vingt kilomètres-heure, en direction d'Amsterdam-Nord, Farah pensa à l'homme qui venait de déchirer la photo de Lavrov. Il avait confondu le président-directeur général d'AtlasNet avec un officier de l'armée russe mort au milieu des années 1990 dans un attentat à la bombe, un certain Michaïlov. À présent, elle comprenait la stupéfaction de Parwaiz. Il avait en effet vu un revenant.

Un peu plus tard, assise devant son écran d'ordinateur, Farah commença à relire tout ce qu'elle avait recueilli sur Michaïlov. Elle espérait avoir raté quelque chose, un détail qui expliquerait cette incroyable ressemblance avec Valentin Lavrov.

Mais les réponses ne vinrent pas.

Dans une vidéo de 1994, un Michaïlov déjà plus tout jeune, alors ministre de la Défense, s'adressait à une presse venue en masse, juste avant l'attaque de la Tchétchénie.

« Donnez-moi un régiment de parachutistes et je m'empare de Groznyï en moins de deux heures. »

L'histoire apprendrait qu'en fait d'attaque-surprise de deux heures, l'assaut déboucherait sur une guerre de plus de deux ans, coûtant la vie à des milliers de jeunes soldats russes et exposant des dizaines de milliers de citoyens tchétchènes à des atrocités et à des bombardements massifs, exécutés sur l'ordre direct de Michaïlov. L'attentat à la bombe ayant coûté la vie au héros autoproclamé de l'Union soviétique, en février 1996, fut unanimement revendiqué par des rebelles tchétchènes.

Farah leva la tête.

« Des roulements de tambour seraient à leur place, dit Edward avec un grand sourire. Je trouve que tu as bien mérité quelque chose aujourd'hui. Tu es prête ? J'ai une surprise pour toi.

— S'il s'agit de passer un week-end à se balader dans les polders avec d'autres Saab rétro, alors je décline l'honneur, répondit Farah en riant.

— Je sais bien qu'il n'y a presque rien de plus agréable, mais ce que je te propose est bien aussi, peut-être même mieux : une rencontre avec Valentin Lavrov.

— Quoi ? Comment y es-tu parvenu ?

— Grâce à l'art, dit Edward en ricanant. L'art et Lavrov, c'est la même chose que l'Église catholique et le péché originel. Tous deux sont fatalement liés. Dans six semaines, l'*AND* a prévu un supplément sur l'art international et nous cherchions un rédacteur invité. Lavrov veut bien être candidat. »

Elle le regarda avec méfiance.

« Ed, c'est sérieux ?

— C'est l'excuse la plus sérieuse pour approcher cet homme le plus vite possible. Et c'est ce qu'on veut, non ?

— Et quand cela doit-il avoir lieu ?

— Que penserais-tu de cet après-midi ?

— Tu plaisantes ?

— Bien sûr que non.

— Je ne connais rien à l'art, Ed, il va s'en rendre compte tout de suite.

— Alors il faudra te familiariser très vite avec le sujet, repliqua Ed en posant sur son bureau un livre d'art richement illustré aussi gros qu'un pavé.

— Je pense que plus de cinquante pour cent des objets se trouvant dans ce livre appartiennent à la collection de Lavrov, disséminés à travers des musées et des bureaux dans le monde entier. »

Farah feuilleta l'ouvrage. Elle sortit le portrait de Lavrov. Ce président-directeur général de l'une des plus grandes compagnies énergétiques du monde avait été confondu avec un bourreau russe qui avait torturé des gens dans les caves de Kaboul, il y avait plusieurs décennies de cela. L'idée de le rencontrer dès cet après-midi la fit frissonner.

13

L'ancien siège de la Société de commerce néerlandaise était un monument massif tout en brique et en granit se dressant sur dix étages. L'entrée principale était logée entre deux statues de femmes imposantes, représentant l'Europe et l'Asie. En passant par le hall de marbre et l'escalier aux carreaux vénitiens, Farah arriva au quatrième étage.

Il y avait plus de six mois que Lavrov avait acheté au magnat de l'immobilier Armin Lazonder cet étage prestigieux d'anciens bureaux de direction, dont il avait fait redécorer l'intérieur classique. Les antiques bureaux en bois dur indien avaient été remplacés par de grandes tables en bois de récupération et les lambris, tout comme les murs, avaient été badigeonnés de peinture blanchâtre pour mettre en valeur un assortiment de tableaux et d'objets d'art moderne.

À côté de la réception où Farah se présenta se trouvait un canon, qui tirait une fois par jour un boulet de peinture rouge contre un mur spécialement préparé à cet effet. On aurait dit qu'une exécution de masse avait eu lieu. Certainement en guise d'ode au pays d'accueil, les lustres avaient été remplacés par des bouteilles de lait en verre, regroupées en bouquet, qu'emplissait une lumière halogène crue.

Conduite dans une salle d'attente, Farah prit place dans l'un des sièges ronds au dossier en tiges de bambou.

Derrière la porte du bureau de Lavrov, elle entendait la voix passablement agitée d'un homme, lancé dans un monologue hargneux de plusieurs minutes. Peu de temps après, la porte s'ouvrit avec fracas. Farah reconnut immédiatement Armin Lazonder, créateur du projet New Golden Age et accessoirement président d'Iris TV. Le visage ombrageux, il dépassa Farah sans lui accorder le moindre coup d'œil. Elle le regarda s'éloigner. Qu'est-ce qui l'avait mis dans une telle rage, précisément vis-à-vis de Lavrov ?

La réceptionniste qui l'avait conduite dans la salle d'attente vint la retrouver.

« M. Lavrov est prêt à vous recevoir. »

Farah se leva. Son cœur battait la chamade. En premier lieu, elle n'avait pas trouvé convenable de rencontrer Lavrov dans les mêmes vêtements qu'elle avait choisis pour faire ses adieux à Parwaiz. Mais en même temps, la symbolique ne lui avait pas échappé. L'homme qui dirigeait un conglomérat employant trois cent mille personnes partout dans le monde avait sans doute – certainement sans le savoir – servi de catalyseur à la mort du vieil homme.

Cclui qui, dans son costume sur mesure en cachemire bleu à rayures, s'avança vers elle la main tendue ressemblait en tout cas à s'y méprendre à l'ancien commandant qui, à la fin des années 1980, comptant parmi les derniers occupants russes, avait quitté le pays natal de Farah.

Lavrov avait un corps musclé et un visage acéré, de larges mâchoires, des lèvres fines et des yeux gris-vert. Dans sa poignée de main ferme, elle sentit une féroce énergie contenue. Il la dépassait d'une tête et elle évalua qu'il avait à peine plus de la quarantaine, avec ses cheveux blond cendré bien coupés tirant vers le gris.

« Les Pays-Bas ne cessent de m'étonner, madame Hafez, dit Lavrov dans un anglais irréprochable teinté d'un accent d'Oxford.

— Que voulez-vous dire ?

— Une journaliste passionnée d'art qui semble tout droit sortie des champs Élysées. Pourquoi vous être cachée de moi si longtemps ?

— Ici, aux Pays-Bas, nous aimons faire profil bas », répondit-elle tandis qu'elle tentait de masquer son malaise en examinant avec intérêt le bureau monumental.

Profil bas, l'expression ne convenait en rien à cet intérieur.

Le plus frappant était deux gigantesques panneaux accrochés au mur. L'un d'entre eux était couvert de giclures de peinture à l'huile bleue et blanche de plusieurs centimètres d'épaisseur, et semé d'éclats de vases en terre cuite. Sur l'autre, un homme nu de couleur bleue tenant un glaive se balançait au-dessus de deux piliers avec, autour de lui, les restants de ce qui avait dû être de la vaisselle victorienne. Sur la plaque, elle lut rapidement le nom de l'artiste. Julian Schnabel.

« Je vois que vous êtes déjà sous le charme de mes deux plus récentes acquisitions, madame Hafez.

— J'aime le travail de Schnabel. »

Elle se retourna vers Lavrov avec un sourire éclatant, espérant ainsi pouvoir camoufler sa nervosité.

« J'aime particulièrement la peinture gestuelle. Et appelez-moi Farah, je vous en prie. »

Lavrov hocha la tête en signe d'approbation.

« À condition que vous m'appeliez Valentin. »

Puis elle vit dans une niche éclairée la statuette d'une femme gracieuse, vêtue d'un habit transparent couvrant à peine ses gros seins ronds et sa taille fine au-dessus de hanches plantureuses. Son cœur sembla s'arrêter de battre.

« Sharada », chuchota-t-elle.

Elle s'avança, fascinée, vers la statuette.

« La déesse de la rivière.

— J'aime les oppositions. Et je ne pouvais imaginer plus fort contraste avec la vaisselle cassée masculine de Julian Schnabel, entendit-elle Lavrov préciser.

— Elle vient du trésor de Begram, Ier siècle après Jésus-Christ », répondit Farah, essayant de se remettre du choc.

La statue que Parwaiz lui avait montrée au Musée national de Kaboul, plusieurs décennies auparavant, se trouvait à présent à Amsterdam, dans le bureau d'un magnat russe. Elle devait continuer à parler pour parvenir à maîtriser sa stupéfaction.

« Savez-vous que cette statuette provient de l'art indien du Gandhara ?

— Non, je ne le savais pas, répondit Lavrov, intrigué.

— À Swat, dans le nord du Pakistan, on a trouvé le même genre de statues, poursuivit-elle, nerveuse. Les mêmes yeux grands ouverts. Si vous regardez bien, vous pouvez même voir l'iris. »

Lavrov s'approcha à sa hauteur et se pencha vers la statuette. Elle sentit son odeur épicée, un mélange de menthe, de lavande et de bergamote.

« Vous avez raison », dit-il, admiratif.

Elle ne voulait pas laisser le silence s'installer. Il fallait qu'elle continue de parler.

« Connaissez-vous l'histoire du soldat et de la déesse de la rivière ?

— Non, mais quelque chose me dit que vous avez très envie de me la raconter. Mais, par pitié, plus de "vous". Cela me donne l'impression d'être très vieux.

— Ce n'est certainement pas mon intention, dit-elle en souriant.

— Bien, je t'écoute, Farah.

— L'histoire veut qu'il y a des siècles, le plus jeune soldat d'Alexandre le Grand se trouvait sur les berges de l'Amou-Daria au moment précis où la déesse de la rivière fit son apparition. Ils tombèrent amoureux sur-le-champ. Le jeune homme sauta à l'eau en tentant de la rejoindre. Mais, fou d'amour, il avait oublié qu'il ne savait pas nager.

— Donc il se noya ?

— La déesse de la rivière le laissa se noyer.

— Un choix cruel pour une déesse.

— Mais aussi la seule façon de rester ensemble. »

Lavrov l'invita à s'asseoir sur un canapé de l'architecte d'intérieur Mies van der Rohe.

« La morale de cette histoire est-elle qu'un objectif plus élevé justifie parfois des choix cruels ?

— Au contraire, dit Farah. Cela indique plutôt que l'amour prospère au royaume des morts. »

Ils étaient assis l'un à côté de l'autre. Continue à parler, pensait-elle. Ne laisse pas le silence s'installer.

« Tu sais qu'à l'origine la statue se trouvait au Musée national de Kaboul ?

— Non, je ne le savais pas. Je l'ai achetée à un collectionneur privé. D'où tiens-tu cette information ? »

Elle se tut, totalement déstabilisée.

« Désolé, j'ai complètement oublié de te demander si tu voulais boire quelque chose ? »

Il se leva.

« Je veux bien de l'eau », dit-elle, légèrement soulagée.

Lavrov demanda de l'eau par l'interphone. Pensif, il s'arrêta un instant devant la statuette avant de se rasseoir.

« Comme tu le sais peut-être, je suis en train de réaliser un projet d'énergie verte en Indonésie pour que le pays puisse se suffire à lui-même.

— Non, dit-elle étonnée. Je n'en savais rien. »

Ils furent interrompus par l'arrivée de la réceptionniste, qui posa devant eux deux verres d'eau minérale.

« À notre collaboration ! » dit Lavrov.

Le son cristallin de leurs verres quand ils trinquèrent résonna dans ses oreilles.

« Il y a combien de temps que tu n'es pas allée dans ton pays natal ? » demanda Lavrov soudainement.

Farah se glaça. Elle voulut lui demander comment il savait, mais comprit tout de suite qu'il avait dû enquêter sur sa vie. Personne ne pénétrait dans cette pièce sans avoir été passé au crible.

« Tellement longtemps que je ne me souviens presque plus de rien.

— Mais tu te souviens de la statuette ?

— La déesse de la rivière ? dit-elle en cherchant sa respiration. Oui, je m'en souviens. J'étais très jeune quand je l'ai vue. Très jeune. »

Elle le regarda, se sentit démasquée, dévêtue. Elle était nue à côté d'un homme en armure.

« Mais nous ne sommes pas ici pour parler de moi, Valentin. Parlons plutôt du numéro spécial sur l'art.

— Bien sûr. Vas-y », dit Lavrov.

Il se pencha en arrière, visiblement détendu.

« Six fois par an, notre journal édite un magazine d'art de vivre haut de gamme, en demandant à des rédacteurs invités connus de déterminer sa forme et son contenu. En concertation, bien entendu.

— C'est très hollandais, la concertation. »

Il eut un sourire formel.

« L'idée est que tu choisisses un certain nombre de sujets, l'accent étant clairement mis sur l'art moderne et l'art de vivre. C'est toi qui choisis. Nous t'épaulons.

— Quand sort le magazine ?

— Dans six semaines.

— C'est bien rapide. Ce qu'il faut absolument publier, c'est un article sur le vernissage d'une exposition exceptionnelle, organisée après-demain au musée Pouchkine à l'occasion de la visite de votre chef du gouvernement à Moscou.

— Et tu parles de rapidité ! ironisa Farah.

— Plusieurs artistes contemporains russes ont réalisé des interprétations d'œuvres néerlandaises classiques, parmi lesquelles *La Ronde de nuit*, *Le Jardin des délices* de Jérôme Bosch et *La Jeune fille à la perle* de Vermeer. Je pense, Farah, que tu n'as pas d'autre choix que de venir au plus vite à Moscou.

Tout sera bien entendu à mes frais. Ou cela met-il en péril ta neutralité journalistique ? »

Il posa cette dernière question avec un sourire furtif.

« En matière d'art, je pense qu'il est impossible de rester neutre. On aime ou on déteste. Mais je dois d'abord en parler avec mon chef. Très néerlandais.

— Autant de pays, autant de coutumes. »

Il posa son verre.

« Si tu veux bien m'excuser, maintenant, j'ai un autre rendez-vous. »

Il le dit avec toute la retenue nécessaire mais elle sentit un besoin urgent, inattendu, de mettre fin à leur entretien.

« Bien sûr, dit-elle en se levant si vite que le vertige la prit.

— Ça va ? demanda-t-il d'un ton neutre.

— Oui, mais, Valentin… » Elle le regarda comme si elle venait de se souvenir de quelque chose. « Est-il possible que je t'aie vu à La Haye, hier ?

— La Haye ? »

Il la toisa avec méfiance.

« Dans une Bentley grise, je crois. »

Son regard la transperça. Mal à l'aise, elle recula d'un pas.

« Il faudrait que je jette un œil à mon agenda, dit-il avec un rire forcé. Je me suis rendu dans de nombreux endroits ces jours-ci.

— Je comprends », dit-elle.

Elle le laissa la reconduire à la porte. Puis elle se tourna vers lui.

« Ah oui, une dernière chose.

— Quelque chose qui ne peut pas attendre ?

— Il y a une ressemblance troublante.

— Entre qui et qui ?

— Entre toi et l'ancien commandant Grigori Michaïlov. J'ai vu une photo de lui datant de 1989. Deux gouttes d'eau. »

Bien qu'il se tienne tout près d'elle, elle sentait entre eux une distance glaciale.

« Mettons, Farah, que le jeune soldat d'Alexandre le Grand de ton amusante histoire ait pu prendre en photo la déesse de la rivière. Et mettons que j'aie vu cette photo. J'aurais pensé tout à l'heure que c'était Sharada qui pénétrait dans mon bureau. »

Il lui tendit la main.

« Fais savoir le plus vite possible à ma secrétaire quand tu comptes venir à Moscou pour qu'elle puisse tout préparer.

— Bien, dit Farah, tendue. Merci de cet entretien.

— Non, répondit Lavrov. » Il sourit, mais ses yeux restèrent durs. « C'est moi qui te remercie, Farah. »

Juste au moment où elle revenait dans le hall, le canon lança un boulet de peinture rouge vif qui éclata contre le mur. Elle dut faire des efforts pour ne pas l'interpréter comme un signe de mauvais augure.

14

Dimitri en avait par-dessus la tête d'Amsterdam. Les trois croix des armes de la ville signifiaient, en ce qui le concernait, Petit, Plein et Chaotique. Sur l'eau, une multitude de petits bateaux se gênaient les uns les autres, dans la rue, les cyclistes ne demandaient qu'à renverser des touristes égarés, tous les chauffeurs de taxi étaient des Arabes qui détroussaient leurs passagers et les conducteurs de tramway faisaient comme s'ils conduisaient des tanks. Fort heureusement, les bâtiments colossaux du WMC se profilaient.

Il était la mort personnifiée et personne ne se doutait de sa venue. Ils ne s'en rendraient compte qu'après son départ. Sur la place de l'hôpital, il vit de gros nuages noirs arrivant de l'ouest. Un hélicoptère se posa sur le toit. Déambulant autour de lui, des gens conscients de leur propre condition mortelle levèrent soudain la tête vers le haut. C'était ainsi, savait Dimitri : quand vous sentez la mort vous talonner, vous tournez votre espérance vers le ciel.

Quelque chose le dérangeait. Il avait un pressentiment. Mais impossible de mettre le doigt dessus. Non pas parce qu'il s'agissait de son premier enfant. Son oncle lui avait appris à être rationnel. Cela n'avait rien à voir avec des vies, si jeunes fussent-elles.

Tout était dirigé vers un but plus élevé. Éliminer des cibles visait à atteindre ce but. Et les émotions empêchaient d'y parvenir.

Devant l'immense porte à tambour se tenait un robuste Africain avec une oreillette. Un vigile n'aurait pu être plus voyant. Autant lui mettre le bonnet noir en fourrure des gardes anglais et le faire marcher au pas avec un faux fusil, pensa Dimitri. Cet Africain apportait une touche loufoque.

Avec un sourire éclatant, Dimitri tendit le bras à une vieille femme qui cheminait péniblement, munie d'une canne et d'un sac usé. Elle le lui prit, se mit à baragouiner dans ce drôle de langage qu'ils parlaient ici et lui laissa porter son sac. L'Africain avec l'oreillette leur sourit. Connard, pensa Dimitri. En entrant dans le hall, il laissa la femme en plan sans état d'âme.

Il détestait les hôpitaux, surtout l'odeur, cette sale odeur écœurante de sueur d'angoisse mêlée aux désinfectants. Il passa en revue les panneaux aux inscriptions incompréhensibles et s'engouffra dans une aile, traversa plusieurs portes battantes et atterrit aux toilettes du personnel. Il colla un pansement couleur chair sur sa cicatrice, façonna la fine moustache au-dessus de sa lèvre supérieure et chaussa des lunettes estudiantines. Des gestes rapides ayant pour résultat une métamorphose instantanée.

15

Danielle avait tourné en rond dans son appartement pendant des heures, les bidonvilles de Port-au-Prince en pensée. Elle avait sorti ses tee-shirts favoris de son armoire, des sous-vêtements, des jeans et le peu de maquillage qu'elle utilisait. À chaque objet qu'elle touchait et emballait, elle se sentait tour à tour confuse, triste, soulagée ou angoissée. Tout un éventail d'émotions au service de la plus primaire des formes d'instinct de conservation : la fuite.

Puis les oiseaux, qui s'étaient heureusement tenus tranquilles toute la matinée, avaient pris leur envol à grands cris. La voix de sa chef de service était grave. Un entretien s'imposait d'urgence. Pouvait-elle venir tout de suite à l'hôpital ? Elle le ferait, mais pour d'autres raisons. À la dernière minute, elle ajouta ses claquettes dans ses bagages. Elle fourra le billet d'avion dans son sac à main.

En silence, elle avait déjà dit adieu à son appartement.

Elle s'apprêtait à frapper à la porte marquée Chef Traumatologie quand elle vit l'inspecteur Calvino s'approcher d'elle dans le couloir.

« Merci d'être venue aussi vite. »

Il avait l'air nerveux. En lui serrant la main, il la dévisagea.

« Ça va ?

— J'ai mal dormi. »

Inconsciemment, elle passa la main sur la bosse douloureuse à l'arrière de sa tête.

« Comment va le garçon ? demanda-t-elle, inquiète.

— D'un point de vue médical, il est stable, m'a-t-on dit. Je ne peux pas en dire davantage. Nous allons en parler, expliqua-t-il avec un sourire d'excuse. On y va ? »

Lorsqu'ils entrèrent, la chef directe de Danielle, Alexandra Plein, se leva de derrière son bureau d'un air soucieux.

« Je serai brève, dit-elle sèchement. Danielle, comme tu le sais peut-être déjà, l'inspecteur Calvino a mis en place la surveillance du garçon immédiatement après la diffusion du *Headlines Show* d'hier soir. Mais bien entendu, tout cela n'aurait pas été nécessaire si aucun article n'était paru dans le journal et si tu ne t'étais pas affichée à la télévision.

— Je comprends, dit Danielle, qui n'avait pas l'intention de se défendre.

— Écoute, dit Alexandra, je sais combien tu es investie dans ton travail. Mais ce n'est pas une raison pour opérer soi-même, en tant que médecin du MMT et sans aucune concertation, la victime d'un délit de fuite. À cause de tes agissements, l'équipe du MMT n'a pas pu intervenir pendant au moins une heure. Ensuite, tu as contraint ton collègue Radder à se tourner les pouces en salle d'opération au lieu d'exercer sa spécialité : la chirurgie traumatologique ! Et je ne parle même pas de la façon dont tu as, semble-t-il, berné le médecin du service de réanimation pour permettre à un couple de personnalités d'entrer. Ni du fait que tu sois allée prendre tes grands airs dans ce programme télévisé détestable sans en avoir parlé avec la direction. »

Danielle entendit l'inspecteur Calvino toussoter.

« Permettez-moi de vous interrompre, madame Plein. Je ne veux pas me mêler d'affaires internes. Je suis seulement ici pour vous informer que la menace qui pèse sur le gamin est beaucoup plus importante que nous ne l'avions pensé. Il est en danger de mort. Nous sommes en train d'élaborer un plan pour l'évacuer au plus vite vers un autre hôpital.

— Mais… Vous ne pouvez pas me mettre ça sur le dos, dit Danielle, ébahie. Je lui ai sauvé la vie.

— C'est ton travail, Danielle. Sauver des vies. C'est pour ça qu'on te paie. Pas pour organiser des campagnes médiatiques !

— Docteur Bernson, intervint Calvino d'un ton apaisant. Je désire que vous puissiez continuer à effectuer votre travail au mieux et sans être dérangée. Et je ne doute pas de vos qualités professionnelles. Mais j'espère que vous réalisez qu'en cherchant la publicité vous avez exposé ce garçon à un grave danger.

— Les hôpitaux ne sont pas faits pour être au centre des médias, ajouta Alexandra Plein d'une voix rauque. En aucun cas. Nous sommes là pour guérir des gens, pas pour en faire des célébrités.

— Ce n'était pas mon intention, répondit Danielle.

— Peu importe tes intentions, tu auras largement l'occasion d'en parler au cours de l'enquête à venir. Tu es suspendue jusqu'à nouvel ordre, Danielle. »

Elle ne s'était pas attendue à ça. Ses actes se justifiaient. Elle y avait réfléchi. Tous les moyens employés avaient eu un but précis. Mais elle avait raté cet objectif. Outre qu'elle n'était pas venue ici pour cet entretien, il était inutile de protester contre la décision d'Alexandra, ou d'entamer une discussion avec elle.

« Est-ce que je peux le voir une dernière fois ? S'il doit être évacué, j'aimerais lui dire au revoir.

— Depuis hier soir, seul le personnel du service de réanimation est admis à son chevet, répondit Alexandra froidement.

— Je peux vous assurer, dit l'inspecteur Calvino en guise d'excuse, que le garçon est entre de bonnes mains. Il est inutile de vous en faire pour lui. J'espère que cela peut vous rassurer. »

Avant de sortir de la pièce, il lui serra la main en la regardant de façon un peu trop appuyée. Il y avait autre chose, pensa Danielle. Le ton formel avec lequel il lui avait parlé était feint. Elle se tenait gauchement devant Alexandra, qui essaya de prendre un ton bon enfant déplacé en la raccompagnant.

« Repose-toi. Pars quelques jours. »

Compte là-dessus, pensa Danielle en sortant dans le couloir.

Un peu plus loin, l'inspecteur Calvino l'attendait.

« Madame Bernson, vous pouvez garder un secret ? » dit-il avec un air de conspirateur.

16

Dimitri tomba par hasard sur une réserve où des vêtements de travail soigneusement pliés étaient empilés sur des étagères en bois. Une minute plus tard, vêtu d'une blouse blanche, il longeait des sèche-linge et des machines à laver si grands qu'ils auraient pu contenir deux de ces surveillants africains. D'un mouvement routinier, il prit l'un des chariots de métal portant du linge propre et s'éloigna tranquillement en le poussant. Il suivit un groupe de femmes en tenues blanches froissées jusque dans l'ascenseur réservé au personnel, où il découvrit le mot « Réanimation » sur l'un des boutons métalliques.

À l'entrée du service, un surveillant commença à fouiller dans le linge. Comme s'il était assez stupide pour y cacher quelque chose. Fouille-moi, connard, pensa Dimitri, on verra qui de toi ou de moi sera le premier à attraper le Zastava. Mais sans un regard, l'homme lui fit signe de passer.

Dans le couloir, il remarqua un agent, posté devant une porte, qui ressemblait à un gardien de musée minable. Objectif localisé. Mais le tableau d'ensemble ne plaisait pas à Dimitri. Les surveillants amateurs, l'agent abruti devant la porte, le type qui l'avait regardé juste un peu trop longtemps de derrière le guichet de la réception et semblait travailler ici pour la première fois – c'était presque comme s'il venait sur invitation. Ou n'était-ce que son imagination ?

Continuant avec son chariot, il passa une large porte qui donnait sur une réserve. Il entra, regarda autour de lui et fut satisfait de ce qu'il vit. Un jour, l'oncle Arseni lui avait parlé de la théorie du chaos. Il lui avait raconté que l'ordre et le chaos étaient les deux faces d'une même médaille. Le chaos était un désordre fictif. Fictif, car il était provoqué par un élément déclencheur. Et aujourd'hui, Dimitri était cet élément déclencheur. Avec son briquet Zippo, un chariot plein de linge et le tas de bombonnes entreposées, il allait créer le chaos absolu.

17

« Ce qui vient de se passer dans le bureau était un mal nécessaire, s'excusa l'inspecteur Calvino. J'ai vu ce que vous avez fait pour cet enfant. Je vais vous emmener le voir, parce que vous, vous lui avez sauvé la vie. »

Un peu plus tard, Danielle se penchait au-dessus du garçonnet. Elle savait bien qu'il était incapable de la comprendre, mais elle voulait lui raconter qu'il serait en sécurité, plus que si elle était à ses côtés.

« Je te souhaite, chuchota-t-elle avec un sourire forcé, une vie longue et heureuse et qui sait… »

Puis sa voix s'entrecoupa. Elle aurait voulu dire quelque chose comme : « Peut-être nous reverrons-nous un jour. » Mais elle savait que ce n'était pas vrai. D'autres garçons et filles le remplaceraient. Aussi déracinés, pauvres et fragiles. Et eux aussi laisseraient leur place à d'autres. Port-au-Prince ne serait pas son dernier arrêt.

Quand elle l'embrassa, quelques larmes coulèrent sur son visage.

« Il faut partir », dit doucement l'inspecteur Calvino.

Dans l'ascenseur, tous les deux fixaient le bout de leurs chaussures en silence. Juste avant que l'inspecteur Calvino ne sorte, au rez-de-chaussée, elle l'embrassa rapidement sur la joue. Son geste avait la maladresse du premier baiser donné à un garçon dans la cour de l'école. Calvino sortit si lentement qu'il se retrouva presque coincé entre les portes. Avant leur fermeture, elle vit son sourire étonné quand il se tourna vers elle.

Impulsivement, la main de Danielle se dirigea vers la touche arrêt. Des images défilèrent devant ses yeux : les portes s'ouvraient à nouveau et elle se jetait au cou de Calvino en lui racontant tout ce qui s'était réellement passé cette nuit.

« Protégez-moi, souffla-t-elle tout haut. Protégez-moi. »

Les portes s'ouvrirent. Elle contempla le parking en béton éclairé au néon. Elle ne bougea pas. Paralysée. Les portes se fermèrent. S'ouvrirent. Puis se refermèrent. Et c'est à ce moment-là que l'alarme incendie se déclencha.

Elle courut dans le noir. Des coups de feu retentirent. Le frottement de l'herbe haute contre ses genoux. Les cris des enfants qu'elle laissait derrière elle.

« Protégez-moi. »

Elle pénétra dans le garage, aveuglée par les néons et poursuivie par l'alarme, qui résonnait à présent au plus profond d'elle-même. Elle ne pouvait plus s'arrêter. Impossible de revenir en arrière. La fuite était sa seule protection. Ivre de panique, elle pointa ses clés au hasard vers toutes les voitures qu'elle rencontrait.

L'alarme incendie crépitait comme une mitraillette contre ses tympans. Elle entendit les cris de gens qui couraient. Elle se pencha entre deux voitures, mais elle avait trop la nausée pour vomir. Elle s'appuya un moment contre le capot d'un cabriolet, puis respira plusieurs fois profondément et pointa ses clés dans toutes les directions. Elle entendit un cliquetis inattendu et se retourna. Un peu plus loin, derrière elle, était garée sa Fiat rouge.

Elle y grimpa à toute allure. Le moteur démarra du premier coup. Elle enfonça l'accélérateur et s'élança en dehors de sa place de parking. Une grosse voiture venant de la gauche fit crisser ses freins. Un Touareg Volkswagen noir l'avait presque emboutie. Les phares puissants l'empêchèrent de distinguer le conducteur. Elle lui adressa un signe d'excuse. Le Touareg fit des appels de phares pour lui signifier de poursuivre sa route.

Lorsqu'elle sortit du parking, une épaisse couche de nuages avait presque occulté la lumière du soleil, comme si la nuit était tombée avec plusieurs heures d'avance. Elle dut allumer ses phares pour y voir correctement. En quittant l'aire de stationnement, elle vit arriver trois voitures de pompiers aux sirènes hurlantes, mais sa respiration s'était calmée.

Tout était presque fini, elle le savait.

18

Marouan évalua la situation. Il savait que les agents de l'équipe d'interpellation, vêtus de tenues médicales, avaient pris leur position : l'un s'était installé à la réception, l'autre faisait semblant de surveiller les moniteurs des patients. Le seul à être clairement reconnaissable était l'agent en uniforme posté devant la porte. Son rôle était de se faire remarquer. Il devait suer comme un bœuf avec son gilet pare-balles sous son costume.

Tout le monde portait une oreillette. La communication avait été constante : très régulière au cours des premières heures, puis un peu moins lors des soixante dernières minutes. Pas de mouvement suspect. Pas de visiteurs attirant l'attention, sauf peut-être la traumatologue blonde qui, l'air prostré, était entrée dans le service accompagnée de Calvino. Elle voulait voir le garçon. Marouan leur accorda une minute pour ne plus être emmerdé.

Entre-temps, un suicidé qui s'était raté entra aux urgences. Au bout d'une minute à peine, Calvino revint vers l'ascenseur avec la doctoresse blonde. Un type du genre étudiant passa avec un chariot à linge. Le patient de la chambre 3 fit un choc septique. Marouan en avait sa claque de toute la misère environnante.

Cette dernière heure, il s'était mis à douter de la prophétie de Kovalev. On lui avait donné un signalement du tueur supposé, mais il était aussi vague que les prévisions météo habituelles. Jeune, une cicatrice bien visible sur la joue gauche, des vêtements noirs. Le type existentialiste. Le gars ne pénétrerait certainement pas dans le service de réanimation en fumant la pipe et en récitant du Jean-Paul Sartre.

Peu après, Calvino s'annonça dans l'oreillette. Il était de retour dans la salle de surveillance et avait appris que le MICU arriverait dix minutes plus tard. Il proposait que Marouan commence par se rendre dans la cour intérieure pour organiser le transport avec le MICU, tandis que pour sa part, il transmettrait la coordination et la surveillance à un collègue.

Ce n'était pas du goût de Marouan.

« On peut pas attendre d'avoir arrêté le type avant de transporter le garçon ?

— Je comprends ce que tu veux dire, répondit Calvino. Mais nos instructions sont claires. Toi et moi, on est responsables de lui. On accompagne le MICU jusqu'à Rotterdam. Le reste de l'équipe mettra le Russe sous les verrous dès qu'il se montrera. »

Marouan était prêt à tout pour pouvoir quitter le service de réanimation au plus vite. Accompagné de Mariska, il prit l'ascenseur qui descendait à vive allure. Il le sentait dans ses oreilles. En même temps, une sensation écœurante se nicha dans son estomac. La même sensation que quand il laissait échapper un objet en sachant qu'il était trop tard pour le rattraper. Il pinça ses narines et souffla pour déboucher ses oreilles. Avait-il négligé quelque chose ? Aucune idée. Il y avait les vigiles de l'hôpital, un agent et des policiers en civil.

La situation semblait sous contrôle.

Peut-être son inquiétude grandissait-elle à cause de la pagaille dans la cour intérieure.

« Le sas des ambulances du parking souterrain est trop bas pour le véhicule du MICU, annonça Mariska, sentant le malaise de Marouan. C'est pour ça qu'on le fait toujours venir ici. »

Marouan hocha la tête. Puis il entendit une alarme. D'abord, il crut qu'il s'agissait des sirènes d'une ambulance qui approchait. Mais Mariska regarda en haut, préoccupée.

« Qu'est-ce que c'est ? demanda Marouan.

— L'alarme incendie dans l'un des services », répondit Mariska.

À cet instant, Marouan sut qu'il avait laissé échapper quelque chose et qu'il était sans doute trop tard pour le rattraper.

Un incendie.

Pourquoi n'y avait-il pas pensé ?

« Chargez-vous du MICU ! », hurla-t-il à Mariska tout en courant vers l'intérieur du bâtiment.

19

Les grosses chaussures à bouts ferrés que Véra Hendrix portait sous sa tenue d'ambulancière lui donnaient toujours l'impression d'être une ouvrière du bâtiment. Mais elles étaient d'une cruelle nécessité. Le brancard utilisé pour ces transports spéciaux pesait, avec tous les appareils qui y étaient fixés, plusieurs centaines de kilos et il ne valait mieux pas que les roues vous passent accidentellement sur les orteils.

Conteneur de douze tonnes monté sur un châssis de camion Volvo, l'ambulance du MICU était aménagée comme un service de réanimation roulant. Elle servait à transporter des patients en réanimation entre les divers hôpitaux. Aujourd'hui, l'équipe était composée d'Harold Jacobs, le chauffeur, d'Ewald Jong, le médecin en soins intensifs, et de Véra.

Il était rare que l'emploi du temps soit modifié au dernier moment et qu'ils soient informés personnellement du prochain transport. Mais c'était le cas cette fois-ci. Les transports prévus avaient été remis à plus tard séance tenante. Le coordinateur de service avait expliqué qu'il était question d'un garçon d'environ sept ans, victime en pleine nuit d'un accident avec délit de fuite. Deux opérations avaient été nécessaires pour stopper les différentes hémorragies internes, fixer une fracture du bassin et de la jambe, retirer une partie de la rate, soigner les diverses contusions ainsi que les lésions à la tête et aux poumons, et stabiliser son état de telle sorte qu'il puisse être transporté vers le service de réanimation pédiatrique de l'hôpital Maaspoort de Rotterdam. Il fallait impérativement garder le secret.

Après le briefing, Véra se hâta vers le véhicule. Habituellement, ils contrôlaient tous les appareils avant de partir, mais compte tenu de l'urgence du transport, ils décidèrent de le faire pendant le trajet vers le WMC. Véra vérifia le brancard où tous les appareils de réanimation étaient fixés pour voir si les batteries étaient suffisamment chargées. C'était crucial, parce que pendant la période où l'on embarquait et débarquait le patient, le respirateur, le moniteur, les régulateurs et les pompes à injection devaient continuer à fonctionner.

À présent, le contrôle montrait qu'elles l'étaient à soixante-dix pour cent. Elle regarda Ewald d'un air désespéré.

« Risque acceptable », dit-il.

Elle n'était pas de son avis, mais compte tenu de la situation il était inutile de discuter. Le cycle de contrôle automatique du respirateur indiqua que, pour le reste, tout était en ordre.

Comme une vitre épaisse séparait la cabine du conducteur et l'unité de réanimation, Ewald et elle ne pouvaient communiquer avec le chauffeur que par interphone. Une caméra montée dans la cabine leur permettait de suivre la route sur un écran. Véra avait très vite le mal des transports quand elle ne voyait pas la route régulièrement.

Harold annonça qu'ils arriveraient au WMC dans dix minutes et qu'après avoir embarqué le garçon ils seraient escortés par deux inspecteurs. En arrivant sur le terrain du WMC, ils furent dépassés par deux camions de pompiers aux sirènes hurlantes.

« Que se passe-t-il ? » cria Ewald dans l'interphone. Ils entendaient Harold en pleine discussion avec le WMC par émetteur radio.

« Il y a le feu au service de réanimation ! »

20

Sasha Kovalev descendit de voiture en bordure de la grande place du WMC, au-dessus de laquelle des nuages menaçants s'amoncelaient.

Où qu'il fût, il était habitué à ne pas se sentir chez lui. Sa vie durant, il n'était jamais resté assez longtemps dans un endroit pour s'y installer. Et cela lui convenait parfaitement. Comme nul autre, il avait expérimenté qu'une vie de nomade luxueuse abolissait les frontières et aplanissait les barrières temporelles. Trop souvent, il avait regardé par le hublot du jet privé de Lavrov le monde s'étendant sous ses pieds et lutté contre l'idée séduisante qu'il était un demi-dieu capable de régner sur le temps et l'espace, maître de son propre destin. Bien sûr, c'était une illusion. Les hommes étaient conçus pour échouer. Il fallait seulement s'efforcer le plus souvent possible d'avoir une longueur d'avance sur l'échec.

Cette fois aussi.

Avant de quitter son appartement, une demi-heure plus tôt, il avait admiré une dernière fois la ligne des toits d'Amsterdam, sachant qu'à Goa une existence anonyme l'attendait. Une vie dans un seul lieu. Mais ce serait une vie à trois.

Dans cette vie-là, ils se promèneraient sur la plage, Bikram et lui. Le garçon entre eux. Ils lui tiendraient chacun une main. L'enfant marcherait à nouveau. Gauchement au début, mais ils avaient tout leur temps. Il s'avancerait en hésitant dans l'eau peu profonde de la mer. Ils resteraient tout près de lui, chacun d'un côté, pour pouvoir le soulever s'il avait peur.

Sasha ne se serait jamais cru capable d'avoir ce genre de rêves. C'était une découverte surprenante. Comme si, pendant des années, il avait été un étranger pour lui-même et se rendait compte seulement maintenant de ce qui était essentiel dans la vie. À présent, il échangeait volontiers l'utopie de pouvoir régner sur le temps et l'espace contre l'illusion d'un bonheur familial simple.

Il laissa la clé sur le contact, puis se dirigea vers la place. Trois voitures de pompiers, toutes sirènes hurlantes, déboulèrent les unes après les autres. Des hommes casqués, portant des masques à oxygène, s'élancèrent dans le hall d'entrée. Sasha longea calmement une aile du bâtiment en direction de la cour intérieure.

21

L'ascenseur du personnel était soit bloqué, soit surchargé. Marouan décida de prendre les escaliers. Au troisième étage, il était à bout de souffle et sentit son cœur s'emballer, et ce n'était pas uniquement dû à sa mauvaise condition physique. La fumée s'échappant quelques étages plus haut se déroulait vers le bas comme une couverture grise. Des gens paniqués arrivaient en sens inverse. Ils criaient et se poussaient. Quelqu'un chuta et d'autres lui tombèrent dessus.

Au service de réanimation, des ombres hurlantes couraient à travers un brouillard brûlant. Marouan chercha les deux agents de l'équipe d'interpellation. Il se cogna au lit d'un patient, poussé par deux infirmières portant des masques à oxygène vers l'ascenseur bloqué. Une action vaine.

Soudain, il vit l'agent, couché sur le sol, dans l'embrasure de la porte de la chambre devant laquelle il avait été posté. Un infirmier, penché sur lui, faisait des efforts désespérés pour qu'il reprenne connaissance. Marouan discerna les impacts. Deux coups rapprochés à hauteur du cœur. Il entra dans la chambre et vit à sa grande stupeur les dégâts provoqués par les autres balles.

22

Le linge posé sur les bombonnes étouffa l'explosion. L'oxygène attisa les flammes rapidement. Il y avait tant de fumée qu'en quelques minutes tout le service fut transformé en une grande nappe de brouillard, qui occasionna une panique indescriptible. Les infirmières hurlaient plus fort que l'alarme. Dimitri en fut ravi. Il était le maître du chaos.

Dans le couloir, il se concentra sur l'agent, qui quitta son poste en entendant crier à l'aide un peu plus loin. Dimitri se glissa immédiatement dans la chambre et tira à bout portant deux coups de feu sur le garçon immobile. Un dans la tête et un dans le cœur. Compte tenu du vacarme assourdissant dans le couloir, le silencieux avait été inutile.

En se retournant, il vit l'agent dans l'embrasure de la porte. L'homme proférait des paroles incompréhensibles, son pistolet tremblotant braqué sur lui. Dimitri lui tira deux fois dans la poitrine à la vitessc de l'éclair. L'agent tomba en arrière dans la fumée, comme tiré par une corde. Des cris résonnaient partout.

Dimitri se hâta vers la cage d'escalier, où retentissait le bruit infernal des cris et des hurlements de ceux qui voulaient être les premiers en bas. On poussait et tirait de tous les côtés. Longeant le mur, il descendit calmement. Parmi les gens qui basculaient les uns sur les autres, il vit le médecin arabe aperçu plus tôt à la réception du service de réanimation, qui essayait de monter à contre-courant.

Tranquillement, Dimitri se laissa porter par la masse, un déluge de panique qui le mena finalement dans le grand hall, où il prit l'escalier en direction du parking.

Le démarrage du Touareg marqua la fin de sa première mission. Le coup de frein qu'il dut donner brutalement pour éviter la Fiat rouge se révéla, à sa grande surprise, le début de la seconde. La conductrice blonde qui s'excusa auprès de lui d'un geste nerveux était sa prochaine cible.

23

Quand le hayon fut déverrouillé et que les deux portes s'ouvrirent, le son de l'alarme incendie envahit le véhicule du MICU. Aidée par Ewald, Véra poussa le brancard le plus vite possible sur la rampe de chargement. Sur les conseils de l'infirmière en soins intensifs, qui se présenta comme étant Mariska, ils prirent un autre chemin, par le monte-charge. Tant bien que mal, ils parcoururent le dossier décrivant l'état actuel du garçon. Ce matin, il y avait eu quelques problèmes avec son embolie de la rate.

Ils mirent la main devant la bouche dès que les portes de l'ascenseur s'ouvrirent sur le service de réanimation et poussèrent le brancard dans le couloir, à travers la fumée et le chaos de l'évacuation. Au bout, ils virent des flammes jaillir d'une réserve. On ordonna à l'un des pompiers d'y lancer un extincteur jetable. Des tuyaux furent déroulés. Dans le hall, on installait un grand ventilateur.

Un homme d'allure marocaine, vêtu d'une blouse de médecin, les aborda.

« Police, suivez-moi. »

Ils se réfugièrent dans un coin du service où un homme portant un masque à oxygène et un fusil automatique prêt à servir les attendait.

« C'est OK, cria l'inspecteur. Transport pour le garçon. »

Il se tourna ensuite vers Véra et Ewald.

« Nous l'avons conduit ici ce matin, dit-il en suffoquant. Et ça n'a pas été pour rien, Dieu merci.

— Que voulez-vous dire ?

— Quelqu'un vient de pénétrer dans la chambre qu'il occupait précédemment et a tiré deux balles dans un mannequin pour former le personnel soignant. »

24

Le front de tempête était suspendu juste au-dessus d'elle et Danielle avait de nouveau l'esprit assez clair pour se demander si cet orage influerait sur les horaires de départ à Schiphol. Elle était prête pour son prochain voyage. Elle était sans cesse en partance. Personne ne savait mieux qu'elle comment couper les ponts. Les Pays-Bas n'étaient déjà presque plus qu'une vieille histoire.

Les yeux rivés sur la route, elle pensait à ce qu'elle laissait derrière elle. Une vie sans amis, remplie en majorité par son travail. Elle avait peu profité de ses nouveaux meubles Ikea et de sa Fiat Punto d'occasion. Des objets provisoires, auxquels elle n'avait pas eu le temps de s'habituer.

Elle entendit piailler les oiseaux. Ne pouvant réprimer sa curiosité, elle prit l'appel. La voix de l'homme de l'autre côté de la ligne semblait fébrile.

« Danielle Bernson ?

— Elle-même.

— Je vous appelle parce que… Je vous ai vue à la télévision et j'en sais davantage sur le garçon dans le bois.

— Le garçon ? Comment avez-vous eu mon numéro ?

— Par l'hôpital.

— Que savez-vous sur le garçon ?

— Je ne peux pas vous le dire. Pas au téléphone.
— Pourquoi n'appelez-vous pas la police ?
— Je vous le dirai quand je vous verrai.
— Je ne peux pas.
— Il le faut. Je sais ce qui s'est passé. »
Elle hésita.

« Vous devez appeler quelqu'un d'autre. Une journaliste. Elle s'appelle Farah Hafez. Elle travaille pour l'*AND*.
— Vous avez son numéro ?
— Non. À vous de le trouver. »

À ce moment-là, elle s'aperçut que machinalement, elle roulait vers le nord, en direction de son appartement. Il faudrait aussi laisser ses habitudes derrière elle. Elle raccrocha et prit la première sortie après le viaduc. De là, elle pourrait traverser le périphérique et se rabattre de l'autre côté, en direction du sud, vers l'aéroport. Alors qu'elle attendait au feu, elle regarda dans son rétroviseur et vit un Touareg noir approcher. C'était la même voiture que dans le parking.

25

Véra manœuvra habilement le chariot à côté du lit du garçon. Avec l'aide d'Ewald, elle commença à le débrancher, puis à le rebrancher aux appareils de la civière. On changea de tuyau de respiration. Ce fut ensuite le tour du moniteur de fréquence cardiaque et de tension artérielle. Tirant sur le drap de dessous, ils glissèrent le garçon sur le brancard.

Le chemin du retour était risqué. Même si leurs appareils étaient très modernes, dans ce chaos il pouvait se passer n'importe quoi. L'incendie était à présent maîtrisé. Dans le hall, l'immense ventilateur chassait la fumée constamment, mais la panique était à son comble. Dans le couloir, des gens se croisaient en courant dans tous les sens. Un arrêt brusque, ou pire encore, une collision, pouvait infliger au garçon de graves blessures. Chaque mètre de ce couloir était en réalité un de trop.

Un deuxième inspecteur était arrivé. Il marchait devant le brancard avec son collègue plus âgé, leur main à proximité de leur arme. L'homme au pistolet automatique fermait la marche, le regard courant de gauche à droite.

Une fois dans le monte-charge, Véra apprit ce qui s'était passé. La menace pesant sur le garçon étant réelle, il avait été déplacé dès le matin. Pour servir de doublure, un mannequin à la peau foncée et aux cheveux noirs avait été placé dans son lit, avec un masque à oxygène. Ayant travaillé avec ce genre de poupées pendant ses cours, Véra savait combien elles étaient ressemblantes. La police avait véritablement tout mis en œuvre pour que le tueur tombe dans le panneau, jusqu'à déguiser des tireurs d'élite en médecin. Mais ils n'avaient pas compté sur le chaos qu'occasionnerait un incendie dans le service.

Le jeune inspecteur déclara qu'il était inutile de surveiller toutes les issues. La moitié de l'hôpital se vidait. Empêcher les gens de s'enfuir aurait fait des victimes et accru la panique. Le principal, maintenant, était de mettre le garçon en sécurité au plus vite.

Lorsque dans la cour intérieure ils purent le glisser dans le véhicule du MICU sous la surveillance de l'homme à l'arme automatique, Véra soupira de soulagement. Elle fixa le brancard rapidement aux points de branchement. Les portes arrière se refermèrent et, peu après, ils sortirent de la cour, en direction du parking où la voiture des inspecteurs devait les attendre.

Elle se concentrait sur la respiration du garçon et sur le moniteur de fréquence cardiaque, quand l'ambulance s'arrêta brusquement. À l'écran, elle vit un homme vêtu de noir s'avancer vers leur véhicule. Les inspecteurs étaient introuvables. Par l'interphone, elle entendit la portière de la cabine du chauffeur s'ouvrir et se refermer. Une voix d'homme donna des ordres en anglais.

« Que se passe-t-il, Harold ? » demanda-t-elle par l'interphone.

Il n'y eut pas de réponse. L'ambulance du MICU redémarra.

« Harold ? Tout va bien ? »

Elle prit son téléphone portable, composa le numéro d'Harold et jura en entendant sa boîte vocale. Elle regarda sur l'écran et se rendit compte qu'ils avaient déjà pris la direction du périphérique, sans la voiture des inspecteurs. Puis elle entendit la voix de l'inconnu dans l'interphone. Il parlait anglais avec un fort accent d'Europe de l'Est.

« Encore un coup de fil et tu pourras ramasser la cervelle de ton chauffeur à la petite cuillère. »

Tandis qu'ils accéléraient, Véra sentit monter la même angoisse que lorsqu'elle était restée coincée dans un ascenseur.

26

Une fois les feux dépassés, surveillant sans cesse son rétroviseur, Danielle suivait les mouvements du Touareg noir derrière elle. Il prenait lui aussi le chemin du viaduc. Au bout de la bretelle, elle se plaça sur la file de gauche. Le Touareg la suivait comme une ombre. Juste avant de prendre la sortie, elle braqua soudain vers la droite, accéléra, et s'engouffra aussi vite que possible tout droit, en direction du Bois d'Amsterdam.

En voyant de nouveau les phares du Touareg dans son rétroviseur, son cœur sembla s'arrêter. Elle enfonça la pédale d'accélérateur et s'élança sur la petite route goudronnée qui serpentait le long d'un large fossé.

Quand, après plusieurs virages, une allée sombre s'ouvrit sur sa droite, elle tourna immédiatement. Au bout d'une centaine de mètres, elle freina et éteignit le moteur et les phares. Retenant son souffle, elle vit dans son rétroviseur le Touareg la dépasser à vive allure.

Elle attendit que sa respiration se calme et posa les mains sur le volant. Elle tremblait, comme si la température avait brusquement baissé de plusieurs degrés. Au loin, le grondement d'un orage approchant résonnait.

Elle redémarra. Prudemment et tous feux éteints, elle recula pour reprendre la route goudronnée.

Avant qu'elle ne s'y engage, le Touareg surgit du néant en sens inverse. Sa main droite agrippa le levier de vitesse et son pied écrasa l'accélérateur. Le compteur de vitesse indiquait quatre-vingts lorsqu'au bout de l'allée elle vit la rangée d'arbres se dresser devant elle comme un mur. Elle braqua si fort que la Fiat fit deux tonneaux avant de s'immobiliser sur ses roues.

Il y eut de la fumée, des sifflements, de la tôle froissée. La poussière des airbags qui avaient explosé était entrée dans son nez et sa bouche. Elle sentit une forte odeur d'essence qui s'écoulait. Le goût doux-amer du sang qui jaillissait d'une plaie à son front envahit son palais. La nausée la prit. Elle ouvrit la portière, roula sur le sol à quatre pattes et tenta de se redresser avec difficulté. Elle réussit à se lever et à courir en trébuchant dans le bois. Des éclairs de lumière déformaient sa vision. Des arbres se dressaient soudain en diagonale. Des branches l'agrippaient comme des bras. Des racines se transformaient en pièges.

S'aidant des balises lumineuses de la piste d'atterrissage qui s'étendait au loin, elle se persuada qu'il s'agissait de la ligne d'arrivée de cette course morbide. Elle allait le semer. Les lumières allaient lui sauver la vie. Elle y parviendrait.

Puis elle le heurta de plein fouet.

Comme s'il l'avait toujours attendue là.

27

Farah aimait l'odeur de vieux cuir qui lui parvenait chaque fois qu'elle ouvrait la portière de sa Porsche Carrera. Elle se délectait des ronflements profonds du moteur à refroidissement par air lors de l'accélération et du sentiment de puissance ressenti lorsque les pneus cherchaient à adhérer au macadam. Comme nul autre, elle comprenait aussi pourquoi les gens partaient faire un tour en voiture quand ils avaient des soucis. Plus elle appuyait sur le champignon de son bolide, plus ses idées s'éclaircissaient.

Elle fonçait sur le périphérique, dans le seul but de rouler aussi longtemps et aussi vite que possible, jusqu'à ce que les énigmes entourant sa rencontre avec Valentin Lavrov viennent s'inscrire dans une perspective plus compréhensible. Bizarrement, ce qui l'intriguait le plus était de savoir comment la statuette de la déesse de la rivière s'était retrouvée dans le bureau de Lavrov, occupant une place de choix au milieu de toute cette camelote moderne. Lavrov savait qui elle était. Il était toutefois impossible qu'il connaisse son lien émotionnel avec la statuette. Cela devait donc être le fruit du hasard. Mais il y avait trois choses dans lesquelles Farah ne croyait pas : le mariage, le paradis et le hasard.

Elle avait sciemment évité l'histoire du suicide d'Anglade, n'avait rien dit du rôle éventuel d'Armin

Lazonder, en tant que propriétaire de la villa, dans l'affaire du garçon. Mais qu'avait-elle dévoilé en questionnant Lavrov sur la Bentley? Et que se cachait-il derrière le regard qu'il lui avait lancé après sa remarque sur sa ressemblance avec l'ex-commandant Michaïlov? Elle pouvait bien continuer à rouler pendant des jours : cette fois-ci, les réponses ne venaient pas.

Pour cela, elle devrait se rendre à Moscou.

Il lui faudrait essayer de faire fructifier la relation de confiance apparente qu'elle avait établie cet après-midi avec Lavrov.

Elle vit que le compteur indiquait cent cinquante kilomètres-heure et ressentit le besoin de parler à David. D'habitude, elle l'appelait toujours lors d'événements particuliers ou quand elle se faisait du mauvais sang. David savait écouter comme personne et était un as pour donner des conseils avisés. Toutefois, ce n'était pas la seule chose qui lui manquait. Elle ne supportait pas qu'une relation intensive de six mois puisse s'évaporer en un clin d'œil, à cause de ce seul faux pas.

Un quart d'heure plus tard, elle s'engageait dans l'enclos de la maison au toit de chaume, au bord de l'étang d'Amstelveen. La porte d'entrée s'ouvrit en grand et lorsqu'elle vit David se tenir là, avec sa nonchalance habituelle, elle se sentit réchauffée et coupable à la fois. Il faudrait encore beaucoup de paroles maladroites, beaucoup de réponses évasives, avant de pouvoir se toucher à nouveau. Mais au bout du compte, elle le prendrait dans ses bras et l'entraînerait dans les escaliers, en direction de la chambre.

Une fois à sa hauteur, elle renonça tout de suite à ce projet. La façon dont il la regardait trahissait une agressivité décuplée. Mais c'était à présent une agressivité enkystée, tel de l'uranium ardent enfermé dans un bouclier de béton armé.

« Viens, dit-il sans la toucher, je veux te montrer quelque chose. »

Elle le suivit. En passant, elle vit des cartons dans l'entrée. Sur la table de la salle à manger était posé le *Nederlander.* David le prit et l'ouvrit à la page où Eric Sanders avait fait publier ses derniers clichés. Au-dessus d'une photo où elle se tenait près de la tombe de Parwaiz, on lisait en gros titre : « Farah H. entonne un chant islamique guerrier lors d'un enterrement. »

Une autre photo, où elle embrassait Joshua sur son bateau, était accompagnée d'une légende dont les mots résonnèrent crûment dans sa tête : « Pendant son temps libre, Farah H. se soucie peu des règles islamiques. Vêtue d'un simple tee-shirt, elle passe ses matinées sur la péniche d'un charmant inspecteur, pour lequel elle vient de quitter le producteur de documentaires David Van Rhijn. »

« Ça dure depuis combien de temps ? demanda David.

— Cette campagne haineuse ? Depuis quelques jours.

— Non, Farah, je veux dire ça ! » David enfonça presque son doigt à travers la photo. « Depuis combien de temps ça dure, ces conneries avec cet inspecteur ?

— Parce que tu crois ce qu'ils disent ?

— Alors ils mentent ? C'est une photo truquée, peut-être ?

— Ce n'est arrivé qu'une fois.

— Et cette fois-là, il y avait comme par hasard un photographe dans les parages ? »

Sa colère rentrée s'enflamma.

« Pourquoi n'as-tu pas voulu que je t'accompagne à l'enterrement ? demanda-t-il soudain.

— Après ce qui s'est passé hier soir ?

— J'ai une bonne manchette pour ce qui s'est passé hier soir, siffla-t-il : "Femme reconnaît tromperie persistante, homme se fâche après quoi femme s'enfuit pour pleurer dans le giron de son nouveau petit ami."

— Tu sais bien que ça ne s'est pas passé comme ça. Laisse-moi ma dignité, s'il te plaît.

— Et toi, tu me laisses quoi ? »

Il brandissait le journal. Sa preuve ultime.

« C'est très simple, David. Ou tu crois ce type de mensonges, ou tu me crois moi.

— C'est aussi simple que ça ?

— Oui, ça l'est.

— Aussi simple que de mettre des affaires dans des cartons, dit-il d'une voix brutale. Ils sont dans l'entrée. Prends-les et fous le camp. »

Elle eut soudain pitié de l'homme qui se tenait devant elle. Pas la pitié qui appelait la compassion, non : elle était stupéfaite de la façon dont elle s'était trompée sur cet homme chaleureux, intelligent et plein d'humour, qui semblait à présent s'être égaré dans sa propre froideur, et se cramponnait désespérément à sa frustration.

Elle retourna dans l'entrée et jeta un bref coup d'œil dans les cartons. Ils étaient emplis de ses jeans, baskets, culottes, soutiens-gorge, tee-shirts, produits de maquillage et livres. Après une courte hésitation, elle prit le premier carton et se dirigea vers la Carrera.

C'est peut-être aussi simple que ça, pensa-t-elle pendant ces allers et retours. La fin d'une relation matérialisée par quelques boîtes en carton. Comme la fin d'une vie dans un cercueil.

28

Alors que le Boeing 747 de la KLM en provenance de Johannesburg posait son train d'atterrissage sur la piste Buitenveldert de l'aéroport de Schiphol, Paul soufflait comme un forcené dans le sac en papier que Sandrine lui avait tendu. Vingt minutes plus tard, ils se tenaient l'un en face de l'autre à côté du tapis roulant. Elle avait déjà sa valise. Lui, toujours les mains vides, était empli de gratitude.

« Merci.

— Tout le plaisir était pour moi, dit Sandrine. Bonne chance, Paul. »

Il essaya de sourire, mais se sentit comme un acteur de série B dans un film à petit budget. Elle lui passa la main sur l'épaule et l'embrassa sur la joue.

Lorsqu'elle disparut derrière les fenêtres en verre dépoli, un sentiment de solitude l'assaillit.

Paul prit son sac et avança d'un pas traînant entre les portes en verre dépoli, passant devant un douanier qui le regardait comme s'il était transparent. Il était de retour aux Pays-Bas. Chez lui. Mais il n'avait pas ce sentiment. Dans le grand hall, il regarda les visages tendus des personnes qui attendaient.

Enfant, il s'était tenu là, lui aussi, avec sa mère, attendant le retour de son père parti un mois plus tôt pour le Cambodge. Pendant des semaines, à la ferme, il avait allumé tous les matins une petite bougie devant la statuette en bois d'un petit ange thaïlandais à la main ouverte tendue. Ensuite, il déjeunait avec sa mère et, chaque matin, elle lui promettait de venir le chercher à l'école dès qu'elle aurait appris que papa rentrait. Et plus les jours avançaient, plus les professeurs le scrutaient avec une inquiétude croissante, plus les autres élèves s'efforçaient d'être gentils avec lui. Lors des matchs de football hebdomadaires, les autres joueurs le mettaient délibérément en position de marquer un but. Au fil des semaines où son père fut porté disparu, Paul devint le meilleur buteur de son équipe.

C'est au cours de son après-midi libre du mercredi que la voiture arriva. Une Chevrolet noire avec des plaques minéralogiques du corps diplomatique. Un chauffeur en uniforme en descendit et ouvrit la portière à un homme élancé, portant des lunettes et un costume sombre. L'homme fixa la ferme sans bouger tandis que, de l'autre côté, une jeune femme sortait de la voiture avec un gros sac. Ils avancèrent ensemble vers l'entrée.

Sa mère avait ouvert la porte en silence et n'avait rien dit pendant le monologue haché de l'homme. Il enlevait régulièrement ses lunettes pour les essuyer, mais Paul comprit que ce n'était qu'un prétexte pour permettre à sa mère et à lui-même d'assimiler la nouvelle.

Un corps avait été trouvé, quelque part dans un endroit désert au nord de Phnom Penh, la capitale cambodgienne. L'identifier avait presque été impossible, mais peut-être Mme Chapelle pourrait-elle reconnaître des vêtements, une sacoche, un bloc-notes ? Sa mère avait acquiescé en silence. Ensuite, sa question avait eu un son terrifiant :

« Quand rentrera-t-il ? »

L'homme avait remis ses lunettes.

« Dès ce soir. »

Paul voyait pour la première fois un cercueil en plomb. Sa mère avait été prise de panique lorsqu'on leur avait appris qu'il ne pouvait plus être ouvert.

« Il faut comprendre, madame Chapelle. Le corps de votre mari n'a été retrouvé qu'au bout d'un certain temps… Il vaut mieux vous souvenir de lui tel qu'il était la dernière fois que vous l'avez vu. »

Paul posa sa main sur son cœur et la tendit pour toucher le cercueil en plomb froid, dans l'espoir de pouvoir ainsi ramener son père à la vie. Mais que ce soit à cause des sanglots de sa mère, des regards compatissants des militaires ou de son manque de force de persuasion : il ne se passa rien. Aucun scintillement. Aucune résurrection. Seulement un vide écrasant.

Ces souvenirs l'assaillaient à chaque retour à Schiphol. Là où des gens se disaient au revoir pour plus ou moins longtemps, ou se retrouvaient en se serrant dans les bras, il ne pouvait penser à rien d'autre qu'à son père auquel il n'avait jamais pu dire adieu.

Soudain, il entendit appeler son nom.

29

Dimitri se souvenait encore du nom de l'oie qu'il avait attrapée, un jour, lorsqu'il était petit : *Snegourotchka*, la jeune fille des neiges. Elle avait opposé de la résistance, menacé de mordre en sifflant redoutablement. Mais une fois qu'il l'avait immobilisée, une main autour de son cou et l'autre serrant ses pattes, elle avait semblé anesthésiée. C'était une réaction instinctive, il le savait bien : le cerveau avait transmis à tous les groupes de muscles qu'il était impossible de s'échapper de cette prise et qu'il valait mieux attendre, dans un état de fausse somnolence vigilante, un tout petit relâchement permettant de se libérer.

C'était pareil avec la femme qu'il avait vue ramper hors de sa voiture après plusieurs tonneaux et disparaître en trébuchant dans le bois. Il l'avait contournée, traçant une limite imaginaire. Ses mouvements avaient été calmes et il avait été attentif aux souches et aux racines, qui étaient traîtres quand on marchait aussi vite qu'elle. En l'entendant approcher, il s'était arrêté et, sans faire de bruit, il avait attendu le moment où elle serait tout près de lui. Soudain, elle l'avait heurté. Comme s'il était un aimant.

À présent, il la portait dans ses bras hors du bois, apparemment inerte. Il savait qu'inconsciemment elle devait avoir la certitude de ne pouvoir s'échapper à ce moment-là, mais que tous les instincts, muscles et organes de son corps œuvreraient ensemble à une ultime tentative de fuite s'il relâchait sa prise ne serait-ce qu'un seul instant.

Il la posa sur le capot du Touareg et essuya sa plaie au front. Il l'entendit gémir doucement. Elle ouvrit les yeux et le regarda, l'air absent. Déboutonnant son chemisier, il lui sourit et lécha le filet de sang qui, de sa blessure, s'écoulait le long de son menton et de son sein droit.

Elle murmurait. Il ne la comprenait pas. Elle murmurait dans sa propre langue. Elle lui était étrangère et pourtant, il la connaissait. Ensuite, elle chuchota en anglais. Il entendit «*boy*». Le son de sa voix était affectueux, presque rassurant. Il se pencha en avant, lécha et mordit ses mamelons qui durcirent et elle sanglota, puis murmura encore en anglais. Il comprit «*please*» et il sut qu'elle se rendait. Il sentit la tension de l'oie sur le point de mourir lorsque, d'un seul coup, il arracha sa culotte sous sa jupe.

Son corps se tendit, comme frappé par la foudre, quand il la pénétra. Il tenta de se maîtriser et remua ses hanches de façon contrôlée. À chaque mouvement, il entendait son corps, sous le sien, taper sourdement contre le capot. Il sentit ses bras gesticuler autour de lui et enfouit son visage dans sa poitrine.

Au moment où il jouit en elle, il se redressa, glorieux et en extase. En même temps, il entendit le coup partir de son propre Zastava et sentit la douleur brûler son épaule droite. Comme frappé par un éclair, il fut projeté hors d'elle et s'abattit en sang sur le sol, tandis qu'il voyait sa silhouette sombre se fondre avec le noir du Touareg.

30

La dernière fois qu'Edward avait vu pleurer son neveu, c'était lors de l'enterrement de Raylan. Il se souvenait de s'être tenu à côté d'Isobel et de l'avoir prise dans ses bras. Mais à ce moment-là, elle était dans un autre monde. Un monde dans lequel elle essayait de nager à contre-courant, dans l'espoir de retrouver l'amour de sa vie et de le ressusciter. Le petit Paul s'était approché d'eux et avait saisi la main de sa mère, et tous trois s'étaient pétrifiés ainsi, dans une expression de deuil et de désirs.

Edward se souvenait que trente ans auparavant, à Schiphol, Isobel, Paul, âgé de sept ans, et lui-même avaient fait leurs adieux à Raylan qui partait pour le Cambodge. Il se demandait si, au plus profond de lui, son beau-frère avait su quel destin l'attendait après avoir passé la douane : contrairement à son habitude, Raylan s'était retourné et était resté immobile bien trop longtemps, transformé en statue de sel, comme s'il voulait tout enregistrer une dernière fois avant de se retourner et de disparaître à jamais.

Après toutes ces années, Paul se trouvait parmi la foule du hall de Schiphol. Edward se dit qu'il avait l'air aussi perdu que son père lors de son départ. Il reconnaissait les mêmes traits tendus sur ce visage qui, après les plus grands malheurs et la plus grande fatigue, restait attirant, même mal rasé et grisâtre. Tel père, tel fils.

Il s'avança vers Paul à grands pas, l'entoura de ses bras et l'attira contre lui. Paul se détacha difficilement de l'étreinte et essuya ses larmes de sa manche.

« Tu n'as rien à faire de mieux que de faire chialer un homme qui vient de passer douze heures dans un avion ?

— Si j'avais su que tu étais redevenu un gamin, j'aurais demandé à une nourrice de venir te chercher. Ça te va bien, ce pansement. Et tous ces points de suture. Que s'est-il passé ?

— Plus tard, Ed.

— C'est tout ce que tu as apporté ? »

Edward pointait son doigt vers la petite valise.

« Je me suis apporté moi-même. C'est le plus lourd à porter. »

31

Dès l'instant où le type l'avait couchée sur le capot du Touareg, Danielle avait été incapable de réfléchir, de réagir. Elle ne pouvait que subir. Elle se trouvait dans un état de torpeur tel qu'elle ne pouvait plus qu'implorer grâce en murmurant. Lorsqu'il se déchaîna en elle avec son corps dur et musclé, elle ne put que le repousser mollement de ses bras.

Elle ne savait plus comment elle avait fait, mais soudain, elle avait senti un objet métallique dans sa poche et l'avait pris dans sa main. Elle avait réuni ses dernières forces et tiré sur l'ombre gémissante suspendue au-dessus d'elle. L'impact l'avait projeté hors d'elle et elle avait glissé du capot. Le pistolet lui était tombé des mains.

Étourdie, elle avait chancelé en direction du bois. Elle ne savait pas combien de fois ses jambes avaient cédé. Peu importait. Elle devait disparaître entre les arbres. Des branches basses cinglèrent son visage, mais elle essaya de rester debout et de continuer à marcher, marcher sans s'arrêter, poursuivre sa route, malgré tout, espérant que quelque part, une espèce de délivrance l'attendrait.

Jusqu'à ce que brusquement elle voie s'écrouler les arbres autour d'elle avant de réaliser que c'était elle qui tombait.

32

Dans le hall central de Schiphol, le *Headlines Show* passait en direct sur un grand écran vidéo. Paul découvrit les images d'une jeune femme orientale attirante se tenant devant une tombe, le visage ceint d'un foulard noir.

« Oh non, soupira Edward à ses côtés. Pourvu que ce ne soit pas vrai. Mon Dieu, pourvu que ce ne soit pas vrai… »

La voix de la présentatrice, dont les lèvres étaient aussi rouges qu'un jardin de cerises, résonnait dans le hall.

« Voici une tout autre facette de Farah H., une facette encore inconnue, annonça-t-elle triomphalement. Nous la surprenons ici en train d'entonner un chant guerrier islamique à un enterrement. »

« Ta nouvelle collègue », dit Edward d'une voix blanche.

Il fit un signe de la tête vers l'écran.

« Quoi ? La dinde avec le décolleté ?

— Non, elle. »

Edward indiqua l'écran. Paul vit la même femme qu'à l'enterrement, mais cette fois-ci, vêtue d'un simple tee-shirt. Elle se tenait sur le pont d'une péniche et embrassait un homme dont la main était très nettement nichée au creux de ses jambes.

« Nom d'un chien, bougonna Edward. Je ne savais pas que c'était ce genre de photos.

— De quoi s'agit-il ? » demanda Paul.

La présentatrice réapparut :

« Mais pendant son temps libre, Farah H. se soucie peu des règles islamiques. Nous la voyons ici dans un autre rôle, celui de dévoreuse d'hommes. »

« C'est à propos de Farah, expliqua Edward. C'est le genre de boue qu'on lui jette. Inutile de me demander pourquoi. Moi aussi, j'étais à l'enterrement ce matin. Presque tout le monde pleurait quand elle a chanté. À quelle époque vivons-nous, pour l'amour du ciel ?

— À une époque où priment les sensations fortes, Ed, répondit Paul. Et de nombreux médias en profitent. »

Fasciné, il regardait les images de Farah. La petite fille du jardin aux papillons de Kaboul était devenue une journaliste néerlandaise. Et même s'il avait fait de son mieux pour élargir son monde le plus possible, le destin l'avait soudain tant rétréci qu'il la rencontrait de nouveau, une trentaine d'années plus tard.

« Elle devait venir, dit Edward en regardant autour de lui. Mais il semble qu'elle ait eu un empêchement. Elle devait rencontrer Lavrov aujourd'hui. Nous avons un magnifique prétexte. Lavrov veut bien participer à un numéro spécial sur l'art.

— C'est risqué », dit Paul.

Il continuait à lorgner l'écran sur lequel la présentatrice recevait le chef du gouvernement néerlandais sur le point de partir en Russie pour une visite de cinq jours, accompagné de Lombard, son ministre des Affaires économiques, et d'une petite armée de chefs d'entreprise renommés.

« Monsieur le ministre, quelles sont vos attentes ? » entendirent-ils lorsqu'ils prirent le tourniquet pour sortir.

Sur la grande place, le vent prenait des allures de tempête. De gros nuages s'approchaient dangereusement.

« Comment va maman ? demanda Paul.

— Elle a besoin de toi. »

À cet instant, un peu plus loin, Paul vit Sandrine attendre à la borne de taxis.

« Un moment, Ed. »

Il appela son nom. Elle sembla tout d'abord ne pas l'entendre, puis se retourna, hésitante, lorsqu'il courut vers elle.

« Il n'y a pas de hasard. »

La phrase lui semblait un peu bête, mais il n'en trouva pas d'autre.

« Non, répondit-elle, joyeuse. Juste d'heureuses coïncidences.

— On peut vous déposer quelque part ?

— C'est bientôt mon tour. Mais merci quand même. »

Paul réalisa qu'il ne devait pas rester là, à la regarder bêtement.

« Rentrez bien », dit-il, un peu triste, avant de faire demi-tour. Levant la tête, il vit des taches noir de suie s'étendre à toute allure dans le ciel crépusculaire.

33

Dimitri avait dû brièvement perdre connaissance. La brûlure cuisante à l'endroit où la balle était entrée le réveilla. Il appuya sa main sur sa blessure, d'où le sang jaillissait, et chercha à genoux son Zastava. Une fois qu'il l'eut trouvé, il se redressa en s'appuyant à la voiture et chercha la femme des yeux.

Il l'aperçut vaguement déambuler entre les arbres. Il cligna des yeux pour viser.

Elle tomba dès que le coup retentit. Comme si ses jambes étaient des brindilles qui se cassaient. Il clopina dans sa direction et, quand il fut près d'elle, il tremblait de colère. Il s'était fait avoir et ça le rendait dingue. Maintenant, il fallait attendre d'être calmé et que ses émotions retombent. Il ne devait pas se laisser perturber par des sentiments parasites. Il voulait la tuer de la seule façon juste : proprement et avec précision. Comme un chirurgien retirait une tumeur d'un corps sain.

Au loin, il entendit le ronflement monotone de la circulation, mais surtout le grondement menaçant de la tempête se rapprochant de plus en plus.

Il visa la tête de Danielle avec le Zastava et tira. Le silence qui suivit fut écrasant, comme si sa mort avait aspiré le moindre bruit.

Dimitri tremblait sur ses jambes, le bras toujours tendu. Son doigt continuait de presser la détente et de grosses gouttes rouges s'écrasèrent sur sa main.

34

Tandis que Paul, qui avait proposé de conduire, manœuvrait la Saab de l'aéroport de Schiphol vers le périphérique, Edward reçut un appel de Farah. Il mit le haut-parleur.

Elle semblait abattue, mais pour Paul, ses intonations trahissaient toujours la petite fille fière d'autrefois.

« Désolée d'être en retard, l'entendit-il dire. C'est déjà dans le *Nederlander*, Ed.

— Et c'était à l'instant dans le *Headlines Show*, renchérit Edward. J'ai enfin compris que j'ai dans mon équipe une journaliste nymphomane qui aime chanter des hymnes djihadistes. C'est bon à savoir pour la prochaine fête du personnel.

— Ça ne me fait pas rire, Ed.

— Moi non plus, répondit Ed. Marant va sortir l'artillerie lourde.

— Mais pourquoi ?

— J'ai bien peur que nous ne l'apprenions très vite. »

Un éclair déchira le ciel, suivi d'un coup de tonnerre. L'écho de l'impact résonna dans le téléphone. Au même moment, Paul reconnut Sandrine qui, le regard las, était assise dans le taxi qui les dépassait.

« Où te trouves-tu ? demanda Edward.

— Je roule en direction de Schiphol, j'espérais que Paul aurait du retard. Il est avec toi ?

— Il est à côté de moi. Il a insisté pour conduire la Saab. Et oublie ce que je t'ai dit à propos de sa belle gueule, dit Edward en souriant. Il a une sale tête.

— Salut, Paul», entendit-on dans le haut-parleur.

Paul hésita longuement avant de répondre.

«C'est amusant de t'entendre à nouveau, Farah. Après tout ce temps, dit-il enfin.

— Amusant ? Tu as le même sens de l'humour que ton oncle.»

Paul soupira. Eh oui, elle était toujours aussi rétive.

«Comment ça s'est passé avec Lavrov ? demanda Edward, impatient.

— Une histoire bizarre. Je dois aller à Moscou.

— Moscou ?»

Un deuxième éclair claqua, immédiatement suivi d'un fort coup de tonnerre. Paul entendit le cri de frayeur de Farah dans le haut-parleur. Elle parlait dari et il la comprenait.

Devant lui, les conducteurs allumèrent leurs feux de détresse et ralentirent, car l'épais rideau de pluie leur brouillait la vue. Soudain, quelques voitures se déportèrent vers le bas-côté, ce qui ne fit qu'accroître le chaos. Paul mit les essuie-glaces en vitesse rapide, même si cela ne changeait pas grand-chose. Le regard fixé sur la circulation devant lui, il ralentissait progressivement tout en continuant à rouler. S'il s'arrêtait, les voitures qui le suivaient pouvaient lui rentrer dedans.

La liaison avec Farah semblait interrompue. Le grésillement du haut-parleur fut couvert par le tambourinement crescendo de grosses gouttes sur le toit du véhicule.

35

Dimitri s'était hissé dans le Touareg. Le sang s'échappant de la plaie à son épaule s'était répandu sur sa poitrine. Il avait l'impression d'avoir une forte fièvre. Il transpirait abondamment. De vives douleurs traversaient son torse et les coups dans sa tête étaient si intenses que ses tempes lui semblaient sur le point d'exploser. Une brume ouatée flottait sur tout ce qui l'entourait et le moindre mouvement, tel que tourner la clé de sa voiture, entraînait une douleur presque insupportable.

Il se fia à son instinct, se concentra sur la petite route sinueuse, espérant déboucher sur la bretelle d'autoroute.

Il avait du mal à voir la route et il évita un arbre de justesse. Tandis que les essuie-glaces du Touareg allaient et venaient furieusement, il arriva sur une route asphaltée qui le conduisit à un large pont en béton, d'où il pouvait apercevoir l'autoroute sur sa droite.

Sur l'autoroute régnait un chaos de véhicules aux phares éblouissants, klaxonnant à tout-va, qui, à travers la pluie, semblaient se diriger sur lui.

Mû par la douleur, Dimitri enfonça la pédale d'accélérateur.

Avec la vitesse et l'augmentation de l'adrénaline dans ses veines, les pensées revinrent. Il expliquerait à l'oncle Arseni ce qui s'était passé. Il lui parlerait de Queue-de-cheval et de son histoire à la con à propos du chemin de l'illumination. Et il lui dirait qu'il avait réussi malgré tout. Puis il vit surgir à côté de lui la grande lumière vive. Comme s'il avait roulé dans un tunnel et qu'il avait atteint l'autre côté, où tout était si blanc qu'il en fut aveuglé.

36

Le MICU semblait s'être volatilisé. Aucun contact n'était possible, même depuis le centre de coordination. Toutes les lignes étaient coupées. Sur les téléphones portables, personne ne répondait. Le système de détection put toutefois déterminer l'emplacement du véhicule : il roulait sur l'A9 en direction de Schiphol.

Marouan poussa la Corolla à fond. En quelques minutes, ils arrivèrent sur l'A9. Des arcs électriques illuminaient le ciel. La lourde masse nuageuse qui gonflait au-dessus d'eux céda définitivement. Quand ils repérèrent l'ambulance du MICU, une averse d'une rare intensité colora le périphérique en gris de plomb.

Marouan eut juste le temps d'apercevoir un grand camion-citerne qui roulait devant l'ambulance freiner brusquement sur la file de gauche au cours d'une manœuvre de dépassement. Il entendit l'impact d'une collision et, tout de suite après, il vit un 4 × 4 noir voltiger au-dessus du parapet central, avant de s'encastrer dans un taxi arrivant en sens inverse, de l'autre côté de la route.

Le camion-citerne s'était mis en portefeuille et dans une pluie d'étincelles, il traversa le parapet en filant tout droit vers le pilier central du viaduc. Marouan freina, se déporta vers la droite et hurla à Calvino de se baisser.

Quelques secondes plus tard, il entendit le choc du camion-citerne s'emboîtant dans le pilier du viaduc, aussitôt suivi par une explosion.

Lorsque Marouan se redressa et regarda autour de lui, on aurait dit qu'un Dieu courroucé avait sonné la fin du monde sur le périphérique d'Amsterdam.

37

Sur la double voie opposée, Paul vit un gros camion-citerne faire soudain des appels de phares en klaxonnant bruyamment.

À gauche, de l'autre côté du terre-plein, un Touareg noir roulant à contresens sortait de sous le viaduc et fonçait droit sur le camion. Derrière le poids lourd tournoyait le gyrophare bleu d'une ambulance.

Paul entendit le choc de la collision lorsque le Touareg heurta le camion-citerne de plein fouet et fut catapulté par-dessus la glissière de sécurité. Le poids lourd se mit à zigzaguer et traversa la route dans un océan d'étincelles, en direction du viaduc. Il s'arrêta contre le pilier central.

Quelques secondes plus tard, l'explosion retentit.

Dans les minutes qui suivirent, presque incapable de bouger, Paul eut une vision très nette de la scène. Les flammes qui jaillissaient du camion-citerne, les voitures qui s'encastraient les unes dans les autres. Les passagers qui rampaient, hagards, hors de leur véhicule ou qui, hébétés, regardaient à travers leurs vitres brisées tandis que la pluie continuait de tomber à grosses gouttes.

Il voyait tout, mais n'entendait rien, comme s'il se trouvait sous une cloche de verre. On aurait dit une agréable anesthésie qui lui permettait de tout assimiler sans paniquer. Calmement, il palpa la tête ensanglantée d'Edward, qui gisait sans connaissance entre les éclats de verre. Paul se pencha sur lui pour voir s'il respirait encore. Il décrocha la ceinture et tâta son pouls.

Edward ouvrit les yeux et regarda Paul comme s'il revenait d'un très long voyage. Paul ne comprit pas ce qu'il tentait de lui dire, posa un doigt sur sa bouche et chuchota à son oreille :

« Ne bouge pas, Ed, jusqu'à ce que l'ambulance arrive. »

Ce n'est qu'à ce moment-là que Paul prit conscience de son propre corps. Remarquant sa respiration irrégulière, il sentit la panique le gagner. Tout ce qui s'était passé avant l'accident lui revint par bribes.

Il se rappelait qu'il s'était mis à pleuvoir et qu'à la lumière des éclairs il avait vu passer le taxi avec Sandrine. Ensuite, le Touareg noir s'était envolé avant d'atterrir sur le taxi.

Soudain, il retrouva l'ouïe.

Paul ouvrit la portière et se mit à courir.

38

Harold se réfugia sous le volant juste avant que la force de l'explosion ne fracasse le pare-brise du MICU. Il vit des morceaux de verre s'abattre sur le visage de l'homme assis à côté de lui, tandis que la pression de la déflagration le propulsait contre la paroi métallique de la cabine. L'homme qui l'avait tenu en joue pendant ces dernières minutes et avait exigé que le MICU roule vers Schiphol était assommé.

Harold saisit immédiatement le pistolet. Il cria dans l'interphone que la situation était sous contrôle et recula sur le bas-côté. Mais pendant la manœuvre, l'homme au visage criblé d'éclats de verre commença à reprendre connaissance. Harold, laissant le moteur tourner au ralenti, pointa l'arme sur lui.

« *Out!* Dehors ! » cria Harold au-dessus du vacarme.

L'homme regarda Harold fixement.

« *You don't shoot!* Vous ne tirez pas ! », dit-il, plus sur le ton d'un ordre que sur celui d'une constatation.

« *You don't shoot!* »

Harold sentit la poigne d'acier de l'homme saisir sa main et laissa tomber le pistolet. Aussitôt, un poing l'atteignit en pleine face, le projetant contre la portière. L'homme, jurant en russe, l'expulsa hors de la cabine.

Harold n'était resté sur l'asphalte mouillé que quelques secondes, mais lorsqu'il ouvrit les yeux, l'homme pointait le pistolet sur lui depuis la cabine.

Harold entendit le coup de feu.

Il fut étonné que mourir puisse être si simple et si rapide.

39

Alors que la pluie diluvienne fouettait le toit de la Carrera, Farah prit la première sortie qui se présenta. Elle décida de se garer sur une place de stationnement en haut du viaduc, jusqu'à ce que la tempête se calme.

Au loin, elle entendit les avertisseurs d'un poids lourd. Près du viaduc, la foudre sembla tomber. L'impact fut suivi d'un mugissement terrifiant semblable au bruit d'un avion qui s'écrase. Elle se baissa instinctivement.

Un instant, on se serait cru en plein jour.

En relevant la tête, elle vit des flammes monumentales fuser à travers la pluie. Tremblant de tout son corps, elle descendit de sa voiture et avança. Plus elle s'approchait, plus elle sentait une chaleur étouffante et une odeur d'essence en train de brûler. Les flammes provenaient d'un camion-citerne qui venait de s'encastrer dans la partie centrale du pont.

Elle put à peine évaluer le chaos. Un gros 4 × 4 noir était couché sur la route comme s'il était tombé de très haut. À plusieurs mètres de là, un taxi retourné gisait en travers du fossé. Le chauffeur d'une grosse ambulance tomba de sa cabine.

Elle regarda la scène comme paralysée, jusqu'à ce que les premières vibrations se fassent sentir à travers le béton. Le viaduc trembla, trépida et sembla s'affaisser.

Sur l'autre voie, elle vit un homme au visage bandé courir en direction du pont qui s'effondrait, comme s'il cherchait à se faire enterrer dessous. Elle lui cria quelque chose, mais il ne l'entendit pas.

40

Paul ne se souciait pas des obstacles. Il ne remarqua même pas qu'une partie du viaduc était en train de s'effondrer alors qu'il passait dessous. Toute peur l'avait quitté. Son attention était entièrement tournée vers ce qui l'attendait un peu plus loin.

Les roues du taxi tournaient inutilement dans le vide. Essoufflé, il s'agenouilla près d'une fenêtre et se força à regarder à l'intérieur. Il vit le corps éventré de l'homme derrière le volant.

Puis il vit Sandrine. Encore ceinturée, elle était suspendue tête en bas, inconsciente, au-dessus de la banquette arrière. Paul rampa dans le taxi par la fenêtre brisée. Des éclats de verre lui labourèrent le corps.

Il entendit quelqu'un crier des paroles incompréhensibles. Une main sortit d'une portière broyée. Instinctivement, Paul attrapa ce qu'on lui tendait. C'était le manche d'un couteau de poche ouvert.

Comme un fou, il se mit à cisailler la ceinture de sécurité qui coinçait Sandrine, mais le couteau semblait émoussé et Paul ne parvenait pas à entamer la sangle.

Le visage de Sandrine vira au rouge vif quand le réservoir du Touareg explosa et prit feu. Suivant rapidement la trace du filet d'essence qui s'était écoulé, de petites flammes bleues cherchaient avidement un nouvel objectif et, en quelques secondes, elles atteignirent le taxi.

C'est à ce moment-là que la ceinture se déchira.

La tête de Sandrine fut projetée dans l'estomac de Paul. En même temps, quelqu'un commença à le tirer par les jambes. Sans succès à cause du poids de Sandrine. Le verre s'enfonça davantage dans son corps. Paul hurlait de douleur. Il tenta d'étendre Sandrine, toujours inconsciente, au-dessus de lui, pour qu'elle puisse être extraite du véhicule.

« D'abord la femme ! cria-t-il. D'abord la femme ! »

La tête de Sandrine reposait sur sa poitrine lorsqu'il sentit qu'elle glissait lentement vers l'extérieur. En même temps qu'elle, toutes ses forces semblèrent le quitter. Il n'y avait plus de chaleur brûlante, de poussière suffocante, de corps à sauver. Juste des ténèbres apaisantes et silencieuses.

41

Marouan sauta de la Corolla et courut vers le véhicule du MICU qui barrait la route, à une centaine de mètres du viaduc, entre d'autres voitures aux vitres cassées par l'explosion. La première chose qu'il vit fut le chauffeur que l'on balançait hors de la cabine et qui était allongé sur l'asphalte. Puis Marouan eut l'impression d'avoir une vision : la silhouette menaçante de Kovalev apparut dans l'embrasure de la portière, pointant un pistolet.

Marouan ne croyait pas aux mirages. Il sut immédiatement qu'il venait de trouver ce qu'il avait cherché pendant tout ce temps.

Une issue à tous ses ennuis.

Sa vie entière sembla se résumer à ce seul instant. Toutes les défaites subies et les nombreuses humiliations encaissées fusionnèrent dans son corps comme des atomes dans un caisson de réacteur. Des veines obstruées s'ouvrirent en grand et l'ensemble de ses muscles fut excité par des années de rancœur réprimée.

Le geste par lequel Marouan se libéra de ses chaînes fut le serrement de son index autour de la détente. Avec son Walther P5, il visa le cœur de Kovalev et tira. Sous l'impact du coup de feu, Kovalev tomba comme une poupée de chiffon, inanimé.

42

Du haut du viaduc, Farah vit l'homme à la tête bandée surgir du béton affaissé et continuer à courir. Puis elle entendit un coup de feu claquer au-dessus du vacarme : un coup de cymbales dans une cacophonie infernale.

De l'autre côté des voies de circulation, elle distingua l'inspecteur Diba, un pistolet à la main, se pencher sur le corps inerte d'un homme. Le chauffeur, qu'elle avait vu tomber de sa cabine, se releva avec peine. Ils échangèrent quelques mots. Diba fit signe au chauffeur de déguerpir. Un peu plus tard, l'ambulance tourna sur le bas-côté et roula en sens inverse, louvoyant entre les véhicules échoués.

Farah aperçut l'inspecteur Calvino. Il marchait sur la route, anesthésié. Elle cria son nom et agita les bras, mais il ne vit et n'entendit rien.

L'homme qui courait était arrivé au taxi, où il s'agenouilla pour essayer de regarder à l'intérieur. Il avait dû voir quelque chose ou quelqu'un, car il tentait à présent de se faufiler dans l'épave.

Farah ne voulait pas continuer à regarder les bras ballants. Elle voulait agir. Aussi vite que possible, elle retourna vers sa Carrera, roula quelques centaines de mètres comme pour s'éloigner du viaduc et effectua un virage en U.

Un pied appuyé sur l'embrayage, elle enfonça le frein puis écrasa l'accélérateur. Le compte-tours de la Carrera s'emballa. Ensuite, elle relâcha l'embrayage.

La structure en béton vers laquelle elle se dirigeait, passant en dix secondes à cent kilomètres-heure, commença à pencher dangereusement en s'effritant sur le camion-citerne.

Au moment où la Carrera fonçait à cent cinquante kilomètres-heure vers le centre du viaduc, la construction s'écroula entièrement.

43

Alors que Marouan regardait le MICU s'éloigner, Calvino entra dans son champ de vision en chancelant. Il ne semblait pas encore en mesure de percevoir l'ampleur de cette apocalypse. Marouan hurla dans son radiotéléphone pour demander une aide d'urgence. Entre-temps, il regardait Kovalev, l'homme qui pendant des années avait alimenté sa dépendance au jeu en échange de « services rendus », et qui gisait à présent sans vie et inoffensif. Marouan n'aurait jamais imaginé qu'abattre quelqu'un puisse lui procurer autant de plaisir. C'était comme si ce seul coup de feu avait non seulement effacé sa dette et purifié sa conscience, mais aussi fait basculer sa vie dans une perspective entièrement nouvelle. Il sentait un sang nouveau couler dans ses veines.

Soudain, le moindre petit bruit aux alentours l'atteignit dans toute sa violence. Au milieu du chaos qui l'entourait, il enregistrait chaque mouvement avec netteté : le bruit de bottes courant sur l'asphalte et l'image de l'homme à la tête bandée qui rampait dans le taxi retourné, de l'autre côté du parapet.

Marouan cria des ordres à Calvino et grimpa ensuite aussi vite que possible par-dessus le double parapet, vers l'autre voie de circulation. Il vit le conducteur gravement mutilé dans la carcasse du Touareg. Le métal s'était replié autour de lui, dans une forte odeur d'essence. Pour lui, impossible de fuir. Le filet de combustible qui s'échappait du Touareg courait jusqu'au taxi. Marouan suivit sa trace, se baissa, et découvrit la silhouette d'une femme qui, emprisonnée par sa ceinture, était suspendue à l'envers au-dessus de la banquette arrière, tandis que l'homme au visage bandé faisait de gros efforts pour la délivrer. Il sortit son couteau de poche et le tendit à l'homme par le manche à travers la vitre brisée. Il lui fut si brusquement arraché que la lame lui entailla la paume. Il recula sa main ensanglantée en poussant un cri de douleur.

Agenouillé sur l'asphalte mouillé, il essayait de suivre ce qui se passait dans la voiture. Marouan vit la femme se détacher brusquement de sa ceinture et tomber sur l'homme. Il fit le tour du taxi pour la sortir. Il plongea ses mains à l'intérieur et se coupa profondément l'autre main en voulant protéger la tête de la femme des éclats de verre restés accrochés à la coulisse de la portière. Une veine fut sectionnée. Le sang qui en jaillit se mêla à la pluie.

Marouan prit la femme dans ses bras, la souleva et regarda autour de lui, hagard, cherchant de l'aide. Mais la seule chose qu'il voyait, c'était des gens qui, dans l'affolement général, couraient sur l'autoroute en tous sens.

44

La Carrera s'était littéralement envolée au-dessus du trou béant au milieu du viaduc affaissé. Farah fonça vers la route et zigzagua entre les véhicules échoués, en tentant de se rapprocher du taxi. Quelle en était la raison ? Elle n'en avait aucune idée. Elle savait seulement qu'il le fallait.

Une fois arrivée près du taxi, elle vit à sa stupéfaction l'inspecteur Diba tenant une femme gravement blessée dans ses bras. Elle freina, sauta de sa voiture, abaissa le dossier de son siège vers l'arrière, ouvrit la portière gauche, abaissa également le dossier du siège passager, sortit les cartons du véhicule et l'aida à allonger la femme avec précaution sur cette couche improvisée.

Puis elle courut derrière Diba jusqu'au taxi, dont le châssis était déjà aux prises de grandes flammes bleues.

Chacun tirait un pied de l'homme, mais ils ne parvinrent pas à le déplacer. Le taxi prit feu, risquant à tout moment d'exploser. Farah, sentant l'odeur de roussi, tira sur le pied de toutes ses forces. Et soudain, tel le fruit d'une naissance lugubre, l'homme sortit de l'embrasure de la portière froissée, et regarda, égaré, dans les yeux de ses deux sauveteurs.

Tout fut trouble pendant un instant. La seule chose nette était les yeux de l'homme dans les siens.

« Farah ?! »

Elle le dévisagea.

« C'est moi. Paul. »

Elle était toujours dans l'incapacité de prononcer un mot. Il l'attrapa et demanda :

« Où est-elle ? »

Diba aida l'homme à monter le talus et le soutint tandis qu'ils clopinaient vers la Carrera. Avec impatience, il dirigea Farah vers la place du conducteur et donna un coup sur le toit.

« N'attendez pas l'ambulance. Allez directement au WMC ! »

Farah fit demi-tour et slaloma entre les véhicules échoués. L'homme assis à côté d'elle se pencha par-dessus l'accoudoir vers la femme allongée sur la banquette arrière et lui prit la main.

C'est à ce moment-là qu'elle comprit qui il était. Elle cria au-dessus du vacarme :

« Paul Chapelle ! »

Sur son visage déformé, elle vit s'afficher un sourire qu'elle n'avait plus vu depuis trente ans, mais qu'elle aurait pu reconnaître entre mille.

Rapidement, les contours du WMC se profilèrent au-dessus des champs. En sens inverse, des camions de pompiers et des ambulances filaient à toute allure vers le lieu de l'accident.

Farah suffoquait. Concentre-toi. Pense à ta respiration. Du calme.

À peine trois minutes plus tard, elle s'arrêta devant les portes des urgences où, avec l'aide de Paul, elle sortit la femme inconsciente de la Carrera. Ils coururent ensuite dans le bâtiment, où un groupe de médecins et d'infirmières se préparaient à recevoir la prochaine vague de blessés. Elle fut étonnée de voir Paul, boitillant et ensanglanté, porter la femme inconsciente à l'intérieur.

45

Diba lui avait crié de surveiller le corps de l'homme abattu. Avant que Joshua ne réalise, il vit son corpulent collègue sauter par-dessus le parapet aussi lestement qu'une gazelle, avant de courir vers le taxi renversé de l'autre côté de la route.

Joshua regarda autour de lui, décontenancé. Rien n'aurait pu le préparer à un tel chaos. La panique qui s'était déchaînée au cours de l'incendie à l'hôpital n'avait été qu'un calme prélude par rapport à ce pandémonium. Et ce n'était pas seulement les flammes qui jaillissaient, les blessés qui se traînaient hors de leurs automobiles, les désespérés qui criaient à l'aide, le viaduc effondré et la panique incessante qui le déstabilisaient autant : c'était l'absence totale de ce qui donne un sens à la vie humaine, ce pour quoi on se lève tous les matins pour continuer à vivre.

Et au milieu de ce monde dépourvu de sens, son collègue, soudain d'une agilité déconcertante, lui avait demandé de surveiller un cadavre. Comme si, parmi les personnes vivantes, aucune n'avait besoin de son aide actuellement. Il regarda l'homme abattu et s'étonna de l'absence de sang autour de la blessure par balle. Seul son visage était abîmé par des fragments de verre. Il se pencha sur lui et bondit en arrière, effrayé.

Le mort avait les yeux ouverts et le regardait.

QUATRIÈME PARTIE

Chute

Autour de lui, le brouillard commençait à se dissoudre. Il était étonné de pouvoir marcher à nouveau. Il se sentait inexplicablement gai et soulagé. Comme s'il ne s'était rien passé. Il était de retour dans la cour de l'orphelinat. Tout excités, les garçons fuyaient devant lui pour se cacher. Deux hommes pénétrèrent dans la cour. Ils venaient régulièrement, parlaient avec certains garçons, et parfois, ils en emmenaient un avec eux. On disait qu'on les conduisait chez de nouveaux parents et alors, tout le monde était jaloux.

À présent, les hommes étaient de retour. Ils observaient et parlaient et le montraient du doigt. Le directeur de l'orphelinat s'avança vers lui.

« Emballe tes affaires, Sekandar, tu pars. »

Il voulait savoir où il allait, mais le directeur ne lui répondit pas. Il se borna à répéter ses mots.

« Emballe tes affaires, Sekandar. »

Lors du départ, le directeur était en larmes. Cela ne lui plaisait pas. Il n'aimait pas les hommes qui pleuraient. Il n'était encore qu'un petit garçon et pourtant, lui, il ne pleurait pas.

Les deux hommes le conduisirent vers une voiture dont la banquette arrière était recouverte de cuir noir souple et où de l'air froid circulait constamment. Lorsque la voiture se mit en route, il eut l'impression de décoller. Il entendait une femme chanter. Le son venait des quatre coins de la voiture et se mêlait aux voix des hommes, qui parlaient doucement. Ils lui caressaient la tête et l'un d'entre eux lui souriait sans arrêter de l'observer. Il lui dit qu'il était un beau garçon.

Il n'avait pas osé demander où ils se rendaient. Cela aurait été impoli et à l'orphelinat, on lui avait souvent recommandé de ne jamais être impoli avec les adultes qui l'emmèneraient.

Le trajet en voiture avait été très long et lorsqu'ils arrivèrent près de la grande maison, le soleil se couchait déjà. Ils franchirent une barrière gardée par deux hommes, qui la refermèrent aussitôt derrière eux. Ensuite, on lui donna à manger. Il y avait fort longtemps qu'il n'avait pas eu de la viande et il mangea jusqu'à en avoir mal au ventre.

Il remarqua qu'il n'y avait aucune femme dans la maison et il n'osa pas demander s'il allait devoir vivre ici à partir de maintenant. Il espérait que non parce que, même si c'était une belle maison, elle ressemblait à une prison. Il n'avait pas le droit de sortir.

Puis l'un des hommes lui demanda de le suivre. Il dut se déshabiller et se mettre sous la douche, ce qu'il ne voulait pas. Il fut alors battu pour la première fois. Le coup lui fit très mal, car la grosse bague que l'homme portait au majeur lui cogna le front. Une fois sous l'eau, l'homme qui l'avait battu se déshabilla à son tour. Il s'approcha de lui et le frotta entièrement avec de la mousse de savon. Il sentit les mains de l'homme parcourir son corps et, en pensée, il plana comme un aigle à travers la petite fenêtre grillagée, loin de l'endroit où il se trouvait. Loin de l'angoisse et de la douleur qui l'envahissait.

D'en haut, la ville semblait très sombre. Il n'osait atterrir nulle part. Il voulait rester dans les airs. Mais une rafale lui fit perdre l'équilibre, ses ailes ne fonctionnaient plus et il fut tiré vers le bas, à travers les barreaux, pour se retrouver à nouveau dans la pièce carrelée.

Quelque chose de bizarre était arrivé à l'homme qui l'avait rejoint sous l'eau. Ses yeux brillaient lorsqu'il le sécha et quand il l'enduisit d'huile sentant la noix de coco, il parla plus doucement qu'auparavant et lui dit qu'il était un gentil, un brave garçon.

Puis il lui montra ses nouveaux habits.

C'était des habits de fille. Il en avait déjà vu à la télévision, dans des films où des femmes dansaient, rayonnantes, et chantaient souvent l'amour d'une voix haut perchée, en regardant des hommes qui avaient brossé leurs dents pour qu'elles soient bien blanches et qu'ils puissent leur sourire en retour. Et maintenant, il devenait l'une de ces femmes, non seulement à cause des vêtements, mais aussi parce que l'homme avait noirci ses yeux et l'avait paré de toutes sortes de bijoux pourvus de grelots.

« Maintenant, tu es une fille, une jolie danseuse, regarde comme tu es belle », dit l'homme en lui tendant un miroir.

1

Sasha Kovalev gisait sur l'asphalte mouillé. L'impact du coup de feu de Diba sur son gilet pare-balles avait été si étonnamment violent que pour la deuxième fois de la soirée, il avait été K.-O. Il ouvrit les yeux. Pistolet tiré, un inconnu se dressait devant lui. Une cacophonie lui parvenait. La douleur vive des éclats de verre mordait son visage et il eut l'impression de revoir le Touareg noir voltiger tandis que, mis en portefeuille, le camion-citerne heurtait à nouveau le pilier du viaduc.

La respiration lui manqua. L'homme au pistolet lui cria des mots incompréhensibles en néerlandais. Une sirène lui transperça les oreilles, des freins hurlèrent. Deux agents le mirent debout rudement, le menottèrent et le fouillèrent. Soudain, Diba fut devant lui. Les mains ensanglantées. Il gueulait trop fort pour le pauvre type qu'il était.

« Pour qui tu te prends, nom de Dieu ? Pour ce putain de Raspoutine ? » lui demanda-t-il en anglais.

La pluie avait cessé, mais il faisait toujours nuit noire. Une armée de pompiers projetait de la mousse sur le camion-citerne échoué. Le ciel était envahi d'hélicoptères de secours. Avec rudesse, Diba poussa Sasha dans la voiture de police en lui cognant la tête exprès au montant de la portière.

Sasha réprima la douleur qui cuisait son visage, luttant contre l'oppression qui comprimait sa poitrine et contre la colère qu'il sentait monter en raison de sa propre imprudence. Assis à côté de lui, Diba, la figure grise comme de la cendre et effroyablement fermée, serrait dans ses mains en sang un Walther P5 chargé, chien armé. Le canon était pointé vers la tempe droite de Sasha. Une petite aspérité sur la route et une balle se logerait « spontanément » dans son cortex. Les agents protestèrent contre l'arme et une vive dispute s'engagea entre eux et Diba. Le pistolet disparut, Dieu soit loué, dans son étui.

À travers un voile, Sasha fixa les routes trempées et les voitures roulant dans des flaques.

Dans sa tête, les rouages tournaient fiévreusement. Il aurait dû abandonner le garçon à son sort. Bikram avait raison. Il n'aurait jamais dû se laisser guider par quelque chose d'aussi confus que les émotions. Cela l'avait conduit là où il était : sur la banquette arrière d'une voiture de police roulant nerveusement, assis à côté d'un inspecteur qu'il avait considéré comme son brave toutou pendant des années et qui montrait à présent les dents comme un doberman pinscher.

Aux urgences, un médecin lui fit des injections d'analgésiques. Il avait l'impression que son visage était une vessie de porc gonflée sur laquelle des doigts glissaient sans qu'il les sente, que des scalpels incisaient finement et dont des pincettes retiraient de minuscules morceaux de verre. En sortant, Sasha vit son reflet dans la porte vitrée.

Au commissariat, la pièce d'interrogatoire était aussi austère et massive que l'intérieur d'un bunker. Ils l'avaient attaché avec des menottes. Il attendait. Les antalgiques faisaient de moins en moins effet.

Dans le hangar, les médecins indiens que Bikram avait engagés n'attendraient pas le MICU éternellement. Le vol sanitaire en provenance de Goa avait dû décoller de Schiphol sans passagers. Si tout s'était passé comme prévu, il serait à présent suspendu quelque part dans le ciel européen et caresserait de la main le front du garçonnet en prononçant des paroles rassurantes.

« Tout est fini maintenant. Tu es en sécurité. »

À cette pensée, il fut à nouveau gagné par la colère. Les menottes cliquetèrent, la table trembla. Goa était plus loin que jamais.

Au bout d'un certain temps, l'homme qui l'avait tenu en respect à son réveil sur le bitume entra. Sa physionomie jeune trahissait, outre une surdose de fatigue, une énergie non déguisée. Derrière lui apparut Diba, le visage ressemblant à un masque mortuaire et les deux mains dans de gros bandages, comme s'il portait des moufles en plein été. Malgré tout, cela fit sourire Sasha.

Le jeune inspecteur alluma le magnétophone, prononça quelques mots en néerlandais dans le microphone, s'assit en face de Sasha et se présenta en anglais.

« *Italian ?* » demanda Sasha.

Calvino ignora la question et hocha la tête vers Diba qui, avec son masque mortuaire et ses moufles, était allé s'asseoir silencieusement dans un coin.

Sasha regarda Diba, vit la colère dans ses yeux et ricana.

Diba devait vivement regretter de ne pas lui avoir tiré une balle dans la tête.

« On vous a lu vos droits pendant votre arrestation, dit Calvino en anglais.

— Possible, répondit Sasha. Mais comme vous l'avez constaté, je ne comprends pas le néerlandais.

— Nous vous avons assigné un avocat.

— Que j'ai refusé.

— J'en ai informé le procureur.

— Parfait.

— Il m'a autorisé à vous interroger.

— Alors, si on commençait ? répliqua Sasha avec un rictus.

— Monsieur Kovalev, vous êtes accusé d'enlèvement avec violence et de tentative d'homicide. En tant que suspect, vous n'êtes pas obligé de répondre. Est-ce clair ? »

Sasha acquiesça. Quelque part, il aimait bien ce Rital. Il avait du style.

« Bien, monsieur Kovalev, dit Calvino, indiquant ainsi que les choses sérieuses allaient commencer. Nous n'avons pas pu démarrer cet interrogatoire plus tôt parce que nous avons dû attendre les premiers résultats de la police scientifique, qui enquête sur l'attentat contre un agent au Waterland Medisch Centrum. Il s'avère que le type de balles qui l'a blessé provient d'une autre arme que la vôtre. »

Sasha observa Calvino, puis Diba, qui évitait son regard. Il sut alors que quelque chose avait dû mal tourner. Le débutant boutonneux de Moscou s'était sans doute rendu à l'hôpital, mais le piège ne s'était pas refermé à temps et il s'était échappé. Diba avait commis une bévue. À l'Ouest, rien de nouveau.

« Je ne sais rien d'un agent. Je ne suis pas allé dans cet hôpital.

— Vous niez tout lien avec cet attentat ou l'incendie du service de réanimation ?

— Incendie ? Inspecteur, je ne suis pas un pyromane et encore moins un tueur de flics. Je nie toute implication directe.

— Toute implication directe ?

— C'est ce que je dis.

— Et indirecte ? »

Sasha regarda une nouvelle fois vers Diba, qui remuait nerveusement sur sa chaise.

« Plusieurs personnes s'intéressent à ce garçon, monsieur Calvino.

— Vous voulez dire en plus de vous et moi ?

— C'est exact. Et elles ne lui veulent pas toutes du bien.

— Et vous si ?

— Je veux bien vous l'expliquer, inspecteur Calvino. Si vous m'apportez un verre d'eau et une aspirine. Car c'est une longue histoire. »

Calvino regarda Diba. Celui-ci se leva avec une extrême lenteur et quitta la pièce comme s'il partait à la retraite. Lorsqu'il revint un peu plus tard, c'était bien entendu sans eau. Ce baiseur de moutons aimait les blagues douteuses. Calvino déambulait depuis quelque temps dans la pièce. Il n'était pas un interrogateur hors pair, ou bien il jouait à ne pas l'être. Dans ce cas, c'était un bon acteur.

« À vrai dire, pour l'instant, cela ne me dérange pas que vous ne disiez rien, monsieur Kovalev, expliqua Calvino. Quand les autres se taisent, cela me permet de réfléchir davantage. Et alors je pense : c'est le garçon. Le garçon vous intéresse. Le garçon et rien d'autre. Et je me dis alors : n'est-ce pas merveilleux ? N'est-ce pas un sacré concours de circonstances ? »

Calvino s'arrêta et se pencha vers Sasha.

« Parce que nous aussi, on s'intéresse à lui.

— Un cas d'intérêt commun », dit Sasha en ricanant.

Un agent entra avec une bouteille d'eau et une plaquette d'aspirines qu'il donna à Calvino. Celui-ci versa l'eau dans un gobelet en plastique, extirpa un comprimé effervescent, le jeta dedans et poussa le tout devant Sasha, auquel les menottes laissaient à peine la marge nécessaire pour attraper le gobelet et en avaler le contenu.

« Racontez-moi, monsieur Kovalev, quand avez-vous vu le garçon pour la première fois ? »

Sasha reposa le gobelet sur la table avec un soupir de soulagement.

De l'eau coulait sur son menton. Il sentit l'odeur de la forêt en repensant au moment de la rencontre. N'y avait-il que trois jours ? La lune était claire et la chaleur de la journée flottait encore entre les arbres. Une fillette orientale était descendue du break. Elle avait regardé Sasha droit dans les yeux et, à cet instant, il avait senti en lui quelque chose se briser irrémédiablement. Aucun regard d'enfant ne l'avait jamais autant effrayé. C'était comme s'il avait sondé les tréfonds de son âme.

« Je l'ai vu il y a trois nuits.

— Où ça ?

— Dans le Bois d'Amsterdam, près de la vieille villa.

— Que faisiez-vous là ?

— J'organisais une rencontre.

— Une rencontre entre qui et qui ?

— Entre l'enfant et… quelqu'un d'autre. La villa était le point de rencontre.

— Quelqu'un d'autre ? De qui voulez-vous parler ?

— D'un homme en costume sur mesure, trop gras pour son âge, sans doute marié et avec des enfants. Un homme important qui se sent intouchable. Un homme intoxiqué par le pouvoir et dépourvu de moralité.

— Bizarre, monsieur Kovalev. Je vous demande qui est l'homme qui devait rencontrer le garçon et vous me citez le *Reader's Digest*.

— Parce que j'essaie de vous donner une explication, inspecteur. Nous parlons d'un homme ivre de pouvoir, qui a dépassé des limites dont vous et moi ne savions même pas qu'elles existaient. Un homme qui a découvert le pouvoir comme ultime source de plaisir. Pour lui, rien n'est plus jouissif que de disposer de la vie d'un jeune enfant sans défense. »

Un silence sinistre régnait dans la salle d'interrogatoire.

« Qui est cet homme ? demanda Calvino d'une voix rauque.

— Avant de vous le dire, j'aimerais vous expliquer ce qui a précédé la rencontre, si vous le voulez bien. »

Calvino le regarda, abasourdi, passa les mains sur sa figure et grimaça méchamment.

« J'ai une meilleure idée. Nous allons prendre des vacances : flâner quelque part sur un boulevard, nous prélasser sur la plage, réfléchir à nos péchés, et lorsque nous serons bien bronzés et reposés, que nous aurons assez mangé et vidé toutes les caves à vin, nous y reviendrons. »

Il sortit des photos d'un dossier et les plaça sur la table, les unes à côté des autres, avec des gestes rageurs.

« Ou bien nous nous penchons sur la chronologie des événements, dit-il d'une voix râpeuse. Et les noms viendront tout seuls, j'imagine. »

Sasha observa les photos. Il vit des emplacements marqués de chiffres dans la villa et tout autour, un agrandissement d'une boucle d'oreille ensanglantée et une babouche d'enfant à demi enterrée.

« On a tiré des coups de feu dans la maison et aux alentours, déclara Calvino. À chaque endroit, nous avons retrouvé des douilles, du sang et des traînées. Pouvez-vous me dire ce qui s'est passé ou voulez-vous y revenir en temps utile ? Après les vacances d'été ? »

Sasha fixa Calvino et revécut le moment où il avait pénétré dans la villa, derrière le garçon et son gardien. Pistolet à la main, mais sans plan précis. Au début, tout avait été relativement facile. Il avait vissé le silencieux, attendu de ne plus avoir le garçon dans sa ligne de mire et pressé sur la détente.

« Je suis entré, inspecteur, et j'ai éliminé le premier homme.

— Et ensuite ?

— Ensuite, je suis sorti avec le garçon.

— Qu'est-ce qui a mal tourné ?

— Plein de choses. J'ai utilisé mon silencieux. Mais l'homme qui était dehors a dû entendre du bruit. Il m'attendait. La balle m'a éraflé la poitrine.

— Et pour une fois, à cette occasion, vous ne portiez pas de gilet pare-balles ? »

Sasha soupira. Même pour lui, à cet instant, tant de cynisme était la goutte d'eau qui faisait déborder le vase.

« Et le garçon ?

— Il a couru vers le bois. Sur mon ordre.

— J'imagine que tout cela a eu lieu avant que l'homme, dont vous ne voulez toujours pas révéler l'identité, ne fasse son entrée ?

— J'ai vu sa voiture approcher pendant la fusillade. Il a immédiatement fait demi-tour. Il était déjà parti au moment où j'ai abattu le deuxième homme. Puis j'ai entendu le choc. »

Sasha se tut et respira plusieurs fois profondément.

« Peu importe qu'un corps soit petit ou maigre, même si on écrase un lièvre, cela produit un bruit infernal. J'ai tout de suite su que c'était le garçon.

— Vous êtes allé voir ?

— Je me suis avancé dans le bois, en descendant le talus en direction de la route. J'étais peut-être à mi-chemin quand j'ai de nouveau entendu un coup de frein, suivi d'un coup sourd. En me rapprochant, j'ai vu une femme paniquée crier dans son portable, alors qu'elle sortait de sa voiture qui s'était encastrée dans un arbre. Le garçon gisait inerte sur l'asphalte.

— Pourquoi n'êtes-vous pas allé jusqu'à lui ?

— J'ai cru qu'il était mort. »

Calvino le regarda, étonné.

« Et qu'est-ce qui s'est passé ensuite ? »

Sasha ne répondit pas. Il cherchait des mots pour décrire cet instant, en vain. Il n'y en avait probablement aucun pour expliquer ce qu'il avait ressenti en voyant le garçon étendu là.

« Peut-être puis-je vous aider ? »

Cette fois, Sasha comprit que l'inspecteur parlait sérieusement.

« Il y avait un homme mort dans la villa, un homme mort à l'extérieur et sur la route un garçon, mort lui aussi. Vous saviez qu'en peu de temps des voitures de police et des ambulances arriveraient sur les lieux. La seule chose que vous pouviez faire dans ce bref laps de temps, c'était effacer le plus de traces possible dans la villa et tout autour. Ai-je raison ? »

Sasha acquiesça. Il avait traîné les deux hommes dans le break, conduit la voiture dans la clairière, dévissé la plaque d'immatriculation et arrosé le véhicule avec un jerrycan d'essence, puis y avait mis le feu. Quand il était revenu en arrière, les flammes sortant du break avaient éclairé la première partie de son chemin.

Une deuxième série de photos suivit, étalée par Calvino sur la table avec autant de hargne que la première. Sasha vit la carcasse brûlée du break. Puis vinrent les images du palais de l'horreur local : deux corps carbonisés sur la table chromée du médecin légiste.

« À partir des douilles recueillies à proximité de la villa, nous avons pu établir une correspondance avec le calibre des balles trouvées lors de l'autopsie dans le sternum de l'un des hommes du break.

— Beau travail, inspecteur.

— Mais selon moi, la boucle ne sera bouclée que lorsque nous comparerons les douilles avec le type de pistolet que vous portiez ce soir. »

Ne pouvant s'en empêcher, Sasha tenta d'applaudir avec ses mains menottées.

Calvino le regardait, impassible.

« Mais ce que je ne comprends toujours pas, monsieur Kovalev, c'est ce qui me vaut votre aimable collaboration ? »

Sasha eut un léger sourire.

« J'ai essayé de sauver un enfant et pour cela, j'ai éliminé deux hommes pour qui une vie humaine ne représentait pas plus qu'un gros paquet de dollars. Dois-je m'en cacher ?

— Non, dit Calvino. Pas plus que vous n'avez besoin de garder secrète l'identité de l'homme à qui était destiné le garçon.

— Comme je l'ai déjà dit, je suis prêt à vous la donner. Mais d'abord, nous devons officialiser nos intérêts communs.

— Je ne savais pas que nous en avions.

— Plus que vous ne pouvez imaginer. Je n'ai pas qu'un nom à vous donner, j'en ai plusieurs. Et je détiens des informations. Des informations précieuses.

— Précieuses à quel point ?

— À l'échelle néerlandaise, assez pour faire vaciller votre gouvernement. À l'échelle internationale, assez pour jeter le doute sur un empire de milliardaire. Donc suffisamment précieuses.

— Comment savoir que vous ne bluffez pas ?

— L'organisation pour laquelle je travaille sait déjà que je me trouve ici, de même, très certainement, qu'elle connaît les raisons pour lesquelles j'y suis. Inutile de dire qu'elle ne sera pas très contente de mes agissements. Et encore moins lorsqu'elle apprendra que je songe à laver une partie de son linge sale. Depuis hier soir, inspecteur Calvino, je vis à crédit. Je ne me trouve sûrement pas en position de bluffer.

— Je suppose que vous voulez quelque chose en échange de vos informations ?

— Bénéficier d'un programme international de protection des témoins. »

Pour la première fois, dans son coin, Diba émit un son. On aurait dit un éclair tombant sur un transformateur électrique.

« Monsieur Kovalev, dit Calvino, l'air imperturbable, même si nous parvenions à vous faire entrer dans ce genre de programme, vous restez notre suspect et vous serez jugé et puni pour vos crimes.

— Je n'en doute pas, répondit Sasha, mais quand on entendra mes révélations, la peine requise diminuera plus vite que le cours actuel de l'euro.

— Si vos informations sont en effet aussi précieuses, monsieur Kovalev, il vous faudra nous en dire un peu plus. Voyez-vous, je dois convaincre certaines personnes de l'importance de vous inclure dans un programme de protection des témoins. Je ne peux y parvenir que si je dispose d'informations concrètes et solides, et pas seulement de racontars sur des choses susceptibles de faire vaciller notre gouvernement. Car un tas de nos concitoyens pensent qu'il en existe déjà.

— Je peux vous dire qui est mon commanditaire et vous parler de l'ampleur, de la puissance et de la corruption de son empire mondial.

— De quel commanditaire et de quelle société parlons-nous, monsieur Kovalev ?

— Valentin Lavrov, président-directeur général d'AtlasNet.

— Poursuivez.

— Je peux vous dire quels chefs d'entreprise et politiciens néerlandais ont été soudoyés par mon commanditaire.

— Des noms, s'il vous plaît.

— Armin Lazonder.

— Expliquez-vous.

— Le projet New Golden Age est une vaste action de blanchiment d'argent de Lavrov, en échange de l'obtention de concessions lui permettant de construire le plus grand entrepôt de gaz d'Europe. Nicolas Anglade l'a découvert pendant son enquête et il est mort.

— Anglade s'est suicidé.

— C'est ce que nous avons tous pu lire dans les journaux et voir à la télévision, oui. Mais dans un suicide, on joue soi-même une part active. Pour Anglade, il y avait d'autres acteurs.

— Et vous pouvez le prouver ?

— Bien sûr que je peux le prouver. Et en passant, vous vouliez savoir à qui le garçon était destiné, non ?

— À qui ? dit Calvino, qui commençait à perdre patience. Qui était-ce ? »

Sasha prononça le nom.

Calvino le regarda, médusé.

2

Pendant l'interrogatoire, Marouan s'était tenu à carreau. Il s'était donné un mal de chien pour réprimer sa colère, mais en son for intérieur, sa soif de vengeance se décuplait. Malgré tout, il espérait encore un miracle, une vague soudaine d'aliénation mentale qui atteindrait Kovalev à vie, une crise cardiaque aiguë ou une forme fatale d'épilepsie. Et si tout cela ne payait pas, la main de Dieu interviendrait parce que Marouan, dans toute sa faiblesse d'homme, avait raté son but sur l'autoroute.

Mais aucun espoir ne résistait à la franchise sournoise avec laquelle Kovalev relatait son histoire. Avec son témoignage, il s'affichait en tant que véritable pourfendeur du crime. Il déclamait presque un poème épique : un malfaiteur prend conscience de ses actions et refroidit deux trafiquants d'enfants dans une tentative de sauver de leurs griffes un gamin sans défense.

En outre, en racontant son histoire, Kovalev se montrait coopératif. Il jouait magistralement son joker en faisant miroiter des informations précieuses. Tout l'interrogatoire n'était rien d'autre qu'un cours accéléré de « comment m'incruster dans un programme de protection des témoins ».

Et Calvino marchait à fond.

Marouan était à deux doigts d'être démasqué, lui, l'inspecteur dépendant au jeu, qui avait pu tenir le coup pendant des années grâce au soutien financier du grand criminel Kovalev, et avait mené une double vie au cours de laquelle il avait sciemment dupé ses collègues et ses supérieurs.

Cela ne devait pas arriver, cela ne pouvait pas arriver. Il ne fallait pas que cela arrive !

« J'ai bien écouté, Cal. Il faut bien que l'un de nous deux le fasse, s'empressa de dire Marouan lorsqu'ils eurent éteint le magnétophone et se retrouvèrent, abasourdis, dans le couloir.

— De quoi veux-tu parler ?

— Ce type se fout de notre gueule. Kovalev est un sale menteur : il essaie de sauver sa peau en nous persuadant qu'il détient des informations importantes. Mais il n'en a pas. Il bluffe. Il veut gagner du temps. »

Calvino l'observa.

« Vous vous connaissez ?

— Qu'est-ce que tu veux dire ?

— La façon dont vous vous regardez. Et tu parles de lui comme si tu le connaissais depuis longtemps.

— Qu'est-ce que tu me racontes ?

— Ce soir, sur l'autoroute, tu lui as tout de suite parlé anglais.

— C'est un Russe, merde !

— Comment tu le savais ? Il tenait un drapeau russe à la main ?

— Tu as entendu ce que je viens de te dire ? Ce type nous embobine. Et à t'écouter, il a déjà réussi à ce que tu traites ton propre collègue de menteur.

— Pourquoi l'as-tu appelé "putain de Raspoutine" ?

— J'avais bien visé. Il aurait dû mourir. »

Le silence se fit. Joshua le jaugea.

« Et pourquoi aurait-il dû mourir ? »

Marouan n'en menait pas large. Il devait surveiller ses paroles en s'adressant à Calvino.

« Ne pinaille pas, Cal. Ne pinaille pas. Je lui ai tiré dans la poitrine. C'était une question de secondes.

— On en reparlera, d'accord ?

— De quoi veux-tu qu'on reparle ? Il y a un type dans la pièce à côté qui voulait tuer un chauffeur d'ambulance et tu l'as laissé complètement t'embobiner. Parlons plutôt de ça !

— Donne-moi une seule bonne raison, Diba, une seule bonne raison pour laquelle ce type ne serait pas un témoin-clé. Ce qu'il a raconté sur la fusillade dans la villa, sur le break, tout correspond exactement. Et puis il y a sa connexion avec AtlasNet, ce qu'il sait du suicide d'Anglade et si ce qu'il dit est vrai, on se retrouvera bientôt avec un ministre des Affaires économiques contraint de démissionner. Oui, Kovalev est toujours suspect, mais pour ma part c'est aussi un témoin-clé.

— Tu le dis toi-même, Cal : si c'est vrai. Mais je te dis que ça ne l'est pas. C'est une histoire à dormir debout. Un criminel sans scrupule envoûté par un petit garçon afghan ? On est dans un dessin animé de Walt Disney, peut-être ?

— Dès que Tomasoa aura donné son accord, on transférera notre ami russe à l'Unité de protection des témoins. Histoire à dormir debout ou pas. »

Calvino arpenta furieusement le couloir, s'arrêta brusquement et se retourna.

« Dois-je m'en charger tout seul ?

— Fais comme bon te semble. Je reste ici. Je n'ai aucune confiance en ce type.

— Comme tu veux. »

Joshua Calvino traversa le couloir. Marouan le regarda partir et rentra dans la salle d'interrogatoire où il demanda à l'agent d'aller chercher du café. Quand il eut disparu, Marouan referma la porte et se posta en face de Kovalev, qui arborait un sourire sinistre.

« Tu as la chiasse, n'est-ce pas, Diva ?

— Comment ça ?

— Tu chies dans ton froc pour ce qui va se passer si je me mets vraiment à parler. Ou espères-tu que je t'épargne ? Tu l'espères ? Dis-moi pourquoi je donnerais de l'espoir à quelqu'un qui m'a tiré dessus ? »

Marouan s'avança vers la table et se pencha en avant.

« Parce que je suis ta seule porte de sortie. »

Marouan fouilla dans sa poche, en tira la clé des menottes et la secoua tel un enfant de chœur annonçant la sainte communion.

« On peut simuler une bagarre. »

Kovalev le fixait. L'incrédulité se lisait sur son visage, laissant rapidement transparaître de la fureur.

« Je devais disparaître avec le garçon, tu comprends ? Disparaître. Tu n'aurais plus jamais eu affaire à moi. Et inversement. On devait improviser, toi et moi. Notre dernier duo. Toi, tu devais jouer le solo. Tu t'en souviens, connard ? Tu aurais pu te faire mousser avec un Moscovite à la gâchette facile, que je t'avais présenté sur un plateau d'argent. Mais tu l'as laissé filer ! Il tire sur un agent et toi, tu le laisses filer ! »

Marouan sentit le sang refluer de son visage. Il lança la clé dans un coin et s'agrippa au rebord de la table. Kovalev continuait à fulminer.

« Je vais te dire ce que tu es, Diva : tu es un chien, un chien de rue pouilleux, incapable de trouver l'os qu'on lui a jeté. Tu as voulu me tuer. Je vais veiller à ce qu'ils te balancent dans les égouts comme un tas de merde. Chien que tu es ! »

Marouan fut étonné de la lenteur avec laquelle, malgré sa fureur, il contourna la table pour s'approcher de Kovalev. En même temps, il vit dans les yeux de l'homme quelque chose qu'il n'avait encore jamais vu durant toutes ces années.

De la peur.

Une peur panique.

Marouan comprit que Kovalev savait exactement ce qui l'attendait, enfermé dans la salle d'interrogatoire.

3

« Quel merdier », dit Tomasoa, visiblement nerveux, alors qu'il s'asseyait et effectuait de vaillants efforts pour ne pas se relever aussitôt.

Joshua Calvino n'avait jamais vu son chef aussi agité.

« Nous devrons transmettre l'affaire au KLPD, ils ont une unité spéciale chargée des témoins-clés. Ils poursuivront l'interrogatoire. Nous n'en avons plus le droit.

— Pourquoi on ne peut pas s'en occuper nous-mêmes, chef ? »

Joshua était à peine capable de réprimer sa frustration.

« Je n'ai pas dit que nous ne le pouvions pas. Mais nous n'y sommes tout simplement pas autorisés. Ces gars vont éplucher tout ce que Kovalev dira. Un travail de fourmi auquel, croyez-moi, vous et moi ne sommes pas préparés. Ils ne proposeront un marché qu'après avoir vérifié toutes les saloperies que balancera notre ami russe, et pas avant. Jusque-là, on reste sur la touche en spectateurs. Les séries de trois ne valent pas uniquement pour les bonnes choses, Calvino, mais aussi pour les mauvaises : nous avons un agent blessé, nous avons laissé échapper le coupable de l'hôpital et maintenant, nous devons livrer un suspect qui est devenu le témoin numéro un. J'ai connu des jours meilleurs.

— Et ce n'est probablement pas tout, chef, dit Joshua, hésitant.

— D'autres ennuis, Calvino ?

— Quelque chose qui me turlupine depuis un moment.

— Si vous voulez parler de vos états d'âme, il va falloir vous adresser ailleurs, vous le savez. Mon bureau n'a pas de divan pour venir pleurer.

— Je crois que Diba le connaît.

— Qui ?

— Kovalev. La façon dont ces deux-là communiquent sans avoir besoin de parler… Ils se connaissent. J'en suis sûr. »

Tomasoa resta silencieux. Il se leva, lentement, trop lentement par rapport à son habitude, et se posta devant la fenêtre, immobile, les mains dans les poches.

« Savez-vous ce que vous êtes en train de faire, Calvino ? dit-il enfin.

— Oui, je pense.

— Et vous êtes certain que ce n'est pas personnel ?

— Bien sûr que c'est personnel, chef. J'ai admiré cet homme pendant des années. Je voulais travailler avec lui. Mais quelque chose me dit qu'il a dérapé. Et tous les jours, je vois que cela empire. Depuis ce soir, j'en ai ma claque de le protéger. »

Tomasoa se retourna. Joshua vit les profondes rides barrant son visage et le froncement de ses sourcils.

« Des faits, Calvino. En plus de votre désillusion, avez-vous des faits ?

— Depuis que Diba m'a contacté, cette nuit, en disant qu'il était sûr à cent pour cent que le garçon serait victime d'un attentat dans la journée, sans indiquer de qui il tenait cette information, je suis certain que quelque chose a dérapé. Car pourquoi cacher ses sources à son propre collègue ? Pendant l'audition de Kovalev, j'ai soudain eu la réponse à cette question. Si étrange que cela puisse paraître, sans que je l'aie directement demandé. »

Immobile, Tomasoa continuait à le regarder. D'un simple mouvement de la main, il fit signe à Joshua de poursuivre.

« Une fois que Kovalev m'a eu raconté comment il avait tenté de sauver le garçon près de la villa, comment il avait d'abord cru qu'il était mort, mais avait appris, à cause de toute la publicité autour de cette affaire, qu'il vivait encore, je l'ai su. Tout ce battage médiatique a éveillé la curiosité de plusieurs personnes. C'est Kovalev qui voulait protéger le garçon de ces personnes et qui a donné l'info à Diba. »

Toute inquiétude semblait avoir quitté Tomasoa. Elle avait laissé la place à un fatalisme écrasant, qui le replongea dans son fauteuil.

« Quand j'ai eu ce scénario sous les yeux, expliqua Joshua, j'ai su aussi comment ce diable de Kovalev avait pu être au courant du transport secret du MICU.

— Bon, bougonna Tomasoa. Si vous avez raison, nous avons une taupe dans le service. Il me paraît plus sage que vous retourniez dans la salle d'interrogatoire et que vous cuisiniez Kovalev à ce sujet. Et dites à Diba de venir me voir. »

Joshua hésita.

« Pouvez-vous me laisser en dehors de tout ça pour le moment, chef ? »

Tomasoa acquiesça.

La tête lourde, Joshua retourna dans la salle d'interrogatoire en passant par la cantine, où, contrairement à son habitude, il prit un expresso au distributeur. Il but une gorgée, avant d'expédier le gobelet directement dans la poubelle.

Dans le couloir menant à la salle d'interrogatoire, il entendit une voix d'homme s'exciter dans un interphone. Un agent sortit de la pièce, blanc comme un linge. Joshua entra. Les bandages blancs entourant les mains de Diba étaient rouges du sang qui s'écoulait de la tête pansée de Kovalev, formant une grosse flaque sur la table.

« J'ai essayé de l'en empêcher, bégaya Diba. Il a commencé à se taper la tête, comme ça, d'un seul coup. J'ai essayé de l'en empêcher… »

Joshua posa deux doigts sur la carotide de Kovalev et crut percevoir un pouls.

Lorsqu'il releva la tête, Diba avait disparu.

4

Farah se tenait sur le pont promenade d'une horrible digue s'avançant loin dans la mer sur des poteaux en béton. Des dizaines de mètres en dessous d'elle régnait le calme sinistre d'une mer sombre qui clapotait contre les piliers.

Depuis l'accident sur le périphérique, à chacun de ses mouvements, la pesanteur semblait la tirer un peu plus vers le bas. Même ses pensées étaient plus lentes que d'habitude. Mais ce n'était pas seulement dû à l'accident et à ce qui s'était passé ensuite : c'était à cause de tous les événements de ces derniers jours.

Une heure plus tôt, elle était aux urgences, assise à la tête d'un lit où Paul était allongé sur le ventre, tandis qu'une infirmière retirait avec beaucoup de précaution les éclats de verre de son dos et désinfectait les plaies avant de les refermer. Paul fit mine de se montrer plus fort qu'il ne l'était en réalité en posant mille questions à Farah sur sa rencontre avec Lavrov et en racontant, presque avec fierté, comment il avait hérité de ses autres blessures dans la tour Ponte City. Les garçons resteront toujours des garçons. Elle l'avait suivi dans le service où Edward était traité pour des complications des voies respiratoires et une arythmie. On lui avait fait une radio des poumons et un électrocardiogramme, mais il devait passer le reste de la nuit en observation à l'hôpital.

Dès qu'elle l'avait pu, Farah s'était rendue au service de réanimation, nullement préparée à ce qu'elle allait y découvrir. Mariska lui avait raconté ce qui s'était passé. L'incendie, l'attentat, le policier blessé, le transport du MICU. Le garçon semblait être bien arrivé au service de réanimation pédiatrique de l'hôpital Maaspoort à Rotterdam.

Puis son téléphone avait sonné.

« Madame Hafez, le médecin m'a dit de vous appeler.

— Quel médecin ?

— Le Dr Bernson. C'est au sujet du garçon qui a été renversé.

— Et que savez-vous à propos de lui ?

— Je sais comment ça s'est passé… comment c'est arrivé.

— Je vous écoute.

— Pas au téléphone. C'est impossible. »

L'homme semblait exténué, sa voix était souffreteuse.

« Quand puis-je vous parler ? » demanda-t-elle.

Et c'est ainsi qu'elle se retrouvait là, tard dans la soirée, à contempler les lumières de la station balnéaire de Scheveningen depuis une jetée déserte.

« Madame Hafez ? »

Farah se retourna et vit un homme au visage étroit, dont elle ne se souviendrait probablement pas le lendemain tant il était ordinaire. Tout dans cet homme – son allure, son aspect physique et ses vêtements – exprimait de la retenue, mais pas le genre de retenue que dégageaient les gens des milieux aisés. Non, cette retenue était celle de la serviabilité. L'homme qui était devant elle semblait être destiné à se tenir là, par une soirée grise du mois d'octobre, sur une digue mouillée, immobile et sans se faire remarquer.

« Je vous ai déjà vue à la télé, dit-il avec une voix qui trahissait deux paquets de cigarettes par jour. C'était bien vous, à ce gala de combats ?

— Si vous voulez parler du Théâtre Carré, alors oui, c'était moi.

— Avez-vous dit à quelqu'un que vous deviez me rencontrer ?

— Mon chef est au courant.

— Je veux attirer le moins d'attention possible, voyez-vous. Je veux seulement redresser les choses. Personne ne s'en est jamais douté. Même pas ma femme.

— Se douter de quoi ?

— Des deux vies que je mène depuis des années. »

L'homme avait l'air névrosé. Un bilieux semblant traîner son humeur maussade sans pouvoir se confier à personne.

« De quelles vies parlez-vous ? »

Il parut ne pas l'entendre, trop enferré dans une histoire qu'il voulait manifestement partager.

« Il faut que vous le sachiez : j'ai été loyal dans chacune des deux vies. Mais à un moment donné, il faut choisir. Si vous ne choisissez pas, alors on le fait pour vous. J'aurais voulu choisir plus tôt. Maintenant, c'est trop tard. L'obéissance est la plus grande des vertus. Mon père le disait toujours. J'ai été élevé comme ça. Dans le respect de l'autorité. Je croyais que, lorsque les gens étaient obéissants, la vie leur donnait ce qu'ils méritaient.

— Et vous ne le croyez plus ?

— L'homme tient grâce à la foi, madame Hafez. Si on hésite, on tombe. Je ne crois plus en rien. Pas après ce qui est arrivé à ce garçon. »

L'homme détourna son regard, comme honteux, et, silencieux, fixa le roulis des vagues.

« J'ai toujours voulu savoir ce qu'il y avait dessous. Sous l'eau, je veux dire. Mais je ne suis pas plongeur. Je n'ose même pas entrer dans l'eau avec un tuba. J'ai quelques aquariums à la maison. Quand ma femme regarde la télé, j'observe ce qui se passe sous l'eau. »

Ses yeux tristes veinés de rouge se tournèrent de nouveau vers elle.

Il sortit un paquet de Marlboro.

« Ça vous gêne ? » demanda-t-il.

Farah fit non de la tête. Il toussa et sourit en guise d'excuse.

« Mon docteur m'a dit d'arrêter depuis longtemps. Mais bon, les choix, hein ? »

Il envoya la fumée droit devant lui.

« Nous cachons tous des choses, madame Hafez. Parce que nous en avons honte, parce qu'elles nous rendent petits. Ou nous essayons de leur échapper. Jusqu'à ce qu'elles nous rattrapent. »

Farah l'examina en détail. Elle n'avait pas peur, aucune menace n'émanait de lui. Elle commençait même à ressentir une certaine irritation devant ses banalités sirupeuses. Mais elle savait aussi que les plus grands psychopathes ont souvent un aspect des plus banals. Enfermés dans leur esprit étroit, ils ne peuvent s'en évader qu'en commettant des méfaits susceptibles de leur rendre un instant leur identité perdue. Cet homme répondait à cette description.

« Vous devez savoir, madame Hafez, que j'ai agi sous la contrainte. Ce n'était pas librement. Mais je ne veux pas que ma femme en soit victime. Je ne veux pas qu'il lui arrive quoi que ce soit. J'ai économisé. Il y a de l'argent qui l'attend. J'espère qu'elle me pardonnera de ne jamais lui avoir parlé de mon autre vie. Mais je ne crois pas qu'elle le fera. Ça ne lui ressemble pas. »

Il s'arrêta à nouveau. Farah ne parvenait pas à discerner s'il prenait plaisir à différer ses révélations ou s'il avait peur de les exprimer.

« Vous êtes croyante ? demanda-t-il.

— Je m'y efforce, dit Farah.

— On sait qu'il n'y a rien et c'est pour ça qu'on veut croire en quelque chose, dit l'homme.

— Vous m'avez téléphoné, dit Farah avec froideur. Vous vouliez me raconter une histoire. Quelle est-elle ? »

Un peu moins de dix mètres en dessous d'eux, le battement des vagues contre les piliers s'intensifia. L'homme se tenait si fermement à la rambarde qu'on l'aurait cru sur le point de tomber.

« Je conduis la voiture de mon patron depuis déjà trois ans. La première fois que je l'ai vu, j'ai cru que c'était le chancelier d'Allemagne, comment s'appelait-il ? Helmut Kohl. Grand, gros et habitué à donner des ordres. D'un homme comme ça, on pense qu'il est au courant de tout. Autrement, il ne serait pas à un poste aussi élevé. Un homme de ce calibre, on lui obéit. J'avais un devoir de confidentialité. Je connais les règles de mon métier. On tisse des liens personnels avec un homme pareil. Loyauté et secret professionnel, ce n'était pas très difficile pour moi. Avec Lombard, ces choses allaient de soi.

— Vous voulez parler de Lombard, le ministre des Affaires économiques ?

— Je voulais vraiment lui rendre service. Être davantage qu'un simple chauffeur qui le transportait d'un lieu à un autre. Quelqu'un sur qui il pouvait compter. On faisait la paire, Lombard et moi. Mais toujours avec la distance voulue. Nous ne sommes pas devenus amis. D'ailleurs, je ne l'aurais pas voulu. Cela aurait rendu les choses plus opaques. »

Il alluma une deuxième cigarette et inspira profondément. Comme s'il cherchait le courage de continuer.

« La première fois qu'il m'a appelé à une heure tardive, il m'a demandé de ne pas oublier ma promesse. "Chose promise, chose due", disait-il. Je me demandais pourquoi il le soulignait. Je le conduisais depuis des mois. J'ai dû l'emmener dans un parc. Je me souviens de l'endroit, il y avait des arbres avec d'énormes grappes de feuilles qui pendaient, je ne me souviens plus de leur nom.

— Des saules pleureurs, dit Farah, et elle pensa : c'est de circonstance.

— Il m'a demandé de l'attendre. Un peu plus tard, il est revenu avec un garçon, un gamin oriental, jeune.

— Quel âge ?

— Très jeune. Mineur en tout cas. "Fais un tour", disait Lombard, et je conduisais à l'aveuglette et dans le rétroviseur, je voyais ce qui se passait, ce qu'ils étaient en train de faire. »

Il tira une profonde bouffée et fut pris d'une forte quinte de toux.

« Désolé, dit-il une fois calmé. Je peux vous raconter des choses, madame Hafez, des choses qui se sont passées sur la banquette arrière et que vous auriez du mal à croire. Cela ne se produisait pas toujours dans la voiture, parfois aussi dans des hôtels, mais jamais dans les hôtels de luxe où il séjournait d'habitude, vous comprenez. C'était comme s'il aimait que les choses qu'il manigançait avec ces garçons aient lieu dans les endroits les plus isolés.

— Vous étiez là, la nuit où le jeune Afghan a été renversé ? »

L'homme se recroquevilla.

« Cette année, j'ai dû amener Lombard régulièrement dans certains endroits, loin des habitations. La plupart du temps, des terrains boisés. Parfois aussi des zones industrielles ou encore le port d'Anvers. Toujours des lieux déserts et toujours au milieu de la nuit. Je devais l'attendre à un endroit discret. Quand il revenait, il avait l'air déconcerté. Une fois, il avait du sang sur les mains et sur ses habits. Il pleurait. Je n'ai rien demandé. Je ne voulais rien savoir. J'ai lavé la voiture la nuit même.

— Que s'est-il passé dans le Bois d'Amsterdam ?

— En approchant de la villa, j'ai vu un homme courir. J'ai su que quelque chose ne tournait pas rond. J'ai entendu des coups de feu. J'ai essayé de faire demi-tour, mais ça a pris du temps. Lombard a paniqué. Quand nous sommes revenus sur la route… »

Il s'arrêta.

Farah vit qu'il pleurait en silence. Il donnait l'impression d'étouffer. Elle n'intervint pas, mais attendit qu'il se calme.

« Je la vois encore voler sur le capot.

— C'était un garçon.

— Je ne le savais pas à ce moment-là. Elle a surgi brusquement. Du néant. Comme si elle avait des ailes. Je vois encore son visage. Ses yeux lorsqu'elle a touché le pare-brise. »

Il détourna le regard, fixa la mer comme s'il était ailleurs, de nouveau dans le bois, supposa Farah.

« Tout a eu lieu en un éclair. J'ai freiné de toutes mes forces, mais c'était trop tard. Elle a rebondi sur la voiture comme une balle de caoutchouc. Mais le choc, le choc était si fort. Je l'entends sans cesse. Impossible de l'oublier. Je ne dors plus. En fermant les yeux, j'entends toujours ce bruit. Je vois ses yeux. »

Sa voix tremblait. Il s'agrippa encore plus à la rambarde, comme s'ils étaient sur un bateau qui tanguait en affrontant la tempête. Farah ne ressentit aucune pitié.

« J'ai voulu m'arrêter, mais Lombard m'a ordonné de poursuivre ma route. Il criait sans cesse. J'ai accéléré. Le tout n'a duré que quelques secondes. »

Il la regarda comme un enfant apeuré qui ne voit pas d'issue.

« C'est bizarre, le nombre de pensées que l'on peut avoir en quelques secondes, madame Hafez. Vous n'imaginez pas tout ce que j'ai bien pu penser à ce moment-là…

— Vous avez continué à rouler, dit Farah froidement.

— Il n'arrêtait pas de crier depuis la banquette arrière. "Plus vite, plus vite", hurlait-il sans arrêt.

— Il faut raconter votre histoire à la police.

— Je le sais, dit l'homme. Je le sais. Lorsque j'ai vu le docteur à la télé, j'ai cherché à obtenir son numéro de téléphone. Cela n'a pas été très difficile. À elle, je voulais bien raconter cette histoire. Elle était si compatissante.

— Pourquoi avez-vous voulu m'en parler ?

— Toutes ces années, j'ai tu les obscénités qui se passaient sous mes yeux. J'y ai prêté mon concours. Je suis coupable. Mais je ne suis pas le seul coupable, vous comprenez ?

— Oui, je pense, dit Farah. C'est pour ça qu'il vaut mieux venir avec moi. »

Elle le vit se pencher en avant, les mains jointes sur la rambarde. Comme un croyant qui venait de se confesser et récitait le Notre Père en guise de pénitence.

5

Maintenant, peu lui importait qu'ils le trouvent. Marouan avait besoin de se doucher longuement, pour se laver de tout. L'eau aussi chaude que possible, le jet au plus fort, pour éliminer tout reste de Kovalev. Mais le temps lui manquait : à l'image de particules nucléaires, la nocivité de Kovalev était ancrée dans chaque pore de sa peau.

Après s'être vivement séché, il s'aspergea de tant d'eau de toilette que la tête lui tourna. Il enfila des sous-vêtements propres et une chemise immaculée fraîchement repassée. Il choisit son plus beau costume, qu'il avait acheté un mois auparavant à l'occasion d'un mariage.

Le deuil et les regrets n'étaient rien d'autre que les supplices de l'incroyance. Le temps qui nous était imparti se terminerait forcément. Et aucun moyen ne se justifiait pour sauver quelqu'un de la mort. Car c'était Dieu qui créait la vie et la mort.

N'ayant allumé la lumière nulle part, il traversa la maison vide dans le noir. Il toucha chaque meuble : le canapé, la table, les chaises, même le faux marbre inerte du plan de travail de la cuisine, qui sentait encore le désinfectant.

Chaque objet qu'il palpait le renvoyait à une autre époque, à une autre vie où tout avait eu un sens, où les choses avaient une fonction, où tout était relié, semblait se compléter.

Il regarda le jardin plongé dans l'obscurité, les arbustes flétris, les dalles entre lesquelles sortait de la mauvaise herbe. Chaque année, il avait l'intention de s'en occuper, mais chaque année, il n'en faisait rien.

À l'aveuglette, il retira le CD d'Oum Kalsoum des étagères branlantes.

La Corolla puait les restes de nourriture, la sueur et la frustration. Il démarra, contempla la maison sombre et s'éloigna. Quelques rues plus loin, deux voitures de police le dépassèrent à vive allure en sens inverse.

Dans le vieux centre, il trouva une place de stationnement exiguë au bord du canal, puis se dirigea vers la place pavée.

C'est avec un sourire qu'à sa propre surprise Marouan obtint l'accès à la porte d'entrée vitrée de la fille. Elle l'avait regardé comme si elle le voyait pour la première fois. Il sortit son portefeuille et alors qu'il posait trois billets de cent euros sur la table, il lui expliqua que pendant une heure, elle n'aurait besoin de laisser entrer personne.

« C'est impossible, répondit-elle, apeurée. Je ne peux pas si longtemps.

— Dis-moi combien de temps on peut rester ensemble, répondit Marouan.

— Un quart d'heure au plus. »

Il laissa l'argent sur la table et dit :

« Alors c'est pour un quart d'heure. »

Elle le regarda avec méfiance.

« Et qu'est-ce que tu veux que je fasse ? »

La voix de Marouan se cassa.

« Danse pour moi. »

Elle regarda les billets sur la table.

« C'est ce que tu me donnes pour que je danse ? »

Il la vit hésiter.

« Ici ? Maintenant ?

— Ici. Maintenant. Pour moi. »

Il lui donna un CD.

« Sur la plus belle musique que j'ai pu trouver pour toi. »

Le dos tourné, elle introduisit le CD dans le lecteur et aux premières notes étirées de *Alf Leyla wa Leyla*, il vit qu'elle était chamboulée. Elle le regarda comme s'il venait de lui faire un cadeau.

Elle défit ses cheveux et noua un châle autour de ses hanches pour couvrir ses jambes. Puis elle se mit devant lui. Son corps bougeait au rythme du *guembri*, le luth arabe. Et lorsque Oum Kalsoum commença à chanter « Laisse-nous vivre aux yeux de la nuit », Marouan vit qu'elle ne dansait pas pour lui : la musique était l'homme pour lequel elle dansait.

Il se laissa emporter par ses mouvements, comme les vagues de la mer peuvent vous emporter, et sut que cet instant ne reviendrait jamais : il passerait et il pourrait à peine croire qu'il avait eu lieu. Cela l'emplit d'une gratitude indicible, mais aussi d'une profonde tristesse.

Elle étendit le bras dans un mouvement ondulant qui, par le bassin, parut se diffuser à tout son corps et s'en emparer, semblant converger vers son ventre avant de poursuivre sa course ondoyante.

Un mouvement de tête fit tomber ses cheveux en rideau sur la majestueuse courbe de son bras, tel l'écho d'un coup de gong.

Les derniers mots d'Oum Kalsoum restaient en suspens dans la pièce silencieuse.

« Laisse-nous vivre dans les yeux de la nuit et implorons le soleil de ne laisser briller sa lumière sur nous que dans un an. »

Elle avait les yeux fermés. Marouan ne trouvait pas les mots pour briser le silence. Il ne voulait pas la voir ouvrir les paupières ni prendre l'argent sur la table. Tout était bien ainsi. Il sortit sans un mot.

6

Joshua Calvino n'avait aucune idée de ce qu'il devait penser ou ressentir : il savait seulement qu'il lui fallait mettre un pied devant l'autre, encore et encore. C'est ainsi qu'il s'avança vers son bureau, où il s'affala, tel un boxeur venant d'encaisser une série interminable de coups.

Kovalev avait été emmené en ambulance. Diba avait disparu dans le chaos et des policiers avaient été envoyés chez lui. Le gong marquant le round suivant retentit. C'était le téléphone sur son bureau.

« Joshua ? »

Il reconnut la voix d'Ellen Mulder, le médecin légiste.

« J'ai compris que tu te chargeais de l'affaire du garçon afghan ?

— En effet. Pourquoi ?

— On nous a amené une femme ce soir : la doctoresse de la télévision. »

À peine un quart d'heure plus tard, Joshua se trouvait dans la pièce carrelée, devant le corps nu et abîmé de Danielle Bernson. Des coups réguliers couvraient le ronronnement de la climatisation. Il lui fallut un moment avant de comprendre qu'il s'agissait des battements de son cœur. Il était entré dans la pièce sans sa carapace professionnelle. Sans défense. Aussi vulnérable que Danielle avait dû se sentir.

Ellen Mulder parlait doucement.

« La mort est due à la balle qui a pénétré dans son dos, ici, en traversant le poumon gauche et l'aorte. La deuxième balle a percé le front, s'est enfoncée dans le cerveau avant de ressortir au-dessus de la deuxième cervicale. »

Joshua la regardait, impassible.

« Elle est morte dès le premier impact », dit Ellen, comme si cela pouvait le rassurer. Sa main se dirigea vers l'entrée de la balle sur le front de Danielle. « La peau autour de la blessure est brûlée. Cette balle a été tirée de près.

— À quelle distance, selon toi ?

— Deux à trois mètres au maximum. »

Joshua peinait à retenir de gros jurons.

« Tu la connaissais bien ? » demanda-t-elle.

Joshua ne répondit pas. Il voulait la ressusciter, mais ne pouvait que la regarder.

« On n'est pas des dieux, Joshua. On a plein de défauts et pas de vue d'ensemble, dit-elle. On se connaît mal, on sait à peine ce dont d'autres sont capables. Pour que ces imperfections soient supportables, on paie notre dette en excellant dans quelque chose. Une spécialité. Pour moi, ce sont les morts. Pour toi, les coupables. Mais on oublie souvent que la réalité est beaucoup plus complexe que notre spécialité. »

Il la regarda d'un air peiné.

« Arrête de te punir et réunis les faits qui peuvent mener à l'arrestation du coupable.

— Qu'est-ce que tu as d'autre ? » demanda Joshua d'une voix enrouée.

Avec une précision mathématique, les bouts de ses doigts effleurèrent les blessures par balle en haut et en bas du corps, puis se posèrent sur la cuisse droite.

« Elle a été violée, Joshua. »

Il se retourna et se dirigea vers la fenêtre en plexiglas opaque, comme s'il espérait y trouver de l'air frais susceptible de refouler son envie de vomir. Derrière lui, Ellen remit le drap sur le corps de Danielle Bernson. Elle retira ses gants en caoutchouc et les lança dans un bac. Puis elle s'avança vers lui. Il sentit sa respiration dans son dos. Instinctivement, il se mit à parler.

« En commençant dans ce métier, tu te traces une certaine limite. Mais ce qui se passe, c'est que tu repousses cette limite progressivement. Insidieusement. Jusqu'à ce que tu réalises… »

Il se retourna.

« … que tu l'as dépassée depuis longtemps.

— Il y a toujours un chemin de retour, Joshua.

— Quand auras-tu le rapport complet ?

— Je m'y mets dès demain matin.

— OK. Si je l'ai demain sur mon bureau, ce sera parfait. Merci, Ellen. »

Lorsqu'il disparut en chancelant entre les portes battantes, il sentit qu'elle le regardait. Il voulait rentrer chez lui, se mettre au lit, dormir et se réveiller à côté de Farah, qui le persuaderait de lever l'ancre, d'allumer le moteur et de partir, une ribambelle de cygnes à leur suite. Farah. Son téléphone portable sonna et en regardant l'écran, il vit son nom.

« Joshua ?

— Qu'y a-t-il ?

— Je suis avec quelqu'un qui veut te parler. »

7

Les avions à destination de l'aéroport de Schiphol volaient à basse altitude. Marouan pensa à la période où, encore simple agent, il avait souhaité rejoindre la police judiciaire. Mais ils voulaient qu'il reste dans la rue. C'était lui qui tenait les garnements marocains sous contrôle. Il avait contesté cette décision. Fou de rage, il s'était rendu à la commission des recours. Et bien sûr, on avait tout nié. Même les journaux en avaient parlé. Des soupçons de discrimination avaient pesé. La direction avait été dans une belle rogne.

Il pensa aux tours en voiture qu'il avait faits, tel Belmondo, lorsque aux vacances suivantes il était revenu avec le grade d'inspecteur, roulant sous le ciel étoilé de Marrakech tandis que son frère le traitait de *khalîqa*. Cette nuit-là, il s'était allongé aux côtés d'Aisha, sa tête fatiguée entre ses seins : de retour dans sa ville natale avec la femme dont il était tombé amoureux, il y avait si longtemps.

À présent aussi, il aimerait être couché auprès d'elle et lui faire l'amour, remplir leur complicité altérée de cris qui feraient renaître l'espoir de pouvoir de nouveau être heureux ensemble. Il s'avancerait vers le champ poussiéreux situé à côté de la maison familiale pour engueuler son fils parce qu'il ne voulait pas frapper le ballon du plat du pied, et l'expédiait sans cesse loin du but. Il poserait ses mains d'un geste rassurant sur les épaules de Jamila. Elle commençait à prendre conscience de sa beauté, mais se rendait à peine compte des ratés boutonneux qui tournaient déjà autour d'elle.

Il s'arrêta juste devant la tour Rembrandt. Il laissa tourner le moteur, composa le numéro, puis entendit la voix d'Aisha ensommeillée, surprise.

« C'est moi, dit-il doucement, et il remarqua que ses yeux le brûlaient.

— Je sais, répondit-elle, la voix était pleine de sollicitude.

— Tu dormais ?

— Qu'est-ce qu'il y a ? »

Il entendit une pointe de panique dans sa voix. Il ne l'appelait jamais à cette heure et la plupart du temps, il était bref. D'ordinaire, il posait seulement quelques questions pour montrer son intérêt. Elle pouvait ainsi égrener les événements de la journée, réunis dans une histoire banale, puis il lui disait que ça ne durerait plus très longtemps et, l'un et l'autre soulagés, ils pouvaient ensuite raccrocher. Et cela suffisait.

Mais à présent, les choses étaient différentes.

Elle savait que c'était lui. Elle venait de se réveiller d'un profond sommeil et pourtant, elle le savait, et il pensa même entendre une sorte de joie feutrée dans sa voix. Il pensa aux nombreux moments où, éveillé, il avait écouté sa respiration, se transformant régulièrement en doux ronflement, puis s'arrêtant parfois. Alors il la caressait et sa respiration redevenait paisible.

« Qu'est-ce qu'il y a ? répéta-t-elle.

— Ne t'inquiète pas. Tout va bien. Que penserais-tu de rester un peu plus longtemps ? »

Il le dit le plus calmement possible et prit son silence pour un consentement.

« Aisha ? »

Il déglutit plusieurs fois avant de poursuivre.

« Embrasse Jamila et Chahid pour moi. Dis-leur que je les aime. »

Puis il coupa la communication, sortit de sa voiture et s'avança vers les grandes portes vitrées de la tour Rembrandt. Il fit signe au gardien à la réception en agitant sa pièce d'identité. L'homme vint à la porte, regarda avec méfiance les mains bandées de Marouan, puis sa carte de police.

« Police judiciaire », dit Marouan. Tirant avantage de son statut, il fit signe d'ouvrir les portes. « Il y a un problème avec votre système d'alarme, déclara-t-il, arrivé dans l'immense hall de marbre. C'est mon centre d'appels qui a dû me prévenir que quelque chose ne tournait pas rond dans votre salle de conseil d'administration. Vous n'avez rien remarqué ? »

Sans attendre de réponse, Marouan avança.

« Nous devons tirer ça au clair rapidement, dit-il en appuyant sur la touche de l'ascenseur. Quelqu'un m'accompagne ? »

Dans l'ascenseur, il s'adossa contre la cloison chromée et sentit la sueur couler le long de son dos. Sur l'uniforme du gardien était fixé un badge portant son nom et le logo de CitySecure.

« Bonne équipe. Peut-être même la meilleure. Il y a longtemps que tu travailles pour eux, Clive ?

— Environ six mois.

— Et avant ça ?

— Pourquoi ?

— Tu as touché le gros lot, Clive. Chez CS, ils ne prennent que les meilleurs. »

Clive eut un sourire parcimonieux. Marouan sortit des chewing-gums et les lui présenta. Clive hésita, puis en prit un.

« Tu as des projets d'avenir, Clive ? Ou tu veux rester gardien ?

— La police judiciaire. Peut-être.

— Ah, voilà, le grand mot est lâché. La police judiciaire, hein ? »

Clive acquiesça.

« La police judiciaire, c'est bien. »

Les portes de l'ascenseur s'ouvrirent. Marouan vit un corridor en verre opaque qui donnait sur une salle de conférences.

« Jetons un coup d'œil rapide, dit-il. J'ai autre chose à faire. »

Ils traversèrent le couloir et deux grandes pièces aux parois vitrées, avec des tables de réunion ovales, des chaises et des écrans vidéo. Rien de spécial, sauf une vue sur Amsterdam à vous couper le souffle, depuis une hauteur de cent cinquante mètres. Après avoir inspecté trois pièces, une à chaque extrémité du bâtiment, ils se trouvaient à présent dans une quatrième salle, au milieu de grands canapés en cuir blanc, d'un piano à queue Steinway et d'un bar. La salle de réception.

De là, Marouan pouvait voir Schiphol. Un avion entamait sa descente. Il imagina les passagers qui, le nez collé aux hublots, contemplaient une mosaïque de points lumineux grossissant de plus en plus.

« Pas la peine de devenir inspecteur, Clive, dit Marouan en souriant. Tu es déjà le roi de ce bâtiment. »

Il regarda nonchalamment autour de lui.

« Pas de fenêtres coulissantes ? »

Clive secoua la tête.

« Ils se méfient. »

Ils revinrent dans le hall central, où Clive appuya sur la touche de l'ascenseur et informa son collègue, lui indiquant qu'il n'y avait pas de problème. Puis Marouan vit un escalier dans un porche vitré.

« Où il va, celui-là ?

— Au ciel.

— Je vais aller contrôler pour plus de sûreté », dit Marouan avec un rictus, et il monta les marches deux par deux, abaissa le levier de sécurité et se retrouva soudain dans un habitacle grillagé rond, avec le ciel du soir et les étoiles juste au-dessus de sa tête.

La porte de l'habitacle n'était pas sécurisée. Devant lui s'étendaient dix mètres de toit plat sans balustrade. Marouan se sentit étonnamment calme en s'approchant du bord. Le roi de la tour, pensa-t-il.

Puis il fit le pas.

Aisha l'attendait. Il y avait si longtemps qu'elle ne l'avait pas fait. Elle se tenait dans l'embrasure de la porte comme si elle pressentait que quelque chose de spécial allait se passer ce soir-là. Comme si elle savait que, ce soir, il rentrerait vraiment à la maison. Elle lui sourit et il sentit l'ail, le gingembre, les amandes grillées et le miel à la fleur d'oranger qu'elle avait mis dans le tajine. Il chercha des mots pour lui expliquer combien il était heureux de la voir l'attendre ce soir. Elle sourit, simplement pour lui dire qu'il n'avait pas besoin de parler. Qu'elle comprenait.

Elle le fit entrer et ferma la porte.

8

Radjen Tomasoa savait que pour tenir le coup dans ce métier, il ne fallait rien laisser au hasard et garder la tête froide. Mais c'était sans compter l'événement auquel il était à présent confronté et qui l'atteignait tel un coup de massue. Il avait minimisé tous les signes annonciateurs, mais maintenant, se posait l'inévitable question de la culpabilité.

Impuissant, il regarda vers le haut : le corps de l'inspecteur Marouan Diba, fracassé par les barres en acier, gisait sur la coupole de verre au-dessus de la porte d'entrée. Le verre d'une épaisseur de cinq centimètres présentait des fissures capricieuses, tel un morceau de glace sur lequel on aurait lancé une grosse pierre.

L'oracle. C'était le surnom donné à Diba, à cause de la façon mystérieuse dont, des années plus tôt, il avait su avec précision où chercher les six cents kilos de cocaïne brute dans le ventre d'un avion-cargo. Grâce à cette découverte surprenante, le service de Tomasoa s'était soudain enrichi, avec la personne de Diba, d'un inspecteur d'importance nationale.

Mais ensuite, des rumeurs incontrôlées avaient circulé. La découverte de la cocaïne aurait été un coup monté, un sombre accord en coulisse. Un échange aurait eu lieu dans la nuit précédant la destruction officielle du lot confisqué. La vraie marchandise aurait disparu par la porte de derrière pour être de nouveau mise sur le marché.

Les ragots étaient tenaces, cependant il n'y avait aucune preuve. Diba semblait quant à lui perdre ses repères, donnant souvent l'impression d'être absent et devenant de plus en plus bourru. Ses collègues prirent leurs distances. Finalement, Diba n'avait plus eu qu'un seul homme pour le soutenir ouvertement. Mais même Joshua Calvino avait, plus tôt dans la soirée, indiqué que pour lui la limite était franchie.

Si l'on devait en croire les autres rumeurs, le mariage de Diba n'était plus, lui aussi, qu'une façade. Diba aurait été signalé régulièrement au casino, seul. Vrai ou faux, il avait continué à travailler correctement toutes ces années. Et parler des problèmes, Radjen Tomasoa n'y croyait pas. Ce qui comptait pour lui, c'était la discipline, la persévérance et l'autonomie. Tomasoa était partisan de la théorie selon laquelle les hommes étaient conçus pour affronter la tempête, sans jamais perdre le cap.

Bien sûr, il s'était rendu compte depuis longtemps que Diba n'était plus l'inspecteur énergique, bourré d'ambition, qui avait affiché sans cesse une activité débordante. Diba était devenu un homme corpulent, qui explosait rapidement et se trouvait régulièrement au centre de bousculades près du distributeur à café. La dernière fois que les journaux avaient parlé de lui, c'était pour le clouer au pilori en raison de la grossièreté avec laquelle il avait arrêté Dennis Faber.

Ce que Tomasoa se reprochait le plus, c'était qu'à chaque affaire il avait demandé des explications à Diba, mais n'avait pas su voir que le cœur du problème était beaucoup plus profondément enraciné, trop pour l'étouffer avec quelques mots ou une réprimande.

La seule chose qui restait à Tomasoa, c'était de promettre solennellement au gardien Clive Trustfull de CitySecure qu'il se portait personnellement garant qu'après ce soir il n'obtiendrait plus jamais de poste à responsabilité.

La première voiture de télévision arriva. Tomasoa vit le logo d'Iris TV et cria à l'agent près du ruban de sécurité de ne laisser entrer personne. Malgré tout, il prévoyait qu'un bon nombre de Néerlandais commenceraient leur petit déjeuner avec un article de journal ou une courte annonce télévisée qui s'arrêterait sur la mort tragique d'un inspecteur jadis célèbre. Dans le courant de la matinée, les histoires les plus spectaculaires circuleraient sur les sites d'actualités.

L'histoire de la drogue découverte autrefois reviendrait à la surface. Les rumeurs sur de sombres accords et des contacts secrets avec la pègre seraient ravivées. Le commissariat d'Amsterdam serait investi par les journalistes, photographes et équipes de caméramans. On pousserait un microphone sous le nez de chaque agent, inspecteur et collaborateur à son arrivée et à son départ. N'avaient-ils donc rien vu ? Les reporters se placeraient de façon stratégique, les contours du commissariat de police d'Amsterdam se profilant derrière eux sous un jour aussi lugubre que possible. De cet emplacement, ils réciteraient de leur ton le plus grave le cours des événements, en jetant furtivement des regards derrière eux.

Qu'avait-il bien pu se passer, derrière les murs de ce commissariat de police où, dans la même nuit, un suspect gravement blessé avait dû être évacué vers l'hôpital après son audition, et un inspecteur présent lors de l'interrogatoire s'était ensuite suicidé ?

Quelle que soit la stratégie qu'imaginerait Tomasoa, aujourd'hui, toute l'équipe en paierait les pots cassés. Calvino, surtout, serait mis sur la sellette. Car il était le partenaire de l'inspecteur suicidaire. N'avait-il donc rien vu ?

Tandis qu'il retournait au bureau à vive allure, Tomasoa donna ses premières instructions par téléphone. Il fallait retrouver le numéro de la femme de Diba à Marrakech. On devait fouiller leur maison pour retrouver des indices éventuels, susceptibles d'expliquer son geste. À partir de maintenant, tous les contacts avec les médias passeraient par lui. Aucun collaborateur n'aurait le droit de parler à la presse. Il allait rédiger un communiqué de presse. Normalement, c'était le boulot du service de communication, mais dans ce cas précis, il choisit de garder la régie solidement en main. Et l'inspecteur Calvino devrait le rejoindre aussitôt après avoir terminé son interrogatoire, avant d'apprendre la mort de Diba, espérait-il. Tomasoa voulait lui en faire part lui-même.

Après avoir transmis tout cela, Tomasoa commença à réfléchir au contenu du communiqué de presse. Il voulait viser des tensions personnelles, des abus dans la vie privée de Diba, même s'il sentait instinctivement que beaucoup d'autres choses devaient jouer un rôle. Si Kovalev restait en vie, il fallait espérer qu'il apporterait des éclaircissements.

Mais cet espoir fut rapidement réduit à néant. Avant même d'arriver au bureau, Tomasoa reçut la confirmation que Kovalev avait succombé à une hémorragie cérébrale.

Un instant, il pensa au soulagement qu'il ressentirait s'il laissait toutes les responsabilités derrière lui en filant, vitres ouvertes, tout droit dans le virage de l'étang d'Amstelveen : les pneus décolleraient du sol puis, en retombant, l'eau pénétrerait dans l'habitacle et Tomasoa sombrerait dans un état d'inconscience.

De retour au commissariat, il se creusait la tête pour savoir comment informer le Bureau des affaires internes des événements survenus dans la salle d'interrogatoire, lorsque Calvino apparut dans l'embrasure de la porte. On aurait dit qu'il était d'astreinte depuis une semaine entière sans interruption.

« Voilà la déposition du chauffeur. Des aveux complets. Avec la date exacte, une description des personnes et des lieux, et la villa du Bois d'Amsterdam pour couronner le tout.

— Beau travail, dit Tomasoa. Où est-il, à présent ?

— À la cantine, il boit un café en présence d'un agent.

— OK », dit Tomasoa, absent.

Il y avait longtemps qu'il ne s'était pas senti aussi mal à l'aise. Calvino avait suffisamment trinqué, ce soir, et pourtant il poursuivait sa tâche. Calvino était l'homme qui cherchait son chemin dans la tempête. Un homme selon son cœur.

« Joshua, Diba est mort. »

Il n'y avait pas d'autre manière de l'annoncer. Donner cette information sans détour était la seule chose qu'il pouvait offrir à Calvino, comme s'il rendait ainsi le contenu de ses paroles moins insoutenable.

« Il a sauté du toit de la tour Rembrandt. »

Dans le silence qui suivit, Tomasoa revit l'inspecteur Diba tomber, mais cette fois-ci avec les yeux de Calvino.

C'était la chute définitive d'une ancienne idole.

9

Submergé par l'envie de vomir, Joshua Calvino s'appuya au chambranle de la porte.

« J'aurais dû m'en douter », dit-il d'une voix blanche.

Tomasoa, qui s'était levé, se dirigea vers la fenêtre.

« Je ne sais pas ce qui a dérapé, Joshua, ni quand ça a dérapé, s'il était une taupe ou non, s'il avait des dettes ou trompait sa femme, ou s'il buvait, mais il s'est passé beaucoup de choses et personne n'a rien vu.

— Moi si.

— Je ne sais pas ce que vous avez vu, mais ce que je sais, c'est que vous n'avez pas cessé d'essayer de le protéger. Vous n'avez rien à vous reprocher.

— Sa famille a été prévenue ?

— Pas encore. J'appellerai sa femme à Marrakech dès que j'aurai son numéro. »

Joshua avait rencontré l'épouse de Diba plusieurs fois. Une femme timide qui avait sans doute été belle dans sa jeunesse, mais qu'un trop-plein de soucis et de graisse avait enrobée d'une couche impénétrable, cachant presque entièrement sa beauté. C'était comme si, telle une poupée gigogne, elle s'était retrouvée dissimulée dans un exemplaire plus grand, plus gros et plus laid.

« Prenez quelques jours, Calvino. C'est un ordre », dit Tomasoa.

Il se retourna et revint à son bureau.

« Il y aura une enquête interne au sujet de ce qui s'est passé dans la salle d'interrogatoire. Ils vont fouiller dans la vie de Diba et sans aucun doute dans la vôtre aussi.

— Et qui va se charger de l'affaire du garçon ? Qui va s'occuper de la déclaration du chauffeur ?

— L'affaire Lombard sera traitée par la brigade nationale de recherche.

— C'est bien possible, répondit Calvino violemment. Mais je ne rentrerai pas chez moi tant qu'un homme laissant derrière lui une kyrielle de gamins abusés, et probablement aussi des enfants morts, sera libre. Je veux résoudre cette affaire. »

Tomasoa tapa d'un coup sec sur le bureau.

« Rectification, Calvino, nous voulons tous la résoudre ! N'y voyez pas une vendetta personnelle ou une façon de venger la mort de Diba.

— On peut dès maintenant arrêter Lombard sur la foi des aveux de son chauffeur, dit Joshua le plus calmement possible.

— Lombard est à Moscou avec une délégation commerciale. Là-bas, on n'a aucun pouvoir juridictionnel.

— On a un officier de liaison à Moscou. Il travaille à l'ambassade néerlandaise. On peut faire appel à lui pour une demande d'assistance juridique. »

Joshua n'avait pas l'intention de se laisser freiner dans cette enquête en s'arrêtant trop longtemps sur la mort de Diba. S'arrêter, c'était reculer. Il voulait aller de l'avant, pénétrer dans l'œil du cyclone. Et apparemment, Tomasoa avait décidé de l'y aider.

« D'accord, Calvino, on pourra encore faire certaines choses avant de transmettre l'affaire à la brigade de recherche. Si on trouve des preuves supplémentaires corroborant la déclaration du chauffeur, on le tient.

— Lombard possède un appartement à La Haye, dit Joshua. On doit consulter ses fichiers informatiques.

— Pourquoi là-bas et pas chez lui ?

— Au domicile, les ordinateurs ont des fichiers partagés. Il serait fou d'y conserver des photos et des films. Si on peut en trouver quelque part, c'est dans son ordinateur à La Haye. »

Après avoir sorti le procureur de son lit en lui téléphonant, Tomasoa l'assaillit d'arguments pour obtenir un permis de perquisition d'urgence : un témoin extrêmement fiable, issu du cercle le plus étroit du ministre, avait rapporté des faits révélant que des enfants étaient abusés depuis des années. On pourrait peut-être en retrouver des traces dans les fichiers informatiques du suspect, qui séjournait actuellement à Moscou. Le procureur hésita. Il devait d'abord se concerter avec la brigade de recherche.

Tomasoa et Joshua mirent à peine trois quarts d'heure pour atteindre La Haye. Grâce à un système efficace de désactivation d'alarme, ils se retrouvèrent en quelques minutes au quarantième étage de la tour Kroon, où de hautes fenêtres basculantes rectangulaires donnaient sur la ville plongée dans la nuit. Le blanc des murs, des stores, du canapé et des meubles contrastait fortement avec le noir du lustre, des chaises, des sofas et des œuvres d'art moderne peu expressives suspendues au mur.

Ils opérèrent sans faire de bruit, comme s'ils étaient habitués à cambrioler des appartements de fonction ministériels en pleine nuit. À la lueur des torches, toutes les pièces et armoires furent entièrement fouillées. Ils ne trouvèrent rien. Tout était d'une propreté clinique. Puis ils descendirent les stores du bureau et un collaborateur de l'Institut criminalistique néerlandais s'installa derrière l'ordinateur de Lombard.

Le silence régnait dans l'appartement, hormis le ronronnement de la climatisation. Le spécialiste commença à déchiffrer des codes et contrôla si tous les programmes avaient été installés sciemment ou étaient le fruit de virus qui avaient pénétré dans l'ordinateur. S'ils trouvaient des fichiers suspects dans l'ordinateur de Lombard, il était essentiel de pouvoir prouver qu'il les avait lui-même téléchargés.

Les cliquetis nerveux sur le clavier agaçaient tout le monde. De brefs silences porteurs d'espérance tombaient régulièrement, rompus par une nouvelle série de frappes ultrarapides sur les touches.

« Il peut être actif sur le réseau anonyme Tor, chuchota le spécialiste. On ne peut pas y retrouver les adresses IP. Le réseau est conçu pour partager des informations de manière anonyme. »

Les séries de frappes étaient de plus en plus longues. Les pauses entre elles de plus en plus courtes. La motivation de Joshua et de Tomasoa s'amenuisait de minute en minute. Ils se regardaient, évaluaient leur fatigue mutuelle, détournaient ensuite la tête d'un air maussade. Les frappes continuaient.

Soudain, un silence prolongé s'installa, suivi d'un juron étouffé. Ils se redressèrent, se penchèrent vers l'écran et virent comment un fichier zip contenant des photos s'ouvrait à toute allure. Le soulagement de Joshua laissa vite la place à un profond dégoût. Aucune cuirasse n'était à l'épreuve de photos d'abus d'enfants.

« C'est lui », lança Joshua.

Il appuya sur la touche lecture d'une vidéo d'une très jeune danseuse dans un habit bleu ciel.

Une musique métallique résonna. Une caméra tremblotante enregistrait un petit garçon outrageusement maquillé qui secouait les hanches de façon malhabile, levait les bras et tapait des pieds en faisant tinter des grelots. La caméra avança en tressautant vers le garçon. Hors image, on entendit une voix d'homme. Le garçon hésita, arrêta de bouger. Une main commença à tirer sur son habit et il trébucha. La caméra zooma par à-coups : elle était au-dessus de lui.

Le garçon gisait sur le sol et Joshua lut l'angoisse dans ses yeux.

« Arrêtez-vous là. »

La voix de Tomasoa tremblait de colère.

« Pouvez-vous voir d'où ça a été envoyé ? »

L'expert eut besoin de quelques minutes pour tracer le serveur de l'expéditeur. Lorsqu'il l'eut trouvé, il siffla doucement entre ses dents.

Le dossier venait de l'ambassade néerlandaise à Kaboul.

10

Farah appuya de tout son poids contre la porte de son appartement. En été, lorsque le mercure montait, le bois gonflait et pour entrer, elle était obligée de la secouer, de la pousser et de la tirer de toutes ses forces, poignée en main. Elle n'avait pas dormi depuis deux nuits, ne se souvenait plus du moment où elle avait mangé pour la dernière fois et vacillait sur ses jambes.

Une fois entrée, elle ne put que s'affaler sur le lit, s'imaginant tomber dans un sommeil de plomb avant même d'avoir touché le matelas. Mais elle fixa le plafond pendant de longues minutes, ses pensées tournoyant et l'adrénaline électrisant son corps. On devait se sentir comme ça, pendant une chute libre, et qu'on tombait, tombait…

Elle sentit la main de Parwaiz la retenir et se demanda ce qui serait arrivé s'il ne l'avait pas fait. La Bentley l'aurait peut-être renversée. Parwaiz serait-il encore en vie ?

Ce matin, elle s'était tenue au bord de sa tombe. Il était devenu inaccessible aux vivants.

Quelques heures plus tôt, elle avait quitté la maison au toit de chaume de l'étang d'Amstelveen, chargée de plusieurs cartons. Pourquoi avait-elle accepté l'idée que David lui soit, lui aussi, devenu inaccessible ? Que se serait-il passé si elle avait tout simplement remonté les cartons à l'étage, les avait déballés, avait de nouveau pendu ses vêtements, reposé ses livres sur la pile habituelle, puis rangé ses produits de maquillage dans la salle de bains ?

À présent, trempés de pluie, les cartons se trouvaient sur le périphérique calciné. Elle les avait sortis de la voiture à toute vitesse pour laisser la place à la femme gravement blessée que l'inspecteur Diba avait déposée dans sa voiture. Ensuite, Paul Chapelle s'était assis à côté d'elle. Elle était consciente des faits. Seuls les esprits et les souvenirs l'étonnaient. Elle avait réussi à sauver un homme d'un taxi en feu et il s'était révélé être celui qui l'avait littéralement enfiévrée d'amour, trente ans auparavant.

Les événements avaient mis en lumière une histoire longtemps tue. Tard dans la soirée, sur une digue déserte, elle avait écouté les confidences d'un inconnu, avant de l'accompagner au commissariat d'Amsterdam, où elle l'avait présenté à Joshua Calvino.

Ce soir, les événements l'avaient conduite dans le bureau du commissaire Tomasoa, un Indonésien imposant au crâne rasé, lui disant l'avoir vue combattre au Théâtre Carré. Il lui avait demandé de quelle manière elle était entrée en contact avec le chauffeur et lorsqu'elle avait expliqué qu'à l'origine, c'était à Danielle Bernson qu'il avait voulu parler, elle avait vu Calvino et Tomasoa échanger un regard lourd de signification.

L'événement suivant l'avait prise de court : Danielle était à la morgue, abattue tôt dans la soirée dans le Bois d'Amsterdam. Le visage fier de Tomasoa avait ensuite viré au gris lorsqu'il avait décroché le téléphone. Sans rien révéler de sa conversation et le visage sombre, il avait demandé à Joshua d'interroger le chauffeur. Il avait raccompagné Farah dans le hall en lui disant qu'il la contacterait plus tard.

Le commissaire si sûr de lui était intérieurement brisé. Elle l'avait regardé monter dans sa voiture et démarrer. Elle avait envie d'être chez elle, dans son lit, afin de dormir quelques heures avant de se rendre au guichet d'enregistrement de la classe affaires d'Aeroflot, pour son vol vers Moscou.

Mais le sommeil ne vint pas.

Elle fixa le plafond et revécut les dernières quarante-huit heures en quinze parties d'une minute chacune. Puis elle se leva et marcha vers la fenêtre qu'elle ouvrit en grand pour laisser entrer l'air frais de la nuit. La place Nieuwmarkt était déserte. Les Chinois avaient déjà quitté les lieux.

Elle prit une douche chaude et pendant que l'eau coulait sur son corps, elle se souvint de Sharada, trônant au beau milieu du bureau de Lavrov. La déesse de la rivière avait sa place chez elle, dans le monde de Parwaiz, et non dans celui de Valentin Lavrov.

Comment le passé pouvait-il se rapprocher autant, de façon si terrifiante ? Raylan qui écrivait des lettres d'amour à sa mère Helai, Paul qui au bout de trente ans sautait soudain dans sa Carrera – les idées, souvenirs et images se bousculaient, luttaient pour attirer l'attention, et tout ce temps, l'eau chaude s'écoulait sur son corps.

Elle souhaitait se trouver sous une cascade qui la laverait de tous les soucis, mais laverait aussi le monde autour d'elle. Une cascade qui ferait reculer les aiguilles de la pendule, ressusciterait Danielle

Bernson et ferait courir Parwaiz, comme un jeune homme, sur la place Plein, à La Haye, tandis qu'il pointerait son doigt vers les cerfs-volants dans le ciel. Une cascade lui permettant de retourner dans la maison de David, alors qu'il l'attendrait à la porte avec un large sourire. Une cascade pouvant panser les plaies.

Une cascade qui n'existait pas.

Elle ferma le robinet, se sécha, s'enduisit de lotion corporelle et remit sa chaîne avec le pendentif argenté en forme de griffes d'oiseau. Puis elle enfila les trois bagues : une à chaque annulaire et la dernière au pouce droit. Elle ne se vêtit pas, mais commença à étaler sur son lit ses habits pour Moscou.

Pour finir, elle posa à côté le papillon en papier et le paquet de lettres de Raylan Chapelle, ainsi qu'un recueil de poèmes de Rumi.

Elle avait horreur de partir, par peur de ne plus revenir. Moscou lui semblait un monde étranger et sinistre. Mais elle devait y aller pour trouver ce qu'elle cherchait, une explication à ce qui était arrivé, une signification plus profonde au mystérieux concours de circonstances qui, lui semblait-il à présent, se concentraient autour d'un seul homme, Valentin Lavrov.

CINQUIÈME PARTIE

Bercail

Cette fois-ci, les hommes qui étaient venus le chercher à l'orphelinat le parèrent d'habits et de bijoux tintinnabulants encore plus beaux. Il avait appris à se maquiller les yeux lui-même, à se mettre du rouge à lèvres et à poudrer son visage. Ils l'emmenèrent dans une grande maison entourée d'un haut mur. C'était un rendez-vous important, lui dirent-ils. Il devait faire de son mieux.

La pièce dans laquelle il se trouvait était si haute et si mal éclairée qu'il voyait à peine le plafond. L'homme qui entra avait un visage rose bouffi, des cheveux couleur paille et un costume clair. Transpirant, il le contempla longuement en silence.

Il dut ensuite danser et imiter une femme qui chantait, sans émettre de sons. Puis les deux hommes furent renvoyés. Il ne les revit plus jamais. L'homme au costume clair lui sourit et s'assit dans un fauteuil. Il l'observa sans dire un mot. Il se souviendrait de son visage rougissant et de ses cheveux blonds, car personne ne l'avait jamais regardé ainsi. Aussi silencieusement et aussi longtemps. Ensuite, l'homme lui chuchota de danser pour lui du mieux qu'il pouvait.

Il s'imagina être une actrice jouant dans un film d'amour, tournoyant avec des voiles fins autour de son corps, au son d'une chanson merveilleuse qu'il était seul à entendre. Puis il se rendit compte que l'homme avait enlevé sa veste et s'avançait avec un appareil photo. Il ne souriait plus et le tira si fort qu'il perdit l'équilibre et chuta. Quand il leva les yeux, il vit ce que l'homme était en train de se faire. Il sentit des ailes d'aigle lui pousser à toute vitesse. Il les déploya et s'envola hors de la grande pièce sombre, et lorsqu'il fut dehors, il monta si vite dans les airs qu'il ne vit plus les lumières de la ville. Le ciel était froid et sombre, si haut au-dessus des nuages.

1

Après l'atterrissage de l'Iliouchine Il-96 à l'aéroport Domodedovo, Farah constata que le thermomètre indiquait trente-neuf degrés Celsius. Elle se dirigea vers le kiosque. Les journaux parlaient d'un attentat perpétré dans le métro de Moscou le matin même. On déplorait trente-cinq morts et au moins trois fois plus de blessés. Des rebelles tchétchènes l'avaient revendiqué. La délégation commerciale néerlandaise n'aurait pu choisir un plus mauvais moment et Farah non plus.

Le trajet en taxi qui la conduisit dans le centre en passant par l'autoroute à six voies lui coûta deux mille huit cents roubles et prit plus de trois heures. Ils avançaient au pas à travers les vastes faubourgs, en longeant des cages à lapins construites du temps du rideau de fer. Plus ils s'approchaient du centre-ville, moins elle voyait de tranchées de fondation désordonnées et de trottoirs éventrés. Les magasins devenaient de plus en plus luxueux ct une petite armée de balayeurs veillait à ce que les boulevards, où circulaient des limousines, Lexus et Porsche, demeurent impeccables. Sa destination finale, l'Hôtel National, où Lénine avait eu ses bureaux, se trouvait au bout de la Tverskaya Ulitsa, la principale artère menant au cœur de la ville.

Arrivée dans sa chambre, Farah était si épuisée qu'elle arracha ses vêtements de son corps brûlant, pour tomber dans le profond sommeil auquel elle aspirait tant depuis près de trois jours.

Quand elle rouvrit les yeux, un mal de tête lancinant s'était logé au creux de ses tempes.

Elle entra dans la salle de bains, but un grand verre d'eau et avala deux ibuprofènes, puis avança en chancelant sur le tapis tape-à-l'œil en direction de la double fenêtre, qu'elle réussit finalement à ouvrir au prix de maints efforts. L'air moite de l'extérieur entra, accompagné du vacarme de la ville. Malgré l'heure tardive, des Mercedes noires avec des gyrophares bleus sur le toit sortaient encore des bâtiments du Kremlin.

Il y avait plus de douze heures, elle s'était tenue ainsi, les yeux fixés sur la place Nieuwmarkt, les mains appuyées au rebord de la fenêtre, le corps légèrement penché en avant et la tête levée, comme le font les loups lorsqu'ils pleurent à la lune.

Farah pleurait aussi, mais intérieurement. À cause des événements, elle s'était perdue elle-même. Elle exerçait le métier de journaliste, sans toutefois y exceller. Il est vrai qu'elle avait dix années d'expérience, mais elle avait peu pratiqué l'investigation et jusque-là, elle n'avait enquêté que sur des problèmes sociaux. Elle n'avait jamais traité d'affaires criminelles et n'avait donc jamais eu à se renseigner sur une personne en particulier.

À présent, elle se retrouvait face à un circuit criminel aussi étendu qu'impénétrable, aux ramifications internationales. Et plusieurs morts étaient déjà tombés. Elle n'avait aucune idée de la marche à suivre, sachant seulement qu'elle se faisait passer auprès du principal suspect pour un reporter culturel, qui avait recueilli toutes ses prétendues connaissances dans des livres d'art réunis à la hâte. Elle avait approuvé le plan d'Edward sans réfléchir et jouait soudain un jeu qui n'était pas du tout le sien.

Pendant son vol vers Moscou, elle avait réalisé à quel point elle s'était trompée en acceptant l'invitation de Lavrov. C'était une faute de débutant de penser qu'ainsi elle pourrait soutirer des informations compromettantes à un magnat opérant dans le monde entier. La première chose qu'elle ferait ce matin, ce serait de téléphoner à Edward pour lui expliquer que la stratégie était funeste. Mais plus elle y réfléchissait, plus elle pressentait qu'il serait impossible de faire marche arrière.

Alors qu'elle cogitait en contemplant la ville, elle vit à des kilomètres de là surgir un éclair lumineux, suivi d'une colonne de flammes s'élevant au-dessus des immeubles. Peu de temps après, elle entendit le bruit sourd d'une explosion. Les vibrations se firent ressentir jusque dans le châssis de la fenêtre de l'hôtel. Farah fut clouée sur place. Toute la ville semblait retenir sa respiration. Puis les premières sirènes retentirent au loin.

Un hélicoptère volant à basse altitude se pressa en direction de ce qui ressemblait à un nuage de poussière rouge orangé, qui irradiait et d'où jaillissaient des flammes.

Une pensée l'assaillit tel un coup de tonnerre : ici, à Moscou, elle n'était plus la citoyenne du monde qu'elle pensait être, enveloppée du sentiment de sécurité que lui donnait Amsterdam. Elle était l'un de ces millions d'expatriés anonymes, dans une ville surpeuplée qui l'enserrait en l'étranglant presque.

2

Le matin suivant l'accident sur le périphérique, Paul s'était rendu à la ferme en taxi avec Edward. En avançant dans la cour, il avait vu la silhouette fragile de sa mère dans l'embrasure de la porte. Comme d'habitude, Isobel était maquillée de façon excentrique et enveloppée d'étoffes imprimées de fleurs et de motifs orientaux. En l'étreignant, Paul avait senti l'odeur de patchouli dans son cou. C'était le parfum du temps jadis, du bercail.

Le parfum des adieux.

Paul devait rejoindre Farah à Moscou le soir même. Il trouvait l'excuse du supplément culturel stupide.

Mais maintenant que Moscou était son prochain objectif, il était grand temps de reprendre contact avec sa principale source d'information : une journaliste pour qui peu de politiciens et d'hommes d'affaires russes de haut rang avaient de secrets.

Anya Kozlova travaillait à la *Moskva Gazeta*, un hebdomadaire libéral, qui suivait de façon critique chaque pas du président russe Potanin et les commentait, en s'opposant ouvertement aux organisations mafieuses, à la corruption et aux conflits d'intérêts entre politiciens et hommes d'affaires. Ce n'était pas la seule raison pour laquelle la *Moskva Gazeta* était une véritable épine dans le pied du gouvernement russe, mais aussi et surtout parce qu'elle était parmi le petit nombre de journaux qui s'exprimaient en faveur d'une solution pacifique à l'interminable conflit avec la Tchétchénie.

« N'avons-nous rien appris de l'Afghanistan ? » avait écrit Anya plusieurs années auparavant, quand les Russes avaient envahi avec violence la province dissidente.

Paul n'avait plus reparlé à Anya depuis qu'il était parti pour Johannesburg, trois ans plus tôt. Il savait que leurs retrouvailles ne seraient pas faciles. Elle lui reprocherait certainement d'être un handicapé socio-émotionnel, incapable d'entretenir des liens durables. Elle ne digérait toujours pas qu'il n'ait jamais entamé de relation amoureuse avec elle et s'évertuerait à bien le lui faire comprendre. Elle tenterait tout pour avoir raison.

Anya Kozlova était devenue journaliste par passion : elle voulait que les vérités éclatent et aimait avoir raison. Plus elle rencontrait de résistance, plus elle insistait. Tout cela, ainsi que sa haine innée pour ce qui touchait de près ou de loin à l'autorité, lui avait valu la réputation d'être une journaliste persévérante et donc détestée par de nombreuses personnes.

« Je savais bien que tu refrapperais à ma porte un jour, avait-elle déclaré en entendant sa voix au bout du fil. On m'a dit que tu n'allais pas bien du tout.

— C'est vrai, avait répondu Paul, conciliant. J'ai besoin de ton aide. »

Enfin, l'entendait-il penser.

« De quoi as-tu besoin ? »

Il la mit au courant des relations entre le ministre néerlandais des Affaires économiques, le chef d'entreprise Armin Lazonder et l'industriel Valentin Lavrov. Cela ne l'impressionna guère, mais quand il évoqua le lien avec le garçon afghan, il vit qu'il avait touché une corde sensible. Avec Anya, parler d'enfants était toujours payant.

Elle vint le chercher à l'aéroport et le conduisit dans sa Škoda Garde brinquebalante jusqu'au club Tsvet Nochi, autrefois l'un des restaurants préférés de Paul, où elle lui fit servir un bœuf Stroganov.

« Ton aspect est aussi minable que le son de ta voix au téléphone, dit-elle rudement. Tu devrais apprendre à mieux manger. »

Assise là, avec ses cheveux foncés coupés à la garçonne, elle l'examinait d'un œil torve, comme s'il était venu à Moscou juste pour elle.

« Johannesburg, Amsterdam, Moscou. Et tout ça pour un garçon afghan. Comment es-tu parvenu à établir toutes ces connexions ?

— C'est une collègue à moi qui a découvert le lien. Mon ex-patron voulait que je l'aide.

— Si tu l'as elle, pourquoi as-tu besoin de moi ?

— C'est une journaliste inexpérimentée et elle ne connaît pas la Russie.

— Si elle manque tant d'expérience, pourquoi a-t-elle été mise sur le coup ?

— Elle s'est montrée dès le début très intéressée par l'affaire du garçon afghan. C'est par un concours de circonstances qu'elle a fait le rapprochement avec Lavrov.

— Bien joué, pour quelqu'un sans expérience. Comment s'appelle-t-elle ?

— Farah Hafez.

— On dirait le nom d'une princesse orientale.

— Elle est afghane.

— Et pourquoi ne t'accompagne-t-elle pas ?

— Elle est arrivée plus tôt. Pourquoi t'intéresses-tu autant à elle ?

— Je veux savoir comment vous allez vous y prendre. Ça t'étonne ? »

Paul prit une bouchée de son bœuf Stroganov et mâcha lentement. Anya lui lança un sourire affable.

« Tu ne sais pas comment t'y prendre, hein ? Tu n'en as aucune idée ! »

Il posa ses couverts en soupirant et but une gorgée de vin rouge.

« Commence par m'expliquer comment une si petite société telle qu'AtlasNet est devenue en si peu de temps un conglomérat international.

— Si je peux te prendre une bouchée », dit Anya pour le taquiner.

Paul poussa l'assiette vers elle. Chez Anya tout avait un prix et il était la plupart du temps plus élevé qu'il n'y paraissait au premier abord. Après sa troisième grosse bouchée, elle repoussa l'assiette vers Paul.

« Tout a débuté il y a trois ans, juste après que tu as déguerpi, lorsque Potanin a fait enfermer pour fraude Aleksander Ziouganov, le propriétaire de la compagnie énergétique NovaMost, dit-elle, après avoir rincé le bœuf Stroganov avec une grande gorgée de vin. Mais la véritable raison était bien entendu que Ziouganov projetait de se présenter aux présidentielles l'année suivante. Et qu'il disposait d'un bon paquet de roubles pour acheter beaucoup de pouvoir. Potanin a donc organisé un procès factice et Ziouganov a été banni en Sibérie. Fin de Ziouganov.

— Et qu'est devenue NovaMost ?

— L'ensemble des actions a été transféré à une toute jeune société, AtlasNet, appartenant à un Valentin Lavrov jusque-là peu connu.

— Pourquoi Lavrov ?

— Il n'était un secret pour personne que Lavrov était le protégé de Potanin. Des bruits ont couru, à l'époque, disant qu'AtlasNet avait été fondée uniquement parce que Potanin en avait glissé l'idée à l'oreille de Lavrov, tu comprends ?

— Donc AtlasNet a pu devenir si vaste du jour au lendemain grâce aux actions de Ziouganov.

— Exactement. Une fois de plus, les puissants ont divisé pour mieux régner : un jeu où le perdant était connu depuis longtemps.

— Lavrov a-t-il obtenu la totalité des actions ?

— Ah ! C'est là que ça devient intéressant. D'abord une autre bouchée.

— Que s'est-il donc passé avec les actions d'AtlasNet ? »

Elle vida son verre de vin lentement, comme si elle voulait gagner du temps.

« En tant que directeur général, Lavrov avait bien entendu un intérêt majoritaire. Mais il y avait un actionnaire secret. Sur les marchés financiers, personne ne savait qui c'était.

— Mais toi, tu l'as appris », dit Paul.

Anya se pencha vers lui en chuchotant.

« C'est une bombe.

— Tu ne veux quand même pas dire que le prési… »

Mais Paul ne put aller plus loin. Anya lui mit la main devant la bouche.

« Je te l'ai dit, c'est une bombe, murmura-t-elle.

— Depuis combien de temps le savez-vous ?

— Depuis peu.

— Et quand allez-vous le dévoiler ?

— La question est de savoir si nous allons le faire. Si nous publions ce que nous savons, nous montrons que nous avons accès à des secrets d'État. Et ainsi, nous signons notre arrêt de mort. Deux de nos journalistes ont déjà été tués l'année dernière. On a adopté une loi qui donne au président le pouvoir d'engager ses troupes spéciales pour liquider des ennemis, ou des extrémistes, comme ils les appellent, en Russie et même en dehors des frontières. Et pour l'instant, je n'ai pas envie de mourir.

— Tu peux m'aider, Anya ? »

Elle prit soudain un air grave.

« Je peux même faire mieux que ça. »

Elle lui prit les couverts des mains, tira l'assiette vers elle, avala trois grosses bouchées, puis se leva.

« Viens avec moi », dit-elle.

Paul savait qu'il était inutile de protester.

3

Les phares de la Škoda projetaient des bandeaux de lumière crue à travers le brouillard de fumée qui avait envahi la ville.

« Des feux de forêt, dit Anya en jetant un coup d'œil à Paul, assis à côté d'elle. Dès que le vent vient du nord-est, nous nous retrouvons immédiatement dans la fumée. »

La radio fit mention d'un attentat dans un immeuble des faubourgs.

« Une nouvelle offensive tchétchène, déclara Anya. Ils amènent la guerre à nos portes. »

Ils prirent le boulevard Yauzsky. Des hélicoptères de secours volaient à basse altitude et des camions de pompiers, gyrophares allumés et sirènes hurlantes, roulaient de l'autre côté du terre-plein, en direction des banlieues.

Un peu plus tard, elle prit la Pokrovka Ulitsa, où habitait Roman Jankovski de la *Moskva Gazeta,* qu'elle avait arraché à son sommeil.

« Ça peut pas attendre demain ? » avait-il bougonné.

Mais lui aussi savait bien que lorsque Anya avait quelque chose en tête, ça ne pouvait jamais attendre.

« J'ai exactement l'homme qu'il nous faut », avait-elle dit.

Et il n'en avait pas fallu davantage pour convaincre Roman.

Elle parvint à garer sa Škoda en face du bâtiment où se trouvait l'appartement de Jankovski.

« Il faut vraiment que ce soit très important, soupira Paul.

— Crois-moi, dit Anya, si Roman Jankovski sort du lit pour toi à trois heures du matin, c'est que ça l'est. »

Ils se tenaient devant l'entrée monumentale et Anya était sur le point d'appuyer sur la sonnette en cuivre du numéro 187, quand la lourde porte d'entrée s'ouvrit tout grand en grinçant et que deux hommes en salopettes foncées sortirent en trombe. Dans leur hâte, ils renversèrent Anya. Paul la rattrapa au vol. Les deux hommes traversèrent la rue en courant, en direction d'un break Lada de couleur grise. Un troisième homme sortit et bouscula Paul. L'homme voulut le frapper, mais Paul bloqua son poing, lui fit une clé de bras et enfonça de toutes ses forces son genou dans le flanc droit de l'individu, qui tomba à la renverse en gémissant. Les deux autres s'arrêtèrent et revinrent sur leurs pas. L'un d'entre eux sortit un pistolet. La porte ne s'étant pas encore entièrement refermée, Anya l'ouvrit en grand d'un coup d'épaule. Elle tira Paul à l'intérieur et donna un coup de pied sur le battant pour le refermer.

« Ils reviennent », siffla-t-elle.

L'ascenseur prendrait trop de temps, les escaliers étaient trop à découvert. Ils s'engouffrèrent dans la cave. Derrière eux, ils entendirent la lourde porte d'entrée se rouvrir, des voix d'hommes qui se donnaient des ordres en sourdine, des pas dans l'entrée et dans les escaliers, puis sur les marches menant à la cave.

Anya poussa Paul dans un renfoncement puant l'urine et les ordures. Ils retinrent leur respiration lorsqu'ils entendirent les pas se rapprocher. La lueur d'une lampe torche traversa brièvement le couloir principal de la cave. Quelque chose frétilla dans le renfoncement. Paul sentit un rat frôler ses bottes. Dans le couloir principal, les pas s'arrêtèrent. La lueur revint et dépassa le renfoncement. Les pas s'éloignèrent.

Dans l'entrée, ils perçurent à nouveau les voix étouffées des hommes. Brusques et résolues. La porte d'entrée se referma. Anya et Paul mirent une éternité avant de se décider à bouger. Ils se glissèrent en dehors du renfoncement. Paul attrapa son téléphone portable pour éclairer le couloir de la cave et se dirigea vers l'endroit où il avait entendu les pas se diriger.

Anya siffla : « Reviens. »

Il fit mine de ne pas l'entendre, continua à avancer et tira sur la poignée de chaque box.

Anya était furieuse. La peur la mettait en rage. Elle vit Paul entrer dans un box et jura intérieurement. Elle le suivit avec l'intention de lui donner des coups de pied : n'importe quoi pour chasser son angoisse. Immobile, il se tenait dans l'embrasure de la porte. Dans la lueur bleutée de son téléphone portable, elle vit ce qu'il venait de découvrir.

4

Farah fut réveillée, hébétée, par des coups frappés à la porte de sa chambre. Par la fenêtre ouverte, le bruit de la circulation résonnait contre les murs et un fin brouillard flottait dans la chambre. De l'autre côté de la porte, une voix d'homme appelait son nom. Elle entoura son corps moite d'un drap et ouvrit le loquet, pour découvrir le visage chiffonné de Paul Chapelle.

« Ils ont un drôle de service d'étage, ici, dit-elle en bâillant.

— Tu viens avec moi ?

— Où ça ?

— À la *Moskva Gazeta*. C'est important.

— Donne-moi dix minutes. »

Un quart d'heure plus tard, elle se trouvait en bas, dans le hall d'entrée, serrant la main à une jolie femme d'allure un peu masculine, avec une coupe moderne et des yeux gris-bleu perçants.

« Anya Kozlova. Et vous devez être la princesse, déclara-t-elle.

— Quelle princesse ?

— De l'Orient.

— Désolée, je ne suis la princesse de personne », dit Farah sèchement alors qu'un large sourire apparaissait sur le visage d'Anya Kozlova.

« On y va dans ça ? demanda-t-elle à Paul tandis qu'ils se dirigeaient vers une Škoda cabossée datant des années 1980.

— Moi aussi, je ferais des chichis si je logeais à l'Hôtel National », dit-il en riant.

Farah se pelotonna sur la banquette arrière.

« Qu'allons-nous faire ? »

Paul voulut répondre lorsque Anya démarra subitement pour se frayer un passage dans la circulation dense en jurant.

« Paul m'a parlé de ton plan stupide pour convaincre Lavrov que tu es une sorte de journaliste d'art », déclara Anya en contemplant Farah avec cynisme dans le rétroviseur.

Bizarrement, elle plaisait à Farah.

« Elle a raison, ton amie, dit-elle à Paul.

— Ce n'est pas mon amie.

— Quoi qu'il en soit, elle a raison. C'est en effet un plan déplorable : je suis journaliste, pas spécialiste de l'infiltration. Même si j'ai un nom exotique, cela ne veut pas dire que je doive me comporter comme une espèce de Mata Hari.

— Tu lui as parlé de cette nuit ? demanda Anya à Paul.

— Est-ce que ça devrait m'intéresser ? » demanda Farah.

Paul hocha la tête d'un air grave.

« C'est pour ça que nous nous rendons dans leurs bureaux. »

Farah apprit donc l'histoire de la rencontre prévue avec le rédacteur en chef Roman Jankovski à trois heures du matin, la confrontation imprévue avec les trois hommes sortis en courant du bâtiment et la découverte inopinée de cinq grands sacs d'hexogène dans un box. Assez pour faire sauter tout l'immeuble.

« Les sacs étaient reliés entre eux par des fils et un mécanisme de mise à feu, lui-même raccordé à un minuteur indiquant qu'il ne restait que vingt-trois minutes avant l'explosion », relata Paul d'un ton calme.

Mais à l'arrivée du service de déminage, il n'en restait plus que cinq. Grâce au profil qu'avait donné Paul de son assaillant, on avait retrouvé les trois suspects le matin même et ils avaient été interpellés pour audition.

« Pourquoi devons-nous nous rendre à leur rédaction ? voulut savoir Farah.

— C'était sans doute des hommes du FSB, répondit Anya.

— Ce sont les services secrets russes, expliqua Paul. Ils voulaient sans doute que ça ressemble à un attentat tchétchène. Comme ça, ils auraient fait d'une pierre deux coups : peser encore davantage sur l'opinion publique en faveur d'une guerre en Tchétchénie et en passant, faire sauter le rédacteur en chef de l'hebdomadaire le plus virulent de Russie, avec son lit et tout le toutim.

— Mais qu'est-ce que nous avons à voir avec ça ? dit Farah, irritée.

— Ils veulent partager des secrets d'État avec nous, répondit Paul. Ils vont nous faire une proposition. »

Anya ricana dans son rétroviseur.

« *An offer you can't refuse.* »

5

Sitôt que Joshua Calvino serra la main de l'officier de liaison Max Berger, dans le majestueux bâtiment de l'ambassade néerlandaise de Moscou, il le détesta d'instinct. Avec son allure pseudo-aristocratique et ses phrases soigneusement articulées, Berger semblait tout droit sorti d'une série télévisée britannique relatant la chute tragique d'une vieille lignée nobiliaire. Si quelqu'un pouvait prétendre au qualificatif de « hautain », c'était bien Berger. Joshua dut faire de gros efforts pour ne pas montrer son aversion. Berger était son dernier espoir.

« Le moins que l'on puisse dire, c'est qu'il s'agit d'une question délicate, dit Berger après avoir conduit Joshua dans son bureau, en longeant des couloirs dont la lumière d'ambiance éclairait une multitude de paysages de l'âge d'or de la peinture néerlandaise.

» D'autant plus que nous n'avons pas reçu de demande d'assistance juridique du ministère public. Et vous devez comprendre, monsieur Calvino, que sans cette demande il sera extrêmement compliqué de faire intervenir les autorités russes. »

Il indiqua gracieusement à Joshua le fauteuil en cuir noir face à son bureau verni.

« Le ministère public s'en occupe, dit Joshua en s'asseyant. On m'a assuré qu'il valait mieux m'adresser à vous au plus vite, afin de pouvoir agir dès que la demande d'assistance juridique aura été accordée.

— Je vous signale, monsieur Calvino, riposta Berger, que nous n'avons reçu aucune demande. »

Joshua n'avait pas l'intention de se laisser déstabiliser par l'homme à la cravate cousue main et à la chemise délicatement rayée. Il regarda Berger impassiblement.

« Le ministère public a insisté pour que, dans l'intervalle, le maximum soit fait pour informer les autorités russes de façon officieuse de l'arrestation imminente du ministre, en leur demandant expressément de collaborer.

— Eh bien », dit Berger.

Il semblait quelque peu amusé du coup d'esbroufe de Joshua :

« Et le ministère public vous a dit tout ça ?

— Vous ne pensez tout de même pas que je sois venu à Moscou au petit bonheur la chance ? »

Berger leva la main d'un geste conciliant, le téléphone collé à l'oreille.

« Marianne ? Voulez-vous bien vérifier si le ministère public nous a transmis une demande d'assistance juridique au cours de la dernière heure ? »

En attendant la réponse de Marianne, Joshua contempla d'un air absent le portrait de la reine des Pays-Bas, juste au-dessus de la tête de Berger. Il savait qu'en réalité les choses n'étaient pas exactement comme il venait de les présenter. Malgré l'insistance de Tomasoa, le ministère public semblait ne pas avoir l'intention d'agir rapidement. Joshua et Tomasoa s'étaient concertés. Le terme de « justice des classes» était tombé. Dès que le projet d'arrêter Lombard parviendrait aux oreilles des membres de la délégation commerciale – et cela ne durerait plus très longtemps dans ce circuit très fermé –, Lombard et les siens s'emploieraient avec habileté à empêcher ce désastre.

Bien que Tomasoa ait fait part de son impuissance, Joshua n'avait pas l'intention d'attendre que la situation se débloque. Il avait réservé un aller-retour pour Moscou à titre personnel, en espérant pouvoir pousser Berger à l'action grâce à un coup de bluff. Toutefois, Berger s'étant montré particulièrement distant dès leur rencontre dans le hall d'entrée, Joshua craignait que son voyage dans la capitale russe n'ait été peine perdue.

«Non, lança Berger avec emphase dans le combiné. Vous en êtes sûre, Marianne? Bien, merci.»

Il reposa le combiné telle une relique précieuse.

«Nous n'avons rien reçu», dit-il, comme s'il déclamait les derniers mots d'une tragédie grecque.

Il se leva, se dirigea vers une armoire d'aspect ancien et ouvrit une porte derrière laquelle était rangée une collection de bouteilles multicolores. Joshua eut un instant l'impression de se retrouver dans un luxueux bar à cocktails.

«Qu'est-ce que je vous sers, inspecteur? demanda Berger.

— De l'eau, s'il vous plaît, répondit Joshua.

— Si je peux me permettre, monsieur Calvino, dit Berger peu après en posant un verre de Perrier devant Joshua, s'agit-il de votre première mission à l'étranger?

— Que voulez-vous dire?»

Joshua avala le Perrier avidement. À cause du smog respiré pendant sa promenade jusqu'à l'ambassade, sa gorge lui donnait l'impression d'avoir fumé un paquet de cigarettes. Une sensation désagréable pour un non-fumeur.

« Il faut que vous sachiez que le terrain diplomatique est extrêmement sensible, déclara Berger, qui s'était de nouveau assis derrière son bureau. On marche sur des œufs. Si on veut marquer un point, il faut agir avec finesse, formuler avec circonspection et décrire très lentement des cercles concentriques. Et vous arrivez ici avec une bombe entre les mains. Si vous voyez ce que je veux dire.

— Je pense que oui, répondit Joshua calmement. On n'alpague pas chaque jour un ministre néerlandais pour pédophilie.

— Vous comprendrez sans doute que les autorités russes ne voudront pas se précipiter, afin que les relations avec les Pays-Bas restent aussi bonnes que possible, dit Berger sur le ton de la badinerie. Et même si le ministère public envoie une demande, il y a encore une autre raison pour laquelle les autorités russes ne piafferont pas d'impatience pour arrêter un ministre néerlandais ici, à Moscou. Cette raison est purement dictée par des motifs économiques : avec des importations s'élevant à environ quatorze milliards d'euros, les Pays-Bas sont la principale destination pour les marchandises et les produits russes. Dois-je en dire davantage ?

— Entendez-vous par là que des motifs économiques pourraient l'emporter sur des raisons juridiques ? »

Joshua entendit l'âpreté de ses propos. Il vit l'éclair glacial dans les yeux de Berger. Et était en tout cas sûr d'une chose : il n'était pas fait pour la diplomatie. Il se demanda si des tentatives de convaincre Berger de participer à son plan avaient encore une chance d'aboutir.

« Ce que je veux dire, monsieur Calvino, c'est que même avec une demande officielle du ministère public, il nous faudra remuer ciel et terre pour que les autorités russes procèdent à une arrestation. Mais rien n'est impossible. Les preuves contre Lombard sont-elles selon vous irréfutables ?

— Nous avons des aveux complets de son chauffeur, avec les dates, les lieux et les noms des personnes impliquées. Et nous avons trouvé des fichiers très compromettants dans son ordinateur. Sans vouloir être impudent, je dirais que les preuves sont quasi irréfutables. »

Joshua n'avait encore jamais employé ce mot. Impudent. Berger semblait lui inspirer un nouveau genre de vocabulaire.

« Et vous êtes sûr que ces fichiers ont bien été obtenus de façon légale ? demanda Berger, les lèvres aussi minces que les rayures de sa chemise.

— Nous sommes entrés dans le logement avec un mandat de perquisition délivré par le procureur et nous avons confisqué l'ordinateur dès que nous avons trouvé les fichiers suspects. Cela pourrait-il être plus légal, selon vous ? »

Berger s'agita sur sa chaise de bureau.

« Des fichiers compromettants. Pouvez-vous me décrire ce que vous entendez par là ?

— Je ne veux et ne peux pas vous en parler de façon plus explicite, dit Joshua sèchement. C'est trop monstrueux. Par contre, je peux vous dire que ces fichiers montrent clairement l'implication active de M. Lombard dans un réseau pédophile qui, pour autant que nous puissions en juger actuellement, s'étend jusqu'à l'intérieur de l'ambassade de Kaboul. »

L'effet de ces derniers mots fut stupéfiant. Joshua avait su éveiller l'intérêt de Berger. La magie du moment suprême différé. Berger se tenait soudain droit comme un i derrière son bureau.

« Comme je vous l'ai dit, monsieur Calvino, rien n'est impossible. Il y a peu, nous avons eu ici un fonctionnaire de Kaboul en détachement. Si tout ce que vous dites est vrai, l'affaire ne sent pas bon. Elle ne sent pas bon du tout. Nous, à l'étranger, nous avons des normes strictes à respecter. Votre chef, le commissaire Tomasoa, m'a parlé au téléphone d'un lien éventuel entre Lombard et Lavrov. Pouvez-vous m'en dire davantage ?

— Nous avons entendu un témoin important qui était employé par AtlasNet. Ses déclarations montrent que Lavrov a acheté des hommes d'affaires et des politiciens en échange de l'obtention de concessions pour construire aux Pays-Bas le plus grand dépôt de gaz d'Europe.

— Donc nous ne parlons pas seulement du ministre ? Vous ai-je bien compris ?

— Le ministre Lombard est notre priorité. Mais s'il parle, d'autres noms tomberont certainement et celui de Lavrov sera sans doute l'un d'entre eux.

— Et qui est ce témoin-clé, si je puis me permettre ? »

Joshua réfléchit. Il était convenu avec Tomasoa de ne pas parler, pour l'instant, des circonstances entourant la mort de Kovalev.

« Pour des raisons de sécurité, je ne peux pas vous en dire davantage pour le moment. »

Berger se leva pour s'approcher de la fenêtre, où il remonta les stores. Le smog semblait encore plus dense.

« Cette calamité continue, dit-il, découragé. Des feux de forêt en dehors de la ville. Voilà ce que le vent du nord-est nous apporte : un tas de saletés. »

Il retourna à son bureau.

« Votre chef m'a également appris la mort d'un médecin qui s'était occupé du garçon qui est au centre de votre affaire.

— Danielle Bernson. »

Joshua prononça son nom comme s'il n'arrivait toujours pas à le croire.

« On a sans doute pensé qu'elle en savait trop. Elle a été tuée par des balles provenant d'un Zastava, retrouvé plus tard dans la carcasse de la voiture d'un jeune Russe, lui-même impliqué dans un accident mortel sur le périphérique d'Amsterdam. En plus du Zastava, l'homme portait aussi un médaillon. Sur la photo se trouvent trois hommes. Parmi eux, nous avons pu identifier Arseni Vakourov. Le deuxième est Valentin Lavrov. »

Berger ne l'aurait pas regardé différemment s'il s'était mis à neiger dans la pièce.

Joshua poursuivit :

« Il y a trop d'indices laissant penser que Lavrov est mêlé à cette histoire, monsieur Berger. Mais pour l'instant, c'est surtout du ministre que nous voulons nous occuper. »

Berger hocha la tête en signe d'assentiment.

« On m'a aussi dit que vous aviez reçu une aide inopinée.

— Pardon ?

— Une journaliste qui s'est plongée dans l'affaire.

— Vous voulez parler de Farah Hafez ?

— Votre chef n'a pas donné son nom. Farah Hafez, dites-vous ? »

Joshua regretta immédiatement sa réaction impulsive.

« Elle travaille pour l'*AND*, dit-il fraîchement.

— Comment s'est-elle trouvée impliquée dans cette histoire ?

— Pour des motifs personnels. Elle a été la première à voir le garçon afghan à son arrivée à l'hôpital. Elle a enquêté sur cette affaire en raison du lien qu'elle a tissé avec lui. C'est elle qui nous a amené le chauffeur de Lombard.

— Donc elle dispose des mêmes informations compromettantes sur Lombard que vous et moi ?

— Nous sommes convenus qu'elle ne publierait rien jusqu'à l'arrestation de Lombard.

— Et est-elle au courant des connexions éventuelles avec Lavrov ?

— Oui, elle l'est. »

Berger croisa les mains, posa son menton dessus et scruta Joshua.

« Je prends cela très au sérieux, monsieur Calvino. Très au sérieux. Une affaire aussi sensible avec autant de ramifications. Je suis heureux que vous m'en ayez donné tous les détails. Je sais ce qu'il me reste à faire. Je vais exercer une pression supplémentaire sur le ministère public pour qu'ils m'envoient la demande d'assistance juridique au plus vite et je vais informer les autorités du pays, de façon officieuse, de ce qui est sur le point de se passer. »

Il se leva, signifiant que, pour sa part, l'entretien était terminé.

« Nous allons examiner cette affaire en profondeur », déclara-t-il, tandis qu'il attirait l'attention de Joshua vers la sortie, aussi poliment qu'il lui avait offert un siège.

Dans l'entrée, il conseilla spontanément à Joshua de visiter un musée et de se familiariser avec la ville, et après un « je vous rappelle » qui se voulait rassurant, il referma la lourde porte derrière lui.

Joshua se retourna pour contempler le majestueux bâtiment aux armes néerlandaises, en souhaitant être de nouveau dans la Corolla puante, assis à côté de son collègue Diba : tout, plutôt que d'être dans cette mégalopole, entouré de confusion, de doutes et d'un brouillard de cendres dispersées par le vent.

6

Les rues de Moscou grouillaient de voitures qui semblaient toutes avoir l'intention d'empêcher la Škoda Garde jaune pâle d'Anya Kozlova d'atteindre la Vorontsovo Ulitsa Pole, où était établi le siège de la *Moskva Gazeta*.

« On est ici pour Lavrov. Qu'est-ce qu'on a à voir, pour l'amour du ciel, avec des attentats à la bombe et les services secrets ? demanda Farah tout en cherchant fébrilement de l'ibuprofène dans son sac.

— Dans un an, il y aura à nouveau des élections, dit Paul. Et Potanin veut être réélu. Donc il crée le chaos.

— Il n'a pas l'air d'être le seul, répondit Farah en jetant un coup d'œil sur Anya, qui tournait rageusement le volant, accélérait, freinait brusquement et souhaitait bruyamment aux autres conducteurs ce qui semblait être un aller simple pour l'enfer.

» Et pourquoi un président provoquerait-il le chaos ? Cela se retournerait contre lui, non ?

— L'objectif est d'être considéré non comme celui qui l'a provoqué, mais comme celui qui l'a combattu.

— Je ne comprends toujours pas la logique. On ne fait pas exploser des bâtiments par des prétendus terroristes alors qu'en même temps on tue des citoyens innocents.

— Si, si on estime que la fin justifie les moyens, s'exclama Anya tandis qu'elle traversait un rond-point encombré en écrasant son klaxon. On fait exploser un immeuble et on en attribue la faute aux Tchétchènes. Il faut justement que beaucoup de citoyens meurent, autrement, on ne parvient pas à faire basculer l'opinion publique en sa faveur ! »

Des automobilistes arrivaient de tous côtés et la Škoda se retrouva soudain complètement bloquée.

« La violence et la Russie sont indissociables, dit Paul. Ici, pour prendre le pouvoir, il faut utiliser la violence.

— Et son klaxon ! ajouta Anya, revêche, en se jetant entre deux voitures venant en sens inverse, frôlant un bus plein de touristes sidérés, et en lançant la Škoda dans une rue adjacente où elle se gara si rapidement que la totalité du contenu du sac de Farah se répandit dans le véhicule et que Paul se cogna la tête très fort contre le pare-brise.

» On y est. »

La *Moskva Gazeta* était située au deuxième étage d'une maison grisâtre de cinq niveaux. Dans l'entrée, remplie d'affiches de manifestations couvertes de textes en cyrillique, un homme les attendait, les bras ouverts. Le rédacteur en chef Roman Jankovski ressemblait à une version plus jeune du garçon laitier juif Tevye du village musical russe d'Anatevka : le genre d'homme qui agrémentait sa silhouette de bon vivant d'une grosse barbe et d'un sourire affable. Il étreignit Paul comme s'il était son fils retrouvé, avant de donner à Farah un baisemain presque dévot, en exécutant une révérence d'une souplesse extraordinaire.

« Bienvenue, Farah. Paul m'a beaucoup parlé de vous, déclara-t-il, courtois. Et à partir de maintenant, je crois tout ce qu'il me dit. Impossible de faire autrement. Cette nuit, il m'a sauvé la vie ! »

Son rire retentit dans l'entrée. L'enthousiasme avec lequel il frappa ses cuisses fit penser à Farah qu'il allait d'une minute à l'autre se mettre à effectuer une danse cosaque. Mais à la place, Roman lui prit le bras très galamment, pour la conduire le long d'un couloir délavé, lui rappelant une vieille école aux plafonds trop hauts avec des toiles d'araignée dans les coins. À travers les grandes fenêtres, elle voyait les journalistes de la *Moskva Gazeta* s'entretenir les uns avec les autres avec de grands gestes.

« Moscou est de nouveau confrontée à une vague de terreur », déclara Roman pour expliquer l'activité fébrile dans les bureaux.

Son visage était grave.

« J'ai compris que l'on ne sait pas toujours très bien qui sont les terroristes, répondit Farah.

— C'est encore plus inquiétant. »

Ils longèrent une grande vitrine contenant des photos de jeunes hommes et de jeunes femmes, un ordinateur Macintosh Classic, une écharpe violette avec des taches de sang rouge foncé, une carte de Noël de Bill Clinton et un exemplaire bien conservé du livre *Armes et arts de combat de l'archipel indonésien*.

« Qui est le fan d'arts martiaux ici ? demanda Farah qui s'était arrêtée, surprise, devant la vitrine.

— C'était elle. »

Roman indiqua la photo d'une jeune fille.

« Elena Vertinski.

— C'était?

— Vous vous trouvez devant notre vitrine commémorative. Notre modeste mausolée. Les photos sont celles des journalistes de la *Moskva Gazeta* qui ont été assassinés ces dernières années. Elena était chargée d'une grande enquête sur des pratiques de blanchiment d'argent et de trafic d'armes. Elle a découvert des indices qui l'ont menée en droite ligne au Service de sécurité de l'État. Peu après, elle est tombée gravement malade. Les médecins ont dit qu'elle avait une allergie rare. Elle est morte trois jours plus tard. Personne n'a eu le droit de consulter son dossier médical. Pas même sa famille. On pense qu'elle a été empoisonnée. »

Farah se raidit.

« Qui est-ce? demanda-t-elle en indiquant un bel homme qui lui faisait un peu penser à Joshua Calvino.

— Semjon Domnikov, répondit Roman. Il travaillait pour nous en tant qu'indépendant. Il a été abattu après avoir écrit un article sur un commandant russe suspecté d'avoir exécuté sommairement la totalité des hommes d'un village tchétchène. »

Il la regarda comme pour s'excuser.

« Mais pardonnez-moi. Je vous accueille en vous confrontant avec la mort.

— On dirait que tu parles de la Russie, railla Anya.

— On dirait plutôt un hôte qui manque à ses devoirs, dit Roman, souriant, en reprenant Farah par le bras et en l'entraînant dans son bureau. J'ai été sur le point de liquider la *Moskva Gazeta* », expliqua-t-il, lorsqu'ils eurent pris place autour d'une grande table ovale.

Les murs étaient décorés de photos de famille, côtoyant des clichés en noir et blanc de Roman accompagné de divers chefs d'État.

« Mais Anya et ses collègues ont su me persuader que si on liquidait le journal, personne ne voudrait reprendre notre travail. On est le dernier Mohican russe de la presse libre. »

Il posa des tasses devant eux. Anya agita un thermos de café.

« Ou préférez-vous quelque chose de plus fort ?

— De l'eau, dit Farah. Si possible avec de l'aspirine. »

Anya se précipita dans le couloir et en revint avec un grand verre et une plaquette d'analgésiques.

« Ce que je ne comprends pas, à vrai dire, déclara Farah après avoir bu l'intégralité du verre d'eau avec trois comprimés, c'est que vos journalistes sont menacés ou tués quand ils fouinent trop, mais qu'en même temps la *Moskva Gazeta* continue d'avoir le droit de publier. Ce n'est pas cohérent. »

Roman pointa son doigt vers une photo encadrée, accrochée au mur, sur laquelle un homme en costume lisait la *Moskva Gazeta* avec le président Potanin.

« C'est notre responsable des finances, Vasili Nevinny, avec notre bien-aimé président, dit-il ironiquement. Si illogique que cela puisse paraître, Farah, pour les hommes du Kremlin, l'existence de notre journal est surtout un bon coup de com : regardez, peuvent-ils dire aux critiques étrangers, ces jeunes gens et jeunes filles rebelles peuvent publier tout ce qu'ils veulent dans la *Moskva Gazeta*. Et vous dites que nous n'avons pas de liberté de la presse, en Russie ?

— Bizarre, dit Farah.

— En effet. Mais il y a une deuxième raison, qui est au moins aussi étrange, déclara Roman. Sans le vouloir, avec nos articles critiques, nous tenons ces mêmes hommes du Kremlin au courant de ce que les gens de la rue pensent d'eux. Vous pouvez être sûre que les conseillers de Potanin et les *silo-viki*, les gars des services secrets, le FSB, lisent la *Moskva Gazeta.* La plupart des informations qu'ils obtiennent de leurs propres agents n'ont ni queue ni tête. Par notre entremise, ils apprennent ce qui se passe vraiment dans la société. Je vais vous dévoiler un secret. »

Roman se pencha avec un large sourire en direction de Farah et se mit à chuchoter sur un ton de conspirateur.

« En fait, on est employés par le FSB. »

Son rire tonitruant emplit la pièce.

« Bientôt, Roman recevra une médaille de notre président pour ses douze ans et demi de bons et loyaux services, ajouta Anya en ricanant.

— Félicitations, dit Farah. Mais ce ne doit pas être la raison pour laquelle vous nous avez invités.

— Non, en effet. »

Roman regarda Paul.

« Tu lui en as déjà parlé ?

— Très brièvement, répondit Paul.

— Bien, comme vous le savez peut-être déjà, Farah, ces dernières années, Potanin a engagé une lutte pour démolir le pouvoir des riches industriels qui ne sont pas d'accord avec lui. Le principal d'entre eux était Aleksander Ziouganov. Il y a trois ans, il a été soupçonné de fraude fiscale et de faux en écriture, puis envoyé dans un goulag sibérien après un simulacre de procès. Les actions de l'ancienne compagnie énergétique de Ziouganov, NovaMost, ont été transférées à AtlasNet, qui venait juste d'être fondée par une étoile montante : Valentin Lavrov. Vous me suivez toujours ?

— Certainement », dit Farah.

Elle sentait que son mal de tête commençait enfin à diminuer.

« Cela me paraît un plan génial : on fait disparaître son principal adversaire et en même temps, on veille à se doter d'un riche partisan supplémentaire. Je suppose que Lavrov trouve son président très sympa.

— En privé, Potanin et Lavrov sont très bons amis. C'est pour ça qu'on a enquêté sur le transfert de ces actions. On a procédé discrètement et avec une extrême lenteur. C'est un réseau diffus. Mais il y a peu, on est tombé sur des documents prouvant que Potanin a bien offert plus de la moitié des actions à Lavrov, mais qu'il en a gardé pour lui quarante-cinq pour cent.

— En d'autres termes, dit Farah, stupéfaite, votre président ne se contente pas d'éliminer ses opposants, mais il s'enrichit aussi grâce à leurs actions. »

Elle regarda Roman Jankovski bien en face.

« Oserez-vous publier ça ?

— Confrontez les résultats de nos recherches à ce que vous venez d'entendre sur Elena Vertinski, Semjon Domnikov et les autres journalistes tués, et vous comprendrez notre dilemme. Et c'est précisément la raison pour laquelle je vous ai demandé de venir ici, Paul et vous.

— Vous détenez des documents compromettants qui, en plus, menacent la sûreté de l'État, conclut Farah, et ce que vous cherchez à présent, c'est un journal étranger qui osera les publier parce qu'ils sont trop dangereux pour vous. C'est bien ça ?»

Roman acquiesça solennellement.

«Dans notre métier, il faut toujours espérer le meilleur, mais dans le cas de Lavrov, et surtout de Potanin, il faut aussi être préparé au pire. Ajoutez les résultats de nos recherches à ce que Paul a découvert il y a peu : les accords louches que Lavrov semble avoir passés en coulisse avec des membres du gouvernement sud-africain en échange de concessions pour l'élargissement de ses coopératives minières. Ajoutez ça à la piste qui part du jeune Afghan et mène peut-être indirectement à AtlasNet, en passant par votre ministre. Ce sont trois affaires sur lesquelles des spécialistes d'Interpol devraient être appelés à se pencher. D'un autre côté, si on pouvait joindre nos efforts et examiner à fond cette question complexe, on rendrait un fier service au journalisme mondial, non ? Toutefois, la question qui se pose est : est-ce qu'on y est prêts ? Est-ce qu'on osera le faire ?

— Tu oublies un quatrième aspect, dit Anya. AtlasNet détient le monopole en matière de livraison de gaz. Et la compagnie utilise ce gaz depuis des années pour exercer un chantage : quand d'anciens pays du bloc de l'Est flirtent un peu trop avec l'Occident, on leur coupe soudain le gaz. Les dirigeants vont même si loin qu'ils essaient de boycotter de différentes façons les tentatives des pays de l'U.E. pour trouver d'autres sources d'énergie. Nicolas Anglade enquêtait sur ces pratiques. Selon vos médias, il se serait suicidé après la découverte de fichiers pédophiles dans son ordinateur.

» Mais ce qui est étrange, c'est que ces fichiers ont été trouvés dans l'ordinateur de son domicile. Et si obsédés que soient les pédophiles, ils y réfléchissent à deux fois avant de télécharger à la maison des films et des photos sur lesquels leur femme et leurs enfants pourraient tomber. Quelqu'un a mis ces fichiers dans l'ordinateur d'Anglade et a veillé à ce qu'ils soient découverts. Et selon moi, on peut aussi se demander si Anglade s'est bien suicidé. »

C'était comme si le pressentiment que Farah avait eu cette nuit était mot pour mot confirmé. La complexité menaçante de cette affaire, qui serrait ses tentacules de plus en plus fort autour d'elle, augmentait d'heure en heure. Et cela l'étouffait.

« On doit en parler avec notre rédacteur en chef, dit-elle d'une voix enrouée. Le moins qu'on puisse dire, c'est qu'il y a pas mal de risques en matière de sécurité.

— Oui, je voudrais aussi discuter de ça avec vous, dit Roman. On m'a dit que vous aviez demandé à Lavrov d'être rédacteur invité de votre supplément culturel. »

Le silence se fit. Roman Jankovski se frotta la barbe.

« Lavrov en sait maintenant sans doute beaucoup plus sur vous que vous n'en apprendrez jamais sur lui. Vous auriez tort de penser pouvoir ainsi le percer à jour, ou le surprendre à faire des déclarations compromettantes.

— Quelle est l'autre solution ?

— Il n'y en a pas. Actuellement, il serait imprudent de faire marche arrière. Réalisez ce supplément. Mais ne posez pas de questions critiques. Ne jouez pas l'espionne. Une fois que le magazine sera prêt, vous devrez le considérer comme une page tournée. Lorsque nous publierons des preuves, vous pourrez toujours dire que vous avez buté sur certains faits pendant la réalisation du supplément et que vous avez enquêté dessus. En réalité, ce sera le contraire. Mais ici, en Russie, on déforme les faits tous les jours, alors pourquoi n'y seriez-vous pas autorisée pour une fois ? »

Une jeune femme entra dans la pièce. Elle parla à Roman en russe et alluma le grand poste de télévision situé dans un coin de la pièce. Un homme corpulent dans un costume gris apparut sur l'écran. Il tenait un grand sac brillant entre les mains et parlait aux spectateurs d'un ton railleur.

« C'est le maire de Moscou, expliqua Paul. Il dit avoir pu déterminer que les événements de cette nuit, dans la cave où Anya et moi avons découvert les sacs, n'étaient pas le fruit d'un acte terroriste, mais d'un exercice. Ces sacs ne contenaient pas d'explosif à base d'hexogène.

— Et qu'est-ce que c'était, selon lui ? demanda Farah en voyant le maire brandir le sac triomphalement.

— Du sucre ! » dit Anya avec un sourire grinçant.

7

Anya Kozlova roulait dans Moscou en direction du musée Pouchkine, comme si la fin des temps approchait. Ils étaient restés trop longtemps à la *Moskva Gazeta.* Paul et Farah s'étaient concertés par téléphone avec leur patron aux Pays-Bas. Un accord était imminent, même s'il fallait d'abord négocier avec la direction.

Accord ou pas, il était impossible d'arriver trop tard à la manifestation culturelle. Le programme strict organisé pour la délégation commerciale néerlandaise avait débuté ce matin par le dépôt d'une gerbe sur la tombe du soldat inconnu. On avait ensuite planté soixante-quinze mille bulbes à fleurs au parc Gorki et dans dix minutes, il y aurait un bal au musée Pouchkine.

Anya négligea un sens interdit et engouffra la Škoda dans une rue à sens unique. Cinq minutes plus tard, munis, les uns de leur carte de presse et, pour Farah, de son carton d'invitation, ils purent passer le cordon de sécurité, en haut des majestueux escaliers. Ils débouchèrent dans une grande salle où une voûte céleste dans le style de Van Gogh était projetée. Tandis que Farah s'avançait vers le groupe entourant Valentin Lavrov, Paul se cacha brusquement derrière un pilier.

« Qu'est-ce qui se passe ? demanda Anya.

— Tu vois le vieux type chauve ? » répondit Paul.

Anya regarda autour d'elle et aperçut l'homme à côté de Lavrov. Il avait un nez en bec d'aigle et le visage d'un charognard bon pour la retraite.

« Arseni Vakourov, grommela Paul. C'est mon chirurgien esthétique attitré. Récemment, il m'a fait un bon lifting à Johannesburg. Quand toutes les agrafes et le bandage auront été retirés, je paraîtrai vingt ans de moins. »

Brusquement, une multitude de téléphones portables se mirent à sonner et à vibrer, comme si un chef d'orchestre invisible dirigeait soudain un orchestre de sonneries numériques. Le portable d'Anya sonna aussi. C'était Roman, qui lui expliqua qu'un groupe de femmes et d'hommes masqués avait pénétré dans la faculté de journalisme de l'université d'État de Moscou, et pris en otage un peu moins de deux cents étudiants de l'université d'été internationale.

Un vif émoi s'empara de la salle : certains otages étaient néerlandais. Au milieu de ce chaos, Anya vit Lavrov qui, semblant s'entretenir calmement avec Farah, traversait la foule avec elle. Des gardes du corps dirigés par le charognard les protégeaient de toutes parts.

Anya dévala le large escalier avec Paul, pour voir dehors, à côté des piliers de l'entrée principale, Lavrov et Farah monter dans la dernière des deux Falcon de couleur noire, qui s'éloignèrent ensuite à vive allure.

« Ça aurait été trop beau que tout marche comme sur des roulettes », soupira Anya en courant avec lui vers sa Škoda garée en double file.

8

Assise à côté de Lavrov sur la banquette arrière de la Falcon, Farah luttait contre une angoisse latente. Ils roulèrent le long de faubourgs défigurés par de hauts immeubles grisâtres.

« Une terrible nouvelle, cette prise d'otages, déclara Lavrov d'un ton rassurant. Mais je suis sûr que les autorités s'efforceront de trouver une solution. Ne laissons pas gâcher cette belle soirée.

— Tu voulais me montrer quelque chose d'exceptionnel ? dit Farah avec circonspection.

— Une femme exceptionnelle mérite quelque chose d'exceptionnel », répondit Lavrov avec un sourire énigmatique.

En dehors de la ville, ils dépassèrent des camions de l'armée garés sur le bas-côté. Elle vit des colonnes de militaires en train de creuser des pare-feu. Elle pensa aux propos de Roman Jankovski : avec Lavrov, on pouvait espérer le meilleur, mais il valait mieux être préparé au pire. Elle repensa aussi à ce que son père lui avait dit un jour : il faut ressentir la peur pour pouvoir la traverser. Elle était en train de s'armer pour un combat. Lavrov remarqua son raidissement.

« Ça va, Farah ?

— Je n'aime pas les surprises, dit-elle. Même lorsqu'elles sont exceptionnelles.

— Dans le cas présent, je te laisse en effet peu de choix », répondit-il.

Si elle avait porté sur lui un regard naïf, elle aurait pu croire son sourire charmant. Mais elle s'attendait au pire.

Un Canadair passa à basse altitude en vrombissant. Le brouillard de cendres semblait moins opaque. Ils roulèrent le long d'un grillage vert de plusieurs kilomètres et s'arrêtèrent devant un large portail, où des gardes sortirent d'une guérite vitrée. Les deux Falcon montèrent une colline, en direction d'une maison moderne austère avec de grandes fenêtres.

En sortant de la voiture, Farah sentit une odeur de conifères. Le vent soufflait en direction du sud-ouest. Ici, l'air était pur, il n'y avait plus aucune trace de smog. Dans l'immense maison emplie d'œuvres contemporaines, Lavrov la conduisit directement au troisième étage en passant par un dédale de larges escaliers en bois.

« Tu es prête ?

— Comme je l'ai déjà dit, je n'aime pas les surprises.

— Mais celle-là, tu vas l'aimer, Farah, dit-il en souriant. Je suis sûr que tu vas l'aimer. »

Des portes vitrées coulissantes s'ouvrirent et ils pénétrèrent dans une pièce agréablement fraîche, à la lumière tamisée, et où l'on entendait couler de l'eau. Lentement, elle vit un spot s'allumer. Un fin faisceau de lumière éclaira la statue épanouie de Sharada, la déesse de la rivière.

« Je sais l'effet que cette statue a eu sur toi, dit Lavrov. J'ai vu ton trouble quand tu l'as contemplée dans mon bureau, à Amsterdam. C'est là que j'ai échafaudé le plan de te faire venir ici. Je suis désolé, l'exposition du musée Pouchkine n'était qu'une excuse. J'espère que tu me pardonnes. »

Farah le regarda impassiblement. Elle était en bambou, maintenant. Forte et flexible.

« Non, dit-elle calmement, cet espoir est vain.

— J'espère que mon histoire ne le sera pas, déclara Lavrov, souverain. Je t'ai raconté que nous nous occupons d'un projet spécial, en Indonésie. Il a la capacité de relever le niveau de vie de millions d'Indonésiens. Lorsque j'ai vu ta fascination pour cette statuette, j'ai baptisé le projet "Sharada". »

Farah regarda de nouveau la statuette. À présent, la contempler lui infligeait aussi une douleur physique. Soudain, le chagrin de la mort de Parwaiz remonta dans toute son intensité.

« Le long de la côte de Java, trente petites centrales nucléaires flottantes sont en cours de construction, petites car comme elles sont de faible puissance, elles présentent un risque restreint au niveau de la sécurité. Nous nous sommes inspirés des centrales aménagées sous l'eau dans les années 1960. À l'époque, on réalisait les premiers essais avec des réacteurs nucléaires à bord de sous-marins.

» L'actuel concept "Sharada" ressemble toujours à un sous-marin, mais sans hélice et sans armes. Chacune des centrales Sharada devra se trouver à une centaine de mètres de profondeur sur les fonds marins. Hors de portée des terroristes, des pirates, des ouragans et des tsunamis. Et toi, tu peux jouer un rôle crucial dans ce projet.

— Comment ? demanda-t-elle, surprise.

— Je vais te l'expliquer. Suis-moi. »

Il la conduisit vers l'immense terrasse qui donnait sur un lac ourlé d'arbres. Sur une table apprêtée, un seau à champagne et deux flûtes étaient disposés.

« Ce projet n'a pas seulement besoin d'un symbole, mais aussi d'un visage. Quelqu'un qui peut transmettre sa philosophie. Qui se rend dans les endroits voulus, parle avec des chefs de gouvernement, peut pousser des co-investisseurs à sauter le pas. Et cette personne, Farah, c'est toi. »

Lavrov fit délicatement sauter le bouchon de la bouteille et emplit les deux flûtes de champagne pétillant. Totalement déséquilibrée, Farah perdit un instant le contrôle de sa respiration. Elle vit Lavrov lui tendre un verre. Elle eut envie de repousser son geste, comme lors d'un combat, mais elle se retint.

« Pourquoi moi ?

— Tu es dynamique, intelligente, passionnée et extrêmement représentative. »

Lavrov lui tendait toujours un verre de façon démonstrative.

« Non, merci, dit-elle, résolue. Quelle est la véritable raison ?

— La véritable raison ? » Il leva un sourcil. « Je ne suis pas un philanthrope, je suis un homme d'affaires. Je veux te faire partager les gains. Viens travailler pour moi. Redresse des pays avec l'argent que je mets à ta disposition. C'est mieux que de faire semblant de vouloir écrire des articles d'art avec des oligarques turbulents, non, Farah Gailani ? »

Elle le regarda, décontenancée. Roman Jankovski avait raison. Cet homme avec ses flûtes à champagne savait tout d'elle.

« Je veux jouer cartes sur table, Farah. Tu m'as demandé à Amsterdam comment je m'étais procuré la statuette. Eh bien, j'en ai hérité de mon père biologique, Grigori Michaïlov.

— Michaïlov était ton père ?

— Tu n'avais pas encore établi le lien, parce que mon nom de famille est différent. Tu n'es pas la seule. Je suis ce que l'on appelle son bâtard. »

Elle comprenait à présent ce qui s'était passé à La Haye quand la Bentley les avait dépassés. La ressemblance de Lavrov avec son père avait paralysé le cœur de Parwaiz. De sa tombe, Michaïlov avait indirectement fait une nouvelle victime.

« Bâtard ou pas, dit-elle, je ne vais pas travailler pour toi, Lavrov. Sharada est à sa place dans un musée afghan. Elle ne doit pas être utilisée par un investisseur criminel dont le seul but est de rendre des pays dépendants du point de vue énergétique, parce que c'est ton but. Tu l'as dit toi-même. Tu n'es pas un philanthrope, mais un homme d'affaires. Et un homme d'affaires impitoyable, si je dois en croire les faits. »

Lavrov reposa les verres sur la table. Son regard avait changé. Il la regarda froidement.

« Maintenant que nous savons qui nous sommes vraiment, arrêtons nos mensonges, veux-tu ?

— Avec plaisir, dit Farah.

— Je connais la véritable raison qui t'a menée à Moscou, indiqua Lavrov. Et à bien des égards, la découverte a été décevante. J'aurais bien aimé participer à un merveilleux supplément sur l'art qui, hélas, ne paraîtra plus. »

À court de respiration, Farah n'imaginait cependant toujours pas être en danger. Au musée

Pouchkine, elle était montée dans la Falcon devant de très nombreux témoins. Paul et Anya avaient dû la voir partir. Si quelque chose lui arrivait, les traces conduiraient droit à cette maison. Lavrov était beaucoup trop rusé pour ça. Il avait un autre plan.

« Nous avons de bons contacts avec l'ambassade néerlandaise, poursuivit Lavrov. Ce matin, un certain inspecteur Calvino s'y est présenté avec pas mal de faits compromettants. Il paraît que vous êtes passablement intimes, tous les deux ?

— Laisse Calvino en dehors de ça.

— Bien sûr. L'homme fait son travail.

— Moi aussi.

— Non, Farah. Tu fais davantage que ça. Tu t'es jetée corps et âme dans cette affaire. Et tu en as appris bien plus qu'il n'est bon pour toi et pour moi. C'est pourquoi j'espère que tu vas accepter mon offre. Je te lance une bouée de sauvetage, Farah, tu comprends ?

— Tu peux me lancer ce que tu veux, Lavrov, mais je ne trahirai pas mes principes. J'aimerais partir, maintenant, si tu veux bien.

— Une dernière question, dit-il. Et je veux que tu y réfléchisses bien. En ce moment, à proximité, des centaines d'étudiants sont retenus en otage. La plupart d'entre eux survivront. Mais ma question est la suivante : es-tu comme ces veuves noires qui déambulent avec des ceintures d'explosifs, prête à te sacrifier pour un idéal impossible à atteindre ?

— Seulement si j'y suis contrainte.

— Alors je te propose de revenir sur ta décision et de trinquer avec moi.

— En aucun cas, dit-elle. Même si je ne comprends pas ce dont tu veux parler.

— Ça viendra», dit-il, quelque peu affligé.

Il la conduisit au rez-de-chaussée et lui tendit la main devant la porte d'entrée.

«Nous aurions pu faire un bout de chemin ensemble, toi et moi. Pas en tant qu'ennemis mais en tant que partenaires. C'était ce que j'espérais. Mais tu as fait ton choix, Farah. Je trouve vraiment dommage que ça finisse comme ça.

— Pas moi. Au revoir.»

Soulagée, elle prit une profonde inspiration en avançant vers la Falcon qui attendait. Mais le chauffeur se tenant à côté du véhicule ne fit pas un geste pour lui ouvrir la portière. Derrière elle, elle entendit des pas sur le gravier. En se retournant, elle vit de chaque côté deux hommes avancer vers elle. Derrière eux en surgirent deux autres. Comprenant maintenant quelles étaient les conséquences de son choix, elle entendit la voix de son père.

«Te souviens-tu de ce que tu as fait lorsque tu as eu peur pour la première fois?»

Elle prit sa position de départ. La main droite ouverte et tournée vers l'avant. Le premier homme attrapa son bras gauche et la poussa de toutes ses forces en arrière. Elle amortit le coup et visa directement son menton de son poing droit, cogna à gauche dans ses côtes et l'expédia du pied droit contre la voiture. Pas le temps de réfléchir. Elle était entièrement tournée vers le prochain assaillant qu'elle voyait avancer du coin de l'œil.

Son corps était habité par l'âme séculaire de guerriers défunts qui se préparaient à une contre-offensive contrôlée et fulgurante. Ses deux pieds sur une ligne horizontale, elle frappa de sa jambe droite la cuisse du deuxième homme tandis qu'elle amortissait le coup qu'il tentait de porter avec son bras, qu'elle prit immédiatement en étau, pour planter avec deux fois plus de force les jointures de son poing dans sa pomme d'Adam.

Comme une faucheuse, elle intercepta le coup bas porté par le troisième homme. Tandis qu'elle saisissait la jambe tendue de l'assaillant, elle tourna à cent quatre-vingts degrés et son coude s'enfonça dans l'entrejambe. Elle le frappa en plein milieu.

Puis elle entendit le cliquetis du Zastava chargé et comprit qu'elle ne pourrait jamais envoyer au tapis son quatrième agresseur, le chauve aux yeux de rapace, avant qu'il lui fasse sauter la cervelle.

9

Depuis la raclée prise à la tour Ponte City, Paul était consumé par une haine farouche et un besoin inassouvissable de se venger du condor. Après l'avoir vu au musée Pouchkine, il sentait de nouveau l'adrénaline courir dans ses veines. Sa soif de vengeance était si grande qu'il oublia un instant qu'ils suivaient Farah. Il essaya de lui téléphoner, mais l'appareil sonna dans le vide.

Avec la Škoda, ils parvenaient à peine à suivre les deux Falcon noires qui filaient à toute allure à travers les faubourgs, mais Anya avait une idée de l'endroit où ils se rendaient.

« Lavrov possède une grande villa au bord du lac Glubokoe. C'est là qu'ils vont ! »

Les Falcon disparurent définitivement de leur champ de vision au moment où ils dépassaient des camions de l'armée remplis de militaires, qui allaient et venaient pour combattre les nombreux feux de forêt.

« La propriété de Lavrov ! » cria Anya.

Elle indiqua le côté gauche de la route, où Paul vit un interminable grillage vert, probablement électrifié, marquant la limite artificielle entre l'asphalte et les conifères. Ils dépassèrent une entrée avec un portail métallique noir où, derrière le verre blindé de leur guérite, des hommes aux larges épaules, vêtus de costumes sombres, eurent immédiatement la Škoda dans le collimateur.

Anya appuya sur le champignon.

« Je connais une entrée plus sûre », dit-elle avec un rictus.

Un peu plus tard, elle tourna à gauche pour prendre un sentier sablonneux cahoteux. La Škoda dansa sur les bosses et la pierraille, longeant le grillage vert, jusqu'à ce qu'ils s'approchent du bord d'un lac. Paul supposa qu'ils contournaient le plan d'eau. Anya regardait de plus en plus souvent vers la gauche par la fenêtre. Paul l'observait d'un air soupçonneux, mais elle gardait un silence buté. Au bout de quelques minutes, elle indiqua un point entre les arbres.

« La villa de Lavrov ! »

Elle ralentit et manœuvra la Škoda derrière un petit bois, saisit l'appareil photo emporté à la hâte avec son étui à objectifs, et monta au pas de course une butte qui se révéla plus haute que la barrière.

« Nous devons être prudents. Il y a des gardes qui tournent en jeep », souffla-t-elle.

De l'autre côté du lac, Paul vit une grande villa moderne aux fenêtres immenses. Les deux Falcon étaient garées dans l'allée et à proximité, un homme fumait nonchalamment une cigarette. Cela mis à part, il ne se passait pas grand-chose.

« Je les vois », siffla Anya, le long téléobjectif pointé vers la villa.

Paul aperçut deux personnages sur une terrasse panoramique et entendit un cliquetis répétitif. Anya se servait du Nikon comme un tireur d'élite de son arme.

« Merde, ça tourne mal ! » grommela-t-elle en voyant Farah et Lavrov rentrer.

On entendit un bruit de moteur. Au loin, le long du grillage, une Jeep roulait dans leur direction.

« Il faut partir », dit Anya.

Elle voulut immédiatement ramper vers la voiture, mais Paul la retint. Il lui prit le Nikon des mains et à travers le viseur, il aperçut Farah quitter la villa suivie de plusieurs hommes, parmi lesquels celui dont il souhaitait la mort : le condor. Le long de la barrière, la Jeep se rapprochait de plus en plus.

« Il faut y aller, Paul », rugit Anya.

Mais il continuait à prendre des photos. En un clin d'œil, Farah avait mis hors de combat les trois hommes qui l'avaient encerclée.

« Mon Dieu ! entendit-il Anya dire, cette femme est une véritable lionne ! »

Mais la lionne se figea quand le condor pointa un pistolet sur sa tempe. Un sac sur la tête, Farah fut menottée et jetée dans le coffre d'une Falcon.

Anya entraîna Paul avec elle. Ils s'engouffrèrent dans la Škoda et les nombreux virages leur permirent de rester cachés de la Jeep. À peine étaient-ils revenus sur l'asphalte que Paul vit la Falcon, Vakourov au volant, sortir par le portail.

Très vite, ils la perdirent de vue, mais ils la rattrapèrent à quelques kilomètres de là, des militaires arrêtant la circulation en raison de la menace de propagation du feu. Ils virent que la Falcon était la seule autorisée à poursuivre sa route, en passant sur le bas-côté. Alors que l'incendie se propageant à gauche de la route crachait des cendres brûlantes, Anya écrasa l'accélérateur. Paul ferma les yeux machinalement lorsque, prenant eux aussi le bas-côté, ils dépassèrent à toute allure les soldats furibonds.

La pluie de cendres rougeoyantes et l'épaisse fumée sale qui flottait au-dessus de la route empêchaient aussi la Falcon de rouler vite. Anya parvint à la suivre jusque dans les faubourgs de Moscou.

« *Tchort vozmi!* Merde ! s'écria-t-elle lorsqu'ils approchèrent du centre. Ils se dirigent droit vers les Sept Sœurs ! »

Paul connaissait le nom des gratte-ciel, construits sur l'ordre de Staline, où l'université d'État de Moscou était établie. C'était dans l'un de ces bâtiments que des centaines d'étudiants étaient en ce moment retenus en otage par des terroristes tchétchènes.

Ils n'étaient plus qu'à une centaine de mètres de l'énorme complexe quand ils butèrent sur des tanks et des véhicules de l'armée, qui fermaient le terrain. À leur stupéfaction, ils constatèrent que la Falcon était autorisée à passer.

10

Chalim Barchayev, général de brigade du commando-suicide Smertniki, balaya l'auditorium du regard : tout allait bien. Il avait réuni la plupart des étudiants dans la grande salle de conférences et les autres avaient été répartis dans trois locaux avoisinants. Il avait fait placer plusieurs engins piégés dans des endroits stratégiques. À son signal, les quatorze veuves noires de l'unité se feraient immédiatement exploser. Il savait que les femmes tchétchènes faisaient n'importe quoi pour un peu d'argent, un aller simple pour le paradis et l'honneur de venger leurs maris, tués par les Russes.

Elles étaient arrivées dans la capitale à des horaires et dans des endroits différents. Certaines avaient voyagé plusieurs jours. Ce matin, elles avaient quitté les quartiers périphériques dans des fourgonnettes. Elles s'étaient retrouvées pile à l'heure. Comme tant de touristes et d'étudiants le faisaient chaque jour, elles avaient traversé à pied le parc s'étendant devant les Sept Sœurs. Tout paraissait parfaitement normal : des jeunes filles chargées de lourds cartables et sacs à dos se dirigeant vers l'université pour participer à divers cours d'été.

Elles s'étaient à peine parlé. C'était inutile, chacune connaissait d'avance la tâche qui lui incombait et s'en acquittait. La plupart des femmes avaient peu d'expérience en matière de prises d'otages, mais elles avaient reçu de bonnes instructions, avaient été entraînées et menées à la dure pendant des jours. Toutes savaient qu'elles allaient mourir. On ne réchappait pas de ce genre d'opérations. Sauf quand on s'appelait Chalim Barchayev, déclaré plusieurs fois mort par le Kremlin, mais renaissant toujours de ses cendres tel un phénix, pour resurgir lors d'un nouveau détournement, kidnapping, ou prise d'otages à l'issue fatale.

Un peu plus loin dans le couloir, il vit approcher l'homme à la tête de rapace. Il poussait devant lui une femme menottée aux longs cheveux noirs. Un instant, Barchayev eut l'impression qu'il s'agissait de l'une de ses combattantes. Si cela avait été le cas, il n'aurait pas voulu qu'elle meure. Il l'aurait immédiatement prise pour cinquième épouse et aurait chassé les quatre autres de la maison.

« Elle sera la principale attraction, dit le rapace en russe, le clou du spectacle. Mais d'abord, nous allons en faire une star de cinéma. »

Elle est trop belle pour ça, pensa Chalim. Il savait toutefois qu'il n'avait pas le choix. Le pouvoir du commanditaire qui l'avait si richement récompensé pour cette action était bien trop grand.

11

Derrière l'appareil photo numérique perché sur un trépied, le condor tenait négligemment un pistolet contre la tête d'une jeune étudiante qui suppliait pour sa vie. Il sourit à Farah d'un air presque blasé.

« Maintenant, tu vas réciter ton texte, salope. Et je veux que tu sois convaincante. Comme ça, tu pourras sauver la vie de cette fille.

— Que dois-je dire ? » marmonna Farah.

Elle tremblait de désespoir.

« Répète ! dit le condor. Moi, Farah Hafez…

— Moi, Farah Hafez…

— … j'apporte mon soutien au jihad contre le régime criminel du président Potanin. »

Soudain, elle vit son père, debout dans un coin.

« *Padar*, supplia-t-elle en silence. S'il te plaît, aide-moi. Donne-moi la sagesse de faire ce qu'il faut.

— Donne-leur ce qu'ils veulent, dit son père. Ainsi, tu sauveras une vie, *bachem*. »

Farah répéta les mots soufflés par le condor. Mais il appuya le pistolet plus fort contre la tempe de la jeune fille gémissante et menaça de tirer.

« Le jury a trouvé ta représentation, comment dire… digne d'une amatrice. Il va falloir que tu sois plus convaincante », aboya-t-il.

Farah prit une profonde inspiration. Pensant à la façon dont elle avait projeté son adversaire russe sur le tapis, au Théâtre Carré, elle débita son texte devant la caméra.

« Moi, Farah Hafez, j'apporte mon soutien… »

Aucun coup de feu ne fut tiré. À la place, le condor lui décocha une gifle.

« Pas la peine d'exagérer, salope. »

12

Au centre de crise, le chaos régnait : c'était un véritable capharnaüm babylonien où différents protagonistes, parlant à tort et à travers, revendiquaient tous détenir la solution à la prise d'otages.

Paul nota surtout, dans ce pandémonium, l'absence totale de représentant du gouvernement, alors que Chalim Barchayev avait clairement indiqué ne vouloir négocier qu'avec les autorités du Kremlin. On était dans une impasse, car Potanin ne traitait pas avec les terroristes. Même lorsque la plupart des deux cents otages étaient des étudiants étrangers. L'endroit grouillait de différents collaborateurs d'ambassades internationales.

« Viens, dit Anya. Nous n'avons rien à faire ici. »

Une fois dehors, elle se dirigea vers une ambulance où, hors de portée de voix de Paul, elle fit des messes basses avec deux infirmières. Puis elle lui fit signe. Quelques minutes plus tard, vêtus de blouses blanches et les mains pleines de médicaments, ils se dirigèrent vers le cordon de fantassins qui encerclait l'édifice. Là, Anya expliqua en détail et avec succès que l'on venait de les avertir que plusieurs otages nécessitaient une aide médicale au plus vite. Arrivée près du bâtiment, elle sut aussi exactement où aller.

« J'ai étudié ici, tu te souviens ? »

Passant par la porte de la cave, ils montèrent deux escaliers.

« Mais si nous, nous pouvons entrer, pourquoi l'armée n'agit-elle pas ? murmura Paul, énervé.

— Elle agira, répondit Anya. À quelques pas d'ici, les gars de l'Alfa Spetsnaz, l'unité de lutte antiterroriste, semblent s'être déjà regroupés. Mais les commandants du Kremlin aiment porter les choses à leur paroxysme. Peut-être faut-il que quelques otages soient tués, qui sait. Enlève ta blouse !

» *Journalisty !* On est journalistes ! » cria-t-elle lorsqu'ils pénétrèrent dans un couloir aux carreaux foncés.

Elle poussa le Nikon entre les mains de Paul. En quelques secondes, ils furent encerclés par trois femmes portant des foulards noirs et des gilets d'explosifs.

« Anya Kozlova, de la *Moskva Gazeta*. Je viens pour Chalim Barchayev. »

Dans la cantine transformée en centre de commandement, Paul vit un homme qui, avec son regard sombre et menaçant, présentait les traits fanatiques d'un imam radical. Toutefois, bardé de grenades et ne portant pas la longue djellaba recommandée, mais une tenue de camouflage, cet homme avait un fusil automatique à portée de main. Quand il aperçut Anya, Barchayev sourit, prit son AK-47 et le pointa sur elle.

« Tu sais pourtant ce qu'on fait des infiltrés russes ? dit-il en riant.

— Arrête, Chalim, tu n'imagines même pas tout ce que j'ai dû entreprendre pour entrer ici », déclara Anya.

À la surprise de Paul, ils s'étreignirent. Mais il se rendit compte soudain qu'elle était en train de bluffer. Il l'entendait. Elle se faisait passer pour l'amie effrontée des terroristes et ça marchait.

« Et lui, qui c'est ? demanda Barchayev en pointant nonchalamment le canon de son fusil vers Paul.

— Mon photographe.

— À sa mine, il a l'air d'avoir déjà mis beaucoup de monde en colère.

— En effet, répondit-elle. C'est le plus mauvais photographe que je connaisse. »

Leur rire aurait eu sa place dans un café, juste avant la fermeture, mais pas dans cette cantine avec, en fond sonore, les sanglots des otages féminins.

« Quels sont tes plans ? demanda Anya calmement.

— C'est simple : mourir, dit-il en ricanant.

— Encore ?

— Oui. Et tous les otages mourront avec nous. Car une fois de plus, les gars du Kremlin ne se montreront pas.

— Mais vous êtes en guerre avec la Russie, pas avec le reste du monde. La plupart des étudiants ne sont pas russes. »

Barchayev s'exprima soudain posément :

« Il est temps de montrer au monde qu'aucune vie n'est sacro-sainte pour les salauds du Kremlin. »

On aurait dit des paroles soufflées par quelqu'un d'autre, pensa Paul.

« On peut les photographier ? demanda Anya. Le monde a besoin de visages. »

L'auditorium empestait la peur, la sueur et l'urine. La puanteur leur coupa le souffle. Un grand drapeau noir portant un texte en arabe était suspendu. Quand Paul aperçut Farah, le cœur faillit lui manquer. Elle était menottée sur une chaise, un large ruban adhésif sur la bouche. Sur son ventre était suspendu un paquet d'explosifs rattaché par des fils à un ordinateur portable, sur lequel une horloge digitale égrenait les trente dernières minutes. Farah transpirait abondamment et malgré la chaleur étouffante, elle grelottait.

« Un cadeau de notre commanditaire, railla Barchayev.

— Qui te l'a donnée ? » demanda Anya tandis que Paul s'avançait vers Farah, le Nikon à la main.

Il n'entendit pas la réponse de Barchayev. Il vit seulement les grands yeux épouvantés de Farah. Ce n'était pas lui qu'elle regardait, mais quelque chose derrière lui. Avant même qu'il puisse se retourner, la crosse d'un fusil lui fracassa le crâne.

Il se réveilla dans le couloir, Arseni Vakourov se dressant au-dessus de lui.

« *Pentimento, pentimento.* Repens-toi, repens-toi ! »

La voix de Vakourov résonnait comme s'il chantait *L'Anneau du Nibelung*.

« Tu es long à la détente, Chapelle ! »

La botte de Vakourov s'abattit contre son diaphragme, lui coupant la respiration, avant de s'immobiliser sur son bras gauche. Le geste de défense qu'esquissa Paul mollement de l'autre main ne lui permit pas d'éviter l'autre botte, qui vint lui frapper la tête comme si c'était un ballon de football.

Il savait qu'il allait être tué à coups de pied. Il vomit du sang, mais ne ressentit pas de douleur. Il resta couché, immobile. Au-dessus de lui, il entendait un fort halètement. Vakourov le contemplait.

« Comme ça, c'est pas marrant. On dirait un pédé. Lève-toi ! »

Paul rampa sur les mains et les pieds. Il chercha appui sur le loquet d'une porte, se redressa et se tenait debout, chancelant sur ses jambes, quand, d'un mouvement de karaté, Vakourov lui décocha un coup de pied en pleine poitrine, l'expédiant en arrière à travers le vitrail de la porte.

Il atterrit entre les éclats de verre et entendit vaguement les dernières paroles de Vakourov :

« Maintenant, c'est fini. »

Les mots furent prophétiques, car en propulsant la porte hors de ses gonds à coups de pied, le condor toucha, juste avant d'entrer dans la pièce, le fil d'un engin piégé.

Avant qu'il réalise, l'explosion instantanée avait réduit le corps d'Arseni Vakourov en une multitude de fragments qui s'abattirent tout autour de Paul.

13

À trente-sept ans, le major Sergey Boldyrev était, en tant qu'officier d'état-major de l'unité de lutte antiterroriste Alfa Spetsnaz, chargé des opérations spéciales. Ses commandos et lui avaient déboulé du ventre de quatre « tanks volants », comme on appelait les hélicoptères MI-24, qui s'étaient posés plus tôt dans la journée à proximité des Sept Sœurs.

Ayant combattu pendant plusieurs années en Tchétchénie, lorsqu'il était membre de la septième force spéciale Novotcherkassk, il était parvenu à éliminer Abdul et Movsar, les deux frères haut placés de Chalim Barchayev. Mettre hors de combat Chalim, le rejeton le plus redouté du clan Barchayev, couronnerait son travail.

Sergey avait regroupé ses hommes dans l'immeuble à côté de la faculté de journalisme. Les commandos étaient entraînés à investir des bâtiments occupés et à éliminer l'adversaire en un clin d'œil grâce à des tirs de précision. Sergey avait reçu le feu vert de ses supérieurs et après l'explosion qu'il venait d'entendre, il n'avait pas l'intention d'attendre une seconde de plus.

Il avait montré la carte à ses hommes :

« Nous sommes ici. Les terroristes se trouvent dans cette partie du bâtiment. On peut supposer qu'ils ont placé des engins piégés aux entrées, là et là. C'est pourquoi nous allons entrer par ici. L'endroit où ils nous attendent le moins. C'est un passage étroit. Je veux cinq éclaireurs à l'avant. Faites attention aux explosifs. Les tireurs juste derrière. Dès que nous serons entrés, nous utiliserons des grenades assourdissantes. L'équipe de soutien protège les arrières. Restez bien derrière les tireurs. Prêts ?

— *Deïstviye!* Action ! »

Trente commandos traversèrent la pelouse en courant, en direction de l'auditorium. Ils brisèrent les fenêtres et portes vitrées au moyen des crosses de leurs fusils automatiques, puis entrèrent dans le bâtiment en lançant des grenades assourdissantes. Désorientés par les flashs et les détonations, les terroristes furent immédiatement abattus d'une balle dans la tête tirée par des armes de poing. Sergey parvint ainsi en quelques minutes à libérer tous les otages des trois locaux et à atteindre l'auditorium, où il élimina les autres veuves noires. Il n'y avait aucune trace de Barchayev.

Un homme au visage abîmé surgit soudain devant lui. Ses vêtements étaient éclaboussés de sang et couverts de lambeaux de peau et de tissus humains. Paniqué, il montrait du doigt une jeune femme d'allure orientale qui, bâillonnée par du ruban adhésif, était attachée sur une chaise. À cause de son casque antibruit, Sergey parvenait à peine à le comprendre, mais il réalisa tout de suite ce qui se passait. Dans son microphone, il demanda de l'aide pour le démantèlement d'un engin explosif improvisé. Ensuite, il ordonna d'évacuer au plus vite.

S'agenouillant devant la femme, il reconnut le boîtier kaki suspendu devant son ventre à l'inscription :

Front toward enemy. Face vers l'ennemi. C'était une mine Claymore M18A1, bourrée de centaines de balles en acier qui, une fois l'engin allumé, seraient lancées à plus de mille mètres par seconde. Deux fils étaient reliés à un ordinateur portable sur lequel s'affichait une horloge digitale.

Sergey vit qu'il leur restait sept minutes. Il enleva son casque antibruit et parla brièvement avec l'homme blessé, qui se révéla être un journaliste néerlandais. La femme assise sur la chaise était sa collègue. Sergey avait reçu une formation de base dans le démantèlement de minuteries, mais il n'avait aucune idée de comment procéder avec un ordinateur portable. Il n'avait aucune garantie de parvenir à sauver la vie de la femme et, par la même occasion, la leur. Il demanda à l'homme de parler avec elle et de surtout veiller à ce qu'elle reste calme.

14

À son regard, Paul vit que Farah était ailleurs, retirée en son for intérieur, cachée derrière une carapace d'angoisse. Autour d'eux, c'était l'enfer : des bruits, des cris, des ordres donnés en russe, des étudiants courant vers l'extérieur. Il s'agenouilla devant elle et commença à lui parler.

« Farah, c'est moi, Paul. Tu sais qui je suis ? Farah, écoute-moi ! »

L'homme du groupe Alfa lui cria de la tenir pour contenir ses tremblements. Elle devait bouger le moins possible.

« Tiens-toi derrière elle. Tiens-la tranquille ! »

Paul s'exécuta, se pencha au-dessus d'elle et continua de lui parler.

« Je… Tu sais, je ne t'ai pas vue depuis trente ans… mais je ne t'ai jamais oubliée… Et après tout ce temps, tu me sors d'une épave de voiture ! Sais-tu ce que ça représente ? C'est énorme, merde ! Tu entends ce que je te dis, c'est énorme ! Et je ne t'ai pas laissée m'extraire d'une épave pour… »

Elle respirait trop vite. Entre-temps, deux hommes étaient venus en renfort du chef de brigade. Ils se concertaient fébrilement tandis que l'un d'entre eux s'apprêtait à couper un fil. L'autre l'arrêta parce qu'il venait de découvrir quelque chose sur l'écran de l'ordinateur. Paul continua à parler.

« On va s'en sortir, tu m'entends, toi et moi. Reste avec moi. Regarde-moi, Farah ! Regarde-moi, n'abandonne pas ! »

On lui donna une bouteille d'eau qu'il mit contre sa bouche. Elle but instinctivement.

« On va veiller à te tirer de là. Écoute… Regarde-moi… »

Il se pencha en avant pour voir ses yeux.

« La première fois… Tu te souviens de la première fois dans le jardin à Kaboul ? Tu me vois ? Farah, tu me vois devant toi ? »

Un instant, il crut voir un éclair de reconnaissance dans ses yeux.

« Farah… ! »

15

Le Fokker Executive Jet 70 qui avait décollé de l'aéroport international Domodedovo en direction de Schiphol était à moitié vide. Le chef du gouvernement et ses collègues avaient immédiatement interrompu leur visite, mais une partie de la mission commerciale avait choisi de rester en Russie malgré la prise d'otages.

Grâce à ses contacts avec un ancien collègue, qui travaillait à présent dans les services de sécurité de l'État, Joshua avait réussi à obtenir une place dans l'avion gouvernemental. Avant de décoller, il avait téléphoné à Tomasoa pour le mettre au courant de la situation. Le commissaire avait l'impression que le ministère public faisait traîner l'affaire Lombard, mais il avait été en contact avec la brigade de recherche. Une équipe devait se tenir prête pour intercepter Lombard dès sa sortie et l'emmener pour interrogatoire.

Toutefois, Joshua n'était pas tranquille, d'autant plus que Tomasoa lui avait indiqué que la préenquête sur la mort de Kovalev avait fait beaucoup de remous.

« Ça va être une histoire compliquée, Calvino. »

Ces mots lui trottaient en permanence dans la tête. Tomasoa n'était pas homme à qualifier facilement quelque chose de « compliqué ».

Une fois le Fokker posé et rattaché à la passerelle télescopique, Joshua sentit son cœur battre la chamade. Il marchait au plus près des gardes du corps qui entouraient Lombard. Lorsqu'ils approchèrent de la porte, il aperçut deux hommes de la brigade de recherche qui attendaient. Ils étaient accompagnés de deux gendarmes.

Il savoura son triomphe en silence. Les inspecteurs et lui se regardèrent. Après l'arrestation, il les féliciterait et les gratifierait peut-être même d'une tape amicale sur l'épaule. Mais sa joie se changea en incrédulité quand il vit les policiers laisser passer Lombard et sa suite. C'est lui, Calvino, qu'ils fixaient tous les quatre, le visage fermé. À la porte, un inspecteur qui le dépassait d'une tête se posta devant lui :

« Inspecteur Calvino, dit-il calmement. Dans le cadre de l'enquête sur la mort d'un prévenu et de la transgression des règles diplomatiques internationales, je vous arrête. »

16

Les papillons s'envolèrent, car le garçon était soudain devant elle. Son visage était abîmé, comme s'il s'était battu. Il transpirait et la scrutait de ses yeux bleu clair. Il connaissait son nom, il savait qui elle était. Il lui demanda si elle le voyait. Il le demanda en dari.

« Farah, tu me vois ? »

Elle dit qu'elle le voyait, qu'elle n'était pas aveugle, mais elle n'entendait pas de mots. Sa voix se perdait. Aucun son ne sortait de sa bouche. Pourtant, elle continua à parler.

« Je te vois, Paul. Je sais qui tu es. »

Elle aurait voulu pouvoir le calmer, mais il suait et parlait avec agitation. Elle était calme et se trouvait là où elle voulait être : dans le jardin, entourée de papillons. Elle voulait le tranquilliser.

« On ne peut pas m'effrayer. »

Elle le lui disait sur un ton aussi convaincant que possible, toutefois il n'avait pas l'air de comprendre. Il approcha son visage du sien. Elle se rendit compte que les gouttes qui coulaient le long de ses joues n'étaient pas de la sueur. Elle n'avait jamais été si près d'un garçon. Elle entendait sa respiration. Elle se sentit devenir légère. Les papillons virevoltaient autour d'eux. Son cœur battait si vite qu'elle pensa qu'il allait exploser.

« Farah ? »

C'était la voix de son père. C'était déroutant.

« Il est temps, Farah. »

Elle vit son père devant elle, il la regardait comme il l'avait fait la dernière fois qu'elle l'avait vu partir dans la Borgward noire.

« Padar ! » cria-t-elle de toutes ses forces.

Puis le soleil éclata en mille fragments brûlants et le jardin aux papillons devint aussi blanc que neige.

REMERCIEMENTS

Papa pour tous tes voyages, et maman d'avoir été son havre de paix.

Marianne pour ta confiance.

Jihanne pour tes histoires magnifiques.

Tom pour ton accompagnement avisé et ton soutien.

Patricia pour ta vision de Farah et l'aide apportée à l'élaboration de son univers.

Diana pour tes points de vue novateurs et tes analyses pertinentes.

Perry, Susan, Basir, Lola, Tuba et Shahiera pour la patience et le respect avec lesquels vous m'avez initié à tant d'aspects de votre pays natal.

Sehnaaz et Julian pour m'avoir fait connaître le pencak silat.

Ton pour le dévouement avec lequel tu m'as épaulé pour toutes les questions criminalistiques. Stefan pour tes contributions précises.

Erik, Tessa, Lizenka, Ad et Frodo pour toutes vos explications médicales.

Lidy, John et Annieke pour vos récits journalistiques.

Paul pour tes connaissances du monde de la finance et Nico pour tes conseils.

Tous ceux qui, à un moment ou un autre, ont lu le manuscrit et m'ont apporté leurs commentaires : Josje, Michael, André, Henk, Bernique, Lilian, Donat, Bas, Lamia, Mo, Roel, Jan, Meike, Clemence, Ivar, Annet. Et les autres.

Merci !

PAPIER À BASE DE FIBRES CERTIFIÉES

Le Livre de Poche s'engage pour l'environnement en réduisant l'empreinte carbone de ses livres. Celle de cet exemplaire est de :
600 g éq. CO_2
Rendez-vous sur www.livredepoche-durable.fr

Composition réalisée par Lumina Datamatics

Achevé d'imprimer en janvier 2017, en France sur Presse Offset par
Maury Imprimeur – 45330 Malesherbes
N° d'imprimeur : 214970
Dépôt légal 1re publication : février 2017
LIBRAIRIE GÉNÉRALE FRANÇAISE – 21, rue du Montparnasse – 75298 Paris Cedex 06

81/9368/9